Dagmar H. Mueller

Viel Wirbel mit den Chaosschwestern!

Dagmar H. Mueller

Viel Wirbel mit den Chaosschwestern!

Mit Illustrationen von
Franziska Harvey

cbj

Der Verlag weist ausdrücklich darauf hin, dass im Text enthaltene externe Links vom Verlag nur bis zum Zeitpunkt der Buchveröffentlichung eingesehen werden konnten. Auf spätere Veränderungen hat der Verlag keinerlei Einfluss. Eine Haftung des Verlags ist daher ausgeschlossen.

Dieses Buch ist auch als E-Book erhältlich.

MIX
Papier aus verantwortungsvollen Quellen
FSC® C014496
FSC www.fsc.org

Verlagsgruppe Random House FSC® N001967

2. Auflage

Dieser Doppelband enthält die Einzelbände:
Die Chaosschwestern legen los!
erstmals erschienen 2008 unter der ISBN 978-3-570-13396-5
Die Chaosschwestern sind unschlagbar!
erstmals erschienen 2009 unter der ISBN 978-3-570-13375-0
Umschlagbild und Innenillustrationen: Franziska Harvey
Umschlagkonzeption: basic book design, Karl Müller-Bussdorf
AS · Herstellung: UK
Satz: Uhl + Massopust, Aalen
Druck: GGP Media GmbH, Pößneck
ISBN 978-3-570-17416-6
Printed in Germany

www.die-chaosschwestern.de
www.cbj-verlag.de

Inhalt

Malea

Martini

11 Jahre ist …

… Weltbürgerin (das zeigt doch wohl schon der hawaiianische Name!).

… Tiefseeforscherin (später).

… eine knallharte, gerissene, mit allen Wassern der Weltmeere gewaschene Spionin (so etwa wie James Bond, nur weiblich natürlich).

… keine Welle hoch genug. Als echte Surferin schreckt sie auch auf dem Land vor kaum einer Herausforderung zurück.

Kenny

Martini

7 Jahre

ist …

… Sternenguckerin (abends durchs Dachfenster).

… Ponybesitzerin (im Traum).

… große Schwester (eines Tages, wenn sie Mama endlich überredet hat, noch ein weiteres Kind zu bekommen. Solange ist sie leider nur »eine« Schwester. Aber ist doch völlig egal, ob die anderen älter oder jünger sind. »Klein« ist sie jedenfalls nicht.).

… gut drauf (»Lasst mich bloß in Ruhe!«).

… auf jeden Fall groß genug, um jederzeit mitzumachen, mitzureden und mit aufzubleiben.

Livi

Martini

13 Jahre

ist …

… irgendwie fehl am Platz in dieser Familie (nach Aussage von ihr selber) und kann den Gedanken nicht ganz aufgeben, als Baby im Krankenhaus vertauscht worden zu sein, nur leider sprechen alle familiären Fakten gegen diese hoffnungversprechende Theorie.

… langweilig (nach Aussage von Malea).

… gaaanz toll (nach Aussage von Kenny, weil Livi oft mit ihr malt, bastelt oder ihr vorliest).

… eben eine von unzählig vielen Schwestern (nach Aussage von Tessa).

Tessa

Martini

15 Jahre

ist …

… schön (das ist nun mal so, dafür kann Tessa ja nichts).

… interessiert an fast allem (besonders am anderen Geschlecht, schließlich muss sie sich aufs Leben vorbereiten, und zu Hause hat sie nur wenig Anregung in der Beziehung – zumindest, was das andere Geschlecht angeht).

… wirklich nicht dumm.
(Wenn die Lehrer das endlich mal einsehen würden!)

… jeden Tag schwer beschäftigt (da gibt es ständig neue Telefonnummern zu sortieren, Make-up-Produkte zu vergleichen und Mails an Dodo, Tessas beste Freundin, zu schicken).

Die Chaosschwestern legen los!

Livi

Wenn es Gerechtigkeit geben würde im Leben, gäbe es kein Ozonloch, keine Armut auf der Welt und die Regenwälder würden auch nicht abgeholzt werden, Sommerferien wären mindestens doppelt so lang und ich, ich wäre nicht in diese Familie hineingeboren worden. Möchte wissen, womit ich das verdient habe. Es ist echt zum Schreien oder mit den Fäusten gegen die Wände hämmern. Auf der anderen Seite … in dieser Familie hört mir sowieso keiner zu, also kann ich das Schreien auch lassen. Mann, wieso bin ich eigentlich die Einzige weit und breit, die sich Gedanken über die Welt macht? Und wieso kriegt bei uns in der Familie immer der das größte Stück Kuchen, der am lautesten schreit?

Manche Leute haben Hühneraugen oder Haarausfall, eine Allergie gegen Kaninchen oder X-Beine. *Ich* habc cinc große Familie: drei Schwestern, zwei Eltern und eine Oma. Klingt ganz normal, ich weiß. Und alle sind nett, kein Zweifel, aber …, wie soll ich das beschreiben? Klar, sie sind nett, allerdings – hm – auf ihre ganz eigene Weise.

Ich kann mich natürlich nicht wirklich beklagen, ich meine, es gibt bestimmt viele dreizehnjährige Mädchen auf dieser Welt, denen es schlechter geht als mir, allerdings… ungerecht ist es schon ein bisschen. Ich meine, dass ich gleich alle Mitglieder unserer Familie auf einmal abgekriegt habe.

Nicht dass ich lieber Haarausfall hätte oder Hühneraugen auf meinen Zehen! Aber die Hühneraugen könnte ich ja relativ problemlos mit hübschen Strümpfen verdecken und den Haarausfall mit einer coolen Mütze.

Meine Familie kann ich nicht verdecken, dabei gibt es durchaus Situationen (Oh, eine Menge Situationen!), wo ich das sehr gerne tun würde. Denn normal, also so richtig normal ist meine Familie, glaube ich, nicht. Obwohl ich das natürlich nicht hundertprozentig beurteilen kann, ich hatte noch nie eine andere. Aber andere Familien sehen von außen zumindest um einiges normaler aus. Mit einem Vater, der einen richtigen Beruf hat, und mit einer Oma, die hübsche Pullis strickt, und eben so.

Stricken tut unsere Oma ganz sicher nicht. Dafür hat sie gar keine Zeit. Unsere Oma ist mehr mit Demonstrieren-gegen-Rechts oder Klamotten-in-Hippiefarben-in-unserer-Badewanne-Färben beschäftigt. Nicht dass ich das Demonstrieren schlecht finde. Ich bin sogar richtig stolz auf unsere Renate-Oma, dass sie das tut. Denn es ist doch so wichtig, aufzustehen und all die schrecklichen Missstände in der Welt zu bekämpfen! Aber normal, also so richtig normal für eine Omi ist das natürlich auch nicht.

Ich finde, eine einzige leicht unnormale Oma wie Rema (unsere Renate-Oma) könnte jede gut funktionierende Familie problemlos aushalten. Die täte jeder Familie bestimmt sogar gut. Rema kümmert sich nicht nur um Probleme in unserer Welt und setzt sich für die richtigen Dinge im Leben ein, sondern ich kenne auch keinen Menschen, der so lieb ist wie sie. Aber zu meiner Familie gehört leider nicht nur Rema, sondern auch Tessa und Malea und Kenny, meine Schwestern, und vor allem Iris und Cornelius, meine Eltern.

So richtig ultraübel sind die natürlich alle nicht, aber ich wünschte einfach, ich hätte jemanden, der mich versteht. Jemanden, der so ist wie ich. Ich bin nämlich irgendwie anders. Ganz sicher. Das spüre ich deutlich. Anders als die anderen meiner Familie, meine ich. Irgendwie passe ich gar nicht zu denen.

Iris lacht nur sehr herzlich, wenn ich sage, dass ich mich manchmal schrecklich einsam fühle, weil mich keiner versteht. Sie meint, dass das an meiner Pubertät liegt. (Mann, wie gefühllos kann man als Mutter sein?)

Kenny findet das Wort großartig. Nur leider sagt sie *Pupsertät* dazu und nicht Pubertät. Und Iris hat nun natürlich nichts Besseres zu tun, als ebenfalls bei jeder Gelegenheit von »Livi in der *Pupsertät*« zu sprechen. Solche superpeinlich-dämlichen Witze finden Iris und Cornelius urkomisch. Darüber können sie sich auf dem Sofa glatt kringelig lachen. Möchte wissen, *wer* von uns in der Pubertät ist! Ach, da ist es doch kein Wunder, dass man sich in dieser Familie unverstanden fühlt!

Einmal in der Woche – meistens samstags, bei außergewöhnlichen Ereignissen auch öfter – haben wir Familienrat. Dann versuchen Iris und Cornelius so zu tun, als wären wir so was wie eine demokratische Gemeinschaft, in der jeder was zu sagen hat und wo das gemacht wird, was die Mehrheit will. Komisch nur, dass am Ende immer Cornelius die Mehrheit ist.

Neulich haben wir ein Buch im Politikunterricht gelesen, das hieß *Animal Farm – Die Farm der Tiere*. Das handelte von einem Bauernhof, wo alle Tiere gleichberechtigt nebeneinander leben sollten und auch sonst ganz gleich sein sollten. Mit den gleichen Rechten und Pflichten und so. Nur einige der Tiere schienen dann doch etwas gleicher zu sein als die anderen.

Ich musste grinsen, denn ein bisschen so ist es bei uns eben auch. Selbst wenn Cornelius sagt, dass wir alle die gleichen Rechte und Pflichten haben, finde ich, dass er irgendwie immer ein bisschen weniger tut, zum Beispiel im Haushalt als wir anderen, aber bestimmen will er viel mehr.

Heute hat er bestimmt, dass wir uns alle zum Familienrat treffen. Obwohl es gar nicht Samstag ist. Aber es gibt ein außergewöhnliches Ereignis. Ein sehr außergewöhnliches Ereignis. Eines, das offenbar unser gesamtes Leben verändern wird. Cornelius ist so aufgeregt und allerbester Laune, dass seine abstehenden und sowieso schon etwas groß geratenen Ohren knallrot leuchten wie zwei Weihnachtskugeln mit eingebauter Glühbirne.

Wir alle hängen mit unseren Nasen etwa drei Zentimeter über dem kleinen Foto, das auf dem Küchentisch liegt, und starren darauf.

»Ach du je!«, rutscht es Iris raus. »Das ist ja rosa!«

»Es ist rot«, widerspricht Cornelius. »*Rot*, nicht rosa. Das kann man doch wohl sehen.«

»Ich sehe gar nichts, Papa«, mault Kenny. »Rück mal ein Stück beiseite.«

»Ich heiße Cornelius«, berichtigt Cornelius zum bestimmt siebzehnten Mal an diesem Tag.

Es geht mir total auf die Nerven, wenn er einen ständig korrigiert. Ich meine, es ist *eine* Sache, dass Iris und Cornelius unbedingt bei ihren Vornamen genannt werden wollen. Sie finden das irgendwie persönlicher. Mamas und Papas gibt es, ihrer Meinung nach, unendlich viele auf der Welt. Eltern, die Iris und Cornelius heißen, gibt es deutlich weniger. Und meistens tun wir ihnen den Gefallen ja auch. Aber es ist eine ganz andere Sache, wenn Cornelius darauf hundert Mal am Tag besteht. Besonders peinlich ist das, wenn andere Leute dabei sind.

Zum Glück sind natürlich gerade keine anderen Leute dabei. Nur wir, also meine drei Schwestern, meine Eltern, Rema und ich. Und an Kenny, meiner kleinsten Schwester, perlen alle Macken von Cornelius sowieso ab wie sonst nur das Seifenwasser unter der Dusche.

Kenny ist total süß. Und wenn es so was geben sollte, dann ist sie wahrscheinlich meine Lieblingsschwester. Aber verstehen tut sie mich natürlich auch nicht. Was könnte eine Siebenjährige schon verstehen?

»Papa!«, sagt Kenny schon deutlich energischer. »Rück mal! Ich will auch was sehen!«

»Komm her, Kenny«, bietet Rema freundlich an, »du kannst auf meinen Schoß.«

Kenny krabbelt auf Remas breiten, gemütlichen Schoß und betrachtet das Bild mit ihren intensiven Knopfaugen. Sie sieht aus, als könne sie kaum glauben, dass wir in diesem riesigen Haus tatsächlich von jetzt an wohnen werden.

Ich kann mir das auch nur schwer vorstellen. Drei Stockwerke! Und dazu noch Fenster im schrägen Dach. Wie viele Zimmer sind das wohl? Was für ein Unterschied zu der Wohnung, in der wir jetzt leben!

»Na ja«, meint Iris. »Es ist ein ziemlich altes Haus. Da muss bestimmt noch einiges renoviert werden.«

»Das wird schon gehen«, erwidert Cornelius optimistisch. Er holt tief Luft und macht eine ausholende Handbewegung, die wohl so eine Art *Alles-ist-möglich* signalisieren soll. »Erst mal ziehen wir ein und dann kriegen wir das schon Stück für Stück hin.«

Iris zieht skeptisch ihre Augenbrauen hoch, sagt aber nichts.

Ich atme erleichtert aus. Ich mag es nicht, wenn Iris und Cornelius streiten. Auch wenn ich diesmal genau das Gleiche denke wie Iris: Cornelius ist nicht unbedingt der geborene Heimwerker …

Livi

Iris und Cornelius sagen von sich selber, dass sie Hippie-Eltern sind. Möchte echt mal wissen, was das sein soll! Im Lexikon steht bei »Hippie« als Erklärung: »Anhänger einer betont antibürgerlichen und pazifistischen Lebensform«. Die soll es vor allem Ende der 60er-, bis Mitte der 70er-Jahre gegeben haben. Das ist natürlich schon mal Quatsch. Wie sollen Iris und Cornelius da wohl schon antibürgerlich, also gegen das, wie die meisten Leute leben, oder eben pazifistisch, also gegen den Krieg, gewesen sein? Da waren sie ja noch nicht mal im Kindergarten. Cornelius meint aber: »Hippie kann man immer sein. Das ist man im Herzen, egal wann.« Wenn er aber angeblich so pazifistisch, also friedliebend, ist und jede kriegerische Regung absolut ablehnt, warum brüllt er dann so oft hier bei uns zu Hause rum? Ich finde das ganz und gar nicht friedlich. Und überhaupt, meckern tut er auch den ganzen Tag. Wie kann man ein Hippie im Herzen sein und sich dann über ein paar lächerliche Gummistiefel auf dem Wohnzimmersofa aufregen? Ist das etwa pazifistisch? Na ja, aber lieb hab ich ihn natürlich trotzdem. Sehr. Und Iris auch. Selbst wenn ich glaube, dass das mit dem Hippie-Sein bei ihnen echt Quatsch ist. Bloß weil jemand in einer erfolglosen Band spielt, macht ihn das auch noch nicht automatisch zum Hippie. Da ist Rema bestimmt mehr Hippie als Iris und Cornelius zusammen. Und Rema sieht auch total so aus. Ganz wundervoll bunt nämlich.

Das sieht ja aus, als ob da hundert Zimmer drin sind«, meint Malea.

Aber sie wirkt nicht wirklich sehr interessiert an dem Haus, sondern seufzt leise. Ihr Gesicht sieht irgendwie reichlich zerknittert aus. Komisch, sie scheint heute Abend nicht gut drauf zu sein.

Malea ist meine andere kleine Schwester. Deutlich älter als Kenny, aber zwei noch deutlichere Jahre jünger als ich.

Cornelius lächelt zufrieden. »Na ja, hundert Zimmer wohl nicht. Aber doch eine ganze Menge.« Er grinst uns alle der Reihe nach stolz an. »Auf jeden Fall wird jede von euch endlich ein schönes, eigenes Zimmer haben. Und für mich wird im Keller wohl auch noch ein kleiner Übungsraum abfallen.«

»Cool, Papa!«, ruft Kenny. »Heißt das, dass auch euer Schlagzeug dann immer bei uns im Haus steht?«

Kenny ist ein großer Fan von Cornelius' peinlicher Band *Rainbow.* Na ja, eigentlich ist sie mehr ein Fan von deren Schlagzeug. Ich finde es eigentlich auch ganz nett, darauf rumzukloppen, aber natürlich nur, wenn keiner zuhört. Ich muss mich ja nicht zum Gespött der Leute machen!

»Es heißt auf jeden Fall, dass Cornelius dann nicht mehr jeden Abend weg ist«, sagt Iris und zwinkert uns verschwörerisch zu. »Von jetzt an kann er mit Rainbow zu Hause proben. Da braucht er eigentlich überhaupt nie mehr abends wegzugehen. Das ist doch auch schon was.«

Cornelius guckt erstaunt zu ihr rüber. Ich schätze mal, so hat er das noch gar nicht gesehen. Ich muss fast grinsen. Sieht so aus, als ob ihn dieser Teil unserer Lebensveränderung dann doch nicht ganz so freut.

»Hm – ja – sicher, das stimmt«, murmelt er leise.

»Es ist aber wirklich ziemlich rosa«, sage ich und beuge mich noch etwas tiefer über das Bild.

»Ganz genau«, stimmt Iris mir sofort zu. »Rosa, sag ich doch.«

»Rosarot, vielleicht«, versucht Rema zu vermitteln. »So genau kann man das auf einem kleinen Foto sowieso nicht erkennen. Vielleicht stimmen die Farben ja gar nicht.«

»Das wird es sein«, nickt Cornelius erleichtert. Ich glaube, er ist heute Abend nicht allzu wild auf Streit. »Wir sollten es uns morgen früh sofort in natura anschauen.«

»In was?«, fragt Kenny.

»Wir fahren hin«, erkläre ich ihr. »*Das* meint Papa.«

»*Cornelius*«, verbessert Cornelius.

»Ah«, macht Kenny und beachtet Cornelius gar nicht. »Toll! Darf ich mir mein Zimmer dann selbst aussuchen?«

»Fahren wir alle?«, fragt Tessa da plötzlich. Es ist das erste Mal seit bestimmt einer Stunde, dass sie sich an der Unterhaltung beteiligt. »Ich meine, *müssen* wir alle fahren?«

Cornelius runzelt die Stirn und guckt Tessa unwillig an. Fast als hätte sie unser neues Haus ganz grässlich beleidigt.

»Ich nehme an, wir *wollen* alle fahren«, sagt er dann in betont ruhigem Ton, der wohl keinen Widerspruch dulden soll. »Schließlich bekommen wir nicht alle Tage ein Haus geschenkt.«

»Wir haben es geerbt«, berichtigt Iris. »Nicht direkt geschenkt bekommen.«

»Wo ist der Unterschied?«, fragt Cornelius und guckt jetzt auch Iris böse an.

Wir haben das Haus tatsächlich geerbt. Von einem Großonkel von Cornelius, den außer ihm keiner von uns überhaupt kannte. Nur scheint der keine anderen Verwandten als Cornelius mehr gehabt zu haben. Und hat sein Testament deshalb sehr freundlich zu seinen Gunsten gemacht.

»*Darf* ich mir mein Zimmer also selbst aussuchen?«, wiederholt Kenny mit bettelnden Augen.

»Ja, ja, du darfst dir ein Zimmer aussuchen, Kendra«, antwortet Cornelius.

Das ist ebenfalls eine von Cornelius' Macken. Er versucht, uns alle nur bei unseren richtigen, vollen Vornamen zu nennen. Mich nennt er hartnäckig Olivia, obwohl mich schon seit hundert Jahren kein Mensch mehr so nennt. Ich glaube, die Letzte, die mich so genannt hat, war meine Grundschullehrerin. Und die mochte ich nicht. Ich bin Livi. Auch Iris nennt mich so.

Dass Cornelius uns alle bei unseren vollen Vornamen nennt, liegt an seiner Ordnungsmacke. (Schon merkwürdig bei einem, der hippielange Haare hat, in einer Band spielt, die *Rainbow* heißt, und noch nicht mal einen richtigen Beruf hat.) Und dank seiner Ordnungsmacke müssen nicht nur die Bücher ordentlich im Regal stehen, sondern auch die Namen seiner Kinder ordnungsgemäß ausformuliert werden. Meistens jedenfalls. Manchmal vergisst er das allerdings auch.

»Cool«, grinst Kenny zufrieden, die auch das nicht stört. »Ich nehme das größte von allen.«

Tessa holt tief Luft. »Ich habe nämlich … ich habe … also eigentlich habe ich morgen gar keine Zeit.«

Iris guckt erstaunt. »Wieso? Bist du mit Dodo verabredet? Kannst du das nicht ein bisschen verschieben?«

Dodo ist Tessas Busenfreundin. Tessa ist zwar zwei Jahre älter als ich, aber etwa zwei Lichtjahre blöder. Jedenfalls meistens. Und ihre dämliche Freundin Dodo passt hervorragend zu ihr.

Tessa schüttelt den Kopf. »Nein, kann ich nicht. Ehrlich. Könnte ich nicht später nachkommen? Ich weiß genau, wo die Kastanienallee ist. Ich finde das Haus bestimmt problemlos. Nur … ich kann wirklich erst … ähm … frühestens am Nachmittag.«

Sie kneift ihre lipglossrosa Lippen aufeinander und schweigt. (Warum verbietet Cornelius ihr nicht endlich mal, sich dauernd diese Massen von Farben mit all den schädlichen Konservierungsstoffen ins Gesicht zu schmieren?)

Haha! Sie glaubt bestimmt, dass sie mit der Schweigetaktik durchkommt.

Zugegeben, so was funktioniert in unserer Familie manchmal ganz gut. Wir sind so viele, dass sowieso irgendjemand oder irgendwas immer dazwischenkommt, und schon haben Iris und Cornelius vergessen, was sie eigentlich verbieten wollten. Und wenn sie ein Verbot nicht ausgesprochen haben, ist es natürlich auch nicht wirklich verboten. Meint jedenfalls meine Schwester.

Mist! Es scheint auch diesmal zu klappen. Dass etwas dazwischenkommt, meine ich. Denn plötzlich rülpst Malea.

Nicht einfach so – leise oder unauffällig. Nein, ein reichlich rottiger Riesenrülpser schießt aus ihrem Mund, bei dem wir alle unwillkürlich zusammenzucken.

An der Stelle fällt mir allerdings auf, dass auch Malea schon seit einiger Zeit nicht mehr viel gesagt hat. Was ganz und gar nicht normal für sie ist.

Sie rülpst noch mal. Dann blickt sie sich mit glasigen Augen um. »Mir ist übel.«

(Ach, nee!)

Iris – ganz besorgte Mutter – mustert Malea durchdringend.

Malea sieht in der Tat etwas blass aus.

»Mir ist echt schlecht«, flüstert sie jetzt. Ja, sie flüstert. Gequält. Fast als ob sogar das Flüstern anstrengend ist.

Sie atmet stoßweise. Ich muss zugeben, sie sieht inzwischen reichlich grün um die Nase aus.

»Himmel!«, stöhnt Rema und schubst Kenny von ihrem Schoß. »Komm, komm!« Sie zieht Malea vorsichtig von ihrem Stuhl hoch und versucht, sie zu stützen. »Lass uns lieber rüber ins Badezimmer gehen.«

»Die Pizza?«, fragt Iris.

Malea würgt als Antwort. Es klingt ziemlich eindeutig.

»Schnell!« Remas Stimme klingt dringlich. »Komm, Süße, komm!«

»Aber wir haben doch alle das Gleiche gegessen.« Cornelius guckt ehrlich erstaunt. Seine roten Ohren erblassen vor Schreck ein klein wenig.

»Ach, und deswegen darf ihr nicht schlecht werden?«, fragt Iris bissig.

Tessa kneift ihre Augen zusammen.

Ich weiß, warum die dumme Kuh das macht. Sie denkt, dass das ihre langen Wimpern *wie dunkle, verführerische Fächer* wirken lässt. Das hab ich sie jedenfalls mal zu Dodo sagen hören. Die beiden Sumpfschnecken standen vor unserem Flurspiegel und klimperten wie die Blöden mit ihren schwarz getuschten Augen, um herauszufinden, wie man die beste Wirkung erzielen kann. Also echt, haben die keine anderen Sorgen? Und jetzt versucht Tessa, genau damit Cornelius zu bezirzen.

Ich kneife ebenfalls meine Augen zu. Ohne Wimperngeklimper. Und meinen Mund gleich mit. Denn ich bin sauer und ich beobachte Tessa und ich denke nach. Und da macht man das eben. Ohne Wirkung erzielen zu wollen.

Tessa sieht bei ihrem Geklimper allerdings erstaunlich ängstlich aus. Als ob es ihr furchtbar wichtig ist, dieses Treffen mit Dodo. Wobei man bedenken muss, dass es für Tessa natürlich schon lebenswichtig ist, den Montagnachmittag in der Parfümerie unten in der Stadt nicht zu verpassen. Montags wird nämlich immer neue Ware geliefert.

Aber Tessa sieht nicht nach Parfümerie aus, Tessa sieht… ja, sie sieht irgendwie beinahe ernsthaft aus. Verzweifelt fast. Sie guckt Iris und Cornelius abwechselnd flehend an. Und wimperklimpert nur ganz wenig dabei. Sie wird doch nicht etwa einen *echten* Grund haben, morgen irgendwo anders hinzumüssen?

Die Geräusche aus dem Badezimmer lenken nicht nur Iris und Cornelius von meiner großen Schwester ab. Es sind eindeutig unschöne Geräusche. Dann hört man einen Knall. Rema hat taktvoll die Tür zugeschmissen.

»Gut, gut.« Cornelius räuspert sich lautstark. (Dass manche Leute glauben, wenn sie selber möglichst viele Geräusche machen, würde man andere Dinge nicht mehr hören können!) Er nimmt das Foto hoch und will es wieder einstecken. »Dann fahren wir also morgen früh und…«

»Lass noch mal sehen, Papa«, bittet Kenny. Sie kniet auf Remas Stuhl und krabbelt beinahe in das Bild hinein. »Gibt's da auch einen Garten? Dahinter vielleicht?«

Cornelius lächelt und seine Ohren leuchten auf. (Das Würgen aus dem Badezimmer ist zum Glück nur noch sehr leise im Hintergrund zu hören.) »Natürlich gibt es einen Garten. Und wenn ich mich recht erinnere, ist der nicht mal allzu klein!«

Iris scheint sich im Moment für Gärten weniger zu interessieren. »Waren Meeresfrüchte auf Maleas Pizza? Hat Malea vielleicht was von irgendwelchen Tintenfischen oder Krabben abbekommen?«

Malea ist gegen fast alles, was aus dem Meer kommt, allergisch. Das weiß jeder bei uns in der Familie.

Tessa, die die Pizzen an der Tür in Empfang genommen hat, zuckt mit den Schultern.

»Hab ich nicht gesehen«, sage auch ich schnell, als Iris mich ansieht.

»Ich hab ihr nur ein paar von meinen doofen Pilzen gegeben«, meint Kenny. »Ihr wisst genau, dass ich keine Pilze mag«, fügt sie vorwurfsvoll hinzu.

»Aber Kendra!« Cornelius sieht sie erstaunt an. »Auf deiner Pizza waren überhaupt keine Pilze.«

»Doch«, nickt Kenny mit ernsthaft aufgerissenen Augen. »Sie war voll davon, ehrlich. Ganz grässlich voll.«

Iris sieht Cornelius sorgenvoll an. »*Was* war denn auf Kennys Pizza, wenn es keine Pilze waren?«

»Muscheln«, antwortet Cornelius und seufzt tief. »Kenny hatte eine Muschelpizza. Die war im Angebot. Ich dachte, Kenny mag Muscheln. Ich hätte die Muscheln doch niemals Malea gegeben!«

»Ach du je!«, stöhnt Iris.

Kenny

Ich hätte so gern ein Tier. Ein richtiges, eigenes Tier. Bentje hat einen Goldhamster, Miranda hat ein weißes Häschen und Gina hat einen Hund. Na ja, auch wenn es nicht ganz richtig ihr eigener Hund ist, sondern der von ihrer Familie eben. Aber ich wäre auch schon zufrieden, wenn wir einfach nur ein Familien-Tier hätten. Und wenn Papa mir nicht bald ein Tier kauft, dann suche ich mir irgendwo zehn Spinnen und dressiere sie so, dass sie allen Menschen sofort in die Nase krabbeln. Und dann? Hihihi! Dann packe ich alle zehn heimlich bei Papa ins Bett.

Wir hatten eine tolle Nacht! Malea hat die ganze Zeit im Badezimmer gekotzt, sodass ich unser Zimmer für mich ganz allein hatte. Mama war mit ihr im Bad beschäftigt und hat deshalb nicht gemerkt, dass ich gar nicht schlafen gegangen bin.

Rema hat es gemerkt, aber sie fand, dass kleine Kinder nachts Kakao brauchen, wenn sie nicht schlafen können. Ich bin natürlich nicht mehr klein, aber sonst hat Rema ganz doll recht. Ich fand, dass Kinder außerdem auch Weingummis und Mandelkekse zum Kakao brauchen, weil sie vom langen Aufbleiben hungrig werden. Und wer kann schon mit Hunger einschlafen? Und weil Rema die netteste Oma der Welt ist, hat sie das natürlich sofort eingesehen.

Außerdem schien Rema auch ziemlich hungrig zu sein. Deswegen hat sie uns, als die Weingummis und die Mandelkekse alle waren, noch Bananenpfannkuchen gebacken. Ich liiiebe Bananenpfannkuchen. Genau wie Rema. Wir haben gefuttert, bis wir Bauchschmerzen hatten.

»So, jetzt sollten wir, glaube ich, lieber aufhören«, hat Rema irgendwann gesagt, »sonst müssen wir noch Malea im Badezimmer Gesellschaft leisten.«

Ich hab ein bisschen gekichert, aber eigentlich war ich schon so müde, dass ich gar nicht mehr richtig hingehört habe. Rema hat mich dann in mein Bett getragen. Es war wirklich eine superschöne Nacht.

Leider fühle ich mich jetzt nicht so richtig toll. Mama hat mich heute Morgen ganz gemein mitten aus einem wunderschönen Ponytraum gerissen. Und dann hat mich Papa auch noch angeraunzt, leise zu sein, weil Malea noch ein bisschen schnarchen sollte.

»Die Ärmste hat nicht viel Schlaf gekriegt«, hat Papa gesagt.

Pah, so viel Schlaf hab ich wirklich auch nicht gekriegt! Aber für mich scheint sich heute keiner zu interessieren. Außer Livi, meine liebe Livi.

Livi stellt mir ein Glas Orangensaft und ein Schokohörnchen auf den Küchentisch und rollt dann mit den Augen Richtung Papa. Der rennt nämlich schon seit zehn Minuten wie ein nervöser Spürhund von Zimmer zu Zimmer und schnüffelt und bellt und hebt Papierstapel hoch und guckt in den Kühlschrank und in den Abfalleimer und in unser Brotfach.

»Was suchst du denn, Cornelius?«, fragt Livi ganz freundlich.

»Meine Brille«, schnauzt Papa. »Stör mich nicht! Das ist doch wieder mal typisch! Wenn man es schon mal eilig hat!«

Eilig? Ach ja, da fällt es mir wieder ein, wir wollen ja heute unser neues Haus angucken. Und – ups – ich darf mir ja eins von den hundert Zimmern aussuchen! Juchhu! Uiii, da fühl ich mich aber gleich ziemlich viel besser!

»Suchst du vielleicht die, die du auf der Stirn hast?«, fragt Livi noch freundlicher.

Papa schiebt seine Brille oft auf die Stirn. Er sagt, dass er die ja sowieso kaum braucht, weil er eigentlich immer noch total gute Augen hat. Na ja, also dafür, dass er sie kaum braucht, sucht er sie aber ziemlich oft.

Papa tastet nach oben und guckt dann reichlich blöd. Weil er natürlich seine Brille in der Hand hält.

»Danke, Olivia«, sagt Papa steif und sieht so aus, als wüsste er nicht, was er machen soll. (Armer Papi! So sieht er ziemlich oft aus.)

»Hihihihiii«, kichere ich und pikse Papa in den Bauch.

Da grinst Papa auch ein bisschen. Aber dann verdrückt er sich schnell. Und kurze Zeit später schnüffelt er schon wieder als Spürhund durch die Gegend.

»Suchst du wieder deine Brille, Papa?«, frage ich.

»*Cornelius*«, bellt Papa. »Und: nein, jetzt suche ich meinen Autoschlüssel.«

Ich finde es lustig, dass Papa Cornelius genannt werden will. Aber ich finde den Namen schrecklich lang und unpraktisch. Wer will so was schon rufen? *Hallo Cornelius-Papa!* Nee, das ist doch voll doof.

»Wir könnten dich Co-pa nennen«, hat Malea mal vorgeschlagen. »So wie Re-ma.«

Aber da hat Papa so böse ausgesehen, dass Malea nur »Na, dann eben nicht« gemurmelt hat. Ich glaube, Papa versteht nicht richtig, dass er doch vor allem ein Papa ist und kein Cornelius.

»Warum nimmst du nicht die Schlüssel, die am Schlüsselhaken hängen?«, ruft Mama aus dem Wohnzimmer.

Spürhund-Papa trabt mit Gewitterwolken auf der Stirn aus der Küche. Dann höre ich im Flur was klickern, was wie ein Schlüsselbund klingt, den man vom Haken nimmt.

»Wer hat die denn hier rangehängt?«, hören Livi und ich ihn zu Mama rüberrufen. »Das hätte man mir ja auch mal sagen können!«

»Ja, ich verstehe auch nicht, warum du dir das nicht gesagt hast«, antwortet Mamas ruhige Stimme aus dem Wohnzimmer.

»Auuu! Oh, verdammt!«, schreit Papa darauf. Was nicht unbedingt zu Mamas Antwort passt, aber wahrscheinlich daran liegt, dass Papa wieder über die Schwelle vorm Wohnzimmer gestolpert ist und sich darauf die Spitze unserer großen Kommode, die nicht ganz ins Zimmer passt, in den Bauch gerammt hat. Das macht er gerne.

»Blödes Ding, verflucht noch mal!«, grunzt Papa aus dem Flur. »Wird wirklich Zeit, dass wir umziehen!«

Und dann kommt Malea in die Küche geschlurft. Die Ärmste hat kleine verschlafene Augen und guckt ein bisschen traurig. Na ja, auch kein Wunder, wenn man die ganze Nacht gekotzt hat und dann von Papas Gejaule geweckt wird. Appetit scheint sie aber schon wieder zu haben.

»Habt ihr mir kein Schokohörnchen übrig gelassen?«

Mama fegt wie ein Wirbelwind in die Küche. »Malea? Du isst Knäckebrot. Oder einen Apfel. Oder allerhöchstens eine Banane, hörst du?«

Aber Malea hört so frühmorgens nie sehr gut. Sie grapscht sich den Rest von meinem Hörnchen und stopft ihn sich in den Mund, bevor Mama überhaupt »*Wag es ja nicht*!« sagen könnte. Außerdem ist Mama sowieso gleich wieder aus der Küche rausgeweht, sie scheint heute Morgen furchtbar viel zu tun zu haben.

Normalerweise hätte ich mich jetzt natürlich auf Malea gestürzt, denn es ist ja wohl eine Frechheit, dass einem zu Hause das Essen vom Teller geklaut wird, aber ich bin irgendwie noch pappsatt von all den Bananenpfannkuchen letzte Nacht. Also werde ich mal großzügig sein.

»Los, jetzt! Ihr seid ja noch immer nicht angezogen!«

Papa ist vielleicht hektisch. Was soll das bloß? Warum müssen wir jetzt plötzlich so schrecklich hetzen? Unser neues rosarotes Haus wird in einer halben Stunde ja wohl immer noch da stehen, wo es jetzt gerade steht, oder?

»Nun beeilt euch doch ein bisschen! Und, Malea, ich bin mir nicht sicher, ob du heute schon wieder Pfannkuchen essen solltest, wo du gestern erst...« Papa steht vor Malea, die gerade meine und Remas restliche Pfannkuchen im Kühlschrank gefunden hat und die Scheiben unbekümmert mampft.

»Was ist?« Mamas Kopf erscheint im Türrahmen. Dann folgt die restliche Mama. »Malea, glaub mir, das ist keine gute Idee. Du solltest...«

»Ach, lass das Kind doch essen, was es möchte.« Rema erscheint in ihrem riesigen, regenbogenbunten Morgenmantel in der Küche und lächelt freundlich in die Runde. Ach, ich mag meine Rema sooo gern!

»Sie wird schon selber wissen, was gut für sie ist«, meint Rema.

»Also wirklich, Renate«, sagt Papa, der da deutlich anderer Meinung zu sein scheint, »als ob ein elfjähriges Mädchen selber wüsste, was gut für sie ist!«

»Kein Vertrauen in die zukünftige Generation«, seufzt Rema, schüttelt traurig den Kopf, setzt sich auf einen Stuhl und lächelt dann zu Malea rüber. »Iss du nur, Schätzchen! Die haben Kenny und ich letzte Nacht gebacken. Gut, nicht?« Sie zwinkert mir zu.

Spürhund-Papa knurrt. Aber bellen tut er nicht. Rema anzubellen, traut er sich nur selten.

Livi verdreht schon wieder die Augen und steht dann auf. Ich weiß nicht, ich glaube manchmal, dass Livi sich gar nicht richtig wohlfühlt bei uns. Schade ist das. Und wieso das so ist, verstehe ich auch nicht. Bei uns *muss* man sich doch einfach wohlfühlen!

»Abfahrt in fünf Minuten!«, ruft Papa. So laut, dass Rema direkt neben ihm sich die Ohren zuhält.

»Ist ja gut, Cornelius, wir sind ja nicht schwerhörig.«

Livi sagt nichts, lächelt aber Rema an und erntet dafür einen bösen Blick von Papa.

»Wo ist eigentlich Tessa?«, fragt Papa plötzlich und guckt sich suchend in der Küche um. Ganz so, als ob Tessa sich mit fünfzehn Jahren möglicherweise morgens gerne mal hinter dem Kühlschrank verstecken würde.

»Keine Ahnung«, sagt Livi.

Dabei weiß ich genau, dass sie weiß, wo Tessa ist. Ich weiß es nämlich auch.

Na ja, also wo sie *ganz* genau ist, wissen wir natürlich nicht. Aber dass sie weg ist, das wissen wir. Schon vor einer halben Stunde. Zu einem wichtigen Treff mit Dodo, hat sie gesagt. Tessa hat schrecklich oft wichtige Treffs mit Dodo. Das liegt daran, dass Dodo Tessas beste Freundin ist.

Meine beste Freundin ist Bentje. Und ich habe auch ganz oft wichtige Treffs mit ihr. Dann reden wir darüber, wie blöd Max oder Jesse wieder in der Schule waren, oder wir denken uns neue Spiele aus oder wir verkleiden uns mit Klamotten von Mama oder von Bentjes Mama, aber auf jeden Fall machen wir lauter tolle Sachen. Ich bin echt froh, dass ich eine beste Freundin wie Bentje habe.

Livi hat keine beste Freundin. Deshalb hat sie auch beinahe nie wichtige Treffs mit jemandem. Vielleicht sieht sie deshalb oft so grummelig aus? Arme Livi.

»Livi?«, frage ich. »Wollen wir heute Nachmittag zusammen malen?« Ich will mal versuchen, in nächster Zeit ganz besonders nett zu Livi zu sein. Vielleicht sieht sie dann wieder etwas glücklicher aus. »Oder wir könnten auch runter zum See gehen und nach Fröschen suchen und sie küssen und warten, ob vielleicht …«

Livi lächelt mir zu. War anscheinend 'ne gute Idee, das mit den Fröschen. Können wir ja nach dem Hausangucken machen.

Ich sollte Livi wirklich öfter aufheitern. Der Ärmsten ist bestimmt nur schrecklich langweilig den ganzen Tag über, weil ich meistens wenig Zeit habe. Hm, vielleicht leihe ich ihr sogar mal Bentje aus. Mit Bentje *kann* es einem gar nicht langweilig werden.

Malea

Ich bin Weltbürgerin. Das zeigt doch wohl schon mein hawaiianischer Name: Malea! Ich finde, Weltbürgerin zu sein, ist echt klasse. Darüber haben wir neulich in der Schule geredet. Dass nämlich heutzutage die Leute von anderen Gegenden und Ländern auf der Welt viel mehr wissen als früher. Und dass sie deswegen auch Sachen tun, von denen die Leute früher nicht mal gehört hatten. Surfen zum Beispiel, also richtig wellenreiten meine ich (nicht windsurfen). Das liebe ich. Auch wenn ich es bisher nur an den Stränden bei uns hier gemacht habe. Und eines Tages werde ich eine großartige Wellenreiterin sein. Denn als Weltbürgerin reise ich natürlich durch die ganze Welt, und ganz sicher auch nach Hawaii. Hawaii ist das Land, wo das Wellenreiten erfunden worden ist. Und auf Hawaii bin ich auch geboren. Während Iris und Cornelius mit meinen beiden großen Schwestern im Gepäck auf ihrer Weltreise waren, nämlich. Und wer auf Hawaii geboren ist, ist ganz sicher Weltbürgerin, sagt auch Cornelius. Das habe ich meiner Lehrerin erzählt. Und die hat genickt und gemeint, dass das ganz typisch ist. Dass das Leben heutzutage globaler wird. (Global! Tolles Wort, oder?) Dass die Leute mehr reisen. Dass sie in ihrem Leben durchaus in mehreren Ländern leben. Und dass es bald ziemlich normal sein wird, Weltbürger zu sein. Hm, dass das irgendwann normal sein wird, finde ich natürlich doof. Denn normal heißt doch langweilig, oder? Und das will ich auf keinen Fall sein! (Leider bedeutet, Weltbürgerin zu sein, nicht, dass man auch alles mag oder verträgt, was es auf der Welt gibt. Zu dumm.)

Die letzte Nacht war sooo beschissen.

Kenny, die alte Grützgurke von kleiner Schwester, hat eine Million Muscheln, die auf ihrer Pizza lagen und die da auch besser hätten liegen bleiben sollen, auf meine gehäuft und behauptet, es wären Pilze. Nur damit ich sie esse. Und das hab ich blöderweise getan.

Und was passierte? Klar. Meerwasserklar. Schließlich bin ich megaallergisch gegen Muscheln und all so 'n Zeug. Wie das gekommen ist, kann ich mir nicht erklären, ich meine, wie ich diese bescheuerte Allergie bekommen habe. Als Weltbürgerin sollte man doch alle essbaren Dinge der Welt lieben. Und ich liebe Muscheln ja auch, also im Prinzip jedenfalls. Aber die Muscheln lieben mich nicht. Oh, das war vielleicht eine Nacht, also danke! Dass ich das überlebt habe, ist ein echtes Wunder!

Iris und Rema waren total lieb. Erst hat Rema mich ins Bad gebracht, dann ist Iris gekommen. Und obwohl Iris selber zweimal vom Badewannenrand gekippt ist, weil sie vor Müdigkeit eingeschlafen ist, hat sie trotzdem die ganze Nacht wacker neben mir und dem Klo ausgehalten.

Cornelius hat natürlich tief und fest im Schlafzimmer geschnarcht. Aber Rema und Livi oder Kenny oder Tessa oder irgendjemand müssen auch noch lange wach gewesen sein, denn ich habe Stimmen aus der Küche gehört. Und was noch schlimmer war: Es wehte grausamer Kakao- und Pfannkuchenduft in dicken Schwaden regelmäßig zu uns rüber ins Bad. Das hat natürlich sofort wieder neue Würgattacken bei mir ausgelöst.

Und heute ist auch noch Samstag und nicht mal Schule, was echt superblöd ist, denn ich hätte heute garantiert nicht zur Schule gemusst, sondern hätte nett zu Hause bleiben und fernsehen können, weil ich ja vor ein paar Stunden noch todkrank war. Was für ein Pech!

Stattdessen stresst Cornelius wieder rum und lässt mich nicht mal in Ruhe frühstücken. Dabei habe ich Hunger für zehn! Was doch wohl klar ist, so viel wie ich gestern von mir gegeben habe.

Das muss doch alles auch wieder rein in den Körper! Sonst bin ich ja nur noch eine labberige Hülle! Womöglich klebe ich dann innerlich irgendwo zusammen und meine Wellenreiterkarriere als Weltbürgerin hat sich für immer erledigt. Und außerdem duften die Pfannkuchen von letzter Nacht heute Morgen merkwürdigerweise ganz wunderbar.

»Malea!«, sagt Cornelius zu mir in einem Ton, der sich anhört, als würde er gleich anfangen zu weinen. »Du kannst doch nicht im Ernst all diese Sachen jetzt in dich hineinstopfen, wo du gerade erst…«

»Doch – *kann* ich«, sage ich möglichst ruhig. Mit Cornelius muss man ruhig sprechen, sonst dreht er leicht komplett durch.

Cornelius' Gesichtsfarbe nimmt ein gleichmäßiges Pink an. Ui, ich glaube, so pink sollte niemand aussehen.

»Denk an deinen Blutdruck!«, mahnt auch Rema aus dem Hintergrund. Sie rührt in ihrem Morgenkaffee und wickelt dabei ihren bunten Morgenrock mit der anderen Hand wärmer um sich.

Cornelius guckt Rema irritiert an. »Ach!«, schnaubt er dann nur. »Macht doch, was ihr wollt!«

»Das ist ein Wort!«, sagt Iris, die in genau diesem Augenblick in die Küche kommt, und lächelt Cornelius breit an.

Cornelius sieht mal wieder so aus, als ob er nicht wüsste,

ob er lachen oder brüllen soll. Er entscheidet sich für ein weiteres Schnauben und geht dann raus.

»In fünf Minuten im Auto!«, ruft er aus dem Flur zu uns rein. Dann erscheint sein Kopf noch mal im Türrahmen. »Angezogen, verstanden?«

»Seinen Kaffee wird man ja wohl noch trinken dürfen«, murmelt Rema vor sich hin.

Aber, um Cornelius nicht weiter aufzuregen, tun wir ihm den Gefallen und sitzen kurze Zeit später alle in unserem siebensitzigen Auto. Livi und Rema ganz hinten, Kenny und ich in der Mitte, und Iris und Cornelius vorne.

»Ein Glück, dass Tessa nicht da ist«, plappert Kenny gedankenlos vor sich hin, als wir auf der Hauptstraße in Cornelius' Lieblingstempo, nämlich mit ungefähr 120 Stundenkilometern, dahinrasen. »Endlich haben wir mal genug Platz hier in der Mitte, Tessa macht sich sonst immer sooo breit.«

Ich ziehe die Augen hoch und bedenke Kenny mit einer Bist-du-blöd-Tessas-Namen-zu-erwähnen?-Grimasse.

Kenny sieht auch sofort ziemlich erschrocken aus. Nur leider zu spät.

»*Was* ist?« Cornelius vorne steppt auf die Bremse, sodass wir fast alle mit den Nasen in den Sitzen vor uns landen. Er reißt das Steuer zur Seite und parkt das Auto mit einem grausigen Quietscher resolut mitten auf dem Gehweg. Dummerweise ohne zu bemerken, dass er dabei nur um wenige Millimeter den Fuß der hübschen Polizistin verpasst hat, die genau dort stand und fleißig Parksünder aufschrieb.

Jetzt steht sie da nicht mehr. Um ihr Leben zu retten, ist sie geistesgegenwärtig aus dem Stand mindestens einen Meter zur Seite gehechtet. Keine schlechte Leistung.

Aber ich schätze, als Polizistin trainiert man so was jeden Tag.

Sie sieht trotzdem etwas mitgenommen aus. Kalkweiß im Gesicht erstarrt sie genau dort, wo sie eben hingehüpft ist, für etwa drei Sekunden, erholt sich dann aber doch schnell wieder und guckt eine weitere Sekunde später nur noch empört. Ich nehme an, in ihrem Job ist sie an Menschen wie Cornelius gewöhnt.

Den Stift und ihren Strafzettelblock fest in der Hand, klopft sie entschlossen an unsere Scheibe. Oje, armer Cornelius, das könnte teuer werden!

»Huch!«, macht nun auch Iris erschrocken, denn sie sieht sich Auge in Auge der finsteren Polizistin gegenüber.

»Äh, du, Cornelius«, wispert sie möglichst unauffällig nach links, »ich glaube, du hast da was übersehen …«

Doch Cornelius ist mit wichtigeren Dingen beschäftigt. Er guckt sich hektisch in unserem Auto um und begreift schließlich, dass wir recht haben. Tessa ist tatsächlich nicht da.

Nein, natürlich ist sie nicht da. Ich bin ja heute Morgen von ihrem Haustür-Zuknallen aufgewacht. Und als ich mich mühsam aus meinem Bett hochgerappelt hatte und aus dem Fenster geguckt hab, da ist sie gerade in ein Auto eingestiegen.

Hm, heute Morgen hab ich mir nicht viel dabei gedacht. Ich war nach meiner Gruselnacht grässlich müde. Aber wenn ich jetzt so darüber nachdenke … Was war das eigentlich für ein Auto? Hatte es nicht ausländische Kennzeichen?

Ja, ich bin mir ziemlich sicher, dass es kein deutsches Kennzeichen war, es sah irgendwie fremd aus. Und die beiden Typen, die vorne saßen – ziemlich dunkle Haare, mehr konnte ich nicht sehen –, die kannte ich garantiert auch nicht. Hinten saß auf jeden Fall Dodo, Tessas Lieblingsfreundin.

Das weiß ich, weil sie sich aus dem Fenster lehnte und Tessa zur Begrüßung zuwinkte. Wahrscheinlich hab ich deswegen nicht weiter darüber nachgedacht. Es erschien mir alles ziemlich normal. Aber, hm, weiß Cornelius wohl, dass Tessa und Dodo in Autos zu Typen steigen, die mindestens achtzehn sind? (Sonst hätten sie ja keinen Führerschein.) Tessa ist immerhin erst fünfzehn.

Ich schaue Cornelius von der Seite her an. Nein, er sieht nicht so aus, als ob er von Tessas Ausflug wüsste. Seine Augen verdunkeln sich bedrohlich. In spätestens drei Sekunden wird er tief Luft holen und losbrüllen. Ich werfe Kenny einen weiteren Blick zu, der heißt: *In Deckung gehen!*

»Machen Sie bitte die Tür auf!« Die Polizistin steht jetzt auf Cornelius' Seite und sieht reichlich ungeduldig aus.

Cornelius bemerkt die Beamtin offenbar gerade das erste Mal. Er öffnet total überrascht, aber gehorsam die Fahrertür und vergisst zum Glück das Brüllen. »Ja, bitte? Was wollen Sie? Ich habe nicht viel Zeit, meine Tochter ist gerade verloren gegangen.«

Die Polizistin sieht ein wenig erstaunt aus. Vielleicht hat sie doch nicht so oft mit Menschen wie unserem Vater zu tun. »Ihren Führerschein und Ihren Ausweis, bitte!«

Armer Cornelius! Ich bin ganz sicher, dass er keinen Schimmer hat, was die Polizistin überhaupt von ihm will.

Er fummelt völlig verwirrt die Papiere aus seiner Brieftasche. »Bin ich zu schnell gefahren?«

»Zu schnell?« Die Beamtin funkelt ihn böse an. »Versuchte Körperverletzung würde ich das eher nennen.« Sie sieht so aus, als wäre mit ihr nicht zu spaßen.

Das scheint auch Cornelius endlich zu begreifen. Nachdem die Polizistin ihm sachlich, aber eisig erklärt hat, dass er sie beinahe platt gefahren hat, oder zumindest ihren Fuß, blubbert ihr Cornelius hundert Entschuldigungen entgegen.

Iris sitzt währenddessen geduldig daneben. Na ja, wir sind ja nicht das erste Mal in so einer Situation.

Endlich hat Cornelius die Polizistin tatsächlich von seiner Harmlosigkeit überzeugen können. Aber er ist dabei ganz schön ins Schwitzen und Stottern geraten. Ich muss seufzen. Also manchmal kann Cornelius schon ziemlich peinlich sein.

Als wir wieder anfahren, frage ich mich, ob er Tessas Fehlen inzwischen vergessen hat. Und als ich mich umdrehe, habe ich den Eindruck, dass auch Rema, Livi und Kenny so aussehen, als ob sie sich das gleich fragen. Oder hoffen. Denn eine Explosion von Cornelius würde jeder ganz sicher gern vermeiden.

Cornelius scheint sich aber wieder im Griff zu haben. Er fährt ruhig mit kaum mehr als 70 Stundenkilometern durch den morgendlichen Verkehr und beobachtet uns nur ab und zu durch den Rückspiegel.

»Also«, sagt er nach einer Weile und wirft mir einen besonders strengen Blick zu, »wer von euch weiß, wo Tessa steckt?«

Ich versuche, möglichst unschuldig auszusehen. Und – in der Tat – bin ich das ja auch. Ich habe keine Ahnung, wo sie steckt. Das Auto kann ja überall hingefahren sein. Vielleicht ist Tessa jetzt schon in Afghanistan.

Ups! Oje, ich hoffe nicht, dass Tessa in Afghanistan ist.

Auch wenn es natürlich keinen Grund gibt, warum sie nicht nach Afghanistan fahren sollte. Tessa will ja vielleicht auch Weltbürgerin sein. Oder – ähm Moment mal – ist Afghanistan nicht gerade ein Gebiet, was man besser meiden sollte? Ich glaube, ich habe irgend so was im Fernsehen gehört.

Ich sollte das vielleicht gleich mal Livi fragen. Die weiß so was immer. Irgendwie ist das ihr Hobby, alles über Krisengebiete auf der Welt zu wissen. So hat sie immer einen Grund, schlechte Laune zu haben, die alte Sumpfdotterblume!

Ach, Quatsch, egal, Tessa ist ja nicht von zu Hause abgehauen. Hoffe ich jedenfalls. Dann brauche ich auch Livi nicht einzuweihen. Hat Tessa nicht gestern am Tisch gesagt, dass sie nur etwas später zu unserem neuen Haus kommen will? Ja, genau. Also wird sie schon irgendwann hier auftauchen. Denke ich. Auf jeden Fall sollte ich Cornelius jetzt nicht noch weiter aufregen und das afghanische Auto lieber nicht erwähnen.

Ich schweige also und gucke möglichst unbeteiligt aus dem Fenster und das tun alle anderen im Wagen auch.

»Rrrrrr«, knurrt Cornelius vorne grimmig. Aber mehr tut er nicht. (Also, ehrlich, manchmal erinnert er mich an einen dünnen Jagdhund, der drohend vor einem Reh steht, sich aber nicht traut zuzubeißen.)

Kenny

Man kann auf so blöden Fotos sowieso nicht viel sehen. Wenn man dann wirklich davorsteht, ist alles immer ganz anders. Und dahinter kann man schon überhaupt gar nicht gucken. Dabei wäre das doch viel interessanter gewesen. Denn möglicherweise brauche ich nun doch keine Spinnen für Papas Bett zu dressieren. Ich drück mir ganz fest die Daumen!!

Oh, ist das toll! Unser neues Haus! Sooo riesig!

Ich muss einfach sofort aus dem Auto springen und durch die Gartenpforte laufen. Auch wenn Papa hinter mir ruft: »Halt, Kendra! Wir gehen alle zusammen!«

Und ich hätte auch sofort die Haustür aufgerissen und mir drinnen alles angeguckt, aber die dumme Haustür ist natürlich zu. Fest verschlossen.

Mist, jetzt muss ich doch auf Papa und den Schlüssel warten. Dabei wollte ich so gern die Erste sein, die unser neues Haus betritt.

Mama und Papa und Rema und Malea und Livi brauchen endlos, bis sie endlich hier sind. Und dann schließt Papa feierlich die Tür auf und … wupps … drängele ich mich doch schnell an ihm vorbei und renne rein. Juchhu, unser neues Haus!

Es ist auch von innen ganz riesig. Und leer. Superleer. Es hallt ganz komisch, wenn man durch die Räume läuft und laut ruft.

»Reee-maaa!«

»Hier bin ich, Kenny! Ich koooomme!«, ruft Rema aus einem der Zimmer zurück. Aber sie kommt gar nicht, sie ist viel zu langsam.

Da ist eine wunderschöne weiße Treppe, die renne ich mal ganz schnell hoch. Oh, und hier oben sehen die Räume noch viel größer aus. Ich kann mich gar nicht entscheiden, welches Zimmer meins sein soll. Aber – Mist! – da kommen schon Livi und Malea. Wenn ich nicht schnell bin, schnappen sie mir das beste weg.

»Das hier ist meins!«, höre ich Maleas Stimme.

Ich rase sofort zu ihr, um zu sehen, ob es sich lohnt zu kämpfen.

Nee, was für ein Glück! Malea hat sich ein ziemlich kleines Zimmer ausgesucht, das sie aber ganz wunderschön findet. Bloß weil es halbrund ist und so 'ne Öffnung hat, wo früher mal ein Kamin war. Oder ist da immer noch ein Kamin?

Ich stecke meinen Kopf so weit rein in das Loch, wie ich kann. Das geht gar nicht so gut, weil da so ein Vorsprung ist, aber wenn ich meinen Kopf da dran vorbeischiebe, sehe ich bestimmt, wo das Loch hinführt und …

»Kenny!« Mamas Stimme klingt etwas schrill. »Nimm deinen Kopf da raus!«

»Wieso?«

Autsch! Ich ziehe automatisch meinen Kopf zurück, aber jetzt geht er gar nicht mehr zurück. »Mamaaaa!«

Ich will gar nicht, dass Mama sich auch noch hier reinquetscht, aber wenn man sich echt erschreckt, schreit man doch automatisch nach jemandem, oder? »Mamaaaa!«

»Kenny!« Mama klingt hilflos und besorgt. Und jetzt fängt sie auch noch an, von unten an mir zu ziehen.

»Aua, Mama! Au! Niiiicht! Hör auf!«

»Corneeeelius!« Mama ruft anscheinend auch immer jemanden, wenn sie sich echt erschreckt. »Kenny klemmt fest!«

»Kendra?«

Das ist Papas Stimme. Wieso klingt er denn so fragend? Hat er Zweifel, dass ich das bin?

»Alles in Ordnung?«, fragt Papa.

Also ehrlich! Wie blöd ist Papa denn? Glaubt er, ich mache hier ein Picknick? Papa, ich habe keine Lust, hier endlos zu hängen! Und überhaupt, sehen kann ich sowieso nix. Alles dunkel. Zugemauert. Das dumme, runde Zimmer kann Malea meinetwegen haben.

»Papa, tu was!«, piepse ich. Denn es ist kalt in diesem dummen Schacht. Und außerdem wird mir ein bisschen komisch. Weil ich darüber nachdenke, was passiert, wenn ich meinen Kopf hier nie mehr rausbekomme. Müssen die dann das ganze Haus abreißen, um mich frei zu kriegen?

Endlich höre ich Livis beruhigende Stimme. »Kenny! Versuch mal deinen Kopf ein winziges bisschen zu drehen! Schaffst du das?«

Ich drehe brav ein bisschen. Au! Beklopptes Loch! Nie wieder klettere ich in so was rein!

Autsch … ah, jetzt! Jaaaa!

Ich bin frei! Puh!

Ich plumpse auf den Boden, weil meine Beine auf einmal ganz puddingweich sind. Um mich herum stehen Mama,

Papa, Livi und Malea. Papa macht ein besorgtes Gesicht. Aber Livi, Malea und Mama grinsen. Und da kommt auch noch Rema angeschnauft.

»Kenny!«, sagen alle gleichzeitig mit ganz merkwürdig entsetzter Stimme. Sogar Papa.

Ich streiche mir meine verwuschelten Haare aus dem Gesicht. »Ist was?«

Man kann doch wohl mal ein bisschen irgendwo stecken bleiben!

Ich rapple mich auf und laufe schnell weiter durchs Haus, doch ich finde nichts Aufregendes. Ich will aber ein ganz besonderes Zimmer haben! Allerdings ohne Loch in der Wand. Schnell die nächste Treppe hoch!

Hm, hier oben sieht es irgendwie viel kuscheliger aus. Ich glaube, die Decken sind niedriger als in den unteren Etagen. Aber die Zimmer sind immer noch riesig. Zehnmal größer als in unserer alten Wohnung.

Und dann sehe ich es: mein Zimmer! Ganz klar, das ist es.

Es liegt am Ende des Flurs und hat so einen kleinen Vorbau, den Mama Erker nennen würde, mit einem großen Fenster, von dem aus man die ganze Straße überblicken kann. Und das Zimmer geht ganz bis rüber auf die andere Seite des Hauses, wo noch mal so ein Erker ist, von dem aus ich den ganzen Garten sehen kann. Und – wow – der Garten sieht klasse aus!

Er ist ganz schön groß, wenn auch nicht richtig riesig. Hinten am Zaun stehen ein paar Bäume. Und davor, auf der einen Seite des Gartens, sind Beete, wahrscheinlich mit Gemüse oder so Sachen. Und auf der anderen Seite ist einfach Rasen. Super, da können wir super spielen!

Das muss ich morgen in der Schule gleich Bentje erzählen. Ach, Mist, morgen ist ja gar keine Schule, morgen ist ja Sonntag. Oh, ich kann aber nicht so lange warten!

»Papaaaa! Mamaaaa! Kommt maaaaal! Ich hab mein Zimmer gefunden!«

Bis Mama und Papa hier oben sind, kann es noch dauern. Ich höre ihre Schritte von ganz unten schrecklich langsam hochklackern.

Na ja, gucke ich eben noch ein bisschen in den Garten runter...

Moment mal! Was ist das denn? Das ist... Ich presse meine Nase an die Scheibe, denn manchmal kann man so besser sehen, und... sehe... ein Huhn. Ein Huhn? In unserem Garten?

»Mamaaaa? Haben wir auch ein Huhn geerbt?«

»Wie bitte?« Mama kommt keuchend die Treppe hoch. Also man muss sich schon wundern, dass Erwachsene sich überhaupt den ganzen Tag auf den Beinen halten können, so schnell wie sie gleich nach den leichtesten Übungen außer Atem sind!

»Was für ein Huhn?«

Strahlend präsentiere ich Mama das Huhn im Garten. Es steht fröhlich pickend in den Beeten und scheint sich rundum zu Hause zu fühlen.

Mamas Augen werden immer größer. Dann grinst sie. »Cornelius! Da ist tatsächlich ein Huhn in unserem Garten!« Sie lacht. »Wie nett! Da haben wir gleich Gelegenheit, unsere neuen Nachbarn kennenzulernen, wenn wir rumgehen und fragen, wem es gehört.«

»Wieso?« Ich bin total enttäuscht. »Gehört es denn nicht uns? Es ist doch in unserem Garten. Ich will das Huhn aber behalten. Ich wollte schon immer ein Huhn haben!« Oh ja, das will ich. Das wird mir gerade klar.

»Wie bitte?« Papa guckt mich an, als ob ich Rührei im Kopf hab.

Dabei stimmt es, das fühle ich ganz tief drinnen in mir. Jedenfalls wenn ich schon keinen Hund haben darf. Den will nämlich Papa nicht. Gemein! Und nun haben wir endlich mal ein Tier und da will Mama es sofort wieder weggeben! Warum sind Erwachsene bloß immer so?

»Wo ist ein Huhn?« Livi schiebt sich nach vorne und will auch mal gucken.

»Und ihr steht übrigens in meinem Zimmer«, sage ich schnell, bevor Livi oder Malea auf die Idee kommen könnten, es mir wegzuschnappen.

»Hübsches Zimmer«, sagt Livi anerkennend. »Und ganz schön groß.«

»Mhmm.« Ich nicke zufrieden. Dann gucke ich Papa und Mama an. Das ist doch jetzt mein Zimmer?

Aber Mama und Papa lächeln. Ihnen scheint das große Haus richtig gute Laune zu machen. Sogar das Fehlen von Tessa scheinen sie zum Glück vergessen zu haben.

»Ja«, sagt Mama, »wenn du möchtest, dann ist es deins.«

»Und wenn Tessa es will?«, will ich noch schnell sichergehen. Es ist nämlich so, dass sich die Älteren bei uns ganz oft vordrängeln.

Papa kriegt bei der Erwähnung des Namens gleich wieder so einen Knurrhund-Ausdruck im Gesicht. Aber das ist mir egal.

»Es ist deins«, bestätigt auch Papa. »Tessa kann im Keller schlafen, wenn sie hier nicht bald auftaucht.«

Ich atme erleichtert aus. Natürlich muss Tessa nicht im Keller schlafen, auch nicht wenn sie erst morgen früh kommt. Weiß doch jeder, dass Papa das nicht so meint.

»Ach, ist das schön hier!« Rema ist auch endlich pustend angekommen. »Aber ich denke, ich nehme doch lieber ein Zimmer im Erdgeschoss, wenn ihr nichts dagegen habt.«

»Da ist ein Huhn im Garten, Rema«, sage ich. »Und Mama will es unseren Nachbarn schenken.«

»Falls es nicht vorher in unserem Kochtopf landet«, sagt Papa, der jetzt auch mal seinen Kopf aus dem Fenster steckt. »Glaub ich ja nicht! Da ist wirklich ein Huhn. Was macht das denn hier?«

Livi

Am liebsten würde ich unter einem falschen Namen zur Schule gehen. Als »Karoline Keller« oder so. Irgendwas Unauffälliges halt. Olivia Martini klingt schrecklich. Oh, da kriege ich gerade eine gute Idee. Ich werde einfach niemandem in der Schule meine neue Adresse verraten. So gesehen ist ein Umzug eine echte Chance. Eine Chance, ein neues Leben anzufangen. Anonym. Oder, na ja, fast anonym. Also jedenfalls so, dass keiner in der Schule mehr weiß, wo ich wohne. Und deshalb auch nie hier auftauchen kann. Und rausfinden kann, in was für einer Familie ich lebe. Hm. Na ja, nicht dass mich oft jemand besuchen kommt! Ich hab mit den Leuten in der Schule nicht soo viel zu tun. Also, ich habe keine beste Freundin oder so. Zum Glück. Mir ist das total recht. Es wäre natürlich irgendwie auch schön, eine beste Freundin zu haben, aber ich könnte sie ja sowieso nicht mit nach Hause bringen, weil sie dann sofort wieder weglaufen würde. (Haben eigentlich die meisten Mädchen auf der Welt eine beste Freundin? Oder ist es ganz normal, keine beste Freundin zu haben? Ob man das im Internet rausfinden kann?)

Kenny hat ein Huhn im Garten entdeckt, und Iris kam auf die dämliche Idee, das Huhn einzufangen und die Nachbarn zu fragen, wem es gehört. Aber ein Huhn einzufangen, ist gar nicht so einfach! Jedenfalls scheint dieses hier sämtliche Tricks draufzuhaben, uns immer wieder zu entwischen. Vermutlich ist das der Grund, warum es nicht brav eingezäunt bei seiner Herde ist. (Sagt man *Herde* zu einer Gruppe von Hühnern? Ich hab's nicht so mit Federvieh.)

Ich bin echt froh, dass sich das Huhn nicht grapschen lässt, denn ich traue Cornelius nicht von hier bis zur Gartenpforte. Er hat zwar gegrinst, als er gesagt hat, dass das Huhn in unserem Kochtopf landen könnte. Aber er hat auch gegrinst, als er damals Tessa gedroht hat, den gesamten Inhalt ihres Kleiderschranks aus dem Fenster zu schmeißen, wenn sie ihn nicht sofort aufräumen würde. Und – puh – war das peinlich, als Tessa unten auf der Straße ihre ganzen Klamotten wieder zusammensammeln musste! All die Autos, die bei jedem Kleid und jeder Bluse entzückt gehupt haben. Sooo, so peinlich! Ich habe mich drei Tage nicht aus dem Haus getraut.

Außerdem ist Iris ja wohl nicht ganz dicht, mit einem Huhn unter dem Arm bei den Nachbarn klingeln zu wollen. Wie sieht das denn aus? *Hallo, wir sind Ihre neuen Nachbarn?* Oh, warum muss ich nur zu dieser Familie gehören!

Ich habe Rema mal gefragt, ob die Möglichkeit besteht, dass ich bei der Geburt im Krankenhaus vertauscht worden bin. So was hört man ja immer wieder. Und immerhin habe ich als Einzige in der Familie rotblonde Haare, das lässt doch hoffen.

Leider hat Rema nur laut gelacht und gesagt, dass ich eben als Einzige nach Opa Richard komme, der hatte auch rotblonde Haare, und dass sie sich jedes Mal freut, wenn sie mich sieht, denn so wird sie jeden Tag ein bisschen an ihn erinnert.

Wie schön, dass sich wenigstens einer freut, wenn er mich sieht. Denn wenn *ich* in den Spiegel gucke, freue ich mich ganz und gar nicht. Und armer Opa Richard! Wenn der sein Leben lang mit diesen Haaren rumlaufen musste, ist es kein Wunder, dass er so früh gestorben ist. Vermutlich aus Kummer und Verzweiflung.

»Olivia und Malea!«, brüllt Cornelius in diesem Moment. »Stellt euch da drüben hin und passt auf, dass es nicht an euch vorbeiläuft! Renate, du bleibst, wo du bist! Iris, du …«

Cornelius ist voll in seinem Element. Er steht breitbeinig wie eine Vogelscheuche vor dem munter pickenden Huhn und fixiert es mit starrem Blick.

Das Huhn fixiert nicht zurück. Es beachtet Cornelius überhaupt nicht. Erst als er sich ruckartig hinunterbeugt und nach ihm greifen will, breitet es sekundenschnell seine Flügel aus, schiebt seinen Kopf nach vorne und flattert mit laut empörtem »Tooock-tock-tock-tock!« ganz frech mitten durch seine Beine durch.

Ich muss laut lachen. Was für ein geschickter Flattervogel!

Ein paar Meter hinter Cornelius bleibt das Huhn stehen, schüttelt sich und seine Flügel, als wären sie durch Cornelius' Beine ein klein wenig schmutzig geworden, und macht dann seelenruhig mit der Futtersuche weiter. Hihi, ich mag dieses Huhn!

»So ein verlottertes Lauseviech!«, schimpft Cornelius und schiebt sich seine langen Haare aus dem Gesicht.

»Also verlottert sieht es nun wirklich nicht aus«, meint Rema. »Eher ausgesprochen ordentlich und gut organisiert.« Sie lächelt. »Wollen wir es Aurora nennen? Aurora ist ein schöner Name für eine Henne, oder?«

»Au ja, Aurora!«, quietscht Kenny begeistert. »Behalten wir es jetzt doch?«

»Unsinn«, sagt Iris. »Es gehört uns ja nicht. Und selbst wenn es uns gehören würde, ein Huhn braucht Gesellschaft. Das kann man nicht mutterseelenallein halten. Außerdem haben wir ja gar keinen Stall.«

»Es hat doch uns«, sagt Kenny und reißt ihre Augen kleinmädchenmäßig hoffnungsvoll auf.

»Stall?«, fragt Cornelius irritiert. »Iris, setz dem Kind doch bitte keinen Floh ins Hirn!«

Kenny guckt ihn böse an. »Ich hab keine Flöhe! Und Aurora auch nicht!«

Bevor Cornelius noch etwas erwidern kann, hören wir ein Klingeln. Iris guckt genauso verdutzt wie alle anderen.

Es klingelt noch mal.

»Das ist die Haustür!« Cornelius schüttelt erstaunt den Kopf. »Nanu, wer kommt uns denn besuchen, bevor wir überhaupt eingezogen sind?« Doch dann verdunkelt sich seine Miene. Denn ihm fällt ein, wer das wohl sein könnte. Und auch ist.

Mir fällt es ebenfalls ein. Arme Tessa.

Wir hören aus dem Garten, wie Tessa von Cornelius mit einem Schwall wütiger Worte empfangen wird. Aber natürlich ist Tessa, genau wie wir alle, Cornelius von früh an gewöhnt. Sein Ärger perlt an ihr ab wie Regenwasser von ihren Haarsprayhaaren.

Als sie zu uns in den Garten kommt, grinst sie schon wieder. »Hallo! Tolles Haus!« Sie dreht sich extra noch mal zu Cornelius um. »Echt tolles Haus, Cornelius, wirklich! Mann, haben wir ein Glück!« Wimper-klimper-klimper. Lipgloss-lächel-lächel.

Das scheint Cornelius ein klein wenig zu besänftigen. (Wie können sich Menschen nur von so was beeindrucken lassen?) Er grummelt, grunzt noch ein bisschen, holt dann aber tief Luft und gibt Tessa als Dank auch noch eine exklusive Hausführung. Wo sie war, hat er völlig vergessen zu fragen.

»Was machen wir jetzt mit dem Huhn?« Als Cornelius und Tessa zurück in den Garten kommen, stemmt Iris die Hände in die Hüften und sieht Cornelius vorwurfsvoll so an, als hätte er persönlich das Tier hier ausgesetzt.

»Lasst uns doch erst mal bei den Nachbarn fragen gehen«, schlägt Rema vor. »Das war eine gute Idee von dir.«

»Und wenn keiner Aurora haben will?«, fragt Kenny. »Behalten wir sie dann?«

»Ja«, grunzt Cornelius, »gut verpackt in der Tiefkühltruhe.«

Oh-oh, ich glaube, wenn Kennys Blicke zaubern könnten, wäre Cornelius jetzt eine winzig kleine Ameise direkt vor ihrem Schuh …

Malea

Ich kann mich erinnern, dass wir uns mal in der Grundschule mit Hühnern beschäftigt haben. Also, jedenfalls unsere Lehrerin damals, die war damit beschäftigt. Weil sie sich nämlich Hühner gekauft hatte. Die ganze Klasse musste Hühnerbilder malen, und währenddessen erzählte unsere Lehrerin alles, was sie über Hühner wusste. Das war nicht viel. Und an das meiste kann ich mich sowieso nicht mehr erinnern. (Wer interessiert sich schon für Hühner?) Aber ich kann mich noch an ein komisches Wort erinnern: Bankivahuhn. Von diesem Bankivahuhn, einer Wildhuhnrasse aus Asien, sollen alle unsere Haushühner abstammen. Ich fand den Namen damals so merkwürdig, dass ich alle meine Hefte mit dem Wort vollkritzelte: Bankiva. Ansonsten haben wir noch gelernt, dass Hühner Würmer, Insekten und Körner fressen und dass sie liebend gerne Staubbäder nehmen, um ihr Gefieder sauber zu halten. Also bitte: Wie kann man sich sauber halten, wenn man in Staub badet? Ob ich das mal Iris erzählen soll? Ich glaube kaum, dass bei uns in der Familie irgendjemand auch nur das kleinste bisschen über Hühner weiß.

Iris fand es besser, die Nachbarn nicht gleich völlig zu überrennen, deshalb sollten erst mal nur Livi und ich mitkommen, um uns vorzustellen und nach Auroras Besitzern zu fragen.

Kenny war superwütend, dass sie nicht dabei sein durfte. Ich glaube, sie hat Angst, dass Iris Aurora an den erstbesten Menschen verschenkt, auch wenn der das Huhn noch nie vorher gesehen hat.

Das Haus direkt neben unserem wunderschönen rosa Haus ist gelb, etwa genauso alt wie unseres, hat auch so nette Schnörkel oben unter dem Dach, die Iris *Jugendstil* nennt, und hat eine Klingel, auf der *Walbohm* steht. Der Mann, der öffnet, sieht einem Wal nicht sehr ähnlich, eher einem Pferd. Seine überwältigend bissfreudigen Zähne lächeln aber glücklicherweise ziemlich freundlich, als Iris ihm erklärt, wer wir sind.

Ich hatte schon Bedenken, dass unser nächster Nachbar ein kleiner Miesling sein könnte.

Es gibt so viele Mieslinge auf der Welt. Mieslinge sind natürlich niemals Weltbürger. Sie mosern und meckern nur in ihrer eigenen miesen kleinen Welt herum und machen fröhlichen Kindern das Leben schwer. So einen brauchen wir garantiert nicht als Nachbarn.

Der Wal mit den Pferdezähnen scheint aber ein sonniger Typ zu sein. Er ruft nach Gisela – das ist wohl seine Frau –, die komischerweise kleine Mäusezähnchen hat. Hihi, wie passen die denn zusammen? Dann lädt er uns gleich zu einem Tee ins Haus. Iris winkt allerdings ab, verspricht aber, darauf zurückzukommen, sobald wir tatsächlich eingezogen sind.

Schade, ich hätte mir das Haus gerne von innen angesehen. Ich finde die Wohnungen von anderen Leuten spannend. Daran kann man viel erkennen. Was das für Menschen sind, nämlich. Finde ich jedenfalls.

Von einem Huhn im Garten hat Herr Walbohm noch nie gehört. Er sieht sogar so aus, als könne er kaum glauben, dass da wirklich ein Huhn in unseren Beeten grast. Pah, soll er doch bei sich mal aus einem der oberen Fenster gucken! Da wird er ja wohl in unseren Garten reingucken können.

Das Haus auf der anderen Seite von unserem Grundstück ist hellblau. Ich mag es, dass die meisten Häuser in dieser Straße farbig angemalt sind. Viel hübscher als die Siedlung, in der unsere alte Wohnung liegt. Das Haus ist etwas kleiner als unseres und auch als das gelbe neben uns, aber es hat ganz ähnliche Jugendstil-Schnörkel. Auf der Klingel steht *Hahn.*

Ich muss grinsen, als Iris klingelt. Hoffentlich fühlen die Hahns sich nicht veräppelt, wenn wir sie fragen, ob sie ein Huhn vermissen!

Iris sieht so aus, als ob ihr in genau dieser Sekunde die gleichen Gedanken durch den Kopf gegangen sind, denn sie stottert ein winziges bisschen, so als wenn sie ihre Worte erst sortieren müsste. Oder liegt das daran, dass uns ein Junge in Livis Alter die Tür öffnet und kein Erwachsener?

Iris lächelt. »Hallo, ich ähm, ich bin Iris Martini und dies hier sind zwei meiner Töchter: Malea und Olivia.« Sie deutet auf mich und Livi. »Wir sind eure neuen Nachbarn. Sind deine Eltern vielleicht zu Hause?«

Der Junge glotzt, als hätte er bis jetzt auf dem Mars gelebt und noch nie Erdenmenschen gesehen. Oder zumindest keine Mädchen. Oder keine Mädchen in seinem Alter. Er starrt Livi mit so einem irren Ausdruck an, dass man Angst kriegt, er könnte gleich ohnmächtig werden. Atmet er überhaupt noch?

Der Schock, uns zu sehen, scheint tatsächlich zu viel für ihn zu sein.

Livis Gesicht wirkt allerdings noch bedenklicher. Ihr fallen fast die Augen aus dem Kopf.

Was ist denn hier los?

Auch Iris sieht jetzt etwas verblüfft aus. Der Junge zeigt noch immer keine andere Regung. Außer kombinierter Genick- und Augenstarre. Und Hirnstarre hat er wahrscheinlich auch, nur kann man die zum Glück nicht sehen. (Aber erahnen.)

Livi ist stumm wie ein Fisch und glotzt mit ungläubigen Glupschaugen auch genauso. Hat sie noch nie einen Jungen gesehen?

Hallo? Livi? Erde an Livi! Geht's noch?

Der Typ, der da im Türrahmen steht, sieht auch nach weiteren zwanzig Sekunden noch nicht viel intelligenter aus. Möglicherweise ist das ansteckend? Ich trete mal lieber einen Schritt zurück.

»Hi – äh – Livi«, sagt der Junge schließlich. Und dann dreht er sich um und rennt ins Haus. Die Tür lässt er direkt vor unserer Nase ins Schloss fallen.

Sehr charmant, danke.

Iris guckt Livi grinsend an. »Ihr kennt euch?«

Livi grinst nicht. Sie sieht düster aus wie ein verbrannter Auflauf.

»Das ist Gregory Hahn«, murmelt sie tonlos. »Geht in meine Klasse.«

»Wie nett«, sage ich aufmunternd.

Livi scheint das aber nicht sehr nett zu finden. Und meine Bemerkung noch weniger. Ihr Gesicht verkrumpelt sich angewidert.

Was man ihr nicht unbedingt übel nehmen kann. Das, was ich von Gregory Hahn so kurz eben sehen konnte, waren eine Zahnspange und ein dünner, viel zu langer

Streichholzkörper, an dem auch noch hässlich schlabberige Army-Klamotten hingen.

(Als Weltbürgerin finde ich Armeekleidung natürlich total daneben. Alle Armeen sollten sofort aufgelöst werden. Wozu sollen wir uns gegenseitig bekriegen, wenn wir doch alle Bürger der gleichen Welt sind?)

Auf der anderen Seite ist Gregory Hahn vielleicht ein netter, lustiger Mensch, egal wie der arme Kerl aussieht. (Und das mit den Armee-Klamotten könnte man ihm ja vielleicht noch ausreden.) Wenn er nett ist, wäre es doch ganz praktisch, dass er neben uns wohnt. Wir könnten ihn zum Beispiel rüberholen, wenn wir einen dritten Spieler zum Skat brauchen. Was oft vorkommt, da Tessa und Kenny leider ausfallen, was Skat angeht, und Rema immer zu müde ist, wenn wir sie fragen. Das wäre dann doch wirklich nicht übel.

Livi scheint Gregory Hahn aber doch deutlich *sehr* übel zu finden. Ihr Auflaufgesicht brutzelt gerade abwärts in Richtung total verkohlte Asche.

Und wenn ich so darüber nachdenke, ist ein Junge, der schon Hirnstarre bekommt, bloß weil mal jemand an der Tür klingelt, vielleicht doch nicht der ideale Skatpartner. Beim Skat muss man schließlich cool bleiben und die Ruhe bewahren.

»Du, Iris, ich geh schon mal wieder rüber«, nuschelt Livi jetzt leise und versucht, sich zu verdrücken.

»Wie bitte?« Iris duldet kein Weglaufen. »Du wirst ja wohl höflich Guten Tag sagen können!«

Genau da öffnet sich die Tür vor uns wieder und wir sehen eine Frau. Eine ziemlich elegant gekleidete Frau, die mir irgendwie bekannt vorkommt.

Hey! Die *ist* bekannt!

Das ist doch Sibylle Hahn, die Fernsehmoderatorin. Natürlich!

Oh, Mann, der schlabberige Gregory ist der Sohn von *Sibylle Hahn*? Ich glaub's nicht!

»Guten Tag!« Sibylle Hahn wirft einen Seidenschal mit gekonnter Pose wirkungsvoll um ihren Hals und sieht uns lächelnd entgegen. »Sie ziehen in das schöne Haus ein? Wie schön! Herzlich willkommen! Schön, dass das Haus nun nicht mehr leer steht.«

Sibylle Hahn scheint alles *schön* zu finden. Außerdem fällt mir gerade auf, dass sie sich nicht mal vorgestellt hat. Ich nehme an, die denkt, dass sie jeder kennt. Na ja, ist wohl auch so.

Iris kennt sie natürlich ebenfalls. Kein Wunder, die hängt ja begeistert vor jeder Talkshow im Fernsehen. Und diese Sibylle moderiert, glaube ich, sogar Iris' Lieblingsquarkshow jeden Freitagabend. Livi und Tessa gucken die auch manchmal. Und weil es Freitag ist, dürfte ich ebenfalls gucken, obwohl die erst sehr spätabends kommt. Aber was irgendwelche total uninteressanten Erwachsenen da so von sich geben, ist meistens gähn-langweilig.

Kann ich nicht verstehen, dass Livi und Tessa sich das antun.

Iris erklärt lächelnd, dass wir ein Huhn im Garten gefunden haben, worauf Sibylle einen winzigen Moment lang das freundliche Gesicht vergisst.

Vermutlich weil sie an ihren Nachnamen denkt und überlegt, ob wir sie einfach nur kräftig auf den Arm nehmen wollen.

Aber dann entscheidet sie sich anscheinend doch, uns zu glauben. Sie glaubt uns sogar so sehr, dass sie gleich mitkommen und sich das Huhn mit eigenen Augen angucken will. Wer der Besitzer sein könnte, weiß sie aber nicht. Und sich vorstellen, dass hier in der Gegend überhaupt jemand Hühner hält, kann sie sich auch nicht.

»Wir haben es Aurora genannt«, sage ich mal einfach so ganz freundlich. »Und wenn es niemandem gehört, behalten wir es.«

»Also wirklich, Malea!« Iris wirft mir einen vorwurfsvollen Blick zu. »Was für ein Unsinn!«

Ich grinse frech. Manchmal muss man die Erwachsenen ein bisschen in die Richtung schubsen, in der man sie haben will!

Außerdem finde ich, Kenny hat recht, es ist wirklich gemein, dass Cornelius uns nicht das klitzekleinste Haustier erlaubt!

Wir stapfen also alle zurück in unseren Garten. Allerdings ohne Gregory. Der hat sich irgendwo ins Innere des Hauses verdrückt und lässt sich nicht mehr blicken. Was für eine Pfeife!

Nachdem Iris auch den Rest unserer Familie der glamourösen Sibylle Hahn vorgestellt hat, bestaunt Sibylle mit offenem Mund unser Huhn.

»Das ist ja wirklich …«, beginnt sie, »… wirklich ganz außerordentlich!« Als ob sie damit viel gesagt hätte!

»Oh«, strahlt Rema trotzdem, »sind Sie nicht die Moderatorin von ›Blau nach zehn‹?« Rema scheint richtig entzückt zu sein.

(Die haben da im Fernsehstudio lauter blaue Sofas aufgebaut, auf denen die Gäste in der Runde sitzen. Ich finde allerdings, *Blau nach zehn* ist doch ein unfassbar bescheuerter Name. Ich meine, klingt doch so, als ob die dort nach zehn Uhr abends alle sturzbesoffen sind. Tja, na ja, vielleicht sind sie das ja auch.)

»Ja, das stimmt, das bin ich.« Sibylle Hahn lächelt genauso professionell wie im Fernsehen und reicht Rema dann gnädig die Hand. »Freut mich, Sie kennenzulernen.«

»Oh ebenfalls, ebenfalls«, versichert Rema eifrig und nett, wie sie immer ist.

Was findet sie bloß an der affektierten Nuss? Gegen die ist Tessa ja ein echtes Naturkind.

Tessa! Hey, das erinnert mich an das afghanische Auto heute Morgen. Muss Tessa später unbedingt fragen, wer das war, zu dem sie da in den Wagen gestiegen ist. Man macht sich ja doch ein bisschen Sorgen um seine Schwestern!

Livi

Mann, da hätte ich einmal in meinem Leben die Chance gehabt, ganz neu – und anonym – anzufangen, und dann das! Von allen Menschen: GREGORY! Bye, bye, neues Leben! Bye, bye, totaler Neuanfang! Das Leben ist doch echt wie eine Achterbahn: rauf und runter, rauf und runter. Man muss sich ständig festhalten, um nicht plötzlich aus der Kurve zu fliegen, und fährt und fährt und fährt immerzu. Aber man kommt nie irgendwo an. Und irgendwann hält die Achterbahn dann plötzlich wieder und man muss aussteigen. Vorbei und Ende. Ist das so? Ist das Leben wirklich so? Fährt man immer nur rasend rund und rund und rauf und runter? Und irgendwann ist es einfach wieder vorbei und man wird freundlich gebeten auszusteigen? Dann gefällt mir das nicht. Ich möchte irgendwo ankommen!

Ich liege im Bett.

Tessa, in ihrem Bett auf der anderen Seite unseres Zimmers, schreibt wie eine Blöde in ihr Tagebuch. Möchte wissen, was sie da so viel zu kritzeln hat. Zählt sie auf, welche Unterhose sie jeden Tag mit welchem BH kombiniert hat? Als ob das jemand interessieren würde. Was mich allerdings interessiert…

»Tessa?«

»Was ist?«

»Wo warst du eigentlich heute Morgen mit Dodo?« Als Tessa heute Morgen zu mir und Kenny sagte, sie müsse zu einem wichtigen Treffen mit Dodo, klang es nicht wie eine ihrer normalen Shopping-Touren.

»Geht dich nichts an.«

Freundlich, wirklich freundlich, meine Lipgloss-Schwester!

Ich grunze ein bisschen in meine Bettdecke und starre dann wieder aus dem Fenster. Es muss wundervoll sein, ein eigenes Zimmer zu haben! Morgen fangen wir an zu packen, hat Cornelius gesagt, und nächstes Wochenende ziehen wir um.

Hm, da fällt mir wieder ein ... Ach nee, so was Grässliches aber auch! Oh, wie kann man nur so ein Pech haben! Diese Sache mit Gregory kann einem die Freude schon ziemlich verderben!

Ob ich einfach so tue, als würde ich ihn nicht kennen, wenn er mir begegnet? Er wird doch nicht in der Schule rumerzählen, dass ich jetzt neben ihm wohne? Ob er wohl mitkriegt, was Cornelius so den ganzen Tag tut? Oder eben nicht tut. Ob er das Schlagzeug im Keller hören wird? Oh Gott, warum muss ich nur in dieser Familie leben!

Ich schiele zu Tessa rüber. Was schreibt die denn da so viel?

»Können wir jetzt mal das Licht ausmachen?«

»Bin noch nicht fertig.«

Oh, Mann!

»Cornelius war ganz schön sauer, dass du so spät gekommen bist.«

»Cornelius wäre auch sauer, wenn ich frisch gebügelt im Morgengrauen vor der Garage brav auf ihn gewartet hätte und ihm eröffnet hätte, dass der Prinz von England um meine Hand angehalten hat.«

Hihi, das ist natürlich auch wieder wahr. Unserem Hippie-Daddy kann man es garantiert niemals recht machen.

Moment mal – wie kommt Tessa denn jetzt auf Prinzen?

»HAT irgendein Prinz um deine Hand angehalten?«

Tessa richtet sich auf und lacht laut los. »Bist du bescheuert? Ich bin fünfzehn!«

Eben. Aber so wie Miss Multimascara sich aufdonnert, möchte sie ganz offensichtlich nicht, dass die restliche Welt sie ebenfalls dafür hält.

»Warst du einfach nur shoppen mit Dodo?«

»Hmmm, so in der Art.«

»*So in der Art*? Was meinst du damit?«

»Seit wann interessierst DU dich fürs Shoppen, Livi?«

»Pffff.« Ich interessiere mich natürlich etwa so viel fürs Shoppen wie ein Maikäfer für Weihnachten.

Tessa klappt endlich ihr Buch zu, kuschelt sich tiefer in die Decke und grinst dann zu mir rüber. »Ich plane mein Leben. Und deswegen musste ich heute mit Dodo wo hin.«

Ihr Leben? Ach, nee.

Ich sage lieber nichts. Tessas *Leben* besteht aus Besuchen in Drogeriemärkten und Parfümerien, peinlichem Kichern mit Dodo in irgendwelchen Schulhofecken, stundenlangem morgendlichen Spiegelanbeten und dem regelmäßigen Blondfärben ihrer Haare. Hab ich irgendwas vergessen? Nee, ich glaube, das war's.

»Und nächste Woche fangen wir einen Spanischkurs an.«

Einen Spanischkurs? Ich wusste gar nicht, dass Tessa ein

Gehirn mit Sprachzentrum hat. Ob das in der Lage ist, noch eine zweite Sprache zu lernen?

Auf der anderen Seite ist Spanisch sicher eine sehr nützliche Sprache. Ich wünschte, *ich* könnte Spanisch. Die meisten Länder in Süd- und Mittelamerika sind ja spanischsprechend. Und dort gibt es viele Gebiete, wo dringend Hände gebraucht würden, um den Menschen in ihrem Elend zu helfen! Ich denke an all die Favelas, diese riesigen Slums in Brasilien zum Beispiel (obwohl man da natürlich Portugiesisch spricht und nicht Spanisch, ich weiß, das hatten wir gerade in Geo), wo es zum Teil nicht mal Trinkwasser oder richtige Kanalisation für das Abwasser gibt. Die armen Kinder, die da leben müssen!

Aber was will ausgerechnet *Tessa* in Südamerika? Hat sie plötzlich begriffen, dass sie ihr Leben nicht mehr ausschließlich mit dem Aussuchen der täglichen Nagellackfarbe vergeuden sollte, sondern stattdessen anderen weniger glücklichen Menschen auf dieser Welt helfen könnte?

Nein, nein, die Wahrheit wird wahrscheinlich sein, dass ein neuer Billigmarkt für Superduperkosmetikspitzenprodukte in Venezuela eröffnet hat. Und um sich als Erstes die besten Angebote zu sichern, schreckt meine Schwester nicht mal vorm Spanischlernen zurück.

»Und dann gehe ich nach Spanien.«

Spanien? Ach, ja richtig, in Spanien wird natürlich auch Spanisch gesprochen.

Was will Tessa denn in Spanien? Da waren wir doch gerade erst in den Sommerferien und es war gruseliggrässlich langweilig. Ewig nur am Pool hocken, weil der schreckliche Strand so voll war, dass man seinen großen Zeh nicht bewegen konnte, ohne an rotgesichtige Engländer oder bierbäuchige Deutsche zu stoßen.

Und Iris und Cornelius waren nicht mal dazu zu bewegen gewesen, Ausflüge ins Innere des Landes zu machen. Dabei hatten die Besitzer vom Hotel gesagt, dass das richtig interessant wäre. Da hätte man noch echtes spanisches Leben sehen können, weil hier an den Küsten, da sähe man sowieso nur ausländische Touristen. Aber Ausflüge machen, das wollten Iris und Cornelius gar nicht. Sie wollten einfach nur ihren Urlaub genießen, haben sie gesagt.

Was dieses nutzlose Am-Strand-Liegen für ein Geld gekostet hat, will ich gar nicht wissen! Das hätten wir lieber Greenpeace oder so spenden sollen. Und Tessa hat die ganzen drei Wochen lang nur noch mehr und blöder gekichert als sonst (obwohl Dodo gar nicht dabei gewesen ist) und hat gesagt, dass sie – sehr lieb, aber danke – bereits sehr nette Spanier und auch reichlich spanisches Leben kennengelernt hätte.

Das einzig Gute an dem Urlaub ist gewesen, dass ich keinen von meiner Familie viel gesehen habe. Ich konnte den ganzen Tag ungestört auf das Wasser im Pool starren und nachdenken. Über die Welt und meine Familie und die Ungerechtigkeiten im Leben. Über die Schule, und warum manche Mädchen beste Freundinnen haben und manche nicht. Und überhaupt über alles so.

Kenny war superglücklich den ganzen Tag in ihrem Kinderklub beschäftigt, Malea hat einen Surfkurs gemacht und Tessa hing immer nur im Dorf mit irgendwelchen dunkelhaarigen Jungen rum. (Die Einzige, die ich gerne gesehen hätte, nämlich Rema, ist leider zu Hause geblieben, weil es ihr in Spanien zu heiß ist.) Ja, echt, solche Ferien muss man doch kein zweites Mal haben!

»Was willst du denn in Spanien?«, frage ich ehrlich verblüfft.

»Na, da leben«, sagt Tessa, als wäre es das Normalste von der Welt.

Ich überlege einen Moment, wie sie das meinen könnte. Ich meine, sie ist ja, wie gesagt, erst fünfzehn.

»Du willst in Spanien leben?«

»Mhm.« Tessa strahlt mich aus tuschefetten Augen an.

»Allein?«

Tessa strahlt nicht mehr. »Wie meinst du das, allein?«

»Na, ohne Iris und Cornelius und … uns?«

»Allerdings«, nickt Tessa. »Ich gehe mit Dodo auf eine Sprachenschule in der Nähe von Barcelona. Haben wir uns genau angeguckt, im Internet. Die haben auch ein Internat dort, da können Dodo und ich zusammen in einem Zimmer wohnen. Ich sag doch, ich plane mein Leben. Von jetzt an bestimme ich selber, was ich mache.«

»Und das erlaubt Cornelius?« Ich halte die Luft an. Die hat sie ja wohl nicht mehr alle!

Tessa legt ihre ansonsten oh so knitterfreie Stirn in Falten und funkelt mich genervt an. »Kapierst du denn gar nichts, Livi? Ich erlaube Cornelius nicht mehr, mir irgendetwas nicht zu erlauben.«

Klar-klar, Tessa!, denke ich. Das hat man ja heute Mittag gesehen. Als du nämlich wimper-klimper-klimper Cornelius sämtlichen Honig, den du finden konntest, um den Zweieinhalbtagebart geschmiert hast. Bloß damit er dir nicht wütend eine Strafpredigt entgegenbläst. Nein, nein, da hast du wirklich SEHR eindrucksvoll und unmissverständlich *ihm nicht erlaubt, dir nicht zu erlauben,* später zu kommen.

Aber das sage ich lieber nicht. Ich bin generell nicht besonders wild auf Streit und außerdem bin ich müde.

»Ah so«, sage ich stattdessen relativ neutral.

Na ja … immerhin ist Tessa meine Schwester. Wenn es hart auf hart kommt, halten wir natürlich zusammen. Und außerdem: Wenn Tessa nach Spanien geht, habe ich ein Zimmer für mich allein! Ach, halt – das habe ich ja ab dem nächsten Wochenende sowieso! Juchhu! Ach, das Leben kann manchmal so schö …

Stopp. Nein. Nix schön. Drei wunderbare Sekunden lang hatte ich glatt vergessen, dass Gregory Hahn unser neuer Nachbar ist. Gregory! Von allen Idioten aus meiner Klasse ausgerechnet Gregory!

Ich dachte, ich sterbe, als die Tür aufging und ich sein dämliches Gesicht sah! Wie soll ich denn jetzt noch so tun können, als sei ich ein normaler Mensch? Wie soll ich jetzt noch meine peinliche Familie geheim halten können?

Vielleicht sollte ich auch nach Spanien auswandern? Oder nein, besser nach Mittelamerika. Da werde ich wenigstens gebraucht. Obwohl ich natürlich noch gar kein Spanisch kann … Ups, gähn … (irgendwie fallen mir gleich die Augen zu) … Also doch mit Tessa nach Spanien und erst mal die Sprache lernen?

»Schläfst du schon, Livi?«

Nein. Na ja, fast.

»Livi? Hörst du? Sag aber Cornelius nichts davon, wie ich ab jetzt mein Leben leben werde, ja?«

Haha, Tessa. Willst du etwa nach Spanien gehen, ohne dass er das merkt? Pah, so viel zu deinem großspurigen *Ich-erlaube-Cornelius-nicht-mehr,-mir-etwas-nicht-zu-erlauben!*

»Natürlich sage ich nichts. Wofür hältst du mich! Nacht, Tessa.«

»Nacht, Livi.«

Tessa

Endlich, endlich werde ich rauskommen aus dem Kleinstadtmief hier! Endlich, endlich werden Dodo und ich was erleben! España, pass auf, Dorothea und Tessa-Tiara kommen! Javier und Ramón waren tatsächlich letztes Wochenende hier. Sie sind einen ganzen Tag und die ganze Nacht gefahren, nur um mich wiederzusehen! So süß! Javier hat gesagt, ich sei das hübscheste Mädchen, das er je kennengelernt hat! Mit seinem süßen, harten, rollenden, spanischen Akzent hat er das gesagt. Na ja, hübsch bin ich ja wirklich. Dafür kann ich ja nichts. Das ist nun mal so. Jeder auf der Welt hat doch irgendwelche Stärken. Sogar meine Schwestern, vermute ich. Wenn das auch schwer zu sehen ist, bis jetzt. Aber wer weiß, vielleicht wird ja sogar aus der Miesmuschel Livi noch was! Warum lächelt sie bloß nicht öfter? Dann würde sie möglicherweise sogar ganz hübsch aussehen. Hm. Und vielleicht noch ein bisschen Wimperntusche... Und etwas Rouge auf ihrer weißen Gesichtshaut wäre auch kein Fehler. Aber ich will nicht über Livi nachdenken. Javier ist verliebt in mich!!! Si-si-si! Und Ramón? Den kriege ich schon noch mit Dodo zusammen! Und dann werden wir alle glücklich in Spanien leben! Bloß weg aus diesem Kaff hier! ¡Viva España! Hm, muss mir nur noch überlegen, wie ich das Cornelius am besten verkaufe. Brauche ich für die Anmeldung an der spanischen Schule eigentlich eine Unterschrift von meinen Eltern? Ach Mist, warum bin ich nicht schon achtzehn?

Es war gar nicht so einfach, mich letzten Samstag unbemerkt aus dem Haus zu schleichen. Musste mir den Wecker grässlich früh stellen, damit Iris oder Cornelius mich nicht erwischen. Cornelius musste ja unbedingt wieder auf *glückliche Großfamilie* machen und mit allen zusammen feierlich das neue Haus angucken.

Mann, Cornelius, wo bitte ist das Problem, wenn ich ein paar Stündchen später vorbeischaue? War ja auch dann noch alles da, oder? Sogar ein gackerndes Huhn im Garten. Das Kenny total entzückt hat, hihi! Kein Wunder – das arme Kind! Cornelius erlaubt ihr ja nicht mal einen Hamster!

Das Haus ist eigentlich ganz nett. Riesig. Und das Zimmer, das ich mir rausgesucht habe, ist auch klasse. Groß. Und ganz für mich allein! Beinahe schade, dass ich nach Spanien gehen werde und das Zimmer nur ab und zu in den Ferien nutzen kann.

Wir haben dann noch den ganzen Nachmittag in unserem neuen Haus rumgehangen. Obwohl es natürlich total leer war. Nicht mal ein kleiner Hocker für Rema war da, auf den sie sich hätte setzen können. Cornelius hat irgendwann Pizza bestellt (die Malea naserümpfend ignoriert hat – was ist mit der denn los?), und wir haben uns einfach gemütlich auf die Erde gehockt und Pläne gemacht, wie wir alles einrichten werden, und in Ruhe gefuttert. Das war eigentlich wirklich schön. Manchmal mag ich meine Familie echt gern. Iris und Cornelius sind irgendwie ziemlich unkompliziert und cooler als andere Eltern. Also meistens jedenfalls. (Allerdings bestimmt nicht, was Spanien angeht…)

Na ja, Cornelius ist sowieso cooler als die meisten anderen Väter mit ihren stinknormalen und genauso stinklangweiligen Berufen. Auch wenn seine Band *Rainbow* nicht viel Geld verdient – ich finde sie super! Welches Mädchen hat schon einen Vater, der im hohen Alter noch in einer Band Schlagzeug spielt?

Javier jedenfalls fand das megacool, als ich ihm in den Sommerferien davon erzählt hab. Obwohl es natürlich ganz sicher nicht an Cornelius' Schlagzeug lag, dass Javier in unseren drei Urlaubswochen kein anderes Mädchen mehr angeguckt hat. Ramón, sein Freund, hat mir gesagt, dass Javier normalerweise den ganzen Sommer über ständig mit Touristinnen flirtet. Aber das stört mich nicht. Und außerdem tut er es jetzt ja nicht mehr. Jetzt bin ich ja da.

Javi hat auch gesagt, dass das von jetzt an und mit mir total anders ist. Was bestimmt stimmt, denn: Fährt er alle anderen Mädchen, die dort Sommerferien gemacht haben, auch mal eben übers Wochenende besuchen? Da hätte er aber viel zu tun!

Und er hat ja seinen Job als Kellner im Strandrestaurant. Javi meinte, dass ich ohne Probleme ebenfalls dort anfangen könnte. Falls das mit der Sprachenschule in Barcelona nichts wird.

Den ganzen Sommer am Strand im Restaurant kellnern …, das ist vielleicht auch nicht schlecht. Muss da mal mit Dodo drüber reden. Wir könnten bestimmt eine Menge Geld verdienen. Denn Dodo sieht auch nicht schlecht aus. Und die Hübschesten bekommen das meiste Trinkgeld, sagen Javier und Ramón. Und jeden Abend könnten wir uns beim Sonnenuntergang in die Brandung schmeißen. Mann, was für ein Leben!

Habe Livi am Wochenende von meinen Plänen erzählt. Nicht von Javier natürlich. Wieso auch. Er ist zwar wie wild in mich verliebt, aber ob ich auch so sehr in ihn verliebt bin, das muss ich mir erst noch überlegen. Aber süß ist er natürlich. Und guuuut aussehend, schmatz!

Habe ein Foto von ihm unter meinem Kopfkissen. Nicht weil ich vielleicht doch in ihn verliebt bin, nein, nein, nur um mich über sein schönes Lächeln und die Funken in seinen Augen abends ein bisschen zu freuen. Hole das Bild so oft raus, dass es schon ganz abgegriffen ist. Warum sehen die meisten deutschen Jungs eigentlich so langweilig aus?

Das erinnert mich an diesen komischen Gregory aus Livis Klasse. Der sieht auch so aus. Mega-mega-megalangweilig. Arme Livi! Kann verstehen, dass sie nicht gerade begeistert ist, dass der Typ nun auch noch neben uns wohnt.

Aber wie merkwürdig, dass Gregory so ein farbloser Kerl ist. Wo er doch der Sohn von der berühmten Sibylle Hahn ist, wie wir am Wochenende festgestellt haben. Und die ist garantiert eine tolle Frau. Erfolgreich, attraktiv. Eben wow! Neben der zu wohnen, finde ich schon cool! Vielleicht können wir mal mitkommen in eine von ihren Fernsehshows. Oder sie lädt uns zu sich ein, wenn sie gerade andere berühmte Leute zu Besuch hat. Bestimmt geben Leute wie Sibylle Hahn andauernd riesige Partys.

Och, nee, jetzt ruft Cornelius schon wieder aus dem Wohnzimmer. Der geht mir diese Woche echt auf die Nerven mit seiner Packerei! Er will wirklich am nächsten Samstag den gesamten Umzug machen. Zwei große Möbelwagen sind schon bestellt. Warum muss das denn plötzlich so hau ruck gehen?

Auf der anderen Seite habe ich natürlich gar nichts dagegen, aus dieser Winzwohnung rauszukommen. Wir müssen ja zum Glück deswegen nicht die Schule wechseln, es ist also kein Riesending. Und wenn wir jetzt schon einziehen, habe ich wenigstens noch ein paar Monate, um ein eigenes Zimmer zu genießen, bevor Dodo und ich nach Spanien gehen.

»Te-ssaaaa?«, brüllt Cornelius so laut, dass man es garantiert die ganze Straße runter hören kann.

Warum kann er mich nicht bei meinem vollen Namen nennen: Tessa-Tiara? Sonst macht er immer so einen Aufstand mit richtigen Namen und bla, aber bei mir vergisst er glatt die Hälfte. Dabei war er es doch, der mir den Namen gegeben hat, wie Iris immer erzählt. Und Tiara ist so ein schöner Name! Auch wenn Livi ihn affig findet. Aber Livi findet natürlich alles affig, was Stil hat. Nein, Tiara ist genau richtig für mich!

»Jahaaa!«, brülle ich zurück. »Livi und ich haben schon fast alles eingepackt. Wir haben nur noch unsere Schulsachen und das Bettzeug im Zimmer.«

»Okay«, kommt Cornelius' Stimme aus dem Wohnzimmer. »Dann könnt ihr jetzt Iris und Oma Renate in der Küche helfen.«

Bäh, Küche! Bäh, helfen! Da kann ich mir aber was Besseres vorstellen! Küchenzone ist bei uns Gefahrenzone!

Schlimm genug, dass Iris uns den ganzen Tag von ihren gruseligen Rezeptkreationen vorschwärmt. Aber noch schlimmer ist, dass sie diese Gerichte dann auch an unserer armen Familie ausprobiert!

Rema findet, wir sollten nicht so hart über unsere arme Mutter urteilen. Schließlich ist sie die Einzige hier, die regelmäßig Geld in den Haushalt bringt. Diese kleine Tatsache hat allerdings ja ganz und gar nichts mit Iris' Stümpereien in der Küche zu tun. Denn es ist in diesem Zusammenhang vielleicht nicht ganz unwichtig zu erwähnen, dass sie das eben NICHT mit ihren selbst geschriebenen Kochbüchern tut.

Ein wohlgehütetes, kleines Familiengeheimnis bei uns ist nämlich, dass Iris das Geld stattdessen mit *Liebesromanen* verdient. Mit echt ganz grottigen Liebesromanen. Die haben Titel wie *Liebesecho aus den Bergen* oder *Harter Kuss in weichen Wellen* (Bestseller, siebzehnte Auflage!) oder *Angespült im Hafen der Liebe,* und die verständlicherweise sogar Iris peinlich sind. Gekauft werden die aber von unheimlich vielen Leuten. Groschenromane nennt man so was. Und mit denen kann man anscheinend deutlich mehr als nur ein paar Groschen verdienen.

Natürlich möchte Iris nicht, dass die Leute wissen, womit sie wirklich Geld verdient. Deshalb schreibt sie ihre Liebesschnulzen unter Pseudonym, also unter einem anderen Namen, und lässt alle Leute in dem Glauben, dass das Geld in unserem Haushalt einzig und allein durch das Schreiben von Kochbüchern verdient wird. Und Cornelius, Livi, Malea, Kenny, Rema und ich, wir sind ebenfalls zum Stillschweigen verpflichtet.

Ach, pah, ist mir doch egal, ob jemand Geld hier reinbringt oder nicht. Ich finde, als Mensch hat man ein Recht auf essbares Essen! Und die Absurditäten, die Iris manchmal zusammenmixt, die würden noch nicht mal Ureinwohner aus den tiefsten Amazonassümpfen runterkriegen, obwohl die bestimmt sogar vor *Spinnenbeinen gut gewürzt* nicht zurückschrecken.

Rema selbst isst nur höchst selten etwas von Iris' Gerichten. Da ist es natürlich einfach, milde zu urteilen. Rema verdrückt sich wirklich beinahe immer mit irgendeiner komischen Ausrede, sobald Iris Essen auf den Tisch stellt.

Wenn aber jemand anders kocht, dann hat Rema sogar Zeit für einen zweiten und dritten Teller!

»Tessa? Hast du mich gehört? Hilfst du bitte in der Küche?« Cornelius steht in altem Schlabbershirt und mit dreckverschmierten Händen im Türrahmen.

Ich versuche sofort, unheimlich beschäftigt auszusehen. »Ich muss noch Vokabeln lernen. Wir schreiben morgen einen Französisch-Test.«

»Aaachhhhrrr …« Das unwillige Grunzen von Cornelius ist kein untypisches Geräusch. Aber auch nicht wirklich ein Wort.

Jedenfalls scheint er das geschluckt zu haben. Er dreht sich um und geht.

Natürlich schreiben wir morgen keinen Test. Und wenn, dann hätte ich jetzt bestimmt trotzdem was anderes zu tun. Javier einen Brief schreiben, zum Beispiel. Oder Dodo anrufen. Nein, das hört Cornelius ja. Werde ihr besser auf meinem Handy texten.

Mist, jetzt kommt Malea ins Zimmer. Die hat mich letztes Wochenende schon genervt. Diese kleine adleräugige Schnüffelnase hat mich Samstagmorgen anscheinend aus dem Haus gehen sehen. Und was noch blöder ist: Sie hat mich beim Einsteigen in Ramóns und Javiers Auto beobachtet. Seit Tagen fragt sie mir ein Loch in den Bauch. Dass das einfach nur Freunde von Dodo waren, nimmt sie mir nicht ab.

»Hilfst du *mir* denn, wenn du hier fertig bist?«, fragt Malea mit unschuldigem Gesichtsausdruck.

Ich zeige ihr mal freundlich einen Vogel. »Hast du sie noch alle? Wenn ich keine Lust hab, in der Küche zu helfen, warum sollte ich dann Lust haben, in deiner und Kennys Müllbude rumzuwühlen?«

»Weil ich Cornelius und Iris dann nichts von dem afghanischen Auto erzähle?«, antwortet Malea, diese kleine Schlange.

»Pfff.« Ich muss erst mal Luft holen.

Malea lächelt mich ungerührt an.

»Welches afghanische Auto?«, fauche ich.

»Das, in das du Samstagmorgen eingestiegen bist.«

»Spinnst du? Ich bin doch in kein afghanisches Auto gest… schschttt – kein Wort!«

Cornelius steht schon wieder in der Tür. »Wenn ihr hier lange Unterhaltungen führen könnt, dann könnt ihr wohl dabei auch Geschirr packen.«

Ich werfe Malea einen WEHE-DU-SAGST-WAS!-Blick zu. Aber Malea sagt nichts. Die kleine Kröte lächelt nur ungebrochen …

»Tessa wollte mir gerade in meinem Zimmer helfen«, flötet sie.

»Ach ja?« Cornelius guckt erstaunt. »Ich dachte, sie müsste Vokabeln lernen.«

Ich seufze tief. Wäre doch zu blöd, wenn Cornelius jetzt dank Maleas blöden afghanischen Fantasien einen Anfall kriegt, bevor ich überhaupt alles mit Barcelona regeln kann.

»Ich werde die Vokabeln einfach später lernen«, sage ich ergeben. »Ich glaube, Malea und Kenny brauchen dringend Unterstützung.«

Grrr, die kleine Kröte hat gewonnen.

Cornelius fährt sich mit seinen staubschwarzen Händen durch die Haare. Leider gewinnt sein Äußeres dadurch nicht unbedingt an Attraktivität. Er hat nun auch noch im Gesicht verschmierte Stellen. Ach, Cornelius!

»Das ist nett von dir, Tessa«, lobt er mich. »Wir müssen

alle zusammenhalten, damit wir den Umzug auch reibungslos hinbekommen.«

Ich werfe Malea einen eindeutigen Blick zu. Damit sie weiß, was ich von schwesterlichen Erpressungen halte.

Aber Malea lächelt immer noch. »Als Erstes könntest du mir helfen, unters Bett zu kriechen und die alten Kisten rauszuholen, Tessa, ja?« Sie guckt mich von oben bis unten kritisch an. »Du solltest dir aber vorher vielleicht was anderes anziehen.«

Wie bitte? Auch das noch! Ich bin heute hier bei uns wahrhaftig die Einzige, die hübsch angezogen ist. Müssen doch nicht alle so rumlaufen wie der Rest unserer Familie. Allerdings – wenn ich mir vorstelle, wie es unter Maleas Bett aussieht, dann wäre wahrscheinlich ein luftdichter Taucheranzug die richtige Bekleidung!

»Tessa«, sagt Malea, das kleine Biest, da mit einem kleinen abfälligen Lächeln um die Mundwinkel, das ich genau bemerke, »wir gehen nicht auf eine Party. Wir packen die Wohnung ein!«

Na und? Muss man deswegen hässlich aussehen?

Malea

Ich liiiebe James Bond. Der wäre bestimmt auch Weltbürger. Also wenn er nicht vom englischen Geheimdienst gezwungen würde, so schrecklich britisch zu sein. Da sind die Engländer ja gnadenlos. Weltbürger geht bei denen gar nicht, glaube ich. Aber egal, es gibt jedenfalls diese Stelle in »Casino Royal«, wo James Bond jemanden knallhart reinlegt und dabei ganz ungerührt freundlich und beinhart lächelt. Das finde ich sooo cool!

Man muss seine Schwestern nur zu nehmen wissen. Tessa ist ja ziemlich oft ein total nutzloser Mensch. Finde ich jedenfalls. Nix wie Puder und Pasten und Jungs im Kopf. Aber im Moment hat sie etwas zu verbergen. Ein Geheimnis. Ein Riesengeheimnis. Das merke ich ganz deutlich. Und was das ist, das werde ich schon noch herausfinden. Es hat etwas mit dem afghanischen Auto zu tun. Warum sonst war sie die letzte Woche über dreimal bereit, sich in Kennys und meine Unordnung zu stürzen und uns beim Packen zu helfen, bloß weil ich sie daran erinnert habe, dass ich dann das afghanische Auto Iris oder Cornelius gegenüber nicht erwähnen würde?

Mehr aus ihr rausgekriegt habe ich allerdings trotzdem nicht. Aber so schnell gebe ich nicht auf. Ich komme schon noch dahinter, zu wem Tessa in das afghanische Auto – oder wo immer es herkam – eingestiegen ist. Und was sie so Geheimnisvolles plant. Denn dass sie etwas plant, das ist meerwasserklar. Sie hat diesen ganz gewissen Geheimplan-Gesichtsausdruck! Geradezu abenteuerlich.

Livi dagegen sieht deprimierter aus als je. Was schon einiges heißt, denn sie läuft ja die meiste Zeit wie ein Trauerkloß rum. Ich glaube, das mit diesem Gregory nebenan nervt sie ganz schön. Das kann man ja einerseits verstehen, andererseits finde ich, dass sie sich reichlich anstellt. So übel ist der doch vielleicht gar nicht.

Letzte Woche jedenfalls kam er fast jedes Mal zu uns rüber, wenn wir in unserem neuen Haus waren und die Wände gestrichen oder Teppichboden verlegt haben oder solche Sachen, und hat Hilfe angeboten. Ich fand das ziemlich nett von ihm. Denn er hat dann auch tatsächlich bereitwillig geholfen. Kennys Zimmer hat er praktisch allein angemalt. Powerpink. Kenny ist im Moment komplett auf pink.

Mein Zimmer ist meerwasser-hellblau, wunderschön, beinahe türkis, eben Meerwasser. Von mir allein angemalt. Die Decke in Weiß habe ich lieber Gregory überlassen. Hatte keine Lust, dass mir die Farbe auf den Kopf tropft. Außerdem ist Gregory ja auch viel größer.

Aber als er dann auch noch Livi helfen wollte, hat die so geknurrt, dass man meinen könnte, Iris und Cornelius hätten sie aus einem Wolfsrudel adoptiert. Ganz schön unfreundlich. Sie grüßt ihn nicht mal in der Schule. Aber – komisch – obwohl Gregory nicht unbedingt sehr selbstbewusst wirkt, scheint ihn das total kaltzulassen. Er ignoriert ihre frostige Art jedenfalls einfach und bleibt weiterhin freundlich.

»Was hast du eigentlich gegen den Typ?«, hab ich Livi am Freitag in der Schule gefragt.

»Gregory? Pah, erstens ist das doch der totale Langweiler«, hat sie geantwortet.

»Und zweitens«, hat sie dann gemeint, »was will er überhaupt von uns? Wieso schnüffelt der dauernd in unserem Haus rum. Noch bevor wir überhaupt eingezogen sind! Hat er kein eigenes Zuhause?«

Na ja, richtig schnüffeln tut er nicht gerade, finde ich. Außerdem gab's letzte Woche in unserem neuen, leeren Haus natürlich noch gar nichts zu schnüffeln. Aber warum er so oft bei uns ist, weiß ich, wenn ich mal so darüber nachdenke, auch nicht. Es kann ja nicht so interessant sein, den ganzen Nachmittag Wände anzumalen oder Cornelius im Garten beim Aufstellen eines Gartenhäuschens für den Rasenmäher zu helfen. Besonders wenn man eine Mutter hat, die berühmt ist. Da ist doch bestimmt immer reichlich was los bei denen!

Also, so gesehen hat Livi recht. Was macht er den ganzen Tag bei uns?

Ich glaub's nicht! Ich gucke gerade aus dem Fenster und da klettert Gregory in seinen scheußlichen Militärklamotten doch schon wieder über unseren Gartenzaun!

Gestern hat er sich bei Iris und Cornelius enorm beliebt gemacht, als er stundenlang unsere Kisten beim Umzug vom Möbelwagen ins Haus geschleppt hat. Und Livis Eistruhengesicht hat er, wie immer, gar nicht angeguckt. Und nun haben wir gerade mal eine Nacht hier geschlafen – zwischen tausend Kisten und Farbeimern – und da ist er schon wieder da. Was will er denn jetzt?

»Hey Gregory!« Ich öffne das Fenster und winke zu ihm runter. »Na?«

»Hi!«, ruft Gregory erfreut zu mir hoch. »Habt ihr noch viel zu tun?«

Der Kerl will doch nicht schon wieder umsonst für uns arbeiten? Ist der noch ganz dicht?

»Och«, sage ich, »geht so. Eigentlich nur noch Einräumen und so'n Kram. Aber …«, ich lege einen Finger an meine Lippen, »… ich glaube, Livi und Tessa schlafen noch. Und meine Mutter, glaube ich, auch.«

»Oh«, macht Gregory. Vielleicht ist er erstaunt, dass man um halb zwölf mittags noch schlafen kann.

Aber – hallo! – es ist Sonntag, wir hatten einen Mega-Umzug gestern und überhaupt, warum soll man denn nicht so lange schlafen, wie man will?

»Wo ist denn deine Mutter?«, rufe ich mit gedämpfter Stimme runter. Denn tatsächlich habe ich die schicke Sibylle die ganze Woche über nicht einmal gesehen.

»Schläft auch«, grinst Gregory. »Das tut sie allerdings immer. Ähm, jedenfalls wenn sie zu Hause ist.«

Die tolle Sibylle, *immer* wenn sie zu Hause ist? Na, das wird Gregory wohl nicht wirklich so meinen. Aber jedenfalls ist es für ihn ja dann doch nicht so überraschend, dass nicht alle Leute Frühaufsteher sind.

Plötzlich steht Kenny bei mir im Zimmer. Kenny ist in dieser Woche ein Riesenfan von Gregory geworden. Kein Wunder. So viel Hilfe hat sie, glaube ich, noch nie bekommen. In einer großen Familie wie unserer haben Eltern eben nicht viel Zeit. Ähm, und Schwestern auch nicht.

»Frag ihn, ob er mit uns frühstücken will«, zischt sie mir zu. Vielleicht hofft sie, dass er ihr danach hilft, den Inhalt ihrer Chaoskisten ordentlich in die Schränke einzusortieren.

»Frag ihn doch selbst«, zische ich zurück.

Kenny fackelt nicht lange. »Hast du schon gefrühstückt?«

Gregory schüttelt den Kopf.

»Dann komm rein!«, ruft Kenny und läuft schon los nach unten, um ihm die Terrassentür aufzumachen.

Unten in unserer riesigen Küche sitzt Rema und rührt in einem großen Kaffeebecher.

In Remas Kaffeebechern muss man eine Menge rühren, denn die Hälfte des Bechers ist gefüllt mit Zucker. Mindestens. »So ein Unsinn!«, würde Rema sagen. »Ich nehme kaum mehr als zwei winzige Löffelchen.« Aber – hahaha – das ist echt so was von untertrieben und stimmt GAR nicht!

Rema findet Gregory ebenfalls ziemlich nett. »Ein ausgesprochen höflicher und freundlicher Junge, findet ihr nicht?«, hat sie letzte Woche gesagt. Aber Livi hat als Antwort nur mit den Augen gerollt. Da hat Rema gelacht.

»Ach – hallo Gregory«, sagt sie jetzt freundlich, als der sich schüchtern in die Küche schiebt. (Wie kann man so schüchtern sein und gleichzeitig so aufdringlich?) »Möchtest du ein Schokocroissant?«

Gregory schiebt sich dankbar gleich zwei in die Backen und kaut dann sehr zufrieden lächelnd.

»Deine Mutter war diesen Freitagabend wieder ganz wunderbar«, sagt Rema und geht zu einem Einkaufskorb, um Nachschub zu holen. »Wie sie diesen Hardy Krüger dazu gebracht hat, aus seinem Leben zu erzählen … , wirklich gekonnt!«

Man muss sich ein bisschen wundern, wie Rema vorgestern Abend die Zeit gefunden hat, in Ruhe Fernsehen zu gucken, während wir anderen alle in allerletzter Pack-Panik waren. Aber ich nehme mal an, dass es keinem anderen besonders aufgefallen ist, dass sie sich in ihr Zimmer zurückgezogen hat.

Iris jedenfalls bestimmt nicht, denn die war vollauf mit einem Letzter-Abend-vor-dem-Umzug-Nervenzusammenbruch beschäftigt.

Cornelius fiel plötzlich ein, dass er der Umzugsfirma ein falsches Datum genannt hatte, und hing nun hektisch hechelnd am Telefon, um Ersatzleute für den nächsten Tag zu finden, da die ursprüngliche Umzugsfirma sich verständlicherweise weigerte, schon morgen statt erst in zwei Wochen zu kommen. (Was der Tag gewesen wäre, den Cornelius ihnen genannt hatte.)

Livi starrte nur trübe aus dem Fenster und sprach kein Wort. (»Nachdenken«, nennt sie das. Möchte wissen, worüber man in einem einzigen Leben so viel nachzudenken hat!)

Ich selber hatte total vergessen, dass ich meine alte Elefantensammlung, die die letzten Jahre im weichen, warmen Staub auf meinem Schrank verbracht hat, noch gar nicht verpackt hatte, und war wie wild am Rüssel-in-Klopapiereinwickeln. Ich wollte ja nicht, dass von einem meiner Elefanten irgendwas abbricht.

Und Kenny lag vermutlich schnarchend auf Remas gut gepolstertem Schoß vor dem Fernseher. (Im Gegensatz zu Iris ist es Rema zum Glück total egal, wie viel sie wiegt oder ob die Leute sie für dick halten oder nicht. Ihr gefällt ihre Figur und uns gefällt sie auch!)

»Ganz wunderbar war das«, wiederholt Rema, »wirklich!«

»Hm«, macht Gregory als einzige Antwort auf so viel Lob für seine Mutter und nimmt sich lieber noch ein frisches Mohnbrötchen, das Rema ihm hinhält.

»Möchtest du später auch mal zum Fernsehen?«, fragt Rema interessiert.

»Ganz sicher nicht«, nuschelt Gregory zwischen zwei Bissen. Es klingt reichlich abfällig.

»Ach«, macht Rema etwas enttäuscht. Als ob es ganz erstaunlich ist, dass nicht alle Leute nach der Schule sofort zum Fernsehen rennen wollen.

Dass Gregory nicht gerade begeistert von der Fernsehshow seiner Mutter zu sein scheint, macht ihn mir wieder um einiges sympathischer. Ich sag's doch, der Junge ist bestimmt gar nicht so übel. Und das mit der Armeekleidung werde ich ihm schon noch ausreden. Wahrscheinlich ist er im Grunde ein echter Weltbürger-Typ. Nur weiß er das eben noch nicht. Wie soll er auch? Mit dieser aufgetakelten, dauerlächelnden Langschläfermutter.

»Ich glaube, ich werde mal nebenan dem netten Herrn Walbohm einen Besuch abstatten«, meint Rema jetzt und erhebt sich. »Er hat mir letzte Woche schon dreimal angeboten, sein Haus zu besichtigen.«

»Viel Spaß, Rema«, wünsche ich.

Als Rema aus dem Zimmer ist, scheint Gregory halbwegs satt zu sein. »Wann steht Livi denn immer so auf?«, fragt er.

»Och«, meint Kenny, »nicht vor drei.«

»Nicht vor drei?«, wiederholt Gregory entsetzt.

Ich muss grinsen.

»Du könntest mir bis dahin doch ein bisschen in meinem Zimmer helfen, oder?« Kenny versucht, so lieb wie möglich auszusehen. »Ganz ehrlich, letztes Wochenende hat Livi sogar bis vier geschlafen, oder nicht, Malea?«

Kenny sieht mich so entschlossen an, dass ich ihr den kleinen Gefallen tue. »Klar, klar. War es nicht sogar fast fünf?«

Gregory guckt mich sehr ungläubig an.

In diesem Moment schlurft Cornelius in die Küche. »Morgen, alle zusammen!« Er sieht sich gut gelaunt um. »Haben wir hier nicht ein ganz unglaublich tolles Haus?«

»Hallo Papa«, sagt Kenny.

»Cornelius«, verbessert Cornelius automatisch. Aber nicht mal das kann seine Laune trüben.

Der größte Teil der Küche ist vollgestellt mit Umzugskisten. Unser alter Küchentisch steht im vorderen Teil reichlich verloren neben einer Haushaltsleiter, dem Staubsauger und zwei Wäscheständern. Na ja, aber trotzdem…, Cornelius hat irgendwie recht. Ich glaube, dass es schon sehr bald ein wirklich, wirklich tolles Haus sein wird.

Nur im Moment sind nicht mal genügend Stühle für alle da. Die stehen inmitten des großen Berges von Kisten, den die Umzugsmänner im Wohnzimmer aufgehäuft haben. Als Rema aufgestanden ist, hat Gregory sich auf ihren Platz gesetzt. Bis dahin hatte er sich auf eine Stufe der Leiter gequetscht. Nun springt er eilig wieder hoch. Bloß weil Cornelius ins Zimmer gekommen ist.

»Bleib nur sitzen«, meint Cornelius freundlich. »Ich hab schon vor Stunden gefrühstückt. Hast du vielleicht Lust, mir nachher beim Aufbauen des Schlagzeugs zu helfen?«

Oh, was für ein Leuchten da in Gregorys Augen angeknipst wird! Und wie sekundenschnell sich dagegen Kennys Miene verfinstert! Arme Kenny, wer soll ihr jetzt mit ihrem Chaos helfen?

Bevor sie da noch auf andere Ideen kommen kann, verdrücke ich mich schnell. Schließlich habe ich mit meinem eigenen Chaos genug zu tun. Richtig Lust auf Auspacken und Einräumen habe ich allerdings im Moment nicht gerade. Wir haben letzte Woche so viel geräumt, dass es erst mal langt!

Im Flur sehe ich ein altes weißes T-Shirt von Cornelius, das er gestern beim Umzug getragen hat. Ob er das noch braucht? Denn ich kriege da gerade eine tolle Idee! Ich könnte mir doch ein T-Shirt färben. Oder einen Spruch draufmalen. Mit Remas bunten Stofffarben. Au ja!

Ich stecke meinen Kopf schnell noch mal in die Küche. »Cornelius? Brauchst du dieses Shirt noch? Oder darf ich es haben?«

Cornelius hat wirklich ganz erstaunlich gute Laune heute Morgen. Er lächelt sanft wie ein Engel. »Natürlich darfst du, Malea. Das alte Ding brauche ich jetzt nicht mehr. Das war garantiert der letzte Umzug meines Lebens. Hier ziehen wir nie wieder aus!«

»Danke!«

Als ich an Tessas Zimmer vorbeikomme, fällt mir das afghanische Auto wieder ein. Na gut, möglicherweise war es nicht unbedingt ein *afghanisches* Auto, aber ein ausländisches war es in jedem Fall.

Oh, wenn ich nur wüsste, was für ein Geheimnis Tessa hat!

Wie würde James Bond wohl einem Geheimnis auf die Spur kommen? Egal, erst mal werde ich mir jetzt ein original Designer-T-Shirt machen. Designed by Malea Martini!

Livi

Frieden im Haus. Wenn es friedlich ist und man seine Ruhe hat, fühlt sich das Leben gar nicht so übel an. Na ja, also zumindest, wenn man mal die Umweltverschmutzung für einen Moment vergisst und den Hunger in der Dritten Welt, das Ozonloch und die Abholzung des Regenwaldes, und natürlich GREGORY nebenan … Seufz.

Ich liege seit mindestens einer halben Stunde wach im Bett und rühre mich nicht, was für ein Luxus! In meinem eigenen Zimmer zu liegen. Ohne Tessa drei Meter neben mir, was für ein *Mega*-Luxus! Ohne einen Handschlag zu tun, was für ein *Mega-Mega*-Luxus!

Mann, was haben wir für eine anstrengende Woche hinter uns! Eine hammerharte Packerei!

Ich lausche auf all die Geräusche im Haus. Erst höre ich Cornelius unten mit irgendwas rumoren. Dann höre ich Remas tapp-tapp-tapp-Pantoffelschritte auf den Holzdielen. Ich wette, sie geht in die Küche und futtert erst mal ’ne Runde.

Ein paar Minuten später blökt Maleas laute Stimme in den Garten runter.

Grrrr! Kann die nicht Rücksicht nehmen auf Leute, die

vielleicht noch schlafen? Und dann ist es anscheinend auch noch der grässliche Gregory, mit dem sie da spricht. Steht der etwa schon wieder in unserem Garten? Das gibt's doch nicht!

Ich spähe kurz aus dem Fenster. Tatsächlich! Gregory live und in Farbe. Oh, womit habe ich dieses Leben verdient?

Ich sinke wieder in meine Kissen zurück und versuche, an etwas Schönes zu denken.

Leider fällt mir auch nach längerem Nachdenken nichts wirklich Schönes ein.

Letzte Woche haben sie im Fernsehen die Ozonwert-Statistiken unserer Städte aus diesem Sommer durchgegeben. Ich begreife einfach nicht, warum die Leute nicht alle mit dem Fahrrad statt mit dem Auto überall hinfahren können. Dann würde es auch viel weniger Tote auf den Straßen geben. Im letzten Winter hat das Ozonloch über der Arktis eine neue Rekordgröße erreicht. Kümmert das die Menschen denn überhaupt nicht? Begreifen sie nicht, was das für Folgen für unseren Planeten haben könnte?

Mir fällt immer noch nichts Schönes ein.

Ganz oben, wo Kennys Zimmer und die Zimmer von Iris und Cornelius sind, höre ich jetzt eine Tür klappen. Dann tapsen Kennys kleine Füße die Treppe runter zu unserem Stockwerk und eine weitere Tür klappt. Das war die Tür zu Maleas Zimmer. Gleich danach wird sie wieder aufgerissen und Kenny stürmt ins Erdgeschoss hinunter. Malea folgt kurz danach.

Seufz. Hoffentlich ist jetzt mal wieder Ruhe. Wo war ich? Ach ja, etwas Schönes …

Es *hätte* schön sein können, ein neues wunderbar superriesiges Haus zu haben. Wenn nebenan nicht Gregory Hahn wohnen würde.

»Bis später!«, höre ich Remas Stimme von unten. Dann ruschelt sie im Flur rum. Zieht sie sich Schuhe an? Ich höre sie die Haustür öffnen und – klack – schlägt sie sie von außen wieder zu. Nanu, wo geht Rema denn so frühmorgens hin? Ganz allein spazieren?

Und jetzt kommt Cornelius die Treppe runter. Dann Stimmen, die ich nicht verstehen kann. Wahrscheinlich sitzen sie alle in der Küche und essen Croissants. Und lassen mir nicht einen Krümel übrig.

Nun knistert jemand im Flur rum. Ist das Malea? Ja, das ist sie. Ich kann es an den Schritten erkennen, die die Treppe hochlaufen. Und – knall – ist sie in ihrem Zimmer.

Ups, jetzt rast Kenny die Treppe rauf. Stampf, stampf, stampf. Man kann hören, dass sie sauer ist. Die Arme! Was ist denn nun schon wieder los? Hat sie sich mit Cornelius gestritten?

Ich glaube, Kenny hat eine ziemlich harte Woche hinter sich. Nicht dass ich KEINE harte Woche gehabt hätte! Aber Kenny ist schließlich erst sieben. Da ist man doch eigentlich reichlich überfordert damit, sein Zimmer selber einzupacken und das neue Zimmer zu streichen und so. Na ja, der *nette* (bäh) Gregory hat ihr ja selbstlos geholfen.

Kenny hat die ganze Woche an mir geklebt. Und ständig hat sie komische Vorschläge gemacht, was wir zusammen anstellen könnten. Frösche küssen oder Ameisen beibringen, Wettrennen zu machen, waren da noch die harmlosesten Varianten.

Ich habe irgendwie das Gefühl, dass sie sich ziemlich einsam fühlt und Hilfe braucht. Warum sollte sie sonst so hinter mir her dackeln? So hat sie sich doch früher nicht verhalten. Allerdings hängt sie sich nur an mich und sonst an niemanden von uns. Nicht mal an Rema. Hm, na ja, ich nehme an, das liegt daran, dass ich die Einzige bin, die sich ab und zu um sie kümmert. (Obwohl Rema das auch tut. Und Iris und Cornelius, wenn wir nicht gerade umziehen, natürlich ebenfalls.)

Ständig will sie mit mir Häuser für ihre Regenwürmer, die sie heimlich in Marmeladegläsern hält, basteln oder auf dem Sofa Kekse futtern und kuscheln. Als ob ich in der letzten Woche nichts anderes zu tun gehabt hätte! Daran merkt man ja wohl, dass irgendetwas mit ihr nicht stimmt.

Ist Kenny wirklich einsam? Oder hat sie etwa Ärger mit ihrer besten Freundin Bonbon-Bentje?

Egal, ich schätze, ich muss da in den sauren Apfel beißen … äh, will sagen in den schleimigen Frosch, und mich ihr noch ein bisschen mehr widmen. Tut ja sonst keiner.

Aber was wollte ich eben? Richtig – an was Schönes denken. Ach, Blödsinn, ich hab jetzt eigentlich gar keine Lust mehr, an irgendwas zu denken. Ich geh lieber runter und hol mir Frühstück.

Umpf. Ist das da Gregorys Stimme im Flur? Und Cornelius'? Gehen die jetzt gerade zusammen raus? Na gut, dann warte ich lieber noch eine Minute.

Gut, jetzt scheint die Luft rein zu sein. Ich laufe schnell runter in die Küche und – ups! – da kommen Gregory und Cornelius doch schon wieder rein. Und ich stehe hier mit schlafverwuschelten Haaren und noch dazu in meinem uralten Daisy-Duck-Schlafanzug, neeeeiiiiin! Wie megapeinlich! Warum habe ich den eigentlich nicht schon längst zur Altkleidersammlung gegeben?

Ich öffne die Tür zum Garten, lehne sie hinter mir

wieder an und verstecke mich, so schnell ich kann, unter einem dicken Rhododendron. Was für ein Glück, dass alte Häuser meistens eine Küchentür nach draußen haben. Hurra, mein Ruf ist fürs Erste gerettet!

Ich sehe durch die Blätter, wie Cornelius und Gregory sich am Tisch die letzten Brötchen aus dem Korb nehmen und genüsslich dick Butter und Marmelade draufstreichen. Oh, ist das mein Magen, der da knurrt? Was für eine Gemeinheit, dass die da mampfen bis zum Umfallen, und ich stehe hier draußen hungrig und bibbernd.

Oh ja, bibbernd! Es ist lausig kalt. Da sollte man meinen, dass es im September noch schön warm ist, aber nein. Brrrr! Aber um nichts in der Welt werde ich Gregory meinen Daisy-Pyjama sehen lassen! Lieber erfriere ich.

Huch!

»Hilfe!«

Mann, das ist mir so rausgerutscht. Mist, hoffentlich haben das nicht Cornelius und Gregory drinnen gehört. Aber was war das da eben hinter mir? Da hat mich doch was…

Oh, Aurora! Unser Huhn! Ach so.

Die ganze Woche über haben wir es hin und wieder fröhlich in unserem Garten herumpicken sehen. Aber da es immer ganz gesund und munter und kein bisschen ver loren aussah, hat Iris die Theorie aufgestellt, dass es vielleicht nur tagsüber in den nachbarlichen Gärten spazieren geht und irgendwo doch ein Zuhause haben muss, wo es schläft. »Denn ein Huhn braucht nachts ein Dach über dem Kopf«, meinte auch Cornelius. (Wobei ich stark vermute, dass er außerdem noch dachte: »Oder einen heißen Backofen rund um den Körper.«)

Jedenfalls haben wir uns um Aurora keine Sorgen mehr

gemacht. Wir sind irgendwie davon ausgegangen, dass sie sich von ganz allein verdrücken wird, wenn hier erst mal wieder das pralle Leben herrscht. Bei sieben Leuten in Haus und Garten pickt es sich schließlich nicht mehr ganz so ungestört.

Noch ist sie allerdings da. Und guckt mich aus zwei kleinen schwarzen Hühneraugen beinahe vorwurfsvoll an. Was hat sie denn? Ist sie doch hungrig? Oder was können Hühner wollen, wenn sie einen so nachdrücklich angucken? Ich meine, Hühner sind doch keine Hunde. Die wollen doch nicht etwa spielen und Stöckchen apportieren oder so?

»Hallo Auroralein!«, flüstere ich versuchsweise mal ganz freundlich.

Das scheint Aurora aber noch nicht sehr zu beeindrucken. Sie spreizt ihre Flügel, flattert damit eindrucksvoll auf der Stelle herum und wirbelt dadurch unheimlich viel Dreck auf. Tja, wenn ich jetzt ein Tierlexikon hätte, könnte ich nachschlagen, was Flügelschlagen bedeutet.

Hm, schätze, sie will sich einfach etwas Staub aus dem Gefieder schütteln. Den hab ich jetzt nämlich im Gesicht. Danke, Aurora!

Nun scheint sie endlich genug von mir zu haben. Sie dreht sich um und marschiert hinten aus dem Rhododendrongewächs heraus Richtung Gemüsebeet. Soll sie. Dort ist eh schon alles zerstört, was dort jemals gewachsen sein mag. Aber darum wird sich mit Sicherheit Rema im nächsten Frühling kümmern. Rema liebt es zu gärtnern.

Ich werde mich ebenfalls noch ein kleines Stückchen weiter nach hinten zurückziehen. Habe doch Sorge, dass die gruselig-peinlich weiß-rosa Farbe meines Schlafanzugs durch die grünen Blätter zur Küche durchscheinen könnte. Und dieses Risiko möchte ich ehrlich nicht eingehen.

Äh, bäh, wie matschig hier alles ist. Letzte Nacht hat es geregnet und der Boden ist noch ziemlich feucht. Ich wage mir nicht vorzustellen, wie ich inzwischen aussehe. Habe nasse Blätter und Dreck im Haar und mein Kleinkind-Schlafanzug verbessert meine Gesamterscheinung sicherlich nicht zwangsläufig.

Wupps – Mist – Was ist das denn? Es hat eben ein leises *Knack* gemacht. Wo bin ich denn draufgetreten? Und nun fühlt es sich so merkwürdig weich und flüssig an zwischen meinen Zehen. Das ist doch nicht etwa …

»Iiiiiihhhhh!« Das ist – nein, das *war* ein Ei. Direkt unter meinen nackten Füßen. Ein Hühnerei, schätze ich. Auroras Hühnerei, schätze ich. Und das war vermutlich auch der Grund, warum sie mich so fixiert hat. Sie wollte, dass ich von ihrem Ei weggehe. Arme Hühnermutter!

Tja, das ist nun leider zu spät. Ich versuche zu erkennen, wo Aurora ist. Ja, dort hinten bei den Apfelbäumen kann ich sie friedlich stehen und mit ihrem kleinen Schnabel in die Erde hacken sehen. Oje, ich kann nur hoffen, dass sie noch mehr Eier gelegt hat und dass ihr Herz nicht ausgerechnet an diesem hier hängt.

Mehr Eier? Gute Idee. Ich sollte unbedingt gucken, ob ich nicht noch ein paar finde. Wenn die Bande mir schon keine Croissants zum Frühstück gelassen hat, könnte ich mir wenigstens ein paar frische Eier in die Pfanne hauen. Hühner legen doch jeden Tag Eier. Da kommt es ihnen auf ein paar mehr oder weniger sicher nicht an.

Wo könnten die Eier denn sein? Ich krabbele auf allen vieren unter dem dichten Strauch herum und suche. Also eins muss man Aurora lassen, sie kennt erstklassige Verstecke. Aber – ha! – jetzt habe ich tatsächlich noch ein weiteres gefunden. Hihihi, das macht Spaß. Ist irgendwie wie Ostern. Und wo zwei Eier waren, ist bestimmt auch noch ein drittes …

»Olivia?«

Waaaaahhhh! Das ist Cornelius' Stimme. Und wenn Cornelius hier draußen steht, w-w-wo steht dann Gregory?

Ups, och neeee! Vor Schreck habe ich mich hingesetzt. Auf das Ei, meine ich. Auf das neue Ei. Das eben noch ganz war. Und jetzt an meinem Hintern klebt. Nee, das mir jetzt vom Po tropft. Von meinem Daisy-Duck-Po.

»Olivia?«

»Ja?«, wispere ich tonlos. Aber ich rühre mich nicht. Ob man einfach aufhört zu existieren, wenn man sich nicht rührt? Es ist erstaunlich, wie viele verschiedene Gefühle und Gedanken einem in Sekunden durch Herz und Hirn schießen können. Panik. Entsetzen. Schockvibrierende Peinlichkeit. Wilde Fluchtgedanken.

»Was – bitte – machst du da?«, fragt Cornelius gnadenlos.

Hat unser Vater denn gar keinen Anstand? Warum verzieht er sich nicht schnellstens und tut so, als hätte er mich gar nicht gesehen?

Ich wage es nicht, unter dem Strauch hervorzukommen. Wahrscheinlich können die beiden doch im Moment genauso wenig von mir sehen wie ich von ihnen, oder? Also von Cornelius sehe ich nur seine Turnschuhe und den unteren Teil seiner Jeans. Und wenn ich ein Stückchen weiter nach rechts schiele …

Oh Gott, warum ist nicht wenigstens Gregory so wohlerzogen, dass er sich verzieht? Hält Sibylle nichts von guter altmodischer Erziehung zur Höflichkeit?

Ich werde einfach nicht herauskommen. Die können ja schließlich nicht den ganzen Tag dort stehen und auf mich warten.

»Olivia? Gibst du mir bitte eine Antwort?« Cornelius' Stimme klingt nicht streng, nur sehr erstaunt. »Was machst du da unten?«

Hm, ja, was mache ich hier? Wie erklärt man, dass man an einem kalten Septembermorgen in einem schlammverschmierten Daisy-Duck-Schlafanzug mit einem tropfenden Hühnerei am Hintern in Brütstellung unter einem Rhododendron hockt? Gibt es dafür vielleicht irgendeine sinnvolle Erklärung?

Oh mein Gott, warum fällt mir bloß nichts ein?

»Also wirklich, Olivia«, sagt Cornelius jetzt, »ich muss mich schon sehr wundern. Was soll dein merkwürdiges Verhalten denn für einen Eindruck auf Gregory hier machen?«

WAS? Oh, *herzlichen Dank,* Cornelius! Danke, dass du das noch mal betont hast! Echt klasse, nun habe ich wirklich keine andere Wahl mehr, als direkt hier und jetzt vor Peinlichkeit zu sterben.

Ich höre schon, wie Gregory kichernd dem Rest unserer Klasse berichtet, dass Livi Martini sonntags gerne auf allen vieren im Garten rumkrabbelt und versucht, Hühnereier auszubrüten. Oh, wenn ich doch nur wirklich einfach in der tiefen Erde verschwinden könnte!

»Hm.« Cornelius räuspert sich. »Na schön, wenn du dann unbedingt dort hocken willst, bitte.« Und etwas leiser: »Iris und ich waren schließlich immer für freie Erziehung. Und wenn dir das Spaß macht …«

Ich ärgere mich schrecklich über Cornelius. Ich kann nämlich genau spüren, dass er nur so einen Blödsinn von freier Erziehung faselt, weil ihm eine dreizehnjährige Tochter unter einem Busch im Schlafanzug Gregory gegenüber peinlich ist. Wie peinlich MIR das ist, daran denkt er überhaupt nicht!

Endlich, endlich geht Cornelius tatsächlich. Und Gregorys Beine sehe ich ihm folgen.

Gehen die beiden zurück in die Küche? Nein, sie gehen ums Haus herum zur Garage. Dort stehen Cornelius' Bandsachen, die Verstärker, das Schlagzeug in Einzelteilen und so weiter. Ich nehme an, Cornelius möchte heute noch seinen neuen Übungsraum im Keller einrichten.

Oh, lieber Gott, lass sie bitte mindestens dreißig Sekunden in der Garage bleiben! Denn länger werde ich ganz sicher nicht brauchen, um durch die Küche in den Flur und die Treppe hoch in mein Zimmer zu fliegen und es hunderttausend Mal von innen zu verriegeln. Und nie wieder herauszukommen!!!

Tessa

Tessa-Tiara es una chica muy hermosa – Tessa-Tiara ist ein sehr hübsches Mädchen; Javier es un chico sensacional – Javier ist ein toller Typ; ¿Quieres un beso? – Willst du einen Kuss?; Te quiero, yo te amo – ich liebe, liebe, liebe dich; a lo mejor – vielleicht; No puedo hablar español – ich kann kein Spanisch sprechen. Nein, noch nicht, aber bald!

Javier ist so süß. Die ganze Zeit textet er mir und versucht, mir Spanisch beizubringen. Dabei habe ich ihm schon geschrieben, dass Dodo und ich diesen Dienstag mit unserem Spanischkurs an der Volkshochschule beginnen werden. Er braucht sich also gar keine Mühe zu geben. In ein paar Wochen werden wir sowieso fließend sprechen.

An der VHS kostet es am wenigsten. Dodo sagt zwar, dass da bestimmt lauter idiotische Hausfrauen sitzen werden, die jeden Sommer in Mallorca verbringen und bloß lernen wollen, wie man Sangria bestellt, aber das stört mich wenig. Ich habe kein Geld und ich will Spanisch lernen. Und unsere Schule bietet beknackterweise nachmittags zwar einen Chinesisch-Kurs an, aber kein Spanisch. (Mann, wer will schon Chinesisch lernen?)

Außerdem haben Dodo und ich uns einen Job im Eiscafé unten in der Fußgängerzone besorgt. Dort kriegen wir sechs Euro die Stunde. Plus Trinkgeld. Ich finde, das ist nicht schlecht für den Anfang. Montagnachmittag um fünf, also morgen, fangen wir an. Und – hm, mal rechnen – wann haben wir dann genug Geld für die ersten Monate in unserer Schule zusammen?

Ringelingelingdingdong! Ups, schon wieder Javi auf meinem Handy.

»Hallo, hier ist Tessa-Tiara Martini.«

»Hola! Qué tal?«, haucht seine warme Stimme mir ins Ohr. Ach, da fühlt sich mein Bauch gleich an, als fächere mir jemand mit einem warmen Föhn darüber.

Ich lächele. »Hola, Javi! Mir geht's gut, danke. Was ist los, hast du schon wieder Sehnsucht?«

»Immerrr, immerrr«, kommt die Antwort mit seinem süßen Akzent. »Aberr ich wollte dirrr auch sagen, dass ich mit Ramón gesprochen habe. Ist alles okay. Wirrr kommen nächstes Wochenende und wir bleiben zwei Tage. Länger geht leider nicht. Bien?«

Ob das bien ist? Ähm, ich weiß nicht. Vielleicht nicht ganz so bien, nicht ganz so gut. Habe ein bisschen Angst, dass Cornelius oder Iris allmählich was mitkriegen könnten. Auf der anderen Seite …

… flattern die Schmetterlinge in meinem Bauch wie wild. Und was soll schon passieren? Werde einfach aufpassen, dass Adlerauge Malea beschäftigt ist, wenn Javi und Ramón mich abholen. Oder mich besser gar nicht mehr zu Hause abholen lassen. Wir können uns ja auch in der Stadt treffen. Ja. *Flatter, flatter* … machen die Schmetterlinge.

Wie gut, dass ich nicht wirklich verliebt bin, sonst würde ich womöglich zu unvernünftigen Handlungen neigen. So aber habe ich alles hervorragend im Griff. Es ist ja eigentlich gar nicht schlecht, dass Javi und Ramón öfter mal herkommen, da können Dodo und ich gleich unser Spanisch in der Praxis ausprobieren.

»¡Hasta luego mi amor y un beso fuerte!«

»Hasta luego, bis bald!«, flüstere ich. Denn gerade höre ich draußen Schritte.

Während ich noch an den dicken Kuss denke, den er mir gerade durchs Telefon geschickt hat, lausche ich, wer das wieder sein könnte. Den ganzen Morgen schon rennen Kenny, Malea und auch Livi die Treppen hier rauf und runter. Man kann kaum in Ruhe einen klaren Gedanken fassen. Und dieser komische Gregory von nebenan ist, glaube ich, auch schon wieder im Haus. Ich schätze, der wird in den nächsten Wochen bei uns einziehen. Der war ja letzte Woche schon mehr hier als bei sich zu Hause. Hihi, Livi wird dann allerdings ausziehen, da bin ich mir sicher.

Klopf, klopf. »Tessa?«

»Ja?«

Malea steckt ihren Kopf zur Tür rein. »Hier, guck mal! Wie findest du das?« Sie hält mir ein helltürkises T-Shirt mit weißen Flecken und irgendwelchen dunklen Buchstaben hin.

»Was ist das?«

»Ein Designer-Shirt«, sagt Malea. »Habe ich eben selbst gefärbt. Im Waschbecken. Und danach hab ich's in den Trockner gesteckt. Siehst du? Schon ganz trocken. Klasse, oder?« Sie guckt mich erwartungsvoll an. »Wie findest du es?«

»Ähm.« Ich richte mich in meinem Bett auf und nehme das fleckige Ding aus ihrer Hand. Ich weiß nicht, was ich sagen soll. »Zieh es mal an. So kann man die Wirkung nicht richtig beurteilen.« Also, das war doch jetzt ziemlich diplomatisch! Bin richtig stolz auf mich.

Malea zieht sich das Shirt sofort über den Kopf. Es ist ihr etwa zwanzig Nummern zu groß. Aber – Moment – so schlecht ist das gar nicht. Das ist ja Batik!

»Hast du das gebatikt?«

Malea nickt stolz.

»Hat dir Rema gezeigt, wie man das macht?«

Malea nickt noch stolzer.

»Aber Rema ist doch gar nicht da. Ist sie nicht heute Mittag rausgegangen?«

»Sie war nur eine Stunde drüben bei diesem Herrn Walbohm. Sie ist schon lange wieder da.«

»Aha.« Ich nicke. »Dreh dich mal langsam rum, damit ich alles sehen kann.«

Malea dreht sich gehorsam wie ein Zirkuspferd.

»Nicht schlecht«, murmele ich anerkennend. Denn das ist es wirklich nicht. Jedenfalls nicht, wenn man weiß, was es sein soll. Das Shirt ist türkis, laut Malea »meerwasserblau«, und in ebendieser Batik-Technik gefärbt.

Vorne quer drüber über das Shirt hat Malea in großen schwungvollen Buchstaben das Wort »Weltbürger« gemalt. Sie hat echt 'nen kleinen Knall mit ihrem Weltbürger-Dasein. Aber cool sieht das dunkelblaue Wort auf dem türkisfarbenen Batik-Hintergrund schon aus.

»Das ist echt toll, Malea!«, lobe ich. »Superschön! Machst du mir auch so eins?« Ich könnte das in Spanien nach dem Baden am Strand anziehen. Das sieht bestimmt richtig gut aus.

Malea freut sich wie blöde über mein Urteil. Was natürlich nicht verwunderlich ist, denn was Mode angeht, bin ich der Profi in dieser Familie.

Jetzt rennt sie allerdings wieder raus, weil sie ihr Kunstwerk nun auch den anderen zeigen will. Wo hat Rema eigentlich so schnell die Farben her? Hat sie etwa ihre ganzen Kisten schon ausgepackt?

Ich gucke nachdenklich auf das Handy in meiner Hand. Vielleicht sollte ich Javi kurz noch mal anrufen? Habe ihn ja eben reichlich schnell abgewürgt. Das war bestimmt nicht sehr nett von mir. Hm …

Tipp-tipp-tipp … »Javi? Hola! Ich …«

Ich breche mitten im Wort ab. Denn das *GLAUBE ICH DOCH NICHT!* Malea steht breit grinsend schon wieder in der Tür.

»Telefonierst du mit dem Fahrer von dem afghanischen Auto?«, säuselt sie. »Spricht der etwa Spanisch? So wie der Kerl, mit dem du in den Sommerferien immer rumgehangen hast?«

Oh, diese kleine Kröte! Da lobe ich ihr bunt gepanschtes Hippie-T-Shirt über alle Maßen und was ist der Dank dafür? Sie belauscht mich!

An der ist eine Spionin verloren gegangen! Blöd zumindest ist sie ja nicht. *Der Kerl aus den Sommerferien.* Bingo. Aber das werde ich natürlich nicht zugeben. Denn ich bin auch nicht doof.

Stattdessen grinse ich lässig und herablassend. »Netter Versuch, Malea! Aber – sorry – ich telefoniere gerade mit …« Ja, mit wem? »Ähm … mit dem Austauschschüler, den Dodo und ich nächste Woche betreuen sollen.«

»Austauschschüler?« Malea guckt ehrlich irritiert. Damit hat sie nicht gerechnet.

Ich auch nicht. Wie doof! Warum ist mir denn nichts anderes eingefallen? Wo kriege ich so schnell denn nun einen spanischen Austauschschüler her?

»Wir kriegen Austauschschüler in die Schule?«

Nun muss ich da durch. Hilft nichts. Ich hole tief Luft. »Klar. Hast du davon nichts gehört? Eure Klasse natürlich nicht. Das ist nur für die Zehnten.«

»Ach«, macht Malea. Und ich kann sehen, dass sie angebissen hat. Immerhin.

Ups, da fällt mir ein, dass Javi immer noch in meinem Handy geduldig wartet. Und – UPS – mir fällt ebenfalls ein, dass ICH ihn angerufen habe. Also ist das gerade MEINE Rechnung, die ins Unermessliche wächst, während ich versuche, meine kleine Schwester von der Wahrheit abzulenken.

»Javi? Ich ruf dich morgen wieder an, ja?«

»Si, si, bien«, höre ich klar und deutlich Javiers dunkelmännliche Stimme antworten, »un beso más grande del mundo para ti, mi amor!«

Uuuu! Warum sind die Stimmen spanischer Männer bloß immer so laut und dominant?

Oh nein! Und warum haben kleine spionierende Schwestern bloß gerne so ein fieses, breites Grinsen im Gesicht?

»Austauschschüler, was?«, feixt Malea. »Mit dem hast du dich aber schnell angefreundet!« Sie strahlt übers ganze Gesicht.

Ist ja auch kein Wunder. Glaube kaum, dass ich sie noch ein weiteres Mal von den richtigen Schlussfolgerungen abhalten kann. Nun hat sie mich natürlich in der Hand. Und das weiß sie.

Sie strahlt wie Sommerferien und Geburtstag zusammen. »Du, Tessa? Ob du mir vielleicht morgen Nachmittag ein bisschen beim Auspacken helfen könntest?«

Rrrrrr! Als Antwort greife ich nach dem erstbesten

Gegenstand und schmeiße ihn in ihre Richtung. »Verschwinde, du kleine Laus!«

Leider war der erstbeste Gegenstand mein kleines Schminkmäppchen mit all meinen Kajalstiften drin. Oh nein, hoffentlich sind die Minen jetzt nicht alle zerbrochen!

Malea lacht und zieht die Tür hinter sich zu. Dann poltert sie die Treppe runter.

Ich überlege. Soll ich jetzt hinterherlaufen und um Gnade winseln? Nein, Quatsch. Nein, ich vertraue ihr. Ich traue ihr natürlich bedenkenlos zu, dass sie mich diese Woche erpressen wird, wo sie nur kann. Aber ich glaube auf der anderen Seite nicht, dass sie mich wirklich bei Iris oder Cornelius verpfeifen würde. Schließlich sind wir Schwestern. Und Schwestern halten zusammen.

Na ja, vielleicht werde ich ihr zur Sicherheit ein winzig kleines bisschen bei ihren blöden Müllkisten helfen. Aber morgen Nachmittag nicht. Da muss ich arbeiten. Für Spanien. Juchhu!

Livi

Rema hat einen Lieblingsspruch, der geht so: Wenn das Leben dir Zitronen gibt, mach Limonade draus! Aber ganz ehrlich: Von Limonade allein kann auch kein Mensch ewig leben!

Warum gibt es bei uns im Land eigentlich eine Schulpflicht? Warum können nicht wenigstens diejenigen Kinder, die bereits mit grässlichen Familien geschlagen sind, davon befreit werden? Oder warum werden die Kinder mit grässlichen Familien nicht wenigstens von peinlichen, gleichaltrigen Nachbarn verschont? Oder warum habe ich nicht vernünftige Tarnkleidung in meinem Kleiderschrank? Ich meine, wirklich *echte* Tarnkleidung, in die man reinschlüpft, und dann ist man unsichtbar.

Es ist Montagmorgen. Der letzte Morgen, bevor ich in der Schule als komplett Geisteskranke dastehen werde. Gestern war der letzte Tag, an dem ich noch einen Hauch einer Chance gehabt hätte, jemals ein halbwegs normales Leben zu führen. Seit gestern Mittag ist jede Hoffnung verloren.

Oh, warum muss immer ich in solche Situationen geraten? Warum nicht zum Beispiel Malea? Ich bin sicher, ihr würde das nicht mal was ausmachen. Sie würde nur laut lachen und hocherhobenen Kopfes durch all die Leute zu ihrer Klasse marschieren.

Ich kann das nicht. Ich kann durch keinen durchmarschieren. Ich kann mir nur immer und immer wieder vorstellen, was die anderen denken werden, wenn Gregory ihnen die Geschichte von mir im Daisy-Duck-Schlafanzug, brütend auf einem matschigen Hühnerei unter unserem Rhododendron, erzählt. Ich weiß genau, was Daniel denken wird. Daniel wird denken: *Livi? Haha! Mann, das kann ich mir soo gut vorstellen! Ich hatte schon immer den Eindruck, die spinnt ein bisschen.* Und dann wird er Gregory kopfschüttelnd angrinsen und weggehen.

Nicht dass er sonst mit mir reden würde. Daniel ist viel zu beschäftigt mit den Sahnetörtchen in unserer Klasse, um mit mir zu reden.

Die Sahnetorten, so nenne ich Mädchen wie Cäcilie und Kaya und Liane und so. Eben so die Art Tessa-Mädchen. Mädchen, die jeder Junge sofort toll findet. (Und eben die Art Mädchen, die ICH auf keinen Fall sein will!)

Ja, wie gesagt, nicht dass Daniel sonst jemals mit mir reden würde. Aber…, dass er sich Livi Martini nun sehr bald in allen peinlichen Einzelheiten, praktisch in einem Baby-Strampler, inmitten von Regenmatsch und mit Eigelb am Hintern vorstellen kann, das hilft in der Richtung bestimmt nicht viel.

Ach, warum kriege immer nur ich die Zitronen im Leben? Erst meine Familie (multiple Zitrone), dann Gregory als Nachbar (fette Zitrone) und nun auch noch das! (Supersaure Zitrone.) Mein zukünftiges Leben kann ich vergessen.

»Livi, bist du fertig?«, ruft Iris von unten aus der Küche. »Der Kakao ist fertig.«

Kakao, ach ja. Ich meine, oje. Wäre ja theoretisch nett, dass Iris morgens vor der Schule immer noch für uns alle heiße Schokolade kocht. Aber wenn man bedenkt, dass sie die seit fünfzehn Jahren (seit Tessa auf der Welt ist nämlich, da bin ich mir sicher) anbrennen lässt und wir unsere Tassen deshalb meistens nur halb austrinken, dann kann einen schon wundern, dass sie das so lange durchhält. Na ja, auf der andere Seite hält sie ja auch mit ihrer Kocherei durch …

»Livi! Komm jetzt endlich! Willst du etwa zu spät kommen?«

Ja, bitte! Kann ich vielleicht so viel zu spät kommen, dass ich gerade noch die Schulglocke zum Ende der letzten Stunde höre und direkt wieder umdrehen kann?

Ich trotte langsam die Treppe runter. Dann setze ich mich mit gesenktem Kopf an den Küchentisch. Ich bin ganz sicher ein Bild des Jammers. Aber keiner in unserer großen Familie scheint das zu bemerken.

»Alles klar, Olivia?«, fragt Cornelius freundlich, während seine Augen auf dem Bildschirm eines Laptops kleben. (Laptops am Frühstückstisch sollten verboten werden!)

»Nein«, antworte ich sterbenselend.

»Schön, schön«, meint Cornelius geistesabwesend und nimmt keinen Blick von seinen Bildern.

Was guckt er da eigentlich? Ich recke mal ein bisschen meinen Hals, was Cornelius erfreut bemerkt.

»Das ist unser nächster Sommerurlaub«, erklärt er mit zufriedenem Gesichtsausdruck. »Da geht's ab nach Griechenland. Klasse, oder?«

Keiner am Tisch zeigt eine Reaktion.

»Kann ich noch ein Stück Pflaumenkuchen bekommen?«, fragt Kenny stattdessen mit bettelnden Augen.

»Nein«, meint Iris, »jeder hatte ein Stück. Das ist genug. Und überhaupt sollte man eigentlich gar keinen Kuchen zum Frühstück essen. Außerdem ist er alle.«

Pflaumenkuchen? Und wieso habe ich keinen?

»Iris?«

»Ja, Livi, mein Schatz?«

»Wo ist MEIN Stück Kuchen?«

»Äh, wieso? Hattest du noch keins?«

»Nein.«

»Ich hatte aber für jeden ein Stück gekauft«, mischt sich Cornelius ein, »vier Stücke Pflaumenkuchen.« Er schaut tatsächlich von seinem Bildschirm hoch und sieht sich mit gerunzelter Stirn am Tisch um.

»Oh«, macht Rema da. Sie legt eine Hand schützend vor ihren kuschelig dicken Bauch, fast als ob sie befürchtet, dass da jemand etwas wieder rausholen will, und guckt sehr betroffen. »Oje! Das tut mir leid. Ich hatte keine Ahnung, dass der Kuchen nur für die Kinder ist. Ich dachte ...«

»Schon gut«, lächelt Iris, »ist ja nicht so schlimm. War ja nur ein Stück Kuchen. Livi wird ja nicht sterben, bloß weil sie morgens keinen Kuchen bekommen hat. Ist doch so, Livi?« Sie lächelt mich an, als hätte sie einen Witz gemacht.

Was, bitte, soll daran lustig sein? Was soll daran lustig sein, wenn man morgens schon wieder nur Zitronen bekommt?

»Guck mal, hier ist noch ein schönes Roggenbrötchen für dich. Ganz frisch.«

Roggenbrötchen! Und die anderen hatten Kuchen!

»Hört mal!« Cornelius ist wieder in seine Laptopbilder abgetaucht. »Wenn man jetzt im September schon bucht, kriegt man einen Rabatt von bis zu dreißig Prozent. Das ist doch enorm!«

»Aber wir wissen doch noch gar nicht, ob wir nächstes Jahr überhaupt nach Griechenland fahren *wollen*«, gibt Iris zu bedenken.

»Griechenland ist mir viel zu heiß«, meint Rema, »das ist ja noch heißer als Spanien. Na ja, dann fahre ich jedenfalls wieder nicht mit.«

Cornelius sieht so aus, als ob ihn das nicht besonders stört.

»Wenn Rema nicht mitkommt, fahre ich auch nicht mit«, behauptet Kenny und drückt Remas Hand.

Rema lächelt geschmeichelt, wehrt aber trotzdem ab: »Ach – i wo! Das macht mir doch nichts aus. Ganz im Gegenteil. Da habe ich hier drei Wochen lang meine Ruhe und kann wunderbar im Garten buddeln.«

Kenny nickt verständnisvoll. »Klar, und jemand muss sich natürlich auch um Aurora kümmern.«

»Genau«, lächelt Rema zustimmend.

Cornelius reißt seinen Kopf hoch. »Wie bitte? Also, hört mal, ich möchte, dass dieser Unsinn mit dem Huhn allmählich aufhört. Das ist ja ein ganz amüsanter Witz, Renate …«, er sieht Rema vorwurfsvoll und *kein bisschen* amüsiert an, »… aber wir wollen es doch nicht übertreiben, ja? Kenny könnte sonst noch denken, wir meinen es ernst und würden womöglich dieses alberne Huhn als Haustier behalten.«

Kenny funkelt Cornelius böse an. »Aurora ist nicht albern. DU bist albern, Papa.«

»Hm.« Cornelius' Gesicht sieht zerknittert und ziemlich getroffen aus. Er räuspert sich und guckt ratlos zu Iris rüber. (Warum lässt er Kenny eigentlich alles durchgehen, wo er uns andere schon längst angeraunzt hätte?)

Dann fällt ihm doch noch etwas ein, was er sagen könnte.

»Cornelius!«, sagt Cornelius sehr entschieden und beinahe streng zu Kenny. »Ich heiße Cornelius.«

Kenny lächelt komplett unbeeindruckt. »Och, Papa, sag doch, dass wir Aurora behalten dürfen, ja? Außer uns will sie ja sowieso keiner!«

Das zumindest scheint zu stimmen. Denn gestern Nachmittag hat Iris kurz entschlossen alle restlichen Nachbarn in unserer Straße gefragt. Aber keiner hat ein Huhn vermisst oder auch nur von dessen Existenz gehört.

Brrrrr! Der Kakao ist heute noch schlechter als sonst.

Iris hat mein Zusammenzucken bemerkt.

»Tut mir leid«, murmelt sie und sieht ehrlich geknickt aus. »Das liegt nur an dem Herd. Der ist ganz anders als unser alter, heizt viel schneller, weißt du. Ich fürchte, ich muss mich erst an ihn gewöhnen. Morgen schmeckt es bestimmt besser.«

Ja, sicher, Iris! Und morgen kommt außerdem der Osterhase mit dem Weihnachtsmann im Gepäck und schenkt uns allen Freikarten für die nächste bemannte Mondfahrt.

Apropos Mondfahrt. Ungefähr so ungewöhnlich wie eine Mondfahrt ist die Neuigkeit, dass *Rainbow* am Samstag einen Riesenauftritt bei einem Festival in Österreich haben. So hat es uns zumindest Cornelius verkauft. Aber eigentlich ist es nur ein ziemlich kleines Musikfestival irgendwo in der Nähe von Salzburg. Na ja, immerhin, es ist ein Auslandsauftritt.

Cornelius jedenfalls schien hochzufrieden, als er uns das am Abend nach dem Umzug erzählt hat. »Manchmal geht es Schlag auf Schlag im Leben«, hat er gelächelt.

Was wohl heißen sollte, dass es erst mal natürlich ein Riesenglücksfall war, dass wir das Haus hier geerbt haben, aber dass Cornelius es offenbar für einen ähnlich großen Glücksfall hält, dass Rainbow nach Österreich eingeladen worden ist. Und – ähm – das ist es wohl auch. Vermutlich haben die Österreicher nur die netten Fotos von Cornelius und seinen Bandkumpels auf ihrer Website gesehen, aber es versäumt, sich auch mal eine CD anzuhören. Das wird möglicherweise ein böses Erwachen geben! Trotzdem freue ich mich natürlich für Cornelius.

Aber das Beste ist: Wir haben endlich mal ein ganzes Wochenende für uns allein. Mit Rema natürlich. Aber die stört ja nicht. Denn Iris ist so stolz auf Cornelius, dass sie glatt mitfährt. Obwohl Cornelius zehnmal betont hat, dass sie das wirklich nicht müsste. Aber ich nehme an, Iris denkt, dass eine Gelegenheit, die Rainbows auf einer Festivalbühne zu sehen, womöglich nie wieder kommt.

Iris und Cornelius werden am Samstagmorgen nach Salzburg fliegen und erst am Montagabend zurückkommen. Cornelius' Bandkumpel Matte und Kunzi fahren mit dem Bandbus, den ganzen Instrumenten und dem restlichen Kram schon am Donnerstag los. Die anderen fliegen mit Iris und Cornelius zusammen.

Also – juchhu – das nächste Wochenende ist ein Wochenende ohne Eltern!

Man muss ja bedenken, dass alle normalen Kinder, ich meine Kinder mit normalen Eltern, praktisch jeden Tag elternfreie Zeit im Haus verbringen können. Normale Väter und Mütter gehen doch morgens aus dem Haus, kommen erst abends wieder, verdienen so ihr Geld und haben den Anstand, ihren Kinder dadurch genug Freiraum für eine gelungene Entwicklung zu geben.

Iris und Cornelius aber sind den ganzen, ganzen, *ganzen* Tag im Haus. Und ständig hört man Cornelius neue Melodien pfeifen oder mit irgendwas auf irgendwas anderem herumtrommeln, während dabei ein permanenter Geruch von verbranntem Essen durchs Haus wabert. Wie soll ich mich da normal und angemessen entwickeln können? Das ist doch keine Umgebung, in die man Leute einladen möchte! Kein Wunder, dass ich keine richtige Freundin habe.

Rema erzählt gerade sehr angeregt von ihrem gestrigen Besuch bei Walter Walbohm, unserem Nachbarn.

»Woher weißt du, dass er Walter heißt?«, fragt Kenny.

Rema lacht. »Weil er mir das gesagt hat. Er findet es netter, wenn wir uns alle duzen. Walter ist nämlich zum Glück alles andere als ein Spießer.«

»Und seine Frau?«, fragt Iris. »Ist die auch nett?«

»Welche Frau?«, fragt Rema erstaunt. Dann hellt sich ihr Gesicht auf. »Ach, du meinst bestimmt Gisela, seine Schwester. Die war gestern nicht da, aber er hat mir erzählt, dass sie ihn oft besucht. Der Ärmste ist schon seit über zehn Jahren verwitwet.«

»Ach je«, sagt Iris.

Cornelius sagt gar nichts, sondern surft immer noch griechische Küsten entlang.

»Wir sollten ihn mal zum Essen einladen«, schlägt Rema vor. »Damit er unsere ganze Familie kennenlernt.«

»Ja, sicher«, stimmt Iris sofort zu. Eine Gelegenheit, für andere Leute zu kochen, lässt sie nie aus. »Das ist eine prima Idee. Und vielleicht könnten wir auch Gregory und seine Mutter einladen. Ich habe sie kein einziges Mal mehr zu Gesicht bekommen, seit wir vor einer Woche bei ihr geklingelt haben. Gute nachbarliche Stimmung können wir gut gebrauchen.«

Ich verdrehe die Augen. Was für eine Aussicht! Walter Walbohm mag ja vielleicht ganz nett sein. Aber das Essen von Iris wird garantiert keine *gute nachbarliche Stimmung* hervorrufen. Und einen ganzen Abend mit Gregory am Tisch zu verbringen, muss doch wirklich auch nicht sein.

»Sehe ich gut aus?«, fragt Malea, als sie aufsteht vom Frühstückstisch.

Ihr freudiges Gesicht zeigt klar, dass sie daran keine Zweifel hat. Erst jetzt bemerke ich, dass sie ihr neu gefärbtes Shirt von gestern anhat. Cornelius' altes Shirt. Es ist schon erstaunlich, was man aus einem alten, ausgeleierten Hemd noch machen kann! Malea jedenfalls hat echt den Bogen raus, was das angeht. Sie hat eine wunderschöne Farbe gemischt und das mit diesen Batikmustern super hingekriegt.

»Das ziehe ich heute zur Schule an«, verkündet Malea stolz.

»Wunderbar«, lobt sie Rema, »ganz wunderhübsch!«

Malea dreht und wendet sich und wir bewundern ihr Kunstwerk alle ausgiebig. Strahlend und äußerst zufrieden schnappt Malea sich dann ihren Schulrucksack und wartet auf uns an der Haustür.

Ich bin die Letzte, die, noch halb an dem harten Roggenbrötchen kauend, angeschlurft kommt.

»Nun mach schon, Livi! Wieso brauchst du denn so lange?«

Weil ich die letzten zehn angenehmen Minuten meines Lebens genießen möchte. Ich glaube kaum, dass ich in der Schule heute viel Spaß haben werde.

»Bin ja schon fertig.«

Wir machen die Haustür auf und – nein, das gibt's doch nicht!

Gregory!

»Hi, ich dachte, ich warte auf euch. Wo wir doch jetzt den gleichen Schulweg haben.«

»Gute Idee«, lächelt Malea.

Und auch Tessa scheint nichts dagegen zu haben.

»Wow, schickes Shirt hast du an«, meint Gregory, der Schleimer, als er Malea genauer ansieht. Er selbst trägt natürlich seine grün-braune Armeehose. So peinlich, der Typ!

Malea aber strahlt wie ein griechischer Sonnenaufgang inmitten von tristem, deutschen Nieselwetter. Ich freue mich für sie, spüre aber umso deutlicher, wie trübe ich *mich* fühle.

Ich seufze aus tiefstem Herzen und schiele zu Gregory rüber. Jetzt muss ich auch noch neben einer lebenden Zitrone zur Schule gehen! Hilfe! Wie soll ich das alles nur überstehen?

Malea

Ich kenn einen Witz: Kommt ein Mann in eine Zoohandlung und will einen Papagei kaufen. Sagt der Verkäufer: »Oh, Sie haben Glück, hier habe ich ein ganz besonders intelligentes Tier. Wenn man an seinem linken Bein zieht, sagt er Guten Morgen, und wenn man an seinem rechten zieht, sagt er Guten Abend.« »Aha«, meint der Mann, »und was passiert, wenn man an beiden Beinen zieht?« Da krächzt der Papagei: »Dann fall ich um, du Trottel!«

Mini-Miesling Livi kriecht heute zur Schule wie eine Schnecke mit Depressionen. Dabei ist es so ein schöner Morgen. Cornelius hatte extra Kuchen zum Frühstück gekauft, um sozusagen unseren neuen Anfang zu feiern, und alle sind bester Laune.

Ich finde, sogar dieser Gregory wird immer normaler und witziger. Deshalb ist es echt nett, in einer großen Gruppe – mit Gregory – zur Schule zu gehen. Livi scheint das allerdings nicht zu finden. Ich glaube aber, die arme Kenny, die zurückbleiben musste, war richtig neidisch, dass sie von Iris mit dem Auto zur Grundschule gebracht wird. Warum kann Livi nicht ein bisschen mehr wie Kenny oder ich oder meinetwegen sogar wie Tessa sein?

Ein großer Vorteil unseres Umzugs ist, dass wir nun einen viel kürzeren Schulweg haben. Die Schule ist nur zwei Straßen weiter und wir brauchen nicht mal Fahrräder.

Der andere riesige Vorteil ist natürlich der Platz, den wir jetzt haben. Mann, für jede von uns ein eigenes Zimmer! Und oben, im obersten Stock, wo Kenny wohnt, haben Cornelius und Iris jetzt sogar jeder ein eigenes Schlafzimmer. »Weil Cornelius schnarcht«, sagt Iris. »Weil Iris abends immer so lange in der Küche steht und brutzelt und mich dann weckt, wenn sie ins Zimmer kommt«, sagt Cornelius. Aber ich schätze, sie werden doch immer nur in einem der beiden Zimmer schlafen. Sie sind ja daran gewöhnt. Allerdings ist es natürlich ziemlicher Luxus, dass sie jetzt die Auswahl haben.

Unten haben wir außer der Küche dann noch zwei Wohnzimmer und ein Esszimmer und ein Zimmer für Rema. Und im Keller einen Bandraum für Cornelius' Rainbows und eine große Waschküche und einen Vorratsraum und einen Raum für Gerümpel, der bereits knallevoll ist. Schon toll, so ein Riesenhaus!

»Viel Spaß!«, ruft Gregory und winkt, als sich unsere Wege in der Schule trennen.

Livi wirft mir nur einen Blick zu, der leidender nicht sein könnte. Meine Güte, möchte echt mal wissen, was an einem Montagmorgen so schlimm sein soll! Dann schieben die beiden ab in ihre Klasse.

Tessa winkt kurz und segelt rüber zu Dodo. Und ich gehe zu Miriam und Lasse und Brenda und Sophie und meinen anderen Freunden.

Ich lächele supergut gelaunt, weil ich so wahnsinnig stolz bin auf mein Designer-Shirt und weil ich nicht abwarten kann, was die anderen dazu sagen werden.

»Hi!«, grüße ich lässig. Und dann schäle ich mich

schnell aus meiner Jacke, damit die anderen mein Shirt auch sofort bewundern können.

»Hi Malea!«, grüßen Miri und Lasse und Brenda und Sophie zurück.

»Wie war der Umzug?«, fragt Lasse.

»Ganz gut«, nuschele ich knapp, denn ich will doch jetzt überhaupt nicht von unserem Umzug erzählen, ich will doch jetzt, dass sie mein Shirt bewundern.

»Und das Huhn?«, fragt Sophie neugierig grinsend. »Ist das noch in eurem Garten?«

Ich lächele kurz. »Ja, ja, Aurora ist noch da. Und es könnte gut sein, dass sie niemandem gehört, und dann behalten wir sie.«

»Cool«, meint Brenda und kichert. »Ein Huhn als Wachhund. Kräht das dann immer, wenn ein Einbrecher kommt?«

»Hühner krähen doch nicht«, grunzt Lasse verächtlich. »Ein Huhn ist doch kein Hahn, weißt du das nicht?«

»Na schön, dann gackert es eben«, meint Brenda beleidigt und zieht eine Extra-Grimasse für Lasse.

Jetzt kichert Lasse.

Na ja, ob Aurora der perfekte Wachhund ist – egal, ob sie gackert oder kräht – das weiß ich nicht. Sie scheint sich ja nicht wirklich um irgendwas zu scheren. Pickt immer nur im hinteren Garten herum und legt ab und zu Eier, wie Livi gestern rausgefunden hat. Was Hühner eben so tun. Und ich glaube nicht, dass sie damit aufhören würde, bloß weil irgendwelche Einbrecher unser Haus ausrauben wollten. Aber ich will jetzt auch nicht über Hühner nachdenken. Ich will, dass die hier endlich MEIN SHIRT ANGUCKEN! Und das tun sie dann auch endlich. Allerdings nicht so, wie ich mir das vorgestellt habe.

»Was hast DU eigentlich an?«, fragt Lasse als Erstes und zieht die Augenbrauen hoch. Wobei ich mir noch nichts denke, denn Jungs haben sowieso keinen Geschmack, was Klamotten angeht.

Aber eine Sekunde später ruft Brenda: »Uuuh, Malea! Was ist das denn für ein fleckiges, altes Shirt?«

Fleckig? Das ist *Batik*! Das ist Kunst! Ich halte die Luft an und starre sie nur völlig verdattert an.

Doch dann meint auch Sophie: »Habt ihr eure Kleiderkisten noch nicht ausgepackt? Hattest du nichts Vernünftiges mehr zum Anziehen? Du Ärmste!«

Und Miri fragt sogar: »Ist das vom Sperrmüll?«

Jetzt kann ich endlich diese Redewendung verstehen, die man oft in Büchern liest, wo Leute sich fühlen, *als hätten sie einen Eimer Wasser über den Kopf bekommen.* Ich habe eben gerade vier Eimer Wasser ins Gesicht bekommen. Die Eimerträger heißen Miriam, Brenda, Lasse und Sophie, und ich kann versichern, dass sich das nicht allzu gut anfühlt. Es fühlt sich sogar überhaupt kein bisschen gut an. Einen winzigen Moment lang sogar so, als ob mir gleich Tränen in die Augen schießen.

Zum Glück habe ich nicht sehr nah am Wasser gebaut. Ich schlucke einen Klumpen in meinem Hals herunter und schaue Miri, Lasse, Brenda und Sophie trotzig an. »Das habe ich gestern selbst gefärbt.«

Die vier glotzen mich an, als hätte ich erzählt, wir seien gestern nach Sibirien gezogen. Da würde man dann auch erst mal nicht wissen, was man sagen soll.

»So«, sagt Brenda.

»Aber *warum* denn?«, fragt Sophie. Wahrscheinlich denkt sie immer noch, ich hätte keine andere Wahl gehabt, als dies hier zu tragen.

Ich schlucke zur Sicherheit schnell zwei, drei weitere Male hintereinander. Es ist nicht schön, wenn man auf Lob eingestellt ist und dann kaltes Wasser auf den Kopf bekommt. Umso kälteres, weil es von meinen Freunden kommt. Ich dachte, die mögen mich.

Sophie scheinen ähnliche Gedanken durch den Kopf zu gehen. Sie sieht so aus, als hätte sie ein klein wenig schlechtes Gewissen. »Aber Malea, findest du das denn … Ich meine, willst du das wirklich in der Schule anbehalten?«

»Ich finde es superhübsch!«, antworte ich eisern. Denn das finde ich ja wirklich. Ich werde mir doch von anderen Leuten mein Shirt nicht schlechtreden lassen. Auch wenn Miri und Lasse und Brenda und Sophie es tausendmal hässlich finden. Auch wenn die ganze Welt es hässlich findet. Das hat ja mit *meinem* Gefühl nichts zu tun.

Hm, komisch allerdings, dass mir gerade in diesem Moment etwas auffällt. Ich sehe nämlich, dass mein schönes Designer-Shirt ganz unten schon ein Loch hat. Ist das im Trockner passiert? Und die dunkelblaue Schriftfarbe vorne ist am Rand ein kleines bisschen verlaufen. Warum habe ich das denn vorher nicht bemerkt?

»Du kannst es doch immer noch zu Hause anziehen«, versucht Sophie, mich zu trösten. »Im Garten bei euch sieht dich ja keiner.«

»Außer dem Huhn«, kichert Lasse. »Und wer weiß, vielleicht flattert es dann vor Schreck doch noch über euren Zaun und lässt sich nie wieder blicken.«

Ich werfe Lasse einen bitterbösen Blick zu. Mir ist nie aufgefallen, was für ein Idiot er sein kann!

»Soll ich dir für heute meinen Sportpulli leihen?«, bietet mir Brenda hilfsbereit an.

Pah! Nein danke! Mein Shirt ist wunderschön! Na, gut, die Schrift ist etwas verlaufen und es hat ein kleines Loch, aber das sieht man doch kaum.

»Wüsste nicht wieso«, sage ich patzig. Und dann gehe ich mit hoch erhobenem Kopf in die Klasse und setze mich auf meinen Platz.

Allerdings denke ich die restliche Stunde, jedes Mal wenn mich jemand anguckt, dass die bestimmt nur gucken, weil die mein Shirt hässlich finden. Obwohl niemand mehr was sagt.

Nein, den ganzen restlichen Vormittag lang sagt keiner ein böses Wort über mein Shirt. Auch Brenda, Lasse, Sophie und Miri nicht. Sie haben es wohl einfach vergessen. Weil während eines Schultages natürlich immer so viele andere Sachen passieren.

Camilla erzählt von ihrer Geburtstagsfeier am Wochenende. Carla wird schlecht und muss mitten im Unterricht nach Hause gehen. Und Tom erzählt in der Pause, dass seine Eltern in ein paar Monaten nach Mexiko auswandern, und er kommt natürlich mit und wird dort auf eine internationale Schule gehen.

Mexiko, das muss man sich mal vorstellen! Wusste gar nicht, dass Toms Eltern ebenfalls Weltbürger sind. Ob die dann im Urwald wohnen? Tom behauptet allerdings, sie würden dort in einem riesigen Hochhaus an einem riesigen Park in einer riesigen Stadt wohnen, die Guadalajara heißt. Gibt's in Mexiko überhaupt große Städte mit Hochhäusern?

Egal. Auch wenn die anderen mein Shirt gar nicht mehr beachten, ich denke ununterbrochen daran. Jedes Mal wenn ich an einer spiegelnden Scheibe vorbeikomme, werfe ich unauffällig einen Blick darauf.

Sieht es anders aus als gestern Abend oder heute Morgen? Habe ich noch etwas übersehen? Außer dem Loch und der verlaufenen Farbe, meine ich. Denn – ich weiß nicht wieso – irgendwie sieht es hier in der Schule wirklich anders aus als zu Hause.

Das schöne Meerwasser-Türkis leuchtet nicht mehr ganz so strahlend. Und der zerknitterte Stoff, der vor ein paar Stunden noch echt lässig gewirkt hat, sieht plötzlich ein kleines bisschen alt aus.

Kann ein T-Shirt innerhalb von ein paar Stunden altern? Wieso sieht es jetzt so anders aus? Es ist doch immer noch mein liebstes Lieblings-Designer-Shirt! Ich bin doch immer noch stolz darauf. Oder etwa nicht?

Als wir zur nächsten Pause rausgehen, ziehe ich mir meine Jacke über. Es ist etwas kühl geworden. Ich muss ja nicht unbedingt frieren.

»Was machst du denn für ein Drei-Tage-Regenwetter-Gesicht?«, fragt mich Tessa auf dem Nachhauseweg.

»Gar nicht«, behaupte ich und schüttele den Kopf, »ich denke nur über Mathe nach. Wir haben ganz schön viele Hausaufgaben auf.« Was natürlich nicht stimmt. Wir hatten heute überhaupt kein Mathe.

»Och je«, meint Tessa mitleidig, »mit mir kannst du bei Mathe leider nicht rechnen. Ich hatte letztes Jahr 'ne Fünf.«

»Ich weiß«, sage ich und grinse. Tessa hat bestimmt Angst, dass ich sie wegen ihres afghanisch-spanischen Kerls verpfeife. Aber im Moment bin ich mit ganz anderen Dingen beschäftigt. »Mach dir keine Sorgen, das kriege ich schon alleine hin.«

»Sicher?«

»Klar.«

Ich werde mir doch den Tag nicht versauen lassen, bloß weil meine Freunde mein T-Shirt nicht schön finden!

Nach dem Essen hocke ich mich allein nach draußen in den Garten auf den Rasen und starre die Obstbäume hinten am Zaun an und denke so ein bisschen. Oben im Haus höre ich Kenny mit Bonbon-Bentje rumoren.

Bonbon-Bentje, den Namen hat Kennys Freundin von Livi, und das war mal eine echt gute Idee von ihr. Weil Bonbon-Bentje nämlich immer in Bonbonfarben rumläuft.

Ein Glück toben die Kleinen nicht hier unten im Garten rum. Ich brauche dringend einen Moment für mich.

Vor einem der Apfelbäume steht Aurora und pickt und pickt, als gäbe es auf der Welt nichts Wichtigeres zu tun. Ganz schön beruhigend so ein Huhn, finde ich.

Ich bleibe ganz still sitzen und gucke nur immer weiter. Und Aurora pickt und geht zwei Schritte und pickt und geht zwei Schritte und kommt so ganz langsam Stück für Stück näher auf mich zu.

Nun ist sie kaum noch einen Meter entfernt. Ich rühre mich immer noch nicht. Aurora hört auf zu picken und sieht mich aus ihren schwarzen Hühneraugen prüfend an. Dann legt sie den Kopf schief.

Hm, entweder sie hat was im Ohr oder sie denkt nach. Haben Hühner Ohren? Ich kann keine sehen.

»Na Aurora?«, flüstere ich, um sie nicht zu erschrecken. »Wie geht's dir so?« Und ich merke dabei, dass es *mir* immer noch nicht besonders gut geht.

»Toooook-tock-tock«, macht Aurora voller Mitgefühl. Ach, Hühner sind doch irgendwie nette Tiere.

»Tock-tock«, sagt Aurora dann etwas ernsthafter und rückt ihren Kopf wieder hoch und sehr gerade.

Das ermutigt mich, ein bisschen mit ihr zu plaudern.

»Weißt du, Aurora«, sage ich und hebe meinen Kopf ebenfalls hoch, um sie anzuschauen, »ich weiß nicht, ob dir das schon aufgefallen ist, aber es ist wirklich ganz merkwürdig. Manchmal findet man bestimmte Dinge schön, sogar sehr schön. Doch in dem Moment, wo andere sie hässlich finden, da scheinen sie tatsächlich hässlich zu werden. Hast du das schon mal erlebt?«

Ich mache eine Pause, um über das, was ich eben gesagt habe, nachzudenken.

Aurora legt ihren Kopf wieder schief, erst auf die eine Seite, dann auf die andere, und sieht so aus, als könne sie keinen richtigen Sinn darin entdecken.

»Also ich meine«, fahre ich fort, »ist etwas hässlich oder schlecht, weil andere es hässlich oder schlecht finden? Oder ist es hässlich oder schlecht, weil es tatsächlich hässlich oder schlecht IST und du das nur vorher nicht bemerkt hast? Kapierst du, was ich meine?«

Aurora scheint doch nicht so intelligent zu sein, wie ich gehofft hatte. Sie wird immer ratloser und dreht und reckt und wendet ihren Hals immer schneller. Und nun flattert sie auch noch mit den Flügeln. Doch nach einer Weile beruhigt sie sich wieder.

»Toooock«, macht sie noch einmal. Dann sieht sie mich wieder aufmerksam an.

Soll ich jetzt weiterreden? Ich meine, ich möchte sie nicht überfordern.

»Also die Sache ist die, Aurora. Was genau ist es, das etwas gut oder hübsch macht? Und was genau ist es, das es schlecht oder hässlich macht?« Ich sehe Aurora durchdringend und fast verschwörerisch an und flüstere jetzt. »Ich meine, IST mein Shirt WIRKLICH hässlich und ich bin nur blind? Oder ist es tatsächlich wunderschön und die anderen haben bloß ein Rad ab?«

»Tock-tock-tock!«, meint Aurora und verschluckt sich fast vor Aufregung. Deshalb muss sie gleich noch mal ihren Kopf hektisch hierhin und dorthin recken.

»DU findest mein Shirt hübsch?«

»Tock!«, macht Aurora und hält ihren Kopf nun wieder ganz ruhig.

»Tooock!«, macht sie noch einmal sehr laut und sehr sicher.

Ich muss lächeln und irgendwie habe ich Aurora in diesem Moment richtig lieb. Das Lächeln kann man kaum sehen, aber es sitzt ganz tief und warm in meinem Bauch.

»Danke, Aurora.« Ich stehe auf und streiche mein meerwasserfarbenes Designer-Shirt glatt. »Danke, ich finde es auch wunderschön. Wirklich. Und Geschmack ist eben verschieden, nicht? Davon darf man sich nicht beeinflussen lassen. Auch wenn das nicht immer einfach ist.«

»Tock«, stimmt mir Aurora zu.

Und dann widmet sie sich wieder dem regelmäßigen Aufpicken von Würmern, Fliegen oder irgendwelchen Körnern. Denn als Huhn sollte man das Fressen natürlich nie vergessen. Und wenn es noch so viele Aufregungen oder Enttäuschungen gibt im Leben. Regelmäßiges Picken beruhigt, schätze ich.

Ich gehe durch die Küche zurück ins Haus, schnappe mir einen Apfel und verkrieche mich in mein Zimmer. Es ist allerdings nicht ganz einfach, sich seine Meinung nicht von anderen kaputt machen zu lassen, finde ich. Besonders wenn die anderen die besten Freunde sind.

Ich lasse mich auf mein Bett fallen und bin froh, dass ich liege. Denn ich fühle mich immer noch, als hätte man mir nicht nur kaltes Wasser ins Gesicht gekippt, sondern auch noch beide Beine weggezogen. Und was passiert, wenn einem Leute die Beine wegziehen? Dann fliegt man auf die Nase und braucht ein bisschen, um sich wieder hochzurappeln, ist doch klar!

Ach, was soll's, ich werde mein Designer-Shirt einfach in meinen Schrank packen. Vielleicht ziehe ich es im nächsten Sommer noch mal an. Wenn es wärmer ist oder so. Heute war es eigentlich wirklich reichlich fröstelig damit in der Schule.

Kenny

Bentje sagt, dass man nett sein sollte zu anderen Menschen und ihnen helfen sollte, wenn sie Hilfe brauchen. Also jedenfalls wenn man kann. Und Bentje sagt auch, dass man sich damit richtig Mühe geben muss. Rema findet allerdings, dass man zwischendurch auch mal nett zu sich selber sein und gemütlich eine Tasse Tee trinken sollte, denn sonst könnte es passieren, dass man gar keine Lust mehr hat, nett zu anderen zu sein. Und Livi glaubt ja sowieso, dass es gar nichts bringt, wenn man nett ist, weil davon dieses komische Loch im Himmel auch nicht kleiner wird. Aber ich, also ich finde, dass Bentje und ich sowieso schon richtig supernett sind. Da brauchen wir uns gar nicht mehr doll anzustrengen. Außerdem sollte man nicht nur nett zu Menschen, sondern auch zu Hühnern sein. Besonders wenn sie unsere Hilfe brauchen. Und als ich das beides zu Rema und Livi gesagt habe, da haben sie gelacht und mir unbedingt recht gegeben. Also bitte!

Ich fand es voll doof heute, dass alle außer mir zusammen zur Schule losmarschiren dürfen. Sogar Gregory geht jetzt mit den Großen. Nur ich muss ganz allein in die andere Richtung.

Als Mama mich dann endlich zur Schule gefahren hatte, fand ich es nicht mehr ganz so doof. Denn ich konnte es kaum erwarten, Bentje und Romy und den anderen zu erzählen, wie unser Umzug gelaufen ist. Und Bentje und Romy und die anderen konnten auch kaum mehr abwarten, davon zu hören. Das war nett.

Unsere Lehrerin war nicht ganz so nett. Die fand, wir sollten mit dem Quatschen bis zur Pause warten. Die Pausen sind natürlich sowieso das Beste an der Schule, finde ich. Wenn es keine Pausen gäbe, würde ich überhaupt gar nicht erst hingehen. Was sollte das auch?

Bentje und Romy waren richtig neidisch, glaube ich. Weil unser rosa Haus so groß ist. Aber nicht böse neidisch, sondern nett neidisch. Eben so, wie man ist, wenn andere etwas haben, was man selbst gerne hätte, aber wenn man sich trotzdem noch für die anderen freuen kann.

Bentje hatte richtig leuchtende Backen. Besonders als ich ihr erzählt hab, dass Aurora immer noch da ist.

»Ein Huhn! Mann, ist das *toll* oder ist das toll?«, meinte sie zehnmal hintereinander.

Und Sinan hat gekichert und uns mit seinem Fußball beschossen und gesagt, dass er mal kommt, um Aurora anzugucken.

Kann er gerne machen. Sinan ist zwar ein Junge, aber er ist echt okay. Richtig nett sogar. Und er hat die schwärzesten Haare und die weißesten Zähne, die ich je in meinem Leben gesehen habe. Seine Haare glänzen wie Lakritz und seine Zähne leuchten wie Schnee. (Solche Sachen sage ich sonst nie. Aber so was fällt einem echt ein, wenn man Sinan anguckt.)

Als ich das Bentje heimlich ins Ohr geflüstert habe, hat sie mich nur blöd angeguckt.

»Spinnst du jetzt?«, hat sie laut gesagt. »Erzähl mal lieber weiter von Aurora.«

Wir haben dann überlegt, was man eigentlich mit einem Huhn machen kann. Ich meine, ein Huhn ist ja nicht so wie Ginas Hund, der *Sitz* und *Fuß* und *Bring-das-Stöckchen* machen kann. Vielleicht ist ein Huhn eher so wie Bentjes Goldhamster oder Mirandas Häschen, die können nämlich gar nichts.

»Das stimmt doch überhaupt nicht«, hat Bentje empört geantwortet. »Mein Flöckchen kommt sofort aus seinem Häuschen, wenn ich ihn rufe. Und außerdem kann er …«

»Ha, ha«, hat Sinan gelacht, »der kommt doch nur, weil er sich so erschreckt, wenn du ihn aufweckst.«

Das fand ich ziemlich komisch, deshalb hab ich auch gelacht.

Bentje aber nicht. Bentje hat Sinan böse angeguckt.

»Wieso sollte Bentjes Hamster denn schlafen, wenn sie ihn ruft«, hat Gina gefragt.

Gina ist vielleicht dumm. Die wusste noch nicht mal, dass Hamster tagsüber schlafen und nachts wach sind. Na ja, ich weiß das natürlich auch nur von Bentje.

Jetzt bin ich wieder zu Hause und habe Mittag gegessen und warte auf die anderen. Denn die kommen fast jeden Tag viel später aus der Schule nach Hause als ich. Das ist gut. Weil Mama findet, dass es sich für eine Person – für mich – nicht wirklich lohnt zu kochen. Deshalb kriege ich mittags jetzt immer Sachen aus dem Tiefkühlregal im Supermarkt. Was es für leckere Sachen auf der Welt gibt!

Tessa, Livi und Malea finden es voll ungerecht, dass ich Tiefkühlsachen kriege, und sie müssen zwei Stunden später Mamas Gerichte essen. Aber sie trauen sich nicht, das Mama zu sagen! Und außerdem glaubt Tessa, dass Mama dann sowieso nur einfach früher kochen würde, sodass ich schon davon essen kann, und dann würde sie es später für die anderen noch mal aufwärmen. Und Tessa glaubt, dass das aufgewärmte Essen von Mama bestimmt noch schlechter schmeckt als das frische.

Hm, also etwas gemein finde ich das schon Mama gegenüber, denn ein bisschen mag ich Mamas Essen doch. Also manchmal jedenfalls. Wenn sie Pfannkuchen mit Ananas und Schlagsahne macht zum Beispiel. Mama kennt Gerichte, die kennt sonst keiner auf der Welt. Weil sie sich die nämlich selber ausdenkt. Ich finde das eigentlich ganz schön gut!

Heute habe ich eine Frühlingsrolle aus dem Tiefkühlfach gegessen. Die war superlecker. Und morgen kriege ich tiefgekühlte Kartoffelpuffer. Ich darf mir meistens selbst aussuchen, was ich essen möchte. Das ist das Allerbeste daran.

Während ich gegessen habe, hat Mama das Essen für die Großen vorbereitet.

Sie hat ein frisches Hühnchen mit so einer Soße aus Himbeersaft und Erdnussbutter eingerieben und dann in den Ofen zum Braten geschoben. Danach hat sie Kartoffeln und Lauch geschnippelt. Aber ich konnte ihr gar nicht weiter zusehen, denn ich hatte gerade einen kleinen Schock bekommen und musste deswegen immer den Ofen anstarren.

Mama hat mich angegrinst. »Du kannst auch gerne noch was mitessen, wenn die anderen nach Hause kommen.« Sie hat wohl ganz falsch verstanden, warum ich den Ofen angestarrt habe.

»Nein danke«, habe ich gesagt. Obwohl ich Hühnchen eigentlich ganz gerne mag. Unsinn: ganz gerne *mochte.* Jetzt mag ich es nicht mehr. Da bin ich mir ganz sicher. Trotz des Himbeersaftes.

Mir war nämlich gerade klar geworden: Ein Hühnchen ist ja ein Huhn. Ich meine, ein Huhn wie Aurora! Ich konnte gar nicht mehr aufhören, an Aurora zu denken, und musste mir die ganze Zeit vorstellen, dass es auch Aurora sein könnte, die da in unserer Bratröhre schmort. Aurora!

Ich bin sofort raus in den Garten gelaufen und war erst wieder beruhigt, als ich Aurora im Gemüsebeet picken gesehen habe.

Oh, ich weiß genau, dass ich nie wieder in meinem Leben Hühnchen essen werde. Ich meine, wir essen ja auch keine Hamster oder Hunde!

Ja, und jetzt sitze ich hier und warte.

Da klingelt es plötzlich. Wieso klingeln Tessa, Malea und Livi denn? Die haben doch alle Schlüssel von Papa bekommen?

»Gehst du mal, Kenny?«, ruft Mama aus der Küche. »Ich bin gerade mit dem Nachtisch beschäftigt.«

Als ich die Tür öffne, ist es Bentje.

»Hallo!«, sage ich erfreut.

»Hallo!«, sagt Bentje. »Ich dachte, ich komme mal und gucke euer Haus an.«

Ihre Augen leuchten schon wieder. Oh, ich mag Bentje richtig gern!

»Und Aurora natürlich«, fügt sie hinzu.

»Klar«, sage ich, »klar, komm rein!«

»Wer ist es denn?«, ruft Mama aus der Küche.

»Bentje«, rufe ich zurück.

»Ah, wie nett«, ruft Mama, »frag, ob sie Hunger hat und gleich mit uns essen möchte.«

Bentje macht ein fragendes Gesicht. Das soll heißen: Was gibt es denn?

Jeder weiß ja, dass Mama Sachen kocht, die sonst niemand kocht. Da kann man Glück oder Pech haben. Bentje möchte natürlich vorher wissen, ob heute ein Glückstag oder ein Pechtag ist. Sie ist ja höflich. Und sich an den Tisch zu setzen und dann nichts zu essen, das wäre natürlich ziemlich unhöflich.

Ich schüttele entschieden den Kopf. »Den Nachtisch vielleicht«, murmele ich dann leise, sodass Mama es nicht hören kann. Denn vorhin hat Mama lauter Schokoladestückchen klein gehackt. Und so was kann schon ziemlich lecker sein! Selbst wenn Mama es sich ausgedacht hat.

Bentje nickt. »Okay.«

»Na?« Mama kommt in den Flur. »Möchtest du was mitessen?«

Bentje lächelt sehr freundlich und sehr höflich. »Würde ich gern, aber wir haben gerade zu Hause Mittag gegessen.«

»Dann vielleicht nur ein bisschen Nachtisch?«, fragt Mama.

»Och ja«, meint Bentje, »das schaffe ich, glaube ich, noch. Vielen Dank.«

»Sehr gut«, sagt Mama und geht zufrieden zurück in die Küche.

Also laufe ich voraus und zeige Bentje unser Haus. Erst den Keller, dann das ganze Erdgeschoss, dann den ersten Stock mit Livis und Tessas und Maleas Räumen und zuletzt Mamas und Papas und mein Zimmer ganz oben.

»Boooh! Ist das *toll* oder ist das toll!«, staunt Bentje und bläst ihre Backen auf, als sie in meinem Pink-Zimmer steht. Und sie fängt gleich an, mir zu sagen, was ich noch alles anmalen könnte. Meinen Schreibtisch nämlich, und die Tür, und wir könnten den Teppich bunt ansprayen.

Ich sag's ja, mit Bentje kann es einem garantiert nie langweilig werden. Keiner hat so viele Ideen wie Bentje.

Das erinnert mich an Livi. Denn Livis trauriges Gesicht war heute Morgen beim Frühstück trauriger als je. Sie tut mir sooo leid.

Ich erzähle Bentje davon. Und Bentje versteht sofort.

»Wir müssen sie aufheitern«, sagt sie ernsthaft.

Ich finde es gut, dass Bentje auch oft sehr ernsthaft ist.

»Klar«, sage ich, »klar, aber wie?«

Und ich erzähle Bentje, dass ich Livi sogar schon vorgeschlagen habe, Frösche zu küssen. Denn, ich meine, welches Mädchen wünscht sich keinen Prinzen? Livi aber scheint gar nicht sehr an Prinzen interessiert zu sein.

»Woran *ist* sie denn dann interessiert?«, fragt Bentje.

Tja, das ist eine schwierige Frage, finde ich. Livi redet oft so einen Kram, den ich nicht verstehe. Von Regenwäldern und Wolken, die über uns hängen, und dann wieder von einem Loch im Himmel, das es weiter im Norden geben soll, dort, wo die Eisbären leben, und, na ja, eben all so ein Zeug, wovon ich noch nie gehört habe.

»Dafür interessiert sie sich?«, fragt Bentje.

Ich denke, Bentje hat auch noch nie von Löchern im Himmel gehört.

»Ich glaube nicht, dass man richtig gute Laune bekommt, wenn man nur über so was nachdenkt«, sagt Bentje. »Ich meine, MAL kann man das ja machen. Und wenn es wirklich so was wie diese Löcher gibt, dann klingt das so, als ob man unbedingt was dagegen tun sollte. Löcher im Himmel sind bestimmt nicht gut. Aber ab und zu sollte Livi doch auch was Schönes machen, findest du nicht?«

Oh, das finde ich aber unbedingt auch. Ich finde nämlich, wenn man nie was Schönes macht, kriegt man gar keine Lust, auch mal ernsthaft zu sein. Und das findet Rema ja auch.

Bentje nickt ernsthaft. Dann stößt sie mich an. Unten kann man jetzt die anderen nach Hause kommen hören. Wir wollen nicht zu früh runtergehen, sonst müssen wir vielleicht doch noch das arme namenlose Hühnchen essen, deshalb kramen wir mein Memory-Spiel aus einer meiner Kisten und spielen ein paar Runden.

»Wir sind beim Nachtisch«, brüllt Mama plötzlich von unten aus dem Flur, so laut sie kann, zu uns hoch. »Kommt ihr?«

Doch Bentje ist gerade kurz davor zu gewinnen, deswegen macht sie hektische abwehrende Bewegungen.

»Noch nicht«, brülle ich zurück, »wir kommen später.«

»Okay«, brüllt Mama hoch, »ich stelle euch zwei Schüsseln auf den Küchentisch.«

»Danke!«, brüllen Bentje und ich zusammen. Und dann gewinnt Bentje tatsächlich.

Weil wir aber jeder dreimal gewonnen haben, müssen wir noch ein Entscheidungsspiel machen. Und als ich das gewinne, findet Bentje, dass wir jetzt noch was anderes spielen sollten. Memory findet sie langweilig auf die Dauer. Also spielen wir noch ein bisschen mit meinen Hartgummitieren.

Ich habe eine Riesengummitiersammlung. Meistens spielen Bentje und ich Tierarztpraxis damit. Das geht ganz toll. Wir spielen so lange Tierarztpraxis, dass wir ganz die Zeit vergessen. Die anderen sind schon lange hoch in ihre Zimmer gegangen.

»Komm«, sagt Bentje schließlich, »zeigst du mir jetzt Aurora?«

»Klar«, sage ich, »klar.«

Wir laufen in den Garten und suchen Aurora. Doch keine Aurora ist da. Nicht bei den Obstbäumen, nicht im Gemüsebeet und auch nicht auf dem großen Rasen.

Eine Sekunde lang kriege ich eine ganz tiefe Panik im Bauch, dass es *doch* Aurora gewesen sein könnte, die da in unserem Ofen gebrutzelt hat und jetzt fein durchgekaut in einem Brei aus Kartoffeln und Lauch und Himbeersaft in den Mägen von Tessa, Malea und Livi liegt.

Aber Quatsch, nein, das kann nicht sein. Denn als Mama bereits mit dem armen Hühnchen, dessen Namen wir nicht kennen, beschäftigt war, habe ich Aurora ja noch im Garten gesehen.

Jetzt ist sie allerdings nicht da. Wir rennen den ganzen Zaun entlang. Von hinten bei den Apfelbäumen rüber und an der Seite von Gregorys Haus lang, dann weiter nach vorne zur Straße und auf der anderen Seite an Walter Walbohms Grundstück vorbei, bis wir wieder hinten bei den Obstbäumen sind. Danach suchen wir auch noch unter den riesigen Rhododendren und hinter den Rosenbüschen am Haus. Nichts. Nicht die klitzekleinste Feder von Aurora ist zu sehen.

Bentje lässt sich erschöpft ins Gras fallen. »Wo kann sie denn sein?«

Ja, wo? Das wüsste ich auch gern.

»Vielleicht hat deine Mama recht, und sie hat wirklich ein Zuhause, wo sie regelmäßig hingeht«, meint Bentje.

»Hm.« Ich nicke. Vielleicht.

Rema hat auch schon gesagt, dass ein Huhn nicht nur von den paar Sachen leben kann, die es bei uns im Garten findet. Ein Huhn braucht jeden Tag vernünftiges Hühnerfutter, meint Rema. Trotzdem mache ich mir schreckliche Sorgen. Ich meine, es kann ihr ja auch was passiert sein!

Ich renne ins Haus und brülle, so laut ich kann: »Aurora ist weg!«

Iris steht in der Küche und räumt in den Schränken rum. »Wirklich?«, ist alles, was sie dazu sagt.

Ich laufe weiter die erste Treppe hoch. »Aurora ist weg!«

»Ehrlich?« Malea steckt ihre Nase aus der Tür und sieht sehr erstaunt aus. »Vor ein paar Minuten war sie noch da.«

»Wieso? Hast du sie gesehen?«, frage ich.

Malea nickt. »Ja, sie hat unten im Garten friedlich gepickt.«

Hm. Jetzt pickt sie da nicht mehr.

»Is was mit dir?«, fragt Bentje.

»Wieso?«, fragt Malea.

»Weil du so käsig aussiehst«, sagt Bentje.

Und das stimmt. Malea sieht nicht sehr gut aus. Was ist mit der denn los?

»Hast du wieder Pilze gegessen?«, frage ich ehrlich besorgt.

Malea grinst mühsam. »Quatsch! Ich bin total okay. Und außerdem bin ich nicht gegen Pilze allergisch, sondern gegen Muscheln. Kommt, wir suchen zusammen.« Sie klopft an Livis und Tessas Türen. »Macht ihr mit?«

Tessa öffnet nicht mal. »Keine Zeit! Ich hab zu tun! Und außerdem muss ich sowieso gleich weg.«

Aber Livi kommt raus und scheint Zeit zu haben und sieht erstaunlicherweise sogar fast freundlich aus. Ist das Loch im Himmel zurzeit vielleicht nicht ganz so groß? Oder hat jemand anders sie schon aufgeheitert?

»Ihr wollt Aurora suchen?«, fragt Livi. »Okay, ich komme.«

Nun sind wir wenigstens vier.

Livi, Malea, Bentje und ich stehen im Garten und beratschlagen, wo wir suchen wollen.

»Wir müssen systematisch vorgehen«, meint Malea.

»Was ist *syssematisch*?«, fragt Bentje.

»Das ist so, wie James Bond das machen würde«, antwortet Malea.

»Und wer ist Schäms Bont?«, fragt Bentje.

Ich finde es gut, dass Bentje so viel fragt. Wenn man viel fragt, wird man schlau. Das sagt auch Rema immer.

Malea hat aber gar keine Lust, Bentje zu erklären, wer James Bond ist. Und ich finde das auch nicht nötig. Denn James Bond ist bloß so ein Kerl aus dem Kino, der die ganze Zeit schnelle Autos zu Schrott fährt und von einem Hochhaus zum anderen springt und lauter Dinge tut, die nicht mal Superman tun würde. Und ich glaube kaum, dass er jemals ein Huhn gesucht hat.

»Wir müssen überprüfen, ob der Zaun irgendwo ein Loch hat, wo Aurora durchgekrabbelt sein kann«, sagt Malea.

»Na, das ist doch klar, dass euer Zaun irgendwo Löcher hat«, meint Bentje. »Wie soll Aurora denn sonst überhaupt in euren Garten gekommen sein? Sie ist doch nicht hier geboren, oder?«

Tja, Bentje ist ganz schön schlau.

Aber Malea guckt Bentje böse an. »Ja, sicher, das meine ich doch. Also – wer zuerst ein Loch findet, sagt Bescheid.«

Wir fangen alle an zu suchen. Und finden genau siebzehn Löcher.

Livi grinst. »Ein Wunder, dass wir nur *ein* Huhn im Garten hatten!«

Das mit den Löchern bringt uns also nicht viel weiter.

Deshalb schlägt Bentje vor, die Nachbargärten zu durchsuchen.

»Wir können doch nicht einfach, ohne zu fragen, in die anderen Gärten gehen«, sagt Livi, »so gut kennen wir die Leute ja noch gar nicht.«

In dem Moment sehen wir drüben Gregory aus seinem Haus kommen.

»DEN kennen wir aber«, rufe ich schnell und klettere über den Zaun.

Doch in Gregorys Garten ist Aurora auch nicht. Dafür bietet Gregory uns an, beim Suchen zu helfen.

Ich schiele vorsichtig zu Livi rüber. Das findet die doch bestimmt nicht gut?

Aber – merkwürdig! – Livi lächelt nur ganz friedlich, nickt und sagt sogar: »Danke, das ist nett.« Kann man das glauben?

Als Nächstes rennen wir zum Garten von Walter Walbohm rüber.

»Kommt!«, sagt Gregory. »Walter ist total nett. Der hat bestimmt nichts dagegen, wenn wir auch in seinem Garten suchen.«

Also klettern wir alle über den Zaun und durchstöbern Walter Walbohms Garten.

»Walter ist wirklich klasse«, wiederholt Gregory noch mal. Und dann fängt er an zu erzählen: »Als ich noch klein war, hat er abends oft auf mich aufgepasst. Ich durfte dann bei ihm Zeichentrickfilme gucken oder er hat mir seine Goldmünzen gezeigt, und dann bin ich auf dem Sofa eingeschlafen.«

»Was denn für Goldmünzen?«, fragt Malea.

»Ach«, meint Gregory, »er hat eben so eine Sammlung mit Goldmünzen, so wie andere Leute Briefmarken.«

»Sind die nicht schrecklich wertvoll?«, fragt Malea.

»Einige«, sagt Gregory, »andere kosten nur ganz wenig.«

Bentje ist nicht besonders an Goldmünzen interessiert. »Wieso hast du denn nicht zu Hause geschlafen?«, fragt sie.

»Weil meine Mutter abends nie zu Hause ist«, antwortet Gregory.

»NIE?«, fragt Bentje ganz erstaunt. Ich bin noch gar nicht dazu gekommen, Bentje zu erzählen, dass Gregorys Mama eine berühmte Fernsehfrau ist.

»Nee, nie«, bestätigt Gregory. Und ich finde, dass er gar nicht so glücklich aussieht, wenn er von seiner Mama erzählt.

»Und dein Papa?«, fragt Bentje.

»Kenne ich nicht«, sagt Gregory. »Meine Mutter sagt, das war nur eine Ferienbekanntschaft.«

»Ach«, meint Bentje. Denn was soll man auch dazu sagen?

Ich kenne mehrere Kinder, die ihre Papas nicht kennen. Das scheint nicht ganz so ungewöhnlich zu sein. Aber schade ist es natürlich doch. Ich meine, es könnte ja sein, dass Gregorys Papa ein echt toller Typ ist. Und es könnte auch sein, dass er jeden Abend bei Gregory zu Hause bleiben würde und nicht immer zum Fernsehen rennen würde, um berühmt zu werden, und dass Gregory dann nie mehr bei Walter Walbohm auf dem Sofa schlafen müsste. In so einem Fall wäre es doch echt schade, dass Gregory so einen Papa verpasst.

»Du kannst gerne bei uns auf dem Sofa schlafen, wenn deine Mama wieder weg ist«, biete ich Gregory an. Schließlich hat er mein ganzes Zimmer angemalt und uns die ganze letzte Woche superviel geholfen.

Gregory lacht. »Das ist nett von dir, Kenny. Aber ich bin ja jetzt alt genug. Ich kann sehr gut jeden Abend allein einschlafen.«

Jeden Abend? Allein in dem Haus? Gregory ist doch auch erst dreizehn, genau wie Livi!

»Das macht aber bestimmt nicht viel Spaß«, glaubt auch Bentje.

Bentje sagt praktischerweise ganz oft das laut, was ich nur leise denke. Denn genau das denke ich gerade auch. Jeden Abend allein zu sein, ist doch voll doof. Egal wie alt man ist.

Gregory guckt etwas nachdenklich. »Och, na ja.«

»Nun kommt schon«, meint Malea, »wir wollen doch Aurora suchen, oder?«

Klar. Klar, das wollen wir. Ich muss nur gerade ein klein bisschen über Gregory und seine berühmte Mama nachdenken. Vielleicht ist Berühmtsein doch nicht so toll, wie die meisten Leute denken. Also, jedenfalls nicht für die Kinder von den Berühmten.

»DORT HINTEN!«, ruft Malea plötzlich.

Und richtig, da ist Aurora! Versteckt hinter so einer Art dünnem Bretterzaun, an dem sich Pflanzen ranken, steht eine große weiße Henne und pickt. Und wie sie pickt! Schneller und gieriger, als je. Kein Zweifel, das ist Aurora. Und das, was sie pickt, das sind kleine braune Körner, die dick gestreut um sie herum liegen.

»Hühnerfutter!«, staunt Livi. »Deswegen lebt Aurora so gut, obwohl wir ihr gar nichts zu fressen geben!«

»Du meinst, sie wird *hier* regelmäßig gefüttert?«, fragt Malea ungläubig. »Von Walter Walbohm? Aber er wusste doch überhaupt nichts von einem Huhn, als wir letzte Woche bei ihm geklingelt und uns vorgestellt haben.«

»Jetzt weiß er jedenfalls davon«, grinst Gregory.

»Vielleicht liegt hier nur zufällig Hühnerfutter rum«, gibt Malea zu bedenken.

»Das regnet doch nicht vom Himmel!« Livi schüttelt den Kopf. »Nein, das hat jemand hingestreut!«

Gregory grinst immer mehr. »Das ist typisch Walter!«

»Was ist typisch Walter?«, frage ich.

»Dass er behauptet, nichts von einem Huhn zu wissen, obwohl er es jeden Tag füttert«, antwortet Gregory.

»Aber wieso gibt er das denn nicht zu?«, fragt Malea verblüfft. »Das ist doch kein Verbrechen! Ganz im Gegenteil.«

Gregory zuckt die Schultern. »Keine Ahnung.«

In diesem Moment hören wir am Haus eine Tür aufgehen.

»Schnell in die Büsche!«, zischt Malea uns zu.

Wieso? Begehen *wir* jetzt ein Verbrechen? Müssen wir uns verstecken?

Aber aus irgendeinem Grund tun wir alle automatisch das, was Malea sagt. Wir hüpfen alle superschnell in die Büsche. Alle außer Livi. Die ist nicht ganz so superschnell. Die hebt erst alle Äste hoch und guckt da drunter und guckt den Boden an und benimmt sich echt ein bisschen merkwürdig.

»Livi!«, kreischt Malea komisch halblaut, weil sie wohl eigentlich versucht zu flüstern. »Was soll das? Willst du den Busch erst putzen, bevor du dich da druntersetzt?«

Livi zieht eine verächtliche Grimasse, aber dann versteckt sie sich endlich auch. Keine Sekunde zu früh, denn nun sehen wir Beine auf uns, nein auf Aurora zukommen.

Ha! Es ist tatsächlich Walter Walbohm! Er geht mit ein paar Küchenabfällen auf Aurora zu und beugt sich zu ihr herunter.

»Hier, meine Gute, das schmeckt dir bestimmt!«, sagt er liebevoll.

Und dann – glaubt man es! – dann hockt er sich zu ihr auf den Boden und sieht ihr beim glücklichen Picken zu.

Er lächelt. »So was, so was, meine Guteste! Nun hast du doch noch einen Namen bekommen. Wo ich mich so bemüht hab, mich nicht allzu sehr an dich zu gewöhnen! Und was für einen schönen Namen: Aurora!«

»Tooock«, macht Aurora höflich einmal kurz zwischen ihrem gierigen Picken.

Walter Walbohm grinst noch mehr. Richtig zufrieden sieht er aus. »Nette Leute sind das da drüben, was? Sieht so aus, als ob die gar nichts dagegen haben, dass du hier bist.«

Er steht wieder auf und klopft sich etwas Erde von der Hose. »Tja, dann hast du möglicherweise doch noch ein langes, glückliches Leben vor dir!« Er sieht richtig froh aus, als er das sagt. »So, ich werde jetzt wieder reingehen, ist heute zu kalt hier draußen für einen alten Mann, meine Hübsche, bis dann!«

Und damit rappelt er sich mühsam wieder auf und geht zurück zum Haus.

»Tock-toook-tock«, sagt Aurora und hebt kaum ihren Kopf hoch von den leckeren Sachen auf dem Boden.

Als wir alle wieder drüben in unserem Garten stehen, meint Malea: »Ich möchte nur wissen, was Walter damit gemeint hat, als er sagte, dass Aurora jetzt doch noch ein langes Leben vor sich hätte. Hätte sie das denn nicht gehabt, wenn andere Leute eingezogen wären?«

Sie sieht Gregory fragend an. So als ob der alles wissen müsste, was hier passiert ist, bevor wir kamen.

Doch der zuckt nur wieder mit den Schultern. »Keine

Ahnung. Ich habe von Aurora überhaupt erst erfahren, als ihr vor unserer Tür standet und von ihr erzählt habt. Aber ich bin sonst auch fast nie in den Garten gegangen.«

»Wieso? Hast du immer nur drin gehockt?«, fragt Bentje.

»Mhmmm«, macht Gregory unbestimmt.

»Und was hast du drinnen die ganze Zeit gemacht?«, fragt Bentje.

»Computert«, sagt Gregory, »ich hab 'ne Menge Computerspiele zu Hause.« Und er sieht so aus, als wäre ihm das ein wenig unangenehm.

Kann ich verstehen. Klingt ja auch ziemlich langweilig.

Bentje scheint das aber nicht zu finden. »Kann ich mal kommen und deine Spiele angucken?«

»Warum nicht?«, meint Gregory.

Oh, ich wüsste, warum nicht. Weil ihre Mama zu Hause Bentje nämlich nur ganz wenige Computerspiele erlaubt. Nur solche, von denen man auch was lernen kann. Und ich weiß genau, Bentjes Mama würde nicht wollen, dass Bentje zu Gregory geht und Spiele für Dreizehnjährige anguckt.

»Hast du so eins, wo es so aussieht, als ob man in einem Flugzeug fliegt, und dann muss man landen und so?«, fragt Bentje.

Gregory nickt. »Ja, hab ich auch.«

»Booh«, macht Bentje und guckt mich an. »Ist das *toll* oder ist das toll, Kenny? Wir können Flugzeuge fliegen!«

Dann dreht sie sich wieder zu Gregory und guckt sehnsüchtig. »Dürfen wir? *Jetzt?*«

Gregory grinst gutmütig. »Okay, kommt mit.«

Und ab zischen Bentje und ich, rüber zu Gregory. Also, ich weiß nicht, was Livi immer hat, ich finde den voll nett, diesen Gregory.

Tessa

Ich weiß, was ich mache: Ich werde ein Buch veröffentlichen mit Schminktipps für Mädchen. Das wird bestimmt ein Renner, denn davon habe ich echt Ahnung. So was gibt's außerdem noch nicht. Und wenn manche Menschen verrückt genug sind, Iris' Bücher mit merkwürdigen Kochrezepten zu kaufen, dann werden die Leute mir meine Bücher garantiert aus den Händen reißen. Oh, das ist eine Superidee! Dodo könnte vielleicht ein paar Stylingtipps für Haare beisteuern. Haarestylen kann sie nämlich echt gut. Und wir könnten vielleicht auch noch ein paar Flirttipps reinschreiben. Wer kann schon besser flirten als Dodo und ich? Bald sogar zweisprachig! Oh, das ist eine megagute Idee! Bestimmt kann man einen Haufen Geld mit so einem Buch verdienen! Dann bräuchten wir gar nicht mehr in der Eisdiele Eis verkaufen. Ich muss mal überlegen…, wie könnte ich es nennen? Tessa-Tiaras Beauty-Schule? Nee. Tiara Martinis Schönheitstipps? Nee, da weiß man ja nicht, dass es auch ums Flirten geht. Ah, vielleicht einfach: Tipps von Tessa-Tiara! Ja, das sagt alles und klingt klasse! Oh, ich bin so gut!

Meine Schwestern sind vorhin alle in den Garten gerannt, um dieses komische Huhn zu suchen. Und Klein-Bonbon-Bentje mit.

Sollen sie. Was kümmert es mich, ob das Huhn im Garten ist oder nicht. Ich hab Wichtigeres zu tun. Ich habe nur noch eine Stunde Zeit, um mich für die Eisdiele fertig zu machen. Gesichtsmaske, Augenbrauen zupfen, Beine rasieren, Gesichtsmaske abwaschen, Gesichtshaut grundieren, schattieren, Augen schminken, und das ist erst der Anfang. Ich hab mir ja noch gar nicht überlegt, was ich anziehen will! Oh, Hilfe, wie soll ich in so kurzer Zeit fertig werden?

Dabei ist es so wichtig, wie man aussieht. Von wegen erster Eindruck und so. Das kann man doch in jeder Zeitschrift lesen. Ich möchte schließlich nicht rumlaufen wie Livi! Und wer weiß, wer heute Nachmittag alles in die Eisdiele kommt!

Ich meine, nicht dass ich jemand Besonderen erwarte, aber man möchte ja schließlich vorbereitet sein. *Falls* eben jemand kommt, den man nicht unbedingt in einer schlecht sitzenden Jeans treffen möchte.

Ringelingelingdingdong!

Mein Handy!

»Ja, hallo, Tessa-Tiara Martini?«

»Hi Tess, hier ist Dodo! Ich wollte nur kurz fragen, was du anziehst?«

»Hi Dodo! Oh, Mann, darüber denke ich gerade nach. Ich denke, wir sollten was Praktisches anziehen. Schließlich gehen wir da hin, um zu arbeiten.«

Dodo schweigt eine Sekunde nachdenklich. »Hm, ja, stimmt. Wie wär's mit dem kurzen schwarzen Glitzerrock? Der ist doch aus Stretch, also echt praktisch und bequem.«

Dodo und ich kaufen uns ab und zu die gleichen Sachen. Partnerlook. Ist echt cool manchmal. Besonders auf Partys. Dann gucken alle immer gleich. Außerdem ist es fies, wenn wir ein tolles Stück irgendwo entdecken, dass das nur eine von uns haben soll.

Ich überlege. »Keine schlechte Idee.« Da fällt mein Blick auf die Fingernägel meiner rechten Hand. »Oh, Mann, Dodo, ich muss mich beeilen! Ich hab mir noch nicht mal die Nägel lackiert!«

Dodo kichert. »Okay, nehmen wir also die Schwarzen?«

»Ja, ist gut. Aber lass uns nur ein paar einfarbige T-Shirts dazu anziehen. Hab keine Lust, da total overdressed aufzulaufen. Das macht bestimmt keinen guten Eindruck. Meine Mutter sagt, man darf nie besser angezogen sein als der Gastgeber. Das wäre unhöflich.«

Dodo kichert schon wieder. »Tess! Wir haben keinen Gastgeber, wir haben nur einen Boss. Und der ist jeden Tag so schlecht angezogen, dass er gezwungen ist, Leute zum Bedienen anzustellen. Sonst würden nämlich alle Gäste weglaufen.«

Jetzt kichere ich auch. »Jaja, ist schon gut. Du weißt, was ich meine.«

Dodo holt tief Luft. »Ach Tessa, das ist alles so aufregend! Wissen deine Eltern eigentlich, dass du jetzt arbeitest?«

»Spinnst du? Du weißt doch, wie Cornelius sich bei solchen Sachen anstellt!«

Dodo fängt wieder an zu kichern.

Sie kennt Cornelius lange genug, um zu wissen, dass er komplett am Rad drehen würde, wenn er mich mitten im Schuljahr hinter einer Theke stehen sähe. Und so was nennt sich Hippie!

»Welche Farbe nimmst du für das T-Shirt?«

»Rosa«, antworte ich. Manchmal ist es nicht gut, mit der Aufmachung zu übertreiben, finde ich.

»Okay«, sagt Dodo, »dann nehme ich gelb.«

»Super«, sage ich, denn gelb passt gut zu Dodos dunklen Haaren und rosa gut zu meinen blonden, »bis gleich!«

»Bis gleich!«, sagt Dodo.

Ich klicke auf Ende und atme tief durch. Sehr gut, das wäre auch geregelt.

Jetzt muss ich nur ein bisschen Gas geben. Aber wofür bin ich schließlich Schönheitsprofi?

Ich prüfe im Spiegel schnell meine Haare – hm, wäre auch kein Fehler, die noch schnell zu waschen. Ach Quatsch, nicht genug Zeit. Ich werde sie einfach toupieren. Dann merkt kein Mensch, dass die heute noch kein Shampoo gesehen haben!

Ich gucke kurz in den Garten runter. Na, haben die anderen das blöde Huhn jetzt gefunden?

Nee, sieht nicht so aus. Die stehen da und debattieren. Und nun gehen Kenny und Bonbon-Bentje mit zu Gregory rüber. Was wollen die da denn?

Livi und Malea trampeln die Treppe wieder hoch.

Ich stecke mal schnell meinen Kopf aus der Tür. »Sagt mal, was wollen Kenny und Bonbon-Bentje denn bei Gregory?«

Livi und Malea gucken mich völlig verständnislos an. »Wieso?«

Also echt! Meine Schwestern sind manchmal richtig dämlich. Livi faselt immer nur von Ozonlöchern und Regenwäldern rum, und Malea spielt mit den Jungen aus ihrer Klasse allen Ernstes Fußball. Fußball! Als ob Jungen auf der Welt wären, um mit Mädchen Fußball zu spielen!

Ich schüttele vorwurfsvoll den Kopf. »*Wieso?*«, wiederhole ich ihre dumme Frage. »Na, weil die beiden für Gregory wohl noch ein bisschen jung sind. Die sollten sich

Jungs in ihrem Alter suchen. Und ihr hättet zur Sicherheit besser mit rübergehen sollen.«

Livi und Malea glotzen mich so blöd an, als hätte ich Chinesisch gesprochen.

Dann grinst Livi beinahe mitleidig. »Mann, Tessa, du hast doch echt 'n Rad ab!«

Malea grinst ebenfalls und zeigt mir einen Vogel.

Und dann gehen die beiden in ihre Zimmer. Ohne noch ein weiteres Wort. Und ohne sich um ihre kleine Schwester zu sorgen.

Allerdings habe ich dafür jetzt auch keine Zeit mehr. Wo ist denn nur meine hellblaue Wimperntusche? Die sieht bestimmt scharf zu meiner bescheidenen schwarz-rosa Aufmachung aus.

Als ich eilig anfange zu pinseln, geht mir das dumme Huhn im Kopf herum. Was ist denn nun damit? Haben sie Aurora jetzt gefunden? Na, das werde ich schon früh genug hören.

So, schnell in die Klamotten – Lippenstift – und los!

Renne die Treppe runter und – ups – direkt Iris in die Arme. »Du willst noch mal los?«

»Äh – ja.«

Iris guckt mich einmal von oben bis unten an. »Mit Dodo?«

»Ja, klar. Nur so'n bisschen … äh … in der Gegend herum …«

»So«, sagt Iris. Aber mehr sagt sie zum Glück nicht.

»Bin zum Abendessen wieder zurück«, rufe ich und laufe schon aus der Haustür, bevor Iris noch über den kurzen Minirock meckern kann.

Manchmal fürchte ich, dass Iris findet, sobald das Thermometer unter 20 Grad fällt, sollte man nur noch lange, wollene Unterhosen tragen. So was! Ich werde doch an einem normalen Herbstag noch mal einen normalen Rock anziehen können!

Uiii, auf dem Fahrrad ist mein Rock allerdings vielleicht doch nicht so ideal. Welche Farbe hat eigentlich mein Slip? Passt der farblich wenigstens zu meinem Rock, der sich gerade irgendwo an meiner Taille ringelt?

Ah, da ist ja schon das Bella Roma! Und Dodos Fahrrad steht auch schon da. Ich bin doch nicht etwa zu spät?

»Hallooo!« Ich stürme ins Café und ernte sofort bewundernde Blicke von den Gästen. Natürlich. Wäre ja auch komisch, wenn nicht.

Ich schüttele meine toll toupierte Mähne einmal kräftig und lächele. Wo bleibt denn nun Sven, der Kerl, dem dieser Laden gehört?

Ah, da kommt er schon.

»Na, endlich, hallo! Wie siehst du denn aus? Die Haare musst du dir zusammenbinden. Aber bitte so, dass keine Zotteln mehr irgendwo rumfliegen. Sonst kriege ich Ärger mit dem Gesundheitsamt.«

Zotteln? Gesundheitsamt? Hä? Ist der Kerl irre?

Ich gucke mich mal um, ob hinter mir noch jemand anderes steht. Nö, nur die Gäste sitzen auf ihren Plätzen und gucken uns interessiert zu.

»Und steh hier nicht so lange rum! Deine Freundin ist schon hinten und arbeitet an der Eismaschine.«

Eismaschine? Hinten? Wovon redet der Kerl?

Er winkt mich in einen kleinen, muffigen Raum hinter der Theke am Ende eines Ganges, in den nicht mal Sonnenlicht fällt.

Von netten Kunden, die einem bewundernde Blicke zuwerfen, ist hier natürlich weit und breit nichts zu sehen.

Und tatsächlich, dort steht auch Dodo mit verzweifeltem Gesichtsausdruck und füllt scheußlich klebrige Masse in metallene Behälter. Ihre hübschen Nägel sind schon ganz eingesaut mit dem Brei.

Ich reiße die Augen auf und starre ungläubig auf die Szene. Wir sind doch zum Bedienen engagiert?

Sven bemerkt meinen Blick. Aber statt mir zu erklären, was das hier soll, sagt er nicht allzu freundlich: »Und das nächste Mal lauft ihr hier mit ordentlichen Fingernägeln auf, ja? Sauber, kurz und ohne jeden Farbschnickschnack. Am Ende fällt noch was von eurem Lack in mein Eis und dann beschweren sich die Gäste.«

Sven scheint zu meinen, was er sagt. Ich kann nur ruhig und gleichmäßig atmen. Schließlich bin ich kein hysterischer Typ, oh nein.

Dodo ist allerdings ebenfalls nahe einer Ohnmacht. Aber was können wir tun?

Wir tun, was Sven uns sagt. Mann, das ist der härteste Nachmittag meines Lebens! Als wir endlich nach vorne ins Café dürfen, läuft mir von all der Arbeit schon der Schweiß den Rücken runter. Ich kann nicht glauben, dass wir jetzt noch Gäste bedienen sollen.

»Ich müsste mal dringend duschen«, wispere ich Dodo zu.

»Ich müsste mal dringend diesen Sven mit dem Gesicht nach unten ganz tief in einen von seinen Eisbehältern tunken«, wispert Dodo zurück.

Und dann kichern wir ein bisschen. Ein Glück sind wir hart im Nehmen! Ich glaube kaum, dass diesen Eisnachmittag viele so tapfer durchgestanden hätten.

Nach drei Stunden Sklavenarbeit kann ich meine Beine kaum noch fühlen, und mir ist es beinahe egal, ob mein

Make-up noch sitzt. Dodos Gesicht ist komplett verlaufen. Sie sieht aus wie eine toupierte Ente nach 'nem Faschingsball. Aber ich sage lieber nichts, schließlich bin ich ein sensibler Mensch und will ihre Laune nicht noch verschlechtern.

»Alles okay?«, raunt Dodo mir im Vorbeigehen tapfer zu.

»Logo«, hauche ich zurück, während ich versuche, ein sauschweres Tablett mit etwa siebzig Eisbechern und Kaffeetassen NICHT irgendeinem Gast auf den Schoß zu kippen.

Aber genau zwei Sekunden später ist gar nix mehr okay. Denn da geht die Eingangstür auf und ... Rema und Kenny und Bonbon-Bentje und Gregory marschieren fröhlich in den Laden.

Können die nicht woanders ihr Eis kaufen? Ich *hasse* Kleinstädte!

»Drei große Kugeln Gummibärchen-Eis«, trötet Kenny als Erste laut und unbekümmert über die Theke, »mit gaaanz viel Schokostreuseln und ...« Ihre Augen werden rund und riesig wie die Eisportionen, die ich in der Hand habe. »Was machst DU denn hier, Tessa?«

Kenny klappt vor Erstaunen die Kinnlade auf. Bonbon-Bentje mustert interessiert Dodos buntes Gesicht. (Wie sieht eigentlich meins aus?)

Gregory sagt wie üblich gar nichts und Rema lächelt. »Ja, Tessa-Kind, ich wusste gar nicht, dass du arbeitest! Nun habe ich gerade Gregory und die Mädchen zu einem kleinen abendlichen Eisspaziergang eingeladen. Aber dass du und Dodo hier seid ...! Na, das ist ja eine Überraschung!«

Dann guckt sie mich einen Moment lang nachdenklich

an. »Wissen Cornelius und Iris eigentlich, dass du hier bist?«

Bingo, Rema. Nee, natürlich nicht. Und das sollen sie bitte auch nicht.

»Ähm.« Ich nuschele mal so ein bisschen undeutliches Zeug vor mich hin. »Wieso?«

»Na ja«, sagt Rema und sieht nun beinahe besorgt aus, »weil sie nämlich auch dachten, dass es nett wäre, sich einen kleinen Eisbecher zu gönnen und vermutlich gleich hier sein werden.«

Malea

James Bond ist immer zur richtigen Zeit am richtigen Ort. Ich meine, der braucht gar nicht viel nachzudenken. Nicht so wie Sherlock Holmes oder so, der immer nur denkt und denkt und Pfeife raucht und denkt. Nee, James Bond denkt nur winzige Sekunden lang, und dann sitzt er auch schon im nächsten Flugzeug, um in genau dem richtigen Moment zum Beispiel mit einem Fallschirm abzuspringen und unten im Wasser direkt in einem Schnellboot zu landen, mit dem fiese Diebe mit Juwelen oder Geheimdokumenten gerade versuchten, außer Landes zu kommen. Aber – haha – nun ist James Bond da und ein Schlag hier und ein Kinnhaken da und wups ist die Sache erledigt und die Diebe gefasst und James Bond streicht sich seinen Anzug glatt und lächelt. Klasse. Und das alles nach bloß einer Sekunde denken! (Nur surfen sollte er allmählich mal lernen. Ich hab ihn noch nie auf einem Surfbrett stehen sehen.)

Oh, ich wünschte, ich wäre am Montag auch mit Rema und den anderen in der Eisdiele gewesen und hätte Cornelius' Gesicht gesehen, als er Tessa in ihrem kurzen schwarzen Rock mit riesiger weißer Arbeitsschürze hinter dem Tresen entdeckt hat. Zu blöd, dass ich das verpasst hab!

Kenny sagt, Cornelius hätte ausgesehen wie ein Eisbär, der plötzlich ein Zebra auf einer Eisscholle grasen sieht. Und Iris hätte sofort hektisch sechs große Eisbecher bestellt und dreimal zu Cornelius rübergezischt: »Mach jetzt bloß keinen Aufstand hier, bitte!«

Das kann ich mir richtig gut vorstellen. Auch wie die arme Rema nur hilflos gelächelt hat, während Cornelius immer noch mit offenem Mund das Zebra angestarrt hat. Ich hätte aber zu gerne Tessa und Dodo gesehen. Denn die kann ich mir überhaupt nicht in einem Eiscafé vorstellen. Also arbeitend in einem Eiscafé, meine ich. Denn stundenlang dahockend und über ihre Fingernägel diskutierend, kann ich sie mir natürlich sehr gut vorstellen.

Tja, zu dumm, dieses interessante Zusammentreffen hab ich leider nicht mitgekriegt.

Es passieren aber noch andere merkwürdige Dinge.

Tessa telefoniert in jeder freien Minute mit diesem spanischen Typen aus den Sommerferien und säuselt in ihr Handy. Mit genau dem, mit dem sie auch in Spanien schon den ganzen Tag an der Bar gehangen und Cola getrunken hat. So viel habe ich ja schon rausgekriegt. Jetzt muss ich nur noch rausfinden, wer das mit dem afghanischen Auto war.

UPS! Da klickert es doch – pling, pling – in meinem Gehirn! Und dafür brauchte ich ebenfalls nur eine Sekunde, genau wie James Bond! Das war natürlich tatsächlich kein afghanisches Auto, das war wirklich ein spanisches! Dabei hatte ich das am Sonntag nur so dahingesagt. Dieser spanische Typ, mit dem Tessa jetzt säuselt, der war in Deutschland!!! Und Tessa und Dodo haben sich mit ihm und seinem Freund getroffen. Wie hießen die beiden noch? Ach ja, Javier und Ramón.

Puh, ich bin richtig gut!

Aber ich spüre, dass da noch mehr dahintersteckt. Sonst würde Tessa nicht dauernd so heimlichtun. Cornelius hat doch im Prinzip gar nichts dagegen, dass sie einen Freund hat. Aber Tessa verheimlicht alles, was mit den Spaniern zu tun hat, so gründlich, dass meerwasserklar ist, dass sie einen Grund dafür hat. Nur: WELCHEN?

Und diese Arbeit im Eiscafé hat sie ja auch verheimlicht. Das wusste keiner von uns, nicht mal Livi. Mann, war Cornelius sauer! Aber ich glaube, er war wütender, dass er nichts davon wusste, als darüber, dass Tessa arbeitet. Nur warum sie arbeitet, hat Tessa auch Cornelius nicht verraten.

Vielleicht braucht sie ja einfach bloß viel Geld für ihre Handyrechnung. Wenn sie ständig nach Spanien telefoniert, wird sie wohl bald täglich im Bella Roma arbeiten müssen.

Auf der anderen Seite … hm … auf der anderen Seite sah Tessa SOOO heftig schuldbewusst aus, als sie mit Cornelius gestritten hat, dass ich denke, da steckt garantiert mehr dahinter. Und ich bin mir total sicher, dass das irgendwie auch mit Javier und Ramón zusammenhängt.

Am Dienstag dann ist sie gleich wieder abgehauen, ohne irgendjemandem zu verraten, wo sie hingeht. Dass sie shoppen geht mit Dodo, hat sie Iris erzählt. Und Iris hat genickt. Aber sie hat wohl das Gleiche gedacht wie ich, nämlich: Jaja, haha, shoppen, klar, klar. Ins Bella Roma geht sie garantiert!

»Sag mal, hast du vielleicht Lust auf ein Eis, Malea?«, hat Iris natürlich nur deshalb möglichst nebenbei gefragt. Und ich hab natürlich genickt, denn ich wollte mir dieses Mal auf keinen Fall entgehen lassen, wie Iris Tessa bei etwas erwischt, was Cornelius ihr am Tag vorher aus Wut ausdrücklich verboten hat.

Aber Tessa war gar nicht im Bella Roma. Iris war sofort absolut beruhigt und glaubt nun voll daran, dass Tessa und Dodo wirklich shoppen. Ich allerdings nicht.

»Lass sie doch auch mal ein Geheimnis haben«, hat Livi gesagt.

Weiß Livi etwa, wo Tessa am Dienstag hingegangen ist?

Vielleicht sollte ich Tessa mal ein paar Tage beschatten? James Bond beschattet oft Leute. Aber er fällt dabei nie auf. Ich glaube, das liegt daran, dass er erwachsen ist. Wenn *ich* Tessa beschatte und rumhänge, wo sie rumhängt, fällt das garantiert auf. Mädchen, die elf sind, hängen natürlich nicht so blöd und sinnlos in der Stadt rum, wie Tessa und Dodo das tun.

Hm, na gut, dann muss ich das Beschatten eben noch heimlicher machen als James Bond. Das kann ja so schwer nicht sein!

Dann die Sache mit Aurora … Die ist schon komplizierter. Irgendwie richtig geheimnisvoll. WEM gehört sie denn nun?

Alle Dinge und alle Tiere auf der Welt gehören doch irgendjemandem. Außer natürlich die wilden Tiere wie Löwen oder Ameisen oder Ringelnattern oder so. Die gehören nur sich selber. Aber Hühner sind nicht wild. Das sagen Rema und Iris und Cornelius auch. Die brauchen Futter und ein Zuhause.

Und – na gut – wer Aurora füttert, das wissen wir jetzt. Aber WARUM? Oder besser gesagt: Warum sagt Walter Walboom, dass er keine Ahnung von einem Huhn in unseren Gärten hat? Warum macht er so ein Riesengeheimnis darum? IST es ein Riesengeheimnis?

Oh, ich liebe Geheimnisse! Denn Geheimnisse sind dazu da, geknackt zu werden. Und ich werde alle Geheimnisse in diesem Haus knacken, jawohl. Und wenn ich dafür wie James Bond mit einem Fallschirm von unserem Dach springen muss!

Das Geheimnis von Aurora zu knacken, geht bestimmt ganz einfach. Dafür bräuchte ich bestimmt nirgendwo runterzuspringen. Eigentlich bräuchte ich sie, genau wie Tessa, doch ebenfalls bloß den ganzen Tag zu beschatten.

Und dann ist da auch noch Gregory. Der sollte doch glücklich sein, so eine berühmte Mutter zu haben. Ist er aber anscheinend nicht.

Gregory scheint jedenfalls viel, viel glücklicher zu sein, seit wir hier eingezogen sind. Seit Kurzem lächelt er sogar ab und zu mal. Ich dachte schon, er ist genauso ein miesmuscheliger Typ wie Miesmuschel Livi. Aber nein, er lacht und macht echt komische Witze. Richtig nett wird der allmählich! Hat der zu Hause mit seiner Fernseh-Mutter etwa keinen Grund zu lachen?

Aber das allergeheimnisvollste Geheimnis zurzeit ist doch tatsächlich Livi! Livi ist nämlich seit genau Montagnachmittag nach der Schule – und das sind heute am Freitag immerhin schon vier Tage – NICHT MEHR miesmu schelig!

Dabei kann ich mich meerwasserklar erinnern, wie sie am Montag mit uns am Frühstückstisch gesessen hat. Mit der allerdüstersten Livilaune, die man sich vorstellen kann. Richtig leidgetan hat sie mir, so schrecklich hat sie ausgesehen. Und als sie dann nicht mal Kuchen abgekriegt hat, habe ich echt darüber nachgedacht, ob wir vielleicht wirklich alle nicht nett genug zu Livi sind. Ich meine, hätte ja sein können. Man kann ja nicht immer und immerzu daran denken, nett zu sein.

Aber plötzlich? Plötzlich lächelt Livi und lacht und singt und pfeift und trällert und summt und lächelt und lächelt und lächelt. Ganz ohne dass sie Pflaumenkuchen gekriegt hat. So doll, dass einem ganz angst und bange wird. Denn dass Livi solch bedenklich gute Laune hat, das ist eine so riesige Sensation, dass es kaum mit rechten Dingen zugehen kann. Ist Livi in einen Gute-Laune-Zaubertrank gefallen? Hat sie völlig vergessen, sich um das Ozonloch und die Abholzung des Regenwaldes Sorgen zu machen?

Ich meine, ich persönlich finde ja, dass man sich sowieso viel besser mit guter Laune um die Probleme in der Welt kümmern kann. Aber Livi schien ja bis jetzt immer zu glauben, dass man mit jedem Lächeln beinahe schon selber einen Baum abgeholzt hat. Daher hat sie das natürlich gründlich vermieden.

Und jetzt? Nix mehr Livi Miesmuschel. Nur noch Livi Strahlesternchen, Livi Trallali und Trallala, Livi Sonnenschein. Hurra!

Wenn ich sie sehe, wird mir selber ganz warm und wohlig im Bauch, auch wenn ich mich vorher ganz elend oder schlechtlaunig gefühlt habe.

Das ist echt merkwürdig. Ich meine, dass man sich so gut fühlt, bloß weil jemand anderes sich gut fühlt. Und dann fällt mir wieder ein, was mir am Montag passiert ist, und ich denke darüber nach.

Das mit meinem Shirt meine ich. Als ich mich gefragt habe, ob Dinge immer das werden, was andere Menschen in ihnen sehen. Weil, es war ja irgendwie so, dass mein Shirt plötzlich ein kleines bisschen hässlicher und älter aussah, bloß weil Miri und Brenda und Lasse und

Sophie es hässlich fanden. Färbt die Meinung also immer ab?

So wie Livis gute Laune jetzt abfärbt?

Dass gute Laune abfärbt, finde ich ja gut. Aber dass Dinge schlechter werden, bloß weil andere sie schlecht finden, das ist natürlich saublöd.

Und mir wird gerade klar, dass man da doll aufpassen muss, dass man sich dagegen wehrt. Innerlich, meine ich. Dass man nicht vergisst, dass das vielleicht gar nicht stimmt, was andere über etwas sagen.

Oder anders gesagt: Dass Miri, Brenda, Sophie und Lasse mein Shirt immer und ewig so hässlich finden können, wie sie nur wollen, dass es aber dadurch noch lange nicht WIRKLICH hässlich ist. Und auch nicht wird.

Ja.

Da fällt mir ein, dass ich mein superschönes Batik-Shirt vielleicht doch noch mal anziehen könnte. So kalt ist es draußen eigentlich ja doch noch nicht.

Aber Hauptsache, Livi geht es gut. Warum auch immer!

Na ja, allerdings … würde ich das doch ganz gerne wissen …

»Ist irgendwas passiert?«, hab ich vorhin auf der Treppe mal so ganz beiläufig gefragt.

»Passiert? Nö, wieso? Was soll denn passiert sein?«, hat Livi geantwortet und dabei so sonnenhell gelächelt, dass man im Flur gar kein Licht mehr anzuknipsen brauchte.

Mehr hat sie leider nicht gesagt. Und sie sieht auch nicht so aus, als ob sie in nächster Zeit freiwillig mehr sagen würde.

Ja, bei Livi ist auf jeden Fall das Lächelzeitalter angebrochen. Aber warum? Ich meine, hat jemand das Ozonloch zugeklebt, ohne dass die restliche Welt davon weiß?

WAS IST mit Livi PASSIERT?

Oh, Mist – ich gucke gerade aus dem Fenster –, jetzt fängt es wieder an zu regnen, wie den ganzen Tag heute schon. Gerade hatte es mal ein Stündchen aufgehört. Wo ich doch gerade noch ein bisschen in den Garten wollte, um Aurora zu beschatten.

Hm, würde James Bond jemanden im Regen beschatten? Nö, kann ich mir nicht vorstellen. Und außerdem kann ich ja auch genauso gut mit dem Beschatten von Tessa anfangen.

Ich laufe mal schnell zu ihrem Zimmer rüber und schiele durchs Schlüsselloch.

Nanu? Sieht verdammt leer aus.

Ich drücke sicherheitshalber ganz leise die Türklinke runter und … Das Zimmer *ist* leer. Absolut mega-mause-leer. Dabei ist es bestimmt schon nach 10 Uhr abends. Wo ist sie denn jetzt schon wieder? Ist Tessa diese Woche überhaupt irgendwann mal zu Hause?

Livi

Raindrops keep falling on my head, lalalalalaaa–la laaa, they keep falling… la la la… But there's one thing… I know, the blues they send to meet me won't defeat me, it won't be long till happiness steps up to greet me… yeah, raindrops keep falling on my head, but that doesn't mean my eyes will soon be turning red, crying's not for me, 'cause I'm never gonna stop the rain by complaining,… because I'M FREEEEE, NOTHING'S WORRYING MEEEE!

Ich liege im Bett. In meinem eigenen Zimmer. Schon seit einer ganzen Woche ohne Tessa neben mir – juchhu – und denke: Das Leben ist doch wunderbar. Irgendwie.

Hm. Wieso hat Iris mich eigentlich eben so komisch angeguckt? Man wird doch wohl noch mal ein bisschen fröhlich singen dürfen! Manche von diesen Uralt Liedern, die Cornelius mit seiner Band spielt, sind echt ganz nett. Besonders wenn es einem einfach gut geht!

»Alles in Ordnung, Schatz?«, hat Iris dann noch gefragt. Und echt dämlich besorgt ausgesehen. Als ob ich Fieber hätte oder grüne Punkte im Gesicht oder so.

Ach, egal. Soll Iris doch gucken, wie sie will. Ich fühle mich immer noch gut. Und überhaupt. Obwohl es draußen regnet. Aber das stört mich gar nicht.

Denke darüber nach, wie alles eigentlich so gekommen ist. Ich meine, wenn ich bedenke, in was für einer Stimmung ich am Montagmorgen in die Schule gegangen bin! Ich hatte echt das Gefühl, ich könnte genauso gut tot sein!

Ich glaube, ich habe auf dem ganzen Schulweg kein Wort geredet. Ein paarmal hat Gregory was zu mir gesagt. Aber als ich nur unfreundlich geschwiegen habe und demonstrativ weggeguckt habe, hat er auch die Klappe gehalten.

In der Klasse hab ich ihn dann allerdings genau beobachtet. Natürlich so, dass niemand was bemerkt hat. Weil doch klar war, dass Gregory eine supergute Story zu erzählen hatte. Von Livi als Daisy Duck mit tropfendem Eigelb am Hintern. Wer würde sich das entgehen lassen? Die bei uns in der Klasse grölen ja über jede Peinlichkeit total begeistert.

Als die erste Stunde dann endlich anfing und Gregory noch nicht mit seiner Sensation rausgerückt war, wurde ich einerseits etwas ruhiger, andererseits auch besorgter. Hatte er doch gemerkt, dass ich ihn beobachte? Wartete er nur auf einen Moment *ohne mich*, in dem er den anderen alles umso saftiger erzählen konnte?

In der zweiten Stunde hatten wir Chemie und wir mussten mit unseren Sachen zu den Chemiebaracken rübergehen. Zufällig ging ich neben Daniel. (Manchmal schaffe ich es, zufällig neben Daniel zu gehen. Nicht sehr oft allerdings.)

Blöderweise ging noch zufälliger auch Gregory neben uns.

Daniel erzählte gerade von dem neuen Haustier, das seine kleine Schwester bekommen hat und von dem er total genervt war. Einem Meerschweinchen, das anscheinend beinahe so groß und fett ist wie ein echtes Schwein.

»Echt?«, fragte ich halbherzig und versuchte zu lächeln. Aber ich konnte mich gar nicht gut auf Daniels interessante Geschichte konzentrieren, weil ich solche Angst hatte, dass Gregory gleich loslegen würde. Bei Haustieren hätte er natürlich prima mit Aurora anfangen können und von da übergehen zu ihren Eiern und von denen weiter zu unserem Rhododendron und ...

Das tat er aber nicht. Daniel erzählte und erzählte und Gregory schwieg und schwieg. Und dann hatten wir Chemie und ich bibberte der nächsten Pause entgegen. (Wieso gibt es eigentlich so viele störende Pausen zwischen den Stunden? Ist das nicht irgendwie reine Zeitverschwendung?)

Drrrt!, machte die Klingel erbarmungslos zum Ende der Stunde. Bevor ich noch meine Sachen zusammengepackt hatte, sah ich, dass Gregory schon aufgesprungen und rausgerannt war. Ach ja, große Pause, da spielt er immer mit den anderen Fußball.

Ich war hin- und hergerissen zwischen der Versuchung, zurück zum Hauptgebäude auch wieder zufällig neben Daniel zu gehen. Daniel spielt nämlich nicht Fußball. Das findet er viel zu kindisch. Was ich gut verstehen kann, Fußball ist auch wirklich kindisch. Ich meine, wo die ganze Welt total kaputtgeht und all die Wälder abgeholzt werden und das Ozonloch immer größer wird und all das, und dann soll man seelenruhig Fußball spielen!

Daniel hat allerdings leider genauso wenig Lust, über Wälder oder Ozonlöcher zu sprechen. Das habe ich schon ein paar Mal vergeblich probiert. Zum Glück hat er aber unheimlich viel über sich selbst zu erzählen. So wird es nie langweilig mit ihm.

Ich guckte Daniel sehnsüchtig nach, als er losschlenderte. Und natürlich hörte ich keine drei Sekunden später das Klackern der hochhackigen Schuhe von den Sahnetorten. Die Schnepfen Cäcilie und Kaya und Liane hatten mal wieder nichts Besseres zu tun, als ihm gleich hinterherzulaufen. Mann, wie kann man sich nur so peinlich auffällig benehmen?

Weil ich Gregory sicherheitshalber doch lieber im Auge behalten wollte, ging ich rüber zur großen Wiese, wo die Jungen Fußball spielen, und setzte mich mit meinem Pausenbrot (Kein Kuchen, sondern Schwarzbrot, danke, Iris!) im Schneidersitz ins Gras und schaute zu.

Gregory spielt gar nicht so schlecht, das muss man ihm lassen. Ich meine, für jemanden, der sein halbes Leben hinter dem Computer verbracht hat und außerdem noch Armeehosen trägt.

Ich glaube, er schoss sogar ein paar Tore. Also, nicht dass ich da besonders aufgepasst hätte. Aber ich bin sicher, dass er die ganze Zeit nicht viel geredet hat. Außer Sachen wie »Geh ran, Malte!« oder »Pfosten!« oder »Das war gefoult!«, so was eben. Aber jedenfalls keinen Satz, in denen die Worte *Aurora* oder *Livi* oder *Rhododendron* vorgekommen wären.

Nach der letzten Stunde fragte ich mich, ob er die ganze Sache möglicherweise komplett vergessen hatte. (Ist immerhin eine Chance. Es gibt ja Leute, die ein Gedächtnis wie ein Sieb haben.) Oder ob er mich eventuell am Ende unter dem Busch überhaupt nicht erkannt hatte? (Mikroskopisch winzig kleine Chance. Außerdem hat Cornelius ja nicht vergessen, mich laut und deutlich mit »Olivia« anzusprechen. Also doch eher KEINE Chance.)

Auf dem Rückweg von der Schule war ich irgendwie so

verwirrt, dass ich nicht mal viel dagegen hatte, dass Gregory wieder mit uns zusammen ging.

Tessa und Malea quatschten ein bisschen, und Malea erzählte von irgendwelchen fetten Mathehausaufgaben, die sie aufhatte. Sie sah deshalb nicht allzu gut gelaunt aus.

»Und wie war's bei euch?«, fragte Tessa, die dagegen bester Dinge war, und sah zu mir und Gregory rüber.

»Ja, ja«, brummte ich. Was soll man auf so eine dämliche Frage auch antworten? Wie soll Schule schon gewesen sein?

»Ganz gut«, meinte Gregory und lächelte freundlich, »wir gründen eine Umwelt-AG.«

»Ach, echt?«, fragte Tessa. »Züchtet ihr da Kaulquappen und so was?«

Gregory guckte reichlich verdattert.

Meine Güte, manchmal ist Tessa echt sooo dämlich! Ich glaube, das Wort Umwelt hat sie das letzte Mal in der Grundschule gehört, als wir wirklich alle Kaulquappen gezüchtet haben.

»Nee«, sagte Gregory, »als Erstes wollen wir uns mit den Zusammenhängen von Fluorchlorkohlenwasserstoffen, du weißt schon, FCKWs, und dem Ozonloch beschäftigen. Das ist ein ziemlich riesiges Thema.«

»Wow«, platzte es aus mir raus. Denn ich war ehrlich baff. Wieso wurde eine Umwelt-AG gegründet, ohne dass ich davon wusste?

»Ja, nicht?«, grinste Gregory mich an. »Ich wollte dich gerade fragen, ob du nicht mitmachen willst?«

Klar wollte ich. Und es stellte sich heraus, dass Gregory an seinem blöden Computer nicht nur jahrelang sinnlos rumgedaddelt hat, sondern sich ziemliches Wissen im

Internet angelesen hat. Er kennt sich beinahe besser mit Umweltproblemen aus als ich.

Ich musste ein bisschen grinsen. Wer hätte gedacht, dass ein Kerl, der so hirnig aussieht wie Gregory mit seinen peinlichen Army-Hosen und so, dass der echt was im Kopf hat. Und auch Power!

Er war es nämlich, der die Umwelt-AG gegründet hat. Und zwar schon bevor er wusste, dass wir hier einziehen. Er hatte das schon seit Monaten geplant und nur noch genug Leute gesucht. Deshalb fand er es total klasse, als ich plötzlich neben ihm einzog.

Jetzt machen auch noch ein paar Leute aus anderen Klassen mit. Und diese Woche war das erste Treffen. Gestern, um genau zu sein. Und es war: EINFACH COOL!

Es ist sooo, sooo – ach ich kann das gar nicht beschreiben – es ist einfach so wunderbar, mit Leuten dazusitzen und zu reden und zu lachen und Kekse zu futtern und sich Sachen anzugucken! Also ich meine, es ist wunderbar, weil wir alle über das Gleiche reden wollen!

Und das erste Mal in meinem Leben hat es mich überhaupt nicht runtergezogen, über das Ozonloch zu reden. Ganz im Gegenteil! Zu hören, wie andere das genauso wichtig finden und genauso (oder noch mehr) Lust haben, was dagegen zu tun! Und was uns alles eingefallen ist, wie wir mehr Leute aufrütteln und ihnen klarmachen können, wie NOTWENDIG es ist, dass wir aufhören FCKWs zu produzieren. Und wie wir uns noch mehr und genauer informieren können, damit wir auch hundertprozentig wissen, wovon wir sprechen. Und und und!

Ach, ich fühle mich GUT!!! Und das mit den FCKWs und dem Ozonloch, das werden wir auf dieser Welt bestimmt noch hinkriegen. Weil: So blöd können die anderen Menschen gar nicht sein, dass sie nicht irgendwann begreifen, dass wir schleunigst was ändern müssen.

Oh, ich freu mich schon sooo auf unser nächstes Treffen.

Und Gregory hat die ganze Woche überhaupt nicht einmal die Worte *Ei* oder *Busch* oder *Babyschlafanzug* in den Mund genommen. Ob er die ganze dumme Sache wirklich vergessen hat? Oder ob er nur andere Themen (wie unsere Umwelt-AG) wichtiger findet?

Jedenfalls liege ich jetzt hier und fühle mich gut und wundere mich gleichzeitig, dass man sich so gut fühlen kann, bloß weil man Leute gefunden hat, die das Gleiche fühlen wie man selber. Aber – echt – man kann! Sogar wenn es regnet.

Poch-poch-poch. »Livi? Bist du noch wach?«

Es klopft an meiner Tür. Und das Stimmchen klingt nach Kenny. »Ja?«

Kenny steckt ihre kleine Nase in den Türspalt. Ihre blonden Wuschelhaare hängen in süßen Zotteln um sie herum. »Darf ich zu dir ins Bett? Ich kann nicht schlafen.«

Ich hebe die Bettdecke hoch und Kenny-Maus schlüpft schnell darunter. Sie schmiegt sich ganz dicht an mich, macht ihre Augen zu und lächelt zufrieden.

»Du, Livi?«

»Ja?«

»Hast du etwa ohne mich einen Frosch geküsst?«

Schluck. Wie bitte? Oh, Kenny und ihre Frösche, die hatte ich schon total vergessen!

»Einen Frosch geküsst?«, frage ich. »Warum sollte ich das denn tun?«

Kenny macht ihre Augen wieder auf. »Na, weil du die ganze Woche schon so gute Laune hast.«

»Aber warum sollte ich denn gute Laune kriegen, bloß weil ich einen Frosch küsse?«

»Na, wegen der Prinzen.«

»Aber ich will gar keinen Prinz, Kenny.«

»Nicht?«

»Nein.«

»Was willst du dann?«

Tja.

Kenny fixiert mich genau mit ihren schlauen Kulleraugen und wartet auf eine Antwort. Aber die kommt nicht. Was ich will? Oh, so vieles!!

»Weil … Bentje und ich haben nachgedacht«, sagt sie.

»So?«

»Ja, wir gründen nämlich einen Geheimklub.«

»Du und Bonbon-Bentje?«

»Ja, und Romy. Und – du sollst sie nicht immer Bonbon-Bentje nennen!«

Ich grinse. »Aber sie ist doch immer angezogen wie ein Bonbon.«

»Das ist sie nicht!«

Ups, jetzt guckt Kenny böse.

»Okay, Kenny, tut mir leid.«

Ihr Gesicht entspannt sich wieder und sie streicht sich ein paar kitzelnde Zotteln aus dem Gesicht. »Und wir haben uns überlegt, dass du bei unserem Geheimklub mitmachen darfst.«

Ich? Ich muss richtig schlucken. Wie lieb!

»Damit du nicht immer nur traurig bist«, fährt Kenny fort.

»Ich? Traurig?«

»Ja«, sagt Kenny und nickt ganz ernsthaft. »Das warst du echt lange.« Sie sieht mich prüfend an. »Aber jetzt bist du nicht mehr traurig. Warum nicht?«

Ich muss noch mal schlucken. Dass sich meine kleinste Schwester um mich sorgt!

»Warum bist du nicht mehr traurig, Livi?«, wiederholt Kenny hartnäckig.

Ich lächle. »Weil ich jetzt auch so was wie einen Geheimklub habe«, sage ich.

»Echt?«, fragt Kenny und lächelt nun ebenfalls.

Ich nicke.

Da sieht Kenny beinahe erleichtert aus und gibt mir einen Kuss. »Das ist gut, Livi, das ist ja echt gut«, sagt sie. Und dann rollt sie sich zusammen wie ein kleines Hündchen und ratzt selig ein.

Ich küsse sie zurück. Ja, Geheimklubs sind eine tolle Sache. Obwohl sie vielleicht gar nicht unbedingt geheim sein müssen.

Aber was bitte hätte ich denn mit einem Prinzen anfangen sollen?

Tessa

¡Hola, bienvenido a Alemania! – Hallo, willkommen in Deutschland!; Qué bueno es verte – wie schön, euch zu sehen; ¡Has tenido un buen viaje? – Hattest du eine gute Fahrt?; ¿Dónde dormirá ella hoy de noche? – Wo schlaft ihr heute Nacht? Puh, Spanisch lernen ist ganz schön anstrengend!

Als ich vorhin die SMS von Javier bekommen habe, hat sich irgendwas in meinem Magen bewegt. So kribbelig, kitzelnd und piksend. Allerdings, das wäre wohl jedem so gegangen. Das hat ja nichts mit Verliebtsein oder so zu tun.

»Tengo un regalo para ti!«, hat da nämlich gestanden. Und dass die Jungen bereits kurz vor der Stadt sind, also heute Abend schon kommen und nicht erst morgen.

Un regalo! Ich hab sofort mein neu gekauftes (von meinem Taschengeld!) Spanisch-Lexikon rausgekramt und nachgeguckt. *Regalo* heißt Geschenk. Javier hat ein Geschenk für mich! Also, wessen Magen hätte da nicht ein kleines bisschen gekribbelt? Und, wie gesagt, gespannt auf ein Geschenk zu sein, hat selbstverständlich nichts mit Liebe zu tun.

Was es wohl ist?

Viel Geld haben Javier und Ramón ja nicht. Sie arbeiten die ganze Feriensaison lang in der Strandbar und ab Oktober gehen sie zurück an die Uni in Barcelona. Von ihren Eltern bekommen sie kein Geld fürs Studium, das müssen sie sich den Sommer über alles allein erarbeiten. Na, ob es für ein Parfüm gereicht hat?

Ach, egal, ich freue mich auch über einfach nur was Süßes. Ist doch echt schon supersüß, dass er mir überhaupt was mitbringt!

Aber, Himmel, muss es denn jetzt ausgerechnet regnen? Da hätte ich mir das Haarewaschen auch schenken können.

Ich stehe schon endlos hier am Brunnen auf dem Marktplatz und langsam hab ich keine Lust mehr. Es ist stockdunkel, es ist nass und es ist lausig kalt (obwohl ich mir extra meinen dickeren Baumwollminirock angezogen hab). Meine Frisur sieht bestimmt schon aus wie ein Pudel nach einem Kampf mit einem Haifisch. Außerdem ist es gleich elf Uhr. Hat Javi nicht um zehn getextet, sie wären spätestens in einer halben Stunde da? Toll! Jungs und Pünktlichkeit!

Wenn Iris und Cornelius wüssten, dass ich nachts alleine hier rumstehe, gäbe es gleich wieder ein Donnerwetter.

Wie Malea mir erzählt hat, ist Iris am Dienstag unter dem Vorwand, ein Eis essen zu wollen, gleich zum Bella Roma gelaufen, um zu checken, ob ich da wieder arbeite. Obwohl ich ihr doch gesagt hatte, dass ich nur shoppen gehe mit Dodo. Ist doch unglaublich, dass sie mir nicht vertraut! Haha, aber wir waren natürlich nicht im Bella Roma, sondern in unserem Spanischkurs! Da hätte sie mich lange in allen Eisdielen der Stadt suchen können!

Malea, die kleine Kröte, hat mir das natürlich nur erzählt, um mich auszuhorchen. Aber ich werde den Teufel tun und ihr verraten, dass ich Spanisch lerne. Nachher verplappert sie sich noch bei Iris und Cornelius, und dann fragen die mir ein Loch in den Bauch, *warum* ich Spanisch lerne.

Zum Glück hängt Iris noch vor der Glotze und hat gar nicht gemerkt, dass ich noch mal schnell aus dem Haus gehuscht bin. Und Cornelius, der ja morgen mit Iris nach Salzburg fliegt, ist zum »Vor-Feiern« des »großen Ereignisses« (haha!) mit seinen restlichen Rainbowkumpels noch einen trinken gegangen. Also zumindest mit den zwei, die noch nicht mit dem Bandbus nach Österreich zu diesem Musikfestival vorgefahren sind.

Was für ein Glück, dass wir ausgerechnet dieses Wochenende, wenn Javi und Ramón kommen, sturmfreie Bude haben!

Da! Da kommt ein Auto. Soll ich winken?

Huhu! Hier bin ich!

Ups, nee, das waren sie nicht. Puh, was glotzt mich die Tante in dem Wagen denn so blöd an? Noch nie ein Mädchen gesehen, von dem der Regen runtertropft?

Oh Mann, hab ich eigentlich die wasserfeste Wimperntusche benutzt? Warum gibt es auf dem gesamten Marktplatz nicht mal einen einzigen Spiegel? Denken Bürgermeister an so was überhaupt nicht? Ob ich was erkennen kann, wenn ich mich über das Wasser im Brunnen hier beuge? Nee, zu dunkel, ich sehe nur Schatten.

Ich wische mal vorsichtig unter meinen Wimpern rum und prüfe danach, ob mein Finger schwarz ist. Na ja, geht so. Aber … ein bisschen verwischtes Mascara unter dem Auge lässt einen ja auch geheimnisvoll und verwegen und so aussehen. Und das ist doch gar nicht schlecht.

Ach, da pikt es schon wieder in meinem Bauch. Genau als ich die Worte *geheimnisvoll* und *verwegen* gedacht habe. Grins. Denn genau das ist es eigentlich, was ich immer denke, wenn ich Javis Foto angucke: geheimnisvoll! Verwegen! Hach, er sieht eben richtig toll spanisch aus!

Wo bleibt er denn nur?

Da hinten eiert einer auf einem Fahrrad über den Platz. Huch, der steuert genau auf mich zu. Der wird mich doch nicht etwa anquatschen wollen? Was mach ich denn, wenn mich jetzt mitten in der Nacht irgend so ein Gestörter blöd anmacht? Ob mich jemand hört, wenn ich um Hilfe schreie?

Javi! Ramón! Wo bleibt ihr denn? HILFE! Vielleicht hätte ich doch auf Iris und Cornelius hören sollen und nicht nachts mutterseelenallein …

»TESSA!«

Oh nein!

»WAS ZUM TEUFEL TUST DU HIER?«

»Cornelius!«

Uii, eine Zehntelsekunde lang war ich beinahe erleichtert, dass es Cornelius ist, der auf dem Fahrrad sitzt. Na ja, saß. Denn gerade eben ist er mitsamt dem Rad umgekippt. Und jetzt sitzt er nur noch in einer Pfütze.

»Blödes Ding!«, schimpft er, als er sich vom Boden aufrappelt. »Hätte ich mir ja denken können, dass das nicht mehr gut funktioniert. Hat wahrscheinlich seit zehn Jahren nur im Keller gestanden und keines von euch Mädchen hat mal daran gedacht, die Tretlager zu ölen, was?«

Tretlager? Ich glaube, der sollte seine eigenen Tretlager mal ölen. Denn da wird das Problem wohl eher liegen.

Er flucht noch ein bisschen über seine klitschnasse Hose. Als ob *ich* was dafürkönnte!

Aber dann besinnt er sich leider wieder auf mich.

»Tessa-Tiara! Was machst du hier?«

Super. *Niemals* nennt er mich Tiara, obwohl der Name so wunderschön ist. Aber jetzt. Wenn er sauer ist. Toll, ganz toll, Cornelius!

»Was du hier machst, will ich wissen!«

»Ich … ich stehe hier.«

Cornelius sieht aus, als ob er mich gleich auffressen will. Zum Glück kenne ich ihn aber schon fünfzehn Jahre. Und in all den fünfzehn Jahren hat er, soweit ich weiß, noch nie jemanden aufgefressen. Deshalb bleibe ich relativ gelassen.

»Gib mir keine frechen Antworten!« Seine Stimme bebt.

Moment mal, was tut *er* eigentlich hier? Ach ja, er war ja mit seinen Kumpels in der Kneipe. Hätte er nicht irgendwo anders in eine Kneipe gehen können? (Ehrlich, ich HASSE Kleinstädte.)

Cornelius holt tief Luft. »Tessa-Tiara, ich verliere gleich die Geduld!«

Geduld? Als ob Cornelius ein Mensch wäre, der *jemals* Geduld hätte!

Ich schiele möglichst unauffällig nach rechts und nach links. Wäre ziemlich unpassend, wenn ausgerechnet *jetzt* Javis und Ramóns Auto um die Ecke tuckern würde.

»Also?« Aus Cornelius' Augen sprühen Donner und Sturm.

Besser, mir fällt jetzt gleich eine gute Ausrede ein. Denn, wenn er rausfindet, dass ich mitten in der Nacht einsam und allein in der Stadt auf zwei Jungen warte, flippt er garantiert komplett aus.

»Ich hab nur auf Dodo gewartet«, murmele ich. »Sie war

auf einer Party und wollte nicht allein nach Hause gehen – schließlich ist das nachts ja nicht ganz ungefährlich ...«

Ich schiele mal kurz zu ihm hoch. Sieht er schon etwas besänftigter aus?

Ähm, nö, da muss ich wohl noch etwas nachlegen. »Sie hätte auch schon längst hier sein sollen. Ich weiß gar nicht, wo sie bleibt. Ob sie vielleicht schon zu Hause ist?« Ich tue mal so, als würde ich überlegen. »Hm, vielleicht hat sie jemand anders von der Party im Auto mitgenommen?«

»Dodo geht auf Partys von Achtzehnjährigen, die schon Auto fahren?«

Ups! Bitte, bitte, lieber Gott, lass Javi und Ramón nicht gerade jetzt auftauchen!

»Äh, nö, wieso? Ich meinte doch, vielleicht ist sie im Auto von einem Vater oder einer Mutter mitgefahren, die ihre Tochter abgeholt haben.«

Cornelius fixiert mich misstrauisch. »Und wieso bist *du* nicht auf dieser Party?«

Gute Frage. Kann mir kaum vorstellen, dass Dodo auf eine Party eingeladen ist, wo ich *nicht* eingeladen bin.

Mein Hirn rattert, aber so schnell fällt mir keine glaubhafte Antwort ein.

»Und wie wolltest *du* dann wieder nach Hause kommen, nachdem du Dodo nach Hause begleitet hast?«, hakt Cornelius nach. »Hätte Dodo dann *dich* wieder zurückbegleitet und du dann wieder sie und immer so weiter, WIE?«

Ja, wie? Wie komme ich hier nur wieder raus? Mist, ich glaube, diesmal hat er mich.

Und genau da bimmelt sein Handy. Danke, lieber Gott!

»Martini«, bellt Cornelius in den Apparat.

Er dreht sich weg, um sich besser auf sein Gespräch konzentrieren zu können.

»Nein, nein«, sagt er leise und schüttelt unwirsch den Kopf, »wie kommst du denn darauf? Es ist alles in bester Ordnung, bin gerade auf dem Heimweg, jaja – wie? – Na, hör mal, natürlich komme ich mit dem Fahrrad klar! So was verlernt man schließlich nicht! – Was? – Taxi? Blödsinn, ich bin in fünf Minuten da. – Ja, bis gleich.«

Er steckt das Telefon wieder in seine Jeans.

»Das war nur Iris.«

Schon klar.

»Soll ich mal das Rad nehmen, Cornelius?«, biete ich an.

Ich muss ihn irgendwie sanftmütiger stimmen. Sonst gelingt mir das doch auch immer!

Ich tue so, als würde ich das Rad prüfen. »Mensch, das sieht aber ehrlich so aus, als müsste es dringend mal überholt werden. Das ist ja lebensgefährlich, damit zu fahren.«

Ich schiele zu Cornelius hoch. Bingo, er sieht ein klein wenig beeindruckt aus.

»Hm, ja«, grunzt er unentschieden. »Das brauchst du mir nicht zu erzählen, das habe ich ja eben gemerkt.«

Ich möchte grinsen, nicke aber nur ganz ernsthaft und bemühe mich, einen besorgten Blick aufzusetzen.

Cornelius drückt ein bisschen an seiner Hose rum, die von der dicken Pfütze klitschnass ist, und zieht einen Flunsch. »Na schön, dann gehen wir eben zu Fuß«, bestimmt er.

Dann reicht er mir sein Handy. »Ruf schnell mal Dodo an und frag, ob sie wirklich schon zu Hause ist.« Dann schüttelt er missbilligend den Kopf. »Feine Freundin, die sich nicht mal meldet und dich einfach hier im Regen stehen lässt!«

Ich nehme das Handy, tippe Dodos Nummer ein und sage lieber nichts. Oh, Dodo, bitte vergib mir! Du darfst das nächste Mal auch mich als Notlüge benutzen, ja?

Dodo klingt reichlich verschlafen, als sie sich meldet. Die Ärmste! Sie weiß zwar natürlich, dass Javier und Ramón kommen, aber sie hat die beiden ja vor zwei Wochen erst das erste Mal gesehen und hatte keine Lust, nachts draußen zu stehen, um auf sie zu warten.

Als ich jetzt mit ihr rede, versuche ich, munter und auch ein kleines bisschen glaubhaft vorwurfsvoll zu klingen. »Dodo! Du bist also tatsächlich schon zu Hause! Also echt und ich stehe hier im Regen!«

Ich kann nur hoffen, dass Cornelius Dodos Antwort nicht hört.

»Was ist los? Sag mal, haben sie dir das Gehirn püriert? Oder hast du nur schlecht geträumt?«

»Okay, macht nichts, Dodo«, plappere ich ungerührt weiter, »kein Problem, mach dir keine Sorgen! Zum Glück hab ich eben meinen Vater auf dem Marktplatz getroffen, also brauche ich nicht allein zu gehen.« *Das* müsste sie doch jetzt kapieren!

Aber Dodo kapiert leider nichts. Sie ist viel zu verschlafen. »Vater, hä? Wolltest du dich nicht mit den Spaniern trcffcn? Echt, Tcssa, ich hab kcinc Ahnung, wovon du redest. Aber du kannst dich ja noch mal melden, wenn du wieder klarer bist, ja? Ciao!«

Noch mal melden? Und ob ich das werde! »Okay! Tschüss, Dodo.«

Cornelius neben mir sieht leider immer noch grimmig aus. »Alles klar?«, brummt er.

Ich nicke betont fröhlich. »Ja, jetzt ja. Wie gut, dass ich sie angerufen hab.«

Cornelius sieht etwas zufriedener aus.

Meine Güte, das scheint ja gerade noch mal gut gegangen zu sein!

NEIN! Ist es nicht!

Da vorne! Das Auto, das eben um die Ecke gekommen ist! Oh, neeein!

Ich gucke ganz schnell weg. Ob es was bringt, wenn ich mich hinter Cornelius verstecke?

Nein, jetzt hupen die Idioten auch noch! Ja, sehen die denn nicht, dass *mein Vater* hier neben mir geht? Was ist los, lieber Gott, ich dachte, du wärst heute Abend auf meiner Seite?

»Hola, Tiara, mi amor!«, jubelt Javi so laut zur Begrüßung, dass man es bestimmt bis zur spanischen Grenze hören kann, und lehnt sich dabei weit aus dem Fenster. »¿Qué tal? ¿Me has extrañado? Hast du mich verrrmisst?«

Cornelius' Gesichtsfarbe ändert sich innerhalb von zehn Sekunden bedenklich. Aus einem normal verfrorenen Weiß-Blau wird erst ein leicht erhitztes Rosa, das aber sogleich in ein ungesund wirkendes Dunkelrot übergeht.

Ramón, der am Steuer sitzt, bringt das Auto mit quietschenden Reifen direkt neben uns zum Stehen. »Hola, Tessa, wie geht's?«

Danke, Jungs, könnte nicht besser gehen. Ehrlich, habt ihr denn überhaupt kein Gefühl für gutes Timing?

Ich gucke rüber zu Cornelius und weiß: das war's. Dieses Mal brauche ich mir gar nicht erst irgendwelche tollen Ausreden einfallen zu lassen.

Cornelius hat seinen Tötet-alle-männlichen-Wesen-die-meinen-Töchtern-zu-nahe-kommen!-Blick aufgesetzt. Und nun scheinen endlich auch Javi und Ramón zu begreifen, was gerade Sache ist. Sie halten jedenfalls plötzlich ihre Klappe und glotzen uns nur reichlich verunsichert an.

»Äh … hola«, sage ich mal so in das Schweigen hinein. Dann nicke ich zu Cornelius rüber. »Das – äh – ist mein Vater.«

Javier klettert sofort aus dem Auto und streckt Cornelius die Hand hin. »Buenas dias, guten Tag! Ich bin Javier Sanchez Vicario. Freut mich, Sie kennenzulernen.«

Na, also so was Höfliches und Formvollendetes! Das müsste Cornelius doch jetzt echt beeindrucken.

Das tut es aber nicht. Er lässt Javis Hand eiskalt im Regen hängen. »Ich glaube nicht, dass dies der richtige Moment für ein Kennenlernen ist«, ist alles, was er sagt.

Dann zerrt er an meiner Jacke. »WIR GEHEN, TESSA!«

Ich kann gerade noch hilflos ein paar entschuldigende Grimassen zu Javier rüberschneiden und »Ich ruf dich an« murmeln, während ich mit dem dämlichen Fahrrad an der Hand neben Cornelius herstolpere, der mit wütenden Riesenschritten davonstapft.

Als ich mich umdrehe, sehe ich, dass Javi und Ramón uns mit offenem Mund hinterherstarren. Richtig erschrocken sehen sie aus! Mann, musste Cornelius denn unbedingt sooo unfreundlich sein?

Aber ich weiß natürlich, warum er sauer ist. Er hat im Prinzip ja nichts dagegen, dass ich mich mit Jungen treffe. Er will nur nicht, dass ich das heimlich tue. Und vermutlich nicht gerade mitten in der Nacht einsam und allein auf dem Marktplatz.

Mann, was mache ich denn jetzt?

Und was machen Javi und Ramón? Werden die wieder auf dem Campingplatz übernachten, so wie vor zwei Wochen? Oh, wenn ich ihnen doch nur erklären könnte, was passiert ist! Auf der anderen Seite ist das ja vermutlich offensichtlich.

Oje, hoffentlich denkt Javi jetzt nicht, dass ich noch ein kleines Baby bin, das von seinem Vater am Arm weggezerrt wird, weil es nachts um elf im Bettchen liegen sollte. Oh, wie PEINLICH!

»Waren das *Spanier*?«, fragt Cornelius mitten in meine unglücklichen Überlegungen hinein.

Nee, Cornelius, du, das waren Schweden. Deswegen hatten sie auch diese dunklen Haare und haben Spanisch gesprochen.

Ach, was soll's, ich nicke lieber brav.

»Und WOHER KENNST du die?« Cornelius hält mich noch immer an der Jacke fest. Hat er Angst, dass ich ihm weglaufen könnte? Wenn er mich noch lange so behandelt, werde ich das allerdings auch tun!

»Aus Spanien.«

Cornelius guckt mich verwirrt an. »Du hast diese Jungen in den Sommerferien kennengelernt?«

Ich nicke.

»Und was machen die dann HIER?«

»Mich besuchen.« Blöde Frage.

Cornelius scheint einen Moment sprachlos zu sein. Wieso eigentlich? Ist es denn nicht mehr als verständlich, dass Jungen fast dreitausend Kilometer weit fahren, bloß um mich zwei Tage lang zu sehen?

In meinem Handtäschchen biept mein Handy. Das bedeutet: SMS. Ich ignoriere es tapfer und marschiere brav weiter.

Das scheint eine gute Idee zu sein, denn Cornelius sieht mich nur einmal drohend an, gibt sich dann aber damit zufrieden.

Kurz bevor wir zu Hause sind, bleibt er stehen. »Sag mal, Tessa, was denkst du dir eigentlich dabei? Dich mitten in der Nacht mit Männern zu treffen, die du kaum kennst!«

Mit *Männern*! Uhuu, da pikst es wieder in meinem Bauch! Das klingt doch echt cool. Und – klar – stimmt ja auch, Javi ist schon achtzehn, da ist er natürlich nicht mehr wirklich ein Junge.

Ich muss wohl unbewusst gelächelt haben, denn Cornelius' Gesicht verfinstert sich wieder.

»Denkst du eigentlich mal für fünf Cent nach?«, brüllt er mir jetzt frontal ins Gesicht. »Du kennst die Kerle doch gar nicht!«

»Ach nee, aber DU, ja?«, brülle ich zurück. Denn allmählich werde ich auch wütend. »Ich kenne die nämlich sehr wohl und außerdem ...«

Doch weiter komme ich nicht, denn jetzt scheint bei Cornelius endgültig eine Sicherung durchgebrannt zu sein.

»Sieh mal an, und WIE GUT kennst du sie?«, schreit er so laut, dass im Haus neben uns im obersten Stockwerk jetzt ein Licht angeht.

Da geht Cornelius zum Glück eilig weiter. Allerdings nicht schweigend. »Ich kann nicht glauben, dass meine Tochter sich mit irgendwelchen hergelaufenen spanischen Casanovas trifft, die jedem x-beliebigem blonden Touristenmädchen nachlaufen und sowieso nur Wer-weiß-was im Sinn haben! Und das auch noch mitten in der Nacht und OHNE MIR IRGENDETWAS DAVON ZU SAGEN!«

Nun wird im nächsten Haus Licht angeknipst.

Ich bin stinksauer. Was fällt Cornelius ein, Javier und Ramón quasi als wilde Wüstlinge zu beschimpfen, die sowieso nur auf das Eine aus sind? Javi ist nicht so! Er ist total süß und zurückhaltend. Wie kann Cornelius über die beiden bloß so fiese urteilen, bevor er sie überhaupt kennengelernt hat!

Ich brülle irgendwas Wütendes zurück. Was ja wohl auch verständlich ist.

Oho, da brüllt aber Cornelius noch lauter.

Und während wir beide wunderbar am Brüllen sind, bestimmt er plötzlich: »Du hast das ganze Wochenende Hausarrest!«

Was ist? Der spinnt wohl! Javier und Ramón sind ja überhaupt nur am Wochenende da. Am Montag müssen sie ja schon wieder zurückfahren. Und überhaupt, Hausarrest!

»Was ist das denn für eine dämliche Strafe?«, fauche ich. »So was Altmodisches! Genauso wie du! Total, total altmodisch! Du alter SPIESSER!«

»*Spießer?*«

Ui, jetzt habe ich ihn ernsthaft getroffen.

»*Das ganze Wochenende*«, wiederholt er gnadenlos, »hast du mich verstanden?«

Pah, denke ich, verstanden habe ich dich klar und deutlich. Genauso wie ohne Zweifel der Rest der Straße. Aber glaube nicht, dass ich mich auch daran halte!

Noch als wir uns im Haus die klatschnassen Klamotten ausziehen, motzt er weiter.

»Meine Güte, was ist denn passiert?« Iris versteht, glaube ich, kein Wort. »Und wo kommst DU denn her, Tessa? Warst du noch draußen?«

»Davon rede ich ja gerade!«, brüllt Cornelius in voller Lautstärke.

»Du redest nicht, du brüllst!«, brülle ich ebenfalls, so laut ich kann. »Wenn du reden würdest, hättest du auch verstanden, dass Javier und Ramón …«

»RUHE!«, schreit nun Iris. Und als wir tatsächlich endlich beide still sind, bittet sie: »Und jetzt der Reihe nach!«

Also erzählen wir beide, was passiert ist. Nur dass es bei Cornelius alles etwas anders und bedrohlicher klingt.

»Aber er hat sich doch sogar höflich vorgestellt und dir die Hand gereicht!«, sage ich.

»Hat er?«, fragt Iris. »Wie nett!«

Cornelius grunzt Unverständliches. »Wie auch immer. Trotzdem möchte ich nicht, dass sich meine Tochter mit Achtzehnjährigen trifft, ohne dass ich die kenne.«

Du hättest sie ja eben gerade kennenlernen können!, denke ich böse. Na schön, auch wenn es im strömenden Regen vielleicht nicht der ideale Ort und Zeitpunkt war.

Iris lächelt ihr streitschlichtendes Lächeln. »Das ist doch eine gute Idee. Tessa, wann können wir die beiden denn mal treffen?«

Ich will gerade den Mund aufmachen, da unterbricht mich Cornelius schon wieder.

»Das hat sich ja für dieses Wochenende sowieso erledigt«, raunzt er. »Wir fliegen morgen früh weg, und wie ich höre, sind die beiden …« Er räuspert sich und man merkt, dass er sich zusammenreißt, um hier nicht wieder etwas beleidigend Unfreundliches über Javi und Ramón zu sagen. »… sind also die beiden *Spanier* am Montag schon wieder auf der Rückfahrt nach Spanien. Deshalb bleibt es dabei.«

»Wobei?«, fragen Iris und ich wie aus einem Mund.

»Bei dem Hausarrest!«, donnert Cornelius und guckt mich an. »Das wird dir eine Lehre sein, dich einfach heimlich aus dem Haus zu schleichen und mir ständig irgendwelche Lügengeschichten aufzutischen!«

Ich stampfe empört in mein Zimmer hoch und schmeiße mich aufs Bett. Oh, so was unfassbar Gemeines!!!

Dann krame ich mein Handy raus, schaue auf die SMS und … seufze.

»Qué pasa, mi amor, was ist los?«, steht da. »Ruf mich an, wenn du kannst!«

Ja, das tue ich. Und zwar sofort. Und genau in der Sekunde, in der ich Javis Stimme höre, stürzen mir die Tränen aus den Augen. Oh, und es ist mir ganz egal, ob mein Mascara verläuft. Das Leben ist ja sooo ungerecht!!!

»Ich haue ab!«, schluchze ich ins Telefon.

»Aaah, ich kann dich sehrrr gut verstehen.« Javis dunkle Stimme klingt weich und beruhigend. »Aber ich kann auch deinen Vater verstehen, ángel mio! Errr ist nurrr in Sorge um dich.«

Deswegen braucht er mir doch nicht die ganze Freude kaputt zu machen!

Ich schluchze ungehalten in mein Handy.

»Versuch jetzt zu schlafen, mi amor!«, säuselt Javis Stimme. »Vielleicht ändert dein Vater ja morgen noch seine Meinung.«

Cornelius? Nie! Der ist sturer als alle Hippie-Esel der Welt zusammen!

Aber dieses Wochenende werde ich mir nicht wegnehmen lassen, oh nein! Gleich morgen früh packe ich meine Sachen und haue ab. Jawohl!

Als ich aufgelegt habe, fällt mir ein, dass Javi mir nicht mal sein Geschenk geben konnte. Oh, wie ist die Welt gemein!

Livi

Schwestern sind eine komische Sache. Meistens gehen sie einem ja gründlich auf die Nerven. Aber wenn eine weint oder Schmerzen hat, dann ist es, als würde einem selber das Herz umgedreht, und man weiß, dass man zu ihrer Rettung bedenkenlos von jeder noch so hohen Flussbrücke hüpfen würde. (Ich kann allerdings nur hoffen, dass meine Schwestern auch das Gleiche für mich empfinden. – Nein, eigentlich… also ganz ehrlich… weiß ich, dass sie das tun!)

Oh, là, là! So einen Megakrach hatten wir ja schon lange nicht mehr in der Familie!

Was ist denn bloß passiert? Warum brüllt Cornelius so rum? Um diese Uhrzeit! Wenn er weiter so tobt, wird er noch Kenny neben mir wecken.

Und Tessa brüllt auch nicht schlecht. Wo kommt die überhaupt her? Ich dachte, sie ist schon längst in ihrem Zimmer. Hat sie nicht vorhin gesagt, dass sie müde ist und lesen will?

Ob ich mal kurz die Nase aus der Tür stecke? Man kann hier wirklich schlecht hören, wovon reden die überhaupt?

Ah ja, so ist es besser.

Javier? Ramón? Die sind in der Stadt? Und worum geht's nun genau? Recke meine Ohren mal etwas weiter in den Flur. Ups, Hausarrest? Was soll das denn? Dreht Cornelius jetzt komplett durch?

Stampf, stampf! *Knall!* Das war erst Tessa und dann ihre Tür. Ich werde noch ein paar Minuten warten, dann schleich ich mal rüber zu ihr.

Gehe auf Zehenspitzen wieder zurück zum Bett. Süüüß, Kenny schläft immer noch selig wie eine kleine Mauseprinzessin! Soll ich versuchen, sie zurück in ihr Zimmer zu tragen? Ach, Quatsch, ich lasse sie einfach hier liegen.

Vorhin, bevor Kenny zu mir ins Bett gehüpft ist, hab ich ein halbes Stündchen zusammen mit Iris und Malea diese komische Talkshow mit Gregorys Mutter im Fernsehen geguckt: *Blau nach zehn.* Nicht nur der Name ist total bescheuert, Gregorys Mutter ist noch viel bescheuerter. Sie schleimt wie eine Blöde, zupft sich dauernd ihre engen Klamotten zurecht, fummelt an ihrem aufgetakelten Haar rum und kichert wie eine Mischung aus Hexe und Huhn (Sorry, Aurora, nichts gegen dich!) und ist dabei einfach nur peinlich, peinlich, peinlich.

Armer Gregory! Ich meine, Iris und Cornelius sind ja ohne Zweifel ebenfalls peinlich. Aber Sibylle Hahn als Mutter wünsche ich wirklich keinem! Da nehme ich doch gleich zehnmal lieber Iris und sogar Cornelius (trotz seiner Anfälle)! Diese Blau-nach-zehn-Tante scheint sich ja für nichts anderes zu interessieren als für ihr grottiges Aussehen. Erinnert die sich eigentlich ab und zu mal daran, dass sie einen Sohn hat?

Was macht Gregory wohl jetzt gerade? Früher ist er ja immer zu Walter Walbohm rübergegangen, wenn seine Mutter weg war. Aber mittlerweile ist seine Mutter anscheinend nonstop weg. Oder schläft den ganzen Tag. Ob er vor seinem Computer hängt? Oder ist er auch schon im Bett?

Muss mal meine Nase aus dem Fenster stecken. Kann ich sein Zimmer von hier aus sehen? Brennt da noch Licht?

Nix. Sieht alles dunkel aus drüben.

Welches ist eigentlich sein Zimmer?

Rums! Das war die Tür von Cornelius' Zimmer oben. Iris und er sind also auch endlich im Bett. Ich glaube, dann gucke ich mal nach drüben, was Tessa macht.

Ich öffne meine Tür leise und tapse die paar Schritte zu Tessas Zimmer rüber. »Tessa?«

»Ja?«, höre ich eine Piepsstimme von drinnen.

Oje, sie weint doch nicht etwa? Also manchmal mag ich meine Schwestern nämlich echt gern. Sogar sehr gern. Und dann möchte ich überhaupt nicht, dass sie traurig oder unglücklich sind. Gerade jetzt zum Beispiel möchte ich das nicht.

Ich öffne und husche rein. »Tessie! Was ist denn los?«

Ihr Handy liegt neben ihrem Bett. Keine Frage, mit wem sie gerade gesprochen hat. Erst mit diesem Javi, tippe ich, dann mit Dodo.

Jetzt scheint sie aber genug telefoniert zu haben.

Also, ich glaube, es ist eigentlich doch ziemlich gut, Schwestern zu haben. Tessa wirkt jedenfalls so, als ob sie das findet, und ich finde das unbedingt auch. Wir liegen auf ihrem Bett und ich halte sie im Arm. Ganz fest halte ich sie. Weil sie so heftig von ihren Schluchzern geschüttelt wird, dass sie sonst wahrscheinlich von der Matratze runterfallen würde.

»Wie kann Cornelius nur so fies sein?«, heult sie.

Ja, das weiß ich ehrlich auch nicht. Aber ich glaube,

manchmal begreift er gar nicht, dass eine Strafe viel zu hart ist. Ich schätze, er denkt einfach ab und zu, dass er jetzt mal resolut durchgreifen muss, weil er das sonst eben genau nicht tut.

»Bestimmt tut es ihm morgen schon wieder leid«, versuche ich Tessa zu trösten.

»Ach, der denkt morgen doch an gar nichts anderes als an sein Flugticket und seinen blöden Auftritt in Österreich!«, heult Tessa. »Der kapiert überhaupt nicht, wie wichtig mir dieses Wochenende ist!«

Tja, da könnte Tessa leider recht haben. Cornelius wird Tessa und die Spanier morgen vermutlich tatsächlich einfach vergessen haben. Leider bedeutet das auch, dass er vermutlich ebenfalls vergessen wird, Tessa zu sagen, dass er es nicht so gemeint hat und sie sich doch mit Javier und Ramón treffen darf.

»Ich hau ab!«, sagt sie plötzlich und schnäuzt sich laut in ein Taschentuch. »Gleich morgen früh haue ich ab!«

»Hm«, mache ich, weil ich nicht genau weiß, was ich dazu sagen soll. Ich kann ja verstehen, dass Tessa wütend und empört ist. Aber wo will sie denn hin?

»Ganz egal«, schnaubt Tessa, als ich sie das frage. Dann überlegt sie. »Dodos Eltern haben ein Schrebergartenhäuschen. Das benutzen sie jetzt im Herbst gar nicht mehr. Da kann ich bestimmt wohnen.«

Sie scheint grässlich entschlossen. Hat sie etwa doch gemeint, was sie sagte, als sie behauptete, dass sie sich von jetzt an nicht mehr von Cornelius ihr Leben bestimmen lässt?

»Lass uns morgen noch mal drüber reden, Tessa, ja?«, sage ich, weil ich allmählich müde werde. Und, ehrlich gesagt, bin ich sogar schon zu müde, um überhaupt noch rüber in mein eigenes Bett zu gehen. Außerdem liegt dort sowieso noch Kenny und nimmt, wie immer, weit mehr als den halben Platz weg. Da kann ich genauso gut hier bei Tessa liegen bleiben.

»Nacht, Tessa«, murmele ich und drücke sie noch einmal.

»Nacht, Livi«, nuschelt Tessa und klingt, als ob sie auch schon halb im Land der Träume ist.

Was für Träume sind das wohl? Ob Tessa es ernsthaft durchsetzen wird, nach Spanien zu gehen? Ob Iris und Cornelius das jemals erlauben würden?

Mache meine Augen noch mal auf und gucke zu Tessas Fenster rüber. Ob man vielleicht von hier aus Gregorys Zimmer sehen kann? Ach nein, das geht ja raus zu Walter Walbohms Haus. Und da brennt tatsächlich noch Licht. Ja, Gregory sagte ja schon, dass Walter gerne die halbe Nacht auf ist, seine Goldmünzen sortiert und erst sehr spät ins Bett geht.

Hm, komischer Kauz, dieser Walter. Aber nett, auf jeden Fall. Schon dass er sich immer um Gregory gekümmert hat, finde ich total super von ihm. Und dass er Aurora füttert auch.

Aber – warum macht er bloß so ein Geheimnis daraus? Und – wo kommt Aurora eigentlich her? Ich meine, Hühner fallen doch nicht einfach vom Himmel.

Na, das wird sich schon irgendwie aufklären.

Ach, ich fühl mich jedenfalls immer noch gut. Was für ein Glück man mit seinen Nachbarn doch haben kann!

»Träum was Schönes, Tessie«, murmele ich, bevor ich selber absegele. »Und mach dir keine Sorgen mehr wegen Cornelius und Javier und Ramón, ja? Das wird schon alles wieder gut werden …«

Kenny

Früh aufstehen ist superschön. Man kann überall hingehen und alles angucken und niemand sagt »Pass auf!« oder »Das nicht, Kenny!« oder »Lass mich, ich muss arbeiten!«. Man kann im Kühlschrank wühlen und den teuren italienischen Schinken aufessen, den wir sonst nur auf Brot haben dürfen, und danach die teuren Pralinen, die zuoberst im Küchenschrank liegen, wo man aber gut mit einem Stuhl ranreichen kann, wenn man genügend Zeit hat. Und danach kann man ein paar DVDs gucken, die man noch nie sehen durfte, aber die ein echt interessantes Bild vorne drauf haben, und man braucht nicht mal besonders auf Schokoflecken auf dem Sofa aufzupassen, weil ja niemand da ist, der einem sagen könnte, dass Schokoflecken da sind. Und Mama kann hinterher nicht mal schimpfen, auch wenn sie denkt, dass all das ich war, weil sie mir natürlich nichts beweisen kann. Und hinterher kann man noch ein bisschen barfuß in den Garten gehen und mit den Zehen in der nassen Erde wühlen und danach mit den Matschzehen Bilder auf die Fliesen der Terrasse malen – und übrigens geht das noch besser auf den Glastüren der Veranda – und bei all dem ist man einfach wunderbar ungestört. Und dann schließlich wird man vielleicht doch noch mal müde, denn man ist ja echt früh aufgestanden, und dann geht man wieder ins Bett und hört eine halbe Stunde später seelenruhig den OH-NEIN-Schreien von Mama oder Papa zu und dreht sich um und ratzt zufrieden noch eine Runde und ist SEHR erstaunt, wenn Mama ins Zimmer guckt, um zu gucken, wer von uns Mädchen es wohl war, der schon vor ihr aufgestanden ist.

Huch, wo bin *ich* denn?

Oh, ach ja, in Livis Bett. Mhm, schöön! Schön kuschelig. Hab ganz wunderbar geträumt. Von Romys und Bentjes und meinem Geheimklub.

Wir waren unten am Fluss so'n bisschen Frösche küssen und dann haben wir Livi gesucht und sie einfach mitgenommen. Aber Livi wollte gar nicht mehr mitgenommen werden. Weil sie nämlich plötzlich einen eigenen Geheimklub hatte. Da haben wir gesagt »Das ist gut!« und sind zurück zum Fluss gegangen, um weitere Frösche zu suchen. Und dann ist plötzlich Sinan gekommen, und seine Haare haben schon wieder so irre geglänzt und er hat so toll gelächelt, dass ich genauso gelächelt hab. Und mein Bauch hat irgendwie auch gelächelt, denn der hat sich ganz komisch nett verknotet innen in mir drin, das hab ich genau gespürt. Und als mir Romy einen neuen Frosch hingehalten hat und »Du bist dran« gesagt hat, da hab ich gemerkt, dass ich gar keine Lust mehr hatte, Frösche zu küssen, sondern dass ich viel mehr Lust hatte, Sinan zu küssen. »Spinnst du jetzt?«, hat Bentje gerufen. Aber das hat mich nicht gestört. Ich bin einfach auf Sinan zugegangen und hab einen Kussmund gemacht und hab mich zu seinem Kopf rübergestreckt und dabei die ganze Zeit über auf seine Lippen geguckt, denn die haben immer noch gelächelt. Auch als ich immer näher gekommen bin. Und dann hab ich …

Mist, dann weiß ich nicht mehr. Denn genau dann bin ich aufgewacht.

Uuuh!!! Beinahe hätte ich Sinan geküsst!!! Und das hat

sich sooo schön angefühlt! Ob ich das Romy und Bentje erzählen soll?

Muss man sich eigentlich alles erzählen, wenn man in einem Geheimklub ist? Oder kann man auch ein paar besonders geheime Geheimnisse für sich behalten? Besonders wenn sie noch nicht mal wirklich richtig passiert sind?

Und wieso hatte Livi auch einen Geheimklub? Ach ja, jetzt weiß ich wieder. Livi hat mir ja wirklich gestern von diesem eigenen Klub, den sie jetzt hat, erzählt.

Wo ist Livi eigentlich?

»Livi?«

Keine Antwort. Und im Haus ist auch alles total still.

Sehr merkwürdig. Die werden doch nicht alle noch schlafen? Es ist doch schon knallhell draußen. Normalerweise würde ich mich freuen, denn das bedeutet, dass ich echt lange Zeit habe, überall im Haus zu machen, was nur ich-ich-ich will. Aber heute ist ja ein besonderer Tag, ein besonderes Wochenende.

Ob Mama und Papa noch da sind? Mama hat mich gestern Abend im Bett gedrückt und geküsst und so getan, als ob sie hundert Jahre wegbleibt.

»Wirst du auch kein Heimweh bekommen, Kennylein?«, hat sie gefragt.

Was eine echt merkwürdige Frage war, finde ich. Denn ich *bin* doch in meinem Heim! Sie ist es ja, die wegfährt und deswegen Weh bekommen müsste.

»Nee. Du?«, habe ich deswegen zurückgefragt.

Da hat Mama gelächelt. »Nein, ich werde auch kein Heimweh bekommen, glaube ich.«

Fein, dann ist ja alles geregelt, dachte ich. Aber Mama musste mir erst noch dreimal sagen, dass ja Rema im Haus ist und auch Livi und Tessa und Malea.

»Und Aurora«, hab ich hinzugefügt. Aber irgendwie fand Mama, die zählt nicht richtig.

Und dann hat Mama mich ganz fest zugedeckt und ist rausgegangen.

Einschlafen konnte ich aber nicht, denn ich war dann doch ziemlich aufgeregt, dass wir ein ganzes Wochenende allein sein würden. Das ist nämlich noch nie passiert. Also nicht, dass ich mich daran erinnern könnte jedenfalls. Und obwohl Rema und Aurora beide da sind, ist es doch beinahe so wie allein sein. Denn beide lassen mich garantiert machen, was ich will. Und meine Schwestern sowieso. Außerdem geht Rema im Moment fast jeden Abend zu Walter Walbohm rüber und ist gar nicht im Haus.

Oh ja, juppi, das wird ein tolles Wochenende! Ich muss sofort aufstehen und nachgucken, ob Mama und Papa tatsächlich weg sind.

Ich springe aus dem Bett und reiße die Tür auf und renne hoch in das oberste Stockwerk.

Weg. Mamas und auch Papas Zimmer sind leer. Also – nicht wirklich leer. Etwa eine Million Klamotten liegen auf dem Boden verstreut, was komisch ist, denn bei Bentje zu Hause sieht das Schlafzimmer von ihren Eltern immer so ordentlich aus wie in einem Ikea-Katalog. Aber bei uns sieht es bei Mama und Papa immer genau so aus, wie es gerade jetzt aussieht. Möglicherweise weil meine Eltern Hippies sind.

Ich weiß nicht genau, was ein Hippie ist, aber ich weiß, dass besonders Papa es unheimlich wichtig findet, einer zu sein.

Merkwürdigerweise will Papa aber nicht, dass Tessa, Livi, Malea und ich ebenfalls Hippies sind. Denn wir dürfen im Wohnzimmer oder in der Küche wirklich gar nichts rumliegen lassen. Nicht mal ein paar harmlose Schnecken auf dem Sofa.

Ich renne wieder runter in das mittlere Stockwerk zu den Zimmern meiner Schwestern und gucke als Erstes bei Malea rein.

Die schläft tief und fest. Wie immer. Malea kann schlafen, bis das Haus einstürzt, sagt Mama immer.

Ich lasse sie schlafen und drücke vorsichtig die Klinke von Tessas Zimmer runter.

Ah, die liegt auch in ihrem Bett. Nein, halt, Moment mal! Das sind ja gar nicht Tessas blonde Haare, die da unter der Bettdecke hervorlugen, das sind ja rötliche Haare.

»Livi!«, rufe ich und hopse erfreut zu ihr aufs Bett. Endlich habe ich sie gefunden.

»Waaaaah!«, macht Livi und richtet sich mit einem Ruck und entsetzten Augen auf.

Was ist denn los? Das bin doch nur ich? Also manche Menschen sind echt ganz schön schreckhaft!

»Kenny!«, stöhnt sie. »Ich dachte, ein Nilpferd fällt auf mein Bett!«

Ein Nilpferd? Wieso sollte denn bitte ein Nilpferd ausgerechnet in unser Haus fallen? Und überhaupt ist das doch gar nicht ihr Bett, das ist doch Tessas Bett. Das sage ich Livi.

Livi guckt sich verwirrt um. »Ach ja…«, murmelt sie. Dann grinst sie. »Und du hast in meinem Bett geschlafen, oder?«

Ich nicke. Endlich wird Livi etwas klarer im Kopf. Ein Glück. Dann kann ich ihr nämlich sagen, dass Tessa nicht da ist. Was ganz, ganz merkwürdig ist. Denn es gibt bei uns im Haus nur eine, die Malea möglicherweise schlagen kann, was das Langeschlafen angeht, und das ist

Tessa. Aber Tessa schläft nicht mehr. Weder in ihrem Bett noch woanders, denn ich habe alle Betten kontrolliert. Außer Remas Bett. Aber die braucht ihr Bett für sich allein, sagt sie immer. Und bei all dem schönen Kuschelbauch, den Rema an ihrem Körper hat, glaube ich ihr das auch.

Livi hört sofort auf zu grinsen. »Tessa ist weg?«

»Na ja, ob sie weg ist, weiß ich nicht«, sage ich, »vielleicht ist sie ja im Garten oder in der Küche oder …«

»Wie spät ist es?«, unterbricht mich Livi beinahe unfreundlich.

»Guck doch selbst«, raunze ich beleidigt zurück.

Und das tut sie.

»Zehn vor acht!«, schreit Livi laut auf. »Es ist erst zehn vor acht!«

Na und?, denke ich. Ist Livi jetzt etwa sauer, dass ich sie geweckt habe? Irgendwann wäre sie doch sowieso aufgewacht. Warum also nicht jetzt?

Aber das scheint gar nicht der Grund zu sein, warum sie schreit.

»Wenn Tessa noch im Haus wäre, würde sie um diese Uhrzeit garantiert noch schlafen!«, schreit Livi.

»Mhm«, nicke ich, denn da ist was dran. Warum Livi aber deshalb so schreien muss, verstehe ich nicht. Ich bin doch nicht taub.

»Ooooh, neiiiiin!«, macht Livi jetzt und lässt sich zurück in die Kissen sinken. »Die ist tatsächlich abgehauen! Das glaub ich doch nicht!«

Na und ich noch weniger! Ui, das ist aber interessant! Tessa abgehauen? So richtig? So mit Koffer und Verstecken in Heuschobern oder Pferdeställen und mit Schlafen hinter dunklen Tankstellen und alldem? Denn das macht man doch so, wenn man abhaut, oder? Also im Fernsehen machen die das jedenfalls immer so.

Ich reiße die Augen auf und sehe Livi erwartungsvoll an. Ob sie noch mehr aufregende Neuigkeiten weiß?

»Ich muss sofort Dodo anrufen«, sagt Livi. Zum Glück wieder in normaler Lautstärke.

»Warum?«, frage ich. »Will die auch abhauen?«

»Wie?«, murmelt Livi. Aber sie hört mir schon nicht mehr zu, denn sie wühlt irgendwelche Adressbücher auf Tessas Nachttisch durch.

Dann guckt sie nach einem Telefon. Aber Tessas Handy ist natürlich nicht da. Ist ja klar, das hätte ich auch mitgenommen, wenn ich abgehauen wäre.

»Mist«, sagt Livi. Sie schält sich aus dem Bett und geht mit dem Adressbuch runter in den Flur, wo unser Festnetz-Telefon steht. Dann wählt sie eine Nummer.

»Dodo? Hallo Dodo, hab ich dich geweckt? Entschuldige, hier ist Livi. – Livi. – Hier ist OLIVIA!«

Meine Güte, ist Dodo blöd? Wie oft soll Livi denn sagen, wer sie ist! Ich geh lieber mal in die Küche und hol mir einen Apfel. Ich krieg Hunger.

Als ich zurückkomme, ist Livi fertig mit Telefonieren.

»Na, wollte Dodo auch abhauen?«, frage ich ganz freundlich.

Livi guckt mich verwirrt an. »Nee, wieso das denn?«

»Ich dachte, du rufst sie an, um sie das zu fragen.«

Livi grinst. »Nee, Kenny, keine Sorge.«

Wieso sollte mich das sorgen? Ist mir doch egal, ob Dodo abhaut oder nicht.

Bei Tessa ist es mir dann sooo egal allerdings nicht. Das merke ich gerade.

»Wann kommt sie denn zurück?«, frage ich vorsichtig.

»Wer?«

»Na, Tessa!« Sind denn heute Morgen alle ein bisschen begriffsstutzig?

Livi seufzt. »Weiß nicht. – Bald. – Denke ich.« Sie nimmt nun auch Kurs auf die Küche. »Ich denke, wir beide sollten jetzt frühstücken und dann gehe ich wohl mal zu Tessa und werde sie besuchen.«

»Im Pferdestall?«

Jetzt guckt Livi noch verwirrter. Schade, warum brauchen meine Schwestern bloß immer so lange morgens, um richtig wach zu werden?

»Möchtest du einen Kaffee, Livi?«, biete ich hilfsbereit an. Erwachsene trinken doch immer Kaffee, wenn sie müde sind. Und Livi ist ja auch schon ziemlich groß.

»Nein, danke, Kenny«, sagt Livi. »Du weißt doch, dass ich keinen Kaffee mag. Ich nehme mir lieber ein Glas Saft. Und du? Soll ich dir einen Joghurt mit Bananen und Äpfeln und Haferflocken machen? Und dazu schönen warmen Kakao?«

»Au ja!«, sage ich. Livi ist echt lieb. Außerdem brennt ihr Kakao nie an.

Ich verstehe überhaupt nicht, wie Mama auf die Idee kommen konnte, dass ich Heimweh bekomme!

Livi

Ist es eigentlich so, dass es in großen Familien immer feste Rollen für jeden gibt? Ich meine, ist es so, dass es da zum Beispiel einen gibt, der immer nur Blödsinn macht, und einen, der vielleicht gut zeichnen kann, und einen, der möglicherweise immer was Schlaues zu sagen weiß und immer so weiter. Und ist es möglicherweise so, wenn es bereits einen für den Blödsinn gibt, dass der Platz dann irgendwie besetzt ist und sich die anderen andere Rollen suchen müssen? Könnte das sein? Und wenn das wirklich so ist, wer, bitte, bestimmt dann, wer welche Rolle bekommt? Und noch was: Kann man die Rolle, die man bekommen hat, eigentlich auch mal ändern? Denn es kann doch nicht sein, dass man sein Leben lang der gleiche Mensch bleiben muss, oder? Ich glaube, ich würde mich nämlich gern ein bisschen verändern. Und ich habe das blöde Gefühl, dass meine Familie das nicht nur ziemlich erstaunen würde, sondern dass es auch gar nicht so einfach wäre, eine andere Livi bei den anderen durchzusetzen. Vielleicht ist es für die anderen um einen herum praktischer, wenn man immer der gleiche Mensch bleibt? Aber das will ich nicht!!! Ich glaube, ich will mich noch oft im Leben verändern! Immer gleich ist langweilig!

So ein Mist! Jetzt kann ich mich auch noch um Tessa kümmern!

Warum ist es bei uns in der Familie eigentlich so, dass die Rolle der »Vernünftigen« immer an mir hängen bleibt? Das muss irgendwie damit zusammenhängen, dass alle anderen schneller »Hier« geschrien haben, als es an die Verteilung von Verrücktheiten ging. Iris und Cornelius immer vorneweg. Wie können die beiden bloß wortlos abhauen, ohne die Sache mit Tessa geradegebogen zu haben!

RrrING!

»Telefon!«, mümmelt Kenny zwischen zwei Riesenbissen Müsli.

Telefon um diese Zeit? Es ist inzwischen Viertel nach acht Uhr, Samstagmorgen, wer ruft denn jetzt an?

»Livi? Ah, gut, dass du am Apparat bist, hier ist Iris.«

»Hallo«, antworte ich schwach. War das Gedankenübertragung oder was?

»Wir sind am Flughafen«, redet Iris auf mich ein. »Ich habe ein paar Minuten Zeit, weil Cornelius gerade am Flugschalter steht und mit den Leuten wegen der Tickets verhandelt, und ich wollte dir nur sagen …«

»Verhandelt?«, unterbreche ich sie. »Was muss er denn wegen eurer Tickets *verhandeln*? Er hatte sie doch bereits gekauft und bezahlt.«

»Ähm, ach, na ja«, nuschelt Iris etwas verlegen, »du weißt ja, wie Cornelius ist! Er muss wohl zufällig die Ortsnamen verwechselt haben. Er hat uns leider statt nach Salzburg zwei Flüge nach Johannesburg gebucht. Ich hatte mich auch schon gewundert, wie teuer so ein Flug nach Österreich ist.«

Johannesburg? In *Südafrika?* Also Cornelius! Das ist doch … Ich hole tief Luft, um nicht laut loszulachen.

»Na ja«, sagt Iris, »also jedenfalls wird er wohl noch ein paar Minuten brauchen, um die Fluggesellschaft zu überreden, uns mit den Afrika-Tickets nach Österreich fliegen zu lassen.«

Nun muss ich doch ein bisschen kichern.

Iris am anderen Ende der Leitung seufzt. »Wie auch immer, Livi, ich rufe bloß an, weil ich mir ein wenig Sorgen um Tessa mache. Gestern Abend hatte sie nämlich noch einen kleinen Streit mit Cornelius und …«

Einen *kleinen* Streit? Na!

»… und nun fürchte ich, dass sie sich den sehr zu Herzen genommen hat. Also, da ging es wohl um diese Spanier, die sie im Sommerurlaub kennengelernt hat.« Iris macht eine vorsichtige Pause. »Weißt du davon vielleicht was?«

»Mhm«, nuschele ich. »Ich weiß, dass die dieses Wochenende kommen wollten.«

»Genau«, sagt Iris, offenbar erleichtert, dass sie mir keins von Tessas Geheimnissen verrät. »Und Cornelius war ziemlich wütend, dass er nichts davon wusste.«

»Mhm«, mache ich noch mal relativ unbestimmt.

»Was ja auch verständlich ist«, fährt Iris fort. »Es ist ja wohl nicht zu viel verlangt, dass man als Eltern wissen möchte, mit wem sich die eigenen Kinder treffen.«

Spießer!, denke ich. Halte es aber für klüger, noch ein weiteres unbestimmtes »Mhm« durch den Hörer zu schicken.

Nach vielem Hin und Her bittet Iris mich schließlich, nach Tessa zu sehen.

»Was heißt das?«, frage ich klipp und klar. Ewig dieses Wischiwaschi! »Darf Tessa die Spanier doch treffen?«

»Ach, du weißt auch schon davon«, sagt Iris statt einer Antwort. »Hat Tessa dir das erzählt?«

»Cornelius' Stimme gestern Abend war nicht zu überhören«, erwidere ich.

»Mhm«, macht jetzt Iris peinlich berührt.

»Also«, sagt sie dann nach ein paar Schweigesekunden, »wir sind am Montagabend zurück und bis dahin sind die Spanier ja sowieso schon wieder weg, soweit ich das verstanden habe.«

»Aha«, sage ich. Und bin nicht ganz sicher, was *ich* jetzt verstanden habe. Heißt es, dass zumindest Iris nichts dagegen hat, wenn Tessa ihren Javi trifft?

Iris ringt sich dazu durch, mir zuzustimmen. »Ich denke, Cornelius war gestern Abend einfach reichlich nervös vor seinem großen Auftritt, das kann man ja verstehen.«

»Okay«, sage ich, »dann gebe ich Tessa Entwarnung, ja?«

»Halbe Entwarnung«, sagt Iris und fügt dann etwas hastig hinzu: »Ich muss jetzt Schluss machen, mein Schatz. Cornelius kommt. Und seinem zufriedenen Lächeln nach zu urteilen, dürfen wir jetzt immerhin für knapp fünftausend Euro sogar nach Österreich fliegen.«

Als ich wieder zurück in die Küche gehe, sehe ich, dass der Regen von gestern aufgehört hat und die Sonne scheint. Ist doch immerhin was!

Am Tisch erwartet mich Kenny mit freudigem Gesicht. »Gehen wir jetzt in den Pferdestall?«

»In welchen Pferdestall denn?«

»Na in den, im dem Tessa sich versteckt!«

Ich gucke sie verblüfft an. Was geht eigentlich in den Hirnen von siebenjährigen Mädchen vor? War ich auch mal so?

»Tessa versteckt sich doch in keinem Pferdestall«, erkläre ich langsam und geduldig. »Tessa hasst Pferde.«

»Wo dann?«, fragt Kenny.

Ich gebe mich geschlagen. »In einem Schrebergartenhäuschen«, sage ich. »Das glaube ich zumindest.«

»Und warum hast du Dodo angerufen?«

»Um sie zu fragen, wo der Schrebergarten von ihren Eltern ist.«

Plötzlich steht Malea in der Tür. »Was willst du denn in Dodos Schrebergarten?«

Ich muss grinsen. Malea hat schon wieder ihren Geheimagentenblick. Und viel Schlaf in den Augen.

»Nix«, sage ich. Muss ja schließlich nicht die ganze Familie an der Aktion Tessa beteiligt sein.

Leider sieht Kenny das anders. »Sie will Tessa beim Abhauen besuchen«, erklärt sie hilfsbereit.

»Hä?«, macht Malea und sieht nun nicht mehr sehr geheimagentig aus.

»Willst du Toast?«, versuche ich Malea schnell abzulenken. »Und wieso bist du überhaupt schon so frühmorgens auf?«

»Das blöde Telefonklingeln hat mich geweckt«, sagt sie. »Wer war das?«

»Niemand«, sage ich. »Falsch verbunden.«

»Falsch verbunden?«, wiederholt Kenny erstaunt. »Und wieso hast du dann so lange telefoniert? Ich hatte mein Müsli schon fast auf, als du endlich zurückgekommen bist.«

Himmel, warum sind meine beiden kleinen Schwestern bloß so hartnäckig neugierig?

»Hat es mit Tessa zu tun?«, fragt Malea, kneift die Augen zusammen und sieht mich so durchdringend an, dass ich es für gut möglich halte, dass sie den Krach von gestern Abend ebenfalls mitbekommen hat.

»Wann bist du denn gestern ins Bett gegangen?«, frage ich beunruhigt.

»Wieso?«, fragt Malea zurück. »Was hat das mit dem Telefon zu tun?«

»Gar nichts«, behaupte ich. »Ich meinte nur so. Weil du müde aussiehst.« Das sieht sie zwar nicht, aber ich kann es ja mal damit versuchen.

»Du bist ja schlimmer als Iris!«, schnaubt Malea verächtlich. »Ich bin überhaupt nicht spät ins Bett gegangen. Kurz nachdem du in dein Zimmer gegangen bist.«

Aha. Mehr wollte ich nicht wissen. Dann hat sie den Streit also glücklich verschlafen. Genau wie Kenny.

»Wo *ist* Tessa denn wirklich?«, fragt Malea.

»Schon weg«, sage ich.

»Abgehauen«, wiederholt Kenny mit Stolz in der Stimme, weil sie etwas weiß, was Malea nicht weiß.

»Ehrlich und richtig abgehauen?«, haucht Malea fast ehrfürchtig und starrt mich fragend an.

»Na ja«, sage ich leichthin. »Man kann doch mal für kurze Zeit abhauen, oder?«

»Dann war sie über Nacht also gar nicht hier?«, fragt Malea.

»Doch natürlich«, protestiere ich. Schließlich kann ich das bezeugen, ich habe neben ihr geschlafen. Sie kann sich erst morgens in aller Frühe rausgeschlichen haben.

»Aber gestern Abend war sie nicht in ihrem Zimmer«, behauptet Malea, die Detektivin.

»Dann ist sie eben spät nach Hause gekommen«, gebe ich zurück. »Und jetzt wird gefrühstückt!«

»Das ist ein Wort!«, ruft eine erfreute Stimme von der Tür her. »Da komme ich ja gerade richtig!« Rema strahlt uns alle aus ihrem riesengroßen, regenbogenbunten Morgenmantel an. »Aber, du meine Güte, was macht ihr denn alle schon so früh hier an einem Samstagmorgen?«

»Wir wollen gleich Tessa beim Abhauen besuchen gehen«, strahlt Kenny zurück.

Mein Fußtritt kommt leider zwei Sekunden zu spät.

»Auaaa!«, macht Kenny und sieht mich böse an. »Was soll das? Vielleicht möchte Rema ja auch Tessa besuchen gehen.«

»Besuchen gehen?«, fragt Rema ahnungslos. »Wo ist sie denn?«

»Weg! Abgehauen!«, strahlt Kenny.

Ich gebe auf. Soll doch passieren, was will! Und wieso sollte auch ausgerechnet immer ich die Vernünftige sein in dieser Familie? Sollen sich doch auch mal andere darum kümmern, dass nicht alles komplett aus dem Ruder läuft.

»Abgehauen?«, wiederholt Rema ohne sichtbare Regung. »Na, das ist ja mal eine Abwechslung!« Und dann brüht sie sich seelenruhig ihren Kaffee auf.

»Ach, was ist das für ein schöner, ruhiger Morgen, Kinder!«, seufzt Rema zufrieden, als sie sich auf ihren Stuhl sinken lässt und den ersten Schluck aus ihrer Tasse schlürft. »Was für eine paradiesische Stille im Haus, nicht?« Und sie lächelt uns alle der Reihe nach zufrieden an.

Malea

Ich mag am liebsten Rosinenbrötchen und Pfannkuchen und Croissants zum Frühstück. Kenny mag am liebsten große (die größten) Schüsseln voll mit allem möglichen Kram, also Müsli und Obst und Keksstückchen und Schokostreusel und Rosinen und Nüsse und alles, was man an leckeren Sachen so finden kann, möglichst bunt durcheinandergemischt. Livi mag am liebsten süßen Kuchen oder Zimtbrötchen. Tessa mochte auch immer Croissants und Pfannkuchen, aber jetzt behauptet sie plötzlich, dass sie die nicht mehr mag. Ich glaube allerdings, das liegt nur daran, dass sie seit ein paar Monaten alle Augenblicke zu unserer Waage im Badezimmer rennt und glaubt, dass die was anderes anzeigt, wenn sie auch nur ein klitzekleines Croissant zum Frühstück isst. Mir nur recht, bleiben mehr für mich übrig. Rema mag alles, echt einfach alles, sie mag überhaupt gerne und ausgiebig frühstücken. (Na ja, Mittagessen und Abendessen mag sie natürlich auch.) Iris und Cornelius haben jede Woche ein neues Lieblingsessen. Allerdings – vielleicht ist es auch nur Iris, die jede Woche was anderes für gesund hält und das dann sofort auch Cornelius auf den Teller legt. Aber – ich frage mich gerade – was frühstückt eigentlich James Bond am liebsten?

Wow, kaum sind Iris und Cornelius aus dem Haus, schon passiert endlich mal was! Und – ich weiß nicht – ich habe so ein Gefühl, dass sich einige Geheimnisse in nächster Zeit klären werden!

Tessa ist weg. Wo sie ist, will Livi nicht verraten. Aber sie weiß es, das ist meerwasserklar.

Abgehauen, sagt Kenny. Aber warum, weiß sie nicht. Und Livi, die alte Sumpfnixe, schweigt.

Rema sagt, dass fast jeder im Leben irgendwann mal abhauen möchte und dass ganz und gar nichts dagegen spricht, es dann auch mal für ein Weilchen zu tun. Sie scheint viel besorgter um unsere Frühstücksvorräte zu sein.

»Sagt mal, wisst ihr, ob Iris auch genug Brötchen für das ganze Wochenende eingekauft hat?«, fragt sie und sieht uns fast ängstlich an. »Nicht dass wir am Sonntagmorgen plötzlich ohne Essen dasitzen!«

Livi grinst.

»Da gibt es gar nichts zu grinsen!«, sagt Rema und lächelt dabei aber auch ein bisschen so um die Mundwinkel herum. »Essen und trinken hält Leib und Seele zusammen. Das ist ein altes Sprichwort.«

»Beide Kühltruhen sind bis zum Anschlag voll«, sagt Livi, die extra aufgestanden ist, um Rema zu beruhigen.

»Gut, gut«, nickt Rema zufrieden, gießt sich ihre zweite Tasse Kaffee ein und kippt den Rest aus unserer Zuckerdose dazu.

Ich werde langsam ungeduldig. Was ist denn nun mit Tessa? Ist sie wirklich abgehauen? Und wenn ja, warum? Hat das vielleicht mit diesen beiden Spaniern zu tun? Ist Tessa in SPANIEN? Denn sie kann ja wohl nicht in einem blöden Schrebergarten hocken, wie Kenny behauptet. Ich meine, welcher Mensch geht denn nur mal nach nebenan in einen Schrebergarten, wenn er so was Aufregendes wie Abhauen macht?

Aber wenn Tessa in Spanien ist, wie kann Livi sie dann besuchen gehen? Ganz klar, ich muss das Beschatten von Aurora noch ein bisschen verschieben. Tessa kann ich heute ja nun offensichtlich auch nicht beschatten. Jedenfalls nicht, bevor ich weiß, wo sie eigentlich zurzeit ist. Aber: Es sieht doch verdammt so aus, als wäre es eine ziemlich gute Idee, stattdessen Livi zu beschatten. Jawohl! Noch ein Rosinenbrötchen, und dann geht es los!

»Können wir jetzt endlich gehen?«, quengelt Kenny ungeduldig.

»*Wir*?«, wiederholt Livi, und es ist ganz klar, dass sie auf ein *Wir* nicht die geringste Lust hat.

Kenny aber tut mal wieder, als hätte sie davon nichts gemerkt. Sie nickt freudig lächelnd. Ganz so als würde Livi sie gleich zum Kettenkarussellfahren mitnehmen.

»Kenny«, sagt Livi sehr sanft, aber eindringlich, »ich glaube, es ist besser, wenn ich allein gehe.«

»Nö«, sagt Kenny ganz einfach.

Ich sage nichts und schmiere mir lieber noch ein drittes Rosinenbrötchen. Wer weiß, wie lange ich beim Beschatten unterwegs sein werde. Vielleicht sollte ich mir vorsichtshalber auch noch ein paar Süßigkeiten einstecken.

Wieso hat James Bond eigentlich nie eine Lunchbox dabei? Kriegt der keinen Hunger, wenn er stundenlang unterwegs ist?

»Rema!« Livi hat jetzt so einen Hilf-mir-bitte-Blick im Gesicht. »Kann Kenny nicht hier bei dir bleiben?«

»Natürlich kann sie«, nickt Rema freundlich. Aber mehr sagt sie nicht. Sie ist noch immer voll und ganz damit beschäftigt, den Zucker in ihrem Kaffee zu verrühren, und das kann dauern.

»Ich *will* aber nicht hierbleiben«, sagt Kenny.

Nun wird es interessant. Denn Livi weiß genau wie ich, dass Kenny nicht leicht aufgibt, wenn sie etwas will, und noch weniger, wenn sie etwas *nicht* will.

»Ach, verdammt«, sagt Livi ganz einfach, »dann eben nicht.« Und damit steht sie auf und macht sich fertig zum Losgehen.

»Es ist erst kurz vor neun«, gibt Rema zu bedenken, »wollt ihr nicht noch etwas warten mit dem Besuchengehen?«

Livi nickt. »Ich muss vorher sowieso noch ein paar Sachen fürs Mittagessen einkaufen.«

»Ah!« Rema reißt sofort die Augen auf. »Ja, das darfst du nicht vergessen! Was wollt ihr denn kaufen? Soll ich heute kochen?«

»JAAAAA!« Das war ein dreifacher Schrei. Denn es gibt wohl keinen größeren Unterschied als den zwischen Remas supertollen Gerichten und Mamas stark gewöhnungsbedürftigen Kochversuchen.

Wir einigen uns auf Kassler und selbst gemachten Kartoffelbrei mit Spiegelei und gebratenem Frühstücksspeck, ein Essen, über das Iris nicht im Traum jemals auch nur nachdenken würde. »VIEL zu ungesund!«, würde sie sagen. »Diese ungebremsten Mengen von tierischen Fetten!« Aber sehr lecker!, sage ich! Und sowieso, was interessieren mich tierische Fette?

Und dann trabt Livi ab, und Kenny und ich hängen ein bisschen im Garten herum und spielen Fußball und sehen Aurora beim Picken zu.

Knapp zwei Stunden später kommt Livi wieder, voll beladen mit Tüten, und einige davon sehen überhaupt nicht nach Supermarkt aus!

»Ja, Livi-Kind!«, ruft auch Rema. »Hast du dir etwa endlich mal was zum Anziehen gekauft?«

Denn das ist so selten wie Weihnachten am Strand.

Livi guckt ein bisschen verlegen. Trotzdem packt sie alle Tüten aus.

»Ein T-Shirt und eine Hose«, sagt sie. »Findet ihr das zu viel?«

Wir schütteln alle heftigst die Köpfe. Livi hat garantiert etwa zwanzig Kilo *zu wenig* Klamotten in ihrem Schrank. Man kann doch nicht jeden Tag immer nur dasselbe anziehen!

»Ich meine«, sagt Livi, »ich hätte die Sachen ja nicht unbedingt *gebraucht.* Wir sollten auf unserem Planeten sparsam mit den Rohstoffen umgehen und …«

»Also echt, Livi«, sage ich, »du hast sie doch nicht mehr alle.«

Da guckt Livi noch blöder. »Heißt das, du findest die Sachen hübsch?«

Ich grinse. Wenigstens versteht mich meine Schwester. »Ja, klar. Sind echt cool. Ziehst du sie gleich an?«

Livi schüttelt den Kopf. »Nee, die waren ganz schön teuer.« Sie seufzt. »Aber ich hatte so gute Laune und plötzlich solche Lust, was Verrücktes zu tun, und – ach, überhaupt!« Sie lächelt uns entschuldigend an.

Was Verrücktes? Was, bitte, soll am Klamottenkaufen denn verrückt sein? Denn wenn das tatsächlich verrückt wäre, wäre Tessa wohl in einem solch fortgeschrittenen Stadium, dass für sie kaum noch Hoffnung bestehen würde.

Als Kenny und Livi sich endlich fertig machen, um Tessa besuchen zu gehen, wo immer sie auch ist, überlege ich, dass es doch wohl ziemlich dämlich ist, wenn ich jetzt von Hecke zu Hecke husche, um die beiden heimlich zu beschatten. Und überhaupt, James Bond beschattet die Leute auch meistens, indem er sich *unter sie* mischt, und nicht, indem er wie ein kleiner Hilfsdetektiv von Hausecke zu Hausecke schleicht.

»Ich komme mit«, sage ich und lächele freundlich.

Livi sieht nicht allzu erfreut aus, aber darauf kann ich keine Rücksicht nehmen. Ich will endlich wissen, was hier alles so hinter meinem Rücken vorgeht!

Es dauert ziemlich lange, bis wir zu der dämlichen Schrebergartensiedlung kommen. Anscheinend geht Livi davon aus, dass Tessa tatsächlich hier ist und nicht in Spanien.

»Und wo ist sie nun?«, frage ich, als ich die etwa fünfhundert kleinen Häuschen vor mir sehe.

Livi zuckt die Schultern. »Keine Ahnung. Aber hier irgendwo muss sie sein.«

Toll. Es dauert noch eine weitere halbe Stunde, bis bei einem der Häuser, an die wir geklopft haben, tatsächlich Tessa aus dem Fenster lugt.

»Livi! Malea! Kenny!«, ruft Tessa so erstaunt, als hätte sie uns zurzeit am Südpol vermutet. »Was macht *ihr* denn hier?«

»Wir kommen dich beim Abhauen besuchen«, sagt Kenny freundlich. »Können wir reinkommen?«

»Klar – äh – Moment! Ich – ähm – mache die Tür gleich auf!«, antwortet Tessa, was ich etwas merkwürdig finde. Muss sie erst aufräumen?

Das Schrebergartenhäuschen von Dodos Eltern ist netter, als ich es mir vorgestellt habe. Es ist nur ein einziger Raum, aber riesig groß mit kuscheligen Sofas. Und hinten an der einen Wand geht eine schräge Leiter hoch, die zu einer Art zweitem Stock führt.

»Was ist da oben?«, fragt Kenny natürlich sofort.

»Betten«, sagt Tessa. Und – huch – ist sie dabei etwa gerade rot geworden?

»Kann ich mal raufgehen?«, fragt Kenny, als sie die Treppe schon halb hoch ist.

Aber plötzlich bleibt sie stehen und guckt nur blöd. Und – nanu – wird Tessa jetzt noch roter?

»Hola! Hallo!« Zwei Köpfe mit dunklen Haaren tauchen plötzlich oben auf.

Ach nee! Wer ist das denn? Ha! Das sind ja wohl garantiert Tessas Spanier! Daher die peinlich rötliche Gesichtsfarbe bei Tessa. Sie wollte die wohl vor uns verheimlichen!

Ich grinse zufrieden. Sehr schön. Das war es doch bereits wert, mitgekommen zu sein!

Oho-oho! Endlich lerne ich diese geheimnisvollen Kerle mal kennen! Und so geheimnisvoll sind sie bei näherem Hingucken gar nicht mal. Aber nett! Und zum Glück auch kein bisschen afghanisch. Obwohl ich natürlich keine genaue Vorstellung davon habe, wie man ist, wenn man Afghane ist. Höchstwahrscheinlich sind die ja auch echt nett, die Afghanen. Ich hätte es mir nur einfach ein bisschen gefährlich vorgestellt für Tessa, wenn sie dann auch mal zu denen nach Hause gefahren wäre. Denn aus Afghanistan hört man zurzeit ja leider nicht nur die allerbesten Nachrichten.

»Hola! Was für sehrrr hübsche Schwesterrrn du hast, ángel mio!«, sagt dieser Javier, während er äußerst lässig die Treppe herunterklettert.

Und ich muss sagen – ja, wirklich hola! –, allzu übel sieht der eigentlich selbst nicht aus. Aber es ist doch ein bisschen affig, dass er Tessa ángel mio nennt. Tessa ist nun wirklich kein Engel!

Wir quatschen eine Weile über Spanien und das kleine Dorf, in dem wir in den Sommerferien waren, und dann bemerke ich eine fette Goldkette, die an Tessas braun gepudertem Hals hängt.

»Was ist das denn?«, frage ich.

Tessa nimmt das Ding strahlend ab und zeigt es uns bereitwillig. »Ein Geschenk, das Javi mir mitgebracht hat.«

»Eine *Gold*kette?« Livi verschluckt sich fast und sieht Javi an, als ob der nicht ganz dicht ist. »Du hast Tessa *diese* Kette geschenkt?«

Javier sieht äußerst zufrieden aus und nickt. »Si, si.« Was *ja, ja* heißt, so viel Spanisch kann sogar ich schon.

In diesem Moment entdeckt Kenny eine große Schaukel hinter dem Haus, die von einem Baum herunterhängt. »Oh, guckt mal! Können wir rausgehen? Wer gibt mir Anschwung?«

Ich sause raus, um an der Schaukel zu sein, bevor Kenny da ist. Auf dieses langweilige Gequatsche über Goldketten und spanische Dörfer hab ich sowieso keine Lust mehr.

Javier und Ramón kommen uns lachend hinterher. Und als Kenny und ich uns beide nebeneinander auf die Schaukel quetschen, geben sie uns zusammen Anschwung. HUI! HOOOOCH! Das ist voll cool!

Livi und Tessa sind im Haus geblieben und quatschen und quatschen. Das kann ich durchs Fenster sehen. Mann, worüber haben die bloß so viel zu reden?

Livi hält immer noch die protzige Kette in der Hand und redet wie blöde auf Tessa ein, und die sieht irgendwie gar nicht mehr so glücklich aus wie eben noch. Was ist denn nun schon wieder los?

Ich springe von der Schaukel und kneife meine Augen zusammen, um besser sehen zu können. Jetzt packt Livi Tessa auch noch an der Schulter und schüttelt sie, während Tessas Augen einen irre ängstlichen Blick haben. Hat Livi ihr gerade gesagt, dass Abhauen polizeilich verboten ist? Was geht da drin bloß vor?

Ich drehe mich nach Kenny und den Spaniern um. Haben die ebenfalls bemerkt, dass Tessa und Livi da drin ganz wild am Debattieren sind?

Nö. Javier und Ramón stehen immer noch lächelnd beide hinter der Schaukel und schubsen Kenny höher und höher.

»JUCHHUUUU!«, jauchzt Kenny. »ICH FLIIIIE-GEEEEE!«

Und – oh Mist verdammter! – das tut sie dann wirklich! In hohem Bogen! Runter von der Schaukel! Warum hat dieses Schaf denn bloß plötzlich die Seile losgelassen?

»Kenny!« Ich renne zu dem kümmerlichen Häufchen auf dem Boden, das meine kleine Schwester ist. »Kenny! Hast du dir was getan?«

»Huhuhuuuuuu!«, heult Kenny. »Huuuuuuu!«

Mann, ein Glück, sie lebt noch!

»Versuch mal, deine Arme und Beine zu bewegen«, sage ich. Denn das sagt Iris auch immer, wenn eine von uns gestürzt ist.

»Huhuuuuu!«, heult Kenny und bewegt überhaupt nichts.

Nun sind auch Javier und Ramón da. »Alles okay?«

Nee, nix ist okay, die sehen doch wohl, dass Kenny heult, oder? Jungs!

Ramón versucht, Kenny vorsichtig aufzuheben. Aber davon wird das Heulen nur lauter. Also lässt er es lieber.

Endlich kommen Tessa und Livi angelaufen. »Kenny! Was ist denn passiert?«

»Schaukel!«, heult Kenny. »Buhuhuuuu!«

Aber dann richtet sie sich plötzlich auf. »Ich war höher als der Baum, Livi!« Sie schnieft kräftig, um besser sprechen zu können. »So hoch war ich noch nie!«

»Toll«, sagt Livi trocken. »Beweg mal deine Arme und Beine.«

Gehorsam reckt und streckt Kenny nun Arme und Beine. Und fängt dabei glatt wieder an zu weinen. »Auuuiiiii!«

Tessa befühlt währenddessen ganz sanft Kennys ganzen Körper.

»Meinst du, wir müssen mit ihr ins Krankenhaus?«, fragt Livi.

Tessa schüttelt den Kopf. »Ich glaube, sie hat nur ein paar blaue Flecke.«

»Buhuuuuu!«, heult Kenny.

»Vielleicht doch lieber mal einen Arrrzt das angucken lassen?«, schlägt Javi zur Sicherheit vor.

»Dauert das lange?«, fragt Kenny und hört plötzlich auf zu heulen und sieht auch sonst nicht mehr allzu verzweifelt aus. »Ich muss nämlich auf jeden Fall heute Nachmittag zu Valeries Geburtstagsparty. Das wisst ihr doch!«

»Ach du je«, macht Livi, »das hatte ich ja total vergessen.« Sie schaut auf ihre Armbanduhr. »Dann sollten wir jetzt schleunigst nach Hause. Rema hat auch bestimmt schon das Mittagessen fertig. Und du …«, sie sieht Kenny an, »… du musst dich auf jeden Fall noch umziehen.«

»Wieso?« Kenny guckt an sich herunter und hat das Weinen inzwischen anscheinend komplett vergessen. Sie steht auf und klopft ein bisschen an sich herum. »Ich sehe total gut aus. Ich gehe so!«

»Und das Geschenk müssen wir auch noch einpacken«, sagt Livi.

Da gibt sich Kenny geschlagen. Und scheint auch ihre blauen Flecke nicht mehr zu spüren.

Wir verabschieden uns von Javier und Ramón. Echt nette Kerle eigentlich. Warum campen die nicht lieber bei uns im Garten? Groß genug ist der doch.

Bevor wir gehen, beugt sich Livi zu Tessa rüber und tuschelt etwas in ihr Ohr. »Und Tessa! Vergiss nicht… bsss… pssss!«

Tessa macht einen entschlossenen Gesichtsausdruck und nickt sehr ernsthaft. Besorgt und beinahe irgendwie erwachsen sieht sie plötzlich aus. »Nein, nein! Ich werde genau aufpassen!«

Aufpassen? Worauf? Ist das schon wieder ein neues Geheimnis? Oh, hätte bloß *ich* mehr aufgepasst!

Mist, warum bin ich bloß mit Kenny schaukeln gegangen? Ich wette, James Bond hätte gerochen, dass da drinnen viel interessantere Dinge vor sich gegangen sind, und hätte sich das Schaukeln für später aufgehoben und stattdessen unauffällig in einer Ecke vermutlich mit seinen Schuhbändern rumgefummelt und dabei sauber und elegant gelauscht!

Zu dumm, diese Chance habe ich verpasst. Aber dafür werde ich heute Nachmittag sehr, sehr gründlich mit dem Beschatten von Aurora beginnen. Tessa, die nur mit ihren Spaniern rummacht, ist mir viel zu langweilig. Die werde ich mal einen anderen Tag beschatten. Nein, heute ist Aurora dran. Und ich schwöre, ich werde so lange unermüdlich an ihr kleben bleiben, bis ich ihr Geheimnis aufgedeckt habe!

Ich muss nachher nur daran denken, mir genügend

Proviant einzustecken. Ich kann mich schließlich nicht von Würmern, Insekten und Körnern ernähren.

Als wir den Schrebergartenweg zum Ausgang gehen, gucken wir alle noch mal zurück und sehen ganz genau, wie Tessa im Arm von Javier hängt und ihn KÜSST! Kenny und ich müssen richtig kichern.

»Seid doch nicht so albern!«, sagt Livi.

Aber sie grinst auch. Ein bisschen. Und ein bisschen guckt sie auch besorgt. Das habe ich genau gesehen.

Warum das so ist, das werde ich schon noch rausfinden. Heute Nachmittag ist allerdings auf jeden Fall erst mal Aurora dran.

Livi

Es gibt eine Art Tischgebet, das wir alle vor dem Mittagessen Kenny zuliebe immer noch aufsagen, das geht so: Piep, piep, piep, wir ham uns alle lieb, guten Appetit! Und sehr oft, wenn ich das Kenny zuliebe sage, spüre ich ein klitzekleines bisschen, dass ich vielleicht gerade gar nicht wirklich ALLE lieb habe. Denn wenn Malea mir mal wieder meine letzten Süßigkeiten aus meinem Geheimversteck unter dem Bett geklaut hat, obwohl ich mir die so sehr aufgespart hatte und jeden Tag extra nur ein winziges Stückchen gegessen habe, nur damit ich noch möglichst viele Tage lang kleine Stückchen habe, und wenn ich dann sehe, wie Malea mit dicken, kauenden Backen rumläuft, während der Deckel von meinem Schuhkarton-Geheimversteck offen mitten in meinem Zimmer liegt, dann ist es wohl verständlich, dass ich sie gerade nicht ganz so sehr lieb habe. Aber heute, heute ist einer von den Tagen, an denen ich wirklich alle meine Schwestern ganz furchtbar doll lieb habe! Und das auch ganz doll spüre. Dass man eine Schwester furchtbar doll lieb hat, merkt man nämlich zum Beispiel daran, dass man sich Sorgen um sie macht oder ihr zuliebe durch die halbe Stadt trabt, obwohl man wirklich Besseres zu tun hätte, und auch sonst ganz allgemein daran, dass man sich überhaupt einfach freut, dass man viele Schwestern hat und nicht ein schrecklich langweiliges Einzelkind mit einem schrecklich langweiligen Leben ist!

Ah, Remas Kassler ist einfach superlecker! Warum kann Iris nicht ein bisschen was von Rema lernen? Und wieso schreibt *Rema* eigentlich keine Kochbücher? Die würde damit garantiert sogar viel Geld verdienen. Und dann bräuchte Iris auch ihre peinlichen Liebesschmöker, von denen kein Mensch wissen darf, nicht schreiben.

Rema sagt, sie schreibe keine Kochbücher, weil die meisten Leute schon wissen, wie man Kassler und Kartoffelbrei kocht. Aber die Dinge, die Iris kocht, die kennen sie eben noch nicht.

Na ja, das ist natürlich auch kein Wunder. Wenn man Rührei mit Mandarinenstückchen mischt, ist es wohl nicht besonders überraschend, dass davon vorher noch kein Mensch gehört hat.

»Kann man Kochbücher nur schreiben, wenn man Sachen kocht, die überhaupt nicht zusammenpassen?«, fragt Kenny.

Rema lacht. »Nein, schmecken sollten die Sachen natürlich auch!«

»Aber das tun sie nicht immer bei Mama, oder?«, sagt Kenny und sieht sich vorsichtig um.

»Nee, das tun sie nicht«, pflichte ich ihr bei.

»Und warum verkauft sie dann so viele von ihren Büchern?«, fragt Kenny nicht ohne Grund.

»Das tut sie ja nicht«, mampft Malea mit vollen Backen, »sie verkauft nur viel von ihrem Liebeskitsch.«

»Von dem, von dem wir niemandem erzählen dürfen?«, fragt Kenny.

»Genau«, grinst Malea.

»Na, na!«, macht Rema und schmunzelt. »Eure Mutter ist eine kreative Frau. Und erfolgreich dazu. Und mit welcher Art Büchern sie ihr Geld verdient, ist doch im Endeffekt egal. Sie ist wirklich sehr erfolgreich. Darauf solltet ihr stolz sein!«

»Sind wir ja auch«, meint Malea. »Aber das heißt doch nicht, dass wir ihre Gerichte auch jeden Tag essen müssen oder ihre Liebesgrütze freiwillig vorm Einschlafen lesen.«

Als wir fertig sind und das Geschirr in die Spülmaschine geräumt haben, renne ich mit Kenny hoch in ihr Zimmer, um das Geschenk für Valerie einzupacken.

»Ein Buch finde ich voll langweilig«, mault Kenny. »*Das Gespenst mit den roten Augen*. Das ist doch Babykram.«

»Ist es nicht«, sage ich. »Das ist echt nett. Und außerdem brauchst du nun mal ein Geschenk. Ende, aus.«

Wir sind spät dran und ich will Kenny rechtzeitig bei der Party abliefern.

»Du bist doof«, sagt Kenny.

Vielen Dank. Das ist nun der Lohn dafür, dass man sich um seine Schwestern kümmert!

Apropos Schwestern. Ich war ja schon ein bisschen erstaunt, dass Tessa offensichtlich keine Zeit verloren hat, ihre Spanier gleich in ihren Schrebergarten einzuladen. Auf der anderen Seite … , ich kann verstehen, dass Tessa das Wochenende voll ausnutzen möchte, aber das, was jetzt passiert ist, mit Tessa und diesem Javi, das macht mir schon Sorgen. Ich meine, normal ist das nun bestimmt nicht. Und wenn der wirklich …

»Livi?«

»Ja, Kenny?«

»Kann ich Gummistiefel anziehen?«

»Nein.«

»Warum nicht?«

»Weil man zu einer Party nicht in Gummistiefeln geht.«

»Ich finde meine Gummistiefel aber schick. Und Valerie hat gestern gesagt, dass sie mir nicht glaubt, dass ich Gummistiefel mit Schmetterlingen drauf habe.«

»Ist doch egal, ob sie das glaubt oder nicht.«

»Ist es NICHT!« Kennys Schmollgesicht sieht mich trotzig an. »Ich ziehe meine Gummistiefel an!«

Mann! Wie macht Iris das bloß jeden Tag? Also ehrlich, ich kann mir nicht vorstellen, dass Malea, Tessa und ich auch mal so waren!

Ich hole tief Luft und entscheide mich dann dafür, dass es doch eigentlich egal ist, in welchen Schuhen Kenny geht. Kleine Kinder sollen vor allem glücklich sein und Spaß haben, oder etwa nicht?

Sehr zufrieden marschiert Kenny kurze Zeit später neben mir in Gummistiefeln die sonnige Straße hinunter. Als wir an Walter Walbohms Haus vorbeikommen, stutze ich verdutzt. Denn ich sehe erstaunlicherweise Malea in einem Busch hocken. Also, richtig mittendrin. Die Augen auf etwas gerichtet, was ich von hier nicht sehen kann.

Was macht sie denn da? Hat sie auch ein Schlafanzugproblem?

Ich kann nicht genau erkennen, was Malea anhat. Allerdings: Es ist fast drei Uhr! Warum sollte Malea sich mitten am Tag einen Schlafanzug angezogen haben?

Ich starre ein wenig irritiert weiter in Walter Walbohms Garten und renne um ein Haar in den nächsten Laternenpfahl. Ups!

Kenny hat Malea nicht bemerkt und ich habe sie natürlich nicht darauf aufmerksam gemacht. Sie ist vollauf damit beschäftigt, mir alle Gäste der Party aufzuzählen.

»... und außerdem noch Inge-May und Shirin und Bentje und Romy und ...«

Als ich Kenny abgeliefert habe und durch eine Einkaufsstraße zurück zu unserem Haus gehe, habe ich endlich mal ein paar Minuten Ruhe. Und fange wieder an, über Tessas Javier nachzudenken.

Ich meine, bis jetzt sind das ja alles nur Vermutungen, die Tessa und ich haben. Und das muss auch gar nicht alles stimmen. Ich meine, kann ja auch alles eine gute und vernünftige Erklärung haben. Obwohl mir leider nur eine ziemlich ungute Erklärung einfällt. Und auch wenn dieser Javier auf den ersten Blick ganz okay zu sein scheint, *das* wäre dann wohl doch nicht mehr lustig, sondern echt gefährlich und natürlich auch total daneben, weil …

»Hey Livi!«

Ups! Schon wieder Laternenpfahl? Nee, Gregory! Wie nett!

»Hi!«, sage ich. »Was machst du hier?«

»Einkaufen«, meint Gregory. »Ich brauche Brot und Wurst und so'n Kram.«

»Kaufst du samstags immer für deine Mutter ein?«, grinse ich. Schließlich habe ich ja heute auch statt meiner Eltern eingekauft.

»Samstags?«, grinst Gregory zurück. »Ich kaufe immer ein. Ich glaube kaum, dass meine Mutter weiß, wo bei uns in der Stadt die Supermärkte sind.«

Ich bin verblüfft. War das ein Witz oder meint er das ernst?

Er scheint es ernst zu meinen.

»Meine Mutter schläft noch«, redet Gregory weiter.

Was, um halb vier nachmittags?

»Und wenn sie aufwacht, muss sie auch schon los zum Studio.«

»Und du machst ihr dann Essen?«, frage ich erstaunt.

Gregory schüttelt den Kopf. »Nein, nein, meine Mutter isst irgendwo in einem Restaurant mit Leuten vom Fernsehen. Ich mach mir heute Abend eine Dose mit Ravioli.«

Eine Dose Ravioli! Da sind ja die abenteuerlichen Gerichte von Iris nahrhafter!

»Willst du nicht lieber bei uns essen?«, frage ich spontan.

Gregory tut mir echt leid. Seine frühe Kindheit scheint er größtenteils bei Walter Walbohm verbracht zu haben. Und jetzt hockt er jeden Abend allein vorm Computer mit irgendwelchem Dosenfutter.

»Meinst du das ernst?«, fragt Gregory und sieht enorm erfreut aus. »Deine Eltern sind doch gar nicht da, oder? Wer kocht denn?«

»Das ist ja das Gute an der Sache«, grinse ich. »Dieses Wochenende kocht unsere Rema. Du musst unbedingt kommen!«

Da strahlt Gregory über beide Backen. Und sieht plötzlich richtig nett aus. Trotz seiner grässlichen Klamotten.

»Wir könnten ja vorher noch ein paar Sachen wegen der Umwelt-AG besprechen«, schlage ich vor. »So über die ersten Aktionen und so. Vielleicht fällt uns noch was ein.«

»Unbedingt«, nickt Gregory und strahlt noch mehr.

»Und du wolltest mir doch auch diese Broschüre über die Zusammenhänge von dem Hungerproblem einiger Länder in Mittelamerika und dem Biobenzin, was aus Mais und Raps gemacht wird, zeigen«, fällt mir gerade ein.

Gregory nickt. »Ja, klar, mach ich. Das ist echt ein Hammer, du! Da fallen dir aber ehrlich die Augen aus, wenn du das liest. Die Leute denken doch garantiert, sie tun was Gutes, wenn sie den Biosprit kaufen!«

Ich nicke und schlendere glücklich mit Gregory zurück zu unserer Straße.

Über dieses Problem mit Tessa und Javier und Ramón und der Goldkette kann ich ja auch später noch nachdenken. Und überhaupt – vielleicht machen wir uns ganz unnötig Sorgen. Vielleicht klärt sich wirklich alles noch ganz harmlos auf.

Hm. Hoffentlich.

Egal, jetzt werde ich erst mal ausgiebigst mit Gregory Pläne schmieden, juchhu! Ach, irgendwie macht das Leben richtig Spaß, finde ich!

Jessa

Wenn eine von uns Probleme hat und sich grässlich fühlt, tröstet uns Rema oft mit: »Kopf hoch! Nach Regen kommt auch wieder Sonne. Das ist nur eine Frage der Zeit. Was sollte sonst kommen?« »Schnee, Hagel, Gewitter«, würde Livi, ohne zu zögern, antworten. Aber wenn Rema dann ihr liebes Rema-Lächeln lächelt, fühlt man sich trotzdem irgendwie sofort besser. Ja, Rema, nach Regen (Cornelius) kam Sonne (Javi mit Geschenk), aber nun scheint wieder übelster Regen angesagt zu sein. Oder wird es sogar noch schlimmer als Regen und es hagelt plötzlich? Mein Herz fühlt sich an wie eine hilflose Erdbeere, die in einen Mixer geworfen wird und dort herumwirbelt und in Einzelteile zerhackt wird, während ihr Saft langsam ausblutet… Hilfe! Und dabei habe ich Javi doch so lieb! (Ähm, also jedenfalls vielleicht!)

Ich sehe Javier dabei zu, wie er das Zelt, das die beiden eben vom Campingplatz geholt haben, hinten im Schrebergarten aufbaut. Er hat sich seine Jeansjacke ausgezogen, weil ihm vom Arbeiten warm geworden ist, und nun steht er da in kurzärmeligem T-Shirt, unter dem seine Muskeln sich wölben.

Ach, mir wird ganz warm im Bauch. Aber gleichzeitig

schnürt mir die Angst die Kehle zu. Wenn es nun stimmt, was Livi vermutet?

Gut, Livi mag vielleicht oft dazu neigen, eher das Negative als das Positive im Leben zu sehen, aber dieses Mal … hat sie möglicherweise recht.

»Qué pasa, mi amor? Was ist los?«, fragt Javi, der ab und zu sorgenvoll zu mir rüberguckt. Wohl, weil ich nicht gut verbergen kann, dass mir seit heute Mittag ein dicker, schwerer Felsbrocken auf der Seele liegt.

Ist er nur besorgt, weil er Angst hat, dass wir ihm und Ramón auf die Schliche kommen könnten? Oder macht er sich wirklich Gedanken um mich, weil ich so traurig aussehe?

»Ist es wegen dem Strrreit mit deinem Vaterrr?«, fragt Javi.

Ich schüttele stumm den Kopf. Ich kann ihm ja wohl nicht einfach ins Gesicht sagen, was Livi und ich fürchten. Und überhaupt würde er es doch sowieso nur abstreiten. So was gibt man doch nicht freiwillig zu!

»Javi«, fasse ich mir schließlich ein Herz, »wo hast du diese Kette her?«

»Das frrragt man nicht, mi amor!«, lacht Javi. »Aberr natürlich aus Spanien, warrrum? Ist das wichtig?«

Ja, das ist wichtig! Sogar sehr! Aber, ach, ich traue mich nicht weiterzufragen.

Aber wo soll er sie schon herhaben? Wo hat ein achtzehnjähriger Kellner und Student eine Kette her, die mindestens fünftausend Euro gekostet hat?

Ich hatte ja keine Ahnung, dass diese blöden Dinger so teuer sind.

Erst Livi hat mich darauf aufmerksam gemacht. Sie hat total entsetzt ausgesehen, als sie die fette Kette mit dem dicken Herz-Anhänger, ebenfalls aus Gold, gesehen hat. Schneeweiß ist sie im Gesicht geworden und hat mich angeguckt, als ob die Kette verwunschen ist und meinen Hals, um den sie baumelt, gleich erdrosseln wird.

Ach, ich hatte keine Ahnung! Oder ich habe jedenfalls einfach nicht darüber nachgedacht. Ich hab mich bloß riesig gefreut, dass Javier so lieb ist, mir ein Geschenk mitzubringen.

Ich meine, wie viele Jungen hätten überhaupt an so was gedacht? Ob es aus Gold oder Plastik ist, das ist doch ganz egal.

Aber jetzt, *wenn* ich darüber nachdenke, ist natürlich sogar mir klar, dass es solche hammerigen Goldketten nicht für neun Euro fünfzig an jeder Ecke gibt. Diese Art Ketten, die kriegen Frauen höchstwahrscheinlich zur Hochzeit geschenkt oder so, und das wohl auch nur von Millionären. ACH!!! Wie blöd bin ich, dass ich nicht gleich darüber nachgedacht habe?

Ich habe die Kette sofort abgemacht und auf den Esstisch drinnen im Häuschen gepackt, und da liegt sie nun und wartet. Wartet, dass etwas passiert. Aber was?

»Magst du meine Kette nicht?«, hat Javier enttäuscht gefragt und echt traurig ausgesehen.

»Doch, doch«, hab ich leise gemurmelt, aber meinen Kopf weggedreht, weil ich ihm dabei nicht in die Augen sehen konnte. Ich meine, wer könnte einem Dieb in die Augen sehen?

Aber WIE sonst hätte Javi an eine solche Kette kommen können?

Außer sie ist vielleicht ein Erbstück von seiner Mutter, und nun kriege ich sie, weil er total in mich verliebt ist und bestimmt schon plant, mich später mal zu heiraten, und deswegen kann ich die teure Kette auch genauso jetzt schon haben und …

Das ist DIE LÖSUNG!! Und dass es eine vernünftige Lösung gibt, macht mich echt gleich soooo viel glücklicher! Oh, ich könnte die ganze Welt umarmen. Aber vor allem erst mal Javier!

»Javi!« Ich laufe auf ihn zu und springe ihn einfach von hinten an.

»Hola, hola!«, lacht Javi, aber er ruckelt seinen Rücken frei, dreht sich um und sieht mich ein klein wenig prüfend an. »Ist wiederrr alles in Ordnung bei dirrr?« So ganz glaubt er mir wohl nicht, dass meine trübe Stimmung ganz plötzlich wieder verflogen ist.

Aber ich lächele ihn an, sodass er aus Spaß in die Knie geht und die Hände wie zum Gebet zu mir hochreckt und laut »Danke Himmel!« ruft.

Ich weiß natürlich, dass kein Junge meinen großen Augen widerstehen kann. Besonders nicht, wenn ich diese supercoole hellblaue Wimperntusche wie heute benutze!

Ramón lacht und zeigt uns beiden einen Vogel und Javi richtet sich auf und gibt mir einen dicken Kuss.

»Die Kette hat früher deiner Mutter gehört, nicht?«, sage ich dann und streiche mir vorsichtig meine Haare wieder zurecht. (Dass Jungen einen immer am Kopf packen müssen, wenn sie küssen wollen!)

»Meiner Mutterrr?« Javi guckt mich an, als ob ich nicht ganz dicht bin. »Wie kommst du denn auf die Idee? Natürlich nicht! Ich schenke dir doch keine gebrrrauchte Kette, mi amor! Nein, die habe ich selbstverrrständlich gekauft.« Er lächelt. »Nurrr fürrr dich!«

Ach.

Mein ganzes Lächeln fällt mir innerhalb von einer Sekunde wieder aus dem Gesicht. Gekauft? Wo er mir immer wieder erzählt, wie schwer es ihm fällt, mit seinem mageren Gehalt das nötige Geld für das nächste Semester in Barcelona zusammenzukriegen!

Total unmöglich.

Was sage ich denn jetzt nur?

»Tiarrra!«, versucht Javi mir zu schmeicheln, weil ich jetzt bestimmt wieder total düster aussehe. »Was ist heute denn nur los mit dirrr?«

Was los ist mit mir? Was los ist mit dir, ist wohl eher die Frage! Bist du ein Dieb, Javi? Wirst du noch mehr stehlen? Bist du vielleicht deswegen sogar nach Deutschland gekommen?

Denn als Livi mich ausgequetscht hat, was Javi denn genau gesagt hat und überhaupt, da hab ich ihr natürlich auch davon erzählt, dass die Jungen beide enorm interessiert an der Tatsache waren, dass unser Nachbar Walter Walbohm Goldmünzen sammelt, was ich nebenbei mal erwähnt hatte, als ich unser Haus beschrieb.

»Goldmünzen! Dio!«, hat Javier gerufen. »Was für ein toller Zufall! Mein Vaterrr sammelt auch Goldmünzen, vielleicht hat dieser Walter Walbohm eine, die ich ihm abkaufen kann. Wo wohnt er denn?«

Und ich hab mir dabei natürlich überhaupt gar nichts gedacht.

Aber als Livi mir das mit der Kette erklärt hatte, da sah das mit dem Interesse an Walter Walbohm plötzlich ganz anders aus …

Oh Javi, bitte sei kein Dieb!!! Ich möchte doch so gerne verliebt in dich sein!!! (Auch wenn ich mich dazu natürlich immer noch nicht *ganz* entschieden habe!)

Ich soll die Augen aufhalten!, hat Livi mir beim Abschied vorhin noch schnell zugeflüstert. Und wenn die Jungen abends plötzlich ohne mich wegfahren, dann soll ich ihr sofort Bescheid sagen. Damit sie zu Walter Walbohm rübergehen und ihn warnen kann. Für den Fall, dass Javi und Ramón dann wirklich auf dem Weg zu ihm sind, um seine Goldmünzensammlung zu rauben. Denn nach der Adresse haben sie sich ja schon supergenau erkundigt.

Also passe ich auf. Denn solange ich mit ihnen zusammen bin, können sie schließlich nichts Kriminelles tun. Ich muss eben nur verhindern, dass sie alleine irgendetwas machen.

Oh, wie kann sich ein schöner Tag nur so schnell in einen Bauchschmerzentag verwandeln!

Meine Laune steigt den ganzen Nachmittag über nicht mehr wirklich an. Kein Wunder.

Ich muss mich sogar richtig dazu zwingen, nach dem Mittagessen, das Javier und Ramón auf den Tisch gezaubert haben, mein Make-up zu überprüfen.

Dass ich es aus reiner Gewohnheit dann doch noch tue, ist allerdings ein wahres Glück, denn von meinem Silberstaub-Lidschatten ist kaum noch etwas übrig. Und – was auch immer heute noch an schrecklichen Dingen passieren mag – ich muss ja nicht hässlich wie eine Vogelscheuche dabei aussehen!

Javiers und Ramóns Laune sinkt auch ein wenig, denn ich bin reichlich wortkarg.

Ich behaupte, einfach müde zu sein, aber ich kann sehen, dass sie mir das nicht abkaufen.

Den Abend vertreiben wir uns mit Kartenspielen, obwohl wir sonst bei unseren Treffen immer nur gequatscht und gelacht haben.

Zwischendurch haben die Jungen ein paar Mal über irgendetwas ziemlich heftig auf Spanisch diskutiert. Leider reicht eine einzige Stunde Spanischunterricht natürlich noch nicht aus, um zu verstehen, worum es ging. Wollen sie am Ende früher nach Hause fahren als geplant, weil ich so muffelig bin? Oh, NEIN, das wäre doch superschade!

Oder planen sie doch ihren nächsten Raub? Denn geflüstert haben sie auch ein paar Mal. So als ob sie wirklich überhaupt gar nicht riskieren wollen, dass ich auch nur ein Wort mitkriege.

Ach, hätte Livi mich bloß nicht darauf aufmerksam gemacht, dass Javi so eine teure Kette gar nicht gekauft haben *kann*!

Zweimal zuckt mein Magen ängstlich zusammen, als Ramón vorschlägt, dass er und Javi doch jetzt mal diesen Walter Walbohm besuchen könnten, um ihn nach seinen Goldmünzen zu fragen. Ich könne ja hierbleiben und mich so lange ausruhen, bis sie wieder da seien.

»Oh nein«, schreie ich sofort, »das wäre echt superunhöflich. Walter ist schließlich unser Nachbar und er kennt euch überhaupt nicht. Nein, da müssen wir schon zusammen hingehen.«

Aber genau das möchte ich natürlich ganz und gar vermeiden, denn ich will kein Risiko eingehen. Also behaupte ich einfach, als Javier und Ramón dann mit mir zusammen fahren wollen, dass ich leider immer noch zu müde bin.

Um zehn Uhr schließlich sage ich, dass ich schlafen gehen werde. Ich mag einfach nicht mehr so unglücklich neben den Jungen sitzen.

Aber als ich mich auf dem Sofa in meinen Schlafsack gerollt habe und daran denke, dass mein Javi nur ein paar

Meter weiter hinter dem Haus in seinem Zelt hockt, da kriege ich solche sehnsüchtigen Herzschmerzen, dass an Einschlafen natürlich nicht zu denken ist. Ich liege nur da und starre im Halbdunkeln an die Flecken auf der Decke (die müssten dringend mal übergestrichen werden!) und seufze und sehne mich …

Ob Javi und Ramón schon eingeschlafen sind?

Ab und zu höre ich die Kirchturmuhr schlagen. Elf Uhr, halb zwölf, zwölf …

Oje, ob ich die ganze Nacht wach liegen werde? Dann habe ich morgen bestimmt grässlich hässliche Ringe unter den Augen! Schlaf, Tessa, schlaf!

Aber – ups – beinahe wäre ich wirklich weggeratzt, aber genau da höre ich spanisches Gemurmel und ein paar Flüche. Anscheinend torkeln Javier und Ramón durch den finsteren Garten und rempeln dabei ein paar Bäume oder Hausecken an.

Ich richte mich mit einem Ruck auf und spähe aus dem Fenster. Tatsächlich, da sind die Schatten von den beiden, und dann höre ich die Gartenpforte aufquietschen und – klack – den kleinen Knall, als sie wieder zufällt. Sie sind weg. Aber wohin?

Ich sprinte sofort aus dem Haus, um zu prüfen, ob das Zelt noch dasteht. Sie werden doch nicht einfach wieder zurück nach Spanien abgehauen sein, ohne sich von mir zu verabschieden?

Ah, ein Glück! Das Zelt steht noch da. Mir fällt ein kleiner Stein vom Herzen. Ehrlich, ich hätte es beinahe schlimmer gefunden, wenn Javi einfach weggefahren wäre, als wenn er ein Dieb ist.

Dieb! Schluck! Ja, das ist natürlich die zweite Möglichkeit, warum die Jungs eben weg sind. Ich meine, wo soll man schon hingehen mitten in der Nacht? Zumindest in einer kleinen Stadt wie unserer? Da hat ja nicht mal eine Tankstelle nachts geöffnet. Also, dass Javier und Ramón nur ein Paket Taschentücher brauchen, ist keine Erklärungsmöglichkeit.

Oh, Sch…! Ich muss sofort Livi anrufen! Wo ist mein Handy!

Ich renne wieder rein und wühle in meiner Tasche. Ah, hier. Geh schon an, du dummes Ding! Was? Akku alle? Das gibt's doch nicht! Ausgerechnet jetzt!

Was mach ich denn nun? Noch mal Sch…! Bleibt mir wohl nichts anderes übrig, als zu Fuß nach Hause zu Livi zu rennen. Oh, Doppel-Sch…!

Livi

Eins ist mal klar: Langweilig wird es in unserer Familie nie!

Waaaaah! Was war das denn?

Ich fahre aus dem Tiefschlaf hoch. Ist das schon wieder das kleine Nilpferd Kenny, das sich in mein Bett fallen lässt?

RRRRRrinnnnnggg! Nein, das ist unsere Türklingel.

Unsere Türklingel? Wie spät ist es denn? Wie bitte, halb eins? Wer klingelt denn um diese Uhrzeit an der Tür?

Das kann doch wohl kein normaler Besuch sein? Hilfe, also müssen es Einbrecher sein! Halt. Stopp. Moment. Klingeln Einbrecher? Ähm, wohl eher nicht, schätze ich.

Rrrrrinnnnngggggg!

Uh, da scheint einer aber ganz dringend zu uns reinzuwollen.

Huch! Am Ende ist das Tessa! Am Ende rauben die Spanier gerade nebenan den armen Walter Walbohm aus!

Ich sause die Treppe runter und spähe durch den Türspion.

Ich reiße die Tür auf. »Tessa!«

»Oh, Livi! Ich konnte vor lauter Aufregung meinen Schlüssel nicht finden!«

Tessa schmeißt sich mir in die Arme und sprudelt unzusammenhängendes Zeug hervor. Ich verstehe nur so viel: Javier und Ramón haben sich heimlich aus dem Schrebergarten geschlichen, und Tessa hat jetzt natürlich den Verdacht, dass sie wirklich auf dem Weg zu Walter Walbohm sind. Und während sie durch die nächtliche Stadt rannte, hat sie sich immer wieder gesagt, wie albern das ist, weil Javier und Ramón ja auch irgendwas anderes nachts machen könnten, obwohl ihr natürlich nicht eingefallen ist, was. Aber als sie dann in unsere Straße eingebogen ist, da hat sie schon von Weitem Javiers und Ramóns Auto vor dem Haus von Walter Walbohm parken sehen. Tja, und das war's dann mit der Hoffnung, dass sie doch was anderes machen.

»Wobei ich ehrlich nicht kapiere, wieso sie nicht etwas weiter weg geparkt haben«, bringt sie stoßweise atmend hervor, »so sieht doch jeder, dass sie hier sind.«

»Wahrscheinlich fühlen sie sich total sicher und denken, es schlafen sowieso alle«, antworte ich. »Und wahrscheinlich wollen sie danach möglichst schnell in ihr Auto springen und abhauen.«

Tessa holt tief Luft, nickt und starrt einen Moment ratlos an mir vorbei gegen Wand. Und dann fängt sie an zu weinen.

»Ach, Tessie«, sage ich tröstend und nehme sie noch mal in den Arm.

Aber für lange Umarmungen haben wir natürlich keine Zeit. Jetzt müssen wir handeln. Und zwar schnell. Und natürlich vernünftig.

Hm, was ist vernünftig, wenn man weiß, dass im Nebenhaus gerade ein Raub stattfindet?

Ich habe irgendwie so ein Gefühl, dass ich jetzt nicht gern mit Tessa allein da rübergehen möchte. Obwohl es natürlich klar ist, dass wir genau das tun müssen, denn schließlich können wie den armen, alten Walter Walbohm nicht einfach seinem Schicksal überlassen.

»Meinst du, wir sollten Gregory mitnehmen?«, frage ich vorsichtig.

»Gute Idee«, nickt Tessa. Wahrscheinlich ist es ihr auch lieber, noch einen Jungen dabeizuhaben. Manchmal sind die ja doch recht nützlich.

Doch als Erstes rufe ich natürlich die Polizei an. Komischerweise scheinen die nicht ganz so aufgeregt zu sein, wie wir, als ich ihnen genau schildere, wieso wir den Verdacht haben, dass nebenan gerade ein Raub passiert. Sie versprechen allerdings, einen Wagen vorbeizuschicken.

Gut. Das wäre erledigt. Dann los, rüber zu Gregory.

Gregory steckt seinen Kopf aus einem Fenster im ersten Stock, als wir klingeln. Aber als er hört, worum es geht, ist er in zwei Sekunden unten. Aus seiner offensichtlich eilig übergestreiften Armeehose baumelt oben noch seine Schlafanzughose raus.

Egal. Ich bin richtig froh, Gregory neben uns zu haben. Armeehose hin oder her.

»Lasst uns durch den Garten gehen«, schlägt Gregory vor. »Das ist unauffälliger. Da können wir erst mal vorsichtig durch die Terrassentür gucken, was drinnen passiert.«

»Gut.« Tessa und ich nicken und folgen Gregory durch unseren Garten, klettern dann rüber zu Walter Walbohm und schleichen uns in gebückter Haltung langsam an sein Haus ran.

»Tooooooock!« *Flatter-flatter!*

»Waaaah!« Huch, du meine Güte! War das so eine Art Fledermaus-Eulen-Mutation oder … etwa Aurora, auf die ich gerade fast getreten bin?

»Tock-tock-tock!«, höre ich eine vorwurfsvolle Hühnerstimme neben mir. »Tooock-tock-tock!«

»Schscht!«, macht Gregory. »Du machst ja alle auf uns aufmerksam!«

Scht? Meint er jetzt mich oder Aurora? In meinem Bauch regt sich ein kleines empörtes Grummeln.

»Da brennt Licht«, flüstert Gregory.

»Oh, Mann«, haucht Tessa.

Tatsächlich, im Wohnzimmer von Walter Walbohm brennt Licht. Um diese Uhrzeit!

Obwohl – sagte Gregory nicht mal, dass Walter immer sehr, sehr lange auf ist? Vielleicht – vielleicht sind die Spanier ja noch gar nicht im Haus? Vielleicht sitzt Walter da einsam und allein und sortiert seine Goldmünzen? Und vielleicht haben Javier und Ramón es sich doch noch anders überlegt und machen einfach einen kleinen Spaziergang bei uns in der Gegend? Hoffen kann man ja mal!

Das Grummeln im Bauch weicht einer Welle von Mitleid.

Arme Tessa! Ich schiele zu ihr rüber. Sie hockt mit schneeweißem Gesicht – was schon enorm ist unter der dicken Schicht braunem Puder! – hinter der Blumenrabatte und sieht so traurig aus, dass es mir ins Herz sticht. Was für ein Riesenpech, dass ausgerechnet der Junge, in den sie so verknallt ist, sich als ein Dieb entpuppt! Oh, warum ist das Leben manchmal so gemein? Ich wünschte, ich könnte mit einem Zauberstab alles rückgängig und aus den Spaniern ehrliche, liebe Kerle machen. Aber – Moment, nicht so voreilig – vielleicht sind sie ja überhaupt nicht bei Walter Walbohm.

Doch. Sind sie. Jetzt sehen wir es alle drei.

Javier und Ramón sitzen seelenruhig am Wohnzimmertisch von Walter, die Köpfe über irgendetwas gebeugt, das Licht angeknipst. Na, die haben Nerven!

»Aber wo ist Walter?«, wispere ich, denn ich befürchte das Schlimmste.

Gregory sieht ebenfalls beunruhigt aus. Ist ja klar, Walter ist ja fast so was wie ein Opa für ihn.

»Meint ihr …?«, fängt Tessa an. Aber ihr stehen schon wieder die Tränen in den Augen und sie redet nicht weiter.

»Unwahrscheinlich, dass Walter schon ins Bett gegangen ist«, macht Gregory eine der Möglichkeiten zunichte. »Viel zu früh für ihn, vor drei geht der nicht schlafen.«

»W … w … wo ist er dann?«, zwinge ich mich zu fragen.

Gregory runzelt die Stirn, dann guckt er Tessa an. »Hältst du es für möglich, dass die Kerle gewalttätig sind?«

Tessa sieht aus, als hätte Gregory sie geschlagen.

»Nein«, wimmert sie. Aber sehr überzeugend wirkt sie nicht.

Wo bleibt nur die Polizei?, denke ich. Wieso brauchen die denn so lange? Müssen die erst tanken, oder was?

Tessa fummelt an ihren Augen rum. Himmel, wie wichtig ist es denn jetzt, dass ihre affige Wimperntusche nicht verläuft!

»Achtung!« Gregory deutet aufgeregt zum Haus.

Dort ist Ramón jetzt vom Tisch aufgestanden und geht zur Tür zum Flur. Was hat er vor?

»Wir müssen ins Haus und Walter suchen!«, sagt Gregory. Oh, man kann sehen, wie viel Sorgen er sich macht! »Los, mir nach!«

Und schon ist er blitzschnell zum Haus vorgerobbt und fängt an, alle Fenster und Türen zu untersuchen. »Mist, Walter hat alles gründlich verriegelt.«

»Aber irgendwo müssen die Spanier doch auch reingekommen sein«, gebe ich zu bedenken.

Gregory nickt. »Vielleicht haben sie Walter mit einem Trick dazu gebracht, ihnen zu öffnen.«

Klar, denke ich, das wäre möglich. Bloß, was haben sie dann mit ihm gemacht?

Gregory wird immer unruhiger und ich werde davon angesteckt.

»Wir müssen da rein!«, wiederholt er immer wieder.

Warum kommt denn die blöde Polizei nicht?, denke ich.

Und dann scheint Gregory zum Äußersten entschlossen. »Ich schlage das Fenster ein«, meint er.

»Du spinnst«, sage ich automatisch. Aber ich weiß genau, dass das das Vernünftigste ist. Denn wir müssen unbedingt sichergehen, dass Walter nichts passiert ist.

Mit grimmigem Blick hebt Gregory jetzt einen von Walters schönen Deko-Steinen aus dem Blumenbeet auf und wirft ihn volle Granate gegen das Fenster der Gartentür von Walters kleinem Wirtschaftsraum hinten am Haus.

KLIIIIIRRRRRRR!

Wow! Voller Durchschlag! So einfach geht das, einzubrechen?

Gregory streckt einen Arm vorsichtig durch die messerscharfe kaputte Scheibe und kann nun prima den Schlüssel, der innen im Schloss steckt, umdrehen. Als wir die Klinke herunterdrücken, ist die Tür offen. Wir können hinein.

Als die Tür vom Mond ein wenig angeleuchtet wird, sehe ich, dass nicht nur die Scheibe kaputt ist, sondern auch ganz unten in der Tür ein großes Stück Holz fehlt. Sind Javier und Ramón *hier* eingebrochen?

Ich betrachte das Loch genauer. Es ist kreisrund und

hat etwa einen halben Meter Durchmesser. Womit hätten die Jungen so ein kreisrundes Loch sägen sollen? Und warum? Es ist doch viel zu tief am Boden, als dass man dann mit dem Arm bis ans Schlüsselloch hätte reichen können, so wie Gregory das eben gemacht hat. Hm.

»Was ist?«, fragt Gregory. »Was stehst du da und glotzt die Tür an?«

»Da!«, sage ich und zeige ihm das Loch. »Wer hat das gemacht?«

Gregory guckt ebenfalls verblüfft. »Keine Ahnung. Aber dafür haben wir jetzt echt keine Zeit, Livi.«

Schnell huscht er noch einmal von außen zum Wohnzimmer rüber, dann gibt er uns mit seinem Daumen das Okay-Zeichen.

»Der eine von euren Spaniern sitzt noch immer am Tisch«, wispert er. »Wo der andere ist, kann ich nicht sehen.« Dann betritt Gregory Walter Walbohms Haus. »Los, mir nach!«

Ich halte mich dicht hinter ihm. Das bin ich Gregory ja wohl schuldig. Kann ihn ja nicht alleine in was-weiß-ich-für-eine Situation stolpern lassen.

Ups! Stolpern? Was war das denn schon wieder?

»Ist hier irgendwo ein Lichtschalter?«, flüstere ich.

»Bist du doof?«, kommt Gregorys Stimme von vorne. »Wir können doch kein Licht machen. Dann bemerken die Spanier uns doch sofort!«

Au! Ich hole tief Luft und reibe meinen Knöchel, der an etwas Großes, Kantiges gestoßen ist, das hier mitten im Weg steht.

Tessa torkelt unsicher hinter uns her.

»Oh, Livi«, wispert sie immer wieder. »Ich wünschte, das wäre alles nicht wahr!«

Ja, das wünschte ich auch. Aber man muss nun mal den Tatsachen ins Auge sehen, finde ich. Ob es um Umweltverschmutzung geht oder um ehemals nette Spanier, die sich plötzlich als Diebe herausstellen.

Ich presse die Lippen aufeinander und bin fest entschlossen, äußerst mutig zu sein. Komme, was da wolle!

Gregory vor mir biegt jetzt in den Flur ein, an dessen Ende das Wohnzimmer liegt. Ein schmaler Lichtschein dringt aus der angelehnten Tür. Ein zweiter Lichtschein kommt aus der Küche direkt vor uns.

Gregory dreht sich um und sieht mich mit aufgerissenen Augen an. Denkt er das Gleiche wie ich? Ist Walter in der Küche? Oh Gott, ich sehe ihn schon mit einer Beule auf dem Boden liegend vor mir. Die Spanier werden doch nicht so gewissenlos sein, jemanden bewusstlos zu schlagen?

»Oh, Livi, ich will nach Hause!«, wispert Tessa hinter mir.

Zu spät! Die Küchentür wird mit einem Ruck aufgestoßen und – Ramón kommt heraus.

Und sieht uns sofort!

Wir starren ihn sprachlos an. Was sagt man, wenn man einen Dieb auf frischer Tat ertappt?

Unbegreiflicherweise trägt Ramón ein Tablett mit einer Teekanne und drei Tassen, das gerade etwas in seinen Händen zu wackeln anfängt. Verständlich. Er ist natürlich genauso erschrocken wie wir. Aber was hat er damit vor? Will er etwa auch Teegeschirr rauben?

Mein Hirn kann den Geschehnissen nicht ganz so schnell folgen.

Ramóns Gehirn scheint ebenfalls etwas verwirrt zu sein. Denn er ist, genauso wie wir, schockgefroren. Immerhin erkennt er mich wieder.

»Livi!«, sagt er.

Dann sieht er Tessa. »Tessa!«

Und dann – dann kommt Walter aus der Küche!

Und – oh Gott! – sieht einen Moment so aus, als würde er gleich in Ohnmacht fallen. Doch zum Glück fängt er sich schnell wieder.

»Gregory! Livi! Und, ja Tessa! Was macht ihr denn hier?«

Tessa schiebt sich aus dem dunklen Hintergrund nach vorne. Aus ihren Augen strömen haltlos Tränen. Ihre blaue Wimperntusche hinterlässt lange Streifen auf ihrem Gesicht. Aber daran scheint sie einmal in ihrem Leben überhaupt nicht zu denken.

»Oh, Ramón!«, heult Tessa.

Aber bevor sie dem gemeinen Dieb noch um den Hals fallen könnte, kommt Javier aus dem Wohnzimmer. »Tessa, ángel mio! Was um alles in derrr Welt ist passiert?«

»Ja«, räuspert sich Walter leise neben uns. »Das würde ich auch gerne wissen. Ich meine, *ist* etwa passiert? Ihr seht irgendwie … verstört aus, Kinder. Ist alles in Ordnung?«

»Walter!«, haucht Gregory mit einem irren Lächeln im Gesicht, was wahrscheinlich Erleichterung ist und woran ich gerade merke, wie wahnsinnig angespannt Gregory die ganze Zeit gewesen sein muss. »Walter! Bist *du* okay?«

»Ich?« Walter Walbohm sieht ehrlich erstaunt aus. »Wieso sollte ich denn nicht okay sein? Du weißt doch, dass ich immer erst spät ins Bett gehe. Außerdem hatte ich noch Besuch erwartet von diesen netten jungen Männern hier, die mich heute Nachmittag angerufen haben und sehr höflich gefragt haben, ob sie einmal meine Goldmünzensammlung sehen könnten. Der Vater von Javier hier …«, Walter deutet auf Javi, »… sammelt nämlich offenbar auch. Und wie es der Zufall will, hatte ich noch ein wunderbares Stück, das nicht allzu teuer ist. Das hat Javier gekauft und wird es seinem Vater zum Geburtstag schenken. Und den glücklichen Verkauf wollten wir gerade mit Holundertee feiern. Tja…« Er guckt uns nachdenklich an. »Mögt ihr vielleicht auch einen Schluck?«

Mein Hirn kann leider immer noch nicht richtig folgen. Obwohl ich mich mächtig anstrenge. Javis Vater? Geburtstag? Holundertee?

Auch Tessa sieht nicht viel intelligenter aus. Aber auch das scheint ihr zurzeit total egal zu sein. Sie hängt inzwischen an Javis Hals und heult und heult und heult.

Ramón scheint sich verpflichtet zu fühlen, dem völlig verdutzten Walter Walbohm auch ein bisschen zu erklären. Dass sie Tessa schon gesagt hätten, dass sie ihn gerne kennenlernen wollten. Aber dass Tessa den ganzen Nachmittag sehr merkwürdig und abweisend gewesen sei. Und dass sie deshalb auf eigene Faust Walters Telefonummer herausgesucht hätten, um ihren Besuch anzukündigen.

»Ich glaube, Kinder«, sagt Walter Walbohm schließlich, »wir sollten uns alle ins Wohnzimmer setzen. Ich hole nur noch schnell drei weitere Tassen.«

Und gerade als mein Hirn und mein Herz und mein Bauch sich entspannen wollen, da hören wir es.

»Aauuuuuuiiiiii!«

Einen Mörderschrei hören wir! Einen geradezu bestialischen Schrei! Als ob jemand aufgespießt wird! Und Javier und Ramón können damit nichts zu tun haben, denn die stehen immer noch hier direkt neben uns im Flur.

Nun wird Walter doch noch blass. »Oh, mein Gott!«

Und dann eilt er, ohne zu zögern, in die Richtung, aus der der Schrei kam.

Malea

Unsere Grundschullehrerin hatte keine Ahnung! Hühner sind echt total unberechenbare Wesen. Und früh ins Bett gehen tun sie auch nicht. Also, wenn man gezwungen ist, Hühner zu beschatten, hat man echt ein Problem. Kein Wunder, dass James Bond bis jetzt immer nur andere Aufträge angenommen hat!

Ah! Auuuu! Ooooh! Auuaaaa!
Hilfe!

So was Bescheuertes! Da verbringe ich einen endlosen, lausig-langweiligen Nachmittag damit, ein pickendes Huhn zu beschatten, dessen Höhepunkte die Wechsel von unserem Garten zu Walter Walbohms und zurück waren, und dann auch noch das!

Nicht genug, dass ich *rein gar nichts* rausgefunden habe, nein, ich habe immer noch keinen Schimmer, wo Aurora wirklich wohnt! Aber dafür weiß ich jetzt genau, dass man alle Nachschlagewerke über Hühner in die Tonne treten kann, zumindest soweit es Aurora betrifft. Denn dieses Huhn tut nicht, was ein Huhn tun sollte. Dieses Huhn ist *nicht normal*! Oder warum sonst ist es mitten in der Nacht immer noch munter am Picken?

Und – glaubt man es! – jetzt pickt es auch noch an Walter Walbohms Tür herum. An einer Tür, deren Glas total zersplittert ist.

Wieso lässt der eigentlich zersplittertes Glas einfach nachts hier rumliegen, sodass sich arme, auf Knien krabbelnde Mädchen beim Beschatten gefährliche Verletzungen holen können? Das ist doch unverantwortlich! Auuuuu! Ich blute ganz bestimmt schon! Wo ist denn hier bloß das Außenlicht?

Klick. Ah, gut, endlich kann ich was sehen.

»Oh, Walter!« Ich bin so erleichtert und müde, dass ich ihm fast um den Hals falle.

Alles tut mir weh, nicht nur meine Hand, die – auuuu! – tatsächlich blutet, sondern auch meine Knie und mein Rücken vom Robben durchs Gebüsch und vom Bücken und Kriechen und überhaupt!

»Ja, Malea!« Walter guckt zu mir runter und weiß offenbar nicht, ob er lachen oder weinen soll. Also, wenn er jetzt lacht, fange ich an zu heulen.

»Und – heiliger Himmel!», ruft er. »Was ist denn mit meinem Fenster passiert?«

Ja, aber ehrlich! Nur wieso guckt er mich so an, als hätte ich damit was zu tun?

In diesem Moment tauchen noch mehr Gesichter hinter Walter auf.

Tessa? Javier? Livi? Gregory? Ramón? Was machen DIE denn alle hier?

»Ist das hier ein nächtliches Geheimtreffen?«, frage ich böse. Denn das wäre doch echt fies, wenn mir niemand was davon gesagt hätte!

Nun lacht Walter. »Nein, meine Liebe«, sagt er und schüttelt den Kopf. »Ich schwöre dir, ich habe keine Ahnung, was heute Abend los ist. Haben wir vielleicht Vollmond?«

»Tock-tock-tooock«, gackert es mit einem Mal ungerührt hinter uns und Aurora drängelt sich durch die Türöffnung.

»Tock-tock-toooock!«, macht sie und sieht erwartungsvoll zu Walter Walbohm hoch.

»Ja, Aurorachen«, sagt Walter und sieht plötzlich nicht nur erstaunt, sondern auch ziemlich verlegen aus.

Und genau da bemerke ich den riesigen Kasten gefüllt mir Stroh, der in einer Ecke des Wirtschaftsraums steht. Groß genug für etwa zehn Hühner. Und ich bemerke, dass Aurora zielsicher auf diesen Kasten zusteuert. Und – meine Güte! – mir wird schlagartig klar, dass ich soeben Auroras Geheimnis herausgefunden habe. Ich stehe, nein, wir alle stehen direkt vor Auroras Zuhause!

»Walter!«, sagt Gregory und grinst ein bisschen. »Mann, Walter! Warum hast du denn kein Wort gesagt?«

Und Walter Walbohm guckt verschämt zu Boden und wird doch tatsächlich rot.

Aber das ist doch wirklich merkwürdig. Er füttert Aurora regelmäßig, aber als wir uns vor unserem Einzug vorgestellt haben, hat er behauptet, noch nie ein Huhn bemerkt zu haben. Und als Aurora nicht mehr zu leugnen war, behauptete er immer noch, er hätte keine Ahnung, wo sie herkäme oder wem sie gehöre. Und nun wird sie nicht nur von ihm gefüttert, sondern wohnt offensichtlich auch hier. Was ist das für ein komisches Verhalten?

Eine Viertelstunde später hocken wir alle in Walters Wohnzimmer mit dampfendem, honigsüßen Tee vor uns und reden alle durcheinander. Livi hat mit Verbandszeug aus Walters Erste-Hilfe-Kasten meine blutende Schramme an der Hand verbunden, und ich kann mich voll darauf konzentrieren, alle Puzzlestücke der merkwürdigen Geschehnisse endlich zusammenzusetzen, wie es sich für eine gute Spionin gehört.

Es stellt sich heraus, dass Tessa mit ihrer Freundin Dodo arbeitet, weil sie Geld sparen wollen, um irgendwann vielleicht mal in Spanien eine Schule besuchen zu können. Deshalb haben sie auch einen Spanischkurs angefangen, immer dienstags.

»Aber Cornelius wollte ich eigentlich noch nichts davon verraten«, murmelt Tessa und seufzt.

Warum denn nicht?, denke ich. Der fällt doch bestimmt um vor Freude, wenn er hört, dass Tessa freiwillig lernen will.

Und dann zeigt Javier die kleine Goldmünze, die er Walter gerade abgekauft hat. »Für meinen Vaterrr zum Geburtstag!«

Wie nett!, denke ich. Wir haben Cornelius noch nie eine Goldmünze zum Geburtstag geschenkt.

»Ist Gold nicht schrecklich teuer?«, frage ich. Und verstehe nicht, wieso Tessa und Livi plötzlich wieder so entsetzte Gesichter machen. (Wieso sind die überhaupt alle hier?)

»Nicht immer«, antwortet Walter Walbohm. »Diese hier hat zum Beispiel nur – darf ich das sagen, Javier?« Er wartet, bis Javier lächelt und nickt. Dann fährt Walter fort: »Die hat nur fünfundzwanzig Euro gekostet. Ist aber doch trotzdem ein sehr schönes Geschenk, oder?«

»Unbedingt«, nickt Tessa und lächelt nun wieder irgendwie erleichtert.

»Und warrrum magst du dann meine Kette nicht?«, fragt Javier daraufhin.

Doch da wird Tessa tomatenrot.

Uiiii! Jetzt wird es spannend, wetten?

Langsam und stotternd geben Livi und Tessa zu, was sie für einen schlimmen Verdacht hatten und wieso sie überhaupt heute Abend hierhergekommen sind.

Walter und die Spanier sind für einen Moment sprachlos.

Javier sagt etwas auf Spanisch, das keiner von uns versteht. Aber ich habe das Gefühl, das ist auch gut so.

»Bitte verzeih mir!«, sagt Tessa mit zittriger Stimme. »Ich war doch nur so verunsichert wegen der Kette. Ich meine, ich konnte mir nicht erklären, wo du so viel Geld herhast, um eine so dicke Goldkette zu kaufen! So viele Tausend Euro!«

Nun guckt Javi verlegen. Und weiß nicht, was er sagen soll.

»Aber Tiarrra, ángel mio«, murmelt er leise. »Das ist doch kein echtes Gold, das ist doch nur … Ich fand sie nur so schön, und da dachte ich, es ist nicht schlimm, wenn es kein richtiges Gold ist, und dass sie dirrr vielleicht trotzdem gefällt und …«

»Es ist gar kein Gold?«, quietscht Tessa auf. Und einen Moment fürchte ich, dass Tessa so gemein sein könnte zu sagen, dass sie die Kette dann gar nicht haben will.

Aber das Gegenteil tut sie.

»Oh, lieber, lieber Javi!«, ruft sie und erdrückt ihn fast mit Küssen. »Wie bin ich froh!«

Und sie scheint so enorm froh zu sein, dass Javier kaum noch Luft bekommt und bedenklich anfängt zu röcheln. Da soll einer große Schwestern verstehen!

»Wenn du so froh darüber bist«, keucht er unter ihrer Umarmung, »dann bin ich auch frrroh!« Er versucht zu grinsen. »Und erleichtert, dass mich die nächsten Geschenke ebenfalls nicht viel Geld kosten müssen. Was bist du fürrrr ein wunderrrbarrres Mädchen, ángel mio!«

Walter Walbohm schüttelt den Kopf und lacht.

Und nachdem ich behauptet habe, dass ich in der Schule einen Aufsatz über Hühner schreiben muss und deshalb eben einen ganzen Tag lang Aurora beobachten wollte, was mir alle erstaunlicherweise abnehmen – meine Schwestern sind sooo leichtgläubig! –, da will Walter sein Teegeschirr schon wieder abräumen. Doch da hat er nicht mit Malea Bond gerechnet. Nein, so leicht entkommt er mir nicht!

»Du, Walter, warte doch mal!«, sage ich. »Dass Aurora wirklich ein Zuhause hat, das wissen wir ja nun. Aber *warum*?«

»Warum *was*?«, fragt Walter zurück, der irgendwie so aussieht, als würde er jetzt viel lieber Teetassen spülen gehen, als mit mir über Hühner zu reden.

»Warum machst du so ein Geheimnis daraus?«, frage ich geradeheraus.

Walter seufzt und überlegt. Doch dann setzt er die Tassen wieder ab und lässt sich zurück auf seinen Sessel fallen. »Also, Kinder, es ist ja schon spät und das ist eine lange Geschichte …«

»Das macht nichts«, unterbrechen ihn Livi, Gregory und ich wie aus einem Mund.

Und dann rückt er endlich raus mit der Sprache.

»Also, es ist eigentlich so, dass nicht diese beiden netten jungen Männer die Kriminellen hier sind«, fängt er immer noch etwas verlegen an, »sondern – ähm – ich.«

»DU?«, rufen wieder Livi, Gregory und ich genau gleichzeitig.

Walter Walbohm nickt. »Ja, ja, rechtmäßig verurteilt zu einer empfindlichen Geldstrafe. Und das bereits zweimal. Also bin ich sogar das, was man einen Wiederholungstäter nennt. Und wenn ich noch ein drittes Mal für die gleiche Sache verurteilt werde sollte, dann …«, er macht eine sorgenvolle Pause, »… also dann bin ich in ernsthaften Schwierigkeiten, denke ich.«

Ich hänge an seinen Lippen. Walter Walbohm hat etwas Ungesetzliches getan? Ausgerechnet er, der wirkt, als könne er keinem Gänseblümchen was zuleide tun? Das ist schwer zu glauben! Aber, wie man sieht, kann man sich oft in den Menschen täuschen!

Livi, Gregory und ich sind mäusestill und lassen Walter weitererzählen. Und auch Tessa, Javier und Ramón lauschen ungläubig.

»Es passierte das erste Mal vor zwei Jahren«, fährt Walter fort. »Ich hatte ein paar Artikel in Zeitschriften über Hühner in Legebatterien gelesen. Wisst ihr, was Legebatterien sind?« Er sieht uns fragend an.

Livi weiß natürlich, was das ist. »Da werden Hühner unter furchtbarsten Bedingungen in winzige Käfige gequetscht, nur damit die Besitzer mit möglichst wenig Aufwand möglichst viele Eier erzeugen können. Diese Hühner sind total depressiv und krank und sterben auch sehr früh, weil kein Tier unter solchen Bedingungen lange überleben könnte.«

Walter Walbohm nickt. »Ganz genau so ist es. Ich fand die Sachen, die ich da lesen musste, ganz unfassbar grausam.«

Livi nickt zustimmend und streicht sich aufgeregt ihre Haare aus der Stirn.

»Und deshalb beschloss ich«, redet Walter weiter, »mir

so eine Legebatterie einmal mit eigenen Augen anzugucken. Das rate ich übrigens jedem, der ohne schlechtes Gewissen immer noch billige Supermarkt-Eier kauft.«

Livi nickt noch zustimmender. »Und dann?«

»Es war schlimmer, als ich es mir vorgestellt hatte«, sagt Walter leise. »Ihr hättet die trüben Augen dieser armen Tiere sehen sollen! Ach, ich will mich gar nicht daran erinnern!« Er macht eine Handbewegung, als wolle er die Bilder wegwischen.

»Und dann?«, fragt Livi atemlos.

»Dann habe ich mich entschlossen, kriminell zu werden«, sagt Walter Walbohm, und ich begreife plötzlich, was er meint. »Ich bin nachts in diesen Tierquäler-Stall eingebrochen und habe so viele Hühner gegriffen, wie ich tragen konnte, und habe dann hier zu Hause versucht, die armen Dinger aufzupäppeln. Aber die meisten sind mir trotzdem jämmerlich eingegangen. Sie waren bereits zu krank.«

»Und Aurora ist eins, das überlebt hat?«, frage ich.

Walter Walbohm schüttelt den Kopf. »Nein, Aurora ist sozusagen der dritte Versuch. Bei den ersten beiden Einbrüchen haben sie mich jedes Mal erwischt, weil die Nachbarn, also die Leute, die vorher in eurem Haus gelebt haben, den Behörden einen Wink gegeben haben. Und Diebstahl ist nun mal Diebstahl. Auch wenn es eigentlich eine gute Tat ist.«

»Mann!«, sagt Livi und starrt Walter mit offenem Mund an.

Und da kann ich ihr nur zustimmen. Mann! Dass jemand in Walter Walbohms Alter nachts durch die Gegend schleicht und womöglich Gefängnis riskiert, um ein paar Hühner zu retten. Wow!

»Tja, das ist die Geschichte«, schließt Walter. »Und nun habt ihr es in der Hand. Bis jetzt konnte ich Aurora geheim halten. Aber, wie ich schon sagte, wenn sie mir das dritte Mal auf die Schliche kommen ...«

»Das werden sie nicht!«, sage ich laut und entschieden. »Und Aurora kriegen diese gemeinen Tierquäler auch nicht wieder zurück!«

Ich versuche, mir die glücklich pickende Aurora eingepfercht mit tausend anderen kranken Hühnern vorzustellen. NEIN!

»Das ist übrigens auch der Grund, warum Aurora sich nicht so ganz artgerecht verhält. Sie hat nie gelernt, sich wie ein normales Huhn zu benehmen«, meint Walter und lächelt leise. »Sie orientiert sich mit dem Zubettgehen inzwischen an mir und denkt, dass das auch für ein Huhn die richtige Zeit ist. Ihr müsst nämlich wissen, in diesen Legebatterien sehen die Tiere ihr ganzes Leben lang kein Sonnenlicht und können kein normales Gefühl für Tag und Nacht entwickeln.«

»Mach dir bitte keine Sorgen mehr!«, sagt nun auch Livi. »Wir werden einfach von jetzt an jedem sagen, dass Aurora *unser* Huhn ist.«

»Und Cornelius?«, gibt Tessa zu bedenken.

»Der muss das akzeptieren!«, sagt Livi grimmig.

Ha! Manchmal ist Livi einfach nur toll! Wenn sie so richtig kämpferisch und unerschrocken und mutig ist zum Beispiel! Wie jetzt gerade!

»Das würdet ihr tun?«, fragt Walter Walbohm gerührt. »Aber machen eure Eltern denn da mit?«

»Denen sagen wir einfach nichts«, entscheidet Livi. »Woher Aurora kommt, das ist von jetzt an unser Geheimnis. Abgemacht?« Sie guckt alle nacheinander in der Runde an.

Und irgendwie ist das ein echt toller Moment. Richtig verschwörerisch. Mein Magen kribbelt ganz glücklich.

Wir nicken alle sehr entschlossen.

»Du meine Güte«, sagt Walter Walbohm, »da muss ich wohl noch eine Riesenschachtel Krokant-Pralinen zur Feier des Abends aufmachen!«

Und dann knabbern wir teure Krokant-Pralinen und reden über artgerechte Tierhaltung, und irgendwie kann ich allmählich verstehen, dass Livi solche Sachen so unheimlich wichtig findet. Denn es gibt wirklich viele Dinge, die schieflaufen und gegen die man was tun muss. Und wenn man das gemeinsam tut, bringt das auch noch riesig Spaß! Vielleicht mache ich auch mal bei einer Umwelt-AG mit.

»Sind wir dann jetzt vielleicht so was wie Auroras Patentanten?«, frage ich und lächle.

Walter Walbohm nickt. »Sehr gerne«, sagt er beinahe feierlich, »drei so wunderbare Patentanten wären mir und Aurora eine große Ehre!«

»Gut«, nicke ich zufrieden, » dann hätten wir das ja geregelt.« Aber irgendwie fange ich jetzt doch an, ein bisschen müde zu werden …

»Das Fenster werden wir dir natürlich ersetzen, Walter«, fällt Gregory noch ein, als wir uns endlich verabschieden.

»Blödsinn!«, schnaubt Walter. »Wenn ihr nicht heute Abend hier eingebrochen wärt, würde ich mich immer noch um Aurora – und ein bisschen auch um mich – sorgen!« Er lacht freundlich. »Glaubt mir, so ein kleines Fenster ist mir die Sache dicke wert!«

Was ist Walter Walbohm doch für ein netter Kerl!, denke ich, als ich in mein Bett krabbele.

Bloß schade, dass wir Rema nichts davon erzählen dürfen!, denke ich auch noch. Denn wir haben ja streng versprochen, das Geheimnis für immer unter uns zu behalten.

Nur Kenny dürfen wie einweihen. Damit sie auch eine Patentante sein darf. Aber ich weiß, dass Kenny dichthalten kann. Auch wenn sie klein ist und wenn man sie deshalb vielleicht manchmal an das Dichthalten erinnern muss.

Und bevor ich einschlafe, denke ich noch: Gut, dass Tessa versprochen hat, morgen Abend wieder nach Hause zu kommen. Natürlich gehen einem Schwestern meistens auf die Nerven. Aber wenn sie zu lange abhauen, ist es auch nicht richtig schön, finde ich.

Aber das Beste, was mir gerade klar wird, ist: Heute Abend war ich endlich mal zur richtigen Zeit an genau dem richtigen Ort, juchhuuu! Und das fast beinahe aus reinem Zufall. Ganz genau wie James Bond. Oh, ich bin sooo gut!

Kenny

Tessa ist verlie-hiept – ich glaub es pie-hiept! Noch ein Kuss – dann ist Schluss – weil Javi dann nach Hause muss!

Ich hab siebzehn blaue Flecken. Hab ich genau gezählt. Obwohl Bentje gesagt hat, dass die kleinen nicht zählen, weil, die hat echt jeder und die kriegt man wahrscheinlich schon, wenn man sich im Bett nachts mal umdreht, meint Bentje.

Aber das ist natürlich Quatsch. Kein Mensch kriegt beim Schlafen blaue Flecke. Außer Bentje selber. Aber das liegt nicht daran, dass sie sich umdreht, sondern daran, dass sie ständig aus dem Bett rausfällt. Das gibt sie aber nicht zu. Ich weiß das nur, weil ich ständig einen Plumps höre, wenn ich bei ihr übernachte oder sie bei mir.

Die tollen blauen Flecke, die habe ich alle von der Riesenschaukel in dem Schrebergarten von Dodos Eltern, wo Tessa hin abgehauen ist. Puh, so hoch bin ich noch nie von einer Schaukel geflogen! Super-superhoch! Bentje war auch echt beeindruckt. Und die anderen auf der Party genauso. Sogar Valeries Mutter. Aber das mochte sie wohl nicht so richtig zeigen, denn sie sagte immer wieder: »Schön, Kenny, das haben wir ja nun ausführlich gehört. Aber wir sind doch hier, um Valeries Geburtstag zu feiern, nicht?«

Als ob so eine Kuchentafel interessanter wäre, als meine blauen Flecke anzugucken! Und als wir dann endlich mal mit den Spielen angefangen haben, war's ja auch wirklich ein lustiger Geburtstag und wir mussten uns nicht mehr aus Langeweile gegenseitig blaue Flecken zeigen.

Sonntagmorgen. Ich gucke zum Fenster und lausche. Ob Aurora so frühmorgens schon im Garten ist?

Im Haus ist alles still. Was für langweilige Schwestern ich habe! Nie passiert was Aufregendes!

Und jetzt kann ich nicht mal selber was Aufregendes machen, weil Mama und Papa ja gar nicht da sind, und dann ist es natürlich nicht aufregend, was zu machen, weil ich ja sowieso machen kann, was ich will. Pah! Blöd!

Ob ich mal gucke, ob wenigstens Rema schon auf ist?

Ob Tessa immer noch abgehauen ist? Ob sie immer noch mit Javier knutscht? *Hihihi!*

Ups, Telefon! Ich werde mal schnell rangehen, sonst wacht noch eine von meinen Schwestern auf. Ich bin ja ein netter Mensch.

Ich sause runter ins Erdgeschoss. »Hallo, hier ist Kenny Martini.«

»Hallo Kendra«, sagt eine sehr vertraute Stimme, »wir sind …«

Ich rede eine Weile und verspreche, das auszurichten, was ich ausrichten soll, und dann lege ich wieder auf.

Was könnte ich jetzt machen?

Ich hüpfe wieder einen Stock höher, husche zu Livi ins Zimmer und kuschele mich zu ihr ins Bett. Bei Livi ist es immer gemütlich.

»Kennylein«, nuschelt Livi verschlafen, »was machst du denn schon wieder hier?«

»Nix«, sage ich und mummele mich unter ihre Decken, denn meine Zehen sind schon ganz kalt.

»Erzählst du mir eine Geschichte?«, frage ich leise, um Livi nicht zu doll aufzuwecken. Livi kann nämlich echt prima Geschichten erzählen.

Da lächelt Livi. Mit geschlossenen Augen tut sie das.

Doch dann öffnet sie die Augen und guckt mich an und sagt: »Soll ich dir was ganz Unglaubliches erzählen?«

Ich nicke begeistert.

»Aber es ist ein Riesengeheimnis«, sagt Livi, »und es ist wahr! Es ist eine wahre Geschichte. Meinst du, du kannst das Riesengeheimnis für dich behalten?«

»Klar«, nicke ich aufgeregt, »klar!«

Und dann lausche ich. Und Livi erzählt.

Von Walter Walbohm erzählt sie. Und dass er Hühner befreit hat, erzählt sie. Und dass wir jetzt allen Leuten sagen müssen, dass Aurora unser Huhn ist, und dass sie und Malea und Tessa das alles gestern Abend rausgefunden haben.

»Wie habt ihr das denn rausgefunden?«, frage ich verblüfft.

Livi überlegt einen kurzen Moment. »Wir sind abends noch zum Teetrinken bei Walter drüben gewesen und da hat er uns das erzählt.«

»Boh!«, mache ich. »Boh! Das muss ich gleich Bentje erzählen!«

»KENNY!«, sagt Livi da ganz laut und richtet sich halb auf. »Du hast versprochen, das NIEMANDEM AUF DER GANZEN WELT zu verraten!«

»Oh.« Ich schlucke. »Nicht mal Bentje?«

»Nein«, sagt Livi, »nicht mal Bentje. Das ist ein Geheimnis zwischen uns vieren. Okay?«

Ich überlege. Eigentlich ist das ziemlich cool. Ich hatte noch nie ein Geheimnis zusammen mit meinen Schwestern.

»Dann haben wir jetzt auch so was wie einen Geheimklub?«, frage ich. »Nur du und ich und Tessa und Malea und Aurora?«

Livi nickt. »Ganz genau so.« Dann lächelt sie. »Na ja, und ein bisschen sind natürlich auch Gregory und Walter Walbohm dabei. Aber das ist doch auch in Ordnung, oder?«

»Klar«, sage ich, »klar. Das ist gut, Livi. Das ist echt voll gut.«

Dann fällt mir noch etwas ein. »Ah, Papa hat übrigens eben gerade angerufen. Er sagt, der Auftritt mit *Rainbow* war ganz toll. Und ich soll unbedingt Tessa sagen, dass er sich entschieden hat, schon heute Abend zurückzukommen, weil er sehr gerne die beiden Spanier kennenlernen möchte. Und es tut ihm leid, dass er am Freitag so streng zu ihr war.«

»*Das* hat er gesagt?«, fragt Livi erstaunt.

»Ja«, nicke ich. »Und dann noch irgendwas mit einem Ticket, mit dem er erst noch was für den Rückflug machen muss. Und weswegen es vielleicht doch ein kleines bisschen später werden kann. Aber das habe ich nicht richtig verstanden.«

Livi lacht. »Macht nichts, Kenny. Ach, das sind gute Neuigkeiten! Tessa wird sich riesig freuen.«

Wird sie? Ich finde nichts besonders Erfreuliches daran, dass Mama und Papa nun schon viel früher als geplant zurückkommen. Manchmal sind große Schwestern echt merkwürdig.

»Dann können wir heute Abend alle zusammen mit Iris und Cornelius essen«, sagt Livi mit leuchtenden Augen. »Du und ich und Malea und Tessa und Javier und Ramón. Und natürlich Gregory. Und Walter Walbohm laden wir auch ein.«

»Und Gregorys Mutter?«, frage ich.

»Ich bin mir sicher, dass die sowieso nicht da sein wird«, meint Livi.

»Gut«, sage ich, »dann können wir sie ja einladen.«

»Super!«, ruft Livi gut gelaunt. Was ein bisschen merkwürdig ist, denn sonst freut sich Livi kaum je darüber, dass ich sie frühmorgens wecke.

»Ich laufe gleich mal runter zu Rema und frage sie, ob sie Lust hat, zu kochen«, meint sie und springt auch schon munter wie ein Goldfisch aus dem Bett.

Also, es ist komisch mit großen Schwestern. Immer wenn man denkt, dass man jetzt genau weiß, was sie tun werden, dann tun sie plötzlich etwas ganz anderes. Aber ich mag meine großen Schwestern trotzdem echt gerne! Und natürlich unseren Aurora-Geheimklub.

Und das Beste ist: Aurora gehört jetzt richtig uns und wir haben endlich auch ein eigenes Haustier. Juchhu!

Oh, das Leben ist doch wirklich meistens ganz schön aufregend!

Kenny

Das mit all den Geheimklubs in letzter Zeit ist echt voll cool. Ich muss nur aufpassen, dass ich mir genau merke, mit wem ich was geheim habe! Puh, das ist gar nicht so einfach, ich glaube, da kann man mächtig leicht mal durcheinanderkommen!

Jessa

Wie schnell man sich etwas einreden kann, was überhaupt nicht stimmt! Und was für ein Glück, dass ich mich nun doch nicht von Javi ent-lieben muss! (Ups, wovon rede ich denn da? Ich habe mich doch noch gar nicht entschieden, ob ich überhaupt verliebt sein WILL!) Und oh, wie supernett Cornelius am Sonntagabend war! Hat Javi und Ramón im nächsten Monat für ein ganzes Wochenende zu uns eingeladen. Dann brauchen sie wenigstens nicht mehr auf den Campingplatz. Wäre ja auch zu kalt allmählich. Also, manchmal sind Iris und Cornelius doch echt coole Eltern! – Und oh, da fällt mir ein, dass ich Dodo immer noch nicht von meinem Schminktipps-Buch erzählt habe. Wo das doch so eine geniale Idee ist, dass das schnell unsere größte Einnahmequelle werden könnte! Dann bräuchten wir nie wieder über solche Skla-

venarbeit wie letzten Montag in der Eisdiele nachdenken. Denn nach Spanien auswandern werden Dodo und ich unbedingt. Obwohl ich gerade denke, dass wir uns damit vielleicht noch ein bisschen Zeit lassen können. Besonders wenn Cornelius so nett ist und Javier und Ramón uns immer hier besuchen können. Und Spanisch lernen, ist wirklich ganz schön anstrengend!

Malea

Ich hab 'ne Menge darüber nachgedacht, wie es kommt, dass Livi plötzlich so ein überhaupt nicht mehr miesmuscheliger Mensch ist. Kann es möglicherweise wirklich so sein, dass die Dinge und auch die Menschen immer ein klein wenig so werden, wie man sie sieht? Ich meine, die Sache mit meinem Shirt zum Beispiel. Aber auch mit Livi. Denn Gregory zum Beispiel, der hat sich ja überhaupt nicht um Livis Miesmuscheligkeit geschert, sondern ist einfach immer nur nett und freundlich zu ihr gewesen. Und was passiert? Sie wird plötzlich auch nett und freundlich zu ihm. Funktioniert das im Leben so? Braucht man die Menschen und die Dinge einfach nur anders anzusehen und zu behandeln, und dann werden sie, wie man sie sieht und haben will? Hm, interessanter Gedanke, muss das mal in nächster Zeit ausprobieren. Das wäre ja beinahe ein echter James-Bond-Trick!

Livi

Ich hab eine tolle Idee, was Gregory und ich zusammen machen könnten: Wir starten eine Aufklärungsaktion bei uns im Ort über tierquälerische Hühnerhaltung. Wir könnten Flugblätter verteilen und den Leuten von den schlechten Bedingungen der Hühner berichten. Ich glaube, die meisten Leute wissen überhaupt nicht, wie diese armen Tiere leben. Aber dass Aurora auch mal so ein unglückliches Huhn war, erzählen wir natürlich niemandem!

Ich finde es unglaublich, dass Gregory keinem einzigen Menschen von meinem peinlichen Ausflug unter unseren Rhododendron erzählt hat. Nicht mal mir gegenüber hat er das auch nur mit der kleinsten Andeutung erwähnt. Ist Gregory nur total vergesslich oder am Ende wirklich ein echt supernetter Kerl?

Ähm, kann eine beste Freundin eigentlich auch ein Junge sein?

Ach, was für ein Glück, dass wir in dieses Haus eingezogen sind!

Die Chaosschwestern sind unschlagbar!

Malea

Wenn ich alle-alle-alle Möglichkeiten der Welt hätte, würde ich natürlich auf Hawaii leben, wo ich auch geboren bin. Ich würde jeden Morgen ein paar Stunden surfen, mich dann am Strand erholen und dann – ähm – hm, ja, was dann? Ein Mensch kann ja nicht stundenlang bloß nutzlos am Strand rumliegen. (Na gut, Tessa kann das vielleicht.) Man muss doch eine Aufgabe haben im Leben, oder? Und wenn es auch nur die Rettung von ein paar Menschen ist, die sich mit Fettbauch und Sonnenstich ins Meer geschmissen haben und keine drei Minuten später um Hilfe rufen. Aber ewig nur dämliche Touristen zu retten, ist auf Dauer bestimmt langweilig. Ich will ja nicht als Baywatch-Tussi enden. Also was dann? Was könnte MEINE Aufgabe sein im Leben? Hm… Der Nordpol und die Eisbären sind schon hundert Mal entdeckt worden, der Südpol und die Pinguine auch. Sämtliche Ozonlöcher und abgeholzte Regenwälder hat Livi fest im Griff. Der liebe, alte Walter Walbohm von nebenan kümmert sich um die armen Hühner in diesen Tierquäler-Käfigen. Und Rema, unsere ***Re****nate-****Oma****, marschiert eisern auf jeder Demo mit. Gegen alles, was mies ist, und für alles, was gut ist. Aber wenn alles schon entdeckt ist und sich um alle Schandtaten in dieser Welt bereits Leute kümmern, was bleibt dann für mich?*

Neulich hatte Tessa in ihrer Klasse Berufsberatung. Da kommen dann Leute in die Schule, die einen interviewen und einem hinterher sagen, wofür man sich eignet. Hihihi, Tessa eignete sich für gar nichts.

Das fand sie aber gar nicht lustig. Sie hat natürlich behauptet, dass es überhaupt nicht so sei, dass sie sich für gar nichts eigne, sondern dass es vielmehr so sei, dass sie unzählige Talente habe. Und dass es deshalb schwer für die Berufsberater gewesen sei, eine eindeutige Richtung in der Begabung herauszufinden. Hahaha!

Rema – lieb wie sie ist – hat natürlich nicht gelacht, sondern gefragt, was Tessa denn *gerne* werden würde. Ganz egal, wofür sie begabt ist und was sie deshalb werden *sollte*. Tessa musste also einfach nur sagen, was sie wollen würde, wenn sie alles können könnte.

Das wusste Tessa aber auch nicht. Da hat Rema ein Spiel mit ihr gemacht.

»Stell dir vor, du hättest alle Möglichkeiten der Welt«, hat Rema gesagt. »Du könntest wohnen, wo du willst und wie du willst, und den ganzen Tag lang tun, was immer du willst. Was würdest du dann tun und wo würdest du leben?«

Rema hat natürlich gehofft, dass Tessa irgendwas sagen würde, was Rema einen Hinweis auf einen möglichen Beruf geben könnte. Also, wenn Tessa zum Beispiel »Nägel lackieren« gesagt hätte, was sie ja den ganzen Tag über tut (wenn sie nicht gerade damit beschäftigt ist, mit ihrer Freundin Dodo über Haarefärben in allen Mallorca-Blondtönen oder Augen-Make-up – *mit* Lidschatten-Sternchen und *ohne* – stundenlang am Handy zu quatschen), dann hätte Rema ihr wenigstens vorschlagen können, Kosmetikerin zu werden oder so was.

Tessa sagte aber nur: »Dodo und mir ist es relativ egal, wo

wir wohnen. Da sind wir flexibel. Wir werden nämlich unheimlich reich sein und dann können wir sowieso überall auf der Welt wohnen.«

»Ja, aber wo WILLST du denn wohnen?«, hat Livi gefragt.

Na ja, zugegeben, Livis Stimme klang ziemlich ungeduldig. Fast schon genervt. Kein Wunder, dass Tessa so zickig reagiert hat. Obwohl Livi möglicherweise nur deshalb so ungeduldig war, weil Tessa gerade die Omelettes anbrennen ließ, die sie für uns in der Pfanne machen wollte, und Livi dachte, dass die vielleicht noch zu retten wären, wenn Tessa schnell antworten und sich dann wieder aufs Backen konzentrieren würde.

Na ja, das war dann nicht so.

»Was geht's dich an!«, hat Tessa geraunzt, während der beißende Geruch der angekokelten Eierkuchen durch den Raum waberte. »Und überhaupt ist das doch total egal. Wichtig ist doch wohl, dass ich das tue, was mir Spaß macht.«

Da hat Rema natürlich sofort genickt. Allerdings auch kurz besorgt zur Pfanne rübergeguckt.

»Das ist unbedingt wahr, Mädchen«, hat Rema gesagt. »Ihr müsst im Leben immer darauf achten, dass ihr euch wohlfühlt. Und ich denke sowieso, dass man mit fünfzehn noch gar nicht wissen kann, was man später mal machen möchte.«

Ich glaube, Rema ist immer auf unserer Seite. Egal, was wir sagen oder tun. Rema ist einfach die liebste Renate-Oma der Welt.

»Soll ich mal?«, hat Livi in diesem Moment gesagt und Tessa mutig die Pfanne aus der Hand genommen.

Ein Glück! Ich fing auch schon an, mir Sorgen zu machen, dass wir möglicherweise zum Mittagessen trockenes Müsli knabbern müssten. Besonders Rema sah deutlich erleichtert aus.

Livi starrte für eine Sekunde enttäuscht in die Pfanne, wo der Rest der ersten Omelettes schwarze Blubberblasen warf und nur allzu offensichtlich nicht mehr zu retten war, und schmiss dann das Zeug mit einem Ruck beherzt in den Müll.

»Sag mal, spinnst du?«, fauchte Tessa.

»Och, nein!«, hauchte Rema.

Doch Livi ließ sich weder von Tessas Geraunze noch von Remas vorwurfsvollem Blick stören. Sie ging zum Kühlschrank, holte frische Eier, mixte die Zutaten neu und ein paar Minuten später roch unsere Küche wieder hoffnungsvoll nach Essen. Diesmal ohne unterschwelligen Brandgeruch.

Ich musste grinsen, weil der erleichterte Seufzer von Rema nicht zu überhören war.

»Du, Tessie«, plapperte Kenny unbekümmert drauflos, während sie es sich auf Remas kuscheligem Schoß gemütlich machte, »ich dachte, du willst in Spanien wohnen, wenn du groß bist.«

Tessa hat nämlich einen spanischen Freund, diesen Javier, der sie ab und zu – also eigentlich ziemlich oft – besuchen kommt.

»Na, hör mal, ich *bin* schon groß!«, hat Tessa empört geantwortet.

Aber dann hat sie doch gegrinst und etwas leiser genuschelt: »Vielleicht mach ich das mit Spanien.« Sie setzte sich kurz zu uns an den Tisch und suchte in ihrer Schultasche nach ihrem Handy. »Vielleicht auch nicht.«

»So«, meinte Kenny. »Und womit verdienst du das ganze

Geld, das du dann hast? Willst du etwa auch Kochbücher schreiben wie Mama?«

Tessa starrte Kenny entsetzt an.

Nein…, jetzt wo ich so drüber nachdenke, guckte sie eher… ertappt! Und knallrot wurde sie auch! HA! Richtig schuldbewusst sah sie aus. Womöglich hat Kenny genau ins Schwarze getroffen?

»Blödsinn«, nuschelte Tessa nur. Und dann stand sie auf, weil sie zweifellos oben in ihrem Zimmer mit Dodo telefonieren wollte. War bestimmt wichtig, sie hatten sich ja seit ihrer Trennung auf dem Nachhauseweg von der Schule seit mindestens zwölf Minuten schon nicht mehr gesehen!

»Die Omelettes sind fertig!«, rief Livi hinter ihr her.

»Lass doch«, meinte Rema. »Sie kann sich ja später noch eins machen.«

»Mehr Eier haben wir aber nicht«, sagte Livi. »Ich hab die letzten eben genommen, und wer weiß, wann Aurora wieder welche legen wird.«

»Oder wo«, fügte Kenny grinsend hinzu.

Die letzten Eier hatte nämlich Kenny gefunden. Unter Cornelius' Schlagzeug. Da hätte es bei der nächsten Rainbow-Probe absolut sicher Rühreier gegeben. Genau in diesem Moment kam Aurora durch die offene Tür in die Küche getippelt. Vor dem Herd blieb sie stehen, reckte ihren Hals vor und zurück und vor und zurück, legte ihren Kopf schief und schaute dann Livi vor dem Herd lange und nachdenklich an.

Ich bekam beinahe ein schlechtes Gewissen. Weil es doch Auroras Eier waren, die da in der Pfanne brutzelten…

Hängen Hühner eigentlich sehr an ihren Eiern?

Livis Omelettes schmeckten lecker. Wie alles, was Livi kocht. Und ich hoffte sehr, dass Aurora nicht erahnen konnte, was es wirklich war, das wir da in unseren Mund schaufelten.

Kenny drehte sich um und sah Aurora mit leuchtenden Augen an. »Halloho!« Kenny ist diejenige von uns, die sich am meisten ein Haustier gewünscht hat.

»Sitz!«, sagte Kenny und schaute Aurora streng an.

»Toooock!«, antwortete Aurora ziemlich irritiert und auch ein wenig verärgert.

Kenny ließ sich davon nicht im Geringsten beirren.

»Sitz!«, wiederholte sie energisch und hielt dazu verlockend ein Stück Omelette vor Auroras Schnabel.

Aurora reckte sofort ihren Hals.

Ich glaube echt, Hühner fressen alles. Ich habe jedenfalls noch nichts gesehen, das Aurora nicht zumindest probiert hätte.

Doch Kenny war erbarmungslos. »SITZ!«

»Mensch, Kenny!«, mischte sich Livi ein. »Wie soll sich das arme Huhn denn hinsetzen? Hühner setzen sich nur zum Brüten und nicht etwa an jeder Ampel wie ein Hund.«

Kenny verzog schmollend ihren Mund. Aurora spreizte ihre Flügel und reckte den Hals jetzt so weit, dass sie beinahe Kennys Lockstück erwischt hätte.

»Nö«, sagte Kenny. »Wenn du nicht Sitz machst, kriegst du auch nichts.« Und damit stopfte sie sich die Gabel selbst in den Mund. (Kleine Kinder können manchmal ganz schön grausam sein.)

»Tooockkkk!«, machte Aurora böse.

Ja, das ist jetzt ein paar Tage her. Und heute Abend liege ich hier im Bett und fange noch mal alleine an, Remas Spiel »Was würdest du tun, wenn du alles könntest?« zu spielen. Ich schätze mal, ich bin die Einzige von uns, die inzwischen noch darüber nachdenkt.

Ich finde schlafen nämlich grundsätzlich ziemlich langweilig. Einschlafen besonders. Wenn man erst mal träumt, ist es ganz okay. Aber bis dahin! Wo es doch so viele Sachen gibt, die man stattdessen noch machen könnte!

Warum sind die Tage bloß so kurz und die Nächte so lang? Und warum sind Iris und Cornelius solche Hippie-Spießer, die einem mit elf Jahren immer noch vorschreiben, wann man ins Bett gehen soll?

Ich kuschele mich in meine Decke, schaue auf meine meerwasserblau gestrichene Wand und denke an die Strände von Hawaii und an all die »Hilfe! Hilfe!« schreienden Menschen und wie ich dort unerschrocken ins Wasser jage, um Leben zu retten, und mit tropfenden Haaren und einem ohnmächtigen Fünfzehnjährigen in meinen starken Armen wieder rauskomme …

Ha! Wie die Leute am Strand mich anstarren! Das haben sie noch nicht gesehen! Eine Elfjährige, die Große rettet! Der Fünfzehnjährige schlägt die Augen auf, als ich ihn auf den Strand plumpsen lasse – ähm, nein – als ich ihn sanft im Sand absetze natürlich, und lächelt mich dankbar an. Dann haucht er leise: » … «

Äh – Moment – was sagen Fünfzehnjährige wohl, nachdem sie gerettet wurden?

Also, jedenfalls schüttele ich mir das Salzwasser vom Körper, lächele kurz in die Kameras – es sind natürlich immer eine Menge Kameras da, wenn ich Leute rette – und …

Ja, und genau in diesem Moment merke ich, dass es sooo aufregend auch wieder nicht ist, den ganzen Tag lang nur dusselige, ohnmächtige Menschen zu retten. Und irgendwie interessiert es mich auch nicht mehr besonders, was der blöde Fünfzehnjährige zu sagen hat. Soll er doch sagen, was er will! Ich brauche andere Herausforderungen!

Ich glaube kaum, dass James Bond sich lange mit dem Retten von Touristen aufhalten würde. Ich meine, klar, wenn er gerade da ist und nichts anderes zu tun hat. Dann natürlich. Aber im Großen und Ganzen gesehen … muss sich einer wie James Bond selbstverständlich um wichtigere Dinge als einzelne Fünfzehnjährige kümmern. Um größere Zusammenhänge. Auf der ganzen Welt hängt nämlich sowieso alles mit allem irgendwie zusammen. Das sagen die Lehrer auch immer. Also ist genau das wichtig. Das ALLES nämlich!

Oh – oh – okay, und genau da wird es mir meerwasserklar! Was ich wollen würde, wenn ich könnte. Ja!

Malea

Ja, ich weiß jetzt, was ich tun muss. Ich meine, um eine Aufgabe im Leben zu haben und so. Schließlich bin ich Weltbürgerin. Und als Weltbürgerin muss man sich um die Welt kümmern. Um die ganze Welt, meine ich. Deshalb sollte man nicht nur ein paar Hühner retten (oder ertrinkende Fünfzehnjährige), sondern natürlich alles auf der Welt. Die ganze Welt. Jawohl. Das ist echt gut. Das ist bestimmt das Beste, was mir bis jetzt eingefallen ist. James Bond rettet schließlich auch irgendwie immer die ganze Welt und nicht nur ein einziges kleines Land. Hm…, nur… WIE genau rettet man eigentlich die ganze Welt? Ach, kein Problem. Das wird mir schon noch einfallen!

Iris und Cornelius sind nicht die Namen unserer Goldhamster, wie man vielleicht denken könnte. Nein, es sind unsere Eltern. Außer Aurora haben wir gar keine Haustiere.

Dass wir unsere Eltern nicht »Mama« und »Papa« nennen, liegt nicht etwa daran, dass wir das interessanter fänden (nee, wir finden das ungefähr hunderttausend mal blöder!), sondern daran, dass Cornelius es *in-di-vi-du-eller* findet. Schon das Wort ist so dämlich, dass man gar nicht mehr weiter zuhören möchte. Aber Cornelius findet, dass es bereits unheimlich viele Mamas und Papas auf der Welt gibt und wesentlich weniger Irise oder Corneliuse.

Tja. Was soll man dazu sagen?

Kenny ignoriert das natürlich komplett. Für sie heißen unsere Eltern Mama und Papa. Genauso wie sie alles andere ignoriert, was sie nicht will. Gebratene Pilze. Haarshampoo. Oder Spülmaschinenausräumdienst.

»Kendra«, sagt Cornelius zum Beispiel, »komm doch mal her!«

»Was ist denn, Papa?«, ruft Kenny dann zurück.

Was sofort zu einem leichten Knurren bei Cornelius führt. »Cornelius! Ich heiße Cornelius!«

Kenny grinst daraufhin nur amüsiert. »Das weiß ich doch, Papa! Was willst du denn?«

»Cor-ne-li-us!«

»Ja, Papa?«

Ich finde das lustig.

Cornelius hat nicht nur ungewöhnliche Vorstellungen, was Namen angeht. (Kendra, Malea, Olivia und Tessa-Tiara gibt es ja nun auch nicht gerade in jeder Klasse dreimal. Was ich allerdings sehr schön finde.) Nein, Cornelius ist auch sonst nicht ganz der Super-Normalo-Papa. Also, ich meine, er geht nicht morgens in ein Büro und kommt abends wieder nach Hause.

Cornelius geht eigentlich überhaupt recht selten aus dem Haus, außer wenn er mit seiner Band Rainbow einen Auftritt hat (was überraschenderweise doch immer wieder vorkommt), oder wenn er mit seinen Rainbow-Kumpels in deren Lieblingskneipe »Gig-Nachbesprechung« hat. Tessa und Livi finden es auf jeden Fall total daneben, dass Cornelius praktisch immer um uns herum ist.

»So kann man sich doch nicht normal entwickeln!«, schimpft Livi regelmäßig. »Jedes Mädchen in meinem Alter braucht auch mal Freiraum!«

Ha-ha, Freiraum! Möchte wissen, wozu Livi *Freiraum* braucht! Die tut doch sowieso nie was Verbotenes! Bei Tessa dagegen ist klar, warum sie das Haus ab und zu gerne mal etwas elternloser hätte. Meine älteste Schwester ist nämlich äußerst kontaktfreudig. So nennt es wenigstens Rema auf ihre nette Art.

Tessa lernt tatsächlich immer schnell Leute kennen. (Allerdings recht selten Mädchen.) Egal, wo wir gerade sind.

Von unserem letzten Spanienurlaub in den Sommerferien zum Beispiel, da hat Kenny ihr erstes Seepferdchen-Abzeichen mitgebracht, ich mein Fortgeschrittenen-Surf-Diplom, Livi mit ihren roten Haaren und ihrer hellen Haut erwartungsgemäß einen Mega-Sonnenbrand – und Tessa ihren Javi. Wenn der hier ist, dann knutschen die jede Menge rum.

Das fand Cornelius am Anfang gar nicht so klasse, aber inzwischen hat er sich dran gewöhnt. Er hat Tessas Freund Javier und dessen Freund Ramón sogar schon für ein ganzes Wochenende zu uns nach Hause eingeladen. Aber nun müssen sie erst mal bis Weihnachten heftig an ihrer Uni büffeln und können die nächsten Wochen nicht mehr kommen.

Mich stört Cornelius nicht sehr. Ich finde es sogar ganz lustig, dass er den ganzen Tag auf Sachen rumtrommelt oder in seinem Übungsraum im Keller Schlagzeug spielt oder Melodien vor sich hin summt, wenn er auf dem Sofa die Beine hochlegt. Iris aber rollt mit den Augen wie ein Kugelfisch im Wasser, wenn sie Cornelius irgendwo lächelnd rumliegen sieht.

»Ich arbeite!«, verteidigt er sich dann empört.

»Klar, klar!«, schnaubt sie böse zurück. »Und ich husche derweil in meiner riesig bemessenen Freizeit so ein wenig zu meinem reinen Vergnügen im Haus herum. Lass dich bitte nicht stören!« Und dabei kippt sie ganz unauffällig den Korb mit der nassen Wäsche über seinem Kopf aus. »Huch! Och nee, tut mir *das* aber leid!«

Entspannt ist Iris zurzeit eigentlich nur, wenn sie in der Küche steht und kocht. Das macht sie nämlich richtig gern. Was ehrlich tragisch ist. Weil es ja leider bedeutet, dass Iris nur dann glücklich ist, wenn wir anderen direkt danach unglücklich werden. Denn wenn Iris kocht, heißt das natürlich, dass wir kurze Zeit später ihre Gerichte auch essen müssen …

Ich sage es nicht gern, aber Iris ist vermutlich die schlechteste Köchin der ganzen Stadt. Auch wenn sie bestimmt sehr – wie nennt man das? – *kreativ* ist. Also, Einfälle hat sie zumindest reichlich. Aber wer (außer Iris) würde schon allen Ernstes annehmen, dass Steak-Rouladen mit Rhabarber-Zwiebel-Füllung lecker schmecken? Kein Wunder, dass sich ihre Kochbücher nicht gerade in Riesenstückzahlen verkaufen!

Und kein Wunder, dass sie deswegen unser Geld nicht mit Kochbüchern, sondern mit dem Schreiben von grässlichen Kitschromanen verdient. Die verkaufen sich nämlich wie lecker-schwabbeliger Wackelpudding – wutsch und weg. Was ein Riesengeheimnis ist und was wir nie jemandem verraten dürfen. Denn dass sie ihr Geld – oder besser gesagt unser Geld, denn Cornelius trägt dazu, glaube ich, nicht allzu viel bei – mit schmalzigster Liebessülze verdient, ist Iris grässlich peinlich. Kann man ja verstehen.

Iris ist deswegen aber ebenfalls meist den ganzen Tag zu Hause. Insofern sind wir doppelt geschlagen. Obwohl sie deutlich weniger stört als Cornelius, weil sie ja ständig beschäftigt ist. Mit Tippen, Kochen oder mit anderen Sachen, die sie noch mehr hasst als das Tippen. Was gelegentlich dazu führt, dass sie eine von uns anschnauzt: »Würdet ihr vielleicht freundlicherweise auch mal ein klitzekleines bisschen im Haushalt mit anfassen?«

Ich bin immer knapp davor, ihr sehr höflich mit »Nein, eigentlich nicht« zu antworten. Ich meine, wenn sie schon fragt.

Aber – seufz – es ist natürlich logisch, dass Iris an dieser Stelle kein Interesse an einer Unterhaltung hat. Alles, was sie will, ist, dass wir Mädchen noch mehr als sowieso schon wie blöde staubsaugen, die Spülmaschine einräumen, ausräumen, die Wäsche aufhängen, abnehmen, wegräumen – einfach gruselig viele Dinge, die unheimlich viel Zeit kosten. Mindestens zweimal pro Woche ist jede von uns mit einem Haushaltsdienst dran. Dabei hab ich schließlich noch was anderes zu tun!

Ja, es gibt so viele wichtige Dinge, die man tun sollte auf der Welt… Huch? Wieso ist es denn so hell draußen? Ist es etwa schon Tag? Hab ich etwa *geschlafen*?

Erstaunlich, dass man so mit seinen Gedanken beschäftigt sein kann und gar nicht merkt, dass man zwischendurch mal kurz eingenickt sein muss.

Egal, ich fühle mich frisch wie ein Fisch in der Tiefsee! Obwohl ich ja sonst, wenn ich erst mal eingeschlafen bin, nicht so schnell wieder aufwache. Ähm – ja – wieso bin ich eigentlich überhaupt schon wach?

RUMMMMSSSS!

Hilfe! Was ist das denn? Kein Wunder! Davon würde ja selbst Rema aufwachen!

»Iris? Cornelius? Seid ihr das?« Oh, Rema *ist* aufgewacht. Und ihre Stimme draußen im Flur klingt reichlich verstört.

Wie spät ist es denn? Was, noch nicht mal acht? Unfassbar früh für einen Samstag.

RRRRUMMS! KLIRRRRR!

Meine Güte! Das kommt auf jeden Fall vom obersten Stockwerk, wo Kennys Zimmer und das von Iris und Cornelius liegen. Und da ich mir nicht vorstellen kann, dass Kenny etwas so Lautes anstellen könnte, werden es wohl wirklich …

Was um alles in der Welt ist da oben los? Unsere Eltern mögen sich ja vielleicht manchmal streiten, aber so?

»Iris?« Rema klingt jetzt fast schüchtern. »Ist alles in Ordnung? Was – äh – macht ihr denn da?«

Mann, das wüsste ich aber auch gern!

Ich hüpfe aus dem Bett und stecke meine Nase aus der Tür. Unten im Erdgeschoss steht Rema in ihrem regenbogenbunten Bademantel, lächelt zu mir hoch und zuckt beim nächsten Krach zuerst zusammen und dann hilflos mit den Schultern.

»Ach, ach …«, murmelt sie vor sich hin.

Nun tapst auch Tessa aus ihrem Zimmer gegenüber mit leicht verquollenen Augen in den Flur. »Geht's noch? Was soll denn der Krach?«

Nur bei Livi ist noch alles still. Die kann doch nicht im Ernst schlafen? Ist die über Nacht taub geworden? Das hört sich ja an, als ob Cornelius das ganze Haus zerlegt.

In diesem Moment geht die Schlafzimmertür oben auf und eine Sekunde später guckt Iris mit verlegenem Blick von oben die Treppe runter. »Äh – hallo – guten Morgen! Ihr seid schon wach?«

Nee, Iris, du, wir träumen noch sanft und mollig. Von einstürzenden Riesenbäumen, Vulkanausbrüchen und anderen kuscheligen Dingen.

Weder Rema noch ich noch Tessa antworten. Wir recken unsere Köpfe nach oben, starren Iris wortlos an und warten.

Iris wickelt sich ihren dünnen Morgenmantel dichter um ihren Körper und sieht immer verlegener aus.

»Alles in Ordnung bei euch?«, versucht Rema noch einmal zaghaft, eine vernünftige Erklärung zu bekommen.

»Oh ja!«, versichert Iris sofort in betont überzeugendem Tonfall. Vielleicht eine Spur *zu* überzeugend. »Cornelius macht nur … ähm … hat nur … ist nur dabei …«

»Den NOTDIENST!«, donnert in diesem Moment Cornelius' Stimme durchs Haus, ohne dass man auch nur einen Zipfel von ihm sehen kann. »Du sollst endlich den Handwerker-Notdienst rufen! Lange kann ich nicht mehr halten!«

»Ja, ja! Bin schon dabei!«, piepst Iris – irgendwie erstaunlich schuldbewusst – und saust im Sturmschritt die Treppe runter Richtung Telefon.

»Himmel und Hölle!«, bellt Cornelius' Stimme von oben. »Wenn ich unter diesem morschen Dach erst tot und begraben liege, bist du hoffentlich froh!«

Remas Augen werden kugelrund. Dann fasst sie sich ans Herz. »Kinder! Aber – aber was ist denn …« Das Letzte klingt weniger wie eine Frage, als vielmehr wie eine Bitte.

Tessa ist so sprachlos, dass sie Iris nur dämlich nachstarrt, als die an uns vorbei ins Erdgeschoss hastet.

Ich aber versuche, mich zusammenzureißen und blitzschnell die Situation zu erfassen. Das tut James Bond schließlich auch immer. Spione können sich zeitvergeudendes, dummes In-die-Gegend-Starren grundsätzlich nicht leisten. Die müssen natürlich immer wissen, was läuft.

Im Moment weiß ich aber gar nichts.

Im Gegensatz zu meiner kleinen Schwester. Kennys aufgeregt grinsendes Gesicht erscheint nämlich gerade über dem Treppengeländer oben. Sie lächelt uns zu.

»Papa kann nicht runterkommen«, verkündet sie laut. »Er muss das Dach festhalten. Sonst kracht es ein.«

»Cornelius!«, höre ich Cornelius oben wütend schnaufen. »Ich heiße Cornelius!«

Unten quietscht Iris bei Kennys Worten gequält auf, als hätte eine Maus sie gebissen. Dann höre ich, wie sie hektisch die Tasten unseres Telefons betätigt.

Ich nehme drei Stufen auf einmal, als ich die Treppe hochrase und in Iris' und Cornelius' Zimmer stürze.

»RAUS!«, brüllt Cornelius zur Begrüßung. »Raus hier! Alle raus! SOFORT!«

Ich taumele schon von ganz allein rückwärts. Denn so was hab sogar ich noch nicht gesehen. Obwohl ich schon eine ganze Weile (elf Jahre immerhin) mit Cornelius zusammenlebe. Und – ganz ehrlich – da erlebt man so allerhand!

Cornelius steht in Schlafanzughose auf dem Bett, beide Hände unter größter Anstrengung gegen einen Riesenbalken in der Decke gestemmt – die allerdings kein bisschen mehr wie eine Decke aussieht. Überall im Zimmer verstreut liegen Holzbalken und Teile von so einer Art Pappplatte, an der Tapetenreste kleben. Das müssen die Teile sein, die vorher Decke waren. Stattdessen kann man über unseren Köpfen jetzt an vielen Stellen direkt auf den modrigen Dachboden gucken.

RRRUUUUUMMMMMSSSS!

Peng! Das war noch mal ein Brett von oben. Direkt vor Kennys und meinen Füßen knallt es auf. Und durch ein weiteres Loch kann man nun sogar hoch bis zu den Dachziegeln sehen.

»RAUS!«, brüllt Cornelius mit einer Verzweiflung in der Stimme, die ich noch nie bei ihm gehört habe. Wenn er sonst brüllt, was er – zugegeben – gerne und oft tut, dann immer wütend. Aber nie verzweifelt.

»DIE FEUERWEHR! Sagt Iris, sie soll unbedingt die Feuerwehr rufen!!!«

Augenblicklich wird mir der Ernst der Lage bewusst. Ich schubse Kenny mit einem Ruck aus dem Raum, drehe mich um und rufe die Treppe runter: »FEUERWEHR! IIIRIS!! CORNELIUS KANN NICHT MEHR HALTEN!!!«

Mir wird heiß und kalt, als ich mich jetzt zu Cornelius umdrehe und einen Schritt zurück ins Zimmer mache. Seine Arme zittern schon und Schweiß läuft ihm den Pyjamarücken runter. Sich vorzustellen, was passiert, wenn seine Kraft plötzlich nachlässt. Wenn er den Balken loslässt …

Eine heiße Welle der Angst schießt mir in den Bauch! Angst um meinen Vater! Cornelius! Mir war gar nicht klar, wie lieb ich ihn hab!

Ich kann mich nur im letzten Moment davon zurückhalten, zu ihm zu laufen und mich an ihn zu schmeißen. Was natürlich grauenvoll wäre. Weil er dann ohne Zweifel umfallen würde. Und das Dach auf uns alle drauf. Hilfe!

Wo bleibt denn bloß die Feuerwehr!

Mir zittern jetzt nicht nur die Knie. Mir klappern jetzt auch die Zähne.

»Cornelius«, versuche ich möglichst ruhig und beherrscht zu sagen. Schließlich will ich ihn nicht erschrecken. »Cornelius, kannst du das Dach nicht einfach einstürzen lassen und vorher schnell herkommen?«

»Ja«, stimmt mir Kenny zu, die ebenfalls etwas beunruhigt aussieht, »komm doch lieber zu uns rüber, Papa!«

»WAAAAAAHHHHH!«, schreit er als Antwort bloß. Und vergisst völlig, Kennys *Papa* zu korrigieren. Ein schlechtes Zeichen.

Und eine winzige Sekunde, die genügt, um meinen Körper vollends mit Panik zu überschütten und mit hilflosem Zittern durchzurütteln, ja, eine winzige Sekunde lang fürchte ich, dass es das nach diesem Schrei war. Mit Cornelius, meine ich.

Aber er scheint zum Glück nur seiner Verzweiflung Luft gemacht zu haben. Keine weiteren Planken stürzen herab.

Ich denke fieberhaft nach. »Kenny, lauf nach nebenan und hol Walter Walbohm!« Ich überlege weiter. »Und auch Gregory von der anderen Seite. Wir brauchen jeden Mann!«

»NEIN!«, brüllt Cornelius. »Die sollen nicht reinkommen! Viel zu gefährlich!«

Doch seine Arme zittern allmählich heftiger als unsere alte Waschmaschine beim Schleudergang. Keine Frage, lange macht er's nicht mehr!

Und dann hört man ein gruseliges Geräusch. Der Balken über Cornelius knackt bedenklich. Direkt danach sehe ich, dass sich ein Spalt bildet.

Der Balken spaltet sich! Oh nein, wie soll Cornelius denn beide Teile zugleich halten?

Cornelius guckt nach oben und sieht es auch. Er starrt und starrt mindestens eine Minute lang den Spalt an, der wie in Zeitlupe groß und größer wird. Seiner Brust entfährt ein tiefer Seufzer. Sein Luftholen danach ist hektisch wie bei einem schluchzenden Kind. Verzweifelt. Dann scheint er den Atem anzuhalten. Er senkt den Blick und starrt nur noch auf das schuttübersäte Bett unter ihm.

»Malea?«, sagt Cornelius plötzlich so leise, dass ich eine ganz grässliche Gänsehaut kriege. Denn leise ist Cornelius wirklich nicht mal beim Schnarchen.

»Ja?«, hauche ich zitternd.

»Malea …« Seine Stimme wird immer leiser. Seine Augen sehen nicht mehr irre und tobend, sondern plötzlich grauenvoll traurig aus.

Mir wird ganz schlecht vor Angst.

»Malea, sag Iris … sag Iris, dass ich es nicht böse gemeint hab, vorhin. Sag ihr … sag ihr …« Cornelius dreht seinen Kopf schmerzvoll um und sieht mich direkt an. Er kippelt.

Hilfe! Kippelt er? Nein, Cornelius, nein, du darfst nicht …

»Sag ihr, dass ich sie liebe, ja? Egal, was ich vorhin gesagt hab. Und euch lieb ich auuuu …«

Er wird unterbrochen von einem gewaltigen Krachen.

Das ist der Weltuntergang, ich weiß es. Cornelius versinkt in einem Meer aus Staub und Tapetenteilen und splitterndem Holz.

»PAPA!«, schreit Kenny neben mir voller Angst. »PAPAAAA!«

»Cornelius!«, flüstere ich. »Cornelius! NEIN!«

Kenny

Wenn man sich etwas ganz doll wünscht, wird es manchmal wahr. Mit Aurora war das so. Ich wollte sooo gern ein Haustier und nun haben wir eins. Auch wenn es noch nicht so richtig gelernt hat, ein Haustier zu sein. Also, ich meine, so ein richtiges, das auch Sachen machen kann. Stöckchen holen oder so. Manchmal allerdings wünscht man sich auch was und dann passiert genau das Gegenteil. Das ist echt blöd. Heute Morgen zum Beispiel lag ich im Bett und hab mir ganz doll gewünscht, dass Mama und Papa aufhören so doof nebenan zu streiten und Mama aufhört zu schreien »Nun tu doch mal endlich was, Cornelius! Rupf doch wenigstens mal diese hässliche Tapete von der Zimmerdecke runter!«, und dass Papa stattdessen in mein Zimmer kommt und mich fragt, ob wir in den Zoo fahren wollen. Und puh, das ist überhaupt-überhaupt-überhaupt gar nicht passiert!

Malea kann schlafen, bis das Haus einstürzt, sagt Mama immer. Aber seit heute weiß ich, dass das gar nicht stimmt. Denn heute *ist* unser Haus eingestürzt! Und Malea hat überhaupt nicht mehr geschlafen, sondern ist schon viel früher aufgewacht! Weil es nämlich schon furchtbar laut gekracht hat die ganze Zeit vorher. So laut, dass man gar nicht mehr hätte schlafen können. Selbst wenn man gewollt hätte.

Und als das Haus dann wirklich einstürzte, stand Malea direkt daneben. Genauso wie ich.

Mann, war das aufregend!

Also – na ja – eigentlich ist nicht das *ganze* Haus eingestürzt. Nur das Dach. Oder – na ja – die Decke von Mamas und Papas Schlafzimmer unter dem Dach und ein paar Balken vom Dachboden mit ein paar Dachziegeln. Aber das ist alles voll ins Zimmer gekracht, obwohl Papa sich ganz doll Mühe gegeben hat, es festzuhalten. Vielleicht ist ein Mensch allein nicht stark genug, um ein Dach festzuhalten. Nicht mal Papa. Und deswegen krachte es eben runter. Und auf ihn drauf. Und Malea und ich standen im Flur und haben alles ganz genau gesehen.

»Cornelius!«, flüsterte Malea.

»Papaaa!«, schrie ich.

Und Mama kam die Treppe raufgaloppiert und schrie einfach nur: »Aaaaaaahhhhh!«

Tessa und Rema waren dicht dahinter. Aber die schrien beide nicht. Tessa sah bloß aus wie ein leicht verschimmelter weißer Joghurt und glotzte mit dicken Augen, und Rema keuchte vom Trepperauflaufen so sehr, dass sie nur röcheln konnte. Sonst hätte sie bestimmt sehr gern geschrien.

Als das Dach schließlich zu Ende eingestürzt war und Tessa begriffen hatte, dass unter dem ganzen Schutt und den Balken unser Papa lag, wurde sie noch schimmliger im Gesicht.

Rema torkelte zurück, als wäre ihr plötzlich schlecht geworden. Dann fasste sie hinter sich ans Treppengeländer und rutschte ganz langsam wie in Zeitlupe daran entlang zu Boden. Dort blieb sie auf ihrem Po einfach sitzen, sagte nicht Piep und nicht Pups und röchelte nur still weiter.

»CORNELIUS!«, brüllte Mama dafür umso lauter und sah sich panisch um.

»Papa ist da drunter«, sagte ich hilfsbereit und deutete auf den größten Haufen Bretter und Platten in der Mitte des Zimmers – für den Fall, dass Mama das nicht wissen sollte.

Mama und Malea und Tessa stürzten sich sofort wie die Blöden darauf und hatten schon fast die Hälfte des Dachs zur Seite geschmissen und der rechte Arm von Papa war schon total freigeräumt und problemlos zu sehen – was ja gut war, denn nun konnte man sicher sein, dass der restliche Papa auch noch ganz in der Nähe sein musste –, da hörte man endlich das Tatüütataaa draußen vorm Haus.

Meine Güte, ich finde, diese Feuerwehrleute brauchen reichlich lange, bis sie endlich mal kommen! Was, wenn es nun wirklich ein Notfall gewesen wäre?

»Kenny, mach die Haustür auf!«, befahl Mama, ohne mit dem Schuttwegräumen aufzuhören.

Aber das war gar nicht mehr nötig, denn diese Jungs von der Feuerwehr, die sind echt clever. Die hatten die Tür schon längst aufgebrochen und – ruckzuck – standen sie auch schon vor uns.

Als Erstes zogen sie Mama und Malea und Tessa aus dem Zimmer, obwohl Mama sich sträubte und immer »Mein Mann! Mein Mann!« rief und einfach nicht aufhören wollte, nach Papa zu buddeln. Aber die Feuerwehrleute waren viel schneller als Mama und meine beiden Schwestern und hatten Papa in Rekordzeit freigelegt. Nach dem ersten vielversprechenden Arm kam auch der Rest von Papa ziemlich heil aussehend zum Vorschein.

Nur bewegt hat er sich nicht. Kein bisschen. Das schien Mama ungeheuer zu beunruhigen. Sie fing wieder ganz grässlich an zu kreischen.

Und Rema draußen im Flur fasste sich an ihr Herz.

»Ach, ach, ach …«, machte Rema.

»Ist er bewusstlos?«, fragte Malea.

»Cornelius!«, hauchte Mama und kniete sich neben Papa in den Schutt.

Und dann raste auch schon ein Typ mit einem Köfferchen in der Hand an uns vorbei. Ich schätze, unsere Haustür stand mittlerweile sperrangelweit offen, sodass jeder, der wollte, einfach bei uns reinmarschieren konnte.

Papa bewegte sich immer noch nicht. Seine Augen waren geschlossen und seine Arme lagen ausgestreckt mit geöffneten Handflächen neben ihm. Er sah eigentlich ganz entspannt aus. Fast so wie am Strand beim Sonnenbaden. Nur etwas blasser. Und natürlich sehr viel dreckiger und eingestaubter von all dem Kram, der über ihm gelegen hatte. Es war zuerst auch kaum Blut zu sehen. Nur ein ganz kleines bisschen klebte an seiner Stirn und an seinem Kinn.

»Ist er bewusstlos?«, fragte Malea noch mal.

Also echt, obwohl Malea schon elf ist, war sie heute etwas schwer von Begriff. Selbst ich wusste, dass er *natürlich* bewusstlos war. Was denn wohl sonst?

»Mann, Malea! Denkst du vielleicht, er schläft?«, fragte ich verächtlich schnaubend.

Malea guckte mich finster an. »Sei doch nicht so blöd!«

Ich? Wer hier wohl blöd war!

»Er… er… ist doch nicht – tot?«, stotterte Mama und klang dabei, als wäre sie selbst kurz vorm Sterben.

Der Arzt, der an Papa rumhorchte und vorsichtig hier und da gedrückt hatte, drehte sich zu Mama um. »Nein, sieht aus wie eine Gehirnerschütterung. Sonst kann ich momentan keine Verletzungen erkennen.«

Als Papa hochgehoben wurde, sah man allerdings, dass

hinten von seinem Kopf ziemlich viel Blut runtertropfte. Bevor Mama wieder loskreischen konnte, guckte der Arzt schnell darauf und sagte: »Auch nur eine Platzwunde, denke ich. Zwei, drei Stiche vielleicht, mehr nicht. Keine Schädelverletzungen erkennbar.«

»Hrrrgghhh«, machte Mama. Aber sie presste ihren Mund ganz doll zusammen und gab sich unheimlich Mühe, nicht mehr zu schreien.

»Oh«, machte Rema und fasste nach dem Treppengeländer.

Der Arzt sah sie beide nachdenklich an. »Ich lasse Ihnen lieber ein Kreislaufmittel hier. Bitte zehn Tropfen unverdünnt einnehmen, ja?« Er sah besonders Rema tief in die Augen.

»Ach, ach …«, fing Rema wieder an. Doch dann nickte sie lieber brav. »Ja, danke, mach ich.«

»Ich komme sowieso mit ins Krankenhaus«, sagte Mama in ihrem ganz entschiedenen Mama-Ton und ließ keinen Blick von Papa, als er auf seiner Trage langsam die Treppe runterschaukelte.

Unten riss Mama eine Jacke vom Haken, die sie über ihren hellblauen Morgenmantel zog, stieg in das erstbeste Paar Schuhe, das rumstand – ich glaube, es waren Livis Gummistiefel –, und rannte hinter Papa her.

»Mutter?«, rief sie im Gehen zu Rema zurück. »Du hast hier alles im Griff, ja?«

Rema nickte nur, guckte zitternd zum Dachgeschoss hoch und machte sehr leise: »Ach, ach, ach …«

»Wir sind ja bei dir, Remi«, sagte ich tröstend. Ich schob meine Hand in ihre und drückte sie fest. »Mach dir keine Sorgen! Du kannst ja auch noch Livi fragen, ob sie dir hilft.«

Ich tröste gerne Leute. Es gibt nämlich ehrlich eine

Menge Leute, die aussehen, als könnten sie Trost ziemlich gut gebrauchen. Und was Trösterei angeht, ist meine große Schwester Livi unschlagbar. Livi ist sooo nett! Fast so nett wie Rema. Und sie kann fast alles. Glaube ich jedenfalls. Ich wusste zwar nicht so genau, was Mama mit »im Griff haben« gemeint hatte, aber ich war sicher, dass Livi das bestimmt haben würde. Alles im Griff, meine ich.

Dummerweise fiel mir in dem Moment auf, dass Livi überhaupt nicht da war. Denn dass sie noch in ihrem Zimmer ungestört vor sich hin träumte, war wohl kaum möglich bei dem Krach und den Hunderten von Leuten, die hier immer noch rauf und runter rannten. Wenn sie also nicht hier neben uns stand …, wo war sie dann?

Ich sah mich verstohlen um. Hatte noch jemand außer mir bemerkt, dass Livi fehlte, dass meine *mittlere* große Schwester nicht zu Hause war?

Nein, alle anderen – meine *größte* große Schwester Tessa, meine *kleinste* große Schwester Malea und natürlich Rema – starrten nur raus auf die Straße.

Genau in diesem Moment stolperte einer der Männer mit der Trage über unsere losen Gartenwegsteine und um ein Haar wäre Papa auf unseren ungemähten Rasen gekippt.

»Nein!«, quietschte Mama auf.

Aber echt – das war total prima! Denn als die Trage wackelte, muss Papa sich so mächtig erschrocken haben, dass er sich glatt entschloss, die Augen wieder aufzumachen.

Er guckte sich ziemlich verdattert um und fragte: »Wo bin ich?«

Malea, Tessa, Rema und ich rannten sofort superglücklich auf die Straße.

»Cornelius …« Malea war so erleichtert, dass sie ihm um den Hals fiel.

»Oh, Cornelius!« Tessa klang fast vorwurfsvoll. Als würde sie eine Entschuldigung von Papa erwarten, dass der erst jetzt wieder anfing zu sprechen.

»Cornelius! Ach, ach, ach, dem Himmel sei Dank!« Das war Rema.

»Papa!« Das war ich. Ich gab Papa einen dicken Kuss und lächelte ihm zu. »Du fährst ins Krankenhaus.«

»Wirklich?« Papa schien noch immer etwas verwirrt zu sein. Und vergaß ganz, mir zu sagen, dass er auch noch Cornelius heißt. »Warum das denn?«

»Weil das Dach auf dich raufgekracht ist«, erinnerte ich ihn freundlich.

»Oooh …«, machte Papa und rollte mit den Augen, weil es ihm wohl wieder einfiel.

»Tut dir was weh?«, fragte Mama ängstlich.

»NEIN«, antwortete Papa ärgerlich und schüttelte den Kopf. (Er war schon fast wieder normal. Unser lieber Knurrhund-Papa eben.) »Autsch! Doch …« Er hörte mit dem Schütteln auf. » … mein Schädel tut mir weh.«

Mama nickte, als ob sie das nicht sehr wunderte. »Du hast eine Gehirnerschütterung.«

»So?«, fragte Papa und sah Mama unheimlich böse an.

Das fand ich blöd. Was konnte Mama denn dafür?

»Na, toll!«, schimpfte Papa. »Und das alles nur, weil ich unbedingt für dich …«

Aber weiter kam Papa nicht. Denn in diesem Moment wurde die Trage ruckzuck im Wagen verstaunt, und dann rollte der Krankenwagen mit Mama und Papa davon.

»Aaaaach …«, machte Rema ein letztes Mal.

»Puh …«, machte Malea.

Und Tessa stammelte nur: »Oh nee, das … das glaubt mir echt keiner!«

Irgendwann später kam ein Mann mit einem Helm auf dem Kopf zu Rema und sagte ihr, dass keine Gefahr mehr vom Dachgerüst ausginge. Er habe alles po-vi-so …, po-vi-so-risch …. also jedenfalls irgendwie abgesichert und nun würde es erst mal halten. Der Rest vom Dach, der noch da war, meine ich. Wir sollten das Schlafzimmer von Mama und Papa aber lieber nicht mehr betreten.

Rema nickte nur und dankte dem Mann mit dem Helm.

Und dann – nach einer endlosen Zeit – waren endlich alle Leute aus unserem Haus wieder raus, und wir stellten einen Stuhl von innen gegen die Haustür, weil die nämlich sonst wirklich sperrangelweit offen stehen würde. Wir gingen alle zusammen in die Küche und Rema setzte den Kessel auf. Dann ließ sie sich auf einen Stuhl fallen.

»Was für ein Tag!«, stöhnte sie.

Mann, da konnte ich ihr aber nur zustimmen! Echt aufregend!

Ich wünschte bloß, Bentje wäre dabei gewesen! Die wird sooo neidisch sein, wenn ich ihr am Montag in der Schule davon erzähle.

»Kenny, möchtest du noch mehr Kakao?«, fragt jetzt Malea, die neben dem Topf am Herd steht und die Kelle in der Hand hält.

Ich nicke. Ich mag Kakao. Jedenfalls, wenn er nicht angebrannt ist, wie der von Mama. Aber selbst daran gewöhnt man sich.

Rema hat schon eine ganze Weile nicht mehr »Ach, ach, ach« gesagt. Das ist gut. Und die Tropfen, die der Arzt ihr in die Hand gedrückt hat, hat sie auch genommen. Das ist ebenfalls gut, glaube ich. Seitdem sieht sie nämlich deutlich entspannter aus. Fast schon so wie sonst. Wie unsere liebe, liebste Rema eben!

»Ähm…«, macht sie jetzt allerdings wieder leicht beunruhigt und sieht sich suchend um. »Fehlt nicht jemand?«

Malea sieht für eine Sekunde ein klein wenig erschrocken aus und steckt schnell ihre Nase in den Kühlschrank. Mächtig geschäftig tut sie, als würde sie nach irgend etwas kramen.

Haha, mich täuscht sie aber nicht! Sie kramt nämlich so tief drinnen, dass es dafür nur zwei Möglichkeiten gibt: Entweder versucht sie, aus ihrer Nase ein tiefgekühltes Fischstäbchen zu machen oder aber sie weiß genau, dass Livi fehlt, und drückt sich deswegen um eine Antwort. Zur Not eben tief drinnen im Kühlschrank.

»Irgendjemand fehlt doch?«, wiederholt Rema.

Meine Güte, als ob es Rema sonst nicht als Erste auffallen würde, wenn eine von uns fehlt! Sie muss wirklich ganz schön verwirrt sein. Wahrscheinlich bringt so ein kaputtes Dach ältere Leute echt leicht durcheinander!

»MOOOMENT!«, schreit Rema plötzlich und springt auf. »Livi! Wo ist denn eigentlich Livi?«

Ja, wo? Das wüsste ich auch gern!

Aber ich bin natürlich zu vorsichtig, um zu fragen. Falls Livi irgendwo ist, wo sie gern ist. Und nicht will, dass wir das wissen. Oder keinen Ärger kriegen möchte. Falls dieser Ort, an dem sie ist, ein Ort ist, an dem Mama und Papa Livi *nicht* so gerne hätten.

Hmm, das ist spannend! Welchen Ort würden Mama und Papa wohl nicht so gut finden?

Wenn Livi nur nebenan bei Gregory wäre, hätten Mama und Papa bestimmt nichts dagegen. Der geht ja sowieso in ihre Klasse und ist den restlichen Tag ständig bei uns, weil die beiden total dick befreundet sind. Fast so wie ich und Bentje. Und eben überhaupt gar kein bisschen so wie Tessa und ihr Knutschknutsch-Javi. Papa braucht also überhaupt nie wild zu werden. Nee, Gregory und Livi sind nicht mal so befreundet wie ich und Sinan, glaube ich.

Oh …, Siiiinan …!!! Mann, das ist das erste Mal, dass ich nach dem Aufwachen nicht gleich an Sinan gedacht habe!

Malea kommt mit einem Ruck wieder aus dem Kühlschrank heraus und rubbelt ihre Nase warm. Hihi, wusste ich doch, dass sie nicht wirklich wild auf Fischstäbchen im Gesicht ist!

»Malea? Tessa? Kenny?«, fragt Rema. »Weiß jemand von euch, wo Livi ist?«

Wir schütteln den Kopf.

Rema seufzt leise. »Also, so geht das nicht. Was soll ich denn Iris sagen, wenn sie nach Hause kommt und nur drei von vieren sind da?«

»Dass eine im Moment grad *nicht* da ist?«, schlage ich vor.

Rema sieht mich gequält an, als hätte ich sie gekniffen, aber immerhin huscht ein kleines Lächeln über ihr Gesicht. Das erste heute.

»Ach, ach, ach«, sagt Rema. »Kenny, was machen wir nur?«

Och, ich wüsste da schon was! Unsere Rema backt nämlich die tollsten Pfannkuchen der Welt! Und essen muss man doch auch ab und zu mal. Auch wenn das Haus einstürzt. Wir haben ja noch nicht mal gefrühstückt! Und ich bin mir ganz sicher, dass Rema das auch findet.

Tessa

Es ist schwer, sich auf die wirklich wichtigen Dinge zu konzentrieren, wenn bei uns ständig alles drunter und drüber geht. Dabei ist es doch so wichtig, dass Dodo und ich unser Beauty-und-Flirt-Buch unauffällig weiterschreiben! (Verraten werde ich meiner Familie das nämlich noch nicht. Die sollen lieber alle von den Stühlen fallen, wenn ich ihnen das fertige Buch gedruckt auf den Tisch lege, haha! Obwohl… neulich fürchtete ich schon, dass Kenny was ahnt, weil sie mich so komisch fragte, ob ich ein Kochbuch schreiben würde. Dabei ist doch eigentlich Malea bei uns die Spionin.) Titel unseres Buches: »Tipps von Tessa-Tiara«. Mit tausend Flirt- und Schönheitstipps. Davon haben Dodo und ich nämlich wirklich Ahnung!

Mein unüberschaubarer Haufen von kleinen Schwestern ist so unüberschaubar, dass man unmöglich alle ständig im Auge behalten kann.

Nicht genug, dass heute unser Dach eingestürzt ist, nun ist auch noch Livi verschwunden! Wieso verschwindet die einfach? Die ist doch sonst immer da. Oder zumindest nebenan bei Gregory. Aber da ist Kenny eben schon rübergelaufen und dort ist keiner zu Hause. Jedenfalls macht keiner die Tür auf. Und wenn Gregory und Livi da wären, würden sie die Klingel bestimmt nicht überhören. So taub sind die nicht. Wenn Livi aber nicht nebenan bei Gregory ist, wo ist sie dann?

Als ob ich keine anderen Sorgen hätte! Wie spät ist es eigentlich inzwischen?

WAS? Schon halb zehn? NEIN! Ich muss doch um zehn bei Petersens sein! Wie soll ich denn in einer halben Stunde eine vernünftige Gesichtspackung machen und meine Haare waschen, föhnen und toupieren? Und dann habe ich ja noch nicht mal mit dem allernotwendigsten Schminken angefangen! Kann bei meinem neuen Job doch nicht ankommen wie Heidi von der Alm – in Naturtönen und mit womöglich sichtbaren Pickeln auf der Haut! Nee! Was sollen die denn von mir denken?

Wo ist bloß mein Handy? Ich muss unbedingt mit jemand Vernünftigem reden.

»Dodo? Hi! Oh, Mann, Dodo, du glaubst nicht, was bei uns heute wieder passiert ist! Ich liege noch im Bett und mache meine tägliche Faltenentspannungsübung – du weißt schon, die, die wir neulich aus dieser *Annette*-Zeitschrift von deiner Ma ausgeschnitten haben –, weil es doch wichtig ist, dass ich heute fit bin, ich geh ja gleich das erste Mal zu dem süßen kleinen Timmi und … – Genau. Hahaha! – Nein, aber hör mal, jetzt im Ernst – ach, Dodo, du hast ja keine Ahnung! Immerhin kann ich schon wieder lachen. Mein Vater hat uns vielleicht einen Schrecken eingejagt! – Was sagst du? – Genau! Du kennst ihn ja! – Nein, hör zu! Ich liege also im Bett und da höre ich doch dieses unfassbare Krachen von irgendwo oben und …«

Zehn Minuten später ist Dodo auf dem Laufenden und bedauert mich angemessen.

Ich seufze tief und ehrlich. »Ja, echt! Und ich schätze, jetzt muss ich auch noch für meine Schwestern sorgen. Weil

Iris doch mit Cornelius ins Krankenhaus gefahren ist. Und unsere arme Rema ist natürlich fix und fertig. Für die sind solche Aufregungen in ihrem Alter echt nichts mehr! Und ich bin natürlich die Älteste, da kann ich mich nicht drücken. – Wie? KOCHEN?«

Also echt! Manchmal ist Dodo merkwürdig. Was hat denn Kochen mit dem Sorgen für meine Schwestern zu tun! Die werden ja wohl noch in der Lage sein, selber irgendeine Dose aufzumachen! Außerdem nörgeln sie sowieso ständig an meinen Kochkünsten rum.

Schnüff, schnüff…

Oh, nein, rieche ich da etwa Pfannkuchenduft aus der Küche? Jammiiii! Oh, liebe gute Rema!

»Du, Dodo? Sorry, ich muss dich abwürgen. Ich glaube, ich kann mich nicht länger hier oben vergraben. Ich bin sicher, die da unten brauchen mich.« Ich seufze einmal ziemlich authentisch. Dann fällt mir noch etwas ein. »Oh, und schläfst du heute Abend hier? Wir müssen unbedingt an unserem Buch weiterarbeiten! Ich hab mir schon 'ne Menge fantastische Ideen notiert! – Hihihi! Ja! – Tschüss-tschüss!«

Ich klicke das Handy aus und schnuppere noch mal in den Flur. Mmmmh, ganz eindeutig Rema-Pfannkuchen! Nix wie runter! Ich kenn doch Malea und Kenny, die essen beide ohne schlechtes Gewissen glatt siebzehn Stück und denken keine Sekunde lang an ihre arme große Schwester, die oben hungert!

Als ich in die Küche stürze, mampfen alle drei tatsächlich mit dicken Backen.

»Habt ihr mir was übrig gelassen?«, frage ich ängstlich.

»Natüflich«, nuschelt Rema mit vollem Mund, »aupf dem Herd stepft noch wapf.«

»Danke«, flöte ich, rolle mir gleich im Stehen einen

Pfannkuchen zusammen und stecke ihn in den Mund. Lecker!

»Willpft du disch nich sepfen?«, fragt Rema und kaut geschäftig weiter.

Ich schüttele den Kopf. »Keine Zeit. Muss gleich los.«

»Wohin denn?«, fragt Malea, die soeben mit ihrem Pfannkuchen fertig geworden ist und nun nach dem nächsten angelt. »Sind deine Spanier etwa schon wieder in der Stadt?«

Also, diese kleine Natter!

Rema guckt auch sofort alarmiert. Schließlich ist Cornelius das letzte Mal komplett ausgetickt, als mich Javier und Ramón ohne Voranmeldung besucht haben. Also jedenfalls ohne Voranmeldung bei Cornelius, diesem Spießer! *Ich* wusste natürlich, dass sie kommen.

Aber Cornelius, der ja gerne immer wieder betont, dass er ein alter Hippie ist, der braucht wahrscheinlich ein zweiseitiges Anmeldeformular für jeden Jungsbesuch. Dabei waren die Hippies damals in den alten Zeiten doch diejenigen mit *Peace* und *freier Liebe* und all dem Kram, oder etwa nicht? Äh, wo ich gerade an Liebe denke – grins –, da schießt mir eine wohlig kribbelnde warme Wolke in den Bauch. Javi!

»Tessa?« Rema hat gerade den Mund frei und sieht mich fragend an. »Träumst du?«

Ich schlucke den letzten Bissen meines Pfannkuchens runter. »Nein, wieso?«

»Weil du nicht antwortest.« Rema guckt mich immer noch gespannt an.

Kenny und Malea kichern.

Oh, Mann, kleine Schwestern! Wer hat die denn bloß erfunden?

»Wo du hin willst, hat Malea dich gefragt«, hilft mir Kenny und lächelt freundlich.

Ich überlege einen Moment, ob es klug ist, die Wahrheit zu sagen. Ich habe nämlich die Erfahrung gemacht, dass es nur wenige Fälle gibt, in denen die Wahrheit eine wirklich kluge Entscheidung ist.

»Ähm, ich …«, fange ich vorsichtig an.

In diesem Augenblick klingelt das Telefon.

Gerettet! Nun brauche ich mir nicht mal eine Notlüge auszudenken. Ein Glück! Cornelius ist bei meinem letzten Job im Eisladen nämlich genauso ausgeflippt wie bei dem Besuch von Javier und Ramón. Bloß weil ich ihm genauso wenig davon erzählt hatte. Rema erhebt sich und greift zum Hörer. »Rittberg. Bei Martini.«

In einer Sekunde werde ich mich unauffällig zur Tür schleichen und – wupps – bin ich draußen und dann nix wie weg.

Nein! Ich bin ja noch im Nachthemd! Ich muss mich ja noch komplett fertig machen!

Ach, manchmal beneide ich Livi! Die braucht ungefähr dreißig Sekunden, um vom Bett in Jeans und Pulli zu springen, und weitere dreißig Sekunden, um fertig auf der Straße zu stehen. Und dann sieht sie nicht schlechter aus als sonst.

Aber auch nicht besser! Mann, wie gern würde ich Livi mal schminken! Die könnte echt superhübsch aussehen!

Was – Moment mal! – was redet Rema denn da?

Und wieso guckt sie mich so erstaunt an?

»Ja, in Ordnung, werde ich ausrichten. – Nein, sie steht direkt neben mir. – Ja, ich kann Sie auch kurz weiterreichen.« Rema hält mir mit vorwurfsvollem Blick den Hörer hin.

Was? Wer ist denn das? »Äh, hallo? Hier ist Tessa-Tiara Martini?«

»Tessa!«, höre ich eine etwas aufgeregte Stimme. »Hier ist Marion Petersen. Es ist zehn nach zehn und du hast versprochen, um zehn hier zu sein. Mein Mann und ich müssen zum Zug, sonst sind wir abends nicht pünktlich zurück!«

Marion Petersen! Oh, und schon zehn nach zehn? Oh, Sch…!

Ich murmele schnell alle Entschuldigungen, die mir spontan einfallen. Darin bin ich ziemlich erfahren. Erwähne sogar kurz das eingestürzte Dach.

Aber genau das ist der Moment, in dem Marion Petersen anfängt, tief und hektisch Luft zu holen und dann eine Spur zu laut auszuatmen. Sie klingt, als würde sie mir kein Wort glauben und allmählich die Geduld verlieren.

Ich sag's ja, die Wahrheit ist nicht immer die beste Idee.

»Ich bin in einer halben Stunde da!«

»In Ordnung«, antwortet Marion Petersen leicht genervt. »Dann schaffen wir es vielleicht noch zum nächsten Zug.«

Wir hängen auf.

Mist! Jetzt krieg ich nicht mal mehr meine Haare gewaschen. Hm, na gut, ein dreijähriger Junge merkt das ja vielleicht gar nicht.

Auf der anderen Seite … Auch wenn ich den ganzen Tag mit Klein-Timmi, der sich vermutlich tatsächlich mehr für seine Bauklötze als für meine Frisur interessiert, in einer Wohnung eingesperrt sein werde, kann es ja trotzdem mal an der Tür klingeln. Oder ich könnte auch auf den Spielplatz mit ihm gehen. Und dann möchte ich verständlicherweise nicht aussehen wie ein Gespenst mit Schuppen.

»Tessa?« Rema steht vor mir und sieht aus, als warte sie auf eine Erklärung. »Du hast also wieder einen Job?«

»Ähm, ja«, gebe ich zu und streiche mir nervös ein paar Strähnen aus dem Gesicht.

»Wissen Cornelius und Iris davon?«

»Ähm … Iris schon, Cornelius nicht«, murmele ich, »hatte noch keine Gelegenheit, ihm davon zu erzählen.«

»Ach, ach, ach«, seufzt Rema da und schüttelt besorgt den Kopf. Aber sie lächelt mich dabei an. »Wenn das mal keinen Ärger gibt! Du weißt doch, dass Cornelius im Prinzip nichts dagegen hat, dass du neben der Schule ab und zu jobbst. Er möchte es nur *wissen.*«

»Hrrmmff«, grunze ich. Denn das ist es ja, was ich nicht mag. Dass Cornelius seine Nase in alles reinsteckt, was ich tue. Dabei bin ich doch praktisch erwachsen!

Rema tätschelt meinen Arm und rollt ein klein wenig mit den Augen. Ich glaube, manchmal findet sie auch, dass Cornelius etwas übertreibt. »Na, nun lauf los! Die Leute warten ja offensichtlich auf dich!«

»Danke, Rema!«, lächele ich und gebe ihr einen Kuss. Wenn Cornelius doch bloß genauso entspannt wäre!

Keine halbe Stunde später – Rekordzeit! – stehe ich, sanft umwölkt von einer angemessenen Portion aus Iris' teuerstem Parfümflakon, im Wohnzimmer von Familie Petersen, und Klein-Timmi klebt mir schon am Bein. Wie Kaugummi. Nur noch feuchter.

Man glaubt es nicht! Der sabbert aus dem Mund wie der Boxer von Dodos Eltern. Gehorchen tut er aber nicht halb so gut. Traue mich außerdem nicht, es mal mit einem energischen »Sitz!« zu probieren, solange Timmis Eltern noch hier stehen.

»Wie schön«, lächelt Marion Petersen glücklich, »er scheint dich zu mögen!«

Ich lächele gewinnend zurück. »Ach, er ist aber auch zu süß!«

So was hören Eltern und Hundebesitzer immer gern. Damit kann man nie was falsch machen. (Tja, wieder eine Situation, in der die Wahrheit nicht unbedingt die besten Erfolge erzielen würde!)

Mami und Papi Petersen strahlen auch gleich hoch erfreut.

Klein-Timmi zerrt inzwischen mit seinen fiesen kleinen Milchzähnchen an meinen Netzstrümpfen. Autsch! Der wird mir da doch kein Loch reinbeißen? Also …!

Ich werfe einen empörten Blick zu den Eltern rüber. Denn das ist doch wohl die Höhe! Die kosten sieben neunzig das Stück! Die müssen doch jetzt mal eingreifen?

Das tun sie auch.

»Timmi!«, sagt der Vater mit einem Unter-uns-Männern-Verschwörerblick, »du alter Lausejunge!« Und er hebt den kleinen Beißer hoch und wirft ihn in die Luft, sodass der glücklich kichert.

»Du kleiner Rabauke«, sagt die Mutter mit gurrendem Lachen und kitzelt ihren Sohn unter dem Kinn.

In diesem Moment dämmert mir zum ersten Mal, dass Babysitting vielleicht kein ganz so ungetrübtes Vergnügen ist, wie ich mir das vorgestellt habe. Beinahe sehne ich mich nach den dicken Eisbechern zurück, die Dodo und ich vor ein paar Wochen noch schwitzend im *Bella Roma* geschleppt haben.

Als er den Boden wieder erreicht, ist Timmi nach so viel elterlichem Lob neu motiviert und stürzt sich natürlich begeistert auf mein anderes Bein.

»NEIN!«, sage ich entschieden und kann mir gerade noch ein »Platz!« verkneifen. Komme mir schon fast so blöd vor wie Kenny mit der armen Aurora. Aber Hunde haben wirklich Vorteile. Sie gehorchen.

Timmi leider nicht.

Um elf Uhr sind Marion und Thorsten Petersen noch nicht mal zwanzig Minuten weg, aber ich wünsche mir schon sehnlichst, dass ein Wunder geschieht und die Uhr von elf direkt auf fünf hüpft. Wie halten die armen Eltern das nur jeden Tag aus?

Was für eine gute Entscheidung, dass ich mich heute etwas rustikaler angezogen habe. Einen Mini aus Leder nämlich. Dazu meine coolen Bikerstiefel und – tja, bis eben hatte ich auch noch Strümpfe an. Jetzt baumeln mir nur noch ein paar schwarze Stofffussel um die Beine rum. Na egal, mich sieht ja keiner. Aber meinen Ledermini, den kann nicht mal Klein-Vampir-Timmi zerbeißen!

Ich beschließe, die Flucht zu ergreifen. Nur leider muss ich das wohl mit Timmi zusammen tun.

»Komm, Timmi, lass uns deine Schuhe und deine Jacke anziehen! Wir wollen ein bisschen rausgehen, ja?«

Timmi sieht mich für einen Augenblick beinahe freundlich an. Aber er zeigt keine Reaktion.

Ich zupfe ein wenig an ihm. Dann schubse ich ihn höflich. »Komm, du! Hast du keine Lust, auf den Spielplatz zu gehen?«

Ich stelle mir das wunderbar erholsam nach den letzten schrecklichen zwanzig Minuten vor. Ich könnte mich gemütlich auf die nächste Mütterbank pflanzen und Timmi rutscht brav siebzig bis neunzig Mal die Rutsche runter. Klasse! Eingezäunt ist so ein Spielplatz auch noch. Da kann er nicht mal unbemerkt abhauen und verloren gehen. Super!

Nur leider findet Timmi das ganz und gar nicht super. Er reagiert weder auf freundliches Zerren noch auf etwas eindringlicheres Schubsen. Hm.

Ich gucke mich vorsichtig um. Gibt's hier vielleicht irgendwo versteckte Kameras, die alles aufzeichnen? Manchen Eltern ist so was durchaus zuzutrauen!

Ich kann aber nicht mal in der Blumenvase eine Kamera entdecken. Prima. Denn nun kürzen wir die Anziehnummer ganz einfach mal ab.

Ich schnappe mir den Wurm und trage ihn unter enormem Protestgeheul in den Flur, zwinge ihn in seinen kleinen Anorak – das Geheul steigert sich zum Orkan – und stülpe ihm seine Stiefel über, indem ich seine Beinchen einfach festhalte, ob er will oder nicht. Zum Schluss noch schnell seine bunte Mütze über den Kopf gezogen – schließlich haben wir November und ich bin eine verantwortungsvolle Babysitterin – und fertig.

Gucke mir den Kleinen zufrieden an. Und – glaubt man es! – in dieser Sekunde hört das Kind mit dem Wutgeheul auf, lächelt mich unternehmungslustig an, schiebt seine kleine Patschehand in meine und sagt: »Losdehen!«

Hab ich jemals was gegen kleine Jungen gesagt? Dieser hier ist doch wirklich herzig! Er trottet brav wie ein Lämmchen an der Leine durch die Straßen neben mir her.

Oh, Spielplatz, wir kommen! Ach, so ein Babysitter-Job ist wirklich easy! Muss gleich mal in Ruhe Dodo anrufen, wenn ich auf der Bank sitze und Timmi die nächsten paar Stunden mit seiner Rutsche beschäftigt ist.

Malea

Wenn Tessa ein Meerestier wäre, dann wäre sie ein Clownfisch. Die sind wunderschön – weiß und orange – und sehen sehr elegant aus, gar kein bisschen wie ein Clown. Das ist ein total unpassender Name für diese Tiere. Clownfische leben zwischen giftigen Seeanemonen, aber haben es total raus, ohne Schaden davonzukommen. Ihre Schuppen sind überall ganz gleichmäßig und die Farbe sieht immer wie gerade angemalt aus. Klar, frisch und glänzend. Sehr beeindruckend. Ich könnte nie so aussehen. Wenn Livi ein Meerestier wäre, wäre sie ein Pelikan. Hübsch, aber nicht aufgedonnert. Immer praktisch. (Deshalb auch die große Tragetasche am Schnabel! – Hihihi!) Und hilfsbereit und freundlich. Livi würde niemals jemandem wehtun. Ich wäre … hm … vielleicht ein Delfin. Delfine sind tolle Tiere. Oder ich wäre ein Pinguin. Ja, ich könnte mir beides gut vorstellen. Warum weiß ich nicht. Und wenn Kenny ein Meerestier wäre, wäre sie ein Seepferdchen. Und Bentje vielleicht ein süßer, pieksiger Seestern.

Wo bloß Livi steckt! Den ganzen Morgen über ist sie schon weg. Ohne uns einen Zettel hinzulegen. Ob sie irgendwas ganz Geheimes macht, das ich wissen sollte?

Wie würde James Bond rausfinden, wo jemand ist?

Meerwasserklar, er würde als Erstes nach wichtigen Hinweisen suchen. Wenn man wissen will, wohin jemand verschwunden ist, muss man natürlich so viel wie möglich darüber herausfinden. Also zum Beispiel *wann* dieser Jemand verschwunden ist und was er *anhatte* und was er *mitgenommen* hat.

Hm, ihre Gummistiefel hat Livi jedenfalls nicht an. In denen ist Iris ins Krankenhaus gefahren. Also ist Livi wohl nicht nur so'n bisschen hinten im Moor spazieren gegangen. Das macht sie ja manchmal. Weil sie nachdenken muss, sagt sie. Also, wie ein Mensch so ununterbrochen nachdenken kann, das ist schon erstaunlich! Na ja, möglicherweise liegt das daran, dass sie dreizehn ist. Scheint irgendwie eine Zeit zu sein, wo man anfängt, ein ganz anderer Mensch zu werden.

Ich bin mir noch nicht ganz sicher, ob ich in zwei Jahren auch ein anderer Mensch werden möchte. Ich finde mich nämlich eigentlich ganz prima, so wie ich bin!

Also, ich werd mal schnell in Livis Zimmer raufhuschen und mich dort ein bisschen umsehen. Vielleicht finde ich ja was.

»Livi ist nicht da«, höre ich Kennys Stimme direkt hinter mir, genau in dem Moment, als ich die Türklinke in der Hand habe.

»Ach nee.« Was soll ich sonst darauf sagen?

Mist, es gibt in diesem Haus einfach zu viele von uns. Man kann nichts unbemerkt tun!

Und wenn ich Kenny jetzt sage, dass ich Livis Zimmer profimäßig untersuchen will, dann will sie bestimmt mitmachen. Aber das will *ich* nicht. Schließlich könnte es sehr schnell gefährlich werden. Und dafür ist Kenny echt noch zu klein. Gregory und Livi machen nämlich ganz gern mal gefährliche Sachen. Politisch wichtig, finden sie das.

Ich bin mir nicht ganz sicher, ob ich weiß, was das Wort

politisch bedeutet. Livi hat mir mal erklärt, dass man politisch ist, wenn man bestimmte Ziele durchsetzen will. Also, wenn Livi zum Beispiel für den Schutz der Umwelt kämpft. Oder für bessere Lebensbedingungen von Tieren.

Politik hat auch irgendwie damit zu tun, dass eben alles mit allem zusammenhängt. Und das finde ich auch wichtig. Deswegen bin ich ja Weltbürgerin. Weil es eben nicht so ist, dass wir nur in unserem eigenen kleinen Land leben und nichts mit den Problemen der anderen Länder zu tun haben, sondern weil es so ist, dass wir in *einer* Welt leben. In einer einzigen! Und deswegen haben alle mit den Problemen von allen zu tun. Und wir dürfen nicht so tun, als ginge uns das nichts an.

Da sind Livi und ich echt einer Meinung.

Aber wir sind *nicht* einer Meinung in der Frage, *wie* wir das tun. Also, *wie* wir uns um die Probleme der Welt kümmern.

Livi findet es ja wundervoll, mit ihrer geliebten Umwelt-AG stundenlang in einem Raum zu hocken und zu reden. Na gut, irgendwann tun sie dann auch mal was. Also, sie drucken Zettel und verteilen die an die Leute auf dem Marktplatz und versuchen, denen ein Gespräch aufzudrücken. Um sie davon zu überzeugen, dass sie ihre Eier zum Beispiel lieber zehn Cent teurer aus den Ställen mit frei laufenden Hühnern kaufen sollen, statt diese Legebatterie-Eier von Hühnern, die auf grausamste Weise eingepfercht werden und noch nie die Sonne gesehen haben. Sicher, das ist gut. Aber sooo langweilig. Und außerdem hören sowieso immer nur ganz wenige Leute zu.

Aber Gregory und Livi lassen sich davon überhaupt nicht entmutigen. Die machen einfach immer weiter.

»Wenn wir nur *einen* Menschen pro Tag dazu bringen

können, sein Verhalten zu ändern«, sagt Livi immer, »dann ist das schon ein toller Erfolg.«

Das finde ich bewundernswert. Dass Livi da so unerschütterlich ist. Okay, für Livi mag dieses Rumhocken mit Freunden und dieses Zettelverteilen eine tolle Art sein, die Welt zu verbessern. Sie hockt ja auch sonst gerne mal so in der Gegend rum. Aber ehrlich, kann man sich James Bond mit Zetteln in der Hand auf irgendeinem Marktplatz vorstellen?

Nö. Haha, der würde doch darüber nur mitleidig grinsen!

James Bond hält sich ganz sicher nicht mit langweiligen Buchstaben und Papier auf. Der fragt die Leute auch nicht höflich, ob sie möglicherweise vielleicht so nett wären, die Umwelt nicht komplett zu vergiften oder ob sie großherzigerweise das miese Dasein von Legebatteriehühnern beenden könnten. Wenn nämlich keiner mehr diese Billigeier kaufen würde, könnten all diese Legebatterien ja dichtmachen, das ist klar.

Aber nein, dafür würde James Bond nicht seine kostbare Zeit opfern. Wenn der was ändern wollte, dann würde der einfach direkt zu so einer fiesen Hühnerfarm hinfahren, den Besitzer an der Gurgel packen, ihn rüberzerren zu seinen Folterkammerkäfigen und ihn eigenhändig zwingen, all seine Hühner freizulassen. Und danach würde James Bond diesen Miesling in hohem Bogen dorthin schmeißen, wo er hingehört. Nämlich auf den nächsten Misthaufen. Damit er noch hundert Jahre stinkt und keiner mehr was mit ihm zu tun haben will. Jawohl!

Hach! Zu schade, dass ich erst elf bin und noch nicht so stark wie James Bond.

»Da ist gar keiner in Livis Zimmer«, wiederholt Kenny, die noch immer geduldig neben mir steht.

»Ich weiß«, antworte ich so belanglos wie möglich.

»Was willst du dann bei ihr?«

»Gucken, ob der Weihnachtsmann schon da war.«

»Hahaha! Du bist echt doof!« Kenny zieht eine beeindruckende Grimasse. »Ich weiß schon lange, dass es den Weihnachtsmann überhaupt nicht gibt.«

»Ach, wirklich?«

»Ja.« Kenny sieht mich finster an. »Du willst schnüffeln bei Livi, gib's zu!«

»Waaas?« Ich gucke Kenny so empört an, wie ich nur kann. »Wie kommst du denn darauf!«

Da schaltet Kenny auf Lächeln um. »Brauchst du vielleicht Hilfe?«

Ich muss ein bisschen grinsen und gebe mich geschlagen. Wir gehen zusammen in Livis Zimmer.

Wie unterschiedlich bei uns die Zimmer aussehen! Die Wände in meinem Zimmer zum Beispiel habe ich wunderschön meerwasserblau angestrichen, beinahe türkis. Da fühlt man sich gleich meerwassermäßig schönst eingekuschelt. Und Rumliegen tut bei mir auch das Eine oder Andere. Schließlich wohne ich ja da. Außerdem ist das doch gemütlich. Unordentlich ist mein Zimmer jedenfalls nicht, finde ich.

In Kennys Zimmer – powerpink – kann man dagegen keinen Schritt machen, ohne auf Spielzeug zu treten. Tessas Zimmer erkennt man bereits von außen. Da braucht man die Tür gar nicht zu öffnen. Die stinkigen Parfümwolken kriechen schon unter dem Türspalt durch.

Und drinnen sieht es dann genauso aus, wie man es von außen vermutet hat. Berge von Klamotten überall, und Puder, Pasten, Tuben und Döschen auf allen Tischchen und Kommoden. Ein riesiger Spiegel hängt da, wo bei Livi Bücherregale sind. Über Tessas Bett kleben Fotos von ihrem Javier und ein riesiges Herz mit kitschigen rosaroten Buchstaben: *Tessa-Tiara y Javier, para siempre.* Was Spanisch ist und *Tessa-Tiara und Javier, für immer* bedeutet und natürlich eines der vielen Geschenke von Javier ist.

Ich finde ja eigentlich, Tessa hat da einen ziemlich netten Typen abgekriegt.

Livis Zimmer sieht aus wie immer. Endlose Papierstapel auf jeder freien Fläche. Sodass es natürlich nie freie Flächen gibt bei Livi. Ich schaue mich ehrlich verblüfft um. Hm, wenn sie das hier alles wirklich gelesen hat, dann muss Livi ganz schön schlau sein!

Kenny guckt ein wenig unentschlossen die Papiere an.

»Kenny!«, erinnere ich sie im Verschwörerton. »Wir wollen doch herausfinden, wo Livi steckt, oder?«

»Klar, Malea, klar!«, antwortet Kenny gleich begeistert.

»Dann halt jetzt deine Augen offen und such nach Hinweisen!«

»Klar«, sagt Kenny noch mal, »klar.«

Eine Weile kramt sie hier ein bisschen und da ein bisschen, dann guckt sie mich an. »Och, Malea, ich wünschte, Bentje wäre hier. Die kann sooo gut schnüffeln!«

Ich grinse. »Aber wir wollen doch nicht jedem auf die Nase binden, dass Livi verschwunden ist! Nicht mal Bonbon-Bentje. – Und außerdem schnüffeln wir nicht.«

Bonbon-Bentje ist Kennys herzallerliebste Freundin. Neulich haben sie sogar einen Geheimclub gegründet. Zusammen mit Romy, einer anderen Freundin von Bentje und Kenny. Und was sie da Geheimes tun, ist tatsächlich ein Geheimnis.

»Ihr sollt sie nicht immer Bonbon-Bentje nennen!«, sagt Kenny böse.

»Warum denn nicht?«, grinse ich. »Sie sieht doch aus wie ein Bonbon!«

»Gar nicht!«, sagt Kenny und greift nach dem erstbesten Ding neben ihr, was in diesem Fall Livis Wecker ist, den sie nach mir schmeißt.

Ich fange ihn geschickt auf. Wofür Livi mir bestimmt dankbar ist! So eine Uhr kann schließlich schnell kaputtgehen.

»Ach, komm schon, Kenny«, sage ich versöhnlich, »Bentje trägt immer die schönsten Bonbonfarben-Klamotten. Und außerdem ist das ein netter Name!«

»Gar nicht«, muffelt Kenny, aber sie sieht besänftigt aus.

Als ich den Wecker zurückstellen will, bemerke ich plötzlich, dass der rote Weckzeiger auf vier steht.

Auf *vier* Uhr? Hat Livi sich etwa heute Morgen so früh wecken lassen? Wo um alles in der Welt wollte sie denn um vier Uhr morgens hin? Im November? Da ist es doch noch stockdunkel.

Ich starre das Ding an, als ob da außer den Zeigern noch eine Antwort auf meine Frage stehen könnte.

»Is was?«, fragt Kenny. »Malea? Warum glotzt du denn so blöd? Hast du noch nie einen Wecker gesehen?«

Kenny

Wenn man Abenteuer erleben will, muss man ganz schön doll Geduld haben. Ich meine, man kann nicht einfach morgens aufstehen und sich anziehen und sagen: »Okay, Abenteuer, ich bin fertig, wo bist du?« Nee, man muss warten und womöglich stundenlang hinter einer seiner großen Schwestern herlaufen und sich nicht abschütteln lassen, denn sonst würde die glatt ohne einen mit den Abenteuern anfangen. Und dann? Dann kann man immer noch nicht ganz sicher sein, dass jetzt auch wirklich ein Abenteuer kommt! Ich glaube sowieso, in die größten Abenteuer rutscht man von ganz allein. Ohne dass man wartet oder Schwestern hinterherläuft, meine ich. Man kann gar nicht viel dazu tun. Und – puh – da soll man nicht ungeduldig werden …

Malea glotzt Livis Wecker an, als wäre der irgendeins von diesen geheimen Papieren, die diese Kerle in Maleas Filmen immer anglotzen. Direkt danach springen sie dann in ein Flugzeug, das sofort in Länder fliegt, die unheimlich weit weg sind. Ob Malea auch gleich aufspringt und losrennt?

Ich gucke auch mal. Aber da ist nix Besonderes dran. Er sieht heute absolut genauso aus wie sonst auch. Wie Livis Wecker eben.

»Is was?«, frage ich noch mal.

Malea sieht plötzlich unheimlich ernst aus. Aber irgendwie auch ein bisschen – ein bisschen wie … Weihnachten. So als ob gleich was Tolles passiert. Ihre Augen leuchten.

»Du, Kenny«, flüstert Malea mit aufgerissenen Augen. »Ich glaube … Livi ist auf geheimer Mission!«

»Miss-jon?«, frage ich. Und ich flüstere sicherheitshalber auch mal. Schließlich kann ich genauso geheim sein wie Malea, jawohl! »Was ist das?«

Malea zieht ihre Nase kraus.

Uh, ich hasse das! Das macht sie ganz oft! Und meistens sagt sie direkt danach, dass ich woanders hingehen soll, weil das, was sie jetzt vorhat, nichts mehr für kleine Kinder ist.

»Ich bin nicht *klein*!«, sage ich deswegen vorsichtshalber schon mal in drohendem Ton.

Malea lächelt ein winziges bisschen. Aber ihre Nase wird glatt und kraus und glatt und kraus.

»Was ist eine *Missjon*?«, wiederhole ich.

»Wenn man vorhat etwas zu tun«, sagt Malea, »dann ist man auf einer Mi-ssi-on. Wenn James Bond einen Auftrag hat, dann hat er eine Mission.«

»Aha«, sage ich und nicke. Auch wenn ich nicht ganz verstanden habe, was sie meint. Malea immer mit ihrem komischen James Bond!

Malea kneift jetzt die Augen zusammen und sieht mich nachdenklich an.

»*Ich – bin – nicht – mehr – klein*!«, sage ich sicherheitshalber noch mal so fest ich kann.

»Also schön, Kenny«, antwortet Malea. »Ich glaube …« Und jetzt beugt sie sich zu mir runter und wird wieder ganz leise. »Ich glaube, dass Livi sich heute ganz, ganz früh morgens rausgeschlichen hat und mit Gregory unterwegs ist.«

»Echt?« Ich bin etwas unsicher, was ich sagen soll. Ich meine, ist das jetzt toll, oder was? Was soll denn an einem Spaziergang so aufregend sein?

»Verstehst du?«, fragt Malea.

»Mhmm«, mache ich mal so.

»Die Hühnerfarm hinten an der Autobahnauffahrt!« Malea guckt mich an, als ob ich total bescheuert wäre. Ich hasse das!

»Mhmm.«

»Die *Legebatterie!*« Maleas Stimme klingt jetzt wie Mamas, wenn ich nach dem Aufs-Klo-Gehen vergessen hab zu spülen. »Wo all die armen Hühner sind! Du weißt doch!«

»Klar, weiß ich das«, sage ich vorwurfsvoll, »klar.«

Oh, Mann! Denn ich verstehe gerade, was Malea meint.

»Malea!«, hauche ich. »Glaubst du, Livi befreit gerade die Hühner aus dem Hühnergefängnis?« Jetzt leuchten *meine* Augen.

Malea nickt sehr geheim. »Ganz genau! Und ich könnte mir gut vorstellen, dass Livi und Gregory dabei unsere Hilfe brauchen. Aber – psst – kein Wort zu Rema!« Sie legt ihren Finger warnend auf den Mund.

Also echt, was denkt sie denn? Ich bin doch kein Baby! Ich weiß doch, dass man mit älteren Leuten vorsichtig sein muss. Die erschrecken sich leicht. Und Rema besonders. Denen darf man nicht sagen, wenn man auf geheimer Missjon ist! Aber – juchhu! – das sind wir gleich! Genau wie Livi.

»Klar«, nicke ich, »klar.«

Hups! Was ist das denn? Da kommt ja Aurora unter dem Wandschrank im Flur herausgewackelt!

»Tock-tock-tooock!«

»Ja, Auroralein, was machst du denn hier? Hast du heute bei uns geschlafen?«

Auch wenn Aurora jetzt ganz fest und richtig und für immer *unser* Haustier ist und nicht mehr Walter Walbohms, schläft sie doch noch meistens bei ihm drüben. Dort hat sie ihr kleines Häuschen, das er ihr gebaut hat, in dem kleinen Raum vor seiner Küche. Und was zu picken streut er ihr auch immer hin.

»Malea und ich gehen jetzt ein bisschen spazieren«, erkläre ich ihr.

Das Wort *Miss-jon* kennt sie bestimmt nicht und ich glaube, man muss mit Tieren immer ganz einfach reden, damit sie einen verstehen können.

»Tock!«, sagt Aurora. Sie legt den Kopf schief und sieht mich an. »Tock-tock.«

Und dann flattert sie die Treppe runter und aus der offen stehenden Haustür raus in den Vorgarten.

Malea

Ich begreife allmählich, wieso die ganze Welt bisher noch nie von jemandem gerettet worden ist. Es ist nämlich unheimlich schwer, sich auf die ganze Welt zu konzentrieren, wenn um einen herum dauernd was passiert. Da kann man ja nicht einfach weggucken. Da muss man dann eben das Retten der ganzen Welt noch etwas verschieben. Aber vergessen tue ich es nicht!

Kenny und ich gehen Hand in Hand die Straße runter. Da sind eine Menge Leute, die uns mit Einkaufskörben aus der Stadt entgegenkommen. Klar, Samstagvormittag ist ja der typische Einkaufstag. Ist garantiert knallvoll unten in der Einkaufszone.

»Wo gehen wir eigentlich hin?«, fragt Kenny.

»Zur Hühnerfarm«, zische ich ihr leise zu, »das weißt du doch!« Muss ja schließlich nicht jeder hören. Immerhin ist so eine Hühnerbefreiung unfassbarerweise gesetzlich verboten. Das heißt, wenn man arme, leidende Hühner gerettet hat, wird man zum Dank dafür womöglich ins Gefängnis gesperrt. Das ist doch echt unglaublich! Wie ungerecht ist eigentlich die Welt?

Wo werden wohl Livi und Gregory sein? Ob sie es geschafft haben, die Hühner rauszukriegen?

Um das ganze Gelände herum ist immerhin ein hoher Stacheldrahtzaun. Und seit es vor Livi und Gregory schon ein paar Leute versucht haben – ich will jetzt keine Namen nennen! –, hat dieser Mistkerl von Besitzer sich auch noch zwei riesige, sehr unfreundliche Hunde angeschafft. Die laufen frei um die fest verschlossenen Schuppen mit den Hühnern herum und greifen garantiert jeden an, der sich ihnen nähert. Da kann man froh sein, dass einen der Stacheldrahtzaun vor diesen Beißmaschinen schützt!

Ganz schön mutig von Livi und Gregory, dass sie sich das trotzdem trauen!

Oh-oh! Hoffentlich ist ihnen nichts passiert!

Man denkt ja irgendwie nie, dass was passieren könnte, aber dann … passiert eben doch was! Oder hätten wir zum Beispiel damit rechnen sollen, dass morgens plötzlich das halbe Dach einstürzt und Cornelius …

Oh nein!

»Was ist?« Kenny neben mir sieht mich erschrocken an. Ich muss wohl ziemlich laut geseufzt haben.

»Ach«, sage ich traurig, »ich musste nur gerade wieder an Cornelius denken. Vielleicht hätten wir warten sollen, bis Iris anruft und uns sagt, wie es ihm geht.«

Kenny drückt meine Hand und lächelt mich an. »Es geht Papa bestimmt gut! Er ist ja im Krankenhaus! Da wissen doch alle, was man machen muss, damit sein Kopf sich von der Gehirnschüttelung erholt.«

Ich lächele ebenfalls. Also, kleine Schwestern sind vielleicht manchmal nervig, aber lieb sind sie doch!

Und außerdem – außerdem ist vielleicht nicht nur Cornelius gerade in Not. Sondern vielleicht auch Livi! Und Gregory. Und außer mir und Kenny weiß noch nicht mal irgendjemand, dass sie auf gefährlicher Mission und deshalb vielleicht in Not sind. Nein, ganz klar, die brauchen vermutlich unsere Hilfe viel dringender als Cornelius.

Da vorne fangen schon die ersten Geschäfte an. Und dort hinten ist der Marktplatz und da ist die …

Huch! Da ist ja Livi! Und Gregory steht direkt neben ihr! Aber weit und breit kein einziges Huhn.

Und wer sind die beiden Männer, die mit ihnen reden?

In diesem Moment sieht auch Kenny sie. »Guck mal, Malea! Da sind ja …«

»Schscht!«

Automatisch ducke ich mich in den nächsten Hauseingang und ziehe Kenny hinter mir her. Als echte Spionin spürt man, wann man unauffällig werden muss! Und hier liegt was in der Luft! Das würde sogar ein Goldfisch mit Nasenklammer riechen!

Die beiden Kerle, die neben Gregory und Livi stehen, sehen mehr als verdächtig aus. Die glotzen Livi an, als würden sie sie am liebsten auffressen. Iiiih, so ein Blick! Ein Lächeln wie der böse Wolf.

Und Livi? Kann ja wohl nicht wahr sein! Livi lächelt blöd wie Rotkäppchen.

Gregory steht beinahe hilflos daneben. Er guckt von einem zum anderen, hört zu, sieht etwas überrascht aus. Wenn ich nur hören könnte, was die reden!

Die Kerle quatschen aber auch, was das Zeug hält. Hört der eine auf, setzt der andere ein. Livi und Gregory haben bis jetzt kein Wort gesagt. Sie sehen nur … immer überraschter aus. Was für unangenehme Kerle das sind! Das erkenne ich von hier! Die sehen aus, als würden sie am liebsten in Livi reinkriechen. Die Ärmste kann ja kaum atmen.

»Guck mal, der Mann da hat auch Bonbon-Klamotten

an«, wispert Kenny neben mir und deutet auf den Typen, der Livi am nächsten steht.

Stimmt, der Kerl sieht echt aus wie ein Kanarienvogel. Knallgelbe Hosen und so ’ne rot schimmernde Jacke.

Der andere ist dafür schwarz in schwarz gekleidet. Sieht aus, wie einer aus dem Fernsehen. Schwarze Jeans, schwarzer Rolli, schwarzes Jackett. Megaschick. Viel zu schick für unsere Stadt. Was will der hier mit seinem Papageienfreund? Die beiden würden allerhöchstens zu Gregorys Fernsehstarmutter passen. Die sieht genauso doof aus.

Ja, echt, vielleicht sind das wirklich Bekannte von Gregorys Mutter – die ist ja die Moderatorin von dieser dämlichen Freitagstalkshow »Blau nach zehn« –, und Gregory hat die beiden hier zufällig getroffen und …

Nein, dann würden sie wohl mit Gregory reden und nicht nur mit Livi. Oder ihn zumindest mal angucken. Denn das tun sie so *wahnsinnig auffällig* überhaupt gar nicht, dass … dass …. dass ich anfange, mir echt Sorgen zu machen. Schließlich hört man ja allerhand über miese Kerle, die arme, nichts ahnende Mädchen einfach auf der Straße ansprechen und dann …

Uh, da will ich gar nicht weiterdenken! Livi, pass auf!

Sie geht einen Schritt zurück. Der Papagei und der schwarze Rolli sofort einen Schritt vor. Die Typen kleben an ihr wie Klebstoff. Wie Sprengstoff. Wie …

Livi schüttelt abwehrend den Kopf. Die Männer reden jetzt gleichzeitig auf sie ein. Der eine hält irgendwas in der Hand. Eine Waffe ist es nicht. Glaube ich. Aber das würde er sich auch nicht trauen, hier mitten in der Einkaufsstraße, oder?

Nun drückt er Livi was in die Hand. Geld? Wollen sie sie bestechen, mitzukommen?

Nein, Livi, nein! So dumm bist du doch nicht! Davor hat uns doch Iris schon gewarnt, als wir noch in den Kindergarten gingen! Niemals mit Fremden mitgehen!

Livi schüttelt jetzt heftiger den Kopf.

Gut so, Livi, zeig ihnen die kalte Schulter!

Aber da – was ist das? Der Papagei deutet auf ein dunkelblaues Auto, das auf der anderen Straßenseite steht und sabbelt wie wild auf Livi ein.

Livi guckt unentschlossen das Auto an. Guckt dann zu Gregory rüber.

Maaaaann! Nein, ich kann da einfach nicht länger zugucken! Ich kapiere nicht, dass Gregory nichts tut. Er ist doch sonst nicht so ein Weichei!

»Kenny«, sage ich entschlossen, »du bleibst lieber hier! Ich gehe jetzt zu denen rüber.«

Kenny sieht mich an, als hätte ich zu ihr gesagt: *Schokolade für alle und Knäckebrot für Kenny.*

»Quatsch« ist alles, was sie mir antwortet und tippt sich an die Stirn, »ich gehe natürlich mit.«

Doch bevor sie das tun kann, rennt sie plötzlich in die entgegengesetzte Richtung.

»Aurora!«, schreit sie und breitet im Laufen ihre Arme aus. »Auroralein! Was machst du denn hier?«

Und – ich glaube es nicht! – da trippelt tatsächlich seelenruhig unsere Henne quer über den Marktplatz. Ich wusste ja, dass sie ab und zu gerne mal einen kleinen Ausflug macht, aber so weit…! Sie muss wohl Langeweile gehabt haben und uns gefolgt sein. Oh, Aurora! Auch das noch!

Ich drehe mich wieder um zu Livi und Gregory und – da bleibt mir fast das Herz stehen! Sie sind weg! Beide! Und die Kerle auch. Wie vom Erdboden verschluckt.

Ich reiße meinen Kopf rum zu der anderen Straßenseite, wo das blaue Auto parkt. Nein, *parkte.*

OH GOTT! Es ist passiert! Sie haben Livi entführt! Das blaue Auto ist weg! Weg, weg, weg. Und mit ihm meine Schwester und Gregory!

Hiiilfeee! Liviiii!

Livi

Es gibt so Tage…, an denen passiert nichts. (Praktisch mein ganzes Leben lang.) Oder zumindest nur lauter bescheuerte Sachen. (An den meisten Schultagen. Zum Beispiel Hausaufgaben in siebzehn Fächern, obwohl man morgens überhaupt nur vier hatte.) An anderen Tagen hat man schon beim Aufwachen so schlechte Laune, dass sowieso schon gar nichts Interessantes mehr passieren könnte. (Früher oft. Zum Glück jetzt immer seltener.) Und dann gibt es Tage, da passiert alles. Einfach, einfach alles. (Heute.)

Sogar der frühe Samstagmorgen fing schon ungewöhnlicher an als sonst. Gregory hat, wie verabredet, pünktlich um zehn nach vier kleine Steinchen an meine Scheibe geschmissen, um mich zu wecken. Aber da war ich natürlich schon längst wach und angezogen und fertig und wartete nur noch auf ihn. Hatte mir ja den Wecker gestellt.

Gregory stand unten im Garten in seiner grässlichen Armyhose und grinste zu mir hoch. Aber auch die Armyhose stört mich an ihm kaum noch. Ich weiß ja, dass Gregory nie vorhat, irgendwelche Armeen zu unterstützen.

Ach, Mann, bin ich froh, endlich eine beste Freundin zu haben! Auch wenn sie einen Jungennamen hat. Gregory ist garantiert die *beste* Freundin, die man haben kann!

Ich schlich mich aus unserem Haus auf die Straße und knuffte Gregory zur Begrüßung freundlich. »Hey, du bist ja pünktlich!«

»Logo!«, grinste Gregory. »Hast du die Kamera?«

»Logo!«, grinste ich zurück und klopfte auf meine kleine Umhängetasche.

»Gut«, meinte Gregory, »dann los!«

»Und ob!«, sagte ich unternehmungslustig. Denn ich konnte es kaum abwarten, endlich die Lebensbedingungen dieser gemarterten Tiere zu dokumentieren und allen Menschen zu zeigen.

Gregory und ich haben in den letzten Wochen oft frühmorgens auf der Lauer gelegen und rausgefunden, dass die Hühner jeden Tag um halb fünf gefüttert werden. Außerdem werden dann die Tore geöffnet, sodass ein wenig Frischluft in die riesigen Ställe kommt, wo die Hühner zusammengequetscht in Käfigen hocken.

Das ist der einzige Moment des Tages, in dem diese Tore geöffnet sind und man von außen reingucken kann. Leider kann man auch dann nicht viel sehen.

»Wir brauchen eine richtig gute Kamera mit Teleobjektiv, wenn wir Fotos machen wollen«, stellte Gregory fest.

Und die hatten wir uns besorgt. Geliehen von der Foto-AG in unserer Schule. Ziemlich nett sind die Schüler da. Und als wir ihnen erzählt haben, wofür wir die Kamera brauchen, haben sie uns sofort ihr bestes Stück in die Hand gedrückt. Cool.

Und jetzt haben wir die megaschärfsten Bilder! Trotz der nächtlichen Dunkelheit um die Schuppen herum konnten wir mit einer Superkamera wie dieser problemlos ohne Blitz fotografieren, sodass man das erleuchtete Innere der Ställe auf den Bildern bestens sehen kann. Juchhu!

Noch besser: Keiner hat uns bemerkt. Aber am nächsten Freitag wird der Besitzer ohne Zweifel merken, dass wir da waren. Denn dann erscheinen die Fotos in unserer Schülerzeitung.

Die liest nicht nur jeder Schüler unserer Schule, sondern auch jede Mutter und jeder Vater. Also mindestens die halbe Stadt. Wenn das kein Aufsehen erregt, dann weiß ich nicht!

Oh, es fühlt sich sooo gut an, etwas Tolles getan zu haben! Etwas Richtiges! Etwas, das etwas bewirken wird!

Wir waren so eingekuschelt in dieses wunderbar wohlige Gefühl, dass uns nicht mal die Kälte des frühen Morgens etwas ausmachte. Es war etwa sieben, als Gregory und ich zurück durch die Stadt schlenderten. Die Sonne war gerade aufgegangen, die Stadt war noch ganz leer und leise, und ein weiches Licht lag auf allen Häusern.

Ehrlich, auch ohne Fotos hätte man gar nicht anders gekonnt, als gute Laune zu haben!

»Lust auf ofenwarme Croissants?«, fragte Gregory und deutete auf eine bereits offene Bäckerei, aus der die verlockendsten Düfte kamen.

Eigentlich hatten wir ja vorgehabt, wieder zu Hause zu sein, bevor bei uns jemand aufstand. Aber es war so ein außergewöhnlicher Moment für uns, mit rosa Licht auf allen Dächern und unserem Erfolg im Herzen, und da war uns das ganz egal.

Tja, was im Leben alles passieren kann, wenn man nur mal was anderes macht als sonst! Denn hätten wir es uns nicht in der kleinen Sitzecke in dieser Bäckerei gemütlich gemacht und hätten wir nicht über all dem Croissant-Gefuttere und Heißem-Kakao-Getrinke und glücklichem Gequatsche glatt die Zeit vergessen, dann … dann wäre nämlich all das, was gerade eben passiert ist, *nicht* passiert.

Ich meine – überhaupt! Dass so was überhaupt in unserer Stadt passiert! Nein, dass so was MIR passiert!

Also – ich weiß echt nicht, was ich denken soll!

Und was ich von diesen beiden Typen halten soll, weiß ich noch weniger. Der eine war ja ganz okay. Aber der andere – dunkler Rolli, dunkle Jacke – war irgendwie … ziemlich aufdringlich.

Und was für einen Blödsinn der gefaselt hat! Von wegen *irischer Typ* und so! Bloß weil ich rotblonde Haare habe und ein paar beknackte Sommersprossen auf der Nase.

Einen Moment lang hatte ich sogar ein bisschen Panik, dass der uns gleich in sein Auto drängt. Und dann? Da fand ich es mal wieder ziemlich praktisch, dass meine beste Freundin ein Junge ist!

Zum Glück stellte sich aber schnell raus, dass er nur eine Kamera aus seinem Wagen holen wollte, um ein paar Probeaufnahmen zu machen, wie er sagte. Doch da kriegte ich ein komisches Gefühl. Nee, ich lass mich doch nicht einfach von irgendwelchen Kerlen fotografieren, die ich noch nie gesehen habe.

Der Typ lenkte dann auch gleich ein und meinte: »Nein, nein, das ist in Ordnung. Du solltest natürlich erst deine Eltern fragen. Aber *bitte* tu das! Gleich heute! Du bist *genau* das Gesicht, das wir suchen! Und *bitte* ruf uns sofort an! Auch wenn es Sonntag ist. Aber spätestens am Montag. Unsere Karte haben wir dir ja gegeben.«

Das alles war irgendwie so übertrieben, dass ich überhaupt nicht mehr wusste, was ich sagen sollte. Na ja, das wusste ich eigentlich schon gleich am Anfang nicht, als die beiden auf uns zu kamen und uns ansprachen und sich als *Scouts* vorstellten. Was anscheinend so Leute sind, die die Straßen nach Leuten absuchen, die sich gut als Models eignen würden. Aber selbst wenn das alles stimmt, was die gesagt haben, müssen sie deshalb gleich so dramatisch werden? *Bitte! Gleich! Auch am Sonntag!* Also, das ist schon etwas übertrieben, oder?

»Ach, so sind diese Medienleute doch immer«, sagt Gregory neben mir, als sie weg sind, und macht eine abschwächende Handbewegung.

»Echt?« Na ja, ich schätze, der muss es wissen. Seine Fernsehmutter bringt bestimmt genug solcher Leute mit nach Hause.

»Denk doch nur mal an das ganze Geld!«

»Pah!«, schnaube ich. »Geld! Das ist es doch! Damit unterstütze ich doch zu hundert Prozent diese ganze Konsumgesellschaft! So wie die da!« Ich bleibe vor einem riesigen Werbeplakat stehen, auf dem ein Bikinimädchen an einem Südseestrand lieblich lächelnd einen Schokoriegel knabbert.

Gregory kichert. »Komm schon, Livi! Schokolade ist doch nichts Schlechtes. Und wahrscheinlich ...« Er grinst jetzt breit. » ... wahrscheinlich ist dieses Mädchen erste Vorsitzende des Vereins zum Schutz der Eisbären in der Arktis und verwendet ihr leicht verdientes Geld dafür, den Leuten die Gefahren zu erklären, die das Ozonloch nicht nur für uns, sondern auch für die Eisbären hat. Und das ist doch super, oder?«

Jetzt muss ich auch lachen. Gregory hat so eine Art, auch über ernste Dinge noch Witze zu machen. Und die Vorstellung, dass dieses Bikinimädchen mit Schokolächeln sich in Wirklichkeit für die Umwelt einsetzt, ist wirklich zu albern!

»Logo«, kichere ich, »die lässt mit ihrem Geld teure Broschüren drucken und hilft so den Eisbären mehr, als wir das je könnten! Klar, klar! Hahaha!«

Da hört Gregory auf zu kichern. Er fasst mich an die Schulter, als wäre ihm grad ein toller Gedanke gekommen. »Ganz genau, Livi! Das ist es!« Er sieht mir direkt in die Augen. »Überleg mal! Das wäre doch riesig! Denk doch nur, was wir mit dem Geld alles machen könnten!«

Spinnt der jetzt?

Aber dann fang ich tatsächlich an zu überlegen. Geld …

Und mir fällt als Erstes ein, dass wir eigentlich die Legebatteriefotos auf Flugblätter drucken wollten, um sie dann auf dem Marktplatz zu verteilen. Aber das können wir uns von unserem Taschengeld nicht leisten. Deshalb die Idee mit der Schülerzeitung. Dabei könnten Flugblätter natürlich noch viel mehr Menschen erreichen. Als Nächstes fällt mir ein, dass es auch schön wäre, selbst so eine klasse Kamera wie diese hier zu haben. Natürlich um bei ähnlichen Aktionen wie heute Morgen immer bestes Beweismaterial zu sichern.

Na gut, und ich würde vielleicht auch ein paar Fotos von mir und Gregory machen. Und von Rema. Und von Aurora und Kenny. Und von Malea und Tessa und Cornelius und Iris und … Ach ja, eine eigene Kamera wäre echt schön!

Halt! Das gibt's doch wohl nicht! Kaum hält man mir für eine Sekunde ein paar Geldscheine vor die Nase und schon fange ich an, konsumhungriger zu werden als Tessa!

»Blödsinn!«, sage ich entschieden zu Gregory. »So was mache ich nicht. Wenn du das so toll findest, kannst *du* dich ja im Bikini an einen Strand stellen und Schokolade knabbern.«

Gregory grinst. »Würde ich liebend gern sofort machen, aber …« Er zieht eine bedauernde Grimasse. »… *mich* wollen sie leider nicht.«

Ich grinse ebenfalls.

»Kann mir gar nicht erklären, wieso!«, ziehe ich ihn auf. »An den hübschen Hosen hier kann es wohl nicht liegen, oder?«

»Waaas?« Gregory grinst zum Glück immer noch. »Was hast du gegen meine Armyhosen? Meine Mutter nörgelt auch schon seit Monaten rum.«

Seine Mutter? Dass die überhaupt bemerkt, dass ihr Sohn Hosen trägt und keine Schottenröcke, ist schon erstaunlich!

Sibylle Hahn ist nicht gerade dafür bekannt, überaus mütterlich zu sein. Gregory ist mit Dosen aufgewachsen, die er sich selbst warm gemacht hat, weil seine Mutter tagsüber die meiste Zeit schläft und abends ins Fernsehstudio hastet und danach vermutlich auf irgendwelche Partys. Aber was ich über seine Mutter denke, sage ich lieber nicht laut. Ich schätze, das würde Gregory doch wehtun.

»Na schön.« Gregory zieht eine Grimasse. »Ich kann mir ja mal 'ne neue Hose kaufen.«

»Gute Idee«, nicke ich. »Wie wäre es mit einer schönen knallgelben Jeans, wie dieser Werbekerl eine hatte?«

Gregory tut für einen Moment so, als wäre er angenehm überrascht von dem Vorschlag. »Oh jaaa! Ich glaube, das wäre genau der richtige Stil für mich.« Er ahmt mit seiner Stimme den Mann von eben nach und streicht sich affektiert über seine wuscheligen Haare. »Was meinst du, Livi, bin ich eigentlich auch ein irischer Typ? Oder doch eher …«

Ich gucke auf seinen langen, dünnen, schlaksigen Körper und seine blonden Haarbüschel.

»Ich glaube, du bist eher der Streichholz-Typ«, unterbreche ich ihn glucksend. »So eine Art Wikinger-Streichholz.« Schwächlich ist er ja nun nicht!

Wir lachen beide.

Oh, ich bin so froh, dass Gregory meine beste Freundin ist!

Genau in diesem Moment sehe ich Malea und Kenny hinten am Marktplatz wie wild in der Gegend rumrennen. Was machen die denn da schon wieder? Laufen wie die Irren zwischen den Leuten in Schlangenlinien durch. Den Oberkörper tief nach unten gebückt. Als ob sie *Indianer auf dem Kriegspfad* spielen.

»Guck mal!«, sagt jetzt auch Gregory. »Da sind …«

»Ich weiß«, nicke ich schnell und gucke betont in eine andere Richtung. »Lass uns bitte einfach weitergehen, ja?« Wenn ich so tue, als hätte ich sie nicht gesehen, merkt vielleicht keiner, dass ich die Schwester von diesen beiden Mädchen bin.

»Komm schon, Gregory!«, flüstere ich eindringlich und zupfe ihn am Ärmel. »Schnell! Weiter!«

Gregory kichert und schüttelt den Kopf, lässt sich aber gutmütig mitziehen.

»Echt, Livi«, grinst er, »ich weiß überhaupt nicht, was du immer hast. Ich finde deine Schwestern lustig!« *Lustig*? Ja, sicher! Was soll das? Gregory sollte wirklich auf meiner Seite sein!

»Liviiiiii!«, gellt da plötzlich ein markerschütternder Schrei quer über den Marktplatz, den man bestimmt in der ganzen Stadt hören kann.

Etwa hundert Leute heben den Kopf und starren mich an und danach die Person, von der der Schrei kam. Oh, ich möchte einfach zwischen dem Kopfsteinpflaster verschwinden! Gibt's hier bitte irgendwo einen Geheimgang?

»Liviiiiii!« Malea starrt mich an, als sei ich ein Geist.

Ein paar Leute in meiner Nähe grinsen schon. Ich merke, wie mir die Röte ins Gesicht schießt. Oh, warum muss ich nur Schwestern haben? Warum nicht lieber einen Bruder wie Gregory?

Obwohl der im Moment auch nicht sehr hilfreich ist. Ich werfe ihm einen vernichtenden Blick zu. Das mindert sein amüsiertes Grinsen allerdings nicht die Bohne.

»Liviiiiii!« Malea fliegt durch die Menge auf mich zu und klebt eine Sekunde später direkt an meiner Brust.

Sie drückt mich, als wolle sie Kartoffelbrei aus mir machen. »Livi, oh Livi! Bin ich froh, dich zu sehen!!«

»Klar, klar«, sage ich beruhigend und tätschele ihr den Rücken wie einem Hund, weil sie sich immer noch an meinen Hals klammert und ich sowieso nichts anderes tun könnte, »ich freu mich auch, dich zu sehen, Schwesterchen.«

Ich werfe wilde, Hilfe suchende Blicke zu Gregory rüber.

»Alles klar, Malea?«, bequemt der sich schließlich zu sagen und sie vorsichtig von mir wegzuziehen.

Ich atme erleichtert durch. Malea hat mich fast erwürgt.

»Oh Livi«, haucht sie, »wie habt ihr es bloß geschafft, euch zu befreien?«

»*Befreien?*«, wiederhole ich und mustere Malea nachdenklich.

Also, es ist eine Sache, ein bisschen peinlich zu sein. Aber manchmal – manchmal muss man wirklich an dem Geisteszustand meiner Schwestern zweifeln. Da ist Malea leider keine Ausnahme.

In dieser Sekunde steht auch Kenny vor mir. »Hallo, Livi! Wolltest du dich doch nicht entführen lassen?«

»*Entführen?*« Ich weiß echt nicht mehr, was ich sagen soll. Haben die gestern Abend zu lange Fernsehen geguckt?

Gregory neben mir prustet los. »Süß, deine Schwestern, echt süß!«

Kenny lächelt ihn mit ihrem liebsten Lächeln von schräg unten an. »Okay. Hilfst du uns dann jetzt mal Aurora suchen? Die ist nämlich da vorne irgendwo zwischen den Leuten. Und wenn wir sie nicht bald finden, findet sie vielleicht einer von den Fleischverkäufern und dann …« Kenny lächelt jetzt nicht mehr.

Gregory hört auf zu lachen und schmunzelt nur noch. »Ah, verstehe! Ihr habt Aurora gejagt.«

»Klar«, sagt Kenny und guckt sehr erstaunt, »klar, was dachtest *du* denn?«

Tessa

Drei Sachen habe ich mir ganz fest vorgenommen. Erstens: Ich will mein Leben immer SELBST bestimmen. Zweitens: Ich will mich von meinen Zielen im Leben von niemandem ablenken lassen. Schon gar nicht von Iris oder Cornelius. Nicht mal von Jungs. Und drittens: Ups, hab ich vergessen.

Ach, ist das nett hier!

Timmi ist gleich auf die Rutsche zugewackelt und johlt da oben vor Vergnügen.

»Na los! Hopp!«, rufe ich ihm aufmunternd zu. (Ich glaube, Babysitten liegt mir.)

Platsch!, lässt Timmi sich auf seinen kleinen Bauch fallen und – oh lá lá, ging das vielleicht zu schnell? – rutscht auch schon mit dem Gesicht voran runter in den Sand. Plopp!, macht es, als er der Länge nach im Sand aufknallt.

Hm, sollte ich jetzt lieber mal aufstehen und nach ihm sehen? Blöd, ich hab mich doch grad erst hingesetzt. Gucken die anderen Mütter schon vorwurfsvoll? Nö, die sind alle mit ihren Kindern oder irgendwelchen Zeitschriften beschäftigt. Nun rappelt sich Timmi sowieso schon von ganz alleine auf. Und strahlt zu mir rüber. Guter Junge!

»Gut gemacht, Timmi!«, rufe ich.

Das nimmt er als Ansporn und klettert ein zweites Mal die Rutsche hoch. Prima. Wo ist mein Handy?

»Dodo? Hi! – Ja, ich bin auf dem kleinen Spielplatz gegenüber von der Adler-Apotheke… – Was? – Ja, genau, Adlerstraße. Hast du Lust, ein bisschen über unser Buch zu quatschen? Was? – Na klar, hab ich dafür Zeit! Timmi ist total süß, der kann sich wunderbar alleine beschäftigen.«

Ich checke noch mal, ob das Tor zum Spielplatz auch fest verschlossen ist. Wunderbar. Dann kann ja nichts passieren. Ich gebe mich also ganz Dodo und unseren Ideen hin. Mein Kopf ist so voll von all den tollen Gedanken, die mir zu unserem Buch gekommen sind, dass ich es kaum noch abwarten kann, Dodo davon zu erzählen.

»Nein, verstehst du, beim Flirten geht's eben nicht nur um die richtige Technik, das ist mir in den letzten Tagen klar geworden«, versuche ich Dodo zu erklären. »Beim Flirten geht's erst mal um dich selbst.«

»Klar«, meint Dodo und kichert selbstgefällig.

»Also, es geht darum«, fahre ich fort, »dass du weißt, wer du selbst bist!«

»Hä?«, macht Dodo etwas verwirrt und hört auf zu kichern. »Wie meinst du das, *wer du selbst bist*?«

Also, manchmal ist Dodo etwas schwer von Begriff.

»Na, ich meine das so ähnlich, wie dieser Berufsberatertyp in der Schule neulich. Weißt du noch? Der quatschte doch immer davon, dass man herausfinden soll, was man besonders gut kann, bevor man sich für einen Beruf entscheidet.«

»Und du meinst jetzt…« Dodo kichert wieder. »…wir sollten herausfinden, was wir besonders gut können, und das dann tun, um die Jungs noch besser zu catchen?«

Ich hole Luft. Blödsinn! Was redet Dodo denn da für einen Mist? Das hab ich natürlich überhaupt NICHT gemeint!

Ich weiß, was Dodo gut kann. Sie kann lächeln auf Knopfdruck, sodass jeder schwach wird. Sie hat den besten Hüftschwung der Schule. Sie kann sich so raffiniert anziehen, dass sogar ich ihr nachstarre. Und nicht nur die Jungs. (Ich natürlich nur aus rein sachlichem Interesse, und nicht etwa aus Neid!) Aber – MANN – das sind doch alles nur Nebensächlichkeiten! Klar, die können in bestimmten Situationen sehr praktisch und nützlich sein. Aber erst mal – erst mal geht's doch um was viel Wichtigeres! Um uns nämlich!

Ich werde etwas lauter. »Dodo! Was ich meine ist: Wenn du dir einen Jungen suchst, dann solltest du vorher wissen, was du selber willst! Und dazu musst du wissen, WER du bist! Damit du weißt, was du brauchst, was gut für dich ist, kapierst du?«

Nee, Dodo kapiert anscheinend nicht.

»Ich weiß, wer ich bin«, sagt Dodo etwas verunsichert. »Ich bin Dodo. Und ich will … Marvin.«

Marvin? Oh Grusel!

Marvin ist ein Kerl aus der Oberstufe, der ungefähr so viel Grips hat wie ein Gänseblümchen. Und genauso sieht er auch aus. Seine trottelig langwimprigen Augen sind immer kurz vorm Einschlafen. Wie der es überhaupt bis in die Oberstufe geschafft hat, ist mir ein Rätsel.

Und außerdem habe ich sowieso vor, Dodo mit Javiers Freund Ramón zu verkuppeln. Das wäre echt toll! Wir könnten immer alles zu viert machen. Ihr ständiges Gequassel von diesem Marvin passt mir überhaupt nicht!

»DODO!« Ich brülle inzwischen. »Marvin passt doch kein Stück zu dir! Du hast doch viel mehr KLASSE als dieser Kerl!«

Dodo will irgendwas protestieren, aber ich rede einfach weiter. »Wir müssen gucken, was WIR wollen, Dodo! Und uns dann die passenden Typen dazu suchen, VERSTEHST DU?«

Die Frau auf der Bank rechts neben mir guckt etwas erstaunt von ihrer Zeitschrift auf.

Pah, soll sie gucken! Ich drehe mich zur anderen Seite und rede unbeirrt weiter. »Wir wollen doch nach Spanien, nicht?«

»Mhmm«, macht Dodo am anderen Ende.

»Dann macht es also für uns viel mehr Sinn, uns Spanier zu suchen, oder?«

»Wie meinst du das?«, fragt Dodo. »Du hast doch schon deinen Javier.«

»Ja, klar«, nicke ich, obwohl sie das natürlich überhaupt nicht sehen kann, »aber für dich zum Beispiel wäre deshalb Ramón ideal. Und der ist doch auch total nett!«

Ich warte. Hoffnungsvoll.

Von Dodo kommt nur ein Grunzer. »Aber ich bin in Marvin verliebt und nicht in Ramón!«

»DODO!« Jetzt reißt mir aber langsam der Geduldsfaden. »Du musst die Sache vernünftig und gut organisiert angehen! Was willst du mit Marvin machen, wenn wir in Spanien sind? Sieh das doch mal so: Wenn ein Mädchen auf einem Bauernhof leben will, sollte sie sich in keinen Banker verlieben, oder? Und wenn sie in einem Penthouse leben will, braucht sie gar nicht erst was mit einem Bauern anzufangen. Sonst wird sie doch garantiert unglücklich. Weil der ihr eben nicht das gibt, was sie haben will.«

»Aber der braucht mir gar nicht zu geben, was ich will«, sagt Dodo. »Ich verdiene mir mein Penthouse selber.«

Hrrmpff. Dodo ist manchmal echt störrisch.

»Darum geht's doch gar nicht!« Ich werde wieder lauter. »Ich will doch nur, dass wir nicht nur unser Leben gut planen, sondern uns auch die passenden Jungs dazu *systematisch suchen*!«

»Klar«, sagt Dodo. »Und?«

»DAS GENAU MEINE ICH!« Brülle ich etwa? »DU MUSST ENDLICH ANFANGEN, DIR DIE JUNGS *VERNÜNFTIG* ZU ORGANISIEREN!«

Ich lasse meinen Blick schnell über die nächsten Bänke huschen. Guckt jemand komisch?

Nö. Alles Mütter, die nicht weiter auf mich achten. Und auf der Bank links neben mir sitzt irgendein Junge, der vollauf mit einer Riesenwaffel Eis beschäftigt ist.

»Du meinst, bloß weil wir nach Spanien wollen, muss ich mir einen Spanier suchen?«, fragt Dodo.

Ich seufze. »Also … dieser Marvin passt auf jeden Fall *nicht* zu dir.«

»So, findest du!« Dodos Stimme klingt plötzlich feindselig. »Tut mir leid, ich muss jetzt sowieso los. Meine Mutter ruft.«

»Dodo?« Huch, die wird doch nicht beleidigt sein? Ich kann doch wohl mal einen kleinen Vorschlag machen?

»Tschüss, Tess.«

Nach einer Weile fügt Dodo ein »Wir können ja heute Abend noch mal in Ruhe darüber sprechen« hinzu.

Puh! Ein Glück! Ich fürchtete schon, die ist jetzt stinkig.

»Ja, gut. Bis dann, Dodo!«

Ich klicke mein Handy zu und atme tief aus. Meine Güte, ganz schön anstrengend, sich über das eigene Leben klar zu werden! Und noch anstrengender, das auch den anderen zu verklickern!

Aber ich will eben nicht, dass mein Leben von jemand anderem bestimmt wird als von mir. Und mir ist klar geworden, dass ich nur selber bestimmen *kann*, wenn ich auch weiß, was ich *will.* Und wo ich hin will. Und was für ein Typ Mensch ich bin. Und all das eben. Ist ja irgendwie logisch.

Und deshalb könnte Dodo doch einfach auf mich hören und sich nicht so blöd anstellen.

Marvin! Was für eine Schlaftablette! Also ehrlich!

Ich lasse meinen Blick über die anderen Bänke schweifen. Der Junge neben mir hat sein Eis aufgemümmelt und erhebt sich jetzt.

Als er an mir vorbeischlendert, sieht er mir für einen Moment direkt in die Augen und grinst dabei. »Jaja, sag ich auch immer. Gute Organisation ist alles im Leben! Und *vernünftig* muss sie natürlich *unbedingt* sein!« Er zieht kurz die Augenbrauen hoch, bleibt aber nicht stehen.

Was ist?

Ich bin so verdutzt, dass ich weder antworten noch meinen Mund rechtzeitig wieder schließen kann. Ich meine, so rechtzeitig, dass er das noch mitgekriegt hätte. Was – ähm – schon schön gewesen wäre.

Denn als er sich am Tor noch einmal grinsend zu mir umdreht, steht mein Mund immer noch sperrangelweit offen. Was ihn bestens zu amüsieren scheint.

Und dann dämmert es mir. Das war Henry! Der Freund von Elena! Absoluter Sporttyp. Kann alles. Sieht gut aus. Ist eine Stufe über uns. Wahrscheinlich die Hälfte der Mädchen aus unserer Stadt ist in ihn verknallt. Der hat doch nicht etwa unser ganzes Gespräch gehört?

Ich versuche, mich verzweifelt daran zu erinnern, was genau ich gesagt habe. Oh nein! Ich merke, wie mein Kopf eine riesige Feuerbombe wird. Bin ich froh, dass er wenigstens das nicht mehr sehen kann!

Was macht der denn auch hier? Auf einem Spielplatz!

Ich schiele vorsichtig durch die Bäume auf die Straße.

Dort sehe ich ihn gerade auf die Apotheke gegenüber zu marschieren. Ein paar Minuten später kommt er mit einer großen Tüte wieder raus. Jetzt schwingt er sich auf sein Fahrrad, schaut auf einen Zettel und …

Oh, verstehe, der macht Kurierdienst für die Apotheke! Der bringt den Leuten, die nicht selber kommen können, ihre Medizin ins Haus. Der hat auch einen Job! Genau wie ich. Cool!

Ich schiele mal kurz zu Timmi rüber.

Nanu, die Rutsche ist leer. Wo ist er denn? Vielleicht auf dem Klettergerüst? Nein, das ist genauso leer. Ein kleines Knäuel von Kindern balgt sich da vorne im Sand. Bestimmt ist eins davon mein kleiner Vampir. Nein, ist es nicht.

Himmel! Der kann doch nicht weg sein? Nein, das Tor ist immer noch fest verschlossen. Das kriegt keiner von den kleinen Zwergen hier alleine auf. Ich stehe eilig auf und mache einen etwas panischen Rundgang um den Spielplatz. Schluck! Was sage ich denn den Eltern, wenn mir ihr Sohn abhandengekommen ist? Oh Hilfe, muss ich dann etwa die Polizei rufen? Und was passiert dann mit mir? *Ich* kann doch nichts dafür, dass dieser Floh jetzt weg ist!

»Timmi!« Ich fange an zu rufen.

Die ersten Mütter gucken komisch. Peinlich!

»Timmiiiii!«

Jetzt starrt der halbe Spielplatz zu mir rüber. Also wirklich, wieso glotzen die denn so? Ich werde ja wohl nicht das erste Mädchen auf der Welt sein, dem ein Kind verloren geht!

Mir bricht trotzdem der Angstschweiß aus. Der kleine Stinker muss doch irgendwo sein!

»TIMMIIIII!« Mir ist jetzt ganz egal, was die anderen hier denken. Ich will ihn finden. Und zwar sofort! »TIIII-MMIIIII!«

Ich schätze, meine Stimme klingt inzwischen leicht hysterisch. Aber das ist mir beinahe egal. Hätte nie gedacht, dass man so panisch werden kann, bloß weil ein Kind verloren geht. Ich meine, der wird ja nicht gleich vor ein Auto rennen, wenn er doch irgendwie über den Zaun gekommen sein sollte. Und überhaupt, er *kann* gar nicht über den Zaun. Da müsste ihn schon einer drüberheben. Und warum sollte das jemand machen? Doch nur, wenn er ihn zum Beispiel klauen wollte, um später Lösegeld von den Eltern zu fordern und …

Auto? Kinderklau?

Waaaaah!!! In meinem Kopf laufen die grauenvollsten Szenen ab. Autounfälle mit einem schreienden Timmi. Brutale Entführungen mit einem vor Angst weinenden Timmi.

Mein Herz krampft sich zusammen und meine Beine fangen an zu zittern. Mir wird richtig flau. Immer wieder gucke ich zum Tor rüber, als ob Timmi da plötzlich hindurchmarschieren und »Hallo, da bin ich wieder« rufen müsste.

Das tut er aber nicht. Allerdings … marschiert jetzt jemand anderes durch das Tor zurück auf den Spielplatz.

Ich kneife die Augen zusammen. Henry! Was will *der* denn schon wieder hier?

Er steuert direkt auf mich zu und bleibt dann vor mir stehen. Mit genau demselben, selbstsicheren Grinsen im Gesicht wie vorhin. »Suchst du vielleicht so'n kleinen Zwerg? Rote Jacke? Freche Klappe?«

Ich starre ihn an und kann nur stumm nicken.

Henry grinst unverhohlen weiter. »Also, dann würde ich ihn mal da hinten vom Baum runterpflücken. Im Moment bewirft er nämlich sämtliche Fußgänger auf der Straße fröhlich mit Kastanien.«

»Kastanien?«, schaffe ich zu wiederholen, als ob das irgendeinen Sinn machen würde.

Henry mustert mich von oben bis unten. »Soll ich dir helfen?«

»Ja, bitte«, murmele ich leise.

Ist das etwa meine Stimme? Ich bin doch sonst nicht so schüchtern. Wie diese blöde Angst um ein Kind einen verändern kann!

Und dann stolpere ich mausebrav hinter ihm her. Raus aus dem Spielplatz und außen um den Zaun herum, bis wir zu einem Baum mit weit überhängenden Ästen kommen, die sowohl auf den Spielplatz als auch über den Gehweg ragen. Und genau auf einem dieser Äste hockt mein kleiner Vampir und pflückt die Kastanien samt Hülle ab, um sie zielsicher auf uns abzufeuern.

»Huhuuuu, Dessaaaa!«, schreit er dabei und winkt mir glücklich zu.

Es tut ganz schön weh, als mich eine der Kastanien im Gesicht trifft. Aber – merkwürdig – irgendwie verhalte ich mich schon genauso bescheuert wie Timmis Eltern. Statt laut und angemessen »Aua! Was fällt dir ein!« zu rufen, gehe ich mit seligem Lächeln auf Timmi zu, hebe ihn vom Ast, drücke ihn an mich und gurre bloß: »Du kleiner Räuber, du!«

Und Timmi lacht geschmeichelt.

Oh, die nächste halbe Stunde lasse ich ihn nicht aus den Augen. Ich gehe mit zur Rutsche, ich fange ihn auf, als er vom Klettergerüst fällt, und ich halte ihn davon ab, andere Kinder mit Riesenladungen von Sand zu beschmeißen.

Was für ein Glück, dass Henry noch mal kurz zurück zur Apotheke musste, weil eins der Medikamente falsch war! Sonst hätte ich wohl in meiner Verzweiflung wirklich die Polizei gerufen. Und dann hätten wir Timmi zwar vermutlich auch gefunden, aber ich hätte bestimmt eine Menge Ärger gekriegt.

Ich gucke auf die Uhr. Zeit, um mit Timmi wieder nach Hause zu gehen und ihm das Mittagessen aufzuwärmen. Gerade als ich mit Timmi an der Hand losgehen will, kommt Henry zum dritten Mal auf den Spielplatz gestiefelt.

Ich streiche mir schnell über meine Haare und befeuchte meine Lippen. Wie nett, dass ich noch mal eine Gelegenheit kriege, ihm zu zeigen, wie wunderbar ich ohne Maulsperre oder Panik im Gesicht aussehe!

»Schon Schluss?«, begrüße ich ihn mit meinem, in normalen Situationen äußerst charmanten Lächeln.

»Nee, muss nur 'n Moment warten, bis sie die nächste Lieferung zusammengestellt haben.« Henry grinst unvermindert.

Ob ihm das Grinsen angeboren ist? Irgendwie hat es was Spöttisches. Wieso eigentlich? Wieso sollte jemand *mich* spöttisch angucken? Schließlich sehe ich ja immer absolut umwerfend aus!

Na ja, vielleicht ist das seine Art, nicht zu zeigen, wie sehr ihn mein gutes Aussehen verunsichert. Jungs wollen so was ja nie zeigen. Schätze, dass er wirklich komplett von den Socken ist, wie hübsch ich bei näherer Betrachtung bin und nun nicht weiß, wie er seine Bewunderung anders als hinter einem Dauerlächeln verstecken soll. Kein Wunder!

OINK! Nein! HILFE! Ich sehe ja gerade ganz und gar NICHT umwerfend aus! Ich stecke in matschigen Stiefeln, an meinen Beinen flattern ein paar schwarze Nylonfetzen herum und meine schönen, mühsam gestylten Haare … oh, an die will ich gar nicht denken!

Denn an die hab ich tatsächlich überhaupt nicht mehr gedacht, als ich Timmi auf den Armen hatte und nur froh war, ihn gesund wieder zu haben und bei jeder Haarsträhne, die er mir ausgerissen hat, und bei jedem Stück

Matsch, das er mir auf den Kopf geschmiert hat, nur »Ach, du kleiner Strolch, du!« gemurmelt habe.

Ich fürchte, ich werde gerade knallrot… und Henrys Grinsen wird immer breiter.

Blödmann!

»Ähm, na ja, wir müssen jetzt jedenfalls zurück nach Hause«, sage ich, öffne das Tor und schließe es wieder sorgfältig hinter mir.

Sein Blick fällt auf die Straße und – das kann man doch einfach nicht glauben! – jetzt reicht sein Grinsen vom rechten Ohrläppchen bis zum linken.

»Oh, guck mal, ist das nicht euer Huhn?«, fragt er.

Huhn?

Ach, du Elend! Da wackelt wirklich Aurora über den Gehweg, als mache sie mal eben einen kleinen Schaufensterbummel.

Oh nein, weiß etwa die ganze Stadt, dass wir ein Huhn haben? Wie peinlich!

Ich reiße mich zusammen und versuche, möglichst unbeteiligt zu gucken. »Das Huhn da? Nie gesehen.«

Aurora bleibt stehen, reckt ihren Kopf in meine Richtung und trippelt erfreut auf mich zu. »Tock-tock-tooock!«

»Huhu, Tessa!« Malea und Kenny folgen nicht weit hinter Aurora.

Und – das war so klar – da kommen auch noch Livi und Gregory. Warum muss ich nur dauernd meiner Familie über den Weg laufen? Ich hasse Kleinstädte!

»Ich schätze, die kennst du auch nicht?«, fragt Henry.

Ich werfe einen genervten Blick auf meine Schwestern. »Nee, nie gesehen. Ehrlich!«

Henry lacht.

»Ciao Tessa! Bis Montag in der Schule!« Und damit geht

er endlich rüber zur Apotheke, kommt mit neuer Tüte wieder raus, schwingt sich aufs Rad und ist weg.

Was für ein Tag!

»Ich muss jetzt Timmi Essen machen«, sage ich zu meinen Schwestern. »Aber wie wär's, wenn ihr das nächste Mal dieses Huhn zu Hause lasst? Sonst könnt ihr ja gleich mit ihm an der Leine spazieren gehen!«

Ist doch wahr!

»Au ja!«, ruft Kenny und hopst begeistert in die Höhe. »Livi? Können wir im Hundeladen eine Leine für Aurora kaufen? Bitte!«

Oh Mann, meine Schwestern!

Klar hab ich sie alle lieb. Jede Einzelne. Sogar an dieses durchgeknallte Huhn hab ich mich gewöhnt. Aber das heißt doch nicht, dass ich sie bei jeder harmlosen Unterhaltung mit einem Jungen neben mir stehen haben möchte!

Überhaupt meine ganze verrückte Familie! Ein Glück, dass wenigstens ich so normal und extrem gut organisiert bin!

Ja, ein Glück, dass wenigstens ich mein Leben immer voll unter Kontrolle hab!

Ringelingelingdingdong! Ups – mein Handy!

»Hier ist Tessa-Tiara Martini? – Ah, hallo, Rema! Was sagst du? – WIE? Wie meinst du das, *Javier ist mit Ramón bei uns im Haus*? – WAAAS? – Aber was machen die denn hier? – Klar, haben wir abgesprochen, dass er kommt … ähm … also … – Nein, Remi, natürlich hätte ich das noch Iris und Cornelius gesagt, aber es ist ja noch so lange hin und … – HEUTE? – Nein, wir hatten abgemacht am zwölften DEZEMBER! – Wie? Er hat dir meine SMS gezeigt? Und da habe ich am zwölften *November* geschrieben? Und das ist *heute*? – Oh.«

Kenny

Ich finde es superschön, wenn es so richtig voll bei uns ist. Wenn alle durcheinanderreden. Und total viel Essen auf dem Tisch steht. Und keiner merkt, dass Bentje und ich nichts anderes als den Nachtisch essen. Und Mama die ganze Zeit zwischen Tiefkühltruhe und Herd hin und her rennt und immer noch mehr leckere Fertiggerichte auf den Tisch stellt und gar nicht dazu kommt, was Eigenes zu kochen. Und wenn Bentje sagt, dass sie gerne mal den Schuhplattler vormachen kann – das ist so ein Tanz, den Bentje mit ihren Eltern in den Sommerferien in Österreich gesehen hat. Und wenn sie dann auf ihren Stuhl steigt und anfängt, sich auf die Beine zu hauen und mit den Füßen zu stampfen und die Jungs lachen (auch wenn Dodo und Tessa nur mit den Augen rollen) und Mama Bentjes Vorführung nicht mal bemerkt und Rema vollauf mit Kauen und Freundlich-in-die-Runde-Lächeln beschäftigt ist und die Spanier »Si, si! Olé! Olé!« und so komische Sachen rufen und Walter Walbohm sagt, was für eine unheimlich nette Familie wir doch sind. Ja, das ist wirklich superschön! Schade nur, dass Papa nicht dabei ist und das auch genießen kann!

Bloß gut, dass Cornelius heute nicht hier ist«, wispert Rema zu Mama rüber.

Ich hab das aber genau gehört.

Mama nickt und flüstert zurück: »Das wäre seinem Blutdruck sicher nicht gut bekommen! Der Ärmste regt sich einfach zu schnell auf.«

»Ja, ja«, stimmt Rema leise zu. Und dann sieht sie die Knoblauchbrote, die Mama gerade frisch aus dem Ofen gezogen hat. »Ach, Iris, ob du mir davon noch mal ein kleines Stück reichen könntest? Mmmh!«

»Möchtest du auch eins, Kenny?«, fragt mich Mama.

»Nein danke«, antworte ich höflich und halte meine Hand auf meinen Bauch, so wie die Erwachsenen das immer tun, wenn sie pappsatt sind und Angst haben, dass wieder was aus dem Bauch rausfallen könnte, wenn sie die Hand da nicht hätten. »Bentje und ich haben schon sooo viel gegessen. Wir schaffen jetzt allerhöchstens noch ein bisschen Nachtisch. Oder, Bentje?«

Bentje setzt sich schnell wieder und lächelt mich und Mama brav an. »Klar, Kenny, klar.«

»Ach, das ist gut, ihr Süßen«, sagt Mama und streichelt mir über die Wange. »Dann greift mal schnell zu, damit ihr überhaupt noch was abkriegt!«

Und wenn Mama uns so bittet, dann tun wir das auch.

Bentje hat bereits den dicksten Schokopuddingbauch, den man überhaupt nur haben kann. Aber für Vanille- und Himbeerpudding mit Sahne ist noch Platz, meint sie.

Ich meine das auch.

»Ist das toll hier oder ist das toll?«, fragt Bentje mit leuchtenden Augen, bevor sie sich auf die restlichen Schüsseln stürzt.

»Lasst mir ja was von der Götterspeise übrig!«, faucht Malea plötzlich zu uns rüber.

Aber – haha! – ich weiß genau, wie ich sie austricksen kann. Da bin ich schlauer als ihr komischer James Bond!

»Oh je, ich glaube, da hat Mama Muschelsaft reingetan«, sage ich und versuche, keine Miene zu verziehen und kein bisschen zu lächeln. Wenn man nämlich kein bisschen lächelt, glauben einem die anderen viel eher. Jeder weiß ja, dass Malea gegen alles, was aus dem Meer kommt, allergisch ist. Und jeder weiß genauso gut, dass Mama ohne Weiteres Muschelsaft in Himbeerpudding kippen würde. Auch Malea weiß das. Heute allerdings hatte Mama natürlich keine Zeit dazu. Und das weiß Malea nicht. Jedenfalls nicht genau.

Sie kneift die Augen zusammen und mustert mich.

Ha! Soll sie nur! Das macht mir gar nichts!

»Möchtest du trotzdem?«, frage ich ganz freundlich und halte ihr die Schüssel vor die Nase.

Malea grunzt und rümpft die Nase und sieht mich böse an. Als ob ich was dafürkönnte, dass Mama gern so verrückte Sachen kocht!

Man sieht, dass Malea keine Lust hat, das Risiko einzugehen, die nächste Nacht vielleicht spuckend im Badezimmer zu verbringen. Ich lächele jetzt unheimlich freundlich.

»Nein danke!«, meint sie. »Die blöde Muschelgrütze könnt ihr alleine essen!«

Und – juchhu – das tun wir. Wir essen alles so gründlich auf, dass Bentje nach einer Weile ganz grün im Gesicht wird und sagt, dass ihr schlecht ist.

»Das kommt davon, wenn man Muschelpudding isst«, raunzt Malea und streckt uns die Zunge raus.

»Muschelpudding?«, fragt Mama total überrascht. »Aber Malea, wie kommst du denn auf *die* Idee? Ich würde doch nie Muscheln irgendwo reintun, wenn du mit am Tisch sitzt!«

Oh, da wird Maleas Gesicht aber finster wie das Kino in

der Stadt bei einem Gruselfilm. Und ich finde, dass es Zeit wird, dass Bentje und ich in mein Zimmer hochgehen und ein bisschen mit meinen Gummitieren spielen.

Wir hören aber noch, wie Javier Walter erzählt, wie froh er darüber ist, dass er doch eine Woche von der Uni abhauen konnte und nun hier sein kann.

Als ich mich an der Tür umdrehe, sehe ich, dass auch Walter Walbohm glücklich lächelt. Ich glaube, er mag Javier und Ramón echt gerne. Weil sie freundlich sind und höflich und all so ’n Kram. Und bestimmt auch, weil Javiers Papa sich auch für Goldmünzen interessiert. Genauso wie Walter.

Mama guckt nicht ganz so glücklich. Mama sieht ebenfalls ein bisschen grün aus im Gesicht und atmet ganz komisch ruckartig. Obwohl sie überhaupt keinen Pudding gegessen hat.

»Ja, aber… aber…«, stottert sie zu den Spaniern rüber und wirft Tessa dabei irgendwie reichlich böse Blicke zu, »wir… wir wussten nämlich eigentlich gar nicht… Ich meine, wir waren gar nicht vorbereitet und, äh, gerade heute, äh…«

Ich muss ein bisschen kichern. Weil Tessa wieder so mit ihren dunkel angemalten Wimpern klimpert, wie sie es immer tut, wenn sie Ärger von Mama oder Papa kriegt. Bei Mama hilft das Klimpern aber nie.

»Tessa?«, fragt Mama jetzt ganz direkt.

»Mhm?«, macht Tessa und räuspert sich. »Also ehrlich, Iris, ich konnte ja schließlich nicht wissen, dass ausgerechnet heute das Dach einstürzen wird!« Und es klingt beinahe vorwurfsvoll.

Das wirkt bei Mama aber genauso wenig. »Ich hab mich doch schon hundert Mal entschuldigt«, maunzt Tessa da leise. »Das kann doch wohl jedem mal passieren, dass er das Datum verwechselt, oder?«

»Hrrgh!«, macht Mama nur als Antwort. Und dann guckt sie so unglücklich, dass sie mir beinahe leidtut.

Das Problem ist nämlich, wo all die Leute bei uns schlafen sollen. Jetzt, wo Mamas und Papas Schlafzimmer nicht mehr bewohnbar ist, weil sie keine Decke mehr haben. Zum Glück ist mein Zimmer auf der anderen Seite des Hauses und noch ganz heil, sodass Bentje und ich wissen, wo wir heute Nacht schlafen.

Ich hab natürlich sofort Bentje angerufen und eingeladen, als ich wusste, dass es heute bei uns fast so interessant weitergehen würde, wie es am Morgen schon angefangen hat. Die arme Bentje hätte ja sonst den ganzen Spaß komplett verpasst!

Dodo wollte sowieso bei Tessa übernachten. Walter Walbohm ist von Rema zum Essen eingeladen worden, weil er die Spanier ja kennt und gerne unter Leuten ist. Gregory gehört schon halb zur Familie, seit wir hier wohnen, auch wenn er zum Schlafen eigentlich immer nach nebenan in sein eigenes Haus zurückgeht.

Aber Mama hat natürlich noch kein Bett für die Nacht – ihres und Papas liegt ja in tausend Teile zersplittert oben. Und auch die Spanier müssen irgendwo schlafen.

Da mischt sich Walter ein. »Wie wäre es denn, wenn die spanischen Herren nebenan in meinem Haus die paar Tage übernachten würden?« Er zwinkert Javier und Ramón freundlich zu.

Mama sieht Walter Walbohm überglücklich an. »Aber Walter, das können wir auf keinen Fall annehmen!«

Warum die Erwachsenen immer sagen, dass sie etwas gar nicht wollen, wenn sie doch eigentlich genau das *unbedingt* wollen, das verstehe ich nicht. Aber es scheint irgendwas mit Höflichkeit zu tun zu haben.

»Nein, nein, keine Widerrede!«, bestimmt Walter Walbohm und macht dazu eine energische Handbewegung.

»Ach, wie wunderbar!«, lächelt Rema da in die Runde. »Dann ist ja alles geklärt.«

Ich glaube, Rema hatte schon Angst, *ihr* Zimmer heute Nacht mit jemandem teilen zu müssen. Aber so wie es aussieht, wird wohl Malea dran glauben müssen.

Tessa und ich können unser Zimmer ja nicht noch mehr teilen, weil wir schon unsere Freundinnen dahaben. Also müssen Livi und Malea zusammen schlafen. Damit Mama nämlich auch ein Zimmer hat. Und weil Livi sich geweigert hat, in Maleas Rumpelkammer zu schlafen, schläft da jetzt Mama, und Malea muss in Livis Zimmer auf einer Matratze übernachten.

»Kommst du jetzt endlich?« Bentje steht an der Treppe und zupft mich am Ärmel.

Ich werfe noch einen letzten Blick auf unsere wunderbar proppenvolle Küche. »Klar, Bentje, klar, ich komme.«

Was für ein schöner Tag!

Ich meine natürlich, außer dass Papa jetzt mit Kopfschmerzen und seiner Gehirnverschüttelung noch ein paar Tage im Krankenhaus bleiben muss. Aber ansonsten geht es ihm ja total prima, hat Mama gesagt. Kein einziger Knochen ist gebrochen, nicht mal ein großer Zeh. Nur eine kleine Schramme am Kopf hat er, aber die ist nicht schlimm. Und dass sie ihn bis Mittwoch noch dabehalten, machen die auch nur aus Vorsicht, hat Mama gesagt. Aber dass wir so viel Besuch haben, ist doch wirklich super! Da kann man ziemlich sicher sein, dass auch die nächsten Tage nicht allzu langweilig werden.

»Hast du vielleicht Lust, auch morgen Abend bei uns zu schlafen?«, frage ich Bentje. »Wir könnten am Montag zusammen zur Schule gehen. Und morgen könnten wir versuchen, Aurora an den Puppenwagen zu gewöhnen.«

Leider fand Livi die Idee mit der Hundeleine nicht ganz so gut, also haben wir keine gekauft. Aber als ich das Bentje vorhin erzählt habe, kam sie auf die tolle Idee, Aurora doch einfach in meinen alten Puppenwagen zu setzen. Dann könnten wir mit ihr durch die Gegend fahren. Das macht bestimmt Spaß! Aurora ist eben ein ganz besonderes Huhn! Sie guckt sich gern mal in der Welt um.

»Wollen wir noch was anderes Lustiges machen?«, fragt Bentje.

»Klar, wollen wir das, klar!«, sage ich.

Bentje überlegt. »Vielleicht könnten wir auch deiner Mama und deinem Papa ein bisschen helfen? Jetzt wo das Dach eingestürzt ist und ihr hier oben alles neu bauen müsst und so.«

Bentje ist nämlich ein echt netter Mensch. Genau wie ich.

Sie guckt sich oben im Flur vor Mamas und Papas Zimmer um.

»Vielleicht sollten wir irgendwas schön anmalen?«, schlägt sie vor. »Ihr habt doch noch all die Farbeimer im Keller stehen, oder?«

»Klar, haben wir, klar«, sage ich. Wir haben ja gerade erst vor ein paar Wochen unsere Zimmer angestrichen.

»Vielleicht das Treppengeländer?«, meint Bentje.

Ich gucke unsere Treppe an. Ja, die sieht echt langweilig aus. Langweilig weiß. Das findet Papa bestimmt auch. Und bestimmt freut er sich unheimlich, wenn er aus dem Krankenhaus kommt und sieht, dass alles schön bunt ist.

»Mann, Bentje«, sage ich begeistert, »ist das eine tolle Idee oder ist das eine tolle Idee?« Und schon rennen wir in den Keller runter und kommen mit drei wunderschönen Farben wieder hoch. In einem Eimer ist der Rest von meinem Powerpink, und in dem anderen ist das Orange, mit dem Rema ihren Zimmertürrahmen gestrichen hat. Und dann haben wir auch noch einen Eimer voll Türkis gefunden.

Bentje hat doch immer die besten Einfälle!

Malea

Wenn James Bond über etwas Wichtiges nachdenkt, lässt er sich von nichts und niemandem ablenken. Von keiner Autoexplosion direkt vor seiner Nase, von keiner Messerstecherei hinter seinem Rücken und auch von keiner Pistole, die auf seinen Kopf gerichtet ist. Nein, er konzentriert sich ganz ausschließlich und felsenfest auf sein Problem und … findet die Lösung. Und dann? Dann löst er das Problem natürlich. Und rettet alle. Ja, ich bin mir sicher, ganz genauso muss man es auch machen, wenn man die ganze Welt retten will. Man darf sich von nichts und niemandem stören lassen …

NEIIIN!«

Was? Ich schrecke aus dem Tiefschlaf hoch. Was ist?

»NEIIIIIN!«

Da schreit jemand. Ich setze mich mit klopfendem Herz auf. Hilfe, wo bin ich?

Ich gucke mich um. Lauter Papierstapel um mich herum und ich … ich liege auf einer Luftmatratze und … Ah, da liegt ja Livi. Stimmt ja – seufz – ich musste ja bei Livi übernachten. »NEIN! NEIN! NEIN!«

Die Stimme kommt von oben. Von der Treppe. Und sie gehört Iris, meerwasserklar. Also liegt sie nicht mehr in meinem schönen Bett.

Ich versuche, mein Hirn in Gang zu bringen. Uff, wo ist denn hier eine Uhr?

Ich schiele auf Livis Wecker. Kurz nach sieben. Draußen ist ganz schummeriges Licht. Noch überhaupt nicht richtig hell. Oh Mann, das ist ja schlimmer als gestern!

Moment mal … Gestern? Und Iris schreit?

Ich bin mit einem Schlag hellwach. NEIN! Ist etwa schon wieder unser Haus eingestürzt?

»Livi!« Ich donnere meine Faust rüber zu ihrem Bett und rüttele an meiner Schwester. »Livi, wach auf! Hörst du nicht, wie Iris schreit?«

»Was? Was ist?« Livi erscheint mit zerknautschtem Gesicht aus den Tiefen ihrer Kissen. »Was soll das? Hast du ’n Rad ab? Lass mich gefälligst schlafen!«

»DAS GIBT'S DOCH NICHT!«, schreit Iris jetzt oben. »ICH WERDE IN DIESEM HAUS NOCH IRRE!«

Irre? Das klingt, als ob sie stocksauer ist. Und nicht unbedingt, als ob sie vor Angst irre wird.

Bin etwas verunsichert. Ich meine, klar – meerwasserklar –, wenn Iris in Not ist, komme ich ihr zu Hilfe. Sofort. Da denke ich natürlich gar nicht lange drüber nach. Wenn sie allerdings nicht in Not ist, sondern wütend, dann … Also dann wäre es vielleicht auch keine allzu schlechte Idee, sich schlafend zu stellen.

»KENDRA! MALEA! OLIVIA! TESSA-TIARA! SOFORT HERKOMMEN!«

O-oh! Keine Zweifel mehr. Meine Neugier lässt schlagartig nach. Denke stattdessen nur noch an mögliche Fluchtwege. Wenn Iris unsere vollen Namen benutzt, etwas, was sonst nur Cornelius tut, dann ist höchste Vorsicht geboten!

Auch Livi richtet sich auf und sieht mich mit leicht panischen Augen an. »Was ist denn da draußen los?«

Ich schätze, dass Livi die gleichen Gedanken hat wie ich.

»Es ist doch nicht etwa schon wieder …?«

»Glaub ich nicht.« Ich schüttele den Kopf.

»Ah, gut.« Livi atmet erleichtert aus.

Iris' Füße donnern jetzt die Treppe runter. Anscheinend haben nicht nur Livi und ich es vorgezogen, nicht zu reagieren.

Als Erstes reißt sie Tessas Zimmertür auf. Gut, das gibt Livi und mir noch mindestens zwei Sekunden Zeit.

Zwei Sekunden würden James Bond dicke reichen, um locker aus dem Bett und in seine bereitliegenden Klamotten zu springen. Er würde das Fenster öffnen, sich auf den Ast vom Kirschbaum schwingen, lässig wie eine Katze von dort auf den Boden hüpfen, in gebückter Haltung zu seinem verdecklosen Sportwagen laufen, elegant über die geschlossene Tür rüber auf den Sitz springen, den Motor anstellen und – brrrrrmmmm, was für ein schönes Geräusch! – davonbrausen!

Ja, seufz. Ich allerdings habe keine bereitliegenden Klamotten – ähm, wo *sind* die eigentlich? Aber das Wichtigste: Ich habe leider keinen Sportwagen. Und im Schlafanzug morgens um sieben bibbernd vor unserem Haus zu stehen, wäre doch wirklich zu dämlich. Und überhaupt: Wo sollte ich auch hingehen?

»MALEA? OLIVIA?« Peng, jetzt ist unsere Tür offen und Iris steht schäumend im Zimmer.

Livi und ich sagen vorsichtshalber gar nichts, außer: »Ja?«

»HABT IHR DAMIT WAS ZU TUN?«

»Womit?«

»MIT DER TREPPE! UND DEN WÄNDEN! UND …«

»Hallo, Mama!« Das ist Kennys Stimmchen.

Meine Güte, Kenny ist wirklich eine Frühaufsteherin! Die einzige bei uns in der Familie.

Ich versuche, mich auf meiner Matratze so zu recken, dass ich Kennys Gesicht sehen kann. Allerdings ist Iris' Gesicht garantiert das spannendere. Und das kann ich wunderbar sehen.

»Hallo, Iris«, piepst jetzt ein zweites freundliches Stimmchen.

Bonbon-Bentje!

»Wir wollten dir ein bisschen helfen! Hast du schon gesehen, was wir gemacht haben?«

Ich kann mir ein klitzekleines Grinsen nicht verkneifen. Iris' Backen, die sich gerade dick zum Brüllen aufgebläht hatten, fallen zusammen, als hätte jemand eine Stecknadel hineingepiekst. Die Stecknadel heißt Bentje.

»Freust du dich?«, piepst Bonbon-Bentje.

Iris japst nach Luft. Ihre Lippen zittern ein winziges bisschen. Dann guckt sie zu mir und Livi rüber.

Livis Augen werden ganz mitleidig. Ach du liebe Meermuschel! Warum muss Livi bloß immer sofort »Hier« schreien, wenn jemand hilflos aussieht. Ich glaube, Livi würde sogar einem Haifisch beim Jagen helfen, wenn der sie ganz freundlich darum bitten würde.

Livi schwingt sich tatsächlich mit müden Augen aus dem Bett und geht bereitwillig zur Tür. »Was ist denn nur passiert?«

Iris deutet nur wortlos nach oben.

Livis Augen folgen der angegebenen Richtung. Dann sehe ich sie staunen, die Augen aufreißen und schließlich verzieht sich ihr Mund und sie … fängt an zu kichern.

»Ist das toll oder ist das toll?«, höre ich jetzt Kennys Stimmchen. »Sag doch endlich, Mama, freust du dich?«

Ich kann mir genau vorstellen, wie sie dabei ungeduldig an Iris' Hand zerrt.

Iris seufzt aus tiefstem Herzen und reißt sich dann zusammen. »Also, wisst ihr, Kenny …« Sie dreht sich ein Stückchen. »… und Bentje …« Sie dreht sich wieder zu Kenny zurück. »… das ist – ähm – eine sehr nette Idee von euch gewesen, aber …«

»Ja, nicht?«, unterbricht sie Kennys Stimmchen freudig.

»Aber …«, fährt Iris fort, »… vielleicht nicht ganz das, was – ähm – Cornelius und ich uns vorgestellt hatten.«

»Nicht?« Bonbon-Bentje klingt enttäuscht.

»Nein«, wiederholt Iris. »Nein, wir …« Dann seufzt sie noch mal. »Ach, Kinder!« Sie schüttelt den Kopf. »Ich glaube, wir sollten erst mal alle frühstücken!«

»Au ja!«, rufen Kenny und Bentje und traben hinter Iris her die Treppe runter.

Ich gucke fragend zu Livi raus.

Livi grinst. »Komm dir mal angucken, was die beiden gemacht haben! Das nennt man wohl moderne Kunst!«

Tessa

Unsere Rema ist unheimlich gut im Sprüchemachen. Und die meisten davon sind sogar gar nicht so doof. Also, jedenfalls, wenn man sie richtig anwendet. Einer davon ist: »Übung macht den Meister!« Was eben heißen soll, dass man gut wird, wenn man immer wieder übt und übt und übt, sozusagen am Ball bleibt. Und genau dieser Spruch ist der Supertipp fürs Flirten. So blöde er vielleicht auch klingt. Aber genau darum geht's ja beim Flirten: Nicht aufzugeben! Immer wieder zu versuchen! Bis man Erfolg hat! (Natürlich ohne dabei zu nerven! Aber so viel Feingefühl ist ja wohl eine Selbstverständlichkeit!) Und übrigens: Der Spruch funktioniert auch fürs Verkuppeln! Hihihi!

Das ist doch echt nicht mehr normal! Geht das jetzt endlos so weiter? Nicht mal mehr vernünftig schlafen kann man in diesem Haus! Jeden Morgen schreit einer, als ob… als ob das Dach einstürzt. Dabei steht unser Haus größtenteils ja noch. Und ich brauche meinen Schönheitsschlaf!

Also, na gut, nicht dass ich den *wirklich* nötig hätte. Aber auch wenn man von Natur aus mit Schönheit gesegnet ist, hat man die Pflicht, diese auch bestmöglich zu erhalten. Das finde ich jedenfalls.

Und warum Iris heute Morgen so rumgekreischt hat, weiß ich ehrlich nicht. Jeder weiß doch, dass kleine Kinder sich eine Menge lustig-verrückter Sachen ausdenken. Und dass nicht nur die Wände oben dran glauben mussten, sondern aus Versehen auch ein paar Farbspritzer – in grellstem Türkis – auf Auroras Federn gekommen sind, na ja, das kann den Kleinen doch mal passieren! Das haben sie doch nicht mit Absicht gemacht. Sie wollten ja nur helfen. Ich finde sogar, die Farbakzente auf dem Gefieder stehen unserem Huhn ausgesprochen gut. Da sollte man wirklich entspannter reagieren, als Iris das getan hat!

Falls eine von diesen kleinen Ratten allerdings auf die Idee kommen sollte, in *meinem* Zimmer mit irgendwelchen Farbpinseln rumzupfuschen, werde ich sie auf einem Stuhl festbinden und ihnen die Haare eigenhändig grün mit lila Punkten färben, grrrr! Und zwar *nicht* mit auswaschbaren Farben! Jawohl!

Bonbon-Bentje hat mich mit riesigen Augen angeglotzt und beinahe angefangen zu weinen, als ich ihr das ruhig, freundlich und SEHR deutlich erklärt habe.

Kenny hat nur »Pffff« gemacht und ist einfach weitergegangen. Sie macht aber den ganzen Tag einen Riesenbogen um mein Zimmer. Wunderbar.

Ja, ich glaube, ich hab einen echten Draht zu kleinen Kindern. Vielleicht sollte ich eine Weile mit dem Babysitten weitermachen. Jedenfalls bis Dodo und ich unser Buch veröffentlicht haben.

Muss mich jetzt endlich mal vernünftig um mein Gesicht kümmern. Gestern bin ich ja vor lauter Arbeiten zu nichts gekommen! Und abends waren Javi und Ramón da und wir hatten uns so viel zu erzählen, weil ich doch gar nicht damit gerechnet hatte, dass die plötzlich vor der Tür stehen und man sich ja schließlich erst mal wieder aneinander gewöhnen muss, wenn man sich lange nicht gesehen hat! Auch wenn es erstaunlich ist, *wie wenig* man dabei doch reden muss …

Ich fand es deswegen auch ziemlich kleinlich von Dodo, als sie schon kurz nach dem Essen meinte, dass ich mich irgendwann ja auch mal ihr widmen könnte, damit sie nicht den ganzen Abend mit meiner Mutter und Rema und meinen kleinen Schwestern verbringen müsste.

»Du solltest dich lieber um Ramón kümmern!«, hab ich ihr schnell zugezischt. Denn das wäre doch wirklich *die* Gelegenheit gewesen!

Aber stattdessen überlässt sie Ramón ganz und gar Walter Walbohms Gequatsche über Goldmünzen und Hühner und was weiß ich noch für 'n Kram.

Als ich Javi endlich einen letzten Gute-Nacht-Kuss gegeben hatte und allerbester Laune zurück ins Wohnzimmer kam, saß da eine total zerknitterte Dodo und starrte mir böse entgegen. Was für ein Anblick! Kein Wunder, dass Ramón Walter Walbohm vorgezogen hat! Das hab ich ihr natürlich gesagt. Als gute Freundin hat man schließlich die Pflicht, ehrlich zu sein.

Oh, da ist mir Dodo aber fast ins Gesicht gesprungen. Und meinte, jetzt wüsste sie jedenfalls, dass sie das nächste Mal auf jeden Fall besser zu Hause bleiben würde. Da hätte sie auf dem Sofa neben ihren Eltern und vor dem Fernseher noch einen schöneren Abend gehabt.

So was Undankbares!

Und dann hat sie wieder angefangen mit diesem dämlichen Marvin. Und was ich für eine Freundin wäre, sie den ganzen Abend über links liegen zu lassen!

Tzzz, was hat die denn für eine verdrehte Wahrnehmung? Ich will ihr doch nur einen Gefallen tun! Marvin ist echt die allerletzte Grünpflanze! Langweilig und öde. Eine absolute Schlaftablette. Und ich – gute Freundin, die ich bin – biete ihr stattdessen einen wunderbaren Spanier an. Was supergut passen würde, wenn wir bald zusammen nach Spanien gehen, um dort zu studieren.

»Du kannst dir dein Spanien in den Fön stecken!«, hat sie mich da angeraunzt. »Und dir außerdem 'ne andere Freundin suchen!«

Und – Mann – wenn ich nicht immer so unheimlich diplomatisch und verständnisvoll wäre, dann hätten wir uns an der Stelle aber richtig gestritten. Puh!

Na gut, ein bisschen geholfen hat vielleicht auch, dass es genau in diesem Moment plötzlich klingelte und Ramón vor der Tür stand.

»Hast du was vergessen?«, fragte ich ganz freundlich.

Doch Ramón guckte mich gar nicht richtig an, sondern an mir vorbei und zu Dodo hin, die mit blödem Gesicht hinter mir stand, weil sie ja eigentlich gerade wütend aus der Tür rauschen wollte. Doch da stand nun Ramón im Weg, deshalb guckte sie nur blöd.

»Fürrr dich!«, sagte Ramón und zog seine Hand hinter seinem Rücken hervor und hielt Dodo ein rotes Blümchen hin.

Das Blümchen sah verdammt so aus wie die Blümchen, die vorne vor Walter Walbohms Haus wachsen. Aber das ist ja egal, ich schätze, es ist der Gedanke, der zählt. Mann, ich war total gerührt!

Dodo sah allerdings nicht ganz so gerührt aus. Sie brauchte sogar ungefähr sieben Minuten, bis sie sich überhaupt mal rührte.

»Ah«, machte sie schließlich und streckte immerhin ihre Hand aus, um das Blümchen in Empfang zu nehmen. Ich trat ihr mal in aller Freundschaft kräftig auf den Fuß und zischte ein »*Lächeln*!« zu ihr rüber. Das half wenigstens ein klitzekleinwenig. Es ist durchaus von Vorteil, wenn man über Jahre ein eingespieltes Team ist.

»Äh, ja, danke«, meinte Dodo und holte etwas stockend und gepresst Luft (na schön, ich hab vielleicht ein bisschen doll zugetreten), »das ist ja … echt nett von dir!«

Ramón lächelte. »Gerrrne! Dann bis morrrgen!«

»Äh, ja, bis morgen«, sagte Dodo und verzog ihr Gesicht immerhin zu einer Art gequetschtem Grinsen. Ich schätze, sie hat sich zumindest Mühe gegeben.

Dodo und ich blieben im Türrahmen stehen und winkten höflich, bis er auf dem Nebengrundstück verschwunden war. Dann schlossen wir die Tür und sahen uns an.

»Was war *das* denn?«, prustete Dodo los und starrte kichernd auf die rote Blume in ihrer Hand. Unser kleiner Streit war natürlich vergessen.

»Bei dem hast du jetzt 'n Stein im Brett!«, kicherte ich. »Oder ein Blümchen im Topf! Anscheinend mag er dich!«

Dodo kicherte geschmeichelt mit und glotzte selig auf das kleine Blümchen. Was ich natürlich großartig fand. Immerhin hat sie jetzt endlich mal ihre Nase Richtung Ramón gereckt und schnüffelt nicht mehr die ganze Zeit nur Schnarchnase Marvin nach.

Ich zog sie hoch in mein Zimmer – nicht dass sie noch auf die Idee kam, unseren kleinen unwichtigen Streit über »Freundschaften im Allgemeinen und mein Verhalten dabei im Besonderen« fortzusetzen – und kicherte und quatschte mit ihr den restlichen Abend über Javier und Ramón und über Spanien und die spanischen Jungs überhaupt. Schön!

Nur einmal störte Livi, als sie ihre rotblonden Locken zur Tür reinsteckte und fragte, ob ich einen Moment Zeit hätte. Sie brauchte einen Rat.

Also ehrlich, es war doch wohl offensichtlich, dass ich *keine* Zeit hatte. Dodo und ich waren gerade dabei, uns gegenseitig unsere Nachtcreme einzumassieren, und ansonsten waren wir immer noch mit der Planung des morgigen Tages beschäftigt.

Und außerdem eigne ich mich nicht besonders für Gespräche über abnadelnde Regenwälder, Ozonlöcher über der Wüste, den bedrohten Bestand von Eisbären in Südbayern, oder was auch immer Livi für wichtig hält. (Warum benutzt sie nicht wenigstens ein wenig Wimperntusche? Sie könnte *so* prima aussehen!)

Als sie endlich wieder verschwunden war, haben Dodo und ich im Bett noch etwa zehn Minuten hart an unserem Buch gearbeitet.

Oh, ich musste so lachen, als Dodo vorschlug, auch noch ein paar spanische Vokabeln mit reinzunehmen! (Adios, Marvin! Bienvenido, willkommen Ramón! Juchhu!)

Kurz vor dem Einschlafen, als ich schon Dodos süße kleine Schnarcher neben mir hörte, gingen mir noch lauter nette Flirtideen im Kopf rum. Zu schade, dass ich schon zu müde war, um sie noch aufzuschreiben.

Merkwürdig allerdings, dass ständig Henry da drin rumspukte. Na ja, er sieht ja ganz gut aus und so, und bietet sich natürlich als Flirtobjekt an, deshalb ist das vielleicht doch gar nicht so ungewöhnlich. Oder doch? Hm. Ich meine, weil … eigentlich bin ich ja in Javi verliebt!

Ähm, also jedenfalls habe ich mich dazu beinahe – vielleicht – möglicherweise jetzt dann doch entschieden. Also – na ja, *ganz* entschieden habe ich mich natürlich noch nicht!

Aber dann fiel mein Blick auf das Bild von Javier über meinem Bett und – echt komisch – jedes Mal wenn ich seine braune Sommerhaut sehe und sein kleines, nur gehauchtes Lächeln mit den dunklen zusammengekniffenen Augen, dann … dann blubbert es doch immer wieder wie Sprudelwasser in meinem Bauch. Ach, Javi!

Und an der Stelle muss ich wohl eingeschlafen sein.

Aufgewacht bin ich, wie gesagt, von einer komplett überreagierenden Iris.

»Was ist denn los bei euch?«, hat Dodo völlig verstört gefragt und sich ihre Augenmaske von der Nasenspitze gepult. Irgendwie verrutschen die blöden Dinger immer.

»Tut mir leid«, hab ich nur geseufzt und mein Gesicht nach meiner eigenen Maske abgetastet. Sie lag aber inzwischen auf dem Fußboden. (Ob ich sie das nächste Mal mit Tesafilm festkleben soll?)

Nachdem Iris brüllend unsere Tür aufgerissen hatte, sich dann aber spontan dazu entschloss, doch lieber erst mal bei Malea und Livi weiterzubrüllen, hatten Dodo und ich zum Glück noch ein wenig Ruhe. Wir haben noch ein paar Flirtgedanken zu Papier gebracht, aber dann musste Dodo nach Hause.

Ja, und jetzt hab ich endlich, endlich Zeit für mein Gesicht. Wunderbar! Hmm, was mach ich denn? Vielleicht mal wieder eine richtig schöne Gurkenpackung? Oh ja, Gurke, das ist gut!

Ich husche schnell runter in die Küche. Na, wo haben wir denn das Obst und Gemüse?

Kiwi? Nö, zu sauer. Tomate? Nee, will ja kein Ketchup im Gesicht haben. Ah, da ist ja eine schöne, frische …

»Tessa?« Rema kommt in ihren bunten, weiten Klamotten in die Küche geweht. »Was hast du denn mit der Gurke vor? Ich wollte damit gerade einen wunderbaren Salat für heute Abend machen.«

Salat? Man kann Gurken auch essen?

Rema schnappt mir das Ding aus den Händen und fängt ungeniert an, es in dünne Scheiben zu schnippeln. Also wirklich! Und ich?

Ich gucke mich um, was ich als Ersatz für meine Haut benutzen könnte. Da kommt Livi in die Küche.

»Rema? Kann ich dich mal sprechen?« Livi sieht schon wieder so unheimlich besorgt aus. »Ich … ich … also geht es nämlich um …«

Meine Güte, Livi! Kannst du denn gar nichts anderes, als dir um unsere Umwelt Sorgen zu machen?

»Es geht um … mich, weißt du?«

»Um *dich*?« Rema und ich drehen uns gleichzeitig um und starren Livi ungläubig an.

Livi starrt überrascht zurück. »Ja, um mich. Wieso?«

Wieso? Ganz einfach. Weil es um Livi selbst in Livis Leben eigentlich recht selten geht.

Ich vergesse beinahe, nach anderem brauchbaren Gemüse zu suchen und warte interessiert ab, was Livi zu sagen hat.

»Könnten wir vielleicht …«, murmelt Livi und wirft Rema einen bittenden Blick zu, » … unter vier Augen …?«

»Natürlich, mein Schatz«, sagt Rema sofort und wischt sich ihre Gurkenhände an einem Handtuch ab.

Ich ziehe eine Flunsch. »Was ist los? Hast du Geheimnisse?«

»Geheimnisse?« Malea schießt herein, als hätte sie draußen im Flurschrank nur auf ein Stichwort gewartet. »Wer hat Geheimnisse?«

»Niemand«, behauptet Rema und lacht Malea an. »Livi und ich wollen uns nur ein bisschen unterhalten.«

»Und worüber?«, fragt Malea ungeniert.

»Remaaa! Telefooon!«, ruft Iris' Stimme in diesem Moment aus dem Flur und steht eine Sekunde später mit dem Apparat in der Hand im Türrahmen. »Hier!« Sie reicht Rema das Telefon. »Walter Walbohm.«

Walter Walbohm? Wieso ruft der Rema an? Wenn es um Javier und Ramón geht, sollte er doch *mich* fragen!

»Walter? Oh!«, macht Rema und huscht mit einem zarten Lächeln auf den Lippen nach draußen. Und – äh – ist sie da eben gerade rot geworden?

Bin etwas verwirrt. Vielleicht geht es gar nicht um Javier und Ramón? Aber worum sonst?

»Oh – Livi.« Rema steckt ihren Kopf noch einmal in die Küche. »Fünf Minuten, ja? Ich bin gleich zurück, meine Liebe!«

»Kein Problem, Remi«, sagt Livi und setzt sich mit einem kleinen Seufzer an den Küchentisch. Dann starrt sie mit dicken Stirnfalten auf die Tischplatte.

Mensch, was ist mit der bloß los? Muss wirklich was mächtig Ungewöhnliches sein! Ich setze mich mal dazu und lächele Livi sehr freundlich und schwesterlich an. »Na, erzähl schon! Worum geht's?«

»Was soll das?«, raunzt Livi unfreundlich. »Gestern hat es dich doch auch nicht interessiert!«

Aber jetzt interessiert es mich eben! Und überhaupt dachte ich gestern natürlich auch noch, dass es um Regenwälder ginge. Und wie interessant sind die wohl?!

Aber Livi benimmt sich so unnormal, dass es womöglich doch was anderes ist. Womöglich ist Livi sogar … endlich mal … verliebt? Und – Hallo! – dann sollte ich doch wohl Bescheid wissen! Denn wer könnte ihr bessere Tipps für die Liebe geben als ich?

Ich ignoriere ihre Unfreundlichkeit also großzügig und lächele weiterhin. »Geht's um einen Jungen?«

Livis Lippen werden zu einem dünnen, feindseligen Strich und ihre Augen zu zwei funkensprühenden Schlitzen. »Also echt, Tessa! Deine Welt besteht doch nur aus Lippenstift und Knutschen!«

»Neidisch?«, frage ich ganz gelassen. Pah, damit kann sie mich nicht ärgern. Ich weiß ja, dass sie mir in dieser Hinsicht nicht das Wasser reichen kann.

»*Neidisch*!«, wiederholt Livi böse. »Haha! Wer sollte wohl darauf neidisch sein!«

»Du zum Beispiel«, behaupte ich.

»Kein Mensch ist neidisch darauf, wie du den Jungs hinterherläufst«, faucht Livi. »Das ist einfach nur peinlich!«

Peinlich? *ICH*?

»Ich laufe keinen Jungs hinterher!«, schnaube ich empört.

Jungs hinterherlaufen?! Das ist ja wohl eine Frechheit! Warum sollte ich das auch tun? Nein, die Jungs laufen selbstverständlich MIR hinterher! Und das ist nun wirklich ein kleiner Unterschied!

Oh, jetzt bin ich aber auch wütend!

»Dein Leben ist ja bloß deshalb eine komplett knutschfreie Zone, weil du dich an keinen Jungen rantraust!«, schnaube ich Livi ins Gesicht. »Feigling!«

Ha! Ist doch wahr!

»WAS?« Uiii, jetzt wird Livi aber richtig sauer. »ICH SOLL MICH NICHT TRAUEN? Ich traue mich Sachen, von denen du noch nicht mal gehört hast!«

»Ach ja?«, fauche ich zurück. »Dann tu's doch!«

»Tu was?«

»Dann küss doch endlich einen Jungen!« Ich grunze verächtlich. »Dreizehn Jahre alt und hat noch nie einen Jungen geküsst! Tsss!«

»Na und?«, versucht Livi zu sagen und holt tief Luft. »Wie wichtig ist das denn? Während um uns herum alles …«

»Ach, hör doch auf mit deiner Umwelt! Wenn du dich trauen würdest, dann hättest du schon längst mal jemanden geküsst. Das schadet der Umwelt nämlich echt kein bisschen! Wie lange willst du denn warten? Bis du dreißig und grauhaarig bist?«

»Pfff«, macht Livi.

Malea lächelt leise.

Ups, die ist ja auch noch da. Hatte ich ganz vergessen.

»ICH würd mich trauen!«, behauptet sie jetzt. (Und das glaube ich ihr sogar.) »Und ich würd's auch tun, um es dir zu beweisen, Tessa. Aber nur …« Ihr Grinsen wird breiter. »… als Wette.«

»Als Wette?«, wiederholt Livi irritiert.

»Klar«, nickt Malea zu Livi rüber. »Jeder weiß doch, dass du dich traust. Aber wenn du es tust, bloß weil Tessa das sagt, dann solltest du auch was davon haben, oder?«

Ich lächele die beiden ganz selbstsicher an. »Kein Problem für mich, so eine Wette. Ich setze gerne jede Summe. Livi traut sich ja doch nicht!«

»Und ob ich mich traue!« Livis Hand knallt auf den Küchentisch.

»Geld ist doof«, meint Malea. »Wie wäre es mit Küchendienst? Der, der verliert, muss für den anderen den Küchendienst übernehmen. Wie ist das?«

Ich nicke. »Ist in Ordnung für mich.« Ich schaue zu Livi rüber. »Ich räume zwei ganze Wochen lang die Küche für dich auf, wenn du mit Küchendienst dran bist, *wenn du* innerhalb von drei Tagen einen Jungen küsst! Aber voll auf den Mund und nicht irgendwo aufs Ohr oder was weiß ich wo!«

Livi schluckt. Deutlich sichtbar.

Hahaha! Schon die Hosen voll! Ich sag's ja, große Klappe mit all dem Regenwaldgefasel. Aber wenn's drauf ankommt, kneift sie.

Livi schluckt noch mal. »Eierleicht!«

Sie schlägt in meine hingehaltene Hand allerdings noch nicht ein, sondern guckt mich stattdessen noch böser an. »Ich hab aber eine bessere Idee.«

»Ach ja?«

»Wenn ich es nicht schaffe, mache ich für dich den Küchendienst. Wenn ich aber einen Jungen küsse … dann musst DU dich drei Samstage hintereinander auf den Marktplatz stellen und unsere Aufklärungszettel für unsere Anti-Legebatterie-Kampagne verteilen. UND du musst die Leute dazu bringen, zu versprechen, dass sie von jetzt an nur noch Eier von frei laufenden Hühnern kaufen.«

»PFFFFFF!« Ich schnaube so verächtlich, wie ich nur kann.

Ist die irre? Das mache ich NIEMALS! Ich ruiniere doch nicht meinen guten Ruf, indem ich mich mit Livis peinlicher Polithorde gemeinsam beim Leutebelästigen sehen lasse!

Aber – dann fällt mir ein, dass ich das ja gar nicht muss. Weil natürlich ICH die Wette gewinnen werde!

Also nicke ich ganz entspannt und beinahe lächele ich schon wieder. »Ja, ja, ist in Ordnung für mich.«

Dann fällt mir noch was ein. »Aber ich muss den Kuss natürlich sehen!« Sonst könnte sie ja leicht behaupten, siebzehn Jungen geküsst zu haben. Ha!

»Schon klar«, meint Livi ganz gelassen.

Und dann geben wir uns einen megafesten Handschlag. »Die Wette gilt!«

Livi

Ich bin in unserem Haus, aber irgendwie sieht es ganz anders aus als unser Haus. Auf jedem Stockwerk sind etwa fünfzig Türen. So viele, dass ich völlig verwirrt bin. Welches ist die Tür zu meinem Zimmer? Meine Schwestern hüpfen und tanzen ganz locker durch die Türen, hinein und hinaus, und scheinen nicht im Mindesten verwirrt zu sein. Obwohl man für jede Tür einen Schlüssel braucht, picken sie aus einem riesigen Eimer mit Leichtigkeit und einem Lächeln im Gesicht immer genau den richtigen Schlüssel für genau die richtige Tür heraus. Ich probiere auch mal eins der Schlösser. Mit hundert verschiedenen Schlüsseln. Aber keiner passt. Und überhaupt, ich weiß ja noch nicht mal, welche der vielen Türen für mich die richtige wäre …

Ach, manchmal sind Träume doch echt bescheuert!

Aber, puh, mein Leben ist dagegen grad ganz schön bunt! (Unser Haus allerdings auch, hihi. Farbspritzer an allen Wänden.)

Da ist erst mal unser Fotoerfolg. Hurra! Wenn die Leute diese Fotos von den Tierquälerställen sehen, können sie nicht mehr wegschauen! Das ist einfach toll!

Aber dann ist da auch noch diese unglaubliche Sache mit der Fotoagentur! Die wollen mich, um Modeaufnahmen für englische Tweedmäntel und Röcke und so 'n Kram zu machen. MICH! Wie verrückt ist das denn bitte?

Und als hätte ich damit nicht genug zu überdenken, hat mich Tessa nun auch noch in diese dämliche Wette gedrängt. HILFE! Warum ist es so schwer zu wissen, wann man Ja sagen und wann man Nein sagen soll?

Ich ärgere mich wie blöde, dass ich mich von Tessa hab provozieren lassen! Ich hätte ganz cool bleiben und ihr einfach einen Vogel zeigen sollen. Was geht es Tessa an, WEN ich küsse, WANN ich küsse und ob ich ÜBERHAUPT küsse?!

Aber jetzt hab ich den Salat. Wenn ich bis Mittwochmorgen keinen Jungen geküsst habe, bin ich voll der Feigling! Toll. Und das Schlimmste ist natürlich, dass ich diese Knutscherei auch noch vor Tessas Augen machen muss. Ich meine, wie bescheuert bin ich eigentlich, dass ich mich darauf eingelassen habe?

Ich liege im Bett und starre auf die Schatten an meiner Wand. Die Straßenlaterne draußen taucht das Zimmer in schummriges Licht. Vielleicht hätte ich die Gardinen zuziehen sollen? Schlafen könnte ich deswegen trotzdem nicht.

Gleich ein Uhr. Ich werde morgen noch blasser aussehen als sonst. Wie ein übernächtigtes Gespenst mit tiefen dunklen Schatten unter den Augen. Großartig. Dann hat sich das mit dem Modeln wenigstens erledigt. Spart mir das Nachdenken.

Mit der Küsserei hat es sich dann allerdings ebenfalls erledigt. Denn erstens: Welcher Junge hat überhaupt Lust, mich zu küssen? Selbst in normalem Zustand. Aber zweitens: Welcher Junge hat Lust, mich zu küssen, wenn ich dazu noch aussehe wie Draculina?

Warum denke ich jetzt bloß die ganze Zeit an Daniel aus meiner Stufe?

Daniel, der hat doch sowieso nur Augen für die Sahnetörtchen Cäcilie, Liane und Kaya, diese hochhackig aufgedonnerten Schnepfen. Mit mir redet er allerhöchstens über die Mathehausaufgaben oder das Meerschweinchen seiner kleinen Schwester. Hach …

Und überhaupt – in diesem grässlichen Knutschwettenzusammenhang ist es natürlich sowieso komplett bescheuert an Daniel zu denken. Ich meine, Daniel wäre echt der letzte Typ auf meiner Liste, mit dem ich so was wie Küssen ausprobieren würde.

Ganz einfach, weil er der Einzige ist … äh, der Einzige … ähm … Also weil ich jedenfalls gerade vor Daniel nicht wie eine totale Idiotin dastehen möchte. Und ich kann mir kaum vorstellen, wie man auf jemanden zugehen soll und »Hallo, darf ich dich vielleicht mal frontal auf den Mund küssen?« sagen soll und dabei *nicht* wie eine Idiotin aussehen könnte!

Also, jedenfalls werde *ich* mit felsenfester Sicherheit wie die größte Schwachsinnige der ganzen Welt aussehen.

Wie küsst man eigentlich? In einer Beziehung hat meine Wimpernklimper-Hinternwackel-Schwester Tessa natürlich recht: Im Küssen von Jungs hab ich wirklich nicht viel Übung.

Na gut, gar keine.

Hm.

Ja, wenn ich so drüber nachdenke, dann gibt es eigentlich keine andere Lösung als … als das eben NICHT zu tun. Auch wenn ich dann in Tessas Augen ein Feigling bin.

Aber macht mich das tatsächlich zu einem Feigling? Ich meine, wenn man etwas NICHT tut, weil man erkannt hat, dass das völlig hirnrissig ist, ist das dann feige? Oder ist es vielleicht viel eher klug?

Neulich in der Schule hörten wir im Geschichtsunterricht von Soldaten, die sich irgendwann im Ersten Weltkrieg geweigert haben, Leute zu erschießen, auch wenn das sogenannte Feinde waren. Diese Soldaten sind zur Strafe selbst erschossen worden. Wegen Befehlsverweigerung. Und ihre Vorgesetzten behaupteten auch noch, dass sie Feiglinge gewesen wären.

Tatsächlich taten sie doch aber etwas richtig Gutes, oder? Und wenn diese Soldaten wussten, dass sie zur Strafe vielleicht sogar erschossen werden, Mann, dann war das doch wohl richtig mutig, dass sie sich geweigert haben, oder?

Es kann also sein, dass etwas, von dem einige Menschen behaupten, es sei feige, in Wirklichkeit sehr mutig ist. Aber WIE erkennt man, was mutig oder was feige ist?

Zehn nach eins. Ach Mann, wenn ich wenigstens mit Gregory reden könnte! Aber irgendwie komme ich mir zu blöd vor, zuzugeben, dass ich mich auf so was eingelassen habe. Nein, noch blöder käme ich mir vor, wenn er wüsste, dass ich so was tatsächlich auch MACHE!

Mache ich es also?

Oder sage ich Tessa morgen einfach »Vergiss es!« und übernehme meinetwegen den dämlichen Küchendienst für sie? Und riskiere, dass sie mich die nächsten hundert Jahre einen Kussfeigling nennen wird?

Aber, WENN ich es mache, WIE um alles in der Welt soll ich es machen? Ich kann ja wohl nicht wirklich zu irgendjemandem hingehen und ihn ganz freundlich um einen Kuss bitten!

Könnte ich ihm vielleicht Geld bieten? Hm, wie viel hätte ich denn? Zwanzig Euro?

Nein! Was für ein Quatsch! Ich kann doch einem Jungen keinen Kuss ABKAUFEN! Wie sieht das denn aus? Als ob ich anders keinen kriegen könnte!

Auf der anderen Seite – wie kriege ich *anders* einen Jungen dazu, mich zu küssen?

Hilfe – Hilfe – Hilfe!

Und außerdem: Hat Tessa vielleicht recht? Müsste man mit dreizehn wirklich schon geküsst haben? Haben denn alle anderen dreizehnjährigen Mädchen schon geküsst? Bin ich möglicherweise die Einzige, die total … anders ist?

Ach.

Zum Glück war Rema heute wieder die liebste, beste Rema der Welt! Rema ist immer ein Trost.

Von der Wette hab ich ihr natürlich nichts erzählt. Aber von den Typen, die mich gestern in der Stadt angesprochen haben.

»Livi, Livi«, hat sie gesagt und gelacht und plötzlich richtig jung ausgesehen, »hab ich dir nicht immer gesagt, dass du eine kleine Schönheit bist?«

Total gefreut hat sie sich für mich.

»Siehst du«, hat sie gerufen, »und du beschwerst dich immer, weil du Opa Richards rotblonde Haare geerbt hast! Aber nun merkst du's! Die Leute beneiden dich darum!«

Na ja, hab ich leise gedacht, nun bleib mal auf dem Teppich, Remi! Wirklich beneiden tut mich ja nun keiner um meine roten Haare. Dass die mich fotografieren wollen, heißt wohl noch lange nicht, dass die auch so aussehen wollen wie ich!

Aber irgendwie war Remas Freude doch ein bisschen ansteckend.

Trotzdem musste ich ihr natürlich verklickern, dass mein Problem darin besteht, dass ich so einen Kram eigentlich nicht machen will. Weil ich diesen ganzen Konsumrausch, der durch Modefotos und die Werbung angeheizt wird, nicht auch noch persönlich unterstützen will.

Doch da kam sie mit dem Argument, dass ich dadurch ja immerhin viel Geld für meine politischen Projekte hätte. Fotos werden anscheinend wirklich nicht allzu schlecht bezahlt. Rema fand die ganze Idee mit den Modefotos jedenfalls echt großartig. Im Prinzip zumindest. Bis wir auf einen ganz speziellen Haken an der Sache kamen. Cornelius!

»Na ja«, meinte Rema und guckte mich sehr zuversichtlich an, »ich glaube, richtig sauer wird Cornelius nur, wenn er überhaupt gar nicht gefragt wird. Das kann man doch auch ein bisschen verstehen, oder? Immerhin ist er euer Vater. Und ihr seid noch minderjährig.«

»Du meinst also, er würde es erlauben, wenn ich ihn frage?«

»Ähm, na ja«, wiederholte Rema und sah dann doch nicht mehr ganz so zuversichtlich aus, »vielleicht sollte Cornelius sich lieber erst mal in aller Ruhe erholen und wir fragen einfach nur Iris. Was meinst du?«

Ich lächelte. »Remi, du bist ein Schatz!«

Rema lächelte jetzt auch wieder. Zufrieden.

Ich gab ihr einen Kuss. »Könntest *du* dann vielleicht mit Iris sprechen?«

Da seufzte Rema, als hätte ich von ihr verlangt, zehn Liegestützen zu machen. »Also wirklich, Livi!« Aber sie lächelte immer noch. »Na schön. Mach dir keine Sorgen! Wenn du das wirklich willst, kriege ich Iris schon rum!«

»Rema, du bist die Allerbeste!«

Und an der Stelle merkte ich, dass ich mich ganz klar so benahm, als hätte ich mich schon entschieden. Als würde ich mich freuen, die Erlaubnis zu kriegen und so, meine ich.

Aber will ich das tatsächlich? Habe ich mich entschieden? Denn jetzt, wo ich hier liege, fühlt sich die Vorstellung, dass ich vor einer Kamera stehen soll, mit lauter Leuten um mich herum, die ich nicht kenne, nicht mehr allzu verlockend an.

Was passiert denn überhaupt genau bei so einem Fotoshooting?

Uh, und warum höre ich in dieser Sekunde Tessas Stimme in meinem Kopf, die sagt: »Haha, Livi! Du hast ja bloß Schiss zu richtigen Modeaufnahmen zu gehen! Angsthase, Pickelnase!«

Puh, blöde Tessa! Zum Glück habe ich niemandem außer Rema davon erzählt!

Schon wieder die doofe Frage, ob man bloß feige ist oder ob man das Richtige tut. Ach Mann, was ist denn nun »feige«? Und was ist »richtig«?

Wann soll man Nein sagen? Wann Ja?

Und warum scheine ich die Einzige in unserer Familie zu sein, die sich dauernd solche Fragen stellt?

Iris war heute den ganzen Tag nicht zu sprechen. Gleich nach dem Frühstück hat sie sich in ihrem Arbeitszimmer verbarrikadiert und jeden angeknurrt, der nur mal den Kopf reinsteckte. Das kennen wir schon. Es bedeutet meistens, dass sie spät dran ist mit einem Abgabetermin für ihre Kitschgeschichten und nun nonstop schreiben muss.

Ziemlich blöd, wenn man gerade heute eine Mutter gut hätte gebrauchen können.

Halb zwei. Wenn ich jetzt nicht bald schlafe, werde ich womöglich das erste Mal in meinem Leben Tessa um Hilfe bitten müssen. Damit sie die tiefen Schatten unter meinen Augen wenigstens so weit überdeckt, dass ich mich in die Schule trauen kann und Daniel nicht wirklich anfängt, mich Miss Draculina zu nennen.

Blödsinn, was rede ich denn da! Als ob ich jemals so was

wie Tessas braune Puderpampe an mein Gesicht lassen würde!

Aber, wo ich gerade wieder an Tessa denke, was war eigentlich vorhin mit der los?

Den ganzen Nachmittag über hat sie sich köstlich über unsere Wette gefreut und mich mit dämlichen Sprüchen eingedeckt. Dann war sie ein paar Stunden in der Stadt mit Javier und Ramón verschwunden, und als sie zurückkamen und mit uns Abendbrot aßen, waren alle auch noch bester Laune. Aber plötzlich – plötzlich kam da dieser Telefonanruf, dann sah Tessa für einen Moment so aus, als hätte man ihr eröffnet, dass sie zum Ugliest-Girl-of-the-World gewählt worden sei (glaube kaum, dass ihr was Schlimmeres im Leben passieren könnte), und direkt danach ist Tessa wortlos in ihrem Zimmer verschwunden und den ganzen Abend über nicht mehr rausgekommen. Na ja, doch. Um im Badezimmer zu verschwinden. Etwa drei Stunden lang. Und dass Malea und ich auch mal da reinmussten, hat sie dabei wenig gestört.

Sogar ihren geliebten Javier hat sie sekundenschnell abgewimmelt und rüber zu Walter Walbohm geschickt. Obwohl es noch viel zu früh zum Schlafen war. Der sah ganz schön verwirrt aus.

Ob sie sich mit Dodo gestritten hat?

EGAL. Ich will jetzt schlafen! Und was ich den Modeleuten morgen sage, wenn ich anrufe – ich muss ja anrufen, um zu- oder abzusagen –, das werde ich morgen entscheiden. Jawohl.

Gute Nacht, liebes, buntes, Chaosleben!

Kenny

Wer bestimmt eigentlich, was in einem Geheimclub geheim bleiben darf und was nicht? Und wer bestimmt, wer in einem Geheimclub mitmachen darf? Und warum darf nicht jeder mitmachen, der will? Und wieso kann ein Club nicht mehr geheim sein, wenn noch einer mehr mitmacht? Doooof!

Die blöde Bentje ist voll doof.

Da bin ich so nett und lasse sie noch eine zweite Nacht bei uns schlafen, und dann bin ich noch netter und erzähle ihr abends im Bett was ganz Geheimes, weil – schließlich sind wir ja in einem Geheimclub und ich finde, da muss man sich auch ab und zu mal was Geheimes erzählen, warum wäre es sonst ein Geheimclub? Und was macht Bentje? Sagt, dass ich voll blöd bin.

NEE! SIE ist voll blöd! Voll, voll, tütenproppenvoll dämlich doof. Und vielleicht – vielleicht ist sie jetzt auch nicht mehr meine beste Freundin. So.

Bentje sitzt mir am Küchentisch gegenüber und schiebt sich mit grimmigem Gesicht ihr Müsli in den Mund.

»Na, Bonbon-Bentje?«, sagt Livi ziemlich freundlich, als sie sich zum Frühstücken hinsetzt. »Schlecht geschlafen?«

Hihi, da sieht Bentje noch grimmiger aus. Sie mag es

nicht, Bonbon genannt zu werden. Aber echt, heute hat sie noch was ganz anderes verdient! Deshalb sage ich auch nichts, um ihr beizustehen.

Bentje sagt aber auch nichts. Sie guckt nur Livi finster an.

»Tut mir leid, dass ich gefragt habe«, sagt Livi da und seufzt ein bisschen.

Und jetzt merke ich erst, dass Livi heute Morgen auch nicht gerade frühlingsblumenfrisch aussieht. Sie hat ganz dunkle Ränder unter den Augen und … und irgendwie sieht sie so … entschlossen aus. Nein, verzweifelt. Verzweifelt entschlossen. Also irgendwie komisch jedenfalls. Nicht sehr glücklich.

Für einen Moment vergesse ich glatt meinen Ärger über Bentje.

»Livi«, sage ich leise und schiebe meine Hand in ihre. Mehr sage ich nicht. Denn das genügt, finde ich.

Da dreht sich Livi zu mir um und lächelt. Und drückt meine Hand. Sagen braucht sie auch nichts.

Ich drücke ihre Hand zurück und lächele zufrieden.

Erstaunlich! Manchmal vergeht der eigene Ärger fast schon wieder ein bisschen, bloß weil man nett zu jemand anderem ist. Ich muss mich richtig zwingen, noch doll böse auf Bentje zu sein.

Na gut, so schwer ist das dann doch nicht. Schließlich war das echt so ungeheuer doof von Bentje, was sie über Sinan gesagt hat, dass ich ganz bestimmt die nächsten fünfhundert Stunden noch böse auf Bentje sein werde! (Wie lang sind eigentlich fünfhundert Stunden?)

Ich meine, wenn ich so nett bin, ihr unter der Bettdecke ganz im Geheimen meine Bilder, die ich von Sinan gemalt habe, zu zeigen. Auch, wenn es dort ein bisschen dunkel war und sie nicht wirklich viel sehen konnte. Aber, wenn ich ihr schon so ein Geheimnis anvertraue! Na gut, dass ich Sinans Haare schwarz glänzend wie Lakritz male und seinen Lächelmund rosenrot, das ist natürlich noch kein Geheimnis. Wie hübsch Sinan ist, das kann ja jeder selber sehen, der ihn ansieht. Aber dass ich seine dunklen Augen wie zwei Herzen gemalt habe und dass ich unter das Bild noch ein drittes Herz gemalt habe und in dieses Herz *Kendra und Sinan* geschrieben habe, ich finde, DAS ist ein Riesengeheimnis.

Also, mein Bild würde ich jedenfalls nicht in der Schule an die Tafel hängen oder so, wie Max und Jurek das mit Inge-Mays Bild gemacht haben. Darauf hatte sie ein Herz gemalt, und in das Herz ihren Hamster und sich, und darüber hat die ganze Klasse noch hundert Jahre gelacht und Inge-May deswegen ein Windel-Pupser-Baby genannt. Das war natürlich echt fies von Max und Jurek. Man kann doch wohl seinen Hamster lieb haben!

Aber dass Bentje die Bettdecke über unserem Kopf einfach weggezogen und »Sag mal, spinnst du jetzt voll oder was?« gerufen hat, das war doch fast genauso fies, oder? Das ganze schöne Geheimniszaubergefühl war jedenfalls sofort weg und beinahe hätte Bentje mir noch mehr kaputt gemacht.

Nicht das Bild, meine ich, sondern das, was ganz tief drinnen in meinem Bauch ist. Schon seit ein paar Wochen. Blubberige Sinanherzen sind da nämlich. Das fühle ich ganz doll. Deswegen habe ich die ja auch gemalt.

Aber das werde ich Bentje jetzt NICHT mehr sagen. Nee. Weil – ehrlich – ich hab das Gefühl, dass Blubberherzen auch platzen können. Wenn jemand mit gemeinen Stecknadeln reinpiekst nämlich. Und dann wäre ich nur traurig. Und natürlich noch wütender. Auf Bentje.

Also lasse ich die Herzen lieber warm und sicher in meinem Bauch. Ganz geheim. Nur für mich. Und für Sinan natürlich. (Aber der weiß davon ja auch nichts.)

Ich hab dann noch gefragt, ob Sinan denn wenigstens mitmachen kann bei unserem Geheimclub. Oh, das wäre sooo schön! Dann könnte ich Sinan immer und immer angucken und könnte gleichzeitig immer noch unheimlich geheim sein. Mit ihm zusammen in unserem Club.

Aber das fand Bentje noch viel blöder.

»Jungen können nicht bei uns mitmachen«, hat sie gesagt. Und dass der Geheimclub nur für Romy und für sie und für mich ist.

»Ach, und warum können Jungen nicht mitmachen?«, hab ich ziemlich erstaunt gefragt.

»Weil sie eben Jungen sind«, hat Bentje geantwortet.

Also, wenn das nicht dämlich ist!

Das einzig Gute, was gestern passiert ist, war, dass wir Aurora an meinen Puppenwagen gewöhnt haben. Wir sind echt lange mit ihr spazieren gegangen und sie hat überall begeistert ihren Kopf hingereckt und »Tooock« gemacht und wirklich richtig zufrieden ausgesehen.

Danach haben wir im Garten weiter daran gearbeitet, ihr Kunststückchen beizubringen. Aber Mensch, darin ist sie echt schlecht. Sie kann nicht mal ein dünnes Seil mit ihrem Schnabel auffangen, das man ihr hinwirft. Obwohl wir es ganz, ganz langsam und sanft zu ihr rübergeworfen haben.

Aber Aurora reckt nur ihren langen Hals in die Seilrichtung und sagt »Tooock«. Mehr nicht. Obwohl wir ihr ungefähr hundert Mal vorgemacht haben, wie man das Seil mit dem Schnabel fängt. Ich hab schon einen ganz blöden Seilgeschmack im Mund gehabt.

»Habt ihr eure Schultaschen fertig gepackt?«, fragt Mama, als sie mit müden Augen in die Küche kommt. Komisch, sind denn heute alle müde oder muffelig?

Und dann lässt sie ihren Kaffeebecher auf den Boden fallen, noch bevor sie das Kaffeepulver da reintun konnte. Klirr! Dort liegt er jetzt auf dem Steinboden in lauter Einzelteilen.

»Ach herrjeh«, seufzt Mama und guckt sich entschuldigend zu uns um. »Tut mir leid!«

Dabei ist es mir völlig egal, ob jemand bei uns Kaffeebecher zertrümmert oder nicht. Wir haben davon ja noch 'ne ganze Menge mehr im Schrank.

»Ich hab bis morgens um vier gearbeitet und wenig geschlafen«, versucht Mama zu erklären. Dann schaut sie Livi an. »DU siehst aber auch nicht gerade taufrisch aus, mein Schatz!«

Sie will Livi übers Haar streichen. Doch Livi zieht ihren Kopf schnell weg.

»Vielen Dank«, raunzt sie, »es ist immer wieder nett, wie liebevoll einem das Selbstbewusstsein in diesem Haus gestärkt wird!«

»Was?« Mama sieht aus wie ein verschlafenes und sehr verwirrtes Häschen. »Aber Schatz! So meinte ich das doch gar nicht. Ich meinte doch nur …«

»Ja, ja!«, sagt Livi und steht mit ihrem Toast in der Hand auf und geht raus.

»Ich wollte bloß …«, stammelt Mama. Aber dann ist sie still und sieht Livi nur traurig nach.

»Kann ich noch mehr Müsli haben?«, fragt Bentje und guckt nicht mehr ganz so grimmig.

Bentje findet es nämlich toll, dass in unserer Familie immer was los ist. Vielleicht hofft sie, dass der kaputte Kaffeebecher nur der Anfang eines weiteren aufregenden Tages ist. Wo sie doch schon das einstürzende Dach verpasst hat!

»Guten Morgen, ihr Lieben!« Rema kommt in ihrem bunten Kuschelbademantel in die Küche geweht und strahlt. Wenigstens eine! »Hat es einen Grund, dass Tessa mit einem dicken Handtuch um den Kopf im Vorgarten steht und mit ihrem Javier redet, während der arme Ramón zehn Meter weiter auf dem Bordstein sitzt? Sollte sie sich nicht allmählich für die Schule fertig machen? Und warum dürfen Javier und Ramón nicht reinkommen und eine Tasse Kaffee trinken?«

Bentje und ich und auch Malea, die sich hinter Rema in die Küche geschoben hat, recken sofort neugierig unsere Köpfe zum Fenster. Streitet sich Tessa etwa mit ihrem Liebsten? Und darf Ramón deshalb nicht zuhören?

Mama sieht noch verwirrter aus. Sie öffnet das Fenster und winkt zu Tessa raus. »Tessa! Hast du etwa noch nasse Haare? Meine Güte, beeil dich! Es ist spät!«

Dann macht sie eine einladende Handbewegung zu den beiden Jungen. »Kommt rein und trinkt eine Tasse!«

Tessa dreht sich von Javier weg und guckt Mama so grimmig an, dass Bentje glatt vergisst, dass sie selber grimmig ist. Bentje kaut ihr Müsli und lächelt selig.

»Ich gehe nicht zur Schule!«, verkündet Tessa, als sie mit den Spaniern in die Küche kommt, und sieht plötzlich ganz wehleidig aus. Als ob sie Bauchweh hätte oder so.

»Warum denn das ni…?«, will Mama fragen.

Doch Tessa kommt ihr zuvor. »Ich bin krank.«

»Ach?«, fragt Mama.

Bentje lächelt zufrieden, als würde sie ihre Lieblingsfernsehserie gucken.

»Kinder, ihr werdet alle zu spät kommen!«, ruft Mama da fast flehend.

Bentje sieht nicht so aus, als ob sie das stört.

»Ich kann gerrrrne alle zurrr Schule fahrrren«, bietet Javier an. »Mein Auto steht vorrr der Türrrr.« Die Spanier sind – abgesehen von Rema – die Einzigen, die heute Morgen anscheinend gut drauf sind.

Nun holt Mama tief Luft und scheint sich dafür entschieden zu haben, nicht mehr länger verwirrt zu sein. Sehr viel entschlossener guckt sie Tessa an.

»Selbstverständlich gehst du zur Schule!«, bestimmt sie. »Und nimm endlich das alberne Handtuch vom Kopf, damit deine Haare trocknen können!«

Da guckt Tessa so finster, als hätte Mama all ihr Schminkzeug geklaut.

Ich habe beinahe vergessen, wie böse ich auf Bentje bin.

Bentje hat das anscheinend auch vergessen. Denn als wir eingequetscht zwischen Livi und Malea auf Javiers Rückbank sitzen – Tessa darf natürlich vorne sitzen, bäh –, kneift mich Bentje glücklich in den Arm und flüstert mir zu: »Kann ich noch 'ne Nacht bei dir schlafen?«

Und ich hätte beinahe gar nichts dagegen. Aber ich weiß, dass ihre Mama das sowieso nie erlaubt. Denn die war gestern schon nicht allzu begeistert davon, dass Bentje von uns aus heute Morgen zur Schule geht. Bei Bentjes Mama muss nämlich alles immer seine Ordnung haben. Und irgendwie scheint sie zu glauben, dass das bei uns nicht so ist. Wie kommt sie bloß auf diese Idee?

Tessa auf dem Vordersitz sieht immer noch äußerst schlecht gelaunt aus. Statt dem Handtuch hat sie jetzt eine Mütze auf dem Kopf. Und die ganzen Haare, die sonst immer total lang über ihre Schultern runterbaumeln, hat sie da drunter versteckt. Nicht eine einzige blonde Strähne ist zu sehen. Sehr ungewöhnlich. So hab ich Tessa überhaupt noch nie gesehen.

»Was soll das denn?«, hab ich sie ganz freundlich gefragt.

»Ich hab Kopfschmerzen«, hat Tessa geantwortet.

»Und dann muss man seine Haare verstecken?«, hat Bentje interessiert gefragt.

»Halt die Klappe!«, hat Tessa darauf nur gesagt.

»Kannst du mich heut Mittag wieder abholen?«, fragt sie jetzt Javier. Wir sind an ihrer Schule und Livi und Malea haben sich bereits verdrückt.

»Si, claro!«, antwortet Javier. Das heißt, ja, klar. Allmählich kann ich schon richtig viel Spanisch. »Hasta luego, mi amor!«

»Hasta luego, bis bald!«, murmelt Tessa zu ihm rüber.

«Un beso, einen Kuss?«, schlägt Javier vor, als Tessa schon ausgestiegen ist.

Tessa sieht allerdings nicht so aus, als hätte sie Lust, Javi zu küssen. »Mrrmmm«, macht sie nur.

Der Arme!

Doch Javier schüttelt ungerührt den Kopf und grinst ein bisschen. »Einen schönen Tag wünsche ich dirrr! Und …« Javier grinst noch breiter. » … Kopf hoch!«

Da fasst sich Tessa beinahe erschocken an ihre Mütze und guckt, als hätte Javier sie geschlagen. Ja, sie guckt so bitterböse, dass Javi laut lachen muss und lieber schnell losfährt. Was war denn daran so lustig?

»Taxi zurrr Grrrundschule?«, fragt er und lächelt in den Rückspiegel.

»Ja, bitte«, rufen Bentje und ich.

Also, ich finde, Javier ist ein echt prima Typ! Und was mit Tessa heute los ist, das weiß ich wirklich nicht!

Livi

»Eins nach dem anderen«, sagt Rema immer. Und: »Rom ist auch nicht an einem Tag erbaut worden.« Nee. Eben. Also, warum muss ich dann plötzlich innerhalb von drei Tagen riesige Entscheidungen treffen?

Wie geht's deinem Vater?«, fragt Gregory, als ich ihn in der Klasse treffe.

Gregory hatte heute Frühstunde. (Chor! Wer macht so was bloß freiwillig!) Was allerdings ein Glück war, denn mehr hätten wirklich nicht in Javiers kleinem Auto Platz gehabt.

»Ganz gut, glaube ich«, antworte ich. Cornelius ist im Moment mein kleinstes Problem! »Das Krankenhaus hat sich jedenfalls noch nicht beschwert.«

Allerdings werden die ja auch bezahlt dafür, Leute zu beherbergen. Und bestimmt ist Cornelius nicht der erste »schwierige« Patient, den sie haben.

»Nörgelt er über das Essen?«, lacht Gregory. Schließlich weiß er, dass Cornelius gerne mal meckert. Worüber auch immer.

Ich lächele müde zurück. »Dazu hätte er ja nun wirklich keinen Grund. Kann mir kaum vorstellen, wer nach Iris noch schlechter kochen sollte!«

Gregory lacht wieder. (Wieso ist der eigentlich immer so gut drauf?) »Ehrlich, Livi, du hast keine Ahnung, wie gut du es hast!«

BITTE? Also solche Sprüche brauche ich heute Morgen echt nicht!

Ich gucke Gregory vernichtend an und spare mir eine Antwort. Da lacht Gregory noch mal und knufft mich. »Los, erzähl! Wie war dein Sonntag?«

Wie der war? Wie immer, denke ich. Wie ein typischer, verrückter, zum Weglaufen schöner Sonntag bei der Martini-Familie.

Ich rolle nur mit den Augen.

»Ist das Dach noch weiter eingestürzt?«, fragt Gregory.

»Nee.« Ich schüttele den Kopf. »Jedenfalls hat niemand was in der Richtung bemerkt.« Ich grinse leicht. »Was ja nicht weiter verwunderlich ist, oder?«

»Haben Javier und Ramón die Haustür repariert?«

Das hatten sie nämlich am Samstagabend, hilfsbereit wie sie sind, gleich angeboten. Javier klang sehr überzeugt von seinen handwerklichen Fähigkeiten. (Ups, das lässt mich gerade ein wenig nachdenklich werden… Cornelius ist schließlich auch SEHR überzeugt davon!)

»Oh ja!« Ich streiche mir meine wuscheligen Haare aus dem Gesicht, weil gerade Daniel den Klassenraum betritt, und atme etwas angestrengt aus, versuche mich aber schnell wieder auf die Spanier, unsere Haustür und mein Wochenende zu konzentrieren. »Ja, die sind wirklich fähig! Und nett natürlich. Echt Glück, dass die grad da waren. Sie sind mit Walter noch am Samstag losgefahren, um ein neues Schloss zu kaufen, und haben es am Sonntag gleich eingebaut. Kein Problem.«

Gregory nickt anerkennend. »Ja, prima Typen. Ich wette,

deine Mutter war ganz schön froh, dass sie nicht bei offener Haustür warten musste, bis dein Vater endlich zu ihrer Rettung nach Hause kommt.«

Jetzt grinse ich wirklich. »Gregory! Du kennst doch Cornelius inzwischen! Iris hat garantiert dem Himmel gedankt, dass er gerade nicht zu Hause ist und nicht noch mehr Unheil anrichten kann.«

»Du meinst, es ist die Schuld deines Vaters, dass die Decke überhaupt eingestürzt ist?«

»Na ja, wie man's nimmt. Vielleicht eher die Schuld von Iris. Kenny erzählt, sie hätten sich morgens stundenlang darüber gestritten, dass mein Vater mit dem Renovieren des Hauses seit Wochen nicht in Gang kommt. Und dann hat er anscheinend in einem Wutanfall einfach angefangen, die alten Tapetenschichten von der Decke abzureißen. Was wohl keine gute Idee gewesen ist, weil damit gleich auch die morschen Balken mit runterkamen und …«

»Bei euch ist das *Haus eingestürzt*?«

Schluck! Daniel steht direkt neben uns und guckt uns sehr interessiert und fragend an.

»Och, nur so 'n bisschen …«, murmele ich peinlich berührt. (Warum kann ich in keiner normalen Familie leben, in der NICHT zum Frühstück schon Decken einstürzen?)

»Was heißt *nur so 'n bisschen*?«, fragt Daniel.

Aber da klingelt es zum Glück und pünktlich auf die Sekunde marschiert Frau Nagemut durch den Türrahmen, knallt ihre elegante Lederaktentasche aufs Lehrerpult und lächelt uns tatkräftig an. »Guten Morgen! Ich hoffe, ihr hattet alle ein schönes Wochenende und wir können gut ausgeruht loslegen!«

Gut ausgeruht! Ja, haha! Als ob!

In meiner Familie kann man sich NIE ausruhen. Oder

allerhöchstens, wenn man sich über Nacht im Badezimmer verbarrikadiert.

Aber selbst das wäre in den letzten zwölf Stunden nicht gegangen, weil Tessa anscheinend beschlossen hat, dort nicht mehr nur die meiste Zeit des Tages mit nutzlosem Spiegelanbeten zu verbringen, sondern dort gleich fest einzuziehen. Oder warum sonst konnten Malea und ich gerade mal drei Sekunden lang unsere Zähne putzen, bevor Tessa draußen schon wieder hysterisch kreischte, dass sie SOFORT reinmüsste?

Und die ganze stundenlange Mühe auch noch total umsonst. Denn Tessas Haare sind heute komplett ungestylt unter einer Mütze versteckt. Sind sie ihr nach siebenundzwanzig Schichten Blondierungsmitteln vielleicht alle ausgefallen?

Während Frau Nagemut in ihrer Tasche kramt, nutzt Gregroy die Zeit, um sich schnell zu mir rüberzulehnen. »Und sonst?« Er reißt die Augen fragend und sehr eindringlich auf. »Du weißt schon!« Er reißt die Augen noch eindringlicher auf.

Umpf. Ja. Nun fallen mir alle restlichen Ereignisse des Wochenendes ebenfalls wieder ein. Oder vielmehr – gleich in meinen Bauch. Und bleiben dort als dicker Klumpen liegen. Ich nicke mal unverbindlich.

Er guckt fragend. Unsicher, was mein Nicken bedeutet.

Ich bin ebenfalls unsicher, was es bedeutet. Sage ich nun bei dem Modeljob zu?

Ich hole tief Luft und starre dann unglücklich auf den schmuddelig grauen Klassenzimmerboden. Ach, wenn mein Leben nur etwas einfacher wäre!

Genau in dieser Sekunde schaut auch Daniel zu mir rüber. Und da fällt mir natürlich die dämliche Wette mit Tessa ein. Und – wutsch – laufe ich an wie eine knallreife Tomate. Na, super!

Daniels leicht verwunderter Blick hilft da nicht gerade viel. Oh, Mann, HILFE! Wie soll ich das nur auch noch schaffen?

Geografie vergeht wie im Flug, weil ich so tief in meinen deprimierten Gedanken bin, dass ich kaum das Klingeln zur ersten Pause höre. Dabei finde ich Geo sonst immer total interessant.

»Hast du jetzt zugesagt?« Gregory steht im Flur sofort neben mir.

Ich seufze. »Mach ich heute noch.«

»Mach's gleich!«, fordert Gregory.

»Warum?«

Ich will nichts *gleich* tun. Eigentlich will ich überhaupt gar nichts irgendwann tun. Never. Nie. Ach!

»Damit du's hinter dir hast«, antwortet Gregory. Dann guckt er aufmunternd. »Es macht bestimmt Spaß!«

Spaß??? Was, bitte, soll wohl daran Spaß machen, wenn fremde Leute einem an den Haaren herumzupfen und einem Schmierkram ins Gesicht streichen und einen ansonsten behandeln, als wäre man eine Schaufensterpuppe?

»Ich glaube, dass du echt blöd wärst, so eine Chance sausen zu lassen!«, meint Gregory.

»Hm.«

Und dann ist auch Daniel wieder bei uns. »Was war das nun mit dem eingestürzten Haus?«

»Nichts«, versuche ich abzuwiegeln, »ehrlich. War nur eine Decke, die aus Versehen runtergekommen ist. Ist halt ein altes Haus. So was passiert.«

»So was passiert?«, grinst Daniel. »Bei uns passiert so was nie. Ich schätze, ich muss euch mal besuchen kommen.«

Ja, danke. Das würde mir gerade noch fehlen! Ein Besuch bei meiner Familie und Daniel wechselt danach glatt die Schule. Nee, vielen Dank.

»Hahaha.« Ich versuche höflich zu kichern.

Zum Glück zieht mich Gregory weg. Er holt sein Handy aus der Hosentasche. »Los! Jetzt! Ruf an!«

Ich gucke ihn böse an. Aber das hilft nicht viel.

»Wir sind ein Team!«, sagt er. »Ich komme mit. Du bist da nicht allein. Und wenn dir jemand an die Wäsche will, dann haue ich ihm auf die Nase.«

Ich muss lachen. Und merke wieder mal, wie supergern ich Gregory hab! Wie lieb er ist!

Aber natürlich wird mich da keiner angrapschen, das ist nicht das, was ich befürchte. Es ist eher … Ja, was? Was befürchte ich eigentlich? Warum will ich das nicht machen? Warum will ich da nicht hingehen?

Ist es wirklich nur meine politische Überzeugung? Aber warum wird mir dann so schrecklich, grässlich mulmig im Bauch, wenn ich an die Kameras denke und die fremden Leute, die mein Gesicht anstarren werden? Und warum höre ich dauernd Tessas Stimme, die sagt: *Du hast ja nur Schiss*!

Ob Gregory auch denkt, dass ich nur Angst habe, da hinzugehen?

»Los!«, wiederholt Gregory mit fordernder Stimme und hält mir das Handy vors Gesicht.

Und da gebe ich mich geschlagen.

Nach dem Gespräch fühle ich mich beinahe beschwingt. Ja, wenigstens einer der vielen dicken Klumpen in meinem Bauch hat sich gerade eben in luftig prickelnde Schmetterlinge verwandelt. Auch nicht gerade ein Gefühl von totaler Entspannung, aber eine fast angenehme Art von Aufgeregtheit.

Mann, wie die sich gefreut haben, dass ich zugesagt habe! Da kann ich ja gar nicht anders, als mich auch ein bisschen zu freuen! Und nun habe ich am Mittwoch tatsächlich einen richtigen, echten, voll professionellen Modeltermin!

Olivia Martini wird Model! WOW! Wenn ich das Tessa erzähle, wird die glatt ohnmächtig!

Uff – Tessa. Da knallt die schwarze Bombe in meinem Bauch sofort alle Schmetterlinge wieder beiseite. Denn Mittwoch, Mittwoch ist auch der letzte Tag für meine Kussattacke. Aber WEN soll ich bloß attackieren?

Was würde Rema sagen?

»Augen zu und durch!«

Augen zu? Ja, das ist vielleicht keine schlechte Idee, grins! Aber lieber wäre mir noch, der andere (wer auch immer das sein wird) würde die Augen zumachen und niemals erfahren, *wer* ihn geküsst hat!

Tessa

Hier kommt ein Tipp von Tessa-Tiara Martini (in unserem Buch mindestens auf Seite 3): Es gibt schwierige Situationen im Leben, es gibt sehr schwierige Situationen und es gibt Situationen, in denen Auf-der-Stelle-ohnmächtig-werden wie eine ausgesprochen vernünftige Alternative aussieht. Aber glaubt mir, manchmal verpasst man dadurch eine Menge. Denn auch in den grässlichsten Situationen reiten plötzlich die nettesten Prinzen daher. Und wollt ihr dann vielleicht schnarchend auf dem Boden liegen? Nee. Eben. Nehmt mich als Beispiel: Ich versuche IMMER meine Coolness zu bewahren. Auch in den grausamsten Situationen des Lebens…

Oh, das Leben ist sooooo gemein!

Warum ich? Warum ausgerechnet ICH?

Und wenn ich schon so gestraft werden soll, warum kann es dann nicht einfach ein Pickel sein? Meinetwegen auch mitten auf der Nase. Meinetwegen auch ein richtig fetter. Ich bin so gut im Schminken, dass ich den locker wegtouchiert hätte. Aber das! DAS! DAS IST ZU VIEL! Und gemein! Sooo gemein!

»Womit kann ich helfen?«

»Ähm, ja…« Ich seufze aus tiefstem Herzen und gucke mich hektisch und unsicher um, wie ein Dieb auf der

Flucht. Aber außer mir und der Verkäuferin ist keiner mehr im Laden. »Ja, ich …«

Ich bring's einfach nicht über die Lippen. Aber ich muss doch! Sonst geht es nicht weg. Sonst …

»Ich brauche …, ich hätte gern …«, flüstere ich in der Lautstärke einer Salatschnecke.

Die Dame hinter der Theke beugt sich hilfreich ein wenig zu mir rüber. »Ja?«

Ich seufze noch einmal.

Ich muss wohl so verzweifelt aussehen, dass die Apothekerin jetzt auch ganz runde, mitleidsvolle Augen bekommt.

Da fange ich fast an zu heulen. »Ich …«

Die Frau legt ihre Hand auf meine Hand und unterbricht mich vorsichtig. »Einen Schwangerschaftstest?«, fragt sie mit der sanftesten Stimme der Welt.

Ich höre, wie jemand im Hinterzimmer etwas fallen lässt. Anscheinend ist da noch eine Kollegin. Danach ist es wieder ganz still.

Die Apothekerin sieht mich mit diesem superverständnisvollen Blick an, den Lehrer draufhaben, kurz bevor sie fragen: *Hast du Probleme? Möchtest du mit mir reden*?

Ich weiß nicht, was ich sagen soll. Dann dämmert mir, was sie mich gerade gefragt hat. Und nun wird sie auch noch lauter.

»Oder bist du vielleicht wegen Verhütungsmitteln gekommen? Wir haben hier …«

»NEIN!« Meine Stimme ist möglicherweise etwas zu schrill. Oder aggressiv? »Nein, ich brauche keinen … keinen …« Ich gucke empört. »Weder noch.«

Die Verkäuferin sieht überrascht, aber immer noch freundlich aus. Sie lächelt. »Ja, dann?«

Ich werde das Gefühl nicht los, dass die Kollegin im Hinterzimmer uns belauscht. Ich schiele zum Türrahmen.

»Ich brauche ein … *Ullsssml*«, murmele ich schließlich.

»Ein was?«

»Ein … *Läusemittel*«, wispere ich. Das letzte Wort so gehaucht, dass die Verkäuferin ihre Augen angestrengt zusammenkneift und sich noch weiter nach vorne beugt.

»Wie bitte?« Sie sieht verwirrt aus. Doch dann hellt sich ihr Gesicht auf. »Oh, ein Antiläusemittel, ja?«

Sie strahlt mich richtig glücklich an.

Muss sie so schreien? Ich gucke mich hektisch um. Aber Gott sei Dank ist noch kein weiterer Kunde in den Laden gekommen.

»Kein Problem«, versichert sie mir, als wären Läuse das Schönste, was einem im Leben passieren könnte. »Wir haben hier vier verschiedene Produkte, die alle …«

Und dann redet sie und redet. Und zeigt mir endlos Packungen und irgendwelche Beipackzettel mit merkwürdigen Bildchen darauf und redet und redet.

Alles, was ich tue, ist panisch zur Tür schielen, um auch sicherzugehen, dass ich immer noch allein im Laden bin. Zum Zuhören bin ich wirklich nicht in der Lage. Oh, diese kleine Timmi-Ratte!

Als Marion Petersen gestern Abend anrief und mir mitteilte, dass sie auf Timmis Kopf leider Läuse gefunden habe und ich mich möglicherweise angesteckt haben könnte und mich deswegen zur Sicherheit vom Arzt untersuchen lassen sollte, da dachte ich, ich sterbe. LÄUSE!

Da ist man so lieb und nett und hütet ein kleines Kind und was kriegt man zum Dank? Nie wieder mache ich Babysitting! Dann lieber hundert Stunden Eisbecher schleppen. Die sind wenigstens nicht mit Ungeziefer verseucht.

Allein die Vorstellung, dass da jetzt hundert kleine Krabbelviecher auf meinem Kopf fröhlich vor sich hinnisten. … Oh nee! Das will ich mir gar nicht vorstellen. Uh, da juckt es mich schon wieder!

Bin natürlich gestern nach dem Telefonanruf sofort ins Badezimmer gerast, um im Spiegel nachzugucken. Aber ich konnte nichts sehen. Doch das Jucken, das habe ich sofort gespürt. Sofort, nachdem mir Marion Petersen davon erzählt hat.

Als Erstes habe ich mir die Haare supergründlich gewaschen. Aber Marion Petersen meinte vorher schon, dass das überhaupt nichts bringe. Hat es auch nicht. Es hat nur mit jeder Stunde mehr gejuckt. War fast den ganzen Abend im Badezimmer damit beschäftigt, Läuse zu jagen, beziehungsweise mir den Kopf immer da zu waschen, wo es gerade juckte. Und das war irgendwann praktisch überall. Grässlich. Habe fast zwei Flaschen Shampoo verbraucht.

Marion Petersen meinte, ich müsse mir auf jeden Fall ein Mittel in der Apotheke kaufen, wenn ich ganz sichergehen wolle.

Ob ich sichergehen will? Ich will verdammt noch mal in dieser Sache so zementblocksichergehen, dass ich gerne bereit bin, mir zwanzig Läusemittel nacheinander auf den Kopf zu schmieren! Kann ja nicht so schwer sein.

»Vielen Dank. Ich nehme sie alle vier.«

»Du möchtest alle vier Produkte?«

»Ja«, nicke ich. Ist die schwerhörig?

»Aber das ist wirklich nicht nötig.« Die Apothekerin sieht überrascht und ein bisschen amüsiert aus. »Jedes dieser Mittel ist absolut wirksam und …«

»Ich nehme sie alle«, wiederhole ich fast drohend.

»Sehr gerne«, nickt die Verkäuferin nun eher förmlich

und tippt die Summe in ihren Computer. »Das macht dann vierundsechzig Euro sechzig.«

»WAS?« Nun sehe wohl ich leicht überrascht aus. Fange mich aber sofort wieder und krame gehorsam in meinem Portemonnaie. Hoffentlich habe ich überhaupt so viel Geld.

Habe ich natürlich nicht. Sch…

Ich gucke zur Tür. »Äh, Entschuldigung, bin in einer Sekunde wieder da. Ich habe mein Geld im Auto vergessen.« Bestimmt hat Javi noch ein paar Euro in der Tasche!

Überhaupt – Javier! Ich glaube, der hat den Ernst der Lage nicht im Mindesten verstanden! Der fand das Ganze bloß lustig! Als ich ihm heute Morgen vor der Schule auf der Straße völlig verzweifelt anvertraut habe, was mir passiert ist, hat er zur Antwort nur laut gelacht. Als hätte ich einen Witz gemacht! Oh, da bin ich aber wütend geworden! Wie kann man so gefühllos sein?

Immerhin hat er versprochen, es absolut niemandem zu verraten. Nicht mal Ramón. Aber dumme Sprüche macht er trotzdem noch. Und findet das ebenfalls witzig. Wie heute vor der Schule, als ich ihn verständlicherweise nicht küssen wollte, weil ich ihn natürlich nicht anstecken will, und er wieder loswieherte und dann zum Abschied noch ganz betont »Kopf hoch!« sagte. Ja, hahaha, Javi, sehr komisch! Zum Glück haben Kenny und Bonbon-Bentje nicht kapiert, auf was er damit angespielt hat!

Auf der anderen Seite ist es natürlich auch irgendwie toll, dass Javi es so locker nimmt. Ich meine, er hätte ja auch »Iihhh! Geh bloß weg von mir!« kreischen können. Und das wäre dann für mich kein so schönes Gefühl gewesen.

»Soll ich dir die Sachen dann zur Seite legen, bis du wieder kommst?«, fragt die Apothekerin.

»Äh, ja bitte.« Muss wohl in Gedanken versunken erstarrt

sein. »Ich bin sofort zurück.« Ich drehe mich um und gehe zur Tür.

»Tessa?«

Hä?

Ich drehe mich wieder zurück und sehe … direkt in Henrys Gesicht. Zur Abwechslung mal nicht grinsend. Aber auch nicht unfreundlich.

HENRY? Was um alles in der Welt …? Ach ja, er arbeitet ja hier. Ich hasse Kleinstädte!

Henry! Er steht im Türrahmen mit ein paar Päckchen in der Hand. Dann muss das die ganze Zeit Henry gewesen sein, da im Hinterzimmer.

»Ich kann dir Geld leihen. Kein Problem.«

Ich starre ihn an. Zu entsetzt, um zu antworten.

Er hat alles gehört. Er weiß alles. Er weiß, dass Tessa-Tiara Martini Läuse hat!

»Hörst du?«, fragt er. »Du kannst es mir ja morgen in der Schule wiedergeben.«

Ich bin immer noch stumm. Unter Schock, sagt man wohl. Warum sieht mich dieser Junge immer in den miesesten Momenten meines Lebens?

Henry kramt aus seiner Tasche das fehlende Geld hervor. Nur drei Sekunden später stürze ich – die Läusemittel neutral in einer Tüte verpackt – schweißgebadet aus dem Laden.

Oh, Hilfe, vielleicht sollte ich Henry doch noch mal einen kleinen Wink geben, dass er das alles bitte für sich behält! Ob ich ihm da vertrauen kann? Wie ein Mistkerl sieht er eigentlich nicht aus. Wie einer, der gleich morgen in der Schule brühwarm rumerzählt, dass Tessa-Tiara Martini in der Apotheke Läusemittel gekauft hat, meine ich. Vielleicht sollte ich noch ein paar Minütchen rumtrödeln und auf ihn warten.

Ups, da ist er ja schon!

»Hi!« Er hat zwei dicke Tüten in den Armen und sein gewohntes Grinsen im Gesicht. »Noch was vergessen?« Ich hole tief Luft. »Nein, ähm, ich wollte dich nur bitten, dass du …«

Meine Stimme wird immer leiser und leiser. Aber Henry scheint besser im Kapieren zu sein als die Apothekerin.

»Dass ich meine Klappe halte?«, beendet er meinen Satz. Er lächelt jetzt nicht mehr, sondern guckt ernst. Nicht böse, nicht spöttisch, nicht genervt, nur ernst. Freundlich.

»Äh, ja.« Ich glaube, ich sehe reichlich unglücklich aus.

»Mach dir bloß keine Sorgen!«, meint er. »Ich bin doch kein Idiot. Erstens sind Läuse überhaupt kein Ding, wer hatte die noch nie? Und zweitens ist die Apotheke meine Arbeit. Nichts, was ich da höre oder sehe oder jemandem liefere, würde ich weitererzählen. Das ist alles vertraulich, ist doch klar. Ich glaube, sonst wäre ich den Job hier auch schnell wieder los.«

Nun grinst er doch wieder. Auf wirklich nette Art. »Bist du dir überhaupt sicher, dass du wirklich Läuse hast?«

»Wieso?« Ich starre ihn verdutzt an. Immerhin hat mir Marion Petersen doch gesagt, dass Timmi Läuse hat.

Er nickt, nachdem ich ihm das erzählt habe. »Klar, kleine Kinder haben ständig Läuse, aber das heißt nicht, dass du dich zwangsläufig angesteckt hast.« Er grinst sein übliches breites, freundliches, aber eben auch ein wenig spöttisches Grinsen. »Hat denn jemand welche auf deinem Kopf gesehen?«

»Nein, natürlich nicht«, antworte ich. »Das hab ich doch niemandem gesagt!«

Na ja, außer Javier natürlich.

»Soll ich mal gucken?«, fragt er und kommt schon näher,

ohne auf meine Antwort zu warten. »Beug deinen Kopf runter und nimm die Mütze ab.«

Ich gucke schnell nach rechts und links den Gehweg runter. Ich meine, wenn mich hier jemand sieht, wie ich mich von jemand anderem öffentlich entlausen lasse wie die Affen im Zoo, das wäre ja noch hundert Mal peinlicher, als in der Apotheke beim Läusemittelkauf erwischt zu werden.

Die Straße ist aber menschenleer. Ein paar Kinder johlen da hinten auf dem Spielplatz und in den Büschen davor raschelt irgendwas. Aber ob mich ein paar Vögel oder kleine Krabbelkinder, die in der Hecke Verstecken spielen, sehen oder nicht, ist wohl kein Problem.

Ich gehorche also und beuge brav meinen Kopf zu ihm hin. Henry klingt so, als wüsste er, was er tut.

Er lehnt sich dicht über mich und fummelt auf meinem Kopf rum, zieht Strähne für Strähne zur Seite und guckt und guckt. Mein Gesicht an seinem Hals.

Ich halte einfach still und versuche, nicht daran zu denken, dass das doch nun wirklich echt peinlich ist. Auch wenn uns keiner dabei zusieht. Ein beinahe fremder Junge, der auf meinem Kopf nach kleinen schwarzen Krabbeltieren sucht!

Ich beschließe, dass es wohl am besten ist, gar nichts zu denken. Aber das Riechen kann ich nicht abschalten. Und – hm – Henry riecht gut.

Blödsinn! Auch so was denkt man nicht, wenn jemand nur mal ganz neutral auf dem Kopf nach Läusen sucht.

Dann muss ich fast kichern. Wenn uns jetzt Henrys Freundin Elena von Weitem sehen würde, würde sie bestimmt was total Falsches denken … Hihihi!

»Ich kann nichts sehen.« Henry zieht meinen Kopf wieder hoch und lächelt mich zuversichtlich an. »Also, ich bin echt nicht sicher, ob da überhaupt was ist.«

»Aber es juckt«, murmele ich kläglich. »Und wahrscheinlich sind die Viecher sowieso so klein, dass man sie gar nicht sehen kann.«

»Die kann man ganz wunderbar sehen«, meint Henry. »Ich hatte schon dreimal Läuse.«

»Echt?« Ich weiß nicht, ob ich das jetzt abstoßend oder sympathisch finden soll.

Ich meine, bis gestern hätte ich das ganz sicher eklig gefunden, wenn mir jemand so was erzählt hätte. Aber jetzt, wo ich selber …

»Du siehst richtig entsetzt aus.« Henry grinst übers ganze Gesicht.

»Ach, Quatsch«, widerspreche ich leise.

Henry zieht eine Grimasse, die sagt, dass er mir kein Wort glaubt.

»Okay«, murmele ich und probiere auch mal ein zaghaftes Lächeln. »Dann danke! Für das Geld, meine ich. Ich geb es dir morgen zurück.«

»Klar, mach dir keine Sorgen!«, grinst Henry und schwingt sich auf sein Rad. »Ich muss los! Muss gleich noch 'ne Runde mit meinem Hund gehen.«

»Du hast einen Hund?«

»Mhm«, nickt Henry, »einen schwarzen Labrador.«

»So …« Ich grinse, winke ihm noch kurz nach und gehe dann den Gehweg runter zu Javis Auto.

Erst da fällt mir auf, dass Henry mit keinem Wort meine etwas ungewöhnliche Mütze erwähnt hat. Und wie viele dämliche Sprüche habe ich dazu heute in der Schule gehört! Zum Glück bin ich cool genug, die alle nur mit einem verächtlichen Grinsen zu ignorieren. Vielleicht ist Henry wirklich kein Idiot?

»Todo bien? Hast du bekommen, was du brrrauchst?«

Javi sitzt geduldig hinter seinem Steuer und macht mir die Tür auf.

»Ja, alles claro«, sage ich und lächele. Weil ich endlich diese Läuse bald los sein werde. Nicht etwa, weil ich immer noch über Henry nachdenke. Wie nett der ist. Und überhaupt.

Javi lehnt sich zu mir rüber und will mich küssen.

»Nicht, Javi! Hör auf! Ich will dich doch nicht anstecken, das weißt du!«

»Tonterías! Blödsinn! Du steckst mich nicht an. Es ist ja kein einziges Haarrr zu sehen. Und außerdem nehme ich dirrr gerrne jede einzelne Laus ab, mi amor.« Er tut so, als krempele er sich die Hemdsärmel hoch. »Die sollen nur warrrten, bis ich sie in die Finger krrriege! Carrramba!«

Ich muss lachen. Ach, Javi ist doch der Allersüßeste! Und als wir zu Hause aus dem Auto steigen, kriegt er doch noch einen Kuss.

Malea

Komisch, dass man beim Spionieren immer Dinge herausfindet, die man gar nicht herausfinden wollte! Geht das James Bond auch so? Ich weiß nicht, in den Filmen sieht es immer so aus, als ob er ganz genau das rausfindet, was er auch gesucht hat. Wenn ich aber danach suche, wie ich die Welt retten kann, finde ich alles andere als eine Antwort. Ja, vor allem alles andere…

Zum Beispiel Tessa! Und die hab ich nun bestimmt nicht gesucht!

Da wollte ich mal wieder ganz systematisch vorgehen (wie eine echte Spionin) und ein bisschen spionieren üben (wenn man da nämlich nicht gewissenhaft im Training bleibt, kommt man schnell aus der Übung), also Leute beschatten und verfolgen und so ’n Kram. Normalerweise schlendere ich dafür einfach in der Stadt rum und picke dann ein paar vielversprechende Gesichter raus. Man glaubt gar nicht, was man dabei alles Interessantes herausfindet!

Ich hatte außerdem die Hoffnung, dass ich dabei auch auf die Lösung meines Problems komme. Wie man die ganze Welt retten kann, meine ich. Beim Leutebeschatten kann man nämlich unheimlich gut nachdenken.

Ich lief also durch die Stadt auf der Suche nach einem Gesicht, das ich noch nicht kenne und wo sich das Beschatten deshalb lohnt, und schon dabei fingen meine Gedanken von ganz alleine an, echt prima nachzudenken. Ich dachte an all die vielen verschiedenen Menschen auf der Welt und an all die schrecklichen Ungerechtigkeiten, von denen man im Fernsehen hört, und an die Versuche von einigen wenigen tollen Menschen, diese Ungerechtigkeiten zu bekämpfen.

Ja, und an dieser Stelle dachte ich wieder, wie unheimlich notwendig es ist, dass endlich mal jemand gleich die ganze Welt rettet und nicht immer nur ein kleines Stückchen!

Aber genau in dem Moment war ich beim Spielplatz in der Adlerstraße angekommen und sah direkt vor der Apotheke zwei Leute miteinander knutschen. Also, auf jeden Fall hatten sie ihre Köpfe reichlich dicht aneinandergedrängt und was hätten sie wohl sonst so tun sollen?

Hihihi, so was finde ich immer sehr interessant. Und außerdem muss man bei Knutschenden besonders leise und vorsichtig sein, denn die wollen meistens überhaupt gar nicht beschattet werden. Deshalb ist es für jede Spionin natürlich eine besondere Herausforderung und eine gute Gelegenheit zu üben.

Ich duckte mich also vorbildlich hinter die Hecken vom Spielplatz und schlich so immer näher an die beiden ran. Und dann …

Dann blieb mir fast das Herz stehen.

Denn das Mädchen, das da eng umschlungen mit einem Jungen stand, war … TESSA! Und der Junge war NICHT Javier, sondern Henry aus unserer Schule.

Das meinte ich. Da will man mal ganz harmlos über das

Retten der Welt nachdenken und dafür ein bisschen durch die Gegend spionieren und was findet man heraus? Etwas, das man gar nicht wissen wollte.

Was mach ich denn nun damit? Mit diesem Wissen, meine ich.

Ein wenig neugierig war ich zwar vorhin schon, was Tessa so Geheimes nach der Schule vorhat, dass Livi und Gregory und ich nicht im Auto von Javier mitfahren durften.

Jetzt weiß ich es. Aber ich bin mir nicht sicher, ob ich das wirklich wissen *will*.

Boh, das ist doch wirklich der Hammer! Tessa knutscht mit jemand völlig Fremden rum! Während der arme, vermutlich total ahnungslose Javier brav im Auto um die Ecke wartet. Glaubt man das? Wie fies ist meine Schwester denn bloß? Mann, das hätte ich NIE, NIE, NIE von Tessa gedacht!

Nachdem sie mit dem Vergraben ihres Gesichts in Henrys Hals fertig war, haben die beiden sich grinsend verabschiedet (Mann, hat Henry nicht auch eine Freundin?), sich fröhlich zum Abschied zugewinkt und dann ist Henry mit ein paar Tüten bepackt auf sein Fahrrad gestiegen und Tessa ist ohne erkennbar schlechtes Gewissen hinternwackelnd um die Hausecke zu Javiers Auto gestiefelt und lächelnd bei ihm eingestiegen.

Küssen durfte Javier sie aber wieder nicht. Das habe ich genau gesehen, als ich schnell hinterhergeschlichen bin. Er hat sich zu ihr rübergebeugt und sie hat ihren Kopf weggezogen. Genau wie heute Morgen schon. Mit zwei Jungs am selben Tag zu knutschen, schafft sie also doch nicht.

Bin darüber fast erleichtert. Ich meine, das wäre ja noch fieser gewesen. Noch herzloser. Und das soll sie doch nicht sein! Meine Schwester! Ich will keine herzlose Schwester haben! Was mache ich denn nur?

»Hups! Aufpassen! Hallo, Malea!«

Autsch! Was macht denn der Fahrradlenker in meinem Bauch?

Oh, nein, das Fahrrad gehört Henry. Henry! Und der Kerl hat auch noch den Nerv, mich ganz unverfroren anzulächeln. Dabei hat er gerade erst meine Schwester geknutscht und mich dann auch noch praktisch über den Haufen gefahren. Frechheit!

»Ich glaube, du solltest besser nicht mit geschlossenen Augen auf dem Fahrradweg gehen, Malea!«, grinst Henry.

So was! Hat der denn überhaupt kein Gewissen?

»Du kannst mich mal … ähm … an die Füße fassen!«, schnaube ich. Weil mir so schnell nichts Passenderes einfällt. (Küssen lassen würde ICH mich von dem jedenfalls nicht!)

Ich werfe ihm noch den verächtlichsten Gesichtsausdruck zu, den ich draufhabe, dann stoße ich sein Fahrrad beiseite und marschiere weiter, ohne ihn noch eines Blickes zu würdigen.

Ob ihm jetzt endlich mal sein dummes Grinsen aus dem Gesicht gefallen ist? Oh, wie gern würde ich mich umdrehen! Vielleicht nur mal ein klitzekleines bisschen? Könnte ja so tun, als müsste ich was an meinem Schuh richten. (Einer von James Bonds Lieblingstricks. Macht er pro Film mindestens zweimal.)

HA! Dachte ich's mir doch! Der Kerl steht da mit offenem Mund und starrt mir nach. Als hätte ich ihm gerade zwei Ohrfeigen versetzt. Hahaaa, das geschieht ihm recht!

Sehr viel befriedigter gehe ich nach Hause.

Was sich als keine allzu gute Idee herausstellt, denn dort hat Iris gerade einen mittelschweren Tobsuchtsanfall. Scheint, wie immer, um den Haushalt zu gehen.

»Hat zu viel geschrieben, komplett überarbeitet«, zischt Tessa mir zu und macht dabei hinter Iris' Rücken eine Geste, die zeigt, dass sie Iris gerade für etwas übergeschnappt hält.

Ich nicke und bin fast versucht, ein schwesterlich-verbrüderndes Lächeln auf meine Lippen zu bringen, als mir gerade noch rechtzeitig einfällt, was Tessa vor knapp zwanzig Minuten gemacht hat. Also kneife ich meinen Mund zusammen und murmele nur »Hmmm«.

»Was sagst du?«, faucht Iris sofort mich an. »Hast du was zu meckern?«

Meckern? *Ich*? Nee, das hat ja wohl *sie* gerade voll im Griff.

Ich schüttele stumm den Kopf.

Da schnaubt Iris noch einmal wie ein Walross nach der Fütterung, aber sie scheint sich größtenteils abreagiert zu haben. Ihr eben noch so wütendes Gesicht fällt beinahe in sich zusammen und übrig bleibt eine sehr traurig aussehende Iris.

»Ehrlich«, sagt sie jetzt fast leise, »ich finde das nicht fair. Das hier ist ein Riesenhaus. Ich arbeite sieben Tage die Woche und dann komme ich zwischendurch in die Küche, um mir einen Happen Essen zu holen, und ich denke, mich trifft der Schlag. Als ob eine Herde Wildschweine durch unser Haus getrampelt ist!« Nun wird ihre Stimme wieder lauter. Sie wird sich doch nicht wieder in ihre Tollwut reinsteigern?

Doch Iris spult nur böse und traurig ab, was wir alle schon hundert Mal gehört haben. Dass doch – verdammt noch mal – jede ihren eigenen Müll wegmachen kann. Und die eigenen Sachen aufräumen kann. Dass das doch wohl das Mindeste ist.

»Und außerdem«, fährt Iris fort, »wäre es auch ansonsten so einfach. Wenn nämlich jede von euch einen Teil im Haushalt verantwortlich übernehmen würde. Wofür haben wir wohl unseren Haushaltsplan, was?«

Ja, der Haushaltsplan … Es ist ja wirklich keine böse Absicht, dass ich meine Jobs da ab und zu mal vergesse. Ich habe eben viel zu tun. Und außerdem … außerdem bin ich wirklich gerade mit viel Wichtigerem beschäftigt! Oder ist die Welt zu retten vielleicht nicht hunderttausend Mal wichtiger als so ein dummer Haushalt?

»Oh, wenn nur jede von euch ein bisschen was zuverlässig beisteuern würde …« Iris' Stimme klingt wie die der Politiker im Fernsehen, wenn sie eine Rede halten. »… sodass unser großer Haushalt mit sieben Personen reibungslos laufen würde, dann hätten wir ein Riesenproblem gelöst.«

»Was für ein Problem denn?«, wagt Tessa zu fragen, während sie über den Berg dreckiger Wäsche steigt, der offensichtlich keinen Platz mehr in dem Korb in der Ecke hatte, in den wir sonst unsere Sachen zum Waschen reinschmeißen und der sich jetzt auf dem Küchenfußboden etwa ein Meter fünfzig hoch türmt. Sie angelt nach einer Banane, die in der Obstschale auf dem Fensterbrett liegt. »Ich sehe überhaupt kein Problem. Läuft doch alles prima.«

Uuiii! Iris' Augen werden kleine Schlitze und für einen Moment befürchte ich, dass sie Tessa an die Gurgel gehen wird. Da klingelt es an der Tür.

Iris' Wut löst sich augenblicklich auf und sie guckt uns verwirrt an. »Wer ist das denn jetzt?«

Woher sollen wir das bitte wissen?

Tessa sieht ein klein wenig schuldbewusst aus. Befürchtet sie, dass Henry hier auftauchen könnte?

»Hast du nicht eben gesagt, dass Javier und Ramón heute bei Walter Walbohm drüben essen?«

Tessa nickt. »Ja.«

»Hm.« Iris geht mit mürrischem Gesicht in den Flur und öffnet die Tür.

Und dann sehen wir sie fast in Ohnmacht fallen. »CORNELIUS!« Doch erst mal fällt sie ihm lieber um den Hals. »Was machst du denn hier? Oh, wie gut, dass du endlich da bist! Mir wächst hier alles über den Kopf!«

»So? Ach …« Cornelius steht etwas unentschlossen an der Tür, tätschelt Iris' Rücken und räuspert sich dann. »Äh, du, bevor wir … Ich hatte im Krankenhaus natürlich kein Geld dabei und da draußen wartet noch das Taxi!«

Iris reagiert. »Taxi? Oh, ja klar. Warte, wo ist denn mein Portemonnaie?« Sie wühlt in ihrer Handtasche, die im Flur steht, rum. »Setz dich doch schon mal, Liebling, und ruh dich aus! Ich komme gleich.«

»Ausgeruht hab ich mich genug, danke«, grunzt Cornelius, schon wieder ganz der Alte. Trotzdem setzt er sich zu uns an den Küchentisch, nachdem er uns zur Begrüßung umarmt hat. »Wie sieht's denn hier aus?«

»Wieso?«, fragt Tessa und mampft ungerührt ihre Banane.

»Und wieso trägst du im Haus eine Mütze?« Cornelius starrt Tessas Mütze an, als hätte sie eine Salatschüssel auf dem Kopf.

»Wieso?«, fragt Tessa. »Diese Mützen sind voll in Mode.«

»Ach was«, macht Cornelius, aber er belässt es dabei.

Mir aber fällt tatsächlich auch gerade auf, dass Tessa diese Mütze seit heute Morgen nicht abgenommen hat. Außer bei der Knutscherei mit Henry. Was hat das nun wieder zu bedeuten?

»Heute Abend jedenfalls bleibt ihr alle hier unten und schiebt eine Runde Extrahaushaltsdienst!« Iris ist zurück vom Taxibezahlen und guckt uns finster an. Dass Cornelius gerade nach Hause gekommen ist, scheint sie nicht genug abgelenkt zu haben.

»Ich KANN heute NICHT!« Tessas Stimme ist fast ein Kreischen.

Du meine Güte!, denke ich. Küchendienst ist natürlich voll grässlich, aber noch lange kein Grund, total am Rad zu drehen.

»Ich kann nicht! Heute kann ich WIRKLICH NICHT!« Tessa klingt mit jeder Sekunde hysterischer.

Das fällt auch Iris auf. »Und warum nicht? Deine Spanier sind doch sowieso mit Walter beschäftigt.«

»Ich …« Tessa sieht ehrlich verzweifelt aus.

Und dann guckt sie zu mir rüber. Malea hilf mir!, sagt ihr Blick.

Uh, da bin ich aber in Schwierigkeiten! Denn eigentlich bin ich ja sauer auf sie. Weil sie den netten Javi so herzlos betrügt. Und weil sie dann hier steht und noch nicht mal ein schlechtes Gewissen zu haben scheint. Und – du meine Güte – wahrscheinlich ist Henry auch der Grund, warum sie heute nicht kann. Weil sie sich nämlich noch mal mit ihm treffen will.

Und da beschließe ich, ihr NICHT zu helfen.

Nö. Bin doch nicht doof. So was unterstütze ich nicht auch noch. Ich hab schließlich hohe moralische Werte oder wie man das nennt. Hat James Bond ganz sicher auch. Also, ich meine, wenn der mit einem Mädchen zusammen ist, dann … dann würde der ganz sicher nicht … Ähm, also … na schön, vielleicht doch. Aber ansonsten ist er große Klasse. Keine Frage.

»Malea?« Tessa guckt mich flehend an. Und lässt ihre dunkel geschminkten Wimpern auf und ab klappern wie nervöse Schmetterlingsflügel.

Wieso kratzt sie sich eigentlich dauernd an ihrer Mütze? Hat die Motten? Wo hat sie die bloß hergekramt? Tessa trägt doch sonst nie Mützen. Selbst bei fünfzig Grad minus nicht. Sonst würden ihre mühsam gestylten Locken ja womöglich zerquetscht werden.

Zum Glück mischt sich Iris ein und ich komme in keine schwesterlichen Schwierigkeiten. »Tessa, du wirst deinen Teil NICHT von Malea machen lassen! JEDE von euch packt mit an!«

Das ist der Moment, wo die Tür aufgeht und Livi und Gregory ahnungslos hereinschneien.

»Jede!«, wiederholt Iris finster. »Auch du, Olivia!«

»Wie?« Livi guckt uns verwirrt an. »Was ist?«

Gregory lächelt wie immer freundlich in die Runde. »Äh, soll ich lieber später wiederkommen?«

Gregory besänftigt Iris irgendwie immer. Zumindest etwas. »Nein, nein, setz dich da hin und warte einen kleinen Moment. Ich habe mit meinen Töchtern hier noch ein Hühnchen zu rupfen.«

»Hier wird ein Huhn gerupft?« Bonbon-Bentje steht mit großen Augen in der Tür.

»Wer rupft hier WAAAS?« Nur eine Zehntelsekunde später steht Kenny panisch daneben. »Mama, du hast mir doch versprochen, dass du nie wieder …« Ihr Blick sucht alle freien Flächen in der Küche ab. Und erst als sie kein einziges Brathuhn irgendwo sehen kann, begreift sie. Blitzschnell wendet sie sich ab und will den Rückmarsch antreten. Doch: zu spät.

»Halt! Hiergeblieben!«, ruft Iris. »Auch du, Kendra!«

»Och …«, macht Kenny. Was klingt, als hätte man aus einem Ballon die Luft rausgelassen.

Was macht Bonbon-Bentje denn schon wieder bei uns? Die beiden hatten sich doch heute Morgen gestritten? Na, inzwischen scheinen sie sich wieder versöhnt zu haben.

Dann bemerken Livi und Kenny Cornelius, der sich auf einen Stuhl in der Ecke verdrückt hatte.

»PAPA!«

»Cornelius!«

Kenny fliegt Cornelius an die Brust und drückt ihn, als wäre er gerade vom Südpol zurückgekehrt. Würde mich nicht wundern, wenn sie gleich ruft: Hast du mir einen Pinguin mitgebracht?

Für Livi bleibt erst mal nur Platz für einen Kuss auf die Backe.

Doch dann reißt Cornelius sie beide gleichzeitig in seine Arme und drückt sie, wie er eben mich und Tessa gedrückt hat, als Iris draußen beim Taxibezahlen war. Als hätte er uns hundert Jahre nicht gesehen. Vielleicht war er doch heimlich am Südpol?

Auch Gregory freut sich, Cornelius zu sehen. Weil er in einer Band Schlagzeug spielt, ist Cornelius sein Held. Was Größeres gibt es für Gregory nicht.

»Aber warum bist du denn heute schon entlassen worden?«, fragt Livi. »Du solltest doch eigentlich bis Mittwoch im Krankenhaus bleiben.«

»Hab mich selbst entlassen«, brummt Cornelius. »Mir geht's blendend. Die brauchen die Betten da dringender für Leute, die wirklich krank sind.«

»Du hast dich *selbst* entlassen?«, wiederholt Iris und sieht plötzlich ziemlich besorgt aus. »Meinst du, das war eine gute Idee? Die Ärzte werden schließlich am besten wissen, wie lange du …«

»Papperlapapp!«, grunzt Cornelius. »Was mir guttut, das weiß ICH am besten.« Er sieht sich zufrieden in unserer vollen Küche um. »Und mir tut meine Familie gut.« Er lächelt. »Und außerdem muss sich ja bald jemand um die Reparatur unserer Decke kümmern, oder?«

»Ach, du …«, sagt Iris abwehrend, »das – äh – das hat doch Zeit, finde ich.«

Jeder hier im Zimmer weiß genau, dass Iris eins NICHT findet, nämlich dass Renovierungen und Reparaturen in unserem Haus Zeit haben. Nein, wenn es nach Iris ginge, sollte alles, was heute kaputt geht, bereits gestern wieder heil gewesen sein. Mindestens. Daher ist meerwasserklar, was Iris wirklich denkt, wenn sie behauptet, dass die Decke doch gar nicht eile: Iris hat Panik, dass Cornelius noch mehr Decken zum Einsturz bringen könnte.

Und ich schätze, so unwahrscheinlich wäre das tatsächlich nicht …

Auch Tessa kriegt schreckgeweitete Augen. »Hör mal, Cornelius, meinst du nicht, das sollten besser Profis machen?«

»Ich BIN Profi!«, antwortet Cornelius empört. »Ich hab schon Häuser renoviert, da wart ihr noch gar nicht geboren!«

»Aber vielleicht solltest du warten, bis du wieder richtig fit bist?«, versucht Iris es auf diplomatische Art.

Diplomatie finde ich gut. Das Wort ist zwar etwas hoppelig, aber wenn man erst mal weiß, was es bedeutet, ist es cool. Diplomatie heißt: Nicht gleich drauflosblubbern, erst nachdenken und sich besänftigend verhalten, statt Situationen noch schlimmer zu machen.

Das bedeutet natürlich, dass man nicht zwangsläufig die Wahrheit sagen sollte, wenn man diplomatisch sein möchte. Man sollte natürlich auch nicht lügen, das ist klar, aber dazwischen ist ja reichlich Platz, um diplomatisch zu sein.

Ich fürchte allerdings, Diplomatie liegt mir nicht sehr. Aber deswegen kann ich es natürlich trotzdem gut finden.

Kenny ist genauso wenig diplomatisch. Aber trotzdem nett.

»Na, Papa, ist deine Gehirnverschüttung denn wieder ganz gut?«, fragt sie freundlich.

»*Gehirnverschüttung?*«, wiederholt Cornelius und vergisst glatt, sich über das bereits zweite *Papa* an diesem Tag zu beschweren. Er räuspert sich. »Also wirklich, Kendra! Mein Gehirn war nie verschüttet, und – danke – meinem Kopf geht es auch sonst bestens!«

Malea

Warum wird man eigentlich als Kind so oft dazu gezwungen, etwas zu tun, wozu man ÜBERHAUPT keine Lust hat? Wo ich über so viel Wichtiges nachzudenken hätte…

Die nächste Stunde sind wir alle mit grässlichen Arbeiten beschäftigt. Kenny räumt die Geschirrspülmaschine ein und aus, packt alles ordentlich in die Schränke und schrubbt zwischendurch die beachtliche Ansammlung von Töpfen und Pfannen im Spülbecken. Und Bonbon-Bentje hilft ihr dabei.

Livi und Gregory (Iris hat extra gesagt, er müsse nicht mitmachen, aber er wollte unbedingt) saugen überall und schrubben danach die Fußböden. (Es stellt sich übrigens heraus, dass unsere Fußböden hellbraun sind und nicht mittelschwarz, wie ich bisher dachte!)

Ich hänge Wäsche im Akkord auf die Leinen im Waschkeller und fülle genauso schnell neue Ladungen in unsere zwei Waschmaschinen und den einen der Trockner, nehme trockene Wäsche von der Leine und aus dem anderen Trockner und sortiere sie.

»Ordentlich zusammenlegen, Malea!«, donnert Iris' Sklaventreiberstimme in meine Richtung.

Unglaublich, wie lange es dauert, nur die Wäsche zu machen! Ich dachte immer, die ganze Arbeit macht die Maschine für einen! Tut sie aber nicht. Das dumme Ding wäscht nur und Schluss. Das Aufhängen, Abnehmen, Zusammenlegen, Wegräumen dauert ja beinahe länger als das Waschen!

Tessa hat die übelste Arbeit abgekriegt und beinahe tut sie mir leid. Sie muss die Badezimmer schrubben. Waschbecken, Spiegel und – ooohh – die Toiletten! Tessas Laune ist so grottengruseliggrausig, dass jede von uns es vermeidet, in ihre Nähe zu kommen. Sie flucht und schnaubt wie ein Walrossweibchen, das man in ein Becken mit Piranhas geschubst hat.

Rema hat sich irgendwohin verzogen, wo keiner sie findet. Vor allem nicht Iris. Vermutlich in die Südsee oder so. Im Haus ist sie jedenfalls nicht. Glückliche Rema! Ich hätte jetzt auch Lust, in einer Hängematte zwischen zwei Palmen zu baumeln und ab und zu einen Schluck frische Kokosmilch zu schlürfen!

Stattdessen schlürft hinter mir die Waschmaschine und im Zimmer neben mir baumelt nur Tessa fluchend über der Kloschüssel.

»Wenn ihr alle schön brav weitermacht, fange ich schon mal mit dem Essen an!«, ruft Iris.

Essen? Hilfe! Denkt sie, dass das eine Belohnung ist? REMA! Nimm mich mit in die Südsee! »Wenn du fertig bist mit der Wäsche, Malea, könntest du mit dem Bügeln weitermachen!« Das war wieder Iris' Stimme aus der Küche.

BÜGELN? Also langsam drehen meine Eltern durch, glaube ich.

Iris' Gesicht erscheint im Türrahmen meiner Folterkammer, äh, unseres Waschkellers. »War ein kleiner Scherz, Malea!« Sie grinst. »Das Essen ist gleich fertig.«

Merkwürdigen Humor haben Erwachsene …

Während ich fast mechanisch die letzten bunten Pferdchen-Unterhöschen von Kenny zusammenfalte, fangen meine Gedanken wieder an zu rattern. Erstaunlich! Bei dämlicher Hausarbeit kann man also prima nachdenken!

Als ich die letzten Sachen hoch in die Zimmer zu den Schränken trage, gucke ich mich im Haus um. Es sieht aus wie … wie … neu! Sauber! Ordentlich! Schön! Und all das haben wir in nur einer Stunde geschafft. Ist doch irre! Wie lange hätte Iris wohl gebraucht, wenn sie das hätte alleine machen müssen?

Ach, die Antwort ist klar. Das hätte sie allein überhaupt nicht geschafft. Weil sie ja jeden Tag so viel mit Schreiben beschäftigt ist und nur wenig Zeit für den Haushalt hat. Und wenn sie dann an einem Tag ein bisschen was hier oder da arbeitet, dann ist an anderer Stelle schon wieder ein ganzer Haufen mehr dreckig geworden.

Nein, allein würde sie das niemals hinkriegen.

Aber wir alle zusammen, ich und Livi und Gregory und Kenny und Bonbon-Bentje und Tessa und Iris selbst natürlich, wir alle zusammen schaffen es ganz locker. Das finde ich wirklich absolut irre!

Ich habe richtig gute Laune, als ich zum Essen wieder runtergehe. Und beinahe habe ich das Gefühl, dass es meinen Schwestern genauso geht. Mit Ausnahme von Tessa. Der scheint das Kloputzen ganz und gar nicht bekommen zu sein. Sie sitzt so düster und dünnlippig am Tisch, dass man kaum noch Lippenstift auf ihrem Mund sehen kann.

Iris aber strahlt ebenfalls übers ganze Gesicht. »Ist es nicht ein tolles Gefühl, wenn man etwas *zusammen* schafft?« Sie macht eine Handbewegung, die Küche und Keller und alle Stockwerke des Hauses umfasst. »Das alles ist euer Werk! Da könnt ihr stolz drauf sein!«

Kenny und Bonbon-Bentje strahlen bei so viel Lob aus allen Knopflöchern.

Livi und Gregory lächeln still und zufrieden.

»Die große Pfanne war echt schwer!«, betont Kenny. »Die war ganz, ganz doll verbrannt!«

Ich grinse. Verbrannte Pfannen sind bei uns der Normalzustand.

Dann gucke ich auf meinen Teller. »Was ist das, Iris?«

»Schweinemedaillons mit Rahmsoße und Pellkartoffeln.«

Ja, so sieht es für mich auch aus. Ein total normales Essen. Ein wunderbar göttlich aussehendes, normales Essen, hurra! Hat Iris etwa doch gedacht, dass wir eine Belohnung verdient haben? Oh, wie kann das Leben schön sein!

Ich haue rein wie ein Bär nach einem Marathonlauf. Jammi!

Urrrg! NEIN! Nicht jammi! Was ist denn DAS?

»Iris? Was hast du in die Soße getan?«

Iris strahlt mich an. »Bananenknoblauchpüree mit einem Schuss Ingwersirup. Damit es nicht so langweilig ist. Schmeckt's?«

Ob es schmeckt? Ist das eine Scherzfrage?

Cornelius grinst. »Schön, wieder zu Hause zu sein.«

Dann fällt ihm noch etwas auf. »Wo ist eigentlich Rema?«

Rema fehlt noch immer. Hat sie den Ingwer und die Bananen gerochen?

»Kann ich aufstehen?«, fragt Tessa und schiebt ihren noch halb vollen Teller weg. »Mir ist nicht gut.«

»Sicher«, nickt Cornelius.

Ich taxiere Tessa kritisch mit meinem speziell geschulten

Spioninnenblick. Ist sie wirklich krank? Oder tut sie nur so, um Zeit für mehr Schmusestunden mit Henry zu haben? Javier hat sie ja schon nach nebenan zu Walter Walbohm verfrachtet.

»Was glotzt du mich eigentlich dauernd so blöde an?«, faucht Tessa mich plötzlich an, als sie aufsteht.

Oh, da werde ich aber wütend! Sie hat wirklich nicht mal ein schlechtes Gewissen!

Ich kneife meine Augen zu Schlitzen zusammen. »Ich habe gesehen, was du heute Nachmittag gemacht hast! Nach der Schule! Als Javi im Auto gewartet hat!«

Ha, das wird ihr zu denken geben!

Und das gibt es.

Sie starrt mich nur noch wortlos an. Ihr Gesicht sieht mittelschwer entsetzt aus. Na, kein Wunder! Und dann ... dann schießen Tränen aus ihren Augen. Tränen! Ich habe meine Schwester zum Heulen gebracht! Hat sie also doch ein schlechtes Gewissen?

Sie schluchzt auf und rennt aus dem Zimmer.

Iris will aufspringen und ihr nach. »Tessa!« Doch Cornelius hält sie zurück. »Lass ihr ein bisschen Zeit!«

Dann sehen mich genau sechs Augenpaare mehr als fragend an. »WAS hat Tessa denn heute nach der Schule gemacht, Malea?«

Ich fühle mich etwas verwirrt. Oder verstört. Wieso heult Tessa jetzt plötzlich? Muss man heulen, wenn man beim Seitensprung erwischt wird? Warum wird sie nicht wütend?

Hm, wie auch immer. Ich werde zwar Tessa wissen lassen, was ich von ihrem Verhalten halte, aber eine Petze bin ich deswegen noch lange nicht.

»Och nichts«, sage ich.

Und dann stehe ich eilig auf und verdrücke mich. Bevor

mir meine Familie noch mehr Fragen stellt, die ich nicht beantworten will.

Als ich durch den Flur gehe, gucke ich aus dem Fenster.

Nanu? Ist das da vorne Aurora, die bei uns durch den Vorgarten wackelt? Was will sie denn um diese Uhrzeit noch draußen? Sollte sie sich nicht allmählich mal drüben bei Walter Walbohm schlafen legen?

Merkwürdig, dass sie in letzter Zeit so extrem ausgehfreudig ist.

Dann laufen meine Gedanken wieder in andere Richtungen. Schließlich hab ich genug Wichtiges, über das ich nachdenken muss. Ich bin ja noch nicht mal einen Meerwasserspritzer näher ans Retten der ganzen Welt gekommen! Mann, das ist schwerer, als ich dachte! Besonders in unserer Familie!

Und was ist überhaupt aus Livis Kusswette geworden? Tessa hat Livi gar nicht mehr damit aufgezogen. Hat Tessa über ihr Geschmuse mit Henry alles andere total vergessen?

Aurora

Ganz ehrlich, Leute, das Leben ist zu kurz, um verlockende Körner ungepickt auf der Erde liegen zu lassen!

Im Haus mit den vielen Leuten flogen mal wieder die Federn! Manchmal kommt es mir da vor wie in einem zu kleinen Stall. Zu viele Hühner überall!

Heute, mitten im schönsten Gestreite in der Küche, ist auch noch der Mann mit den langen Haaren plötzlich wiedergekommen. (War er im Urlaub? Er sieht aber kein bisschen erholt aus.) Und keine zehn Minuten später schrubbten und putzten alle wie die Karnickel. Also, das ist mir zu doof. Da muss ich wirklich nicht mitflattern. Da flattere ich lieber noch ein bisschen draußen in der Gegend rum. Und bestimmt gibt's draußen auch noch das eine oder andere interessante Korn zu picken.

Und wenn ich genug gepickt habe, ist da ja noch mein allerliebstes, knallschwarzes Lieblingskorn! Liegt bestimmt wieder auf der Erde rum und döst. Wie kann man den ganzen Tag über bloß so viel sinnlos schnarchen? Muss ihm mal dringend die wichtigen Dinge des Lebens beibringen. Scharren, picken und – was war's noch? – ach ja, Eier legen.

Nebenan ist leider auch noch keine Ruhe. Mein lieber,

liebster Walter hat Besuch. Und dieser Besuch spricht nicht mal vernünftiges Deutsch.

Nicht dass ich was dagegen hätte, wenn Leute andere Sprachen sprechen. Ganz im Gegenteil. Neue Würmer beleben den Kompost!, sage ich immer. Aber ich bin schon froh, dass ich überhaupt eine einzige Sprache kann. Ich finde, wenn man den Mund voll hat mit Körnern, Regenwürmern oder toten Fliegen, kann man sehr schlecht gleichzeitig sprechen oder denken. Daher bin ich verständlicherweise die meiste Zeit des Tages mit anderen Dingen als mit Sprachen beschäftigt. Im Picken bin ich aber große Klasse!

Jetzt hat die Frau mit dem hektischen Gesichtsausdruck gerade wieder Essen auf den Tisch gestellt. Also, was Menschen so Essen nennen. Es riecht, als hätte man Tante Ethel in Bananen gegart. Was für eine grauenvolle Vorstellung! Menschen müssen ja unfassbar abgehärtete Mägen haben!

Nein, das muss ich mir weder angucken noch in die Nase wehen lassen. Da sammele ich doch lieber noch ein wenig Lebenserfahrung. Das Leben ist ja sooo interessant und die Welt ist sooo groß. Manchmal denke ich, dass sie außerhalb von unserer Stadt sogar noch weitergeht. Was für eine atemberaubende Idee!

Hat der Kerl mit den langen Haaren mich eigentlich vorhin beleidigt, als er sagte, mein Gehirn habe die Größe eines Stecknadelkopfes? Was für eine Frechheit! Tooock!

Ähm …, was ist eigentlich ein *Gehirn*?

Egal. Zur Sicherheit habe ich neben den Stuhl von dem Mann mit den langen Haaren vorhin, als keiner hinsah, schnell noch etwas fallen lassen, was kein Ei war. Nö, mich beleidigt keiner! Ich bin doch nicht doof!

Livi

Wenn ich erwachsen bin, werde ich in einem total einsamen Teil der Welt leben. Das Leben in bewohnteren Gegenden – besonders in von meiner Familie bewohnten Gegenden – kann ziemlich anstrengend sein. Zu viele Leute, die man fragen muss, bevor man etwas tun darf, zu viele Dinge, die man regeln muss, zu viel, was manche von einem erwarten. Nur leider könnte ich in diesem total einsamen Teil der Welt vermutlich nur wenig politisch arbeiten. Außerdem macht es bestimmt keinen Spaß, total allein und einsam politisch aktiv zu sein. Viel schöner – und ich glaube, auch erfolgversprechender – ist es, wenn man zusammen Politik macht. Zusammen ist überhaupt meist schöner als allein. Vielleicht sollte ich dann doch nicht in einem total einsamen Teil der Welt leben? Hm, nee, wohl nicht. Aber in diesem Haus ist es nur zu verständlich, dass einem solche Fantasien kommen …

Iris ist manchmal echt keine große Hilfe. Sie hat mir ihr Okay für meinen Modeljob gegeben und mir auch versprochen, niemandem sonst davon zu verraten, aber jetzt ist plötzlich Cornelius viel zu früh wieder aufgetaucht. Muss ich nun etwa alles noch mal mit ihm durchquatschen? Der springt bestimmt im Fünfeck, wenn er hört, dass wildfremde Leute Fotos von mir machen wollen!

Klopf-klopf. »Olivia?«

Oh, ehrlich! Wenn man vom Teufel spricht!

»Kann ich reinkommen, Olivia?«

»Klar.«

Meine Stimme klingt vermutlich etwas matt. Was kein Wunder ist nach Iris' Megaputzsause und der Aussicht auf einen gleich mittelschwer ausrastenden Cornelius. Obwohl – er klingt gar nicht so wütend.

Jetzt geht die Tür auf und sein Gesicht … lächelt. Na, das wird ja gleich vorbei sein, wenn ich ihm von den Werbeleuten erzähle.

Cornelius hockt sich zu mir aufs Bett. »Iris hat mir von dem unglaublichen Angebot erzählt, dass du bekommen hast.«

Urrrg. Mein Magen wird augenblicklich ein Knoten. Alarm! Nur – wieso lächelt Cornelius immer noch?

Er guckt mich gespannt an. »Und du hast dich entschieden, das Angebot anzunehmen?«

»Ähm, ja. Iris hatte nichts dagegen.« Ich setze mich nervös etwas gerader hin. »Ähm, hättest du denn etwas dagegen?«

»Ich? Dagegen?« Cornelius strahlt mich so glücklich an, als wäre er dabei, mir zu erzählen, dass seine Band Rainbow gerade für einen Auftritt als Vorgruppe von Oasis im Wembley Stadion in London unterschrieben hat. Musik ist für Cornelius das Wichtigste auf der Welt.

»Ich finde das so ungeheuer supertoll …« Cornelius schreit jetzt fast vor Begeisterung. »… dass ich am liebsten selber mitkommen würde zu dem Shooting! Meine Tochter! Endlich entdeckt für Fotoaufnahmen! FAN-TAS-TISCH!«

Fantastisch? Ich schlucke. Na-na-na, nun komm mal wieder runter, Cornelius! Und – halt – was hat er gesagt? Er würde am liebsten MITKOMMEN? Mit zum Shooting? Mir zugucken? Heißt das, er *würde*? Oder er *wird*? GRUSEL! NEIN!!!

Ich verschlucke mich direkt beim erneuten Schlucken. Wrrrghh! »Das ist ja lieb, Cornelius, echt, dass du das sagst! Ich hatte schon Angst, du würdest …«

»Ich würde das, was meine Tochter möchte, nicht unterstützen?«, unterbricht mich Cornelius. »Na, da täuscht du dich aber! Deine Modelkarriere unterstütze ich natürlich voll!«

Modelkarriere? Wovon spricht der Mann?

»Äh, du, das ist nur ein einziges Shooting, weißt du. Die haben einfach nur so einen irischen Typ gesucht für diese komischen englischen Tweedröcke und so. Das mache ich bestimmt kein zweites Mal.«

»Bist du dir sicher?«, fragt er fast ein wenig enttäuscht.

»Ganz sicher«, nicke ich.

»Schade«, meint Cornelius.

Und dann lächelt er doch wieder. Liebevoll. Sehr väterlich. »Hätte dir vielleicht gutgetan.«

Gutgetan? Was heißt das? Dass mein jetziges Leben mir *nicht* guttut?

Ich muss wohl augenblicklich ein ziemlich düsteres Gesicht gemacht haben, denn Cornelius streichelt mir beruhigend über den Arm. »Versteh das nicht falsch!«

Ich gucke ihn böse an. »Hm.«

»Trotzdem finde ich es super, dass du mal die Erfahrung machst«, redet er weiter. »Wenn auch nur einmal.«

»Welche Erfahrung?«, frage ich misstrauisch. »Geld zu verdienen? Das hab ich auch früher schon.«

»Nein«, sagt Cornelius und sieht mir direkt in die Augen. »Auf gedruckten Fotos zu sehen, wie hübsch du bist.«

Mhmpff. Wenn man etwas nicht erwartet, können Sätze wie ein Schlag in den Magen sein. Ich atme schwer. Dann entscheide ich mich einfach dafür, Cornelius nicht ernst zu nehmen. Er ist mein Vater. Der muss ja so was sagen.

»Jaja«, antworte ich einfach und versuche, abfällig zu grinsen. Als ob ich an so was wie Hübschsein interessiert wäre! Ich bin doch nicht Tessa!

»Na gut«, meint Cornelius und erhebt sich, »ich wollte dir auf jeden Fall nur sagen, dass du meine volle Unterstützung hast. Möchtest du denn, dass ich oder Iris mitkommen?«

»Ähm, Gregory hat schon gesagt, dass er mich begleitet.«

»Okay.« Cornelius scheint nicht mal beleidigt zu sein. Mir fällt ein Stein vom Herzen.

»Und wann findet das Ganze statt?«

»Dienstag um vier im Stadtpark«, antworte ich.

»Also schon morgen?«, fragt Cornelius.

Ich nicke. Und seufze. Weil die Vorstellung mir immer noch einigermaßen Magensausen macht. Oh, warum hab ich bloß zugesagt!

»Prima«, lächelt Cornelius, »ich freu mich für dich!«

»Danke«, murmele ich.

Und dann ist er raus aus dem Zimmer und ich starre verdutzt die Tür an. Komisch, manchmal sind Dinge unfassbar leicht, vor denen man einen Riesenbammel hatte!

Drei Sekunden später klopft es schon wieder. Hat Cornelius doch noch irgendwelche Einwände?

Aber bevor ich noch »Ja« rufen kann, steckt schon Kenny ihr Näschen zu mir rein. »Livi, du musst mir helfen! Aurora ist weg! Sie ist nirgends! Nicht bei uns und nicht bei Walter Walbohm, und in Gregorys Garten nebenan ist sie auch nicht! Bei Walter Walbohm sind nur Tessas Spanier und Rema und essen Kassler mit Sauerkraut.«

Ich lächele Kenny an. »Hey, komm her!« Ich ziehe sie zu mir aufs Bett und nehme sie in den Arm. »Du kennst doch Aurora! Die geht gerne mal ein Stündchen spazieren!«

»Aber doch nicht abends!«, schnieft Kenny. »Es ist doch schon richtig dunkel draußen!«

»Hm.« Ich gucke aus dem Fenster. »Mach dir keine Sorgen, Kenny! Ich bin sicher, morgen früh liegt sie gesund und munter in ihrem Kasten drüben bei Walter und wartet, dass du aus der Schule kommst und mit ihr spielst!«

»Meinst du?«

»Ganz sicher.« Ich gebe meiner kleinsten Schwester einen Kuss.

»Oh Livili, du bist immer so lieb und klug und du weißt immer, was zu tun ist«, sagt Kenny und kuschelt sich dichter zu mir.

Ich? Wie kommt sie nur auf diese Idee? Sieht es von außen wirklich so aus, als wüsste ich, was zu tun ist? Erstaunlich!

Kenny lächelt jetzt und kriecht in ihrem Schlafanzug einfach unter meine Bettdecke. »Kann ich heute Nacht bei dir schlafen?«

»Aber ich geh noch gar nicht schlafen, Kenny. Und außerdem schläft Malea schon bei mir auf der Luftmatratze, weil Iris und Cornelius doch in Maleas Zimmer schlafen.«

»Malea kann ja in meinem Bett schlafen«, meint Kenny. »Jetzt, wo Bentje wieder nach Hause gegangen ist, ist mein Zimmer langweilig. Ich schlafe jedenfalls hier.«

»So«, sage ich. Weil ich genau weiß, dass es sowieso nichts auf der Welt gibt, was Kenny umstimmen könnte, wenn sie einmal einen Entschluss gefasst hat.

Und richtig, keine zwei Minuten später höre ich unter meiner Decke glückliche kleine Schnarcher. Ich tapse über

Maleas Decken rüber zu meinem Schreibtisch und öffne meinen Laptop, um noch ein bisschen im Internet zu surfen. Dann gucke ich mich in meinem Zimmer um.

Auf Maleas Wirrwarr von Decken und Klamotten, wo vorher mein schöner Kuschelteppich war. Auf Kenny in meinem Bett, wo es heute Nacht ziemlich eng werden wird. Ist es wirklich ein Wunder, dass ich von unbewohnten Gegenden träume? (Grins.)

Dann küsse ich meine kleine süße Knuddelschwester auf den Mund und räume ein paar von Maleas Klamotten zusammen. Ach, aber schön ist es irgendwie doch, so viele Schwestern zu haben!

Tessa

Das Leben kann so ungerecht sein! La vida es tan injusta! – Das Leben ist hart! (Besonders, wenn es gerade ungerecht ist.) La vida es dura! – Das Leben wäre manchmal deutlich einfacher ohne einen Haufen spionierender kleiner Schwestern …

Manchmal kann es so quälend sein, in dieser Familie zu leben!

Malea *weiß*, dass ich Läuse habe! Sie hat mich gesehen! In der Apotheke. Oh, wie grausam soll mein Leben noch werden? Wahrscheinlich hat sie sogar gesehen, wie Henry mich öffentlich entlaust hat. Als wäre ich ein Affe! Was könnte einem Peinlicheres passieren?

Ob sie es den anderen weitererzählen wird?

Und wie böse sie mich dabei angeguckt hat! Als ob ich was dafürkönnte! Schließlich habe ich ja nicht wild gewunken und »Hierher!« geschrien, als die auf Timmis Kopf rumwimmelten. Ich habe ja nur brav meinen Job gemacht. Und das ist der Dank dafür!

Malea könnte wirklich ein wenig Mitleid mit mir haben! Stattdessen guckt sie mich so fiese an, als ob sie denkt, dass ich nun alle Läuse still und heimlich im ganzen Haus verteilen werde, damit auch alle anderen in den Genuss kommen. Dabei habe ich mir doch extra diese hässliche Mütze aufgesetzt. Damit eben *keine* Läuse irgendwo hinhüpfen und noch jemand anderen befallen können.

Und dann auch noch Iris!

Musste sie mich ausgerechnet heute mit ihrer Frühlingsputz-Folter quälen? Frühlingsputz! Was soll das überhaupt? Wir haben November!

Hat sie kein Feingefühl? Sehe ich etwa NICHT unglücklich genug aus? Ich habe direkt gespürt, wie sich die Läusefamilien auf meinem Kopf mit jeder Sekunde vermehrt haben. Das soll ja rasend schnell gehen. Und hätte ich die Antiläusemittel schon vor zwei Stunden auf meinen Kopf kippen können, wären es jetzt bestimmt mindestens zweitausend Läuse weniger.

So, nun aber nix wie rauf mit dem Zeug!

Hab ich die Badezimmertür auch abgeschlossen? Ja. Gut. Bei uns kann man nicht vorsichtig genug sein. Muss mich ja nicht jetzt noch zum Gespött der ganzen Familie machen! Jetzt, wo ich die Dinger bald los bin. HOFFNUNG!

Also, mal die Anleitung lesen. Was steht hier? *Gleichmäßig aufs trockene Haar aufsprühen und einmassieren!*

Hm, gar nicht so einfach, wenn man so lange Haare hat wie ich!

Und dann? *45 Minuten einwirken lassen, danach mit dem Nissenkamm Strähne für Strähne gründlich auskämmen.*

Nissenkamm! Das Ding sieht so winzig aus, dass ich garantiert hundert Jahre brauchen werde, bis ich durch alle Strähnen durch bin. Und dabei werde ich mir wahrscheinlich hunderttausend Haare ausgerissen haben. Oh, Himmel!

Und was soll ich in der Einwirkzeit machen? Iiiih, wie das Zeug stinkt! Kann ja wohl schlecht mit dem Läusekram auf dem Kopf im Haus rumlaufen.

Ah, ich weiß, ich rufe Dodo an. Wozu hat man eine Freundin, wenn die einen nicht unterstützt, wenn man es nötig hat? Und ich habe ein wenig moralische Unterstützung dringend nötig. Konnte ihr in der Schule mal gerade eben zuflüstern, was für ein schreckliches Problem ich habe, aber zu mehr war keine Zeit.

»Dodo? Hi, hier ist Tessa! Du glaubst nicht, wie ätzend dieses Läusemittel ist! Ich hab echt fast eine halbe Stunde gebraucht, bis ich meinen Kopf gleichmäßig eingesprüht … – Was sagst du? Du hast keine Zeit? Also …«

Ich finde, das ist nun wirklich nicht nett! Schließlich bin ich IMMER für sie da, wenn sie mich braucht.

»MARVIN hat dir gerade getextet?« Ich erschrecke mich so, dass ich fast vom Klodeckel falle. »Woher hat der denn deine Nummer? – Wie? Die hast du ihm gegeben? JA, BIST DU DENN TOTAL IRRE!«

Kapiert die denn nie? Wir haben doch nun wirklich gerade vor zwei Tagen lang und breit die ganze Sache durchdiskutiert und sind zu dem total vernünftigen Schluss gekommen, dass Marvin eine echte Schlaftablette ist und Dodo außerdem einen spanischen Freund haben sollte. Deswegen erinnere ich sie auch noch an das nette Blümchen, das Ramón am Samstagabend vorbeigebracht hat. Nun müsste sie doch ein schlechtes Gewissen kriegen.

Kriegt sie aber nicht. Stattdessen kriegt sie einen voll verrückten Wutanfall! Dass ich so verdammt oft nur meine eigenen Interessen verfolge! Und dass ich mich überhaupt nicht um ihre Gefühle kümmere! Und dass ich vielleicht sogar ein totaler Egoist bin und sie sich besser eine andere Freundin suchen sollte!

Ein Egoist? ICH? Ich versuche doch nur, selbstbestimmt zu leben! Da könnte Dodo doch wirklich mitmachen!

Und dann knallt sie den Hörer auf. Also jedenfalls – sinnbildlich gesprochen. Tatsächlich klickt sie natürlich nur ihr Handy zu. Peng – weg. Und ich sitze immer noch auf dem Klodeckel. Mit Läusetinktur im Haar. Und einer Freundin weniger? Uff.

Zehn Minuten lang tue ich mir so leid, wie sich noch kein Mensch auf der Welt leidgetan hat. Was ja wohl verständlich ist, wenn man bedenkt, wie übel mir das Schicksal mitgespielt hat. Und nun ist auch noch meine beste Freundin voll fies zu mir!

Dabei würde ich Dodo so dringend brauchen!

Nicht nur wegen der Läuse. Sondern auch … zum Beispiel wegen … Henry. Also … nicht dass es da was Besonderes zu berichten gäbe. Aber … es wäre schön gewesen, mal einfach so ein bisschen … über Henry zu … zu reden eben. Ja. Mit Javi kann ich das ja wohl nicht.

Aber nix. Meine Freundin zickt. Weil sie findet, dass ich sie nicht unterstütze. Was mache ich denn nun?

Während ich noch fühle, wie der stechende Schmerz, so lieblos behandelt zu werden, meinen Körper durchflutet, drängen meine Gedanken zum Glück schon zu netteren Themen hin. Zu sehr netten Themen. Zu Henry.

Henry ist wirklich … nett.

Ich lächele. Klar, dass man lächeln muss, wenn man an Henry denkt. Auch wenn man mit Läusetinktur auf Klodeckeln sitzt. Das hat gar nichts mit … mit … mit irgendwas anderem zu tun. Das liegt eben daran, dass Henry so ist, wie er ist.

Ich lächele immer noch. Dann höre ich auf. Weil ein kleiner Pieks in meinem Magen sich wie ein schlechtes Gewissen anfühlt. Ob es Javi traurig machen würde, wenn er wüsste, dass ich lächele, sobald ich an Henry denke?

Oh Javi! Uii, aber da wird mein Magen gleich so wunderbar wohlig warm, dass ich genau fühle, dass ich noch so oft lächelnd an Henry denken könnte! Meinen Javier wird er nie übertrumpfen können! Ach, Javiiiii!

Trotzdem wäre es nett, mit einer Freundin ein bisschen über andere Jungs reden zu können. Ein bisschen kichern zu können. Ein bisschen zu hoffen, dass sie sich auch mit einem freut, dass es so nette Jungs gibt. (Sogar hier bei uns und nicht nur in Spanien.) Aber genau das tut Dodo nicht. Echt, wie fiese ist das bloß!

Ich sollte sie anrufen und ihr genau das sagen. Knallhart. Jawohl. Dass sie mir echt mal ein bisschen zuhören könnte, statt nur ihre eigenen momentanen Interessen zu verfolgen. Ich hätte mich nie so ignorant verhalten. Wenn sie mit mir über irgendjemanden hätte reden wollen, dann hätte ich…

Moment, was hätte ich wohl getan? Oder – ähm – schluck, was *habe* ich eigentlich getan?

Äh, wollte nicht Dodo schon ein paar Mal in den letzten Tagen genauso mit mir über Schlaftablette Marvin reden? Und – ähm – warum habe ich sie noch gleich abgewürgt? Das hatte bestimmt einen vernünftigen Grund.

Klar, weil Marvin eben so eine Schnarchnase ist. Und weil es viel praktischer wäre, wenn Dodo auch einen spanischen Freund hätte. Also – äh – jedenfalls praktischer für mich.

Hm.

Ich sitze immer noch auf unserem blöden Klodeckel (Immerhin ist er blitzeblank geschrubbt – von mir!) und fühle mich plötzlich ziemlich mies. Sehr mies sogar.

Auf meinem Kopf tanzen die Läuse einen letzten Todeskampf, aber das juckt mich im Moment kaum. Erstaunlich.

Mir ist nämlich gerade klar geworden, dass Dodo *womög-*

lich – ein kleines bisschen – recht hat. Oh, Elend. Bin ich wirklich so eine schlechte Freundin? Bin ich wirklich ein Egoist? Ich meinte das doch nicht böse! Ich wollte doch nur das Beste für mich und unbedingt auch für Dodo!

Ich schätze, ich habe nur ein wenig außer Acht gelassen, dass das Beste für andere nicht immer das ist, was man selbst am besten findet. Also ..., wenn Dodo Schnarchnase Marvin attraktiv findet (grunz!), dann sollte ich wohl einmal kräftig schlucken und dann – verdammt noch mal – lächeln. Schließlich ist Dodo meine beste Freundin. Und ich bin ihre. Jedenfalls WILL ich das sein! Und also sollte ich sie unterstützen. Und unterstützen heißt wohl, sie in dem zu unterstützen, was SIE will, und nicht, was ich will. Also, wenn sie Marvin will, dann soll sie ihn auch bekommen dürfen.

Ja. Hm.

Was mach ich denn nun?

Toll, jetzt fühle ich mich noch mieser.

Ich rufe erst mal Javier an und klage ihm mein Leid. Was für ein Glück, dass er gleich nebenan ist!

»Javi? Bist du noch bei Walter?«

»Tessa, mi armorrr! Si, claro, wo soll ich sonst sein?«

Sein Lachen ist so beruhigend. Und lieb. Und warm in meinem Bauch. Ach, da könnte ich hundert Henrys begegnen, keine Gefahr!

Ich sprudele mir alles von meiner Seele. Dass ich so gerne wollte, dass Dodo sich in Ramón verliebt. Und dass Dodo aber eigentlich in Schnarchnase Marvin verknallt ist. Und dass ich erst gemerkt hab, was für ein Egoist ich bin, als ich ihr von Henry, dem Mädchenschwarm aus unserer Schule, erzählen wollte und sie nicht mal mehr Lust hatte zuzuhören. Und ...

Dann breche ich ab. Weil Javi, der die ganze Zeit über unheimlich verständnisvoll und lieb wie immer war, plötzlich richtig scharf klingt.

»WERRRR, bitte, ist *Henrrry*? Und wieso wolltest du Dodo so drrringend von ihm errzählen? Was hast du denn mit ihm zu tun?«

Ich schlucke. Huch, warum ist der plötzlich so sauer? Vor Schreck schweige ich.

»Tessa-Tiarrra?«

»Ja?«

»Werrrr ist Henrrry?«

»Ich hab doch gesagt«, antworte ich mit fipsig piepsiger Stimme, »das ist so ein Junge aus unserer Schule, der in der Apotheke arbeitet und den ich auch zufällig beim Babysitten getroffen habe und … ähm … sonst nichts.«

Ich seufze aus tiefstem Herzen. Wieso ging denn das nun schon wieder schief? Ich hab doch überhaupt nichts Böses getan?

Javi am anderen Ende der Leitung schweigt. Das ist ein schlechtes Zeichen.

»Javi? Kannst du nicht mal kurz rüberkommen?«, bettele ich.

»Ich denke, du willst mich nicht mit deinen Läusen anstecken«, antwortet Javi mit kalter Stimme. »Hattest du vielleicht noch anderrre Grrründe, warrrum ich dich seit Sonntag so wenig zu sehen krrriege?« Jetzt ist seine Stimme beinahe schneidend.

Sie schneidet meinen Bauch in einzelne Teile. Hilfe! Warum geht seit Samstag bloß alles schief!

Ich atme ruckartig ein. »Javi, ich habe wirklich nichts …«

»Wirrr sehen uns morrrgen.«

»JAVI!« Mir stehen die Tränen in den Augen. »Bitte leg

nicht auf!« Zwei Freunde an einem Tag zu verlieren, ertrage ich nicht.

Javier zögert. Auch wenn ich ihn nicht sehen kann, kann ich mir genau vorstellen, wie er aussieht. Er überlegt. Er schwankt.

»Javi, bitte komm doch kurz rüber!«

Er seufzt. »Maldita sea! Verrrdammt! Tiarrra!«

»Ehrlich! Der Kerl hat nur geguckt, ob ich Läuse auf dem Kopf habe!«

»Aberrr ich durrrfte dirrr nicht mal einen Kuss geben!«

»Ich wollte dich doch nicht anstecken!«

Er grummelt irgendwas Spanisches als Antwort.

»Kommst du? Bitte!«

Er grummelt noch was, was allerdings schon deutlich freundlicher klingt.

»Also gut. Está bien, ya vengo! Bin in zehn Minuten bei dirrrr.« Er klickt sein Handy zu.

Ach! Mir fällt ein Stein vom Herzen! Wenn Javi mich im Arm hält, ist alles nur noch halb so schlimm! Das weiß ich.

Trotzdem. Trotzdem muss ich ganz schnell die Sache mit Dodo geradebiegen.

»Dodo? – Hi, hier ist noch mal Tessa. Dodo, nicht auflegen! Ich wollte nur sagen, ich bin ein Idiot!«

Erstauntes Schweigen am anderen Ende der Verbindung.

»Dodo? Bist du noch da?«

»Klar. Nach diesem vielversprechenden Anfang!«

»Äh.« Ist sie gar nicht mehr so sauer? Mir ist ein bisschen der Wind aus den Segeln genommen. Aber ich will lieber nichts riskieren. Also lege ich sicherheitshalber nach. »Ich wollte mich entschuldigen.«

»Ach nee.«

»Ja. Für … na, dafür, dass ich … dass ich dachte, dass es praktischer wäre, wenn du mit Ramón zusammen wärst und nicht mit Schnarchnase Marvin.«

»Mit WEM? Du nennst ihn *Schnarchnase*?«

»Äh … nein, natürlich nicht. Ich meine einfach Marvin.« Ich schlucke. Himmel, ist das schwer, sich zu entschuldigen! »Ich … ich wollte nur sagen, dass ich ihn – also Marvin – eigentlich ganz – äh – nett finde.«

»Und deswegen nennst du ihn Schnarchnase?« Dodo klingt schon wieder reichlich feindlich.

Ich seufze angestrengt und will gerade sagen, dass sie doch bitte nicht so empfindlich sein soll, weil das doch echt nur ein Spaß ist. Da dämmert mir, dass es vermutlich klüger ist, was anderes zu sagen.

»Tut mir leid, das ist mir so rausgerutscht«, murmele ich stattdessen. »Das war dämlich von mir. Kommt nicht wieder vor.«

»Hm.« Dodo sagt nichts.

Ich überlege, ob jetzt vielleicht schon der richtige Zeitpunkt ist, um mal locker zu meinen Läusen überzuleiten. Da fällt ihr noch etwas ein.

»Sag mal, Tess, hast DU vielleicht irgendwas damit zu tun, dass Ramón mir Samstagabend die Blume geschenkt hat? Hast du ihn dazu überredet?«

»WAS? Wie kommst du denn darauf?« Also ehrlich! Manche Leute haben nun wirklich eine allzu blumig blühende Fantasie!

»Weil Ramón vorher noch nie Interesse an mir gezeigt hat. Und weil du auf der anderen Seite ein unheimlich großes Interesse daran hast, dass ich mit Ramón …«

Ich unterbreche sie mal lieber zügig, bevor sie sich noch in totalen Schwachsinn reinsteigert. Schließlich war ich genauso überrascht von Ramóns Blumenauftritt wie sie. »Echt, Dodo! Fang nicht an zu spinnen!«

»So, jetzt spinne ich, ja?«

Hilfe! Heute ist wirklich nicht mein Tag! Ich tue den ganzen Tag nur Gutes, und trotzdem geht alles komplett den Berg runter, kaum dass ich »Hallo« zu jemandem sage.

»TESSAAAA!« Jetzt schreit auch noch Iris von unten.

»Warte mal eben, Dodo! Ich muss kurz die Badezimmertür aufmachen und hören, was Iris will. Ich ruf dich gleich wieder an, ja?«

»Ja-ja. Alles klar.« Dodo klingt eiskalt. Offensichtlich, dass sie mir schon wieder kein Wort glaubt.

»Dodo, da ist wirklich Iris und ich muss …«

Klick. Und weg ist die Verbindung zu meiner besten Freundin. Das zweite Mal heute. Auflegen kommt offenbar in Mode.

Mist, das Entschuldigen hat ja dann wohl nicht so optimal geklappt.

Irgendwie halb im Schock bleibe ich auf dem Klodeckel sitzen und vergesse glatt Iris. Jedenfalls für die nächsten dreißig Sekunden, bis sie an die Tür klopft.

»Tessa? Bist du da drin?«

»Ja, was ist denn?«

»Mach bitte die Tür auf! Ich hab keine Lust, mit einem Stück Holz zu reden.«

Erwachsene!

Ich vergesse komplett, wie ich aussehe bzw. wie mein Haar aussieht, und öffne genervt, aber arglos.

Erst Iris' fassungsloser Blick – auf meinen stinkenden, einshampoonierten Kopf, dann auf die leere Packung Läusemittel auf dem Boden – erinnert mich an die Ausgangssituation des Abends. Sch…!

Automatisch fasse ich mir schützend an den Kopf. Und habe – iiih – die ganze Pampe an meinen Fingern kleben.

Iris nimmt die Hand vor den Mund und kann ein Grinsen nicht verbergen. »Tessa!« Und dann prustet sie auch schon los. »Hahahahahaaa….«

Ja, haha, sehr komisch. Wie feinfühlig Eltern manchmal sind! Super, genau das brauche ich jetzt! Dass jemand sich auch noch ausschüttet vor Lachen über mein Elend, danke! Vielen Dank!

»Was wolltest du?«, frage ich mit äußerster Selbstbeherrschung. Denn erstens hätte ich große Lust zu heulen, weil meine beste Freundin mich ständig falsch versteht und weil mein Freund glaubt, ich würde ihn betrügen. Aber zweitens hätte ich noch größere Lust, Iris anzubrüllen, weil es doch einfach wirklich zu gemein ist, dass sie nun auch noch …

»Ich wollte – hahahaha …« Iris kriegt sich echt nicht wieder ein.

Jetzt werde ich wirklich wütend. Sollten Mütter nicht ein wenig Mitgefühl für ihre Kinder haben?

»Ich verstehe – hahahahah …«, gackert Iris munter weiter. Dann versucht sie es erneut: »Du hast dir ein Antiläusemittel besorgt und – hahahahahahahaaa …«

Die erste Träne kullert mir die Backe runter. Meine eigene Mutter lacht über mich!

Das stoppt Iris allerdings jäh. »Aber Tesschen! Ich wollte doch nicht …« Dann lächelt sie schon wieder. Oder grinst sie? »Tessa, ich wollte dir nur sagen, dass da eben gerade ein Telefonanruf für dich war. Und jetzt verstehe ich auch, wovon die Frau geredet hat!«

Mein schmerzverzerrtes Gesicht hält sie gerade noch von einer erneuten Lachattacke ab. Frage mich, was an einem Anruf so komisch sein kann.

Ich weiß es eine Minute später. So lange braucht es nämlich, bis die zwei Sätze, die Iris jetzt sagt, in meinem Gehirn angekommen und von mir begriffen sind.

»Marion Petersen hat angerufen und lässt dir ausrichten, dass ihr Anruf von gestern falscher Alarm war. Klein-Timmi hatte nur furchtbar viel Dreck auf dem Kopf. Mehr hat sie nicht gesagt. Aber jetzt – meine Güte! –, jetzt kapiere ich, was sie damit meinte. Ach, Tessa, du Arme! Sie hat dir gestern gesagt, dass Timmi Läuse hat, nicht? Und da hast du gedacht, du hast womöglich auch Läuse?«

Sie lacht nicht mehr, sondern nimmt mich in den Arm. Trotz ätzender Tinktur auf meinem Kopf, die auf ihren Pulli schmiert. Das scheint ihr ganz egal zu sein. Sie drückt mich einfach nur ganz fest. »Meine arme Tessa! Warum hast du denn nichts gesagt! Wir hätten deinen Kopf doch erst mal vernünftig untersuchen können!«

Ja, haha! Als ob Iris in den letzten Tagen als hilfreiche Mutter anwesend gewesen wäre!

Und irgendwie – strömen da auch alle restlichen Tränen aus meinen Augen. Weil alles … in meinem Leben gerade ganz schön viel ist … oder war … nein, immer noch ist … und es sowieso guttut, wenn einen eine Mutter ab und zu mal umarmt, auch wenn man schon fünfzehn ist, und … überhaupt … wegen allem.

»Tessa!« Das ist Maleas Stimme von unten. Sehr freundlich klingt die immer noch nicht. »Javier ist hier!«

Iris streicht mir über mein trauriges Gesicht und lächelt nur noch mitfühlend. »Fühlst du dich jetzt besser?«

»Geht so«, murmele ich.

Iris nickt aufmunternd. »Komm, ich helfe dir schnell, das Zeug vom Kopf zu spülen! Das brauchst du ja nun nicht mehr, oder?« Sie grinst und zwinkert mir zu.

Zwei Minuten später stürze ich nach unten. Mit nassen, aber läusetinkturfreien Haaren, doppelt gespült mit Iris' teuerstem Conditioner. Ich dufte wie ein Blütenmeer, nicht mehr wie ein Läuseheer. Das Leben fühlt sich schon deutlich besser an!

Ich fliege Javi in die Arme!

»Mi armorrrr!« Er wirbelt mich herum. Offenbar hat er seinen blöden Verdacht beiseitegeschoben.

Ich drücke ihn und küsse ihn, wie ich ihn vielleicht noch nie geküsst habe. Mein Javi! Mein lieber, liebster Javi!

Da ist es mir ganz egal, dass wir mitten im Wohnzimmer stehen und vermutlich irgendeine meiner zahllosen kleinen Schwestern gleich hereinschneien und eine blöde Bemerkung machen wird. Und klar, da sehe ich auch schon Malea aus den Augenwinkeln. Sie steht im Türrahmen und funkelt mich böse an.

Oh, nun will ich aber keine Missverständnisse mehr! Ich will alles aufklären und mit absolut niemandem mehr Streit haben!

»Malea«, sage ich schnell, »du, ich habe gar keine Läuse! Das war total falscher Alarm.« Ich lächele sie glücklich an. Froh, dass sie nun nicht mehr sauer auf mich sein kann.

Malea glotzt aber genauso vernichtend wie vorher. Nur, dass sie dazu noch einen reichlich erstaunten Ausdruck kriegt. »Du hattest *LÄUSE*?«

Wieso tut sie denn so überrascht? Sie weiß doch genau, weswegen es mir so mies ging. Sie hat mir doch selbst beim Essen gesagt, dass sie mich gesehen hat.

Malea guckt mich noch böser an. »Und nicht mal das hat dich abgehalten mit Henry zu knutschen?«

»WAAAS?« Ich fühle mich, als müsste ich in Ohnmacht fallen.

Was vielleicht das Beste wäre. Weil ich gar nicht nach rechts zu Javi gucken brauche, ich fühle die Sturmwolken schon heranwehen. Das ganze Wohnzimmer fängt an, wie ein Schiff auf hoher See auf und nieder zu schwanken. Und ich rieche, wie Javis Blut zu kochen beginnt.

Was redet Malea da bloß?

Javi, NEIN! DAS STIMMT DOCH GAR NICHT!

Kenny

Sinan und ich sind in der Türkei. Die Türkei ist das Land, in dem Sinans Mama und Papa geboren sind und wo sie jedes Jahr im Sommer ihre Verwandten besuchen. Es ist unheimlich schön in der Türkei. Sinan und ich gehen Hand in Hand an einem riesigen Strand entlang. Halb im Wasser und halb im Sand. Der Sand ist ganz heiß und das Wasser warm und weich. Nein, alles ist warm und weich. Die Sandkörner, das Meer, die Luft und Sinans Hand. Besonders Sinans Hand. Er drückt mich. Und immer, wenn er mich drückt, gucken wir uns an und lächeln. Wenn wir beide zusammen lächeln, wird alles noch wärmer. Fast so warm, dass man es kaum noch aushalten kann und ich ihm gerade sagen will, dass wir jetzt unbedingt mal wieder ins Meer springen müssen, weil ich sonst platze oder wegschmelze oder wie in einem Backofen verbrutzele, aber dazu komme ich irgendwie nicht, weil …

WAAAAAHHHRRRRR! HÜHNERKACKE! WAS FÜR EINE VERDAMMTE HÜHNERKACKE!«

Hilfe! Sinan!

Sinan?

Ich mache die Augen auf und gucke mich um. Wo ist denn das Meer? Und der Strand? Und SINAN?

Oooch. Augenblicklich werde ich echt traurig. Wie

schade, dass man nicht so lange in seinem Traum bleiben kann, wie man will!

»Alles klar, Kenny? Bist du aufgewacht?«

Ach ja, ich bin ja bei Livi im Bett. Und wieso sind so viele Decken auf mir drauf? Ich ersticke! Boh, ist das heiß!

Livi grinst. »Oh sorry, Kenny, ist dir zu warm? Ich wollte nur Maleas Decke vom Fußboden aufheben und dachte, ich mummele dich schön ein, dann ist es kuscheliger für dich.«

»VERDAMMTE HÜHNERKACKE!«, hören wir da von unten.

»Ist das Papa?« Ich werfe alle Decken zurück auf den Boden und gucke Livi fragend an.

Livi zieht eine Grimasse und nickt.

Ich kräusele meine Stirn. Wie blöd von Papa, so was Blödes zu schreien. Muss er unbedingt Hühner beleidigen? Warum schreit er nicht einfach *Affengrütze, verdammte Affengrütze!*, wenn er fluchen will? Affen haben wir hier ja auf jeden Fall nicht.

»Hoffentlich hat das Aurora nicht gehört«, sage ich böse. Falls sie schon wieder zurück ist, denke ich dann.

Livi grinst. »Bestimmt nicht.«

»Und warum brüllt Papa schon wieder?«, frage ich.

Livi zuckt die Schultern. »Keine Ahnung.«

Da hören wir ihn die Treppe hochpoltern.

»Papaaaa!«, schreie ich, als er auf unserem Stockwerk ist. »Kannst du nicht ein bisschen netter brüllen?«

Papa steckt den Kopf zur Tür rein. Hihi, er sieht immer so komisch aus, wenn er wütend ist! Seine langen Haare werden ganz wirr und sein Gesicht wird ganz rot.

»Kendra? Hab ich dich geweckt? Oh, tut mir leid, mein Häschen, es ist nur …«

»Schon gut, Papa.«

»Cornelius. Ich heiße Cornelius.«

»Das weiß ich ja, Papa.« Ich kuschele mich in Livis Kissen zurück – ohne die doofen Decken – und mache schon wieder die Augen zu, um zurück in die Türkei zu Sinan zu huschen. Bestimmt ist es da jetzt nicht mehr ganz so heiß.

»Diese verdammte Hühnerkacke!«, wiederholt Papa noch mal, bevor er die Tür schließt.

Oh, da werde ich aber wieder böse. Papa soll Aurora und ihre Schwestern nicht beleidigen!

»Papa!«

»Cornelius. Ich heiße …«

»Papa! Warum sagst du nicht verdammte Löwenknödel oder verflixte Mäusepupse oder …« Mehr fällt mir im Moment nicht ein. Es ist ja schließlich mitten in der Nacht. Für mich jedenfalls. Obwohl ich gerade merke, dass bei uns anscheinend außer mir niemand schläft. Hm.

»Löwenknödel? Mäusepupse?« Papa guckt mich etwas verwirrt an. »Weil ich keine Löwenknödel oder Mäusepupse an meinen Füßen habe, sondern VERDAMMTE HÜHNERKACKE! Und wenn ich dieses Huhn erwische, dann kann es schon mal anfangen, sein Testament zu machen, weil ich nämlich …«

»Was ist ein Testament, Papa?«

Papa grunzt und zieht dann eine riesige Flunsch. Das kann Papa echt gut.

»Schon gut, Kendra, Mäuschen«, sagt er. »Du solltest jetzt schlafen. Warum bist du überhaupt noch wach? Und warum schläfst du hier und nicht in deinem Zimmer?«

»Weil Malea in meinem Zimmer schläft«, antworte ich.

»Aber warum liegen dann ihre Sachen hier?«

»Weil sie vielleicht noch nicht weiß, dass sie in meinem Zimmer schläft«, murmele ich schlaftrunken.

»Und wieso schläft sie nicht in ihrem eigenen Zimmer?«, fragt Papa.

»Weil du mit Iris da schläfst«, meint Livi.

»Ach ja«, sagt Papa und sieht noch verwirrter aus. »Ich glaube, ich verliere allmählich den Überblick.« Papa rollt wild mit den Augen wie ein Bär, der eine Fliege verfolgt. Grimassen schneiden kann mein Papa wirklich sooo gut!

Fluchen natürlich auch.

Ich will jetzt aber wirklich endlich schlafen. Sonst ist Sinan inzwischen nach Hause gegangen und ich kann allein am türkischen Strand spazieren gehen. Und wäre das doof oder wäre das doof? Ich kann ja noch nicht mal Türkisch! Womöglich finde ich nicht mal das Haus, in dem Sinans Verwandte wohnen! Und was mache ich dann?

Papa tapst von der Tür schnell rein in Livis Zimmer und gibt mir einen Kuss. »Nacht, Mäuschen!«

»Gute Nacht, Papa!«

»Nacht, Olivia!«

»Nacht, Cornelius!«

»Geh jetzt besser auch schlafen, Livi!«, sagt Papa mit weicher Stimme.

Merkwürdig, er nennt Livi nur ganz selten Livi.

»Du willst doch morgen fit sein!« Und dann zwinkert er ihr ganz komisch zu.

Warum zwinkert Papa denn so komisch? Ist morgen irgendwas Besonderes? Egal, ich bin müüüde…

»Iiihh! Cornelius!«, quietscht Livi plötzlich, als Papa wieder zurück zur Tür tapst. »Du hast die ganze Hühnerkacke auf meinen Teppich geschmiert! Och, NEEEE!«

Ich kichere noch ein bisschen. Ach, ich mag meine Familie echt sooo gern!

Aber dann renne ich schnell los. Denn da hinten, ganz

am Ende des Strandes, kann ich Sinan sehen. Und wenn ich mich beeile, erreiche ich ihn vielleicht, bevor er merkt, dass ich wieder da bin. Und dann kann ich ihm von hinten einen Schubs geben und mit ihm zusammen ins Wasser fallen, und dann lacht er bestimmt wieder so toll, dass mir ganz kribbelig wird, und … oh, es ist schööön in der Türkei!

Malea

Hat James Bond eigentlich irgendwann mal einen Fehler gemacht? Ich meine, so einen richtig fetten?

Na schön, dass Tessa mit Henry geknutscht hat, das ist mir so rausgerutscht. Wollte ich eigentlich gar nicht sagen. Jedenfalls nicht, wenn Javier direkt danebensteht.

Geht mich ja im Grunde nichts an. Ist ja Tessas Sache, mit wem sie knutscht oder nicht knutscht. Und ich schätze, es ist auch ihre Sache, ob sie ihrem Freund davon erzählt oder nicht. Aber fies ist das natürlich. Und … dass einem dann doch was rausrutscht, was man eigentlich gar nicht laut sagen wollte, ist ja wohl verständlich, oder?

Javier guckt, als ob er gleich explodiert. Wie ein Vulkan drei Sekunden vor dem Ausbruch. Man kann richtig die Lava erkennen, die schon langsam anfängt, zu blubbern und vom Kraterrand runterzutröpfeln. Er wird rot und roter, fängt an zu schwitzen, als wäre es August und nicht November, er atmet schwer und ruckartig und dann …

Dann fängt Tessa an zu heulen. Schon wieder.

Irgendwo weiter oben im Haus brüllt Cornelius. Doch davon nimmt keiner von uns Notiz. Wir sind schließlich von klein auf an daran gewöhnt.

Tessa zittert und die Tränen strömen aus ihren Augen wie

Wasserfälle. Javi dreht sich zu ihr und guckt sie an. Wortlos. Ich kann sehen, dass sein Körper ebenfalls zittert. Nein, vibriert. Uh, wirklich kurz vorm Ausbruch! Ich glaube … ich glaube, ich sollte mich mal lieber zurückziehen. Hilfe!

Tessa schluckt und schnappt nach Luft, als wäre sie kurz vorm Ertrinken. Beinahe kriege ich Mitleid.

Dann ballen sich ihre Hände plötzlich zu Fäusten, ihre langwimprigen Augen werden kleine Schlitze und sie zischt mir erschreckend hasserfüllt zu: »SAG MAL, HAST DU SIE NOCH ALLE? Wie kannst du nur so fiese lügen? Hab ich dir was getan?«

Ob sie mir was getan hat?

Also ehrlich! Natürlich hat sie nicht *mir* was getan. Aber dem armen Javier gegenüber war das, was Tessa getan hat, ja wohl nicht sehr nett.

Sie dreht sich zu Javier. »Die lügt! Malea lügt! Die dumme Kuh! Ich weiß echt nicht, wieso sie so …« Und dann bricht der Wasserfall wieder los. Aber diesmal wird Tessa von so heftigen Schluchzern geschüttelt, dass sie nicht weiterreden kann.

Javier sieht ein wenig verwirrt aus. Sein dunkelroter Kopf kriegt eine etwas normalere Farbe, aber sein Mund ist fest zusammengekniffen. Böse sieht er immer noch aus, sehr böse.

Ich mache mal vorsichtig ein paar Schritte rückwärts. Ich denke, das müssen die beiden jetzt allein klarkriegen. Da sollte ich mich nicht einmischen.

»STOP!«, brüllt Tessa zu mir rüber und schnieft und wischt sich mit der Hand über ihre tränennassen Augen und scheint total vergessen zu haben, dass dort etwa ein halbes Kilo Wimperntusche klebt, sodass sich nun interessante schwarze Muster auf ihrem gesamten Gesicht verteilen. Puh, es muss ihr wirklich schlecht gehen, wenn ihr das egal ist!

»STOP! DU BLEIBST HIER UND GIBST ZU, DASS DU GELOGEN HAST! JETZT SOFORT!« Tessa dreht sich wieder zu Javi um. »Sie hat gelogen. Ehrlich!«

Ich gucke reichlich verdutzt. Mit einem so massiven Rückschlag habe ich nicht gerechnet.

Ich hätte erwartet, dass sie peinlich berührt ist. Dass sie im Boden versinkt. Dass sie mich hasserfüllt anguckt, vielleicht – schließlich ist es klar, dass sie nicht erfreut ist, wenn ich verrate, was sie getan hat. Aber *so* eine Reaktion?

Ja, ich bin jetzt auch etwas verwirrt. Vielleicht genauso verwirrt wie Javier. Wir gucken beide Tessa zu, die immer noch gleichzeitig weint und schreit. Und genauso wie ich, scheint Javier plötzlich deutlich beeindruckt zu sein von ihrem Verhalten.

Ich weiß nicht genau, was ich jetzt sagen soll.

»Sag was, Malea!«, faucht Tessa.

»Ähm …«

»Wie kommst du dazu, so was MIESES zu behaupten?«

»Äh …« Ich fühle mich mehr als unwohl zwischen den beiden und würde mich wirklich am liebsten so schnell wie möglich verdrücken.

»WIE KOMMST DU DARAUF?« Tessa ist unerbittlich.

Ich hole Luft. »Ich sag doch: Ich hab dich gesehen.«

»Wo?«

»Vor der Apotheke.«

»Mit Henry?«

Ich seufze. »Ja.«

Javier guckt unserer Unterhaltung wortlos zu. Er guckt von einem zum anderen, als würde er einem Ping-Pong-Spiel zusehen.

»Und WAS GENAU hast du gesehen?«, donnert Tessa.

Oh, Mann, ist das schwierig! Hätte ich bloß nichts gesagt!

»Ich habe dich mit Henry gesehen«, antworte ich trotzdem tapfer. Ich werde jetzt nicht lügen, bloß weil mir meine Schwester plötzlich leidtut oder bloß weil sie plötzlich brüllt wie ein Löwe.

»Und du hast gesehen, dass ich mit ihm geknutscht habe?«

»Ja.« Ich versuche, mich genau an das zu erinnern, was ich aus dem Busch heraus gesehen habe. »Na ja … also ich hab gesehen, dass du deinen Kopf an seinen Hals gedrückt hast und …«

»Ganz GENAU!«, donnert Tessa. »Mein Kopf war an seinem Hals. Und nicht an seinem MUND! ODER?«

»Hm«, mache ich und hole nun auch tief Luft. Wo, bitte, soll denn da der Unterschied sein?

»Du dämliche Kuh!«, faucht sie da weiter. »Henry hat netterweise auf meinem Kopf nach Läusen gesucht. Und sonst NICHTS!«

Sie sieht mich so irre wütend an, dass mir plötzlich ganz schlecht wird.

Wie meint sie das, er hat nur nach Läusen gesucht? Wenn sie ihren Kopf an seinem Hals hat, dann ist es doch klar, dass sie auch knutschen. Oder geknutscht haben. Oder in der nächsten Sekunde auf jeden Fall knutschen werden. Ähm, das denkt man doch, wenn man so was sieht, oder? ODER?

»Also, Malea!« Tessa gibt keine Ruhe. »HAST du wirklich gesehen, dass Henry und ich uns geküsst haben?«

»Äh – nein.« Puh, jetzt bricht *mir* der Schweiß aus. »Also direkt gesehen hab ich das nicht. Ich meine …«

»*Was* meinst du?«, fragt Tessa. »Du siehst mich neben einem Jungen und nimmst automatisch an, ich würde ihn küssen?«

Ich atme schwer. Ja, also – Mist! – irgendwie habe ich so ziemlich genau das angenommen, ja.

»Du bist doch echt das Allerletzte!« Tessas Stimme faucht nicht mehr. Sie zittert wieder. Und neue Tränen strömen aus ihren Augen. Aber jetzt sieht sie nur noch traurig aus.

Und ich fühle mich gerade von Sekunde zu Sekunde mieser. Weil – weil Tessa vielleicht tatsächlich NICHT mit Henry geknutscht hat. Und weil mir diese Möglichkeit soeben schmerzhaft klar wird. Sogar meerwasserklar. Und weil ich dann also einen … RIESIGEN Fehler gemacht habe. Und …

Oh, ich kann kaum noch weiteratmen.

Javier starrt uns immer noch wortlos abwechselnd an. Oh-oh-oh! Was mach ich denn nur?

»Ich … ich …«, stottere ich in Javis Richtung, »ich hab mich vielleicht – also wahrscheinlich – geirrt. Ich … ich meine, ich hab … Also eigentlich hab ich nicht wirklich was gesehen, was wie Knutschen aussah.« Meine Stimme ist kurz davor, zu versagen.

»Tut mir leid«, hauche ich noch in Tessas Richtung und zur Sicherheit ein zweites Mal auch in Javiers Richtung.

Und dann drehe ich mich um und renne. Renne so schnell ich kann oder so schnell man eben rennen kann, wenn die eigenen Augen plötzlich ebenfalls ganz nass werden. Vor Scham.

Ich stolpere auf der Treppe über Cornelius, der mit offenem Mund Kennys und Bonbon-Bentjes Flurmalereien anstarrt und dabei ebenfalls aussieht, als würde er gleich anfangen zu heulen. (Ist das in unserer Familie ansteckend?)

Als ich näher komme, reißt er sich von dem grellen Türkis mit den liebevollen Kreisen, Wolken, Bäumen und Blumen in Orange und Powerpink los, seufzt einmal tief und deutet dann auf irgendwas Weißes auf dem Boden. »Pass auf, Malea, wo du hintrittst! Dieses Huhn!«

Hühnerkacke auf den Stufen? Das stört mich im Augenblick wenig.

Ich rase die letzte Stufe hoch und rein in mein Zimmer und vergrabe mich tief in die Kissen meines schönen Muschelbettes. Und denke den Rest des Abends darüber nach, wie schnell man Fehler machen kann im Leben. Große Fehler. Fehler, die meine Schwester sehr unglücklich gemacht hätten.

Oh je, so scheußlich habe ich mich lange nicht mehr gefühlt! Wie soll jemand, der schon bei so kleinen Dingen so riesige Fehler macht, die ganze Welt retten können?

Bloß gut, dass James Bond mich nicht kennt. Der würde ganz sicher nur verächtlich den Kopf schütteln!

Livi

Manche Tage mit meiner Familie sind gut, manche Tage sind schlecht und an manchen Tagen liebe ich alle trotzdem so doll, dass es mir beinahe nichts mehr ausmacht, auch mit ihnen wohnen zu müssen. Es gibt aber auch Tage, an denen man sich wirklich wünscht, dass die eigene Familie einen vielleicht ein klitzekleines bisschen unterstützen würde!

Das Frühstücken bei uns wird echt anstrengend. Aber dieses Mal kann es nicht an mir liegen. Meine Laune ist nämlich eigentlich gar nicht so schlecht.

Obwohl heute *der* Tag ist. Der irische Tag. Der Tag, an dem hundert Leute an mir rumzupfen und zerren und zippeln werden. Der Tag, an dem ich lächeln muss, während andere Leute darüber lachen werden, wie blöd ich beim Lächeln aussehe.

Nein. Stopp. Wenn ich so weitermache, habe ich in drei Sekunden genauso schlechte Laune wie anscheinend Tessa und Malea, die den ganzen Morgen über noch kein Wort miteinander gewechselt haben. Ich muss die Sache irgendwie positiver sehen.

Also – heute ist der Tag, an dem ich viel, viel Geld für viele, viele Plakate und Broschüren und vielleicht sogar für eine eigene Kamera verdienen werde. Ja, juchhu! Das ist die richtige Einstellung!

»Na, Livilein, du strahlst ja!« Rema lächelt mir über den Tisch rüber zu und bietet mir eins von den frisch aus dem Ofen kommenden Mohnbrötchen an.

Eine Sekunde lang fürchte ich, dass Rema sich verplappern könnte und vor meinen Schwestern von dem Modeljob anfängt. Tut sie aber nicht. Sie zwinkert mir nur zu und deutet dann noch mal auf die Brötchen.

Mohnbrötchen? Ich bin lieber vorsichtig. »Hat Iris die gebacken?«

»Nein, keine Sorge«, kommt Iris' Stimme genau da von der Tür her. »Die kommen aus der Tiefkühltruhe im Supermarkt.«

»Ah …«, mache ich erleichtert und grinse. »Wie schade. Na, ich nehme trotzdem eins.«

Iris streckt mir freundlich die Zunge raus und setzt sich ebenfalls an den Tisch. »Na, ihr Lieben? Alles gut?«

Hat sie ihren neuen Kitschroman endlich fertig? Sie sieht zehn Jahre jünger aus. Und besser gelaunt.

Was man von Tessa nicht gerade sagen kann. Die komische Mütze ist wieder verschwunden, aber ihr Gesicht sieht keinen Zentimeter fröhlicher aus. Was ist nur los mit ihr?

»Fährt Javier uns heute zur Schule?«, frage ich.

Malea reißt ihren Kopf hoch und guckt Tessa so eindringlich an, als könne sie die Antwort gar nicht abwarten. Also ehrlich, wir können doch genauso gut zu Fuß gehen. So gierig muss man echt nicht danach sein, gefahren zu werden!

Tessa guckt Malea an, kneift die Augen einmal drohend und funkelnd zusammen (was soll das denn?) und guckt erst dann zu mir rüber. »Ja. Er hupt draußen, wenn er mit frühstücken bei Walter fertig ist.«

»Ah, prima.«

Malea sagt gar nichts. Aber sie atmet deutlich laut aus und sieht erstaunlich erleichtert aus.

Hm. Na, ich kann mir nicht dauernd über meine große oder eine meiner kleinen Schwestern den Kopf zerbrechen. Mein Tag ist heute voll genug.

Denn … bevor ich nachmittags meinen Modeltermin hab (uh, wie das klingt!), ist da ja noch diese andere Sache, die ich – seufz – irgendwie regeln muss. Aber – ich schiele nachdenklich zu Tessa hin – vielleicht hat Tessa das völlig vergessen?

Tessa bemerkt meinen Blick. Blöd, hoffentlich habe ich sie nun nicht erinnert!

»Kinder, bevor ihr gleich abhaut …« Iris guckt sich lächelnd um. »… da denkt ihr doch bitte an euren Küchendienst, ja?«

»Meinen macht ab nächster Woche Livi«, tönt Tessa.

WAS? Die alte Sumpfdottereule! Sie hat also nichts vergessen. Ich seufze aus tiefstem Herzen.

Tessa grinst mich herzig an. »Oder kriegen wir heute in der Schule was Interessantes zu sehen?«

Mhmpfff. Die zweite Mohnbrötchenhälfte bleibt mir glatt im Hals stecken. So was! Und ich hatte gerade angefangen, dem Tag positiv entgegenzusehen.

Nehme mir vor, nun doch Gregory einzuweihen. Er *muss* mir einfach helfen!

In diesem Augenblick stürmt Kenny in die Küche. »Sie ist immer noch nicht da! Sie ist immer noch weg!«

Kenny sieht aus, als ob sie gleich anfängt zu weinen.

»Wer ist nicht da, Herzchen?«, fragt Rema und greift zum dritten verlockend duftenden Brötchen.

»AURORA!«, heult Kenny. »Sie ist die ganze Nacht über

nicht nach Hause gekommen! Ich war eben bei Walter Walbohm drüben und der sagt, da war sie auch nicht.«

»Vielleicht kommen Hühner gelegentlich nachts mal nicht nach Hause?«, wagt Cornelius wenig beeindruckt vorzuschlagen.

Was mich allerdings etwas misstrauisch macht. Cornelius wird doch nicht …! Bloß weil er grundsätzlich nichts von Haustieren hält und sich gestern Abend leider auch die Füße (und meinen Teppich!) schmutzig gemacht hat?

Ich sage lieber nichts. Zumindest nicht, wenn Kenny noch im Raum ist. Will ihr keine Angst machen, solange kein wirklicher Grund dazu da ist.

»Aurora ist noch nie …«, heult Kenny, »… ist noch *nie* nicht nach Hause gekommen.«

»Ach«, macht Rema und sieht betrübt, aber ratlos aus. Sie guckt sich Hilfe suchend in der Runde um. »Was machen wir denn da?«

»Wir müssen sie suchen!«, verlangt Kenny. »Wir müssen die Polizei anrufen!«

»Blödsinn«, grunzt Cornelius. »Nun dreht mal nicht durch! Nur weil ein Huhn verschwunden ist …«

»Papa!«, schreit Kenny da in voller Panik. »Papa! Das ist nicht ein *Huhn*, das ist Aurora, die verschwunden ist! Würdest du dir auch keine Sorgen machen, wenn ich oder Malea oder Livi oder Tessa nicht nach Hause gekommen wären?«

Cornelius holt tief Luft und schüttelt gequält den Kopf. Aber ihm fällt anscheinend nicht viel ein, was er sagen könnte.

»Cornelius. Ich heiße Cornelius«, sagt er und seufzt.

»Wenn ihr aus der Schule kommt, suchen wir alle zusammen«, schlägt Iris vor.

»Aber das ist vielleicht schon zu spät«, heult Kenny.

»Das glaube ich nicht«, versucht Iris sie zu beruhigen. »Aurora wird sich irgendwo verlaufen haben. Was soll einem Huhn schon passieren?«

Oh, das hätte Iris wohl nicht sagen sollen! Denn nun kriegt Kenny tellergroße Augen und kann kaum noch richtig sprechen vor Aufregung.

»Der Mann – der böse Mann ...«, schluchzt Kenny, »... der böse Mann von der Hühnerfabrik, der ist bestimmt gekommen und hat Aurora zurückgeklaut.«

»Unsinn«, meint Cornelius, »der geht doch nicht durch die Stadt und sammelt frei laufende Hühner ein.«

»Aber wenn er eins sieht?«, wagt Tessa zu sagen. »Warum sollte er es dann nicht schnell in seinen Lieferwagen packen? Diesen Leuten ist alles zuzutrauen.«

Das finde ich zwar auch. Trotzdem sollten wir nicht gleich das Schlimmste annehmen, meine ich. Aber nett, dass Tessa auch so denkt. Das hätte ich ihr gar nicht zugetraut!

Ich lächele sie feixend an. »Na, bereitest du dich innerlich schon auf deinen Job am Samstag auf dem Marktplatz vor?«

Tessa grinst zurück. »Hahaha! Dazu muss ja wohl erst mal was passieren, was so unwahrscheinlich ist wie Weihnachten im Hochsommer!«

Mir fällt mein überlegenes Lächeln aus dem Gesicht. Stattdessen landet es wie ein harter Stein in meinem Magen. Und drückt. Denn – umpf – Tessa hat natürlich recht. Ich habe keinerlei Ahnung, wie ich diese Kussgeschichte hinkriegen soll.

Vielleicht könnte ich Daniel kurzfristig betäuben und ihn, wenn er dann auf der Erde liegt, schnell küssen? Aber wo kriege ich Betäubungsmittel her? Und wie schaffe ich es, in einer knallvollen Schule einen Platz zu finden, wo niemand bemerkt, was ich tue?

Oder ich schlage ihn k.o. Dann brauche ich kein Betäubungsmittel. Aber was, wenn ich aus Versehen zu doll zuschlage und er nicht mehr aufwacht? Hm, auch nicht wirklich optimal.

Oder ich tue so, als wäre ich komplett betrunken. Betrunkene tun doch dauernd Dinge, an die sie sich hinterher nicht mehr erinnern. Das wäre praktisch. Und außerdem eine vernünftige Erklärung für Daniel, warum ich ihn geküsst habe. Dann kriege ich zwar vermutlich einen Verweis wegen Trunkenheit in der Schule, aber was macht das schon!

Oder …

Kenny reißt mich aus meinen Gedanken. »Ihr nehmt das gar nicht ERNST! Ihr seid total FIES!«

Cornelius grunzt unglücklich. Iris runzelt mitleidig die Stirn, sieht aber komplett ratlos aus.

Rema ist mittlerweile beim Joghurt angekommen und tropft davon vor Schreck etwas auf ihren Morgenmantel. »Aber Kennylein, was sollen wir denn machen?«

»DIE POLIZEI ANRUFEN!«, heult Kenny. »IHR KÖNNT DOCH WENIGSTENS MAL FRAGEN, OB DIE EIN HUHN GEFUNDEN HABEN.«

»Ist ja gut«, grunzt Cornelius. »Wir sind ja nicht schwerhörig.« Dann guckt er grimassenschneidend zu Iris rüber. »Vielleicht könntest du wirklich kurz anrufen? Möglicherweise hat ja tatsächlich irgendein Nachbar ein Huhn dort abgegeben. Obwohl ich nicht wüsste, wie man das eine Huhn vom anderen unterscheiden sollte.«

»Aurora hat türkisfarbene Federn seit Sonntag«, wage ich einzuwerfen.

Cornelius sieht mich an, als ob ich selbst nicht mehr alle

Federn beisammenhätte. Dann guckt er Kenny an. »Ihr habt nicht nur den Flur, sondern auch gleich das Huhn mitangemalt?«

Kenny guckt trotzig zurück. »Nur so ’n ganz bisschen. Und überhaupt! Ist doch total gut, dass Aurora nicht mehr aussieht wie jedes andere Huhn! Jetzt kann die Polizei sie bestimmt ganz leicht finden.«

Iris sieht nicht sehr überzeugt aus, steht dann aber auf und geht in den Flur zum Telefonieren.

Nach ein paar Minuten kommt sie kopfschüttelnd zurück. »Meine Güte, die waren aber gar nicht gut auf uns zu sprechen. In der Sekunde, in der ich unsere Adresse nannte, raunzte mich schon irgend so ein Oberwachtmeister an, dass sie vor zwei Monaten völlig umsonst einen Rieseneinsatz gefahren hätten, bloß um unseren Kindern beim nächtlichen Teetrinken mit Einbrechern zuzusehen.« Sie guckt sich am Küchentisch um. »Versteht irgendjemand, was die damit gemeint haben?«

Malea, Tessa und ich gucken augenblicklich zu Boden und tun so, als hätten wir da unten gerade Wichtiges zu erledigen.

»Jedenfalls sagen sie«, fährt Iris fort, »dass sie Besseres zu tun haben, als jetzt auch noch verlorene Hühner für uns einzufangen.« Dann zuckt sie die Schultern und schaut entschuldigend zu Kenny rüber. »Tut mir leid, Kenny-Maus! Ich hab’s probiert.«

»So was Doofes!«, heult Kenny. »Die ist ja voll doof, diese Polizei!«

»Wenn Aurora nachmittags noch nicht da ist, suchen wir alle zusammen«, verspricht ihr jetzt Malea noch mal.

»Sie ist hundertprozentig heute nach der Schule wieder da«, verspreche auch ich.

Oder sie ist tot, denke ich. Allein laufende Hühner werden bestimmt leicht angefahren. Und dann liegt sie irgendwo am Straßenrand ... Aber diesen schrecklichen Gedanken dränge ich sofort wieder weg. Das darf nicht sein und das ist wohl auch reichlich unwahrscheinlich. Hoffe ich.

Und dann strömen meine eigenen Probleme wieder in mein Hirn. Als erstes der Nachmittagstermin. Geld, denke ich tapfer, um nicht wieder Panik zu kriegen, Geld! Und ich lächele.

Aber dann sehe ich Tessas Grinsen und das Lächeln fällt mir schwer. Aber auch dafür muss es doch eine Lösung geben! Ich überlege noch einmal krampfhaft. Daniel? Wer sonst? Aber WIE?

Natürlich haben wir nicht alle in Javiers Auto Platz. Mit Tessa vorne auf dem Vordersitz passen hinten gerade noch Kenny, Gregory und ich ins Auto.

»Kein Problem«, meint Malea. »Fahrt nur! Ich gehe zu Fuß.«

»Quark!«, protestiere ich und will schon wieder aussteigen, um sie nicht allein gehen zu lassen.

Aber Javi und Tessa gucken Malea erstaunlicherweise nicht allzu freundlich an.

»Bueno! In Orrrdnung!«, nickt Javi und startet den Motor, ohne sich noch einmal nach Malea umzudrehen.

Ich bin richtig überrascht. Javier ist sonst doch immer der netteste Mensch, den man sich vorstellen kann. Aber Tessa und er scheinen zurzeit nicht besonders gut auf Malea zu sprechen zu sein.

Malea bleibt mit etwas traurigem Gesicht zurück.

Keine vier Minuten später halten wir auch schon vor der Schule.

Bevor Gregory zu seiner ersten Stunde losrennt, zupfe ich ihn unauffällig am Ärmel. »Gregory, ich muss mit dir reden! Ich hab ein Problem. Also, außer der Sache heute Nachmittag, meine ich. Dieses andere Problem ist erstens – äh – ziemlich schwierig zu lösen und zweitens – äh – ziemlich peinlich.«

»Peinlich?« Gregory grinst sein allerspöttischstes und sehr begeistertes Grinsen. »Klasse! Schieß los!«

Tessa

Ich glaube, ich werde mein ganzes Buchkonzept mit den Beauty- und Flirttipps noch mal überdenken. Vielleicht sollten wir dem Buch auch einen anderen Namen geben. Statt »Tipps von Tessa-Tiara« könnte es ja vielleicht auch »Tipps von Tessa und Dodo« heißen. Ist ja nicht wirklich einzusehen, warum nur mein Name im Titel sein soll. (Obwohl das auf der anderen Seite echt nicht halb so gut klingt.) Hm. Vielleicht einfach nur »Total tolle Tipps«? Nee, das ist ja richtig doof. Aber was ist mit: »Flirten, Stylen und andere Lebenstipps«. Ja. Bingo, das ist es! Schließlich haben Dodo und ich noch viel mehr drauf als nur Schönsein!

Der Hammer! Echt der Hammer! Ich weiß wirklich nicht, was ich davon halten soll!

Livi steht noch immer vor dem Eingang zur Pausenhalle. Inzwischen grinst sie. Gregory grinst noch breiter. So ein Kerl! Das hätte ich ihm echt nicht zugetraut!

Jetzt winkt Livi mir frech und fröhlich zu, hängt sich ihren Schulrucksack um und geht.

Ich sollte wohl auch mal zu meiner ersten Stunde gehen, aber ich bin ehrlich zu verdattert. Ist das jetzt in Ordnung? Ich meine, hat Livi unsere Wette wirklich gewonnen? So einfach?

Dieser Daniel aus Livis Stufe hat sich auch wieder verdrückt. Nicht ohne mir danach noch reichlich unverschämt zugezwinkert zu haben. Also echt – haben diese kleinen Jungs denn überhaupt keinen Respekt mehr vor älteren Mädchen?

Oh nein, und jetzt kommt da vorne Dodo! Die ist wohl immer noch sauer. Auf meine SMS heute Morgen hat sie nicht reagiert. Dabei hätte ich ihr so viel zu erzählen! Denn das mit Malea gestern war ja wohl das Härteste, was man sich vorstellen kann!

Natürlich hat Malea sich auch heute früh noch tausend Mal entschuldigt, aber das macht es trotzdem nicht wieder gut. Beinahe hätte sie mich und Javi auseinandergebracht! Bloß weil sie gemeine Lügen erzählt hat, die sie für die Wahrheit gehalten hat.

Wie leicht man missverstanden werden kann! Kaum dass man mal ein wenig auf den Straßen rumsteht und sich Läuse aus den Haaren holen lässt.

OH NEIN! Direkt hinter Dodo schiebt sich nun auch noch Henry durchs Schultor. Scheint etwas spät dran zu sein, der Gute!

Warum fängt denn jetzt mein Herz an, völlig unangebracht zu klopfen? Ich hab doch wirklich keinerlei Absichten! Javi ist mir der Wichtigste auf der Welt. Das habe ich gestern Abend ganz deutlich gemerkt. Und Javi hat mir auch glücklicherweise geglaubt, dass ich nie mit jemand anderem …

Trotzdem … Trotzdem sieht Henry einfach … einfach *jammi* aus!

»Hi Tessa! Alles klar?«

Und lächeln kann der!

»Oh, ja! Bestens!« Ich gucke mich schnell um, ob uns keiner hört. Dann tuschele ich vorsichtig in sein Ohr. »Ich hab gar keine Läuse! War falscher Alarm.«

»Sag ich doch!« Henry grinst. »Deine Haare sehen toll aus.«

»Danke.« Ich lächele geschmeichelt.

Und muss daran denken, wie merkwürdig es ist, dass meine Kopfhaut in genau dem Moment aufgehört hat zu jucken, in dem ich wusste, dass ich eben *keine* Läuse habe. Vorher bin ich fast irre geworden! Ich hätte schwören können, dass zwischen meinen schönen Locken ganze Herden von Läusen fröhlich Versteck gespielt haben.

In diesem Augenblick fällt mir auf, dass Dodo stehen geblieben ist und uns beobachtet.

»Dodo!« Ich winke ihr zu. »Warte! Ich muss mit dir reden!«

Als Antwort macht sie ein abweisendes Gesicht und geht einfach in die andere Richtung weg. Dabei haben wir doch jetzt zusammen Bio und könnten wunderbar gemeinsam gehen. »Dodo!«

»Stress?«, fragt Henry.

»Och«, mache ich mal so, aber seufze reichlich tief. »War nicht so mein Tag gestern. Ist irgendwie alles ziemlich schiefgegangen.«

»Warte, ich hab dein Geld dabei!«, sage ich schnell. Ich krame eilig in meiner Tasche. »Hier, bitte. Und danke für gestern!«

»No problem.«

Henry steckt das Geld ein und will noch etwas sagen. Aber da bin ich schon losgerannt. Meiner Freundin hinterher. Denn mir ist klar geworden: Nicht nur Malea hat einen Fehler gemacht. Ich auch. Und ich will nicht noch weitere machen.

»Dodo! Warte!«

Ich komme etwas atemlos bei Dodo an. Uff, sollte wohl doch mehr Sport machen.

»Dodo, bitte hör mir zu!«

Und dann sprudele ich los. Wild, ungeordnet, ehrlich. Schließlich ist Dodo meine beste Freundin. Da braucht man seine Worte nicht zu sortieren.

Denn mir ist so vieles klar geworden. Das, was ICH will, ist natürlich nicht immer automatisch auch das, was Dodo will. Also ist es vermutlich genauso wenig das, was WIR wollen. Sondern eben immer nur das, was ICH will. Das, was WIR wollen, kann natürlich nur das sein, was wir ZUSAMMEN entschieden oder ausgehandelt haben. Das ist, glaube ich, das, was man dann einen Kompromiss nennt.

Deshalb war es natürlich total unfair von mir, immer davon zu reden, dass WIR etwas wollten und Dodo deshalb gefälligst mitmachen sollte, wenn es doch gar nicht das war, was WIR wollten, sondern nur das, was ICH wollte. Ja. Seufz.

Das alles sprudele ich ihr entgegen. Und sie unterbricht mich kein einziges Mal. Aber sie guckt von Minute zu Minute freundlicher. Und überrascht. Angenehm überrascht.

Ich hole Luft. »Verstehst du, was ich meine?«

Dodo nickt und hat den Hauch eines Lächelns auf ihren Lippen. »Ich schon. Und du ja nun endlich auch. Halleluja!«

»Wie bitte?« Ich gucke sie fast beleidigt an. Was soll das denn heißen? Dass ich total dämlich bin und das Selbstverständlichste vom Selbstverständlichen als Einzige nicht kapiert habe?

Dodos Lächeln wird versöhnlicher. »Mann, Tessa, ich bin sooo froh, dass du das alles jetzt sagst!«

Das klingt schon netter. Ich atme entspannt aus und erzähle ihr dann noch schnell den Rest. Ich meine, all die Sachen, die gestern sonst noch so passiert sind. Abgesehen von den Dingen, über die ich mir klar geworden bin.

»Es hat vor ungefähr fünf Minuten zur ersten Stunde geklingelt«, sagt Dodo irgendwann. Aber sehr zu beunruhigen scheint sie das nicht. Wir haben unsere Taschen abgestellt und hocken in aller Ruhe auf dem Rasen.

»Geklingelt? Ehrlich?«, frage ich mit gespieltem Entsetzen zurück. Bloß so, um irgendwas darauf zu sagen. Denn mir sind im Moment auch andere Dinge wichtiger als die überflüssige Biostunde.

Dodo lacht. Das erste Mal heute. »Malea hat echt gedacht, du würdest mit Henry rummachen?«

Ich nicke. »Oh Mann, Dodo! Manchmal läuft das ganze Leben plötzlich in eine total falsche Richtung, und man kann es überhaupt nicht aufhalten, sondern nur hilflos zugucken, wie alles immer nur noch falscher und falscher wird.«

»Ich weiß«, stimmt mir Dodo zu, »ich weiß.«

Und ich denke wieder daran, dass ich nicht ganz unschuldig daran bin, dass *ihr* Leben vielleicht auch eine Zeit lang in die falsche Richtung gelaufen ist.

»Dodo, es tut mir so leid, dass ich dich mit Ramón verkuppeln wollte!«

Sie zieht eine Grimasse. »Schon gut.«

»Und ich glaube, dass Schnarch..., ähm, ich meine, dass Marvin wahrscheinlich ein echt cooler Typ ist.«

Dodo tut so, als würde sie mich voll in den Magen boxen, aber sie grinst. Puh, ein Glück! (Muss mir unbedingt abgewöhnen, Schnarchnase Marvin *Schnarchnase* zu nennen!)

Dann seufzt Dodo. »Tess, es ist scheußlich, wenn wir uns streiten.«

»JA!« Das kommt aus meinem tiefsten Herzen.

Und dann umarmen wir uns einfach. Weil es zum Glück nichts mehr zu sagen gibt. Weil wir uns endlich richtig ausgesprochen haben. Und weil sich das SOOO gut anfühlt!

»Na, meine Damen?« Die Stimme hinter uns kommt mir unangenehm bekannt vor. »Mal wieder nicht den Weg ins Klassenzimmer gefunden? Darf ich denn dann vielleicht mit einer Extrastunde nach der Schule nachhelfen, damit Sie sich morgen nicht auch wieder verlaufen?«

Was für ein Pech, dass ausgerechnet der Schuldirektor uns über den Weg läuft! Aber auch das Nachsitzen kann mir meine gute Laune von jetzt an nicht mehr vermiesen. Heute ist ein wunderbarer Tag. Das spüre ich genau!

Und nachsitzen zusammen mit Dodo? Super! Da haben wir endlich genug Zeit, um reichlich über Javi und Marvin und auch noch über Henry und Ramón zu reden.

»Und du hast Javier wirklich nicht gebeten, Ramón vorzuschlagen, mir das Blümchen …«, kichert Dodo, als wir uns endlich brav zu den Bioräumen aufmachen.

»Nein!«, kichere ich glücklich zurück. »Ich glaube, der hat sich echt ein bisschen in dich verknallt.«

»Und Henry in dich?«, gluckst Dodo.

Ich schlucke. Und spüre, wie mein Herz einen Extraschlag macht. Kann man eigentlich in zwei Jungen gleichzeitig – in den ersten sehr und in den zweiten immerhin ein klitzekleines bisschen – verliebt sein? Natürlich nur ganz harmlos. Natürlich nur so, dass sich Javi wirklich absolut *keine* Sorgen machen braucht! Und – könnte es sein, dass sich Henry wirklich in mich verknallt hat? Oder ist der zu jedem Mädchen so nett?

Oh, wie wunderbar, dass wir nach der Schule noch eine ganze Stunde Zeit haben, das alles ausführlich auszudiskutieren! Was für ein herrlicher Tag!

Livi

Heute in der Umwelt-AG, als wir gerade über die Folgen der schmelzenden Pole sprachen und dabei natürlich auf den veränderten Lebensraum der Eisbären kamen, hat Lukas einen blöden Witz erzählt (aber wir mussten trotzdem alle kichern): »Geht ein Mann in eine Tierhandlung und verlangt einen Eisbären. Der Händler hat auch einen da, warnt den Mann aber: ›Der Bär ist wunderbar zahm und kuschelig, es gibt nur eine Sache, die Sie beachten müssen. Sie dürfen ihn um Gottes willen NIEMALS an die Nase fassen!‹ Als der Mann mit dem Bären zu Hause ist, ist dann auch alles ganz prima, bis der Mann eines Tages zu neugierig wird und denkt: ›Ich halt's nicht mehr aus! Ich MUSS ihn einfach an die Nase fassen!‹ Er tut's und der Eisbär springt mit Gebrüll auf ihn los. Der Mann kann gerade noch entwischen und rennt in Panik weg, um den Wohnzimmertisch, um den Küchentisch, Treppe rauf, Treppe runter, der Eisbär immer knapp dahinter. Schließlich ist der Mann völlig erschöpft und kann nicht mehr. Zitternd bricht er vor einer Wand zusammen und macht sich auf das Schlimmste gefasst. Der immer noch wild brüllende Eisbär erreicht ihn nur eine Sekunde später, holt mit seiner Pranke aus, tupft ihm auf die Schulter und sagt fröhlich: ›Tick! DU BIST!‹« – Oh, Mann! Ich musste echt am lautesten lachen!

Hahahahaha! Echt zu köstlich! Das Gesicht von Tessa vorhin in der Schule vor der ersten Stunde werde ich nie vergessen! Dafür könnte ich Gregory glatt küssen! (Hahaha – noch ein guter Witz!)

»Woran denkst du?« Gregory, der neben mir nach Hause geht, guckt mich fragend an.

»Na, woran wohl! An Tessas Gesicht heute Morgen!« Ich fange schon wieder an zu kichern. Gerade als ich Gregory nämlich morgens die schreckliche Kusswette beichtete, sah ich Tessa immer noch am Schultor herumhängen. Hören konnte sie uns nicht. Aber bestens sehen.

Gregory reagierte wie üblich: Amüsiert.

Das heißt, gesagt hat er nichts. Er hörte einfach nur zu. Sogar bei der peinlichsten Sache, nämlich der Tatsache, dass Tessa natürlich sehen muss, wenn ich jemanden küsse, hat er nicht mal mit der Wimper gezuckt. Oder nur ein klitzeklein wenig. Auf eine sehr freundliche Art.

Und dann war ich fertig mit Erzählen. Und guckte so unglücklich wie ein Seehundjunges, das seine Mama verloren hat. Sagte Gregory jedenfalls. Was ich allerdings nicht ganz so komisch fand. Ich bin ja wohl kein Baby mehr!

»Und was soll ich jetzt machen?«, hab ich ihn dann in verzweifeltem Ton gefragt. Was natürlich mehr als verständlich war in meiner Lage!

Gregory hat nur die Augenbrauen erstaunt in die Höhe gezogen. »Was ist denn das für eine Frage? Na, einen Jungen küssen natürlich!« Als ob es das Selbstverständlichste von der Welt wäre!

»Ach nee.« Ich kniff die Lippen zusammen und bereute schon, ihn eingeweiht zu haben.

Ich denke nämlich oft, dass es klüger ist, alles mit sich alleine abzumachen. Na ja, sicherer ist es auf jeden Fall.

»Und überhaupt«, habe ich ihn getroffen gefragt, weil er mich offensichtlich für ein Kleinkind hielt, »hast *du* denn schon mal ein Mädchen geküsst?« Schließlich ist Gregory auch erst dreizehn.

Und ich weiß nicht... ich weiß nicht, ob ich diesen Satz vielleicht lieber *nicht* hätte sagen sollen. Denn genau da kriegte Gregory so einen merkwürdigen Gesichtsausdruck...

Aber gerade, als ich ihn fragen wollte, ob ihm nicht gut sei, stand – kann man es glauben – plötzlich, wie aus dem Erdboden gewachsen, Daniel vor uns. Oder neben uns. Oder wie auch immer.

Ich fing automatisch an, innerlich zu zittern. Denn zu der wichtigsten Frage, nämlich WEN ich küssen sollte, waren Gregory und ich ja noch gar nicht gekommen. Und nun stand er hier. Direkt vor mir. Der Junge... der Junge... der Junge, vor dem ich mich auf *gar keinen Fall* blamieren wollte, sagte »Hi!« und grinste mich und Gregory freundlich an.

»Und hast du?«, fragte Daniel.

»Hab ich was?«, fragte Gregory zurück und lächelte nicht. Nicht mal unauffällig oder amüsiert.

»Na, ein Mädchen geküsst«, antwortete Daniel.

»Was geht's dich an«, raunzte Gregory.

»Und *du*?«, fragte ich Daniel.

Ehrlich – ich weiß nicht, wie ich so was Ungeheuerliches in dem Moment fragen konnte. Ich schätze, es war reine Verzweiflung. Ich hatte einfach Angst, Daniel würde draufkommen, warum diese Frage in der Luft schwirrte. Und – Himmel – wie peinlich wäre das denn gewesen!

Das lenkte ihn auch tatsächlich ab. Denn er fing gleich enorm interessant an, von all seinen Liebesabenteuern zu erzählen.

Oh, ich hätte ihm endlos zuhören können! Sogar ganz

ohne eifersüchtig zu werden. Denn irgendwie ging ich sowieso davon aus, dass er sich all diese romantischen Knutschgeschichten nur ausdachte. Oder aber wir besuchten die gleiche Schule wie Casanova junior und hatten das bisher nur nicht gewusst!

»Wieso starrt eigentlich deine Schwester die ganze Zeit zu uns rüber?«, fragte Daniel irgendwann.

»Tut sie?« Ich versuchte sicherheitshalber, total überrascht auszusehen. »Keine Ahnung.«

Daniel schien das als Anregung zu nehmen. Er kniff seine Augen zusammen (Hatte er eine Fliege drin?), befeuchtete dann seine Finger und fummelte an seiner Tolle über der Stirn rum, in der schon etwa ein halbes Kilo Gel zementfest verstaut war.

Dann rief er mit überraschend dunkler Stimme: »Hi Tessa! Wie geht's?«

Tessa legte den Kopf schief und lächelte, wie sie immer lächelt, sobald ein männliches Wesen auftaucht (selbst wenn es nur der sabbernde Boxer von Dodos Eltern ist), und ihr typisches »Hallooo!« wehte zu uns rüber.

Das hatte eine erstaunliche Wirkung auf Daniel. Er fummelte jetzt nicht nur an seinen Haaren, sondern auch an seinem Pulli und dem Shirt darunter rum. Dann lehnte er sich lässig gegen die Hausmauer neben uns, nur um sich gleich danach wieder davon abzustoßen, kippelte ein paar Sekunden so, dass ich automatisch meine Hand ausstreckte, um ihn zu stützen, und stellte sich dann breitbeinig wie ein Cowboy hin. Dabei reckte er seinen Hals mitsamt seinem Körper so hoch er nur konnte. So, wie Aurora das auch immer tut. Nur vermutlich aus einem anderen Grund. (Hatte er irgendwas verschluckt?)

Ich fand sein Verhalten ein klein wenig ungewöhnlich

und überlegte gerade, ob ich ihm mal hilfreich auf den Rücken klopfen sollte, damit alles, was möglicherweise in seiner Speiseröhre feststeckte, wieder ins Rutschen kommen konnte. Aber ich war vor allem froh, dass das Kussthema vergessen zu sein schien. Jedenfalls solange Daniel noch in der Nähe war.

Das war es dann allerdings doch nicht. Dank meines besten Freundes!

»Um auf das Küssen zurückzukommen …«, fing Gregory an.

Ich hätte ihn erwürgen können! Aber weil man das, glaube ich, in der Öffentlichkeit nicht tut, trat ich ihm nur mal kräftig gegen das Schienbein.

»Auiiii!«, machte Gregory und lachte dabei trotzdem herzlich.

Daniel sah etwas verwirrt aus. Was ich ihm nicht verdenken konnte.

»Erzähl doch noch ein bisschen was!«, forderte ich ihn deshalb schnell auf. Außerdem kann ich, wie gesagt, nicht genug von Daniels tollen Geschichten kriegen. Ob sie nun von Meerschweinchen oder von kusswilden Mädchen auf irgendwelchen Partys handeln.

Gregory war da deutlich anderer Meinung.

Und Daniel schien leider auch nicht mehr allzu wild aufs Erzählen zu sein. Er war jetzt vollauf damit beschäftigt, abwechselnd zu Tessa rüber und dann wieder neben uns in ein Fenster mit Spiegelglas zu schielen.

Also echt, manchmal fürchte ich, dass Daniel ein klitzeklein wenig eitel ist. Aber – na ja – vielleicht wollte er auch einfach nur überprüfen, ob sein Kopf noch da saß, wo er hingehörte. So viel wie er in den letzten Minuten daran rumgezupft hatte.

Gregory sah allmählich jedenfalls reichlich genervt aus. »Und, Alter? Hast du keinen Unterricht?«

Ich machte sofort ein stocksaures Gesicht. Konnte Gregory nicht etwas freundlicher sein?

Tessa beobachtete uns immer noch.

Was soll das? Spar dir das, bis wirklich was passiert!, dachte ich in Tessas Richtung, weil ich anfing, mir etwas dumm vorzukommen.

Aber dabei fiel mir leider wieder ein, dass tatsächlich etwas passieren *musste*. Oder ich würde in Tessas Augen ein ewiger Feigling sein. Und wenn man Daniel so zuhörte, konnte das Küssen eigentlich wirklich nicht so schwer sein!

Ob ich ihn einfach jetzt und hier …?

Dann wäre die Sache wenigstens erledigt.

Daniel würde mich zwar für den Rest seines Lebens für mittelschwer durchgeknallt halten. Aber vielleicht – vielleicht waren die Geschichten von den knutschwilden Mädchen ja doch wahr und er hielt es für ausgesprochen normal, dass er ohne große Vorwarnung plötzlich mitten auf dem Schulhof geküsst wurde?

Ich muss Daniel ziemlich merkwürdig angestarrt haben, denn er guckte reichlich blöde zurück.

»Ist was, Livi?« Sofort fing er wieder an, an sich rumzufummeln. »Stimmt was nicht mit mir?«

Und da kam mir zum ersten Mal der Gedanke, dass manche Leute echt dann noch annehmen, dass alles nur mit ihnen selbst zu tun hat, wenn um sie herum aufgrund eines Erdbebens der Stärke zwölf schon alle Häuser einstürzen.

Das sagte ich Daniel aber nicht. Stattdessen sagte ich: »Also, Daniel, ich müsste da noch was mit Gregory dringend besprechen. Wir sehen uns ja nachher in Chemie!«

Gregory ließ ein paar Schnarchgeräusche hören. Also wirklich, Jungs sind sooo unhöflich!

Aber Daniel kapierte den Wink. Er hob seine Tasche vom Boden auf und schlenderte – superlangsam muss man sagen – los. Dabei sah er sich mindestens dreimal pro Schritt nach Tessa um.

»So«, sagte Gregory. »Jetzt!«

»Jetzt – was?«, fragte ich verwirrt.

Gregory lächelte. »Jetzt können wir bei unserer Unterhaltung von eben weitermachen.«

Ich seufzte und schnitt eine Grimasse. »Ach, ist schon gut! Ich werde in der nächsten Pause weiter drüber nachdenken.«

»Aber worüber willst du denn da lange nachdenken!« Gregory ist manchmal erschreckend hartnäckig.

Statt einer Antwort guckte ich ihn nur vernichtend an. »Hahaha! Als ob hier viele Leute wären, die von mir geküsst werden wollten!«

Gregory sah leicht geknickt aus.

Ich lächelte versöhnlich. »Komm schon!«

Und dann fiel mir der andere Grund ein, warum diese dämliche Wette nicht ganz einfach zu gewinnen war. Nicht nur, dass es keine Jungen gab, die »HIER!« schrien, wenn sie mich sahen! Nein, auch die Frage, *wie* man jemanden küsst, schien mir nicht gerade einfach zu lösen. Ich meine, sicherlich kann man da erschreckend viel falsch machen!

Das musste doch auch Gregory einsehen!

»Und überhaupt«, erinnerte ich ihn, »du hast ja anscheinend auch noch nie jemanden geküsst.«

Gregory lächelte. Auf eine ganz ungewöhnliche und schwer zu beschreibende Art. Aber er lächelte. Und beugte sich plötzlich zu mir rüber.

Und während ich noch – ganz wie Daniel – überlegte, ob vielleicht Marmelade von heute Morgen an meinem Kinn klebte, die Gregory freundlicherweise wegwischen wollte, spürte ich …

… seine Lippen auf meinen.

»Jetzt schon«, sagte Gregory, als er sich wieder aufgerichtet hatte, »jetzt habe ich jemanden geküsst.« Er schaute mich vorsichtig an. »Und du auch.« Und dann grinste er das breiteste Grinsen, das ich je bei ihm gesehen habe. »War gar nicht so übel!«

Ich war zu schockgefroren, um irgendetwas zu sagen.

Im Unterbewusstsein nahm ich allerdings doch Tessas stechenden Blick wahr. Sie hatte ihren Kopf vorgereckt, so als ob sie kaum glauben konnte, was sie da gerade gesehen hatte.

Ich konnte es genauso wenig glauben. Hatte meine beste Freundin mich eben geküsst?

Schockzustände haben durchaus Vorteile. Man vergisst Sachen wie Vor-Peinlichkeit-Sterben oder Vor-Unsicherheit-Zähneklappern-kriegen oder Vor-Schreck-sich-in-die-Hose-machen. Man denkt einfach an gar nichts. Man steht einfach so da und wartet, dass das Leben weitergeht. Wunderbar!

Gregory schien in keinem Schockzustand zu sein.

»Huhu, Tessa! Gesehen?«, rief Gregory und winkte fröhlich zu meiner Schwester rüber. »Livi hat gerade ihre Wette gewonnen! Alles klar? Wir sehen dich dann Samstag auf dem Marktplatz!«

Aus dem linken Augenwinkel nahm ich wahr, dass Tessa stumm nickte. Aus dem rechten Augenwinkel sah ich deutlich, wie Daniel uns aus einiger Entfernung mit offenem Mund anstarrte und gerade über seine eigenen Füße stolperte.

Nicht mal das setzte mich in Bewegung.

Ich genoss einfach still für mich das schöne Gefühl des Schocks.

So ein Schock kann sich wirklich wundervoll anfühlen. Warm und weich. Besonders im Bauch. Wirklich erstaunlich.

Ich glaube, ich lächelte noch, als Gregory mich am Arm schon zu unserem Klassenzimmer geführt hatte, wo Frau Nagemut, wie jeden Tag, mit dem altmodischen Overhead-Projektor kämpfte.

Nachdem ich im Laufe des Tages aus meinem Schockzustand langsam wieder auftauchte, fühlte sich das Leben erstaunlicherweise noch besser an als während des Schocks. Was eigentlich kaum noch zu toppen war.

Aber ich fühlte mich so unglaublich toll, so stark, so… so… unschlagbar, dass ich am liebsten jedem zugerufen hätte: »Ich bin die Größte! Ich habe Tessas dämliche Wette gewonnen! Und wie! Ihr hättet ihr Gesicht sehen sollen!«

Und so fühle ich mich immer noch. Andauernd muss ich Gregory neben mir auf dem Nachhauseweg anlächeln. Und er lächelt zurück. Und dann kichern wir zusammen.

Weil alles einfach schön ist heute. Und weil Tessa so dusselig geguckt hat. Und weil es – ehrlich! – total einfach ist, jemanden zu küssen!

Malea

Wenn ich groß bin, werde ich Tiefseeforscherin. Bei Fischen geht nie irgendwas schief. Glaube ich zumindest. Oder – hm – jedenfalls hört man nie davon.

Ich war heute als Erste nach der Schule zu Hause. Was den Vorteil hatte, dass ich nicht mit Tessa gehen musste. (Die musste nachsitzen!) Es ist schwer auszuhalten, wenn eine von meinen Schwestern sauer auf mich ist.

Ein anderer Vorteil war, dass ich eine gute Ausrede hatte, nur eine kleine Portion von Iris' köstlichem (würg) Haferflocken-Spaghetti-Kürbis-Herbst-Auflauf zu essen. »Du, Iris, lass mal, danke, das hier reicht mir! Tessa und Livi kommen heute ja erst später und haben bestimmt Riesenhunger. Nicht dass dann nichts mehr da ist!«

Der Nachteil war, dass ich plötzlich für kurze Zeit die Älteste im Haus war (und Kenny für jede Hilfsaktion zu klein zu sein schien) und daher jeder zweite Satz von Iris mit »Malea, könntest du mal eben schnell…« anfing. Ach du liebe Seemuschel, da wird einem erst klar, was große Schwestern täglich so alles für einen abpuffern!

Im Moment nage ich wie ein Kaninchen an unserem Nachtisch – Karotte in Schokoladenmantel (es gibt Schlimmeres – aber auch Besseres…) – und denke darüber nach, an welcher Stelle eigentlich alles anfing schiefzulaufen. Ich meine, ich fing gerade ernsthaft an, die Welt zu retten – oder na ja, ich war zumindest auf direktem Weg dahin, aber dann muss ich irgendwie vom Weg abgekommen sein. Wo war das nur? Was hab ich falsch gemacht?

»Noch etwas Schokomöhre, Malea?«

»Och, danke, nein. Gib sie ruhig Kenny!«

»Ja, juchhu!«, schreit Kenny. »Immer her damit!« (Kleine Kinder haben einen total verkorksten Geschmackssinn!)

Also, alles fing damit an, dass ich irgendwie gar nicht richtig zum Weltretten kam, weil bei uns immer so viel anderes zu tun ist. James Bond hat nie was anderes zu tun. Der muss nie Wäsche aufhängen oder Geschirrspülmaschinen ausräumen oder Klos schrubben. Kein Wunder, dass er in aller Ruhe fabelhafte Arbeit machen kann!

»Javier und Ramón scheinen wirklich ganz nette Jungs zu sein«, mampft Cornelius jetzt, den Mund voller Möhre. »Die haben mir angeboten, nach Silvester noch mal zu kommen und mit mir den Dachstuhl zu reparieren.«

»Oh«, mache ich. Weil die Vorstellung davon, dass Cornelius etwas repariert, einen immer ein wenig zusammenzucken lässt.

»Javier hat gesagt, dass er schon reichlich oft auf dem Bau gejobbt hat«, erzählt Cornelius weiter.

»Auf was für einem Bau, Papa?«, fragt Kenny. »Auf einem Kaninchenbau?«

(Echt, das kommt davon, wenn man Kinder zu viele Möhren knabbern lässt!)

Iris lacht. »Nein, das bedeutet, dass Javier schon oft mitgeholfen hat, wenn Häuser gebaut wurden.«

»Cornelius«, sagt Cornelius, »ich heiße Cornelius.«

»Das ist ja nett von denen, dass die helfen wollen«, sage ich freundlich. Und etwas beruhigt.

Iris fängt an, die Teller abzuräumen, öffnet die Geschirrspülmaschine und kriegt sofort eine Knitterstirn. Denn die Maschine ist voll mit frisch gespültem Geschirr.

»Wer war heute Morgen dran mit ausräumen?« Sie guckt auf unseren großen Plan an der Wand, in dem der Name *Tessa* fett in dem Dienstag-Feld prangt.

Iris' Knitterstirn wird noch etwas knitteriger.

Eine Sekunde lang fühle ich mich großartig. Es ist immer ein großartiges Gefühl, wenn der drohende Gewittersturm direkt an einem vorbei und zu jemand anderem hin segelt. So was von erleichternd!

Doch dann fällt mir ein, dass dies vielleicht eine ziemlich gute Möglichkeit wäre, etwas gutzumachen. Und etwas gutzumachen habe ich vermutlich! Auch wenn Tessa und Javi sich zum Glück wieder vertragen haben.

Heute Morgen war ich mir da noch unsicher. Aber Javier hat alle wieder zur Schule gefahren und Tessa wieder mit solchen Liebesaugen angeschmachtet, wie er das vorher auch immer gemacht hatte. Das hat mich echt erleichtert. Und deswegen hat es mir auch nichts ausgemacht, dass ich keinen Platz mehr im Auto hatte.

»Ähm«, melde ich mich, »Tessas Dienste habe ich diese Woche übernommen.«

»Ach, wirklich?« Iris sieht mich fragend an.

Ich nicke. »Mhm.«

Iris' Sturmstirn knittert in meine Richtung. »Na, dann mal los!«

Während ich in der nächsten halben Stunde beinahe klaglos und mit nur ganz wenig Seufzen Tessas Küchendienst erledige, sehe ich Kenny draußen im Garten rumrennen. Ich schätze, sie sucht immer noch Aurora. Allmählich mache ich mir auch ein wenig Sorgen. Wo kann sie nur sein?

Ich erinnere mich, dass ich sie gestern Abend aus unserem Vorgarten hab wackeln sehen. Und anscheinend ist sie in der Zwischenzeit nicht zurückgekommen. Ist ihr vielleicht was passiert?

Gerade will ich mir die Hände abtrocknen und zu Kenny rausgehen, um zu überprüfen, ob Aurora wirklich immer noch verschwunden ist, da stürmt Livi in die Küche.

»Was gibt's heute?«

»Mmh!« Ich rolle grinsend mit den Augen. »Iris' leckeren Herbstauflauf mit köstlichen …«

»Ach, danke!«, unterbricht mich Livi grinsend. »Gregory und ich machen uns schnell ein Brot und dann müssen wir schon wieder los.«

»Wieso? Wohin?«, frage ich.

Und das scheint wirklich eine interessante Frage zu sein, denn ich sehe, dass Livi schon oben in ihrem Zimmer gewesen sein muss, um sich umzuziehen. Sie hat ihre besten Jeans und ein frisches T-Shirt an.

»Nicht wichtig«, sagt Livi schnell.

Aber – haha! – das kann sie unserer Großmutter erzählen! Meinem Profispioninnenblick macht sie da nichts vor! Livi sieht total aufgeregt aus! Als sie sich die Käsestulle in den Mund schiebt, zittert ihre Hand sogar ein klitzeklein wenig. Trotzdem lächelt sie. Ausgesprochen verdächtig!

Nehme mir sofort vor, am Nachmittag eine kleine Extrarunde im Beschatten einzulegen. Wäre doch gelacht, wenn ich nicht rausfinden würde, was da so Geheimnisvolles in Livis Leben passiert!

Und warum hat sie so unglaublich gute Laune? So ein

breites Lächeln hatte Livi, glaube ich, schon lange nicht mehr im Gesicht!

Aber, wo ich gerade an unsere Großmutter denke … wo ist die eigentlich?

»Wo ist denn Rema?«, frage ich Iris und stecke meinen Kopf in ihr Arbeitszimmer. »Isst die überhaupt nicht mehr bei uns?«

»Tja, ich …« Iris sieht mich etwas ratlos an. »… ich weiß auch nicht. Ich glaube, die ist schon wieder bei Walter Walbohm drüben. Wahrscheinlich hilft sie ihm, all das Essen für die Spanier zu kochen. Sie ist einfach zu lieb.«

Ich nicke. Ja, das ist Rema wirklich, das sieht ihr ähnlich! Freiwillig drüben in Walter Walbohms Haushalt zu helfen! Hoffentlich weiß Walter das wenigstens zu schätzen!

Aber dann muss ich mich beeilen. Ich greife mir meine Jacke, um unauffällig hinter Livi und Gregory herzuschleichen, die gerade durch das Gartentor rennen. Meine Güte, haben die es eilig!

»HALT! MALEA! WAAARTE!«

Kennys kleines verzweifeltes Stimmchen ist nicht zu überhören.

»Malea!« Die Tränen schießen aus Kenny kleinen Knopfaugen in der Sekunde, in der sie mich erreicht hat. »Malea! Sie ist immer noch nicht wieder da! Wir MÜSSEN SIE SUCHEN GEHEN!«

Ich schaue sehnsüchtig Livi und Gregory hinterher. Oh, wie gern wüsste ich, wofür Livi sich schicke Jeans anzieht!

Aber hier steht meine kleine Schwester und weint!

Ich seufze. Himmel! Bleibt denn heute alles an mir hängen?

Doch dann kommen mir all die fürchterlichen Möglichkeiten wieder in den Kopf, die der Grund für Auroras Verschwinden sein könnten.

Ich hole tief Luft. Klarer Fall, meerwasserklarer Fall. Auch wenn Livis Nachmittagstermin mich wirklich neugierig macht, dies hier hat Vorrang. Dringlichkeitsstufe eins! Und ich weiß natürlich, was ich zu tun habe.

»Kenny«, sage ich laut und energisch, »Kenny, wir starten jetzt sofort die Rettungsaktion!«

»Welche Rettungsaktion?«, fragt Kenny.

»Na, Auroras Rettungsaktion!«, erkläre ich.

»Wir müssen sie retten?«, fragt Kenny und guckt mich fast noch verzweifelter an. »Ich dachte, sie hätte sich nur verlaufen!«

Ich schaue zu meiner kleinen Schwester runter und nehme ihre Hand. Kenny ist zwar noch klein, aber jetzt muss sie stark sein. Und dann erkläre ich ihr, was wohl der wahrscheinlichste Grund für Auroras Verschwinden ist.

»Du bist dir sicher, dass der böse Hühnermann sie gefangen hat? Aber wie wollen wir sie denn zwischen all den anderen hundert Hennen finden?«, fragt Kenny mit groß aufgerissenen Augen. »Meinst du, sie kommt, wenn wir sie rufen?«

Hm. Ich überlege. Nein, Aurora ist wirklich noch nie gekommen, wenn wir sie gerufen haben. Ich schätze, Gehorsam liegt Hühnern allgemein nicht sehr. Aber …

»Sie hat doch türkisfarbene Federn, oder nicht?«

»Ja, das hat sie«, sagt Kenny und kichert. »Ist das gut oder ist das gut?«

»Das ist gut«, sage ich und lächele zurück. »So ist es nämlich supereinfach, sie zu erkennen!«

»Ja!« Kenny guckt mich bewundernd an. »Dann gehen wir jetzt zu dem fiesen Kerl in das Hühnergefängnis?«

Ja! Ja, das machen wir! Und wie wir das machen!

Der kann ja wohl nicht einfach so durch die Gegend fahren und fremder Leute Hühner klauen! Oh, nein! Nicht solange Malea Martini noch einen Funken Spioninnenblut in ihren Adern hat!

Tessa

Kleine Schwestern sind wie Zuckerwatte. Süß, klebrig und nach zu viel davon kriegt man Bauchschmerzen. Aber ohne ist auch langweilig.

Meine Nerven! Da kommt man nichts ahnend nach einem wunderbaren Schultag nach Hause, und was sieht man in dem Moment, in dem man die Haustür öffnet? SCHOCK! Malea und Kenny dick bewaffnet mit Spaten, Hacke und einer fetten Laubsäge aus dem Garten, bereit zum Abmarsch. Meine Nerven!

»Wen – bitte – wollt ihr denn damit erschlagen?«, frage ich natürlich als Erstes. Wie man so aus Spaß fragt.

»Den Kerl von der Hühnerfabrik«, antwortet Malea allen Ernstes und schwingt die Hacke bedenklich in meine Richtung.

»He! Pass auf!« Beinahe hätte Malea mir das Ding einmal quer durch meine toupierten Haare gezogen. Noch mal: meine Nerven!

»Ihr seid doch nicht ganz frisch!«, sage ich also als Nächstes. Wie man das so sagt, wenn man gerade fast erschlagen worden ist.

Nur, da fängt Kenny leider an zu heulen. »Tessie! Wir müssen doch Aurora retten!«

»Und woher wisst ihr, dass Aurora in der Hühnerfabrik ist?«, frage ich. Weil das ja wohl eine sehr vernünftige Frage ist.

Da guckt Kenny nur mit großen Augen zu Malea rüber. »Malea weiß das!«

Und dann fällt ihr noch ein: »Und, Tessa, du hast doch heute Morgen auch gesagt, dass du denkst, dass der Kerl Aurora geklaut hat.«

Ich nicke. »Ja, klar, das habe ich gesagt. Weil es natürlich sein kann. Aber das heißt doch nicht, dass es tatsächlich auch so ist!« Und dabei gucke ich besonders Malea ziemlich scharf an. »Und auf jeden Fall könnt ihr nicht einfach losgehen und so tun, als hättet ihr vor, Leute zu erschlagen!«

»Nicht?«, fragt Kenny.

»Nein«, sage ich energisch. (Himmel, wo sind eigentlich unsere Eltern? *Die* sollten uns doch wohl erziehen! Warum muss ich das tun?)

Dann gucke ich Malea an. »Und wieso bist du so sicher, dass Aurora da ist?«

»Ähm«, sagt Malea. Und dann wird sie rot. Fast so rot wie mein Lippenstift. Sie fängt direkt an zu schwitzen.

»Es *könnte* sein!«, verteidigt sie sich schließlich. »Hast du ja selbst gesagt.«

Aber sie weiß, genauso wie ich, dass sie jetzt lieber ihren Mund halten sollte. Denn, wo es hinführt, wenn man etwas nur annimmt und sich dann haltlos da reinsteigert, das haben wir ja gesehen!

Malea weiß genau, woran ich denke.

Weil ihr nämlich genau in diesem Moment etwas anderes einfällt. »Ich hab den Küchendienst für dich übernommen, Tessa. Für die ganze Woche.«

»Echt?« Das finde ich nun wieder ein ziemlich nettes

Wiedergutmachungsgeschenk von ihr. »Danke!« Ich lächele. »Also kommt! Jetzt bringt diese Dinger wieder zurück in den Garten und dann werden wir Aurora suchen. Ich helfe euch.«

»Und wenn wir sie nicht finden?«, fragt Kenny. »Gehen wir dann in das Hühnergefängnis?«

»Dann ja«, nicke ich. Und hoffe sehr, dass es dazu nicht kommen muss.

Aber auf der anderen Seite … wenn dieser Kerl Aurora wirklich hat, dann … dann werde auch ich nicht vor einem Besuch mit Schaufel und Spitzhacke zurückschrecken! Der soll die Martini-Mädchen bloß nicht unterschätzen!

Doch das sage ich meinen kleinen Schwestern lieber nicht. Ältere sollten schließlich immer ein vernünftiges Vorbild sein.

Ah, Vorbild … Da fällt mir zum Glück noch gerade rechtzeitig ein, dass ich mein Make-up überhaupt noch nicht überprüft habe. Sause schnell nach oben in mein Zimmer und tue in Windeseile das Nötigste. Haare nachsprayen, Lippen nachmalen, etwas Rouge. Und den knallroten Minirock über meine schwarzen Strümpfe ziehen. Wer braucht am Nachmittag noch Hosen? Und wer weiß, wen man alles so trifft in der Stadt …

Keine zwanzig Minuten später bin ich wieder unten. »So, jetzt suchen wir!«

»Au ja, Tessa!«, jubelt Kenny. »Und wo suchen wir?«

»In der ganzen Stadt«, antworte ich. »Wo geht Aurora denn gern spazieren?«

»Überall«, meint Kenny. »Überall, wo es interessant ist.«

»Fein«, sage ich. »Dann brauchen wir uns jetzt nur noch in ein Huhn zu versetzen. Wo würden wir es interessant finden, wenn wir ein Huhn wären?«

Malea

Mann, das ist vielleicht schwer, nie das Falsche zu tun! Kein Wunder, dass James Bond für seine Aufträge immer ganz genaue Anweisungen kriegt!

»Wo ist denn eigentlich Livi?«, fragt Tessa, nachdem wir schon zweimal durch die ganze Stadt und hin und zurück getigert sind, aber trotz aller Versuche, uns in ein Huhn hineinzuversetzen, keine Spur von Aurora gefunden haben.

Javier und Ramón stürzten aus dem Haus, als sie uns bei Walter Walbohm vorbeigehen sahen, und wollten natürlich auch mitkommen und suchen helfen. Was gut war, denn so konnten wir uns in der Innenstadt aufteilen und sind wirklich durch jede noch so kleine Gasse gelatscht. Nichts. Nun fehlt nur noch der Stadtpark.

»Livi hat einen geheimen Termin«, murmele ich. Weil ich daran denke, was für eine wunderbare Beschattungsaufgabe mir heute entgangen ist. Und weil ich nun nie mehr herausfinden werde, was Livi so Interessantes (in ihrer besten Jeans!) vorhatte.

Aber dafür werde ich dabei sein, wenn wir Aurora retten! Das ist vielleicht nicht gerade die ganze Welt, aber WICHTIG!

»Was für einen geheimen Termin hat sie denn?«, fragt Tessa und kriegt kugelrunde Augen.

Ich zucke mit den Schultern. Dann grinse ich. »Keine Sorge, Tess. Livi hat keinen heimlichen Liebhaber. Sie hat Gregory dabei.«

Doch da kriegt Tessa noch rundere Augen.

»Oh«, ist alles, was sie sagt.

Ich gucke sie prüfend an. Weiß sie was, was ich nicht weiß?

Und weil Javier ebenfalls prüfend guckt, fängt sie dann doch an zu erzählen. (Mich guckt Javier übrigens zum Glück wieder sehr viel freundlicher an. Was wohl heißt, dass er mir meinen – äh – kleinen Irrtum verziehen hat.) Tessa erzählt, was heute Morgen in der Schule passierte. Und dass Gregory Livi geküsst hat.

Ich kann es nicht glauben! Seit wann küssen sich Freunde?

Doch Tessa nickt heftig. »Ja, doch, doch! Die haben sich richtig geküsst. Das Blöde ist nur, dass Livi jetzt die blöde Wette gewonnen hat und ich mich am Samstag auf diesen blöden Marktplatz stellen muss, um den blöden Leuten in unserer Stadt irgendwas über blöde Hühner zu erzählen!«

Javier, Ramón und ich kichern alle drei.

»Hühner sind nicht blöd«, sagt Kenny böse. »*Du* bist blöd.«

»Aurora natürlich nicht«, antwortet Tessa besänftigend. »Aber Hühner an sich gehören ja wohl nicht gerade zu den intelligentesten Tieren.«

»Das solltest du den Leuten aber nicht erzählen«, werfe ich ein.

Wir haben inzwischen den Stadtpark erreicht, wo sich trotz fader Novembersonne noch eine Menge Menschen herumtreiben.

Tessa rollt mit den Augen. »Hühner! Eier! Dass Livi keine anderen Sorgen hat!«

»Du findest es doch auch schrecklich, wie diese armen Viecher leiden müssen«, gebe ich zu bedenken.

»Ja, klar«, gibt Tessa zu. Aber dann schaut sie stirnrunzelnd ihre Hände an. »Oh, nee! Ich glaub, ich hab mir gerade einen Nagel abgebrochen.«

»Ambulanz! Rrrrettungswagen! Helikopter!«, ruft Ramón mit gespieltem Entsetzen. Dann fällt ihm etwas ein. »Wo ist eigentlich deine Frrreundin Dodo? Die könnte uns doch auch helfen?«

»Ja, Tessa! Ruf doch Dodo an!«, bettelt Kenny sofort. Kenny ist die Einzige, die nicht kichert. Ihre Stimmung sinkt immer weiter runter, je länger wir Aurora erfolglos suchen. »Wir brauchen alle Leute, alle! Und wenn du mir dein Handy gibst, kann ich noch Bentje und Romy anrufen. Und Sinan. Und …«

»Ich glaube, wir sind genug«, unterbricht sie Tessa. »Aber Livi könnte wirklich mitmachen! Schließlich ist das auch ihr Huhn!«

Ja, das finde ich auch. Und deshalb rufen wir Livi an. Doch die hat ihr Handy ausgestellt. *»Der Teilnehmer ist zurzeit nicht erreichbar.«*

Was bitte kann in Livis Leben so wichtig sein, dass sie ihr Handy ausstellt?

Ach du dicker Kugelfisch, eine Sekunde später sehen wir es! Denn wir sehen Livi!

Und nicht nur Livi, sondern auch noch etliche Leute, die um sie herumhuschen und fummeln und komische Sachen in der Hand haben. Eine riesige Flutlichtleuchte zum Beispiel. Ein anderer hält eine silberne runde Scheibe zwischen das Licht und Livi. So ein merkwürdiges Ding hab ich überhaupt noch nie gesehen. Und direkt vor ihr thront eine fette Kamera auf einem Stativ. Unter einem Baum stehen eine Menge Koffer und Kästen und Schachteln, als ob jemand verreisen will und seinen halben Kleiderschrank mitnimmt. Und etwas entfernter ist sogar ein Zelt aufgebaut.

Da werden Modeaufnahmen gemacht, meerwasserklar! Mit Livi!

Gregory hockt etwas abseits auf dem Gras und guckt dem Ganzen nur zu.

Und Livi? Oh, nein, für eine Sekunde vergesse ich fast Aurora. Denn …

… Livi heult.

Livi heult?

Mann, was ist denn hier los?

Livi

Wer hätte das denn alles vorher ahnen können!

Dabei fing alles so gut an!

Gregory und ich kamen sooo gut gelaunt und superpünktlich am verabredeten Treffpunkt im Stadtpark an. Ich hatte sogar fast gar keine Angst mehr.

Auf der Wiese beim großen Denkmal haben diese Modeleute dann schon gewartet und mir entgegengeguckt. Na gut, da kriegte ich dann doch wieder Bammel im Bauch. Aber als sich alle vorgestellt hatten und mir hundert Mal gesagt hatten, wie großartig ich aussähe, da hab ich mich schon wieder deutlich besser gefühlt und ihnen das mit dem Aussehen sogar fast geglaubt.

Ein Typ, der Bruno hieß (was er aber Br*ü*no ausspricht), sagte, er sei der Visagist und würde mich jetzt schminken.

Klar, das hat mich nicht gerade zu Begeisterungsstürmen hingerissen, aber dass man geschminkt wird, war ja nun zu erwarten bei einem Modeshooting. Also habe ich brav die Augen zugemacht, wie Brüno das wollte, und hab ihn machen lassen.

Als er fragte, ob ich einen Spiegel wolle, habe ich allerdings sicherheitshalber »Nein danke« gesagt. Wenn ich nach dem Reingucken vor Schreck in Ohnmacht gefallen wäre, wäre das natürlich nicht nur ärgerlich, sondern vermutlich auch ziemlich peinlich gewesen.

»Geht's dir gut?«, fragte er mich nach vollbrachter Leistung.

»Bestens«, sagte ich tapfer und schielte kurz zu Gregory rüber, aber der verzog keine Miene.

»Dann los!«, rief eine Frau energisch, die Caroline hieß und die Aufnahmen leitete, und klatschte in die Hände, als ob ich ein Zirkushund wäre, der jetzt in die Manege musste.

Ganz genau so fühlte ich mich allerdings auch.

Sie hatten ein kleines Zelt aufgebaut, in dem ich mich jedes Mal umziehen sollte, bis ich alle verschiedenen Kleider und Röcke und Hosen vorgeführt hatte. Als ich mich in die erste Schicht endlich reingezwängt hatte – ein Kostüm aus diesem englischen Tweedstoff, das aussah wie für eine Geschäftsfrau gemacht (warum bloß lassen die das von einer Dreizehnjährigen vorführen?) –, schob mich Caroline erst hierhin, dann dorthin. Dann debattierte sie mit dem Mann, der mit dem Licht fummelte, und schubste mich wieder woanders hin.

Ich versuchte mein Bestes, an das schöne Geld zu denken und an die Kamera, die ich mir selbst kaufen wollte und …

… dann raunzte mich der Fotograf das erste Mal an. »Bitte etwas lebhafter gucken! Wir sind doch nicht auf einer Beerdigung!«

Ich versuchte ein Lächeln.

»Nein! Himmel! Wer hat denn was von Lächeln gesagt? Das ist kein Kindergeburtstag!«

Mein Lächeln fiel auf die Erde und kriegte den ersten Knacks. Ich schielte Hilfe suchend zu Gregory rüber. Der zog die Stirn in Falten und guckte etwas ratlos.

Der Fotograf kam hinter der Kamera hervor und sah

mich missbilligend von oben bis unten an. Dann sah er mich nur noch oben an. Mein Gesicht. Und sein Gesicht wurde immer unzufriedener.

»Brüüünooo!«

Brüno kam sofort angehechtet. »Ja, Tom?«

»Dieser Grüntouch steht ihr überhaupt nicht!«

Brüno schluckte. »Ja … das hab ich auch schon gedacht.«

»Warum nimmst du dann diese Farbe?«, brummte Tom und ging zurück zu seiner Kamera.

Brüno rubbelte wie wild über meinen Augen herum und versuchte, den Puder, den er eben so kunstvoll draufgehauen hatte, wieder abzuwischen und eine neue Schicht aufzulegen.

»Grau ist viiiiel besser«, sagte Brüno nach einer Weile zufrieden und lächelte mich zuversichtlich an.

Ich lächelte schüchtern zurück.

»Nicht so die Augen zusammenkneifen«, meinte Brüno da.

»Okay«, sagte ich und hörte lieber auf zu lächeln.

Tom stand wieder hinter der Kamera und knipste, aber er wurde immer unzufriedener. »Da ist kein Pep drin! Das ist … das ist nichts! Hier fehlt was!«

Ja, dachte ich. Hier fehlt ein professionelles Model! Kann ich doch nichts dafür, dass ich das zum ersten Mal mache und keine Ahnung habe, wie ich stehen oder gucken soll!

Tom sah sich suchend auf der Stadtparkwiese um. Als ob er am liebsten einen von den Spaziergängern bitten würde, doch lieber für mich einzuspringen.

»Vielleicht da vorne am Springbrunnen«, meinte er. Und wir alle zogen mitsamt dem Licht, dem Lichtmann, den Klamotten, Brüno, Caroline, Tom und dem Stativ fünfhundert Meter weiter zum Springbrunnen.

»Hmmm«, brummte Tom. »Sieht immer noch lahm aus. Total flach.«

Da musste ich schon kräftig schlucken, weil ich merkte, dass sich da ein paar Tränen in meine Augen drängten. Was ja wohl verständlich ist! Wer möchte schon als lahm und flach bezeichnet werden?

»Die meinen nicht dich!«, zischte Gregory zu mir rüber. »Der findet den Hintergrund langweilig. Deswegen guckt der sich ständig so suchend um.«

Das überzeugte mich natürlich nicht. Mir war klar, dass ich das Problem war.

»Guck den Baum an!«

»Tiefer! – Gut so!«

»Jetzt direkt ins Licht! Ja! Super!«

Hatte er super gesagt? Klar, der meinte das Licht!

»Und – Ende. Klamottenwechsel!«

Ich war froh, mich ein paar Sekunden im Zelt verkriechen zu können, wo mich keiner sehen konnte. Dummerweise konnte ich aber alles hören.

»So wird das nichts!«, drang deutlich Toms Stimme zu mir. »Das sind die schlechtesten Bilder, die ich seit zehn Jahren gemacht habe!«

Oh je, das hätte ich ihnen ja gleich sagen können! Warum hab ich nur Ja zu diesem Job gesagt?

Und warum bin ich dann nur trotzdem wieder rausgegangen und hab mich – diesmal in knallenger Hose und superweitem Mantel, der im Wind flatterte – noch mal vor diese grausame Kamera gestellt?

Tom war nicht glücklicher. Er meckerte und moserte und ließ den Lichttypen hierhin und dorthin hopsen. Ehrlich, ich weiß nicht, ob ich mich jemals schlechter gefühlt habe!

Und jetzt – nachdem Tom sich seine Bilder gerade angeguckt hat – flucht er nur rum, dass sie total öde und flach (was ist das überhaupt für ein Ausdruck?) aussähen und dass das so auf keinen Fall hinhaue.

Und es ist ja wohl klar, dass das meine Schuld ist! Weil ich so was noch nie gemacht habe! Und auch NIE hätte machen sollen! Und...

...und dann muss ich doch heulen. Und – na klar – da kommt dieser komische Brüno sofort auf mich zugerast und schreit »O-oh! Mon dieu! Was ist denn!« und will mir mit immer mehr braunem Puder und Tupfern im Gesicht rummachen.

NEIN!!! Ich hab genug!!! Ich will hier nur noch weg!!!

Ich schubse ihn von mir und drehe mich um und... da steht Gregory vor mir und nimmt mich in den Arm. Und ich heule und heule, und es ist mir total egal, dass ich über seine Schulter hinweg sehe, wie Brüno neben mir wie Rumpelstilzchen auf und ab hüpft und immer weiter »Nein! Mon dieu! Deine Augen, denk doch an deine Augen! Die werden gleich ganz rot sein!« ruft.

Und – oh nee, das kann doch einfach nicht wahr sein! – als ich nach dem ersten Tränenstrom wieder etwas klarer gucken kann, sehe ich, dass am Rand der Wiese Tessa und Kenny und Malea und Javier und Ramón wie Gartenzwerge in einer Reihe stehen und mit offenem Mund zu mir rüberstarren. Hilfe, wie lange stehen die da schon?

Kenny läuft mir als Erste entgegen und schmeißt sich in meine Arme. »Liviliii! Hast du dir wehgetan?«

Ich grinse. »Nein, nein, alles okay.«

Jetzt sind auch die anderen da.

»Aber warum weinst du denn dann?«

»Weil... weil...« Wie erklärt man das einem siebenjährigen Kind? »Weil ich mich einfach ziemlich doof anstelle, weißt du?«

»*Du*? Doof?« Kenny hält das anscheinend nicht für möglich.

Was mich trotz tränennasser Augen lächeln lässt. »Tja.«

Ich schaue zu Tessa rüber. Die sieht aus, als wäre sie von einem Schulbus frontal gerammt worden. Natürlich ohne einen Kratzer abgekriegt zu haben. Sie kann ganz offensichtlich nicht glauben, was sie hier sieht.

»Livi!«, stammelt sie schließlich. »Mann!« Sie kann sich immer noch nicht sattsehen an der Szene. Die Riesenkamera, die Riesenschminkkästen und all die schicken Klamotten – das muss ihr vorkommen wie das Paradies! Bestimmt hält sie es für total ungerecht, dass ich hier stehe und nicht sie!

»Livi!«, wiederholt Tessa immer noch ziemlich sprachlos.

Tom, der jetzt mit energischen Schritten angestapft kommt, ist da weniger auf den Mund gefallen. »Seid ihr alle verrückt geworden? Was ist denn hier los? Und warum heulst du so, Olivia? Du bist doch großartig! Nur dein Make-up ist jetzt total im Eimer. – Obwohl das vorher auch schon reichlich suboptimal war.« Der letzte Satz geht mit einem vorwurfsvollen Seitenblick rüber zu Brüno.

»Hm«, macht Brüno, »ja, das dachte ich auch schon.«

Tessa guckt von einem zum anderen, dann prüfend zu mir rüber, strafft ihre Schultern und man merkt, wie wieder Leben in sie kommt. Anscheinend hat sie sich von der Überraschung erholt. Dann streicht sie sich ihre Locken mit gekonnter Pose aus dem Gesicht und sagt schließlich ohne eine Spur von Unsicherheit: »Meiner Schwester stehen diese harten Töne nicht. Sie braucht weichere Schattierungen. Darf ich mal?«

Und mit einer ihrer unnachahmlich beinharten Lächelattacken mitsamt dem dazugehörigen Wimperngeklimper und dem dezenten Hüftwackeln nimmt sie Brüno einfach seinen Schminkkasten aus der Hand, schiebt mich zu einem Klappstuhl und beginnt ihr Werk. »Keine Sorge, Livi! Das haben wir gleich. In drei Minuten wirst du fan-tas-tisch aussehen!«

Sie strahlt mich so überzeugend und lieb an, dass mir beinahe noch mal die Tränen kommen. Oh, tut das gut, meine große Schwester hier neben mir zu haben!

Tom und Brüno starren Tessa verblüfft an. So viel Frechheit haben sie vermutlich noch nicht oft gesehen.

Ich kann direkt spüren, wie Tessa die beiden um den Finger wickelt, ohne auch nur noch einen Satz zu sagen. Und in diesem Moment finde ich diese Fähigkeit von ihr weder nervig noch peinlich. Nein, in diesem Moment bin ich richtig, richtig stolz auf meine Schwester. Ist sie nicht einfach toll?

Als Tessa fertig ist, brauche ich wieder keinen Spiegel. Ich bin absolut sicher, dass sie mich so gut hingekriegt hat, wie es nur eben möglich ist.

Auch Brüno und Tom scheinen das zu finden. Denn Tom schaut mich zum ersten Mal heute richtig glücklich an, und Brüno hat die Lippen zusammengekniffen, aber kann nicht anders, als Tessa zu loben. »Ja, das sieht ziemlich gut aus.«

»Das sieht perfekt aus!«, ruft Tom. »Endlich!«

Und los geht es wieder mit dem ganzen Lichtgefummel und Hochgegucke und Runtergegucke. Nur dass jetzt meine Schwestern da sind und mich anfeuern, wenn ich müde werde.

Tom sagt fast überhaupt nichts mehr, sondern grinst nur zufrieden.

Und dann will er plötzlich, dass meine Schwestern auch mit rauf auf das Bild sollen. Weil der Hintergrund immer noch zu langweilig ist.

Wohlgemerkt, der Hintergrund! Nicht ich! Nein, mich hat er jetzt schon mindestens dreimal gelobt! Vielleicht hält er mich tatsächlich für hübsch?

Irgendwie fühlt sich alles plötzlich wieder gut an und richtig. In den Pausen grinse ich glücklich zu Gregory rüber und der hält den Daumen hoch und quatscht dann weiter mit Javier und Ramón, weil Tom zwar meine Schwestern, aber leider keine Jungs im Bild haben möchte. Was die drei aber nicht weiter zu stören scheint.

Habe ich mich je über zu wenig Unterstützung von meiner Familie beklagt? Was würde ich ohne meine Schwestern nur machen!

Kenny ist die Einzige, die nicht richtig bei der Sache ist. Ständig erinnert sie uns an Aurora und wird von uns auf später vertröstet. »Wir suchen ja gleich weiter, aber erst mal müssen wir Livi hier helfen, ja?«

»Und wenn Aurora auch unsere Hilfe braucht?«

»Wir haben sie doch schon überall gesucht, Kenny! Und wenn das Shooting zu Ende ist, gehen wir alle zusammen zur Hühnerfabrik und stellen den Kerl zur Rede. Versprochen!«

Das scheint Kenny aber nicht schnell genug zu sein. Deswegen macht sie auf den Fotos nur Faxen, streckt die Zunge raus oder schneidet andere bitterböse Grimassen.

Zum Glück findet Tom, dass das die Bilder nur interessanter macht. »Tolle Schwestern hast du!«

Ja, das finde ich auch.

Mann, was wäre vorhin wohl passiert, wenn meine Schwestern nicht aufgetaucht wären? Dann hätte ich ganz sicher meine Sachen gepackt und auf das schöne Geld verzichtet und hätte auch nie erfahren, dass ich wirklich – äh – hübsch bin.

Ähm, bin ich das?

»Super, Olivia! Großartig!«, brüllt Tom hinter seiner Kamera. »Ja, jetzt darfst du lächeln! Los, mehr! Ja! Zauberhaft, diese rotblonden Haare und die großen Augen! Und dieser Teint dazu! Süß, gaaanz süß!«

Mein Gott, ich BIN hübsch!

Kenny

Wenn ich groß bin, werde ich NICHT Fotograf, Modetante, Hühnerquäler, Bücherschreiberin, kleinste Schwester, Küchenarbeiterin oder Model. Nur damit das klar ist!

Puh! Livi steht schon endlos in ganz merkwürdigen Klamotten hier rum und diese Caroline-Tante zupft und zippelt an Livis Haaren herum und an den Röcken, die sie anhat, und überhaupt an allem. Wenn die auch nur ein einziges Mal wagt, an mir rumzufummeln, dann beiße ich die in ihren blöden Hintern!

Arme, arme Aurora! Bestimmt weint die sich schon die Augen nach uns aus! Und wir stehen hier doof rum und grinsen für diesen blöden Mann in die Kamera.

Nee! Ich nicht! Ich strecke ihm nur die Zunge raus. So!

Ich glaub's nicht! Das findet der auch noch lustig! Oh, manche von den Großen sind echt sooo blöd!

ICH WILL JETZT ENDLICH AURORA WIEDERFINDEN!

Wer ist denn das da hinten, der da so neugierig zu uns rüberglotzt? Ey, zuschauen verboten! Wir sind kein Zirkus!

Hey, das ist ja der nette Henry aus der Schule von meinen Schwestern! »Huhu, Hen-ry!«

Hihi, Henry glotzt jetzt wie der Tiger im Tierpark, wenn man direkt vor dem Gehege auf und nieder hüpft und dazu wie eine Ziege meckert, so laut man kann. Hihihi! Als hätte er so was wie uns noch nie gesehen! Aber er kommt endlich näher.

»Na?«, sagt Henry und grinst. »Macht ihr das öfter?«

»Nö.« Ich schüttele ganz feste den Kopf. Nicht dass der noch denkt, wir wären bekloppt oder so.

»Tut mir leid, aber Livi kriegt Geld dafür, weißt du?«, sage ich erklärend.

»Ehrlich?«, fragt Henry. »Wow!«

Was ist denn daran wohl *wow*? Also Jungs sind echt komisch. Jedenfalls die meisten. (Sinan natürlich nicht.)

Und dann starrt Henry Livi und Malea und Tessa an, als ob er so was Tolles noch nie gesehen hätte. Bloß weil die gerade vor der Kamera ganz komisch herumturnen und springen und die weiten Kleider, die sie anhaben, wild im Wind fliegen lassen, während diese Tom-Nase da vorne »Ja! Ja! JAAA!« brüllt.

Ja? Nein! Nein! Nein! Jetzt haben wir echt mal genug Fotos gemacht. Jetzt ist AURORA DRAN!

»Du auch, kleine Kendra!«, ruft dieser Tom und winkt mir.

Kleine Kendra? Uff! Na, da kann der aber lange warten! Hier gibt's keine kleine Kendra. Hier gibt's nur eine ganz große Kendra, die ihm gleich ein Kaugummi auf seine doofe Linse vorne vor der Kamera klebt, weil sie da schon locker ranreicht. Ha!

Und überhaupt – jetzt ist es schon fast dunkel, und wenn wir uns nicht beeilen, werden wir Aurora nicht mal finden, selbst wenn sie direkt vor uns steht.

Ich drehe mich zu Henry, um ihm von unseren großen

Sorgen um Aurora zu erzählen. Aber Henry hört mir überhaupt nicht zu. Henry lächelt. Henry lächelt Tessa an.

Ich gucke mich mal schnell nach Javi um. Hat der das gesehen?

Und ob. Denn Javi lächelt nicht.

Mann, Henry soll nicht Tessa anlächeln! Sonst ist doch klar, dass Javier schlechte Laune bekommt. Wenn Henry schon eine von uns anlächeln muss, dann soll er *mich* anlächeln!

»Du, Henry? HENRY!«

»Ja, Kendra?« Henry glotzt immer noch zu Tessa rüber.

»Du, Henry, du hast da einen Popel auf der Nase.«

»Hab ich?«

Hihi, das hat gewirkt. Henry guckt mich ruckartig an und rubbelt an seiner Nase rum. »Ist er weg?«

»Nö.«

Soll er doch rubbeln, bis er aussieht wie Rudolf das Rentier. Hihihi, Javi sieht jedenfalls gleich wieder viel fröhlicher aus.

»Jetzt weg?«

»Nö.«

Henry hört trotzdem auf zu rubbeln und tut so, als würde er mich ganz streng angucken. »Da war überhaupt nichts, oder?«

»Hihihi«, mache ich mal ganz freundlich.

»Du bist ja ein Kaninchen!«, meint Henry.

»Hallo, Henry!« Tessa, Malea und Kenny sind fertig mit Hüpfen und kommen zu uns rüber.

»Du, Henry, wegen gestern …« Malea hat es unheimlich eilig, etwas loszuwerden. Eine Entschuldigung nämlich. Weil sie ihn gestern mit dem Rad fast über den Haufen gefahren hat. Nein, halt! Henry hat anscheinend *sie* über den

Haufen gefahren. Und – Moment – wieso entschuldigt sich dann Malea? Pfff, Große!

»Kein Problem!«, meint Henry und klopft Malea grinsend auf die Schulter.

»Was machst du denn hier?«, fragt Tessa.

Was ich eine blöde Frage finde, weil man doch wohl mal nachmittags ganz normal durch unseren Stadtpark spazieren kann.

»Ich gehe Gassi mit Hase«, antwortet Henry. »Aber …« Er guckt nach hinten zu dem kleinen Wäldchen, aus dem er eben gekommen ist. »… Hase braucht heute etwas länger.«

»Mit *Hase*?«, fragen Tessa, Malea, Livi und ich wie aus einem Mund.

»Du gehst Gassi mit einem *Hasen*?«, fragt Gregory.

Die Jungen gucken Henry beinahe mitleidig an. Klar, für Jungs sind Hasen bestimmt echt uncool.

Ich aber schaue begeistert zu Henry hoch. Man muss sich mal vorstellen: Er hat es geschafft, einem Hasen das Spazierengehen beizubringen! Oh, wie lange muss ich dafür mit Aurora wohl noch üben!

Henry kichert.

»Kann Hase auch *Platz* und *Sitz* und *Pfötchen geben*?«, frage ich begierig.

»Klar«, nickt Henry, »das sind seine leichtesten Übungen.«

»Und …« Ich wage es kaum zu fragen. »… Stöckchen holen?«

Henry nickt. »Locker.«

»Ach …«, staune ich. Weil ich nun doch unheimlich neidisch bin.

»Aurora kann das nicht«, sage ich traurig. »Dabei haben Bentje und ich schon so viele Nachmittage mit ihr geübt!«

»Das liegt vielleicht daran, dass sie ein Huhn ist«, meint Henry.

»Und warum kann das dein Hase?«, frage ich.

Henry grinst immer noch. »Weil mein Hase ein Hund ist«, sagt Henry.

Und dann erzählt Henry, dass sein Hund ein Ostergeschenk war und er ihn deshalb Hase genannt hat.

»Och«, mache ich. Weil das doch nun wieder echt blöd ist. Typisch Große! Die tun immer nur so, als wäre irgendwas ganz, ganz ungewöhnlich. Aber dann ist es das doch nicht. Langweilig!

»Und wo ist er nun, dein Hase?«, fragt Gregory und schaut ebenfalls zum Wäldchen rüber, wo weit und breit weder ein Hase noch ein Hund zu sehen sind.

»Wie ich schon sagte«, wiederholt Henry, »er ist heute etwas langsamer als sonst. Was daran liegt, dass er nicht allein ist.« Er macht eine kleine Pause und guckt uns an. »Weil Hase nämlich seit gestern eine Freundin hat. Und die hat sogar draußen bei ihm in seiner Hundehütte übernachtet.« Jetzt grinst er wieder. »Und ich hab natürlich auch gar nichts dagegen, dass Hase eine Freundin hat, nur …« Er macht ein geheimnisvolles Gesicht. »Nur das Gassigehen ist mit ihr echt, echt langsam.«

»Wieso?«, frage ich. »Ist Hases Freundin eine Schildkröte?«

Henry lacht. »Gar nicht schlecht. Aber nein, falsch.«

Und irgendwie – irgendwie ahne ich genau in der Sekunde plötzlich schon was. Denn ich kriege so ein ganz komisches Gefühl im Bauch. So ein Gefühl, das man sonst nur Weihnachten oder am Geburtstagsmorgen hat. So ein Gefühl, dass gleich etwas Wundervolles passieren wird. Nur man weiß nicht genau was. Oder *wie* wundervoll es sein wird.

»Vermisst ihr vielleicht was?«, fragt Henry da. »Vielleicht etwas Weißes mit türkisen Streifen?«

»AURORA!«, schreien wir alle gleichzeitig.

Und – glaubt man es! – genau da trotten sie aus dem Wäldchen. Ein dicker schwarzer Hund und unser kleines, allerliebstes Huhn! So dicht nebeneinander, dass man sich richtig vorstellen kann, wie sie nachts in der Hundehütte Händchen gehalten haben. Oh, Mann!

»Aurora!«, brülle ich und laufe ihr entgegen. »Oh, Aurora! Aurora! Aurora!«

»Tock!«, macht Aurora und spreizt erschrocken ihre Flügel auseinander. (Sie sieht echt hübsch aus mit den Federn in Türkis!)

»Wuff!«, macht der dicke schwarze Hund.

»Darf ich vorstellen«, sagt Henry jetzt zu allen, die um uns rumstehen. (Und das sind viele!) »Das ist mein Labrador Hase!«

Dann pfeift er. Und – zack – galoppiert Hase auch schon mit wehendem Fell zu uns rüber.

»Toooock!«, kreischt Aurora und bemüht sich verzweifelt, genauso schnell hinterherzuflattern.

»Tja, und das ist seine Freundin«, sagt Henry und grinst zu uns rüber.

Und dann streicheln wir alle abwechselnd Henrys dicken schwarzen Hund und Auroras schöne Federn. Und Aurora hält das erste Mal ganz still und wackelt nicht und flattert nicht und versucht auch nicht wegzulaufen.

»Oh, ist das toll oder ist das toll?«, rufe ich.

Ich bin mir sicher, dass Aurora so stillhält, weil Hase so stillhält und dass sie sich das eben von ihm abguckt. Ich gucke mir manchmal auch Sachen ab von Bentje, bloß weil Bentje meine Freundin ist. Also finde ich es natürlich ganz toll, dass Auroras Freund ein Hund ist. Vielleicht lernt sie jetzt auch endlich Stöckchen holen!

»Du, Henry?«, frage ich. »Wenn Aurora und Hase jetzt zusammen sind, heißt das, dass Hase auch mal zu uns zu Besuch kommt?«

»Ich schätze, das werden wir nicht vermeiden können«, meint Henry. »Aber das heißt natürlich vor allem, dass du von jetzt an auch mit den beiden Gassi gehen musst. Hase braucht nämlich eine Menge Auslauf.«

»Oh ...«, hauche ich ganz andächtig und kann mir schon richtig vorstellen, wie ich mit Aurora im Puppenwagen und Hase neben mir spazieren gehe. »Oh, ist das toll oder ist das toll?«

Weil, so viel Glück gibt's ja wohl überhaupt nicht! Erst finden wir Aurora gesund und fröhlich wieder. Und dann kriegen wir sogar noch einen Hund dazu. Oder zumindest für ab und zu mal. Was für ein Riesenpech, dass Bentje mal wieder nicht dabei ist!

Doch dann passiert das Unglaublichste überhaupt. Denn diese Fotografennase Tom ist plötzlich völlig aus dem Häuschen.

»Phä-no-me-nal!«, kreischt er immer wieder. »Ein Huhn! Phä-no-me-nal! DAS IST ES! Genau, was noch gefehlt hat! Diese Tweedstoffe BRAUCHEN einfach ein Huhn! FANTASTISCH!«

Und dann müssen Livi und ich und Malea und Tessa noch mal vor die Kamera. Aber dieses Mal mit Aurora und Hase. Und dieses Mal hab ich auch total Lust dazu.

Tom schreit und brüllt und jubelt, bis er heiser ist. Und als er endlich, endlich fertig geknipst hat, findet er: »Das sind die besten Bilder, die ich seit mindestens zehn Jahren gemacht habe!«

Und alle sehen glücklich aus. Tom und die Caroline-Tante und die anderen Modeknilche, und Livi und Tessa und Malea. Und ich bestimmt auch.

Die Jungen machen Faxen und dumme Sprüche und lachen. Aurora und Hase hocken im Gras und gucken sich so verliebt an, dass tausend Schmetterlinge zwischen ihnen flattern, obwohl wir November haben. Ach, alles ist plötzlich einfach unheimlich schön.

Und als wir uns endlich verabschieden und nach Hause stapfen wollen, hat es die Caroline-Tante noch schrecklich eilig, von Livi zu hören, dass sie bereit ist, noch mal solche Fotos zu machen.

Doch den Gefallen tut Livi ihr nicht.

»Ach, ich weiß nicht…«, ist alles, was sie aus Livi rauskriegt.

»Aber wir dürfen uns doch bei dir melden?«, ruft die Caroline-Tante noch hinter uns her.

Doch als die Modeleute uns nicht mehr hören können, sagt Livi, dass sie so was ganz sicher nur noch mal macht, wenn wir wieder alle dabei sein können.

Das scheint Tessa sehr zu freuen. Sie hakt sich bei Javi ein und strahlt zufrieden.

»Aber ich mache so was nur noch mal, wenn auch Aurora dabei ist«, sage ich.

»Und ich mache so was nur noch mal, wenn ich auch bezahlt kriege«, sagt Malea.

»Und ich stehe nurrr noch rrrum, wenn Dodo auch dabei ist«, sagt Ramón, und Tessa grinst ganz komisch. (Möchte wissen, was daran komisch ist? Und überhaupt ist Tessas Freundin Dodo doch total langweilig!)

»Und ich gucke diesem Quatsch nur noch mal zu, wenn es wärmer ist und ich einen Liegestuhl kriege«, sagt Gregory und alle lachen.

Ja, und dann hat Javier eine tolle Idee. Weil Aurora natürlich mit ihren kurzen Beinchen immer müder wird und weil es so ein weiter Weg ist von Henrys Haus quer durch den Stadtpark bis zu unserem Haus. Er hebt Aurora einfach auf Hases Rücken.

Hase dreht seinen Kopf zwar ein bisschen erstaunt nach hinten und schnuppert. Aber ich schätze, weil es Aurora ist, hat er gar nichts dagegen. Er trottet fröhlich weiter und Aurora krallt sich in seinem dicken Fell fest, breitet ab und zu die Flügel aus, wenn sie ins Wackeln kommt, und kräht von dort oben sehr glücklich: »Toooock!«

Und als wir endlich im Stockdunklen zu Hause ankommen, passiert noch was Komisches. Rema trippelt in unheimlich hohen Schuhen und unheimlich schicken, seidenfeinen Klamotten aus dem Haus und will gerade in ein Auto steigen, das vor unserem Haus geparkt ist. Die Autotür wird aufgehalten von Walter Walbohm (also ist es wohl sein Auto) und der sieht beinahe genauso schick aus. Er hat einen schwarzen Anzug und ein weißes Hemd an und so was Schwarzes am Hals, was man eine Fliege nennt, aber was natürlich keine richtige Fliege ist.

Rema winkt uns und wirft uns ein Kusshändchen zu, bevor sie einsteigt. »Da seid ihr ja alle!«

»Och, siehst du schick aus, Remilein!«, staune ich. »Wo fährst du denn hin?«

»Ins Theater«, antwortet Rema und zwinkert uns zu.

Und nun sehe ich auch Mama und Papa, die in der offenen Haustür stehen und lächeln. »Viel Spaß, Mutter!« »Habt einen schönen Abend, Renate!«

»Danke!«, ruft Rema und lässt sich mit einem zufriedenen Seufzer in die Polster fallen.

»Du gehst ins *Theater*?«, fragt Tessa ungläubig. Vielleicht weil Rema noch nie ins Theater gegangen ist. Vor allem nicht mit Leuten wie Walter Walbohm. Also ich meine – ähm – nicht mit Männern. Oder auf jeden Fall nicht mit Männern, die *nicht* Papa sind.

Rema antwortet mit einem ihrer komischen Sprüche.

»Tja, ein blindes Huhn findet auch mal ein Korn! Ihr wisst schon!«, sagt sie einfach nur und grinst.

Und dann startet Walter Walbohm den Motor, winkt uns allen zum Abschied zu und schon brausen die beiden ab.

Mama steht immer noch lächelnd in der Tür und guckt ihnen nach. »Meine Mutter! Wer hätte das gedacht?«

Aber dann hat Mama keine Zeit mehr, Rema nachzulächeln. Denn dann erzählen wir!

Und – puh – was wir alles zu erzählen haben!

Tessa

Ich will mein Leben immer noch selbst bestimmen, denn das mit dem Selbstbestimmen ist echt gut, das weiß ich genau. Das werde ich nicht aufgeben. Aber ich will auch immer Freunde haben. Und wenn man Freunde hat, kann man nicht nur allein bestimmen, sonst hat man nämlich bald keine Freunde mehr. Also muss ich auch gucken, was Dodo will. Und was Javier will. Und vielleicht sogar, was meine Schwestern oder Iris und Cornelius wollen. Und irgendwie glaube ich, dass ich trotzdem oder womöglich sogar gerade dann mein Leben super selbst in die Hand nehmen kann. Außer – Mist! – außer man hängt in so 'ner doofen Wette drin und muss jetzt mehrere Samstage lang für eine kleine Schwester peinliche Zettel an harmlose Bürger verteilen. Das kann man ja wohl kaum selbstbestimmt nennen!

Kenny

Manchmal kommen Abenteuer ganz unauffällig um die Ecke getapst. Leise und auf Zehenspitzen. Und wenn man nicht sehr gut aufpasst, kann man sie leicht verpassen. Als wir alle zusammen mit Aurora die Fotos gemacht haben, die jetzt in einer richtigen Zeitschrift sind, das war ein echt gutes Abenteuer, finde ich. Auch wenn ich das in dem Moment noch nicht wusste. Weil es natürlich superschön ausgegangen ist. Aber – psst – ein noch größeres Abenteuer liegt vielleicht direkt vor mir! Ich habe nämlich einen Brief bekommen. Ganz im Geheimen. So geheim, dass ich nicht mal unserem Geheimclub davon erzählt habe. Der Brief ist nur für mich. Von Sinan. Da drin steht: Ben seni çok sevdim. *Das ist türkisch und heißt* Ich mag dich. *Und ich kann es fühlen – von der großen Zehe bis zu meinen Sommersprossen –, das könnte ein echt riesenriesiges Abenteuer werden. Und ehrlich: Ist das aufregend oder ist das aufregend?*

Livi

Ich muss an den freundlichen Bären in Lukas' Witz denken und an den Mann darin, der völlig umsonst vor Angst fast gestorben wäre. Und an diese Werbeaufnahmen, die irgendwie doch ganz anders waren, als ich erwartet hatte. Und an Gregory, der so unerschrocken ist, wie wohl niemand sonst und mich einfach vor allen Leuten geküsst hat. (Und ein kleines bisschen auch an Daniel, der mit offenem Mund danebengestanden hat. – Hoffentlich glauben jetzt nicht alle, dass Gregory und ich zusammen sind, oder so 'n Quatsch! Gregory ist immer noch meine beste Freundin. Nicht mehr und nicht weniger.) Dann denke ich noch an Kenny, die sol-

che Angst um Aurora hatte, dass sie es geschafft hat, alle, die sie finden konnte, auf die Straße zu bringen, sodass wir jetzt nur deswegen sogar alle zusammen in der Annette *abgebildet sind. Und an Tessa, die an dem Tag kein Stück an sich gedacht hat, sondern nur daran, wie ich am besten rüberkomme. Und außerdem denke ich… ja, ich denke, dass unsere ganze Familie vielleicht… nicht allzu übel ist?*

Aurora

Ich hörte neulich die dicke Frau etwas Kluges sagen: »Ein blindes Huhn findet auch mal ein Korn.« Ja. Ein sehr guter Satz. Ich komme allerdings nicht wirklich drauf, was er bedeuten soll. Ob er was damit zu tun hat, dass mein schwarzes, dickes Lieblingskorn endlich jemanden gefunden hat, der hundertprozentig zu ihm passt? Aber warum heißt der Satz dann nicht: »Ein dicker Hund findet auch mal ein Huhn.«?

Malea

Mir ist endlich klar geworden, warum noch nie jemand die ganze Welt gerettet hat. Und auch, warum ich *es nicht geschafft habe, die ganze Welt zu retten. Weil nämlich* niemand *die ganze Welt retten kann. Wirklich niemand! Nicht mal James Bond. Weil man das einfach nicht alleine schafft. Genauso wenig wie ein Riesenhaus sauber zu halten oder ein verlorenes Huhn in der ganzen Stadt zu suchen. Aber* zusammen, *zusammen kann man es. Jawohl, zusammen können wir alles! Auch die ganze Welt retten! Da bin ich mir ganz, ganz sicher.*

Dagmar H. Mueller studierte Germanistik und Sportwissenschaften in Hamburg. Vor ein paar Jahren zog es sie mit ihrer Familie nach Gloucestershire in England, wo sie heute noch lebt und ihr Sohn studiert. Mit Iris, der gestressten Mutter der vier Chaosschwestern, kann sie sich nicht im Mindesten identifizieren, da sie – entgegen anderslautender Meinungen – erstens eine ganz ausgezeichnete Köchin ist und zweitens auch Bügeln und Aufräumen als ausgesprochen liebenswerte Hobbys betrachtet. Ebenso wenig ist natürlich Vater Cornelius an irgendwelche real existierende Personen angelehnt. Dass es Männer geben könnte, die wenig geeignet dafür sind, Möbel aufzubauen, ohne dabei Ecken oder Standbeine abzubrechen, hält sie für ein böses Gerücht. Seit über zehn Jahren schreibt sie hauptberuflich Kinder- und Jugendbücher, die schon in viele Sprachen übersetzt wurden.

www.dagmar-h-mueller.de
oder besucht Dagmar auf Facebook!

Mehr von den Chaosschwestern in:
Die Chaosschwestern legen los! (Band 1)
Die Chaosschwestern sind unschlagbar! (Band 2)
Die Chaosschwestern starten durch! (Band 3)
Die Chaosschwestern voll im Einsatz! (Band 4)
Die Chaosschwestern sind die Größten! (Band 5)
Die Chaosschwestern gegen den Rest der Welt! (Band 6)
Die Chaosschwestern leben wild! (Band 7)

Dagmar H. Mueller

Allerliebste Geisterfreundin – Du siehst doch Gespenster!

ca. 224 Seiten, ISBN 978-3-570-17178-3

Nina findet ihr neues Zuhause im Tulpenweg 21 mittlerweile einfach super. Schließlich wohnt sie neuerdings mit einem durchgeknallten Geistermädchen zusammen, Sara von nebenan steht ihr in der Schule zur Seite und gemeinsam haben die drei gerade ein Riesengeheimnis gelöst. Alles gut, oder? Da stolpert der süße Johann in Ninas Leben. Und mit ihm ein Abenteuer, das nicht nur Nina, sondern auch ihre Geisterfreundin Tori ziemlich außer Atem bringt ...

10323

cbj

www.cbj-verlag.de